SPIEGEL Edition

SAUL BELLOW Herzog

Roman

Aus dem Amerikanischen
übersetzt von Walter Hasenclever

SPIEGEL-Verlag

Mit einem Nachwort von Dieter Bednarz

Ungekürzte Lizenzausgabe des SPIEGEL-Verlags
Rudolf Augstein GmbH & Co. KG, Hamburg
für die SPIEGEL-Edition 2006/2007

Die Originalausgabe erschien 1964
unter dem Titel *Herzog*
© 1964 by Saul Bellow
© für die deutsche Ausgabe 1965, 1997 by
Verlag Kiepenheuer & Witsch, Köln

Typografie, Ausstattung, Herstellung
Farnschläder & Mahlstedt Typografie, Hamburg
Gesamtherstellung Clausen & Bosse, Leck
Printed in Germany
ISBN-10: 3-87763-013-8
ISBN-13: 978-3-87763-013-6

WENN ICH DEN VERSTAND verloren habe, soll's mir auch recht sein, dachte Moses Herzog.

Manche Leute glaubten, er sei verrückt, und eine Zeitlang hatte er selbst bezweifelt, daß er noch ganz bei Sinnen sei. Jetzt aber, obwohl er sich immer noch absonderlich benahm, fühlte er sich zuversichtlich, fröhlich, hellsichtig und stark. Er war einem magischen Zwang verfallen und schrieb Briefe an alle möglichen Menschen auf dieser Welt. Er war von diesen Briefen so ergriffen, daß er von Ende Juni an mit einem ganzen Koffer voller Papiere von Ort zu Ort reiste. Er hatte den Koffer von New York nach Martha's Vineyard getragen, kehrte aber von dort sogleich zurück; zwei Tage darauf flog er nach Chicago und begab sich von Chicago in ein Städtchen im westlichen Massachusetts. In der Ländlichkeit verborgen, schrieb er unaufhörlich, mit fanatischem Eifer, an Zeitungen, an Personen des öffentlichen Lebens, an Freunde und Verwandte und schließlich an die Toten, an seine eigenen unbekannten Toten und zuallerletzt an die berühmten Toten.

Der Sommer war im Berkshire-Gebirge auf dem Höhepunkt. Herzog war allein in dem großen, alten Haus. Während er normalerweise mit dem Essen sehr heikel war, aß er jetzt Brot aus dem Einpackpapier, Bohnen aus der Büchse und amerikanischen Käse. Hin und wieder sammelte er Himbeeren in dem verwilderten Garten und hob dabei die dornigen Äste mit geistesabwesender Vorsicht hoch. Wollte er schlafen, so legte er sich auf eine Matratze ohne Laken – es war sein verwaistes Ehebett – oder in die Hängematte und deckte sich mit dem Mantel zu. Hohes Ährengras und Schößlinge von Akazien- und Ahornbäumen wuchsen ringsum im Garten. Wenn er nachts die Augen öffnete, waren die Sterne nahe wie Ausgeburten des Geistes. Feuer natürlich; Gase – Minerale, Hitze, Atome, aber um fünf Uhr früh, für einen Mann, der in seinen Mantel gehüllt in der Hängematte lag, voller Mitteilungen.

Wenn ein neuer Gedanke sein Herz bestürmte, ging er in die Küche, sein Hauptquartier, und schrieb ihn nieder. Der weiße Verputz blätterte von den Backsteinwänden, und Herzog wischte zuweilen Mäusedreck mit dem Ärmel vom Tisch und fragte sich ungerührt, warum Feldmäuse eine solche Vorliebe für Wachs und Paraffin bezeugten. Sie machten Löcher in die mit Paraffin luftdicht abgeschlossenen eingemachten Früchte und nagten die Geburtstagskerzen bis zu den Dochten durch. Eine Ratte fraß sich in eine Brotpackung und hinterließ ihre Körperform in den aufgeschnittenen Brotscheiben. Herzog aß die andere Hälfte des Brotes mit Marmelade bestrichen. Er konnte auch mit Ratten teilen.

Die ganze Zeit über blieb eine Ecke in seinem Hirn für die äußere Welt geöffnet. Er hörte morgens die Krähen. Ihr krächzender Ruf war köstlich. Er hörte abends die Drosseln. In der Nacht gab es eine Schleiereule. Wenn er erregt über einen erdachten Brief im Garten spazierenging, sah er die Rosen, die sich um das Abflußrohr gewunden hatten, oder Maulbeeren – Vögel, die sich an den Maulbeeren vollfraßen. Die Tage waren heiß, die Abende stickig und staubig. Er sah alles mit scharfen Augen an, aber fühlte sich halb blind.

Sein Freund, sein früherer Freund Valentine, und seine Frau, seine verflossene Frau Madeleine, hatten das Gerücht verbreitet, daß er einen geistigen Zusammenbruch erlitten habe. Stimmte das? Er machte einen Gang durch das leere Haus und sah den Schatten seines Gesichts in einem grauen, spinnwebenüberzogenen Fenster. Er sah unheimlich ruhig aus. Eine leuchtende Linie lief von der Mitte der Stirn über seine gerade Nase und volle stumme Lippen.

Im späten Frühling sah sich Herzog von der Notwendigkeit gepackt, zu erläutern, auszufechten, zu rechtfertigen, ins rechte Licht zu rücken, zu klären, gutzumachen.

Zu jener Zeit hatte er Vorlesungen an einer New Yorker Volkshochschule gehalten. Im April war er noch ganz klar gewesen, aber Ende Mai begann er vom Thema abzuschweifen. Seine Schüler merkten, daß sie zwar nicht viel über die Ursprünge der Romantik lernen würden, daß sie jedoch statt dessen seltsame Dinge zu hören und zu sehen kriegten. Die akademischen Formalitäten gingen, eine nach der anderen, über Bord. Professor Herzog zeigte die unbewußte Offenheit eines Menschen, der tief in Grübeleien befangen ist. Und gegen Ende des Trimesters traten mitten in seinen Vorlesungen lange Pausen ein. Er verstummte, murmelte ›Entschuldigen Sie bitte‹ und langte nach seinem Federhalter in der Brusttasche. Auf knarrendem Tisch schrieb er mit dem deutlichen Druck der Dringlichkeit in der Hand auf Papierfetzen; er war völlig darin befangen, die Augen waren dunkel umrandet. Sein weißes Gesicht gab alles preis – alles. Er plädierte, debattierte, er litt, er hatte sich eine glänzende Alternative ausgedacht – er war weit offen, er war eng; seine Augen, sein Mund machten alles schweigend offenbar – Sehnsucht, Heuchelei, bitteren Zorn. Man konnte das alles sehen. Die Klasse wartete drei Minuten, fünf Minuten in tiefstem Schweigen.

Zunächst gab es kein Schema für die Notizen. Es waren Bruchstücke – unsinnige Silben, Ausrufe, verdrehte Sprichwörter und Zitate oder, im jiddischen Jargon seiner längst verstorbenen Mutter, *Trepverter* – Widerreden, die zu spät kamen, wenn man sich bereits auf dem Weg die Treppe hinab befand.

Er schrieb zum Beispiel: *Tod – sterben – wieder leben – wieder sterben – leben.*

Keine Person, kein Tod.

Und: *Auf den Knien deiner Seele? Könnte sich ebensogut nützlich machen. Den Fußboden scheuern.*

Danach: *Antworte dem Narren nach seiner Narrheit, daß er sich nicht weise lasse dünken.*

Antworte dem Narren nicht nach seiner Narrheit, daß du ihm nicht auch gleich werdest.

Such dir eins aus.

Er notierte auch: *Ich lese bei Walter Winchell, daß J. S. Bach sich schwarze Handschuhe anzog, um eine Totenmesse zu komponieren.* Herzog wußte kaum, was er von seinem Gekritzel halten sollte. Er gab dem Aufruhr nach, der es schuf, und argwöhnte manchmal, daß es ein Symptom der Auflösung sein könnte. Das schreckte ihn nicht. Wenn er in der Kochnische jener Wohnung, die er in der

17. Street gemietet hatte, auf dem Sofa lag, hatte er zuweilen die Vorstellung, daß er eine Fabrik sei, die persönliche Geschichte herstellte, und sah sich selbst von der Geburt bis zum Tod. Er gestand sich auf einem Stück Papier ein: *Ich kann nicht rechtfertigen.*

Wenn er sein gesamtes Leben überdachte, stellte er fest, daß er alles falsch gelenkt hatte – alles. Sein Leben war, wie man so sagt, ruiniert. Aber da es von Anfang an nicht viel dargestellt hatte, war nicht viel zu bedauern. Wenn er auf dem übelriechenden Sofa an die Jahrhunderte dachte, das neunzehnte, das sechzehnte, das achtzehnte, dann kam ihm aus dem letzten ein Wort in den Sinn, das ihm gefiel:

Bedauern, Sir, ist nur eine Form des Müßiggangs.

Er fuhr fort, auf dem Bauch liegend Bilanz zu ziehen. War er ein kluger Mann oder ein Idiot? Nun, er konnte in diesem Augenblick nicht behaupten, klug zu sein. Er mochte irgendwann einmal die Anlagen gehabt haben, eine kluge Persönlichkeit zu werden, aber statt dessen hatte er es vorgezogen, träumerisch zu sein, und die Halsabschneider hatten ihn ausgeraubt. Was sonst noch. Das Haar ging ihm aus. Er las die Inserate der Kopfhaut-Spezialisten mit der übertriebenen Skepsis eines Menschen, dessen Glaubenssucht tief verwurzelt und verzweifelt war. Spezialisten für die Kopfhaut! So ... er hatte einmal gut ausgesehen. Sein Gesicht verriet, wie man ihm zugesetzt hatte. Er hatte es aber auch herausgefordert und seinen Widersachern Macht über sich eingeräumt. Das brachte ihn darauf, seinen Charakter einer Musterung zu unterziehen. Was für eine Art Charakter war es denn? Nun, in der modernen Terminologie war er narzißtisch, war er masochistisch, war er anachronistisch. Sein klinisches Bild war depressiv – nicht der schwerste Fall, nicht manisch-depressiv. Es gab ringsum noch schlimmere Krüppel. Wenn man glaubte, was anscheinend heutzutage fast jeder tat, daß der Mensch das kranke Tier sei, war er dann auffallend krank, ausnehmend blind, außerordentlich verhunzt? Nein. War er intelligent? Sein Intellekt wäre wirksamer gewesen, wenn er einen aggressiven, paranoiden Charakter gehabt hätte, der nach Macht lüstete. Er war eifersüchtig, aber nicht übermäßig streberhaft, kein echter Paranoiker. Und wie stand es mit seiner Gelehrsamkeit? –

Er mußte sich jetzt zugeben, daß er auch kein sehr großartiger Professor war. O ja, er war ernst, er hatte eine gewisse breite, unreife Bemühtheit, aber vielleicht würde es ihm nie gelingen, systematisch zu werden. Er hatte mit seiner Doktorarbeit einen glänzenden Anlauf genommen – *Die Geltung der Natur in der englischen und französischen politischen Philosophie des 17. und 18. Jahrhunderts.* Er hatte überdies einige Artikel und ein Buch *Romantik und Christentum* für sich aufzuweisen. Aber der Rest seiner ehrgeizigen Unternehmungen war, eine nach der anderen, verdorrt. Auf Grund seiner frühen Erfolge hatte er niemals Schwierigkeiten gehabt, eine Stellung zu finden und Stipendien für Forschungsarbeiten zu erhalten. Die *Naragansett Corporation* hatte ihm über eine Reihe von Jahren fünfzehntausend Dollar gezahlt, damit er seine Studien über die Romantik fortsetzen könnte. Die Ergebnisse lagen im Schrank, in einem alten Handkoffer – achthundert Seiten chaotischer Ausführungen, die niemals einen Kristallisationspunkt gefunden hatten. Der Gedanke daran war peinlich.

Auf dem Boden neben ihm lagen Zettel, und er beugte sich hin und wieder hinunter, um zu schreiben.

Jetzt schrieb er: *Nicht die lange Krankheit, mein Leben, sondern die lange Genesung, mein Leben. Die liberal-bürgerliche Revision, die Illusion der Besserung, das Gift der Hoffnung.*

Er dachte einen Augenblick an Mithridates, dessen System gelernt hatte, am Gift zu gedeihen. Er täuschte seine Attentäter, die den Fehler begangen hatten, ihm kleine Dosen zu verabreichen; er wurde dadurch konserviert, nicht zerstört.

Tutto fa brodo.

Er nahm seine Selbstprüfung wieder auf und gab zu, ein schlechter Ehemann gewesen zu sein – zweimal. Seine erste Frau, Daisy, hatte er abscheulich behandelt. Madeleine, seine zweite, hatte versucht, *ihn* zur Strecke zu bringen. Seinem Sohn und seiner Tochter war er ein zwar liebevoller, aber schlechter Vater. Seinen eigenen Eltern hatte er sich als undankbares Kind erwiesen. Seinem Lande ein gleichgültiger Staatsbürger. Seinen Brüdern und seiner Schwester zärtlich ergeben, aber entrückt. Seinen Freunden ein Egoist. In der Liebe träge. In der Klugheit dumm. Mit der Macht passiv. Mit der eigenen Seele ausweichend.

Zufrieden mit der eigenen Strenge, die Härte und sachliche Unerbittlichkeit seiner Beurteilung ausgesprochen genießend, lag er auf dem Sofa, die Arme über den Kopf erhoben, die Beine ohne Ziel von sich gestreckt.

Aber wie reizvoll bleiben wir doch trotz allem.

Papa, der arme Mann, konnte mit seinem Charme die Vögel von den Bäumen locken und die Krokodile aus dem Schlamm. Auch Madeleine hatte großen Charme und dazu noch ihre persönliche Schönheit sowie glänzende Geistesgaben. Valentine Gersbach, ihr Liebhaber, war seinerseits ein charmanter Mann, wenn auch in einem wuchtigeren, brutalen Stil. Er hatte ein massiges Kinn, flammendes, kupferrotes Haar, das sich buchstäblich von seinem Haupt ergoß (keine Kopfhautspezialisten für ihn), und er ging mit einem Holzbein, das sich anmutig bog und streckte wie bei einem Gondoliere. Herzog selbst hatte nicht wenig Charme. Aber seine sexuelle Kraft hatte durch Madeleine Schaden gelitten. Und wie sollte er ohne die Fähigkeit, Frauen an sich zu ziehen, jemals gesunden? Gerade in dieser Hinsicht fühlte er sich am meisten als Genesender.

Die Kläglichkeit dieser sexuellen Mühen.

Mit Madeleine hatte Herzog vor mehreren Jahren einen neuen Anlauf in seinem Leben genommen. Er hatte sie der Kirche abgewonnen – als sie sich trafen, hatte sie gerade den Glauben gewechselt. Mit zwanzigtausend Dollar, die er von seinem charmanten Vater geerbt hatte, gab er, um seine neue Frau zu erfreuen, seine durchaus achtbare akademische Stellung auf und kaufte sich ein großes altes Haus in Ludeyville, Massachusetts. In den friedlichen Bergen der Berkshires, wo Freunde von ihm wohnten (Valentine Gersbach und seine Familie), sollte es ihm ein leichtes sein, seinen zweiten Band über die sozialen Ideen der Romantiker zu schreiben.

Herzog nahm nicht deshalb Abschied vom akademischen Leben, weil er keinen Erfolg hatte. Im Gegenteil, sein Ruf war tadellos. Seine Doktorarbeit hatte Einfluß gewonnen und wurde ins Französische und Deutsche übersetzt. Sein erstes Buch, das beim Erscheinen kein besonderes Aufsehen erregte, stand jetzt auf vielen Literaturlisten, und die jüngere Historikergeneration hatte es als Modell einer neuen Geschichtsschreibung aufgenommen, als

›Geschichte, die *uns* interessiert‹ – persönlich, *engagée* –, in der die Vergangenheit mit dem dringenden Verlangen nach einer zeitgenössischen Relevanz betrachtet wurde. Solange Moses mit Daisy verheiratet war, hatte er das vollkommen normale Leben eines außerordentlichen Professors geführt, geachtet und gefestigt. Sein erstes Werk zeigte auf Grund objektiver Forschung, was das Christentum für die Romantik bedeutete. Im zweiten wurde er schwieriger, eigenwilliger, ehrgeiziger. Tatsächlich zeigte sich in seinem Charakter eine gehörige Portion Robustheit. Er besaß einen starken Willen und ein Talent für polemische Auseinandersetzungen, dazu einen Geschmack für die Philosophie der Geschichte. Als er dann Madeleine heiratete, seine akademische Stellung aufgab (weil sie es für wünschenswert hielt) und sich in Ludeyville vergrub, zeigte er eine gewisse Neigung und Befähigung für Gefahr und Extremismus, für Heterodoxie, für peinliche Prüfung und eine schlimme Vorliebe für die »Stadt der Zerstörung«. Was er plante, war eine Geschichte, die die Umstürze und Massenkämpfe des zwanzigsten Jahrhunderts berücksichtigte und dennoch, mit Tocqueville, die universale und dauerhafte Entwicklung gleicher Lebensbedingungen sowie den Vormarsch der Demokratie als gegeben hinnahm.

Aber er konnte sich hinsichtlich dieses Werkes nichts vormachen. Er begann, ihm ernstlich zu mißtrauen. Seinem Ehrgeiz wurde in scharfer Form Einhalt geboten. Hegel setzte ihm heftig zu. Vor zehn Jahren war er noch sicher gewesen, daß er dessen Ideen über die Allgemeinheit und die Zucht verstand, aber irgend etwas war seitdem schiefgelaufen. Er war verstimmt, ungeduldig, ärgerlich. Zu gleicher Zeit betrugen er und seine Frau sich sehr seltsam. Sie war unzufrieden. Zuerst hatte sie nicht gewollt, daß er ein gewöhnlicher Professor wäre, aber nach einem Jahr auf dem Lande hatte sie ihre Meinung geändert. Madeleine hielt sich für zu jung, zu intelligent, zu vital, zu gesellig, um in den abgelegenen Berkshires begraben zu sein. Sie entschloß sich, ihre nachakademischen Studien der slawischen Sprachen abzuschließen. Herzog bewarb sich schriftlich um eine Stellung in Chicago. Er mußte ebenfalls eine Stellung für Valentine Gersbach finden. Valentine war Rundfunkansager und Platten-Jockei in Pittsfield. Man konnte

Leute wie Valentine und Phoebe nicht in dieser trüben Ländlichkeit allein versauern lassen, meinte Madeleine. Die Wahl war auf Chicago gefallen, weil Herzog dort aufgewachsen war und gute Beziehungen hatte. Er hielt also Vorlesungen im City-College, und Gersbach wurde Leiter der Kulturabteilung bei einem UKW-Sender im Loop. Das Haus bei Ludeyville wurde geschlossen – ein Haus im Wert von zwanzigtausend Dollar, mit Büchern, altem englischem Porzellan und neuen Gerätschaften den Spinnen, Maulwürfen und Feldmäusen überlassen – Papas sauer verdientes Geld!

Die Herzogs zogen in den mittleren Westen. Aber nach einem Jahr dieses neuen Lebens in Chicago kam Madeleine zu der Erkenntnis, daß sie und Moses doch nicht miteinander auskommen konnten – sie verlangte die Scheidung. Er mußte einwilligen – was konnte er sonst tun? Und die Scheidung war schmerzlich. Er liebte Madeleine; er konnte den Gedanken nicht ertragen, sein Töchterchen zu verlassen. Aber Madeleine weigerte sich, mit ihm verheiratet zu sein, und die Wünsche der Menschen müssen respektiert werden. Die Sklaverei ist tot.

Die Strapazen der zweiten Scheidung waren zuviel für Herzog. Er fühlte, daß er entzweiging – auseinanderbrach –, und Dr. Edvig, der Psychiater aus Chicago, der beide Herzogs behandelte, gab zu, daß es für Moses vielleicht das beste sei, die Stadt zu verlassen. Er vereinbarte mit dem Dekan des City-College, daß er vielleicht zurückkommen würde, wenn er sich besser fühlte, und reiste mit von seinem Bruder Shura geborgten Geld nach Europa. Nicht jeder Mensch, dem ein Zusammenbruch bevorsteht, kann es sich leisten, zur Entspannung nach Europa zu reisen. Die meisten Leute müssen weiterarbeiten; sie kommen täglich zur Arbeit, sie benutzen immer noch die Untergrundbahn. Oder aber sie trinken, sie gehen ins Kino und lassen sich dort leidvoll nieder. Herzog hätte dankbar sein sollen. Wenn man nicht gerade gänzlich in Stücke gegangen ist, gibt es immer etwas, wofür man dankbar sein sollte. Und er war in Wirklichkeit auch dankbar.

Er war auch nicht gerade müßig in Europa. Er unternahm eine kulturelle Expedition für die *Naragansett Corporation* und hielt Vorträge in Kopenhagen, Warschau, Krakau, Berlin, Belgrad,

Istanbul und Jerusalem. Als er aber im März wieder nach Chicago zurückkehrte, war sein Zustand schlimmer als im November. Er sagte dem Dekan, daß es wahrscheinlich für ihn besser wäre, in New York zu leben. Madeleine sah er bei seinem Aufenthalt nicht. Sein Betragen war so ungewöhnlich und schien ihr so bedrohlich, daß sie ihn durch Gersbach warnen ließ, er solle ihrem Haus in der Harper Avenue nicht zu nahe kommen. Die Polizei hätte ein Bild von ihm und würde ihn verhaften, wenn er sich in ihrer Nähe sehen ließe.

Herzog, der selbst nicht imstande war, Pläne zu schmieden, wurde es jetzt erst klar, wie sorgfältig Madeleine darauf hingearbeitet hatte, ihn loszuwerden. Sechs Wochen, bevor sie ihn in die Wüste schickte, ließ sie ihn nahe dem Midway ein Haus für zweihundert Dollar im Monat mieten. Als sie einzogen, zimmerte er Regale, säuberte den Garten und reparierte die Garagentür; er brachte auch die Sturmfenster an. Knapp eine Woche, bevor sie die Scheidung verlangte, hatte sie seine Kleidungsstücke reinigen und bügeln lassen, aber an dem Tag, an dem er das Haus verließ, warf sie sie alle in einen Karton, den sie die Kellertreppe hinunterstieß. Sie brauchte mehr Platz in den Schränken. Auch andere Dinge ereigneten sich, traurige, komische, oder grausame, je nachdem, wie man's ansieht. Bis zum allerletzten Tag war das Verhältnis zwischen Herzog und Madeleine auf einen ernsten Ton gestimmt – das heißt, Gedanken, Persönlichkeiten, Probleme wurden mit Achtung behandelt und besprochen. Als sie ihm die Neuigkeit unterbreitete, sprach sie zum Beispiel mit der Haltung und in dem reizvollen, gebieterischen Stil, der ihr eigen war. Sie hätte die Angelegenheit von jeder Seite aus bedacht, sagte sie, und müsse zugeben, daß sie besiegt sei. Sie könnten gemeinsam zu nichts kommen. Sie sei bereit, einen Teil der Schuld auf sich zu nehmen. Natürlich war Herzog nicht ganz unvorbereitet. Aber er hatte gedacht, daß sich die Dinge gebessert hätten.

Das Ganze trug sich an einem hellen, scharfen Herbsttag zu. Er war im hinteren Garten gewesen, um die Sturmfenster zu befestigen. Der erste Frost hatte bereits die Tomaten überfallen. Das Gras war dicht und weich und von jener besonderen Schönheit, die es gewinnt, wenn die kalten Tage kommen und der Altweibersommer sich morgens darüber spannt; der Tau ist dick und beständig. Die Tomatenstauden waren schwarz geworden und die roten Kugeln geplatzt.

Er hatte Madeleine oben am Hinterfenster gesehen, als sie June schlafen legte; später hörte er das Badewasser laufen. Jetzt rief sie von der Küchentür. Ein Windstoß vom See her ließ das gerahmte Glas in Herzogs Arm erzittern. Er lehnte es vorsichtig gegen die Porch und zog sich die grobleinenen Handschuhe aus; allerdings ließ er die Baskenmütze auf dem Kopf, als ahnte er schon, daß er binnen kurzem auf Reisen gehen würde.

Madeleine haßte ihren Vater von ganzem Herzen, aber es war nicht von ungefähr, daß der alte Herr ein berühmter Impresario war – den man zuweilen auch den amerikanischen Stanislawsky nannte. Sie hatte das Ereignis mit einem gewissen eigenen Genie für theatralische Effekte vorbereitet. Sie trug schwarze Strümpfe, hohe Absätze und ein lavendelfarbenes Kleid mit indianischem Brokat aus Zentralamerika. Außerdem hatte sie ihre Opalohrringe sowie ihre Armbänder angelegt und hatte sich parfümiert; ihr Haar wies einen neuen deutlichen Scheitel auf, und ihre schweren Augenlider schimmerten mit einem bläulichen Belag. Ihre Augen waren blau, aber die Tiefe der Farbe wurde durch die veränderliche Tönung des Weißen seltsam beeinflußt. Die Nase, die sich in einer geraden, edlen Linie von den Brauen abwärtszog, zuckte ein wenig, wenn sie außergewöhnlich erregt war. Herzog fand selbst dieses Zucken köstlich. Es lag ein Zug zur Unterwerfung in seiner Liebe zu Madeleine. Da sie herrschsüchtig war und er sie liebte, mußte er diesen Zug gelten lassen. Bei dieser Konfrontation im unaufgeräumten Wohnzimmer waren zwei Arten von Egoismus zugegen, und Herzog, auf seinem Sofa in New York, dachte jetzt darüber nach – der ihre im Triumph (sie hatte den großen Moment herbeigeführt, sie stand im Begriff zu tun, was sie so glühend herbeigesehnt hatte, nämlich einen Schlag zu führen) und sein Egoismus, kaltgestellt und vollkommen in Untätigkeit verwandelt. Was er leiden sollte, hatte er verdient; er hatte lange und kräftig gesündigt, ihm geschah recht. Jetzt war's soweit.

Im Fenster standen auf Glasuntersätzen gläserne Zierfläschchen, venezianische und schwedische. Sie gehörten zum Haus.

Jetzt fing sich die Sonne darin. Sie wurden von Licht durchstoßen. Herzog sah die Wellen, die Farbfäden, die Querstreifen des Spektrums und vor allem einen großen Fleck aus flammendem Weiß auf der Mittelwand über Madeleine. Sie sagte: »Wir können nicht länger zusammen leben.«

Ihre Ausführungen dauerten noch einige Minuten. Ihre Sätze waren gut gebaut. Diese Rede war geprobt worden, und es schien auch, daß er auf den Beginn der Vorstellung gewartet hatte.

Ihre Ehe war nicht so beschaffen, daß sie lange währen konnte. Madeleine hatte ihn nie geliebt. Sie sagte ihm das. »Es ist schmerzlich, sagen zu müssen, daß ich dich nie geliebt habe. Ich werde dich auch nie lieben«, sagte sie. »Es hat also keinen Zweck, weiterzumachen.«

Herzog sagte: »Ich liebe dich aber, Madeleine.«

Schritt für Schritt nahm Madeleine zu an Größe, Geist und Einsicht. Ihre Farbe vertiefte sich, ihre Brauen und ihre byzantinische Nase hoben sich, bewegten sich; ihre blauen Augen gewannen durch die Röte, die dunkler wurde und von ihrer Brust und ihrer Kehle hochstieg. Sie befand sich in einer Ekstase der Bewußtheit. Es kam Herzog in den Sinn, sie hätte ihn so vernichtend geschlagen und ihren Stolz so ausgiebig befriedigt, daß sich der Überfluß an Kraft in ihre Intelligenz ergoß. Er begriff, daß er einen der größten Augenblicke ihres Daseins miterlebte.

»Du solltest dir dieses Gefühl bewahren«, sagte sie. »Ich glaube, es ist echt. Du liebst mich wirklich. Aber ich glaube, du verstehst auch, was für eine Demütigung es für mich bedeutet, mich in dieser Ehe geschlagen zu geben. Ich habe alles hineingelegt, was ich habe. Ich bin durch diese Sache zermalmt.«

Zermalmt? Nie hatte sie herrlicher ausgesehen. Man konnte in diesem Aussehen ein theatralisches Element entdecken, aber viel mehr noch ein Element der Leidenschaft.

Und Herzog, eine kompakte Mannsfigur, wenn auch blaß und leidend, wie er da im dämmernden Abend eines New Yorker Frühlingstages auf dem Sofa lag, hinter ihm die bebende Energie der Stadt, ein Gefühl und Geruch von Flußwasser, ein Streifen von verschönendem und dramatischem Dreck, den New Jersey dem Sonnenuntergang beisteuerte – Herzog in der Klause seiner Abgeschiedenheit und noch kräftigen Leibes (seine Gesundheit grenzte tatsächlich ans Wunderbare; er hatte sein Bestes getan, um krank zu werden) malte sich aus, was wohl geschehen wäre, wenn er, statt Madeleine so gespannt und nachdenklich zuzuhören, sie ins Gesicht geschlagen hätte. Was, wenn er sie niedergeschlagen, sie beim Haar gepackt, sie kreischend und sich wehrend im Zimmer herumgezerrt und ihr schließlich den Hintern versohlt hätte, bis er blutete. Was, wenn er das getan hätte! Er hätte ihr das Kleid zerfetzen, ihre Halskette herunterreißen, seine Fäuste auf ihr Haupt niedersausen lassen sollen. Er wies diese intellektuelle Gewalttätigkeit seufzend von sich. Er fürchtete, daß er insgeheim tatsächlich dieser Art von Brutalität verfallen war. Aber nehmen wir einmal an, er hätte *sie* aufgefordert, das Haus zu verlassen. Schließlich war es ja *sein* Haus. Wenn sie nicht mit ihm leben konnte, dann konnte sie ja gehen. Der Skandal? Man brauchte sich durch einen kleinen Skandal nicht vertreiben zu lassen. Es wäre peinlich gewesen, grotesk, aber ein Skandal war schließlich und endlich eine Art Dienstleistung für die Gemeinde. Nur war es Herzog in diesem Wohnzimmer der funkelnden Flaschen nie in den Sinn gekommen, Widerstand zu leisten. Er meinte vielleicht immer noch, daß er durch die Beschwörung seiner Passivität, seiner Persönlichkeit, auf Grund der Tatsache, daß er ja schließlich Moses sei – Moses Elkanah Herzog – gewinnen könne, ein guter Mann und Madeleines ganz besonderer Wohltäter. Alles hatte er für sie getan – alles!

»Hast du diese Entscheidung mit Doktor Edvig besprochen?« fragte er. »Was hält der davon?«

»Inwiefern sollte mich seine Ansicht beeinflussen? Er kann mir nicht sagen, was ich tun soll. Er kann mir nur helfen zu verstehen... Ich bin zu einem Anwalt gegangen«, sagte sie.

»Welchem Anwalt?«

»Sandor Himmelstein, wenn du's wissen willst. Weil er ein Freund von dir ist. Er sagt, du kannst bei ihm wohnen, bis du neue Vorkehrungen getroffen hast.«

Das Gespräch war vorüber, und Herzog kehrte zu seinen Sturmfenstern im Schatten und der grünen Feuchtigkeit des hinteren Gartens zurück – zu seinem obskuren System von Idiosynkrasien. Da er ein Mensch von regellosen Neigungen war, übte er sich in der Kunst, inmitten der zufälligen Gegebenheiten zu kreisen, um auf das Wesentliche zuzustoßen. Er hegte häufig die Erwartung, durch ein amüsantes Manöver das Wesentliche überrumpeln zu können. Aber nichts dergleichen geschah, als er das scheppernde Glas handhabte und zwischen den frostversengten, schlaffen Tomatenstauden stand, die mit Stoffstreifen an ihren Stangen festgebunden waren. Der Pflanzengeruch war stark. Er arbeitete weiter an den Fenstern, weil er sich das Gefühl einer Verstümmelung nicht gestatten konnte. Er fürchtete die Tiefe der Empfindung, der er einmal ausgeliefert sein würde, wenn er nicht mehr imstande war, seine Exzentrizitäten zur Linderung ins Feld zu führen.

In dieser Stellung des Zusammenbruchs, die Arme über den Kopf geworfen, die Beine von sich gestreckt, im Liegen ebensowenig auf Stil bedacht wie ein Schimpanse, beobachteten seine mehr als normal glänzenden Augen die eigene Arbeit im Garten unbeteiligt, als sehe er durch ein umgekehrtes Fernglas auf ein winziges, scharf umrissenes Bild.
Dieser leidende Clown.

Daher zwei Punkte: Er wußte, daß seine Kritzeleien, sein Briefeschreiben lächerlich waren. Seine Exzentrizitäten hatten Macht über ihn.

Jemand ist in mir. Ich bin in seinem Griff. Wenn ich von ihm spreche, fühle ich ihn in meinem Kopf, wo er zur Ordnung hämmert. Er wird mich zugrunde richten.

Es ist berichtet worden, schrieb er, *daß mehrere Teams russischer Kosmonauten verlorengegangen sind; entmaterialisiert, wie wir annehmen müssen. Einen hörte man rufen ›SOS – Welt SOS‹. Sowjetische Bestätigung war nicht zu erhalten.*

Liebe Mama, der Grund, warum ich so lange dein Grab nicht besucht habe...

Liebe Wanda, Liebe Zinka, Liebe Libbie, Liebe Ramona, Liebe Sono, ich brauche auf das dringendste Hilfe. Ich habe Angst, daß ich auseinanderfalle. Lieber Edvig, die Tatsache ist die, daß mir auch der Wahnsinn versagt geblieben ist. Ich weiß nicht, warum ich Ihnen überhaupt schreiben sollte. Sehr verehrter Herr Präsident, die Steuerverordnungen werden uns in eine Nation von Buchhaltern verwandeln. Das Leben eines jeden Staatsbürgers wird zum Geschäftsbetrieb. Das ist meiner Ansicht nach eine der schlimmsten Deutungen für den Sinn des menschlichen Lebens, die die Welt bisher gesehen hat. Das menschliche Leben ist kein Geschäft.

Und wie soll ich das unterschreiben? überlegte Moses. Verärgerter Bürger? Ärger ist so aufreibend, daß man ihn für das große Unrecht aufsparen sollte.

Liebe Daisy, schrieb er an seine erste Frau, *ich weiß, daß ich an der Reihe bin, Marco am Elterntag im Camp zu besuchen, aber ich fürchte, daß meine Anwesenheit ihn dieses Jahr verstören könnte. Ich habe ihm geschrieben und mich über seinen Tagesplan laufend unterrichtet. Es ist jedoch leider wahr, daß er mich für die Trennung von Madeleine verantwortlich macht und meint, daß ich auch seine kleine Halbschwester im Stich gelassen hätte. Er ist zu jung, um den Unterschied zwischen den beiden Scheidungen zu verstehen.* Hier fragte sich Herzog, ob es schicklich sei, die Angelegenheit mit Daisy eingehender zu erörtern, aber als er sich ihr hübsches und zorniges Gesicht beim Lesen des bis jetzt noch ungeschriebenen Briefes vorstellte, entschied er sich dagegen. Er fuhr fort: *Ich glaube, es wäre für Marco am besten, mich nicht zu sehen. Ich bin krank gewesen – in ärztlicher Behandlung.* Mit Widerwillen stellte er den Winkelzug fest, mit dem er um Mitleid warb. Eine Persönlichkeit hat ihre eigenen Methoden. Ein Intellekt kann sie ohne Zustimmung beobachten. Herzog hatte für seine Persönlichkeit nicht viel Sympathie, und im Augenblick konnte er augenscheinlich nichts gegen seine Impulse tun. *Meine Gesundheit und Kraft allmählich wieder aufbauen –* als einen Menschen mit soliden positiven Grundsätzen, modern und liberal, müßten Nachrichten über seinen Fortschritt (wenn wahr) sie erfreuen. Aber als Opfer dieser Impulse müßte sie in der Zeitung nach seiner Todesanzeige suchen.

Herzogs kräftige Konstitution arbeitete hartnäckig gegen seine Hypochondrie. Anfang Juni, wenn das allgemeine Wiedererwachen des Lebens vielen Menschen schwer zusetzt, wenn sogar die jungen Rosen in den Blumenläden sie an ihre eigenen Fehlschläge, an Unfruchtbarkeit und Tod erinnern, begab sich Herzog zu einer ärztlichen Generaluntersuchung. Er ging zu einem ältlichen Emigranten, Dr. Emmerich, der in der West Side dem Central Park gegenüber wohnte. Ein verwahrlost aussehender Portier mit einem Altleutegeruch und der Mütze eines Balkanfeldzuges von vor einem halben Jahrhundert auf dem Kopf ließ ihn in das bröcklige Gewölbe der Vorhalle ein. Herzog entkleidete sich im Untersuchungszimmer, das in einem unruhigen, scheußlichen Grün gehalten war; die dunklen Wände schienen von der Seuche alter Gebäude in New York gedunsen. Er war kein großer Mann, aber er war stämmig, die Muskeln durch die harte Arbeit, die er auf dem Lande geleistet hatte, entwickelt. Er war stolz auf die Muskeln, auf die Breite und Kraft seiner Hände, die Glätte seiner Haut, aber er durchschaute auch dies und fürchtete, in der Rolle des alternden, eitlen, gutaussehenden Mannes ertappt zu werden. Alter Narr, nannte er sich selbst und blickte weg von dem kleinen Spiegel, dem ergrauenden Haar, den Falten der Heiterkeit und der Bitternis. Er sah statt dessen durch die Holzlatten der Fensterläden auf die braunen Felsen im Park, die mit Glimmer gefleckt waren, und auf das optimistisch hüpfende Grün des Juni. Es würde bald lasch werden, wenn die Blätter sich verbreiterten und New York seinen Ruß auf dem Sommer ablagerte. Es war jedoch gerade jetzt besonders schön und lebendig in allen Einzelheiten – den Ästen, den kleinen Spitzen und geheimnisvoll schwellenden Formen von Grün. Schönheit ist nicht eine menschliche Erfindung. Dr. Emmerich, gebückt, aber energisch, untersuchte ihn, beklopfte Brust und Rücken, leuchtete ihm einen Lichtstrahl in die Augen, zapfte ihm Blut ab, tastete seine Prostata ab und schloß ihn an einen Elektrokardiographen an.

»Nun, Sie sind ein gesunder Mann – nicht mehr einundzwanzig, aber kräftig.«

Herzog vernahm das selbstverständlich mit Befriedigung, war aber trotzdem ein kleines bißchen unglücklich darüber. Er hatte sich eine bestimmte Krankheit erhofft, die ihn für einige Zeit ins Krankenhaus verbannen würde. Dann brauchte er nicht für sich selbst zu sorgen. Seine Brüder, die ihn mehr oder weniger aufgegeben hatten, würden sich dann zu ihm schlagen, und seine Schwester Helen würde vielleicht sogar kommen und sich seiner annehmen. Die Familie würde für die Kosten aufkommen und auch für Marco und June bezahlen. Das war jetzt ausgeschlossen. Abgesehen von der kleinen Infektion, die er sich in Polen zugezogen hatte, war seine Gesundheit robust, und selbst die Infektion, inzwischen geheilt, war nicht ganz eindeutig gewesen. Möglicherweise war das Ganze auf seinen Seelenzustand zurückzuführen, auf Depression und Übermüdung, nicht auf Wanda. Einen fürchterlichen Tag lang hatte er geglaubt, er hätte Tripper. Er müsse an Wanda schreiben, dachte er, als er seine Hemdzipfel nach vorn zog und die Manschetten zuknöpfte. *Chère Wanda,* begann er, *Bonnes nouvelles. T'en sera contente.* Es war eine weitere anrüchige Liebesaffäre auf französisch. Warum sonst hatte er auf der Schule über seinem Lehrbuch gebüffelt und auf der Universität Rousseau und Maistre gelesen? Seine Erfolge waren nicht nur akademisch, sondern auch geschlechtlich. Und waren das eigentlich Erfolge? Es war sein Stolz, der gefüttert werden mußte. Sein Fleisch bekam, was übrigblieb.

»Wo fehlt's denn noch?« fragte Dr. Emmerich. Ein alter Mann, das Haar angegraut wie das seine, Gesicht schmal und witzig, sah ihm in die Augen. Herzog glaubte die Botschaft zu verstehen. Der Arzt gab ihm zu bedenken, daß er in diesem verrottenden Zimmer die wirklich schwachen, die verzweifelt kranken, gelähmten Frauen und sterbenden Männer behandelte. Was wollte denn Herzog von ihm? »Sie scheinen sehr aufgeregt zu sein«, sagte Emmerich.

»Ja, das stimmt. Ich bin aufgeregt.«

»Wollen Sie Miltown? Schlangenwurz? Leiden Sie an Schlaflosigkeit?«

»Nicht ernstlich«, erwiderte Herzog. »Meine Gedanken schießen in alle Richtungen.«

»Soll ich Ihnen einen Psychiater empfehlen?«

»Nein, ich habe soviel Psychiatrie genossen, wie ich verkraften kann.«

»Wie wäre es denn mit einem Urlaub? Fahren Sie mit einer jungen Dame aufs Land, an die See. Haben Sie noch Ihren Besitz in Massachusetts?«

»Wenn ich ihn wieder auftun will.«

»Lebt Ihr Freund noch da oben? Der Rundfunkansager? Wie

heißt noch der große Mann mit dem roten Haar, der mit dem Holzbein?«

»Er heißt Valentine Gersbach. Nein, er ist auch nach Chicago gezogen, als ich – als wir dahin zogen.«

»Er ist ein sehr amüsanter Mensch.«

»Ja, sehr.«

»Ich habe von Ihrer Scheidung gehört – wer hat mir doch davon erzählt? Tut mir leid.«

Suche nach dem Glück – sollte sich auf schlimme Resultate gefaßt machen.

Emmerich setzte sich die Brille auf, die noch von Benjamin Franklin zu stammen schien, und schrieb ein paar Wörter auf eine Karteikarte. »Ich nehme an, daß das Kind bei Madeleine in Chicago ist«, sagte der Doktor.

»Ja –«

Herzog hätte Emmerich gern dazu gebracht, seine Ansicht über Madeleine preiszugeben. Sie war ebenfalls seine Patientin gewesen. Aber Emmerich sagte nichts. Natürlich nicht, denn der Arzt darf nicht über seine Patienten sprechen. Trotzdem konnte man sich eine Ansicht aus den Blicken, die er Moses zuwarf, zusammenreimen.

»Sie ist eine heftige, hysterische Frau«, berichtete er Emmerich. Er sah den Lippen des alten Mannes an, daß dieser antworten wollte, aber dann entschloß sich Emmerich, nichts zu sagen, und Moses, der die seltsame Angewohnheit hatte, anderen Leuten ihre Sätze zu Ende zu sprechen, machte sich im Geiste eine Anmerkung über seine eigene verwirrende Persönlichkeit. *Ein sonderbares Herz. Ich kann's mir selbst nicht erklären.*

Er erkannte nun, daß er zu Emmerich gekommen war, um Madeleine zu beschuldigen oder um einfach mit jemandem über sie zu sprechen, der sie kannte und sie realistisch beurteilte.

»Aber Sie müssen doch andere Frauen haben«, meinte Emmerich.

»Ist da niemand? Müssen Sie heute allein zu Abend essen?«

Herzog hatte Ramona. Sie war eine entzückende Frau, aber auch mit ihr gab es selbstverständlich Probleme – mußte es Probleme geben. Ramona war eine Geschäftsfrau; ihr gehörte ein Blumenladen in der Lexington Avenue. Sie war nicht jung – wahrscheinlich in den Dreißigern; sie verriet Moses nicht ihr genaues Alter – aber sie war ungeheuer reizvoll, etwas fremdländisch, gebildet. Als sie den Laden erbte, arbeitete sie gerade an ihrem Magisterexamen in Kunstgeschichte. Sie nahm sogar an Herzogs Abendkurs in der Columbia-Universität teil. Grundsätzlich war er gegen Liebesverhältnisse mit Studentinnen, selbst mit Studentinnen wie Ramona Donsell, die ganz offensichtlich dafür geschaffen war.

Alle Dinge tuend, die der Wilde tut, schrieb er nieder, *obwohl man dabei ein ernsthafter Mensch bleibt. In schrecklichem Ernst.*

Natürlich war es gerade dieser Ernst, der auf Ramona anziehend wirkte. Ideen belebten sie. Sie redete leidenschaftlich gern. Sie war zudem eine ausgezeichnete Köchin und imstande, Garnelen à la Arnaud zuzubereiten, die sie mit Puilly Fuissé anrichtete.

Herzog aß mehrmals in der Woche bei ihr Abendbrot. Im Taxi, das sie vom öden Auditorium zu Ramonas großer Wohnung in der West Side brachte, hatte sie gesagt, er solle doch mal fühlen, wie ihr Herz schlage. Er faßte nach ihrem Handgelenk, um den Puls zu fühlen, aber sie sagte: »Wir sind keine kleinen Kinder, Herr Professor«, und legte seine Hand woandershin.

Innerhalb weniger Tage behauptete Ramona, dies sei keine der üblichen Affären. Sie merke, sagte sie, daß sich Moses in einem sonderbaren Zustand befinde, aber trotzdem habe er etwas so Liebes, Liebevolles, Gesundes und im Grunde so Solides – als sei er, nachdem er so viele Schrecknisse hinter sich gebracht hätte, von allem neurotischen Unsinn gereinigt –, daß es vielleicht von Anbeginn an nur eine Frage der richtigen Frau gewesen sei. Ihr Interesse für ihn vertiefte sich sehr schnell, und folglich fing er an, sich um sie Sorgen zu machen, zu grübeln. Er erzählte ihr ein paar Tage nach seinem Besuch bei Emmerich, daß der Arzt ihm geraten habe, Urlaub zu nehmen. Ramona antwortete darauf: »Natürlich brauchst du Urlaub. Geh doch nach Montauk. Ich habe dort ein Haus und könnte zum Wochenende hinfahren. Vielleicht können wir den ganzen Juli gemeinsam verbringen.«

»Ich wußte gar nicht, daß du ein Haus besitzt«, sagte Herzog.

»Ich wollte es vor einigen Jahren verkaufen, und eigentlich war es zu groß für mich allein, aber ich hatte mich gerade von Harold scheiden lassen und brauchte Abwechslung.«

Sie zeigte ihm Farbdias vom Haus. Das Auge am Betrachter, sagte er: »Es ist sehr hübsch. All diese Blumen.« Aber sein Herz war schwer – er fühlte sich bedrückt.

»Man kann sich dort herrlich amüsieren. Und du solltest dir wirklich ein paar flotte Sommersachen besorgen. Warum trägst du so eintönige Sachen? Du hast doch noch eine jugendliche Figur.«

»Ich habe bloß vergangenen Winter in Polen und Italien abgenommen.«

»Unsinn – wozu das Gerede? Du weißt doch, daß du gut aussiehst. Und du bist sogar stolz darauf. In Argentinien würde man dich *macho* nennen – männlich. Du kommst sanftmütig und zahm daher und tarnst damit nur den Teufel, der in dir steckt. Warum willst du den kleinen Teufel unterdrücken? Schließ doch Freundschaft mit ihm – ja, warum eigentlich nicht?«

Statt zu antworten, schrieb er im Geist. *Liebe Ramona – Sehr liebe Ramona. Ich habe dich sehr gern – mir lieb, ein wahrer Freund. Vielleicht führt es sogar weiter. Aber woher kommt es, daß ich, ein Lehrer, mich so ungern belehren lasse? Ich glaube, deine Weisheit verdrießt mich. Weil du die vollkommene Weisheit besitzt. Vielleicht im Übermaß. Ich möchte Verbesserungen nicht zurückweisen. An mir ist viel zu verbessern. Fast alles. Und ich erkenne mein Glück, wenn ich ihm begegne ...*

Das war buchstäblich wahr, jedes Wort davon. Er mochte Ramona gut leiden.

Sie kam aus Buenos Aires. Ihre Abstammung war international – spanisch, französisch, russisch, polnisch und jüdisch. Sie war in der Schweiz zur Schule gegangen und sprach immer noch mit einem leichten Akzent, der sehr reizvoll war. Sie war klein, hatte aber eine füllige, handfeste Figur, ein gutes, rundes Gesäß, feste Brüste (alle diese Dinge spielten bei Herzog eine Rolle; er mochte sich für einen Moralisten halten, aber die Form der weiblichen Brüste spielte eine gewaltige Rolle). Ihres Kinns war Ramona nicht sicher, aber sie hatte Zutrauen zu ihrem schönen Hals und trug daher den Kopf ziemlich hoch. Sie ging mit schneller Bestimmtheit und klapperte mit den Absätzen auf energische, kastilianische Art. Herzog war wie berauscht von diesem Klappern. Sie betrat einen Raum herausfordernd, mit leichtem Stolzieren, eine Hand an den Schenkel gelegt, als trüge sie ein Messer in ihrem Strumpfgürtel. So schien es in Madrid Mode zu sein, und es machte Ramona Spaß, in der Rolle einer ausgekochten spanischen Straßendirne einherzukommen – *una navaja en la liga*; sie brachte ihm diese Bezeichnung bei. Er dachte oft an das fiktive Messer, wenn er sie in ihrer Unterkleidung sah, die ausgefallen und schwarz war, eine träger lose Schopfung mit Namen ›Die lustige Witwe‹, die die Taille einzog und unten rote Bändchen flattern ließ. Ihre Schenkel waren kurz, aber tief und weiß. Die Haut war dunkler, wo sie durch das elastische Kleidungsstück zusammengepreßt wurde. Und seidige Schlaufen hingen herunter und Strumpfhalterschnallen. Ihre Augen waren braun, empfindsam und schlau, erotisch und berechnend. Sie wußte, was sie im Schilde führte. Der warme Geruch, die daunigen Arme, die schöne Büste, herrliche weiße Zähne und ein wenig gekrümmte Beine – alles wirkte zusammen. Moses, leidend, litt stilvoll. Sein Glück ließ ihn niemals ganz im Stich. Vielleicht war er glücklicher, als er wußte. Ramona versuchte, es ihm einzureden. »Dieses Weibstück hat dir einen Gefallen getan«, sagte sie. »Du wirst es viel besser haben.«

Moses! schrieb er, *gewinnend, wenn er weint, weinend, wenn er gewinnt. Kann anscheinend nicht an Siege glauben.*

Spanne deine Qualen an einen Stern.

Aber in dem schweigenden Moment, in dem er Ramona gegenüberstand, schrieb er, unfähig, mit etwas anderem zu erwidern als mit einem seiner gedachten Briefe, *Du bist mir ein großer Trost. Wir haben es mit mehr oder weniger stabilen, mehr oder weniger kontrollierbaren, mehr oder weniger tollen Elementen zu tun. Es ist wahr. Ich habe einen wilden Geist in mir, obwohl ich sanftmütig und milde aussehe. Du meinst, geschlechtliche Freuden seien alles, was dieser Geist begehrt, und da wir ihm diese geschlechtlichen Freuden gewähren, warum sollte dann nicht alles zum besten stehen?*

Danach merkte er plötzlich, daß Ramona sich in eine Art geschlechtliche Professionelle (oder Priesterin) verwandelt hatte. Er war es in letzter Zeit gewohnt, sich mit krassen Amateurinnen abzugeben. *Ich wußte nicht, daß ich auch mit einer regelrechten Bettartistin zurechtkommen würde.*

Aber ist das vielleicht das geheime Ziel meiner vagen Pilgerschaft? Entdecke ich in mir nach langen Irrwegen einen unerkannten Sohn von Sodom und Dionysos – einen orphischen Typ? (Ramona sprach sehr gern von orphischen Typen.) Einen kleinbürgerlichen Dionysier?

Er notierte, *Pah über alle derartigen Kategorien!*

»Vielleicht werde ich mir ein paar sommerliche Kleidungsstücke kaufen«, antwortete er Ramona.

Ich schätze elegante Kleidung, fuhr er fort. *In früher Kindheit habe* ICH MIR MEINE *Lackschuhe mit Butter eingerieben. Ich habe gehört, daß meine russische Mutter mich ›Krasawitz‹ nannte. Und als ich ein mürrischer Student mit einem weichen, hübschen Gesicht wurde und meine Zeit mit arrogantem Aussehen vergeudete, habe ich an meine Hosen und Hemden viele Gedanken verplempert. Erst später, als Akademiker, wurde ich nachlässig. Letzten Winter habe ich in der Burlington Passage eine bunte Weste gekauft und ein Paar Schweizer Stiefel, wie sie jetzt die Schwulen von Greenwich Village tragen. Herzweh? Ja,* schrieb er weiter, *und in feiner Schale. Aber meine Eitelkeit gibt nicht mehr sehr viel her, und, ehrlich gesagt, bin ich auch von meinem eigenen gefolterten Herzen nicht mehr übermäßig beeindruckt. Es erweckt langsam den Anschein einer weiteren Zeitverschwendung.*

Bei kühler Überlegung entschloß sich Herzog, Ramonas Angebot lieber nicht anzunehmen. Sie war, nach seiner scharfen Rechnung, sieben- oder achtunddreißig Jahre alt und demnach auf der Suche nach einem Ehemann. Das war an sich selbst nicht bösartig, und nicht einmal komisch. Einfache und allgemeingültige menschliche Gegebenheiten herrschten unter den scheinbar Blasiertesten. Ramona hatte diese erotischen Mittelchen ja nicht aus einem Handbuch gelernt, sondern im Abenteuer, in der Verwirrung und zuweilen wahrscheinlich mit sinkendem Herzen in brutalen und oft abstoßenden Umarmungen. Jetzt mußte sie daher nach Stetigkeit streben. Sie wollte ihr Herz ein für allemal verschenken, sich mit einem guten Mann zusammentun, Herzogs Frau werden und aufhören, eine bereitwillige Horizontale zu sein. Sie hatte oft einen nüchternen Ausdruck im Gesicht. Ihre Augen rührten ihn tief.

Sein geistiges Auge, das niemals rastete, sah Montauk – weißen Strand, funkelndes Licht, schimmernde Brandung, Taschenkrebse, die in ihren Panzern verreckten, Knurrhahn und Kugelfisch. Herzog sehnte sich danach, sich in seiner Badehose hinzulegen und den sorgenvollen Baude auf dem Sand zu wärmen. Aber wie sollte er? Es war gefährlich, von Ramona zu viele Gefälligkeiten anzunehmen. Er müßte vielleicht mit seiner Freiheit dafür bezahlen. Zwar brauchte er im Augenblick diese Freiheit nicht; er brauchte Ruhe. Aber nach der Ruhe hätte er vielleicht gern seine Freiheit wiedergehabt. Dessen war er sich zwar nicht sicher. Aber es war eine Möglichkeit.

Ein Urlaub gibt mir mehr Kraft für mein neurotisches Leben.

Und doch, überlegte Herzog, sah er entsetzlich aus, eingefallen; sein Haar ging stärker aus, und diese schnelle Verschlimmerung hielt er für eine Kapitulation vor Madeleine und Gersbach, ihrem Liebhaber, sowie vor allen seinen Feinden. Er besaß mehr Feinde und Haßgefühle, als man seinem vergrübelten Gesicht leicht hätte anmerken können.

Das Trimester der Abendschule ging dem Ende entgegen, und Herzog überzeugte sich, daß er klug daran täte, sich auch von Ramona loszumachen. Er entschloß sich, nach Vineyard zu fahren, aber da er es für schlecht hielt, ganz allein zu sein, schickte er ein Brieftelegramm an eine Frau in Vineyard Haven, eine alte Freundin (sie hatten einmal vorgehabt, ein Verhältnis anzufangen, aber das hatte sich nie verwirklicht, und sie waren statt dessen von zarter Rücksicht zueinander). In dem Telegramm erklärte er ihr seine Lage, und seine Freundin Libbie Vane (Libbie Vane-Erikson-Sissler, sie hatte gerade zum drittenmal geheiratet, und das Haus in Haven gehörte ihrem Mann, einem Industriechemiker) rief ihn umgehend an und lud ihn sehr gefühlsbetont und aufrichtig ein, zu kommen und so lange zu bleiben, wie er wollte.

»Besorge mir ein Zimmer nahe beim Strand«, bat Herzog.
»Wohne doch bei uns.«

»Nein, nein. Das kann ich nicht. Du hast doch eben erst geheiratet.«

»Ach, Moses – bitte, sei doch nicht so romantisch. Sissler und ich leben schon seit drei Jahren zusammen.«

»Es sind aber dennoch eure Flitterwochen, nicht wahr?«

»Hör schon mit dem Unsinn auf. Ich bin gekränkt, wenn du nicht bei uns wohnst. Wir haben sechs Schlafzimmer. Komm zu uns, so schnell du kannst; ich habe gehört, was du durchgemacht hast.«

Zuletzt – es war unumgänglich – nahm er an. Er hatte jedoch das Gefühl, sich schlecht benommen zu haben. Durch das Telegramm hatte er sie praktisch gezwungen, ihn einzuladen. Vor zehn Jahren hatte er Libbie in einer entscheidenden Angelegenheit geholfen und wäre mit sich zufriedener gewesen, wenn er ihr keinen Grund gegeben hätte, sich zu revanchieren. Er war schlau genug, nicht um Hilfe zu bitten. Er machte sich lieber zum Tölpel – er tat das Schwache, Korrupte. Aber, dachte er, ich braue die Sache wenigstens nicht noch mehr zu verschlimmern. Ich will Libbie nicht mit meinen Sorgen behelligen oder die ganze Woche an ihrem Busen weinend hinbringen. Ich lade sie zum Abendessen ein, sie und ihren neuen Mann. Man muß ums Leben kämpfen. Das ist die vornehmste Bedingung, unter der man es erhalten kann. Warum sollte man dann halben Herzens sein? Ramona hat recht. Kaufe dir leichte Kleidung. Du kannst ja noch mehr Geld von deinem Bruder Shura borgen – der hat's gern, und er weiß auch, daß du es zurückzahlst. Das ist ein schätzenswerter Lebensgrundsatz – man zahlt seine Schulden.

Deshalb zog er aus, um Kleidungsstücke zu kaufen. Er prüfte die Reklamebilder im *New Yorker* und *Esquire*. Diese zeigten nunmehr auch ältere Herren mit gefurchten Gesichtern neben jungen leitenden Angestellten und Sportlern. Dann, nachdem er sich sorgfältiger rasiert hatte als gewöhnlich und sein Haar gebürstet hatte (konnte er es ertragen, sich im hellichten dreiteiligen Spiegel eines Herrenmodengeschäfts zu betrachten?), nahm er einen Bus. Von der 59. Street an ging er die Madison Avenue hinunter bis zu den Vierzigern und zurück zur Plaza in der Fifth Avenue. Da öffneten sich die grauen Wolken vor der durchbohrenden Sonne. Die Schaufenster glitzerten, und Herzog blickte hinein, mit schamrotem Gesicht und voller Erregung. Der neue Stil erschien ihm leichtfertig und angeberisch – Madrasjacken, Shorts mit ineinander verlaufenden Ergüssen von Kandinsky-Farben, in denen ältere oder gar beleibte alte Männer lächerlich aussehen mußten. Besser puritanische Zurückhaltung als die Zurschaustellung erbärmlich verbeulter Knie und Krampfadern, von Pelikanbäuchen und der Schmach ausgemergelter Gesichter unter Sportmützen. Unzweifelhaft konnte Valentine Gersbach, der ihn bei Madeleine ausgestochen hatte, diese hübschen, grellen Bonbonstreifen, trotz seines beeinträchtigenden Holzbeins, tragen. Valentine war ein Stutzer. Er hatte ein dickes Gesicht und schwere Backen; Moses fand, daß er Hitlers Leibpianisten, Putzi Hanfstaengl, ein wenig ähnlich sah.

Aber Gersbach hatte für einen rothaarigen Mann ein Paar außergewöhnliche Augen, braune, tiefe, heiße Augen, voller Leben. Auch die Wimpern waren lebendig, rötlich-dunkel, lang und kindlich. Und das Haar war bärendicht. Zudem hatte Valentine ein ausgesuchtes Zutrauen zu seiner Erscheinung. Man merkte es genau. Er wußte, daß er ein schrecklich gut aussehender Mann war. Er erwartete, daß die Frauen – alle Frauen – verrückt nach ihm waren. Viele waren es, oder? Einschließlich der zweiten Mrs. Herzog.

»Das anziehen? Ich?« sagte Herzog zum Verkäufer in einem Laden der Fifth Avenue. Aber er kaufte eine Jacke mit karminroten und weißen Streifen. Dann sagte er dem Verkäufer über die Schulter, daß seine Familie im alten Kontinent bodenlangen schwarzen Gabardine getragen hätte.

Der Verkäufer hatte von einer pubertären Akne eine unebene Haut zurückbehalten. Sein Gesicht war rot wie eine Nelke, und er hatte einen fleischgeschwängerten Atem, einen Hundeatem. Er war ein wenig grob zu Moses, denn als er ihn nach der Taillenweite fragte und Moses antwortete ›Fünfundachtzig‹, sagte der Verkäufer: »Geben Sie nicht so an.« Das war ihm nur 'rausgerutscht, und Moses war zu sehr Gentleman, um es ihm anzukreiden. Sein Herz pochte ein bißchen mit der schmerzlichen Befriedigung der Zurückhaltung. Mit gesenkten Augen schritt er über den grauen Teppich zur Umkleidekabine, und dort, sich entkleidend und die neue Hose über die Schuhe streifend, schrieb er dem Burschen ein Briefchen: *Lieber Mack. Jeden Tag zu tun mit armen Trotteln. Männlicher Stolz. Unverschämtheit. Eitelkeit. Du selbst aber verpflichtet, angenehm und gewinnend zu sein. Schwere Aufgabe, wenn man ein neidischer, zänkischer Mensch ist. Die Offenheit der Menschen in New York. Gott segne dich, du bist nicht nett. Aber in einer falschen Lage wie wir alle. Mußt dir etwas Manierlichkeit angewöhnen. Eine richtige Lage könnte für uns alle leicht unerträglich werden. Ich habe bereits Bauchschmerzen vor Manierlichkeit. Und was Gabardine betrifft, so ist mir bekannt, daß man um die Ecke im Diamantenviertel so viel Bärte und Gabardine findet, wie man sich wünschen kann. O Gott!* schloß er, *vergib uns alle diese Schulden. Führe mich nicht zur Penn Station.*

In einer italienischen Hose, die unten hochgesteckt war, und mit einem rot-weißen Blazer mit schmalen Aufschlägen angetan, vermied er, sich voll dem dreifachen, erleuchteten Spiegel auszusetzen. Sein Körper schien von seinen Bedenken unberührt und überstand alle Stürme. Es war sein Gesicht, das besonders um die Augen so verwüstet aussah, daß sein Anblick ihn erbleichen ließ.

In Gedanken versunken, überhörte der Verkäufer zwischen den stummen Kleiderständern Herzogs Schritte. Er grübelte. Schleppendes Geschäft. Wieder eine kleine Wirtschaftskrise. Nur Moses gab heute Geld aus. Geld, das er von seinem geldverdienenden Bruder borgen wollte. Shura war nicht geizig. Sein Bruder Willie übrigens auch nicht. Aber Moses fand es leichter, von Shura zu nehmen, der ebenfalls ein bißchen Sünder war, als von Willie, der ehrenwerter lebte.

»Sitzt der Rücken einigermaßen?« fragte Herzog und wandte sich um.

»Wie nach Maß«, sagte der Verkäufer.

Es war ihm völlig schnuppe. Das merkte ein Blinder. Ich kann sein Interesse nicht wecken, erkannte Herzog. Dann ging es auch ohne, und zum Teufel mit ihm. Ich treffe die Entscheidung allein. Ich bin am Zug. So gestärkt, trat er zwischen die Spiegel, die Blicke nur auf die Jacke gerichtet. Sie war zufriedenstellend.

»Packen Sie sie ein«, sagte er. »Ich nehme auch die Hose, aber ich brauche sie noch heute. Jetzt sofort.«
»Ist nicht möglich. Der Schneider hat zu tun.«
»Heute, oder es ist Essig«, sagte Herzog. »Ich muß verreisen.« Zwei können dieses hartnäsige Spiel betreiben.
»Ich will sehen, ob ich die Sache beschleunigen kann«, sagte der Verkäufer.
Er ging, und Herzog öffnete die ziselierten Metallknöpfe. Man hatte den Kopf eines römischen Kaisers benutzt, um die Jacke eines Vergnügungsuchenden zu schmücken, bemerkte er dabei. Allein geblieben, streckte er sich die Zunge 'raus und zog sich dann vom dreifachen Spiegel zurück. Er erinnerte sich, wieviel Freude es Madeleine machte, in Geschäften Kleider anzuprobieren, und wieviel Herz und Stolz im Spiel waren, wenn sie sich anblickte, berührte, zurechtrückte, mit glühendem, wenn auch strengem Gesicht, mit den großen blauen Augen, den lebhaften Ponies, dem Medaillon-Profil. Die Befriedigung, die sie mit sich selbst empfand, war wahrhaft pluralisch – fürstlich. Und sie hatte Moses während einer ihrer Krisen erzählt, daß sie sich wieder einmal, wie zum erstenmal, vor dem Badezimmerspiegel nackt betrachtet hätte. »Immer noch jung«, sagte sie, wie zur Bestandsaufnahme, »jung, schön, voller Leben. Warum sollte ich das alles an dich vergeuden?«

Warum, Gott behüte? Herzog suchte nach etwas, um eine Notiz niederschreiben zu können, da er Papier und Bleistift in der Umkleidekabine gelassen hatte. Er kritzelte auf die Rückseite des Rechnungsblocks *Ein Weibstück zur Zeit zeugt Geringschätzigkeit.*

Nachdem er sich durch einen Posten Strandkleidung gewühlt hatte, wobei er jetzt still vor sich hin lachte, als triebe sein Herz nach oben, kaufte Herzog sich eine Badehose für Martha's Vineyard; dann zog ein Regal mit altmodischen Strohhüten seine Blicke auf sich, und er entschloß sich, auch von diesen einen zu erstehen.

Schaffte er sich diese Dinge nun eigentlich nur an, fragte er sich, weil der alte Emmerich ihm Ruhe verschrieben hatte? Oder bereitete er sich auf neue Techtelmechtel vor – erwartete er eine weitere Verstrickung in Vineyard? Mit wem? Wie sollte er wissen, mit wem? Frauen gab es überall die Menge.

Zu Hause probierte er seine Neuerwerbungen an. Die Badehose war ein wenig eng. Aber der ovale Strohhut gefiel ihm; er schwamm auf dem Haar, das an den Seiten immer noch dicht wuchs. Mit dem Hut sah er aus wie Elias Herzog, ein Vetter seines Vaters, der Mehlhändler, der in den zwanziger Jahren das Gebiet des nördlichen Indiana für die General Mills bereist hatte. Elias mit seinem ernsten, amerikanisierten, glattrasierten Gesicht aß harte Eier und trank das Bier der Prohibition – zu Hause gebrautes polnisches *Piva*. Er schlug die Eier kurz auf das Geländer der Veranda und schälte sie sorgfältig. Er trug bunte Ärmelhalter und eine Butterblume wie diese hier, die auf der gleichen Haarfrisur thronte, wie die seines eigenen Vaters, des Rabbi Sandor-Alexander Herzog; nur trug dieser noch dazu einen herrlichen Bart, einen schimmernden, breitgefächerten Bart, der die Linie des Kinns und den Samtkragen seines Gehrocks verbarg. Herzogs Mutter hatte eine Vorliebe für Juden mit schönen Bärten gehabt. Auch in ihrer Familie hatten die Älteren Bärte, die dicht, üppig und voller Religion waren. Sie wollte, daß Moses ebenfalls Rabbi würde, und er kam sich jetzt mit seiner Badehose und dem Strohhut, mit dem von schwerer Traurigkeit gezeichneten Gesicht und der törichten Sehnsucht des Herzens, von der ihn ein religiöses Leben vielleicht gereinigt hätte, grauslich unrabbinerhaft vor. Dieser Mund! – belastet von Begehren und unversöhnlichem Zorn, die manchmal grimmig aussehende gerade Nase, die dunklen Augen! Und diese Figur! Die langen Adern, die sich in seinem Arm wanden und die hängenden Hände füllten, ein altes System, von noch höherem Alter als dem der Juden. Der flache Hut, eine Kruste von Stroh, hatte ein rot-weißes Band, das zur Jacke paßte. Er entfernte das Seidenpapier aus den Ärmeln und zog sie an, wobei sich die Streifen nach außen wölbten. Barbeinig sah er aus wie ein Hindu.

Schauet die Lilien auf dem Felde, erinnerte er sich, *sie arbeiten nicht, auch spinnen sie nicht, doch Salomo in aller seiner Herrlichkeit ist nicht bekleidet gewesen...*

Acht Jahre alt war er gewesen in der Kinderklinik des Royal Victoria Hospital von Montreal, als er diese Worte lernte. Eine christliche Dame kam einmal die Woche und ließ ihn laut aus der Bibel vorlesen. Er las: *Gebet, so wird euch gegeben: Ein voll, gedrückt, gerüttelt und überflüssig Maß wird man in euren Schoß geben.*

Vom Krankenhausdach hingen Eiszapfen wie Fischzähne, an deren Enden klare Tropfen brannten. Neben seinem Bett saß die gojische Dame mit ihren langen Röcken und den Knopfstiefeln. Die Hutnadel stak aus ihrem Hinterkopf heraus wie die Rollstange einer elektrischen Straßenbahn. Ihrem Kleid entströmte der Geruch von Kleister. Und dann ließ sie ihn lesen: *Lasset die Kindlein zu mir kommen.* Sie machte auf ihn den Eindruck einer guten Frau. Allerdings war ihr Gesicht verbissen und grimmig.

»Wo wohnst du, kleiner Junge?«

»In der Napoleon Street.«

Wo die Juden wohnen.

»Was macht dein Vater?«

Mein Vater macht illegalen Schnaps. Er hat seine Brennerei in Point-St. Charles. Die Häscher sind hinter ihm her. Er hat kein Geld.

Nur hätte Moses ihr das selbstverständlich niemals erzählt. Selbst mit fünf Jahren hätte er sich schon besser ausgekannt. Seine Mutter hatte ihm eingetrichtert: »Darfst du nie sagen!«

Darin lag eine gewisse Weisheit, dachte er, als könne man durch Stolpern sein Gleichgewicht wiederfinden oder durch das Eingeständnis einer kleinen Geistesgestörtheit seine gesunden Sinne wiederherstellen. Und er genoß einen gegen sich selbst gerichteten Scherz. Jetzt, zum Beispiel, hatte er die Sommersachen, die er sich nicht leisten konnte, eingepackt und war auf der Flucht vor Ramona. Er wußte, wie die Dinge laufen würden, wenn er mit ihr nach Montauk führe. Sie würde ihn wie einen zahmen Bären in Easthampton von Cocktail-Party zu Cocktail-Party schleifen. Er konnte sich das vorstellen – Ramona lachend, redend, ihre Schultern entblößt in einer ihrer Bauernblusen (es waren großartige, weibliche Schultern, das mußte er zugeben), ihr Haar in schwarzen Rollen, das Gesicht, der Mund geschminkt; er konnte das Parfüm riechen. In den Tiefen des männlichen Daseins gab es etwas, das mit einem Quaken auf solches Parfüm ansprach. Quak! Ein sexueller Reflex, der nichts zu tun hatte mit Alter oder Gewitztheit, Weisheit, Erfahrung, Geschichte, Wissenschaft, Bildung oder Wahrheit. Krank oder gesund, es erfolgte das alte Quak-Quak beim Duft der parfümierten weiblichen Haut. Ja, Ramona würde ihn in seiner neuen Hose und der gestreiften Jacke, Martini schlürfend, herumführen ... Martinis waren Gift für Herzog, und Plauderei konnte er nicht vertragen. So würde er also den Leib einziehen und auf schmerzenden Füßen rumstehen – er, der gekaperte Professor, sie, die reife, erfolgreiche, lachende, geschlechtliche Frau. Quak, Quak!

Sein Koffer war gepackt; er verschloß die Fenster und zog die Rolläden herunter. Er wußte, daß die Wohnung muffiger riechen würde als je zuvor, wenn er von seinem Junggesellenurlaub zurückkehrte. Zwei Ehen, zwei Kinder, und er machte sich auf für eine Woche *sorgloser* Erholung. Es tat seinen Instinkten weh, seinen jüdischen Familieninstinkten, daß seine Kinder ohne ihn aufwachsen sollten. Aber was konnte er tun? Ans Meer! Ans Meer! – Welches Meer? Es war eine Bucht – zwischen East Chop und West Chop war es kein Meer; das Wasser war ruhig.

Er ging hinaus, im Kampf gegen die Trauer über sein vereinsamtes Leben. Seine Brust weitete sich, und sein Atem stockte. »Um Himmels willen, fang nicht an zu heulen, du Idiot! Lebe oder stirb, aber vergifte nicht alles.«

Warum seine Tür ein Polizeischloß brauchte, war ihm unerfindlich. Die Verbrechen nahmen zu, aber er hatte nichts, was das Stehlen lohnte. Nur konnte ein voreiliger Halbwüchsling glauben, daß er etwas besäße, und ihm von Rauschgift aufgeputscht auflauern, um ihm eins über den Kopf zu hauen. Herzog senkte die Eisenstange des Schlosses in die Schlaufe am Boden und drehte den Schlüssel um. Dann vergewisserte er sich, ob er auch seine Brille nicht vergessen hätte. Nein, sie steckte in der Brusttasche. Er hatte seine Federhalter, sein Notizbuch, Scheckbuch, ein Stück Küchenhandtuch, das er abgerissen hatte, um es als Taschentuch zu gebrauchen, und den Plastikbehälter der Furadantin-Tabletten. Die Tabletten waren für die Infektion, die er sich in Polen zugezogen hatte. Er war zwar inzwischen davon geheilt, aber er nahm doch gelegentlich sicherheitshalber noch eine Pille. Das war ein entsetzlicher Moment in Krakau, im Hotelzimmer gewesen, als sich die Symptome zeigten. Er dachte, der Tripper – nun doch. Nach all diesen Jahren. In meinem Alter! Das Herz setzte beinahe aus.

Er ging zu einem englischen Arzt, der ihn sehr barsch anfuhr.
»Was haben Sie getrieben? Sind Sie verheiratet?«
»Nein.«
»Nun, Tripper ist es nicht. Ziehen Sie sich die Hose hoch. Sie wollen vermutlich eine Penicillinspritze haben. Das wollen alle Amerikaner. Aber von mir kriegen Sie sie nicht. Nehmen Sie ein Sulfonamid. Kein Alkohol, verstanden? Trinken Sie Tee.«

Die vergeben keine sexuellen Ausschweifungen. Der Kerl war wütig, bissig, ein rotznäsiger Tommy-Doktor. Und ich so verwundbar, von Schuld gedrückt.

Ich hätte wissen sollen, daß eine Frau wie Wanda mich nicht mit Gonorrhoe ansteckt. Sie ist aufrichtig, treu und dem Körper, dem Fleisch andächtig ergeben. Sie hat die Religion zivilisierter Menschen, die in der Freude, der schöpferischen und vielgestaltigen Freude besteht. Ihre Haut ist geschmeidig, weiß, seidig, belebt. *Liebe Wanda,* schrieb Herzog. Aber sie konnte kein Englisch, und er wechselte ins Französische über *Chère Princesse, Je me souviens assez souvent ... Je pense à la Marszalskowska, au brouillard.*

Jeder dritt-, viert-, zehntklassige Mann von Welt wußte, wie man eine Frau auf französisch umwirbt, und Herzog wußte es auch. Wenn er auch eigentlich nicht der Typ war. Die Gefühle, die er ausdrücken wollte, waren echt. Sie war außerordentlich nett zu ihm gewesen, als er krank und unglücklich war, und was ihre Nettigkeit noch besonders hervorhob, war die strahlende, strotzende polnische Schönheit dieser Frau. Sie hatte schweres, rotgoldenes Haar und eine etwas nach oben gebogene Nase, aber sehr schön geschnitten und mit einer Spitze, die für eine so üppige Person erstaunlich zierlich und wohlgestaltet war. Sie hatte eine weiße Hautfarbe, aber von einem gesunden, kräftigen Weiß. Sie trug, wie die meisten Frauen in Warschau, schwarze Strümpfe und lange, schmale italienische Schuhe, aber ihr Pelzmantel war bis aufs Leder abgewetzt.

Wußte ich eigentlich in meinem Kummer, was ich tat? notierte Herzog auf ein neues Blatt, als er auf den Fahrstuhl wartete. *Die*

Vorsehung, fügte er hinzu, *nimmt sich der Gläubigen an. Ich spürte, daß ich einen solchen Menschen treffen würde. Ich habe unheimliches Glück gehabt.* ›Glück‹ war viele Male unterstrichen.

Herzog hatte ihren Mann gesehen. Er war ein armer, vorwurfsvoll aussehender Mann mit einem Herzfehler. Der einzige Fehler, den Herzog in Wanda entdeckt hatte, war der, daß sie ihn unbedingt mit Zygmunt bekannt machen wollte. Moses hatte immer noch nicht begriffen, was das bedeuten sollte. Wanda wies den Gedanken einer Scheidung von sich. Sie war mit ihrer Ehe vollkommen zufrieden. Sie sagte, sie stelle alles dar, was eine Ehe bieten könne.

Ici tout est gâché.

Une dizaine de jours à Varsovie – pas longtemps. Wenn man diese vernebelte Winterzwischenzeit überhaupt Tage nennen konnte. Die Sonne war in eine kalte Flasche gesperrt. Die Seele in mir eingesperrt. Riesige Plüschvorhänge verbannten den Zug aus der Hotelhalle. Die Holztische waren fleckig, uneben, mit Tee verbrüht.

Ihre Haut war weiß und blieb weiß in allen ihren Gefühlswandlungen. Ihre grünschillernden Augen schienen ihr ins polnische Gesicht eingewirkt (Natur, die Näherin). Eine füllige, weichbrüstige Frau, zu schwer für die modischen, spitz zulaufenden italienischen Schuhe, die sie trug. Wenn sie ohne Absätze in schwarzen Strümpfen dastand, war ihre Figur wirklich recht stämmig. Er vermißte sie. Als er ihre Hand nahm, sagte sie: »*Ah, ne tuscheh pas. C'est danjereh.*« Aber sie meinte das keineswegs. (Wie er in seine Erinnerungen verliebt war! Was für ein seltsamer sinnlicher Vogel er doch war! Vielleicht ein Erinnerungsfetischist? Aber warum harte Worte gebrauchen? Er war, was er war.)

Bei alledem war ihm dauernd das öde Polen im Bewußtsein, nach allen Richtungen hin frierend, öde und rötlich-grau, die Steine noch mit dem Geruch der Kriegsmorde behaftet. Er glaubte, Blut zu wittern. Er ging oft die Ruinen des Ghettos besichtigen. Wanda übernahm die Führung.

Er schüttelte den Kopf. Aber was konnte *er* tun? Er drückte wieder auf die Fahrstuhlklingel, diesmal mit der Ecke seines Handkoffers. Er hörte das Geräusch des glatten Gleitens im Schacht –

geschmierte Schienen, Treibkraft, funktionierende schwarze Maschinerie.

Guéri de cette petite maladie. Er hätte sie Wanda gegenüber nicht erwähnen sollen, denn sie war einfach entrüstet und verletzt. *Pas grave du tout,* schrieb er. Er hatte sie zum Weinen gebracht. Der Fahrstuhl hielt, und er schloß: *J'embrasse ces petites mains, amie!*

Wie sagt man ›blonde, kleine, gepolsterte Knöchel‹ auf französisch?

IM TAXI DURCH die heißen Straßen, wo sich Backstein und Sandstein aneinander drängten, hielt sich Herzog an der Schlinge fest, während er mit großen Augen die Szenen von New York betrachtete. Die rechteckigen Gebilde waren voller Leben, nicht untätig, und gaben ihm das Gefühl schicksalhafter Bewegung, ja fast der Intimität. Irgendwie empfand er sich als Teil des Ganzen – in den Zimmern, in den Läden, Kellern –, und zu gleicher Zeit spürte er die Gefahr dieser vielfältigen Wallungen. Aber es würde schon gut gehen. Er war überdreht. Er mußte diese überstrapazierten, galoppierenden Nerven beruhigen, das schwelende Feuer im Innern löschen. Er sehnte sich nach dem Atlantik – dem Sand, dem Dunst des Salzwassers, der Therapie des kalten Wassers. Er wußte, daß er bessere, klarere Gedanken fassen würde, nachdem er im Meer gebadet hatte. Seine Mutter hatte an die heilsame Wirkung des Badens geglaubt. Aber sie war so jung gestorben. *Er* konnte sich noch nicht erlauben zu sterben. Die Kinder brauchten ihn. Seine Pflicht war es, zu leben. Geistig gesund zu sein und zu leben und nach den Kindern zu sehen. Deswegen flüchtete er jetzt aus der Stadt, überhitzt, mit schmerzenden Augen. Er machte sich aus dem Staube vor allen Lasten, praktischen Problemen, aus dem Staube auch vor Ramona. Es gab Zeiten, in denen man sich wie ein Tier ins Versteck verkriechen wollte. Obgleich er nicht wußte, was vor ihm lag, abgesehen von dem kerkernden Zug, der ihn (in einem Zug kann man sich nicht aus dem Staube machen) durch Connecticut, Rhode Island und Massachusetts bis nach Woods Hole zur Ruhe zwingen würde, war sein Denken klar. Der Meeresstrand ist gut für Wahnsinnige – vorausgesetzt, daß sie nicht zu wahnsinnig sind. Er war zu allem bereit. Die schnittige Kluft lag im Koffer zu seinen Füßen, und der Strohhut mit dem rot-weißen Band? Der saß auf seinem Kopf.

Aber auf einmal, als sich der Sitz im Taxi in der Sonne erwärmte, wurde ihm bewußt, daß sich sein zornmütiger Geist wieder nach vorn gestohlen hatte und er im Begriff stand, Briefe zu schreiben.

Lieber Smithers, begann er, *neulich beim Mittagessen* – diesen bürokratischen Mittagsmahlzeiten, die mir zur Qual werden; mein Gesäß wird taub, mein Blut füllt sich mit Adrenalin, mein Herz! Ich versuche, richtig und vorschriftsmäßig auszusehen, aber mein Gesicht stirbt vor Langerweile, meine Phantasie läßt die Suppe und Soße auf jeden überlaufen, und ich hätte Lust, zu schreien oder das Bewußtsein zu verlieren – *wurden wir gebeten, Themen für neue Vorlesungskurse vorzuschlagen, und ich sagte, warum nicht einen Kurs über die Ehe? Ich hätte ebensogut ›Johannisbeeren‹ oder ›Stachelbeeren‹ sagen können.* Smithers ist mit seinem Los außerordentlich zufrieden. Die Geburt ist sehr gewagt. Wer weiß, was passieren kann? Aber es war sein Los, Smithers zu sein, und das war ein ungeheures Glück. Er sieht aus wie Thomas E. Deway. Die gleiche Lücke zwischen den Schneidezähnen, der säuberliche Schnurrbart. *Hören Sie zu, Smithers, ich habe eine gute Idee für einen neuen Kurs. Ihr Organisationsleiter seid auf Leute wie mich angewiesen. Die Leute, die zu den Abendkursen erscheinen, sind nur dem Anschein nach auf Kultur erpicht. Ihr großer Bedarf, ihr Hunger, ist auf gesunden Menschenverstand, Klarheit, Wahrheit gerichtet – und wenn's auch nur ein Atom davon wäre. Die Menschen sterben – und das ist nicht bildlich gemeint –, weil sie nichts Greifbares nach Hause tragen können, wenn der Tag vollendet ist. Sehen Sie nur, wie bereitwillig sie sich den wildesten Unsinn zu eigen machen. O Smithers, mein bärtiger Bruder! Was für eine Verantwortung haben wir in diesem unserem fetten Land zu tragen! Denken Sie, was Amerika für die Welt bedeuten könnte! Und vergleichen Sie damit, was es ist. Was für ein Geschlecht es hätte hervorbringen können! Aber sehen Sie uns an – sich und mich. Lesen Sie die Zeitungen, wenn Sie es vertragen.*

Aber das Taxi war an der 30. Street vorbeigefahren, und dort war an der Ecke ein Zigarrenladen, den Herzog vor einem Jahr betreten hatte, um seiner Schwiegermutter Tennie, die einen Block entfernt wohnte, eine Stange Virginia Rounds zu kaufen. Er erinnerte sich, wie er in die Telefonzelle ging, um seine Ankunft anzumelden. Im Inneren war es dunkel, und die gemusterte Zinnverkleidung war stellenweise von Abnutzung ganz schwarz. *Liebe Tennie, vielleicht sprechen wir uns, wenn ich von der See zurückkomme. Die Nachricht, die du mir durch den Anwalt Simkin hast zukommen lassen, du verständest nicht, warum ich dich nicht mehr besuche, ist, gelinde gesagt, schwer zu schlucken. Ich weiß, daß dein Leben nicht leicht gewesen ist. Du hast keinen Mann.* Tennie und Pontritter hatten sich scheiden lassen. Der alte Impresario lebte in der 57. Street, wo er eine Schauspielschule betrieb, und Tennie hatte ihre eigenen zwei Zimmer in der 31., die wie Bühnenbilder aussahen und mit Erinnerungen an die Triumphe ihres verflossenen Mannes gefüllt waren. Alle Plakate wurden von seinem Namen beherrscht:

PONTRITTER
Inszeniert Eugene O'Neill, Tschechow

Obwohl nicht mehr Mann und Frau, hatten sie doch noch Beziehungen miteinander. Pontritter nahm sie auf Fahrten in seinem Thunderbird mit. Sie besuchten Premieren, gingen zusammen zum Essen. Sie war eine schlanke Frau von fünfundfünfzig, etwas größer als Pon. Er dagegen war massig, herrisch und trug eine gewisse mürrische Kraft und Intelligenz im dunklen Gesicht. Er liebte spanische Kostümierung, und als Herzog ihn zum letztenmal sah, hatte er weiße Tuchhosen im Torerostil und Schnallenschuhe an. Dicke, vereinzelte Strähnen von borstigem Weiß wuchsen auf seinem sonnenverbrannten Schädel. Madeleine hatte seine Augen geerbt.

Keinen Mann. Keine Tochter, schrieb Herzog. Aber er begann von neuem, *Liebe Tennie, als ich wegen einer bestimmten Angelegenheit zu Simkin ging, sagte er mir: ›Ihre Schwiegermutter fühlt sich beleidigt.‹*

Simkin saß in seinem Büro unter endlosen Reihen von juristischen Büchern in einem großen Sessel. *Der Mensch wird geboren, um Waise zu werden und Waisen zu hinterlassen, aber ein Sessel wie dieser Sessel ist ein großer Trost, wenn man ihn sich leisten kann.* Simkin lag mehr in seinem Sessel, als daß er saß. Mit seinem breiten, dicken Rücken und den kleinen Schenkeln, dem struppigen und aggressiven Kopf und den Händen, die klein und ängstlich über dem Bauch gefaltet waren, sprach er mit Herzog in schüchternem, fast demütigem Ton. Er nannte ihn ›Professor‹, aber ohne Spott.

Obwohl Simkin ein geschickter Anwalt und sehr reich war, empfand er Achtung für Herzog. Er hatte eine Schwäche für wirre Menschen mit hochfliegenden Gedanken, für Menschen mit moralischen Impulsen wie Moses. Hoffnungslos. Höchstwahrscheinlich sah er in Herzog einen schwermütigen, infantilen Mann, der versuchte, seine Würde zu wahren. Er bemerkte das Buch auf Herzogs Knie, denn Herzog trug gewohnheitsmäßig ein Buch bei sich, um in der Untergrundbahn oder im Bus zu lesen. Was war es doch an jenem Tag, Simmel über Religion? Teilhard de Chardin? Whitehead? Es ist Jahre her, daß ich mich wirklich konzentrieren konnte. Auf alle Fälle war da Simkin, kurz, aber vierschrötig, von storren Haarbüscheln bekränzte Augen, und sah ihn an. Im Gespräch war seine Stimme sehr leise unterwürfig, fast unhörbar, aber wenn er das Rufzeichen der Sekretärin beantwortete oder die Sprechanlage anstellte, schwoll sie unvermittelt an. Er sagte laut und streng: ›Ja?‹

›Mr. Dienstag am Telefon.‹

›Wer? Dieser Schmuck? Ich warte auf seine Bürgschaft. Sagen Sie ihm, der Kläger wird ihn in den Arsch treten, wenn er sie nicht vorzeigen kann. Soll sie sich lieber noch heute nachmittag beschaffen, dieser lächerliche Schmegeggy!‹ In der Verstärkung klang seine Stimme ozeanisch. Dann stellte er ab und sagte mit erneuter Unterwürfigkeit zu Herzog: ›Wei, au wei! Ich habe diese Scheidungen so satt. Welch eine Situation! Es wird immer korrupter. Noch vor zehn Jahren habe ich geglaubt, ich könnte mit dem allem fertig werden. Ich glaubte, ich sei dafür weltlich genug – realistisch, zynisch. Aber ich habe mich getäuscht. Es ist zu viel. Dieser *schnuck* von Chiropodist – was der für ein Biest geheiratet hat. Erst hat sie gesagt, sie wollte keine Kinder, dann ja, nein, ja. Schließlich warf sie ihm ihr Pessar ins Gesicht. Ging zur Bank. Nahm dreißigtausend Dollar gemeinsam erspartes Geld aus dem Safe. Sagte, er hätte versucht, sie vor ein fahrendes Auto zu schubsen. Zankte sich mit seiner Mutter um einen Ring, Pelze, ein Huhn, Gott weiß was. Dann fand ihr Mann an sie gerichtete Briefe von einem anderen.‹

Simkin rieb sich mit seinen kleinen Händen den schlauen, eindrucksvollen Kopf. Dann zeigte er die kleinen, regelmäßigen Zähne, eisenhart, als wolle er lächeln, aber das war nur eine sinnende, einleitende Grimasse. Er stieß einen mitfühlenden Seufzer aus. »Wissen Sie, Professor, Tennie fühlt sich durch Ihr Schweigen verletzt.«

»Ja, kann sein. Aber ich kann mich noch nicht dazu aufraffen, sie zu besuchen.«

»Reizende Frau. Und was für eine Familie von Wilden! Ich gebe die Bestellung nur weiter, weil sie mich darum gebeten hat.«

»Ja.«

»Sehr anständig, Tennie.«

»Ich weiß. Sie hat mir einen Schal gestrickt. Es hat ein Jahr gedauert. Ich habe ihn vor einem Monat durch die Post erhalten. Ich sollte den Empfang bestätigen.«

»Ja, warum denn nicht? Sie ist keine Feindin.«

Simkin mochte ihn gut leiden, daran zweifelte Herzog nicht. Aber als praktischer Realist mußte Simkin bestimmte Übungen verrichten, und ein gewisses Maß an Bosheit hielt ihn in guter Form. Ein Mann wie Moses Herzog, ein bißchen weich im Kopf oder unpraktisch, aber geistig anspruchsvoll, auch etwas arrogant, ein verwöhnter, unbrauchbarer Mensch, dessen Frau ihm gerade unter sehr komischen Umständen abgeluchst worden war (viel komischer als der Fall des Chiropodisten, über den Simkin mit einem kleinen Aufschrei gespielten Entsetzens die kleinen Hände zusammengeschlagen hatte) – dieser Moses war für einen Mann wie Simkin, der zu gleicher Zeit gern bemitleidete und verulkte, unwiderstehlich. Er war Realitätsdozent. Dergleichen gibt's viele. Ich bringe sie zur Entfaltung. Himmelstein ist auch ein solcher, aber grausam. Es ist die Grausamkeit, die mich erregt, nicht der Realismus. Natürlich wußte Simkin über Madeleines Verhältnis mit Gersbach genau Bescheid, und was er nicht wußte, würden ihm seine Freunde Pontritter und Tennie schon erzählen.

Tennie hatte fünfunddreißig Jahre lang das Leben der Bohème geführt und folgte in den Fußstapfen ihres Mannes, als hätte sie einen Gemüsehändler und nicht ein Bühnengenie geheiratet; sie blieb eine gutherzige Frau vom Typ der älteren Schwester, mit langen Beinen. Aber die Beine wurden krank, und ihr gefärbtes Haar wurde storr und strähnig. Sie trug eine schmetterlingsförmige Brille und ›abstrakten‹ Schmuck.

Was wäre, wenn ich dich besuchen würde? fragte Herzog. *Dann säße ich in deinem Wohnzimmer und wäre nett, während das Unrecht, das deine Tochter mir zugefügt hatte, mich schier zersprengte. Das gleiche Unrecht, das du durch Pontritter erlitten und ihm vergeben hast.* Sie macht für den alten Mann die Steuererklärung. Führt ihm die Akten, wäscht ihm die Socken. Letztes Mal habe ich seine Socken auf der Heizung im Badezimmer trocknen sehen. Und sie hatte mir erzählt, wie glücklich sie jetzt sei, nachdem sie geschieden war – frei, ihren eigenen Weg zu gehen und die eigene Persönlichkeit zu entfalten. *Du tust mir leid, Tennie.*

Aber deine bildschöne, herrische Tochter ist mit Valentine in deine Wohnung gekommen, nicht wahr, und hat dich und deine Enkelin in den Zoo geschickt, während die beiden in deinem Bett die Liebe genossen. Er mit dem roten Haarschwall und sie mit den blauen Augen, unter ihm. Was soll ich nun tun? – kommen und stillsitzen und über Theater und Restaurants plaudern? Tennie würde ihm von dem griechischen Lokal in der Tenth Avenue erzählen. Sie hatte es schon ein halbes Dutzend Mal getan. »Ein Freund (selbstverständlich Pontritter) hat mich zum Abendessen ins Marathon mitgenommen. Es war wirklich so ganz anders. Du weißt doch, die Griechen kochen Hackfleisch und Reis in Weinblättern und mit sehr interessanten Gewürzen. Und jeder, der will, kann ein Solo tanzen. Die Griechen sind ganz ungehemmt. Du solltest mal diese Dickwänste sehen, die sich die Schuhe ausziehen und vor den ganzen Leuten tanzen.« Tennie sprach mit mädchenhafter Süße und Zuneigung zu ihm, denn sie war ihm im stillen irgendwie zugetan. Ihre Zähne waren wie die ungewohnten zweiten Zähne eines siebenjährigen Kindes.

O ja, dachte Herzog. Ihre Lage ist schlimmer als meine. Mit fünfundfünfzig Jahren geschieden, immer noch ihre Beine zeigend, nicht wissend, daß sie jetzt ausgemergelt sind. Und diabetisch. Und das Klimakterium. Und von ihrer Tochter mißbraucht. Wenn sie sich wehren muß, entwickelt Tennie ein bißchen eigene Bosheit, Heuchelei und Schlauheit; wie könnte man ihr das verargen? Gewiß hat sie uns das handgeschmiedete mexikanische Silberbesteck geschenkt oder geliehen – es war manchmal eine Leihgabe und manchmal ein Hochzeitsgeschenk – und will es zurückhaben. Deshalb hat sie mir durch Simkin bestellen lassen, daß sie sich verletzt fühlt. Sie möchte ihr Silber nicht verlieren. Das ist auch nicht eigentlich zynisch. Sie legt zwar Wert auf freundschaftliche Beziehungen, aber auch auf ihr Silber. Das ist ihr Schatz. *Es liegt in Pittsfield, in der Stahlkammer. Zu schwer, um es nach Chicago zu schleppen. Ich gebe es natürlich zurück. Nach und nach.* Ich konnte Wertsachen nie behalten – Silber, Gold. Für mich ist Geld kein Medium. Ich bin ein Medium des Geldes. Es geht durch mich hindurch – Steuern, Versicherung, Hypothek, Unterstützung der Kinder, Miete, Anwaltskosten. Dieser ganze würdevolle Eiertanz kostet einen Batzen. Wenn ich Ramona heiratete, würde es vielleicht leichter.

Das Taxi wurde im Konfektionsviertel durch Lastwagen aufgehalten. Die elektrischen Maschinen dröhnten in den Speicherräumen, und die ganze Straße zitterte. Es klang, als werde Stoff zerrissen, nicht genäht. Die Straße wurde in die Lärmwellen getaucht und darin ertränkt. Durch den Lärm schob ein Neger einen Wagen mit Damenmänteln. Er hatte einen wunderschönen Bart und blies auf einer goldglänzenden Spielzeugtrompete. Man konnte ihn nicht hören.

Dann öffnete sich der Verkehr, und das Taxi klapperte im ersten Gang und ruckte in den zweiten. »Um Gottes willen, ein bißchen freie Fahrt«, sagte der Fahrer. Sie fegten in die Park Avenue hinein, und Herzog klammerte sich an die abgebrochene Fensterkurbel. Das Fenster ließ sich nicht öffnen. Aber selbst wenn es aufginge, würde nur der Staub hereinblasen. Gebäude wurden abgerissen und aufgerichtet. Die Avenue war mit Zementmischmaschinen und dem Geruch von nassem Sand und puderigem grauem Zement erfüllt. Krachendes, stampfendes Einrammen von Pfeilern unten und darüber Stahlskelette, die endlos und hungrig in das kühlere, zartere Blau emporstrebten. Orangenfarbene Balken hingen von Kränen wie Strohhalme. Aber unten auf der Straße, wo die Busse die giftigen Gase von billigem Treibstoff von sich spien und die Autos zusammengepfercht waren, war es erstickend, zermalmend, das Getöse der Maschinerie und die verzweifelt zielstrebigen Massen – entsetzlich! Er mußte 'rauskommen, an den Strand, wo er atmen konnte. Er hätte sich einen Flug besorgen sollen. Aber er hatte letzten Winter genug vom Fliegen bekommen, besonders mit der polnischen Fluglinie. Die Maschinen waren alt. Er saß beim Start vom Flughafen in Warschau auf dem vordersten Sitz eines zweimotorigen LOT-Flugzeuges, stemmte die Füße gegen die Trennwand vor sich und hielt sich den Hut fest. Es gab keine Sicherheitsgurte. Die Tragflächen waren eingedellt, die Auspuffe versengt. Postsäcke und Kisten rutschten im hinteren Teil hin und her. Sie flogen durch wütend wirbelnde Schneewolken über weiße polnische Wälder, Felder, Gruben, Fabriken, Flüsse, die ihren Ufern nachzogen, einwärts, auswärts, einwärts, und über ein Gebiet aus weißen und braunen Mustern.

Wie dem auch sei, ein Urlaub sollte mit einer Eisenbahnfahrt beginnen, wie damals, als er noch in Montreal seine Kindheit verlebte. Die ganze Familie nahm die Straßenbahn zum Hauptbahnhof, hatte einen Korb (dünnes, splitterndes Holz) voller Birnen, überreif, ein Gelegenheitskauf von Jonah Herzog auf dem Rachel-Street-Markt, die Früchte fleckig, wespenträchtig, kurz vorm Verfaulen, aber herrlich aromatisch. Und im Zug auf den abgewetzten, grünen, borstigen Sitzen saß Vater Herzog und schälte die Früchte mit seinem russischen Perlmuttmesser. Er schälte, drehte und schnitt mit europäischer Geschicklichkeit. Indessen schrie die Lokomotive, und die eisenbeschlagenen Wagen begannen sich in Bewegung zu setzen. Sonne und Masten teilten den Ruß geometrisch. An den Fabrikmauern wuchs verschmutztes Unkraut. Der Geruch von Malz kam aus den Brauereien.

Der Zug überquerte den St. Lawrence-Strom. Moses trat aufs Pedal und sah durch den verdreckten Trichter der Toilette den schäumenden Fluß. Dann stand er am Fenster. Das Wasser schimmerte und wand sich an großen Felsstücken vorbei, wirbelte sich zu Schaum bei den Stromschnellen von Lachine, an denen es sog und toste. Auf der anderen Seite lag Caughnawaga, wo die Indianer in Pfahlhütten wohnten. Dann kamen die verbrannten sommerlichen Felder. Die Fenster waren offen. Das Echo des Zuges schallte vom Stroh zurück wie eine durch den Bart gefilterte Stimme. Die

Lokomotive säte Asche und Ruß über die feurigen Blumen und die haarigen Knoten der Gräser.

Aber das lag vierzig Jahre hinter ihm. Jetzt war der Zug auf Schnelligkeit geriffelt, eine gegliederte Röhre aus funkelndem Stahl. Es gab keine Birnen, keinen Willie, keinen Shura, keine Helen, keine Mutter. Als er aus dem Taxi ausstieg, dachte er daran, wie seine Mutter ihr Taschentuch mit dem Munde naßmachte, um ihm das Gesicht sauber zu reiben. Er hatte aber kein Recht, daran zu denken, das wußte er ganz genau, als er sich mit seinem Strohhut der Grand Central Station zuwandte. Er gehörte jetzt zur reifen Generation, und das Leben war ihm gegeben, um damit womöglich etwas anzufangen. Aber er hatte den Geruch vom Speichel seiner Mutter an jenem Sommermorgen in dem niedrigen kanadischen Bahnhof, das schwarze Eisen und das herrliche Messing nicht vergessen.

Alle Kinder haben Backen und alle Mütter Speichel, um sie zärtlich abzuwischen. Diese Dinge sind entweder wichtig, oder nicht wichtig. Es kommt aufs Weltall an, welches von beiden es ist. Diese scharfen Erinnerungen sind vermutlich Symptome einer Störung. Für ihn war der immerwährende Gedanke an den Tod eine Sünde. Lenke deinen Karren und deinen Pflug über die Gebeine der Toten.

Angesichts der Mengen in der Grand Central Station konnte Herzog trotz allergrößter Mühe nicht Vernunft bewahren. Er fühlte, wie sie ihm im unterirdischen Dröhnen der Maschinen, Stimmen und Füße, in den Galerien mit Lichtern, die wie Fettaugen auf einer gelben Brühe schwammen, und in dem starken, würgenden Geruch des untergründigen New York entglitt. Sein Kragen wurde feucht, und der Schweiß lief ihm aus den Achselhöhlen die Rippen hinunter, als er seine Fahrkarte kaufte, sich dann ein Exemplar der *Times* erstand und eben eine Tafel Cadbury Karamel kaufen wollte, sie sich aber versagte, weil er an das Geld dachte, das er für Kleidung ausgegeben hatte, die ihm nicht passen würde, wenn er Kohlehydrate aß. Es würde der anderen Seite zum Sieg verhelfen, wenn er sich dick werden ließe, wampig, unwirsch, mit breiten Hüften, einem Bauch und kurzem Atem. Ramona würde das auch nicht schätzen, und was Ramona schätzte, hatte beträchtliche Bedeutung. Er überlegte ernsthaft, ob er sie nicht heiraten solle, ungeachtet der Tatsache, daß er gerade jetzt eine Fahrkarte zu kaufen schien, um ihr zu entrinnen. Aber das geschah auch in ihrem eigensten Interesse, wenn er so durcheinander war – zugleich hellsichtig und umwölkt, wie er sich augenblicklich fühlte, fiebrig, schadhaft, zornig, streitsüchtig und klapprig. Er wollte ihren Laden anrufen, aber er hatte unter seinem Kleingeld nur noch ein Fünf-Cent-Stück, keine zehn Cents. Er hätte einen Schein anbrechen müssen, wollte aber weder Süßigkeiten noch Kaugummi. Dann dachte er daran, ihr ein Telegramm zu schicken, und erkannte, daß er schwach erscheinen würde, wenn er depeschierte.

Auf dem stickigen Bahnsteig der Grand Central öffnete er die ungefüge *Times* mit den zackigen Schnitträndern, nachdem er seinen Handkoffer zu seinen Füßen niedergesetzt hatte. Die gedämpften Elektrokarren huschten mit Postsäcken beladen an ihm vorbei, während er mit gesammelter Mühe auf die Nachrichten starrte. Es war ein feindlicher Sud von schwarzem Druck *MondwettrennenberlinChruschtschowwarnausschußgalaktikröntgenPhuma*. Zwanzig Schritte entfernt sah er das weiße, weiche Gesicht und die unabhängige Miene einer Frau mit einem glänzenden schwarzen Strohhut, der ihrem Kopf Profil verlieh, und mit Augen, die ihn selbst in der signalbesternten Finsternis mit einer Intensität erreichten, von der sie nichts wissen konnte. Diese Augen mochten blau sein, vielleicht grün oder gar grau – er würde es niemals erfahren. Aber es waren die Augen eines weiblichen Teufels, soviel war sicher. Sie gaben Kunde von einer weiblichen Arroganz, die über ihn eine augenblickliche sexuelle Macht gewann; er erlebte es wieder in diesem Moment – ein rundes Gesicht, der klare Blick von hochmütigen Weibsaugen, ein Paar selbstbewußter Beine.

Er mußte an Tante Zelda schreiben, beschloß er plötzlich. Die dürfen nicht denken, daß es ihnen durchgeht – mich so zum Narren zu halten, mich zu knechten. Er faltete die dicke Zeitung zusammen und stieg eilends in den Zug. Das weibsäugige Mädchen war auf dem anderen Bahnsteig, und weg mit Schaden! Er setzte sich in einen Wagen nach New Haven, und die rötliche Tür schloß sich hydraulisch, starr und zischend hinter ihm. Die Luft im Innern war frostig, klimagekühlt. Er war der erste Passagier und konnte sich seinen Sitz wählen.

Er saß verkrampft, den Handkoffer als Reisepult an die Brust gepreßt, und schrieb hastig in sein spiralgeheftetes Notizbuch.

Liebe Zelda, natürlich mußt Du zu Deiner Nichte stehen. Ich bin bloß ein Außenseiter. Du und Hermann haben gesagt, ich sei Mitglied der Familie. Wenn ich dämlich genug war, mich (in meinem Alter) von dieser Sorte »herzinnigem« Familienmist beeindrucken zu lassen, dann habe ich nichts Besseres verdient. Ich habe mich durch Hermanns Zuneigung geschmeichelt gefühlt, weil er früher mit der Unterwelt in Berührung gestanden hatte. Ich war überwältigt von glücklichem Stolz, weil man mich ›echt‹ gefunden hat. Es bedeutete, daß mein verwursteltes intellektuelles Leben als armer Soldat der Kultur meine menschlichen Sympathien noch nicht zerstört hatte. Was lag schon daran, daß ich ein Buch über die Romantik geschrieben hatte? Ein Politiker in der demokratischen Maschine von Cook County, der das Syndikat, die Juice-Gangsters, die Polizeikönige, die Cosa Nostra und alle Halunken kannte, fand mich einen guten Kameraden, heimisch, und nahm mich mit zum Pferderennen, zum Eishockey. Aber Hermann existiert mehr noch am Rande des Syndikats als Herzog am Rande der praktischen Welt, und beide sind in einem erfreulichen heimischen Milieu zu Hause, lieben russische Bäder und Tee und hinterher geräucherten Fisch und Heringe. Während die geschäftigen Frauen zu Hause Verschwörungen aushecken.

Solange ich Madys guter Ehemann war, galt ich als großartiger Mensch. Plötzlich, weil Madeleine beschloß auszubrechen – plötzlich war ich ein toller Hund. Die Polizei wurde vor mir gewarnt, und man sprach davon, mich in eine Anstalt zu stecken. Ich weiß, daß mein Freund und Madys Anwalt, Sandor Himmelstein, Dr. Edvig anrief, um zu fragen, ob ich verrückt genug sei, um nach Mateno oder Elgin geschafft zu werden. Du hast Madeleines Worte über meinen geistigen Zustand für bare Münze genommen, genauso wie andere Personen.

Aber du wußtest ja, was sie im Schilde führte – wußtest, warum sie von Ludeyville nach Chicago zog, warum ich dort eine Stellung für Valentine Gersbach finden mußte, wußtest, daß ich für die Gersbachs ein Haus gesucht und eine Privatschule für den kleinen Ephraim Gersbach organisiert habe. Es muß sehr tief und primitiv sein, das Gefühl, das die Menschen – Frauen – gegen einen betrogenen Ehemann hegen, und ich weiß, daß du deiner Nichte geholfen hast, indem du Hermann mit mir zum Eishockeyspiel schicktest.

Herzog war nicht böse auf Hermann – er glaubte nicht, daß er an der Verschwörung teilgenommen hatte. Die Mannschaft der *Blackhawks* gegen die *Maple Leafs*. Onkel Hermann, milde, anständig, klug, proper, in schwarzen Turnschuhen und gürtelloser Hose, sein hoher Filzhut, Krempe vorn hochgeschlagen wie ein Feuerwehrhelm, sein Hemd mit einem kleinen Wasserspeier auf der Brusttasche. Auf dem Eishockeyring schwärmten die Spieler durcheinander wie die Hornissen – schnell, gepolstert, gelb, schwarz, rot, sausend, schlagend, übers Eis wirbelnd. Über dem Ring hing der Tabaksqualm wie eine Wolke Pulverdampf, explosiv. Die Verwaltung bat die Zuschauer über den Lautsprecher, keine Münzen zu werfen, um dadurch die Spieler zum Stürzen zu bringen. Herzog, mit dunkel umrandeten Augen, versuchte, sich in Hermanns Gesellschaft zu entspannen. Er gewann sogar eine Wette und lud ihn in Fritzls Café zu einem Stück Käsekuchen ein. Alles was in Chicago einen Namen hatte, war anwesend. Und was muß sich Onkel Hermann dabei gedacht haben? Nehmen wir mal an, auch er wußte, daß Madeleine und Gersbach zusammen waren. Trotz der klimageregelten Kühle des Eisenbahnwagens fühlte Herzog auf seinem Gesicht den Schweiß ausbrechen.

Letzten März, als ich mit zerrütteten Nerven aus Europa zurückkehrte und in Chicago ankam, um zu sehen, was man tun könne – wenn überhaupt –, um ein bißchen Ordnung herzustellen, war ich wirklich in einem benommenen Zustand. Zum Teil konnte es am Wetter und an der Zeitveränderung gelegen haben. Es war Frühling in Italien. Palmen in der Türkei. In Galiläa die roten Anemonen zwischen den Steinen. Aber in Chicago geriet ich im März in einen Schneesturm. Gersbach, vor so kurzer Zeit noch mein bester Freund, holte mich ab und sah mich voller Mitleid an. Er trug einen Sturmmantel, schwarze Überschuhe, einen irisch-grünen

Schal und hatte June im Arm. Er drückte mich an sich. June küßte mich ins Gesicht. Wir gingen in den Warteraum, und ich packte das Spielzeug und die Kleidchen aus, die ich ihr gekauft hatte, dazu eine Florentiner Brieftasche für Valentine und eine polnische Bernsteinkette für Phoebe Gersbach. Da Junies Zeit zum Schlafengehen schon vorüber war und der Schneefall sich verstärkte, führte mich Gersbach zum Surf-Motel. Er sagte, er könne mir im Windermere-Hotel, das meiner Behausung um zehn Gehminuten näher lag, kein Zimmer verschaffen. Bis zum Morgen waren dreißig Zentimeter Schnee gefallen. Der See wogte und war bis zu einem nahen Horizont aus stürmischem Grau von weißem Schnee erleuchtet. Ich rief Madeleine an, aber sie legte den Hörer auf, danach Gersbach, aber er war nicht im Büro, dann Dr. Edvig, aber er konnte mich frühestens für den nächsten Tag bestellen. Die eigene Familie, seine Schwester seine Stiefmutter, mied Herzog. Er besuchte Tante Zelda.

An jenem Tag gab es keine Taxis. Er fuhr in den Omnibussen und fror, wenn er in seinem Gabardinemantel und den dünnsohligen Sportschuhen umsteigen mußte. Die Umschands lebten in einer neuerbauten Vorstadtsiedlung, ganz weit draußen, noch hinter Palos Park, am Rande der Waldschonungen. Der Schneefall hatte aufgehört, als er dort anlangte, aber der Wind war schneidend, und der Schnee fiel klumpenweise von den Zweigen. Eisblumen versiegelten die Schaufenster der Läden. In der Weinhandlung erstand Herzog, der kein großer Trinker war, eine Flasche Guckenheimer mit 43 Prozent Alkoholgehalt. Es war noch früh am Tage, aber sein Blut war kalt. Daher roch er nach Whisky, als er mit Tante Zelda sprach.

»Ich wärme dir Kaffee auf. Du mußt ja ein Eiszapfen sein«, sagte sie.

In der Vorstadtküche aus Emaille und Kupfer sah man allerseits ausladende weibliche Formen in weißer Farbe. Zum Beispiel den Kühlschrank, als hätte er ein Herz, oder den Herd mit den Enzianflammen unter dem Topf. Zelda hatte sich ihr Gesicht zurechtgemacht und trug goldene Hosen sowie Slippers mit Kunststoffabsätzen – durchsichtig. Sie setzten sich. Durch den Tisch mit der Glasplatte konnte Herzog sehen, daß ihre Hände zwischen die Knie gepreßt waren. Als sie anfing zu sprechen, senkte sie die Augen. Sie hatte einen blonden Teint, aber ihre Augenlider waren dunkler, wärmer, brauner, verfärbt, und mit einem dicken blauen Strich versehen, der mit einem kosmetischen Stift aufgetragen war. Moses deutete ihr niedergeschlagenes Aussehen erst als Einverständnis oder Mitgefühl, merkte aber bald, wie sehr er sich täuschte, als er ihre Nase beobachtete. Sie war voller Mißtrauen. An der Art, wie sie sich bewegte, erkannte er, daß sie alles, was er sagte, von sich wies. Er wußte zwar, daß er unmäßig war – schlimmer als das, zeitweilig gestört. Er versuchte, sich wieder in die Hand zu bekommen. Halb zugeknöpft, rotäugig, unrasiert, er sah schändlich aus. Unanständig. Er stellte Zelda seine Seite der Angelegenheit dar.

»Ich weiß, daß sie dich gegen mich aufgebracht hat – dein Denken vergiftet hat, Zelda.«

»Nein, sie respektiert dich. Sie liebt dich nicht mehr, das ist alles. Frauen hören manchmal auf zu lieben.«

»Liebe? Madeleine hätte mich geliebt? Du weißt, das ist nur Kleinleutegeschwätz.«

»Sie war vernarrt in dich. Ich weiß, daß sie dich einmal angebetet hat, Moses.«

»Nein, nein! Versuche gar nicht erst, mir damit zu kommen. Du weißt, daß es nicht stimmt. Sie ist krank. Sie ist eine innerlich verseuchte Frau – ich habe sie in meine Obhut genommen.«

»Das will ich zugeben«, sagte Zelda. »Was wahr ist, muß wahr bleiben. Aber welche Seuche...«

»Aha«, sagte Herzog hart. »Du liebst also die Wahrheit!« Darin sah er Madeleines Einfluß; sie sprach immer von der Wahrheit. Sie konnte das Lügen nicht vertragen. Nichts konnte Madeleine so schnell zur Weißglut bringen wie eine Lüge. Und jetzt hatte sie Zelda in der gleichen Verfassung – Zelda mit dem gefärbten Haar, das trocken war wie Pulver, und den lila Strichen auf den Augenlidern, die dadurch aussahen wie Raupen –. Oh, dachte Herzog im Zug, was die Frauen dem eigenen Fleisch alles antun. Und wir müssen mithalten, müssen schauen, anhören, befolgen, einatmen. Und jetzt kam Zelda, mit ihrem leicht gefurchten Gesicht, mit weichen, argwöhnisch geblähten Nasenflügeln, von seinem Zustand fasziniert (in Herzog wurde jetzt eine Realität offenbar, die man nicht entdeckte, wenn er zutunlich war) ihm ausgerechnet mit der Wahrheit.

»Bin ich dir gegenüber nicht immer ehrlich gewesen?« fragte sie. »Ich bin nicht irgendeine Hausfrau aus dem Mittelstand.«

»Du meinst, weil Hermann behauptet, daß er den Gangster Luigi Boscolla persönlich kennt?«

»Tu nicht so, als könntest du mich nicht verstehen...«

Herzog wollte sie nicht beleidigen. Es war ihm auf einmal goldklar, warum sie diese Sprüche machte. Madeleine hatte Zelda eingeredet, daß auch sie außergewöhnlich sei. Jeder, der Madeleine nahestand, jeder, der in das Drama ihres Lebens hineingezogen wurde, wurde dadurch außergewöhnlich, hochbegabt, brillant. Das war auch ihm so gegangen. Entlassen aus Madeleines Leben, zurückgestoßen in die Finsternis, wurde er wieder zum Zuschauer. Aber er sah, daß Tante Zelda von einem neuen Selbstgefühl geschwellt war. Herzog beneidete sie sogar um diese Nähe zu Madeleine.

»Nun ja, ich weiß, daß du nicht bist wie die anderen Ehefrauen hier draußen...«

Deine Küche ist anders, deine italienischen Lampen, deine Teppiche, deine französischen Provinzmöbel, deine Uhr von Westinghouse, dein Nerz, dein Landklub, deine Sparbüchsen für die Wohltätigkeit sind alle ganz anders.

Ich bin sicher, du warst aufrichtig. Nicht unaufrichtig. Wahre Unaufrichtigkeit ist schwer zu finden.

»Madeleine und ich sind immer mehr wie Schwestern gewesen«, sagte Zelda. »Was sie auch tun mag, ich würde sie stets lieben. Aber ich freue mich, sagen zu können, daß sie großartig gewesen ist, ein bedeutender Mensch.«

»Quatsch!«

»Ebenso bedeutend wie du.«

»Die ihren Mann zurückgibt wie eine Kuchenschüssel oder ein Badehandtuch im Warenhaus.«

»Es hat eben nicht funktioniert. Du hast auch deine Fehler. Das wirst du bestimmt nicht leugnen wollen.«

»Wie sollte ich?«

»Großsprecherisch und übellaunig. Dauernd in Gedanken versunken.«

»Das ist vollkommen wahr.«

»Sehr anspruchsvoll. Alles muß nach deinem Willen gehen. Sie sagt, du hättest sie mit deinen Bitten um Hilfe, Unterstützung ganz fertiggemacht.«

»Stimmt alles. Und mehr noch. Ich bin vorschnell, jähzornig und verwöhnt. Was sonst noch?«

»Du bist sehr leichtsinnig mit Frauen umgegangen.«

»Möglicherweise, seit Madeleine mich 'rausgeschmissen hat. Ich habe versucht, mir meine Selbstachtung zurückzuerobern.«

»Nein, während du noch verheiratet warst.« Zeldas Mund spannte sich.

Herzog fühlte, daß er rot wurde. Ein dicker, heißer, übler Druck füllte ihm die Brust. Sein Herz fühlte sich krank, und seine Stirn war plötzlich naß.

Er murmelte: »Sie hat es mir auch schwer gemacht. Sexuell.«

»Nun ja, da du älter bist ... Aber das liegt hinter uns«, sagte Zelda. »Es war dein großer Fehler, daß du dich auf dem Land eingegraben hast, um diese Arbeit von dir fertigzustellen – diese Studie über wer weiß was. Du bist nie damit zu Rande gekommen, oder?«

»Nein«, sagte Herzog.

»Was sollte dann das Ganze?«

Herzog versuchte zu erklären, was es sollte – daß diese Studie mit einer neuen Betrachtungsweise des modernen Standes der Menschheit enden sollte, indem sie zeigte, wie man das Leben damit hinbringen konnte, daß man die universalen Verbindungen erneuerte, daß man die letzten romantischen Irrtümer über die Einzigartigkeit des Ich stürzte, die alte westliche, faustische Ideologie revidierte und die soziale Bedeutung des Nichts untersuchte. Mehr noch. Aber er gebot sich Einhalt, denn sie verstand ihn nicht, und das verletzte sie, zumal sie ja glaubte, keine gewöhnliche Hausfrau zu sein. Sie sagte: »Das klingt sehr großartig. Natürlich muß es von hoher Wichtigkeit sein. Aber darum geht es nicht. Du warst ein Esel, daß du dich mit ihr, einer jungen Frau, in den Berkshires vergraben hast, wo man mit niemandem verkehren konnte.«

»Ausgenommen Valentine Gersbach und Phoebe.«

»Richtig. Das war schlecht, besonders im Winter. Du hättest mehr Verstand haben sollen. Das Haus hat sie zur Gefangenen gemacht. Es muß einfach grausig gewesen sein, waschen und kochen und das Baby beruhigen müssen, oder du hättest Krach gemacht, hat sie gesagt. Du könntest nicht denken, wenn June schrie, und du wärest schimpfend aus deinem Zimmer gestürzt.«

»Ja, ich war dumm – ein Schafskopf. Aber das war eins der Probleme, an denen ich arbeitete, verstehst du, daß die Menschen jetzt frei sein können, daß aber die Freiheit keinen Inhalt besitzt. Es ist wie eine heulende Leere. Madeleine teilte meine Interessen, glaubte ich – sie ist sehr studienbeflissen.«

»Sie sagt, du seist ein Diktator, ein regelrechter Tyrann. Du hast ihr Angst eingeflößt.«

In irgendeiner Form scheine ich ein abgetakelter Monarch zu sein, dachte er, wie mein alter Herr, der fürstliche Immigrant und verkrachte Alkoholschmuggler. Und das Leben war sehr häßlich in Ludeyville – schrecklich, wie ich zugeben muß. Aber haben wir das Haus nicht gekauft, weil sie es wollte, und sind wir nicht wieder ausgezogen, als sie es wollte? Und habe ich nicht alle Vorkehrungen getroffen, auch für die Gersbachs – damit wir die Berkshires zusammen verlassen konnten?

»Worüber hat sie sich sonst noch beschwert?«

Zelda sah ihn einen Augenblick prüfend an, als wolle sie sich vergewissern, daß er stark genug wäre, um es zu schlucken, und sagte: »Du seist selbstsüchtig.«

Aha, das! Er begriff. Die ejaculatio praecox! Sein Gesicht verdüsterte sich, sein Herz begann zu hämmern, und er sagte: »Es gab eine Zeitlang gewisse Schwierigkeiten. Aber nicht in den letzten zwei Jahren. Und kaum je bei anderen Frauen.« Das waren demütigende Erklärungen. Zelda brauchte sie nicht zu glauben, und darum hatte er die Last des Beweises und geriet in fürchterliche Bedrängnis. Er konnte sie ja nicht zur Demonstration nach oben bitten oder ein Gutachten von Wanda oder Zinka vorlegen. (Als er sich in dem immer noch stehenden Zug die zum Scheitern verurteilte und zornige Dringlichkeit seiner versuchten Erläuterungen ins Gedächtnis rief, mußte er lachen. Aber nur ein flüchtiges Lächeln huschte über sein Gesicht.) Was für Gauner sie doch waren –

Madeleine, Zelda ... andere. Manchen Frauen war es völlig egal, welchen Schaden sie einem zufügten. Ein Mädchen hatte nach Zeldas Ansicht das Recht, von ihrem Mann jede Nacht erotische Befriedigung zu verlangen, außerdem Schutz, Geld, Versicherung, Pelze, Schmuck, Putzfrauen, Vorhänge, Kleider, Hüte, Nachtklub, Landklub, Automobile, Theater.

»Kein Mann kann eine Frau befriedigen, die ihn nicht will«, sagte Herzog.

»Nun, und ist das nicht deine Antwort?«

Moses wollte schon sprechen, merkte aber rechtzeitig, daß er nur wieder einen törichten Aufschrei ausstoßen würde. Abermals erbleichte sein Gesicht, und er hielt den Mund geschlossen. Er fühlte entsetzliche Schmerzen. Es war so schlimm, daß er nicht einmal mehr Anerkennung seiner Leidensfähigkeit verlangte, wie er es zuweilen getan hatte. Er saß schweigend da und hörte nur unten das Rotieren der Wäscheschleuder.

»Moses«, sagte Zelda, »ich möchte einer Sache sicher sein.«

»Welcher –«

»*Unserer Beziehungen.*« Er sah nicht mehr auf ihre dunkel gefärbten Augenlider, sondern in ihre glänzenden braunen Augen. Ihre Nasenflügel waren ein wenig gedehnt. Sie zeigte ihm ihr barmherziges Gesicht. »Wir sind doch Freunde«, sagte sie.

»Nun ...«, sagte Moses. »Ich mag Hermann. Und dich.«

»Ich bin deine Freundin. Ich bin ein wahrheitsliebender Mensch.«

Er sah sich im Zugfenster und hörte deutlich seine eigenen Worte: »Ich glaube, du meinst es ehrlich.«

»Du glaubst mir doch, nicht wahr?«

»Ich täte es natürlich gern.«

»Du darfst es. Mir liegen auch deine Interessen am Herzen. Ich will mich um die kleine June kümmern.«

»Dafür danke ich dir.«

»Aber Madeleine ist eine gute Mutter. Und du brauchst dir keine Sorgen zu machen. Sie rennt nicht mit Männern in der Gegend 'rum. Die rufen sie zwar die ganze Zeit an und steigen ihr nach. Sie ist immerhin eine Schönheit und ein sehr seltener Typ, weil sie so glänzend begabt ist. Dort unten in Hyde Park – als man über die Scheidung Bescheid wußte, du würdest dich wundern, wer sie alles angerufen hat.«

»Gute Freunde von mir, willst du wohl damit sagen.«

»Wenn sie nichts wäre als ein Flittchen, hätte sie sich ihre Männer aussuchen können. Aber du weißt ja, wie ernst sie ist. Schließlich wachsen Männer wie Moses Herzog auch nicht an Bäumen. Du mit deiner Klugheit und deinem Charme bist nicht so leicht zu ersetzen. Jedenfalls ist sie immer zu Hause. Sie zieht alles noch einmal in Erwägung – ihr ganzes Leben. Und sie hat keinen anderen. Du weißt, daß du mir glauben kannst.«

Wenn du mich für gefährlich hieltest, war es selbstverständlich deine Pflicht, zu lügen. Und ich weiß, ich habe schlimm ausgesehen, mit dem geschwollenen Gesicht, den roten und wilden Augen. *Aber weibliche Tücke ist ein unausschöpfbares Thema. Der Kitzel des Betrügens. Sexuelle Komplizität, Konspiration. Mitmischen. Ich habe erlebt, wie du Hermann getriezt hast, um einen zweiten Wagen zu kriegen, und ich weiß, wie gemein du sein kannst. Du hast gedacht, ich würde vielleicht Mady und Valentine umbringen. Aber als ich Gewißheit hatte, warum bin ich da nicht zum Pfandleiher gegangen und habe mir einen Revolver gekauft? Oder noch einfacher, mein Vater hat einen Revolver in seinem Schreibtisch hinterlassen. Er ist noch dort. Aber ich bin kein Verbrecher, es steckt nicht in mir; statt dessen mache ich mir selber Angst. Wie dem auch sei, Zelda, ich sehe, daß es dir unheimliches Vergnügen gemacht hat, doppelte Freude, aus überströmendem Herzen zu lügen.*

Mit einemmal fuhr der Zug vom Bahnsteig ab und in den Tunnel. Zeitweilig im Dunkel hielt Herzog den Federhalter still. Glatt zogen die tropfenden Mauern vorüber. In staubigen Nischen brannten Glühbirnen. Ohne Religion. Dann folgte ein langer Aufstieg, der Zug kam unter der Erde hervor und fuhr in plötzlicher Helligkeit auf dem Damm über den Slums der Upper Park Avenue. In den neunziger Straßen der Ostseite strömte ein geöffneter Hydrant, und Kinder in Unterhosen, die an den Körper klatschten, sprangen kreischend umher. Nun kam das spanische Harlem, schwer, dunkel und heiß, und weit weg zur Rechten Queens, ein umfängliches Dokument aus Backstein, in atmosphärischen Schmutz gehüllt.

Herzog schrieb: *Werde nie verstehen, was Frauen wollen. Was wollen sie? Sie essen grünen Salat und trinken Menschenblut.*
Über dem Long Island Sound wurde die Luft klarer. Sie wurde nach und nach sehr rein. Das Wasser war eben und ruhig, von weichem Blau, das Gras schimmernd, mit wilden Blumen gefleckt – eine Menge Myrten zwischen diesen Felsen, und wilde Erdbeeren in Blüte. *Ich kenne die ganze komische, häßliche, verdrehte Wahrheit über Madeleine. Viel, um darüber nachzudenken.* Er hatte jetzt Schluß gemacht.

Aber mit derselben großen Hast wechselte Herzog auf einen anderen Kurs und schrieb an einen alten Freund in Chicago, Lucas Asphalter, einen Zoologen an der Universität. *Was ist in dich gefahren? Ich lese oft Abschnitte, die ›menschlich ans Herz greifen‹, aber ich erwarte niemals, daß sie von meinen Freunden handeln. Kannst du dir vorstellen, wie es mich erschüttert hat, als ich deinen Namen in der ›Post‹ gelesen habe? Bist du verrückt geworden? Ich weiß, daß du deinen Affen innig geliebt hast, und es tut mir leid, daß er tot ist. Aber du hättest mehr Verstand haben sollen, als ihn durch Mund-an-Mund-Atmung wieder ins Leben rufen zu wollen. Besonders, wo Rocco an Tuberkulose gestorben ist und von Bazillen gewimmelt haben muß.* Asphalter war seltsam mit seinen Tieren verstrickt. Herzog argwöhnte, daß er versuchte, sie zu vermenschlichen. Dieser Makako-Affe Rocco war kein amüsantes Geschöpf, sondern eigensinnig und launisch, von schlechter Farbe wie ein sauertöpfischer alter jüdischer Onkel. Allerdings ging er langsam an Schwindsucht ein und konnte schon deshalb nicht sehr optimistisch aussehen. Asphalter, der selbst so fröhlich war und praktische Überlegungen in den Wind schlug, ein etwas am Rande existierender akademischer Typ ohne Doktortitel, lehrte vergleichende Anatomie. Zu seinen Schuhen mit dicken Kreppsohlen trug er einen befleckten Kittel; er war des Haars ebenso beraubt wie der Jugend, armer Lucas. Der jähe Haarausfall hatte ihm nur eine Locke vorn am Schädel gelassen und ließ seine hübschen Augen, seine geschwungenen Brauen stärker hervortreten und seine Nasenlöcher dunkler und haariger erscheinen. *Ich hoffe, er hat nicht*

Roccos Bazillen geschluckt. Davon ist jetzt eine neue, tödlichere Abart aufgekommen, heißt es, und die Tuberkulose schleicht sich wieder ein. Asphalter war mit seinen fünfundvierzig Jahren noch Junggeselle. Sein Vater hatte ein Absteigequartier in der Madison Street betrieben. Als junger Mensch war Moses dort oft zu Besuch gewesen. Und obgleich er und Asphalter zehn oder fünfzehn Jahre lang keine engen Freunde gewesen waren, hatten sie plötzlich entdeckt, daß sie eine Menge gemeinsam hatten. Tatsächlich war es Asphalter gewesen, von dem Herzog erfahren hatte, was Madeleine tat und welche Rolle Gersbach in seinem Leben spielte.

»Ich sage dir das höchst ungern, Mose«, erklärte Asphalter in seinem Büro, »aber du hast ein paar schlimme Läuse in deinem Pelz.«

Das war zwei Tage nach dem Schneesturm im März. Man hätte es nicht glauben sollen, daß noch in derselben Woche grimmiger Winter geherrscht hatte. Die Fenster nach dem Universitätshof waren offen. Alle schmutzüberzogenen Weidensträucher ließen die Kätzchen aus den Hülsen springen. Diese baumelten in der ganzen Gegend herum und durchzogen mit ihrem Duft den grauen Hinterhof mit seinem gefangenen Licht. Rocco saß mit kranken Augen auf seinem eigenen Strohhocker; seinem Blick fehlte der Glanz, sein Fell hatte die Farbe gedünsteter Zwiebeln.

»Ich kann's nicht mitansehen, wie du dich zugrunde richtest«, sagte Asphalter. »Ich sag's dir lieber – wir haben hier eine Laboratoriumsassistentin, die bei deinem kleinen Mädchen Babysitter ist, und die hat mir von deiner Frau erzählt.«

»Was hat sie von ihr erzählt?«

»Und Valentine Gersbach. Der ist immer in der Harper Avenue zu finden.«

»Sicher. Weiß ich. Er ist der einzige verläßliche Mensch in der Gegend. Ich habe Zutrauen zu ihm. Er ist seit jeher ein furchtbar guter Freund.«

»Ja, ich weiß – ich weiß«, sagte Asphalter. Sein bleiches Rundgesicht war mit Sommersprossen bedeckt, und seine Augen waren groß, feucht und dunkel, und um Moses' willen bitter in ihrer Verträumtheit. »Ich weiß natürlich. Valentine ist eine große Bereicherung für das gesellschaftliche Leben von Hyde Park, oder was davon übrig ist. Wie sind wir jemals ohne ihn zurechtgekommen? Er ist so lustig – er ist so laut mit seinen Imitationen von Schotten und Japanern und seiner knirschenden Stimme. Er übersprudelt jegliche Unterhaltung. Voller Leben. O ja, er ist randvoll. Und weil du ihn hergebracht hast, glauben alle, daß er dein besonderer Freund ist. Er sagt es selbst. Nur...«

»Nur was?«

Mühsam beherrscht und leise fragte Asphalter: »Weißt du's denn nicht?« Er wurde sehr blaß.

»Was soll ich wissen?«

»Ich hab's als sicher angenommen, weil du so intelligent bist, weit über dem Durchschnitt – daß du etwas wüßtest oder ahntest.« Etwas Schreckliches war im Begriff, über ihn hereinzubrechen. Herzog stählte sich dagegen.

»Meinst du Madeleine? Ich begreife natürlich, daß nach und nach, weil sie noch jung ist, muß sie... wird sie...«

»Nein, nein«, sagte Asphalter. »Nicht nach und nach.« Es brach aus ihm heraus. »Schon die ganze Zeit.«

»Wer!« sagte Herzog. Er fühlte sein ganzes Blut zu Kopf steigen, aber ebenso schnell und stark wieder aus seinem Hirn strömen. »Du meinst Gersbach?«

»So ist es.« Asphalter hatte jetzt überhaupt keine Kontrolle mehr über die Nerven in seinem Gesicht; es hatte durch den Schmerz, den er litt, alle Straffheit verloren. Sein Mund war wie aufgesprungen, mit schwarzen Rändern.

Herzog begann zu schreien. »Was fällt dir eigentlich ein! Das lasse ich mir nicht bieten!« Außer sich vor Zorn sah er Lucas an. Ein verschwommenes, flaues, krankes Gefühl überkam ihn. Sein Körper schien zu schrumpfen, jäh gedörrt, ausgehöhlt, betäubt. Er verlor beinahe das Bewußtsein.

»Mach dir den Kragen auf«, sagte Asphalter. »Mein Gott, du wirst doch wohl nicht ohnmächtig?« Er begann, Herzogs Kopf niederzudrücken. »Zwischen die Knie«, sagte er.

»Laß los«, sagte Moses, aber sein Kopf war heiß und feucht, und er saß zusammengekrümmt, während Asphalter erste Hilfe leistete.

Die ganze Zeit sah der große braune Affe mit über der Brust gefalteten Armen und geröteten trockenen Augen zu und verbreitete schweigend seine Bitterkeit. Tod, dachte Herzog. Der echte Artikel. Das Tier war dem Tode verfallen.

»Besser?« fragte Asphalter.

»Mach bloß ein Fenster auf. Die Zoologiegebäude stinken.«

»Das Fenster ist offen. Hier, trink etwas Wasser.« Er reichte Moses einen Pappbecher. »Nimm eine. Erst dies, dann die grünweiße. Prozin. Ich kriege die Watte nicht aus der Flasche heraus. *Meine Hände zittern.*«

Herzog wies die Pillen zurück. »Luke ... ist das wirklich wahr, mit Madeleine und Gersbach?« fragte er.

Überaus nervös, bleich, heiß, die dunklen Augen, das fleckige Gesicht ihm zugewandt, sagte Asphalter: »Herrje! Du glaubst doch wohl nicht, daß ich mir so etwas aus den Fingern sauge. Ich bin wahrscheinlich nicht sehr taktvoll gewesen. Ich dachte, du wüßtest einigermaßen Bescheid ... Aber es ist absolut wahr.« Asphalter in seinem unsauberen Laboratoriumskittel versetzte es ihm mit einer vieldeutigen hilflosen Geste – ich lege dir das Ganze vor die Füße, besagte sie. Sein Atem ging schwer. »Du hast überhaupt nichts gewußt?«

»Nein.«

»Aber ergibt es nicht einen gewissen Sinn? Scheint es jetzt nicht logisch?«

Herzog lehnte sich auf den Schreibtisch und verschränkte krampfartig seine Finger. Er starrte auf die baumelnden rötlichen und violetten Kätzchen. Nicht zerspringen, nicht sterben – am Leben bleiben, das war alles, was er erhoffen konnte. »Wer hat es dir erzählt?« fragte er.

»Geraldine.«

»Wer?«

»Gerry – Geraldine Portnoy. Ich dachte, du kenntest sie. Madys Babysitter. Sie ist unten in der Anatomie.«

»Was ...«

»Menschliche Anatomie, in der medizinischen Fakultät, um die Ecke. Ich gehe mit ihr aus. Übrigens kennst du sie auch, sie war in einer deiner Klassen. Willst du mit ihr sprechen?«

»Nein«, sagte Herzog heftig.

»Nun, sie hat dir einen Brief geschrieben. Sie hat ihn mir gegeben und gesagt, sie überlasse es mir, ob ich ihn dir übergeben wolle oder nicht.«

»Ich kann ihn jetzt nicht lesen.«

»Nimm ihn«, sagte Asphalter. »Vielleicht liest du ihn später.« Herzog stopfte den Brief in die Tasche.

Er überlegte sich, als er im Zug auf dem Plüschsitz saß, seinen Handkoffertisch auf dem Schoß hielt und mit hundertzwanzig Kilometer die Stunde den Staat New York verließ, warum er in Asphalters Büro nicht geweint hatte. Er konnte ohne weiteres in Tränen ausbrechen, und er hatte vor Asphalter keine Hemmungen, denn sie waren so alte Freunde und sich so ähnlich in ihren Lebensläufen – ihrer Herkunft, ihren Gewohnheiten und Temperamenten. Aber als Asphalter den Deckel abnahm, die Wahrheit offenbarte, wurde in seinem den Hof überblickenden Büro etwas Böses losgelassen, heiß und brutal wie ein Gestank, eine verdrehte menschliche Tatsache, fast greifbar. Tränen waren ohne Bedeutung. Der Grund war zu verzwickt und überhaupt zu abnorm für alle daran Beteiligten. Aber dann war auch Gersbach ein häufiger Weiner von hervorragend empfindsamer Kraft. Die heiße Träne blinkte oft in seinem großherzigen rötlichbraunen Auge. Erst vor ein paar Tagen, als Herzog in O'Hare ankam und seine kleine Tochter umarmte, war Gersbach zugegen gewesen, eine kraftvolle, vierschrötige Gestalt mit teilnehmenden Tränen im Auge. Allem Anschein nach, dachte Moses, hat er mir jetzt auch das Weinen besudelt. Manchmal verabscheue ich es, ein Gesicht, eine Nase und Lippen zu haben, weil er sie hat.

Ja, der Schatten des Todes lag damals auf Rocco.

»Verdammt peinlich«, sagte Asphalter. Er rauchte ein paar Züge und machte die Zigarette wieder aus. Der Aschenbecher war mit langen Kippen gefüllt – er rauchte zwei oder drei Päckchen pro Tag. »Trinken wir was. Wir wollen zusammen zu Abend essen. Ich nehme Geraldine mit zum Beachcomber, im Norden der Stadt. Du kannst dir dann selbst einen Vers auf sie machen.«

Jetzt mußte sich Herzog über einige Seltsamkeiten Asphalters den Kopf zerbrechen. Es ist möglich, daß ich ihn beeinflußt habe und meine Gefühlswallung sich auf ihn übertragen hat. Er hatte diesen brütenden, haarigen Rocco ins Herz geschlossen. Wie konnte man sich sonst einen solchen Ausbruch erklären – er nahm Rocco in die Arme, öffnete ihm gewaltsam die Lippen und blies ihm Mund an Mund seinen Odem ein. Ich fürchte, daß Luke vielleicht sehr übel dran ist. Ich muß versuchen, über ihn nachzudenken, wie er ist – Wunderlichkeit und was sonst nicht alles.

Du solltest dich lieber einem Tuberkulin-Test unterziehen. Ich hatte keine Ahnung, daß Du ... Herzog brach ab. Ein Kellner des Speisewagens gongte zum Lunch, aber Herzog hatte keine Zeit zum Essen. Er war drauf und dran, einen neuen Brief anzufangen.

Lieber Herr Professor Byzhkowski, ich danke Ihnen für Ihre Liebenswürdigkeit in Warschau. Wegen meines schlechten Gesundheitszustands muß unsere Begegnung für Sie unbefriedigend gewesen sein. Ich saß in seiner Wohnung und machte Papierhütchen sowie Schiffchen aus der *Trybuna Ludu*, während er versuchte, ein Gespräch in Gang zu bringen. Der Professor, ein großer, mächtig gebauter Mann in einem Jagdkostüm aus sandfarbenem Tweed, das aus Knickerbockers und einer Norfolkjacke bestand, muß erstaunt gewesen sein. Ich bin überzeugt, daß er von Herzen freundlich gesinnt ist. Seine blauen Augen sind gutartig. Ein fettes, aber wohlgeformtes Gesicht, gedankenvoll und männlich. Ich faltete weiter meine Hüte – ich muß an die Kinder gedacht haben. Madame Byzhkowski fragte mich, ob ich Marmelade in meinen Tee haben wollte, und beugte sich gastlich zu mir herüber. Die Möbel waren stark poliert, alt, aus einer vergangenen mitteleuropäischen Epoche – aber schließlich ist ja unsere gegenwärtige Epoche auch schon wieder am Vergehen, und vielleicht sogar schneller als alle anderen. *Ich hoffe, Sie können mir verzeihen. Ich habe jetzt Gelegenheit gefunden, Ihren* Essay *über die amerikanische Besetzung Westdeutschlands zu lesen. Viele Tatsachen darin sind unangenehm.* Aber ich bin nie von Präsident Truman oder Mr. McCloy um meinen Rat gefragt worden. *Ich muß gestehen, daß ich das deutsche Problem nicht so eingehend studiert habe, wie es nötig gewesen wäre. Keine der Regierungen sagt meiner Ansicht nach die Wahrheit. Es gibt auch ein ostdeutsches Problem, das in Ihrer Monographie nicht einmal angerührt ist.*

In Hamburg bin ich in den Bezirk der roten Lampen gewandert.

Das heißt, man hatte mir gesagt, ich solle ihn mir ansehen. Einige Dirnen, in Unterwäsche mit schwarzen Spitzen, trugen deutsche Militärstiefel und klopften mit Reitgerten an die Fensterscheibe. Nutten mit roten Gesichtern, rufend und grinsend. Ein kalter, freudloser Tag.

Sehr geehrter Herr, schrieb Herzog. *Sie sind mit den Vagabunden der Bowery, die in Ihre Kirche kommen, vor Besoffenheit das Bewußtsein verlieren, in den Bankreihen ihre Notdurft verrichten, an den Grabsteinen Flaschen zertöppern und auch sonst allerhand Unheil anrichten, sehr langmütig gewesen. Ich möchte vorschlagen, daß Sie, da man von Ihrer Kirche aus die Wall Street sehen kann, ein Pamphlet verfassen, das erklärt, wie die Bowery deren Bedeutung überhöht. Die schiefe Ebene ist die kontrastierende Institution und daher nötig. Rufen Sie ihnen die Geschichte von Lazarus und dem Reichen ins Gedächtnis. Wegen der Existenz des Lazarus erhält der Reiche einen besonderen Kitzel, eine Dividende von seinem Luxus.* Nein, ich glaube nicht, daß der Reiche sich dabei so königlich amüsiert. Und wenn er sich befreien will, dann erwartet auch ihn das Verhängnis der schiefen Ebene. Gäbe es eine Armut in Schönheit, eine moralische Armut in Amerika, dann wäre das Verrat. Deshalb muß sie häßlich sein. Daher arbeiten die Vagabunden für die Wall Street – als Bekenner des Namens. Aber woher kriegt der hochwürdige Pfarrer Beasley seinen Zaster?

Wir haben zu wenig darüber nachgedacht.

Dann schrieb er: *Kreditbüro, Marshall Field & Co. Ich komme nicht länger für die Schulden von Frau Madeleine P. Herzog auf. Seit dem 10. März haben wir aufgehört, Mann und Frau zu sein. Schicken Sie mir bitte keine Rechnungen mehr – die letzte hat mich fast umgeschmissen – mehr als vierhundert Dollar. Für Einkäufe, die nach der Trennung getätigt wurden. Gewiß hätte ich schreiben sollen – an das sogenannte Nervenzentrum des Kredits – Gibt es überhaupt so was? Wo findet man das? – aber ich habe zeitweilig meine Orientierung verloren.*

Lieber Herr Professor Hoyle, ich glaube, ich verstehe nicht, wie die Goldporentheorie funktioniert. Wie die schwereren Metalle – Eisen und Nickel – zum Mittelpunkt der Erde gelangen, scheint mir einzuleuchten. Aber wie steht es mit der Konzentration der leichteren Metalle? Auch sprechen Sie in Ihrer Erläuterung von der Entstehung der kleineren Planeten, einschließlich unserer tragischen Erde, *von haftenden Materialien, die die Agglomerate niedergeschlagener Stoffteilchen binden...*

Die Räder der Eisenbahnwagen stürmten unter ihm dahin. Wälder und Weiden eilten herbei und wichen zurück, ebenso die Schienen von Seitensträngen, in Rost gebettet, die rasenden durchhängenden Drähte, und zur Rechten das Blau des Long Island Sound, tiefer, stärker als zuvor. Dann die lackierten Gehäuse der Pendlerautos, und die gehäuften Kadaver der Schrottautos, die Formen alter neuenglischer Fabriken mit schmalen, schmucklosen Fenstern; Dörfer, Klöster, Schlepper, die in dem schwellenden, stoffartigen Wasser dahinzogen, und dann Kiefernpflanzungen, die Nadeln auf dem Boden von einer lebenspendenden rötlichen Farbe. So, dachte Herzog mit der Erkenntnis, daß seine Vorstellung vom All stümperhaft war, von platzenden Novae und entstehenden Welten, von unsichtbaren magnetischen Speichen, mit deren Hilfe sich die Körper gegenseitig auf der Kreisbahn halten. Die Astronomen stellten es immer so dar, als würden die Gase in einer Flasche geschüttelt. Dann gab es nach vielen Milliarden Jahren, Lichtjahren, dieses kindergleiche, durchaus nicht unschuldige Wesen mit Strohhut auf dem Kopf und Herz in der Brust, teils rein, teils bösartig, das versuchen wollte, sein eigenes wackliges Bild von diesem großartigen Gewebe zu entwerfen.

Sehr geehrter Herr Dr. Bhave, begann er wieder, *ich habe von Ihrer Arbeit im* Observer *gelesen und habe mir damals vorgenommen, mich Ihrer Bewegung anzuschließen. Ich hatte mir* schon *immer sehr gewünscht, ein moralisches, nützliches und tätiges Leben zu führen. Ich habe nie gewußt, wo ich damit anfangen sollte. Man kann ja nicht utopisch werden. Das macht es uns nur schwerer, zu erkennen, wo unsere Pflichten wirklich liegen. Wenn man dagegen die Großgrundbesitzer überredet, von ihrem Land an verarmte Bauern abzugeben...*

Diese dunklen Männer, die zu Fuß durch Indien wandern. Im Geist sah Herzog ihre leuchtenden Augen und darin das Licht der Botschaft. Man muß mit Ungerechtigkeiten beginnen, die jedermann sinnfällig sind, nicht mit großen historischen Perspektiven.

Vor kurzem habe ich Pather Panchali *gesehen. Ich nehme an, daß Sie es kennen, da es vom ländlichen Indien handelt. Zwei Dinge haben mich tief beeindruckt – das alte Weib, das den Brei mit den Fingern schöpfte und später aufs Feld ging, um zu sterben, und der Tod des jungen Mädchens im Regensturm.* Herzog, fast allein im Filmtheater der Fifth Avenue, weinte mit der Mutter des Mädchens, als die hysterische Todesmusik anfing. Ein Musiker mit einem landesüblichen Messinghorn, das das Schluchzen nachahmte und Todeslaute spielte. In New York regnete es genauso wie im ländlichen Indien. Sein Herz tat ihm weh. Auch er hatte eine Tochter, und auch seine Mutter war eine arme Frau gewesen. Er hatte auf Laken geschlafen, die aus Mehlsäcken genäht waren. Am besten geeignet für diesen Zweck war Ceresota. Was ihm umrißhaft vorschwebte, war der Plan, sein Haus und seinen Grundbesitz in Ludeyville der Bhave-Bewegung anzubieten. Aber was konnte Bhave damit anfangen? Hindus in die Berkshires schicken? Das wäre ihnen gegenüber nicht fair. Immerhin gab es da eine Hypothek. Man konnte ein Geschenk in Form eines sogenannten »Eigenguts« machen, dafür müßte ich aber noch einmal achttausend Dollar aufbringen, und die Finanzbehörde würde es nicht einmal von der Steuer absetzen lassen. Wohltätige Spenden ins Ausland zählen wahrscheinlich nicht. Bhave würde ihm einen Gefallen tun. Dieses Haus war einer seiner größten Fehler. Er hatte es in einem Glückstraum gekauft, eine alte Ruine, aber mit ungeheuren Möglichkeiten – große alte Bäume, Stilgärten, die er in seiner freien Zeit wieder herrichten konnte. Das Grundstück war jahrelang nicht bewohnt worden. Entenjäger und Liebespaare waren eingebrochen und hatten es benutzt, und als Herzog sich als Eigentümer auswies, trieben die Liebespaare und Jäger ihren Scherz mit ihm. Jemand kam nachts ins Haus und hinterließ eine gebrauchte Damenbinde auf seinem Schreibtisch, wo er Bündel von Notizen für seine romantischen Studien aufbewahrte. Das war sein Empfang durch die Ortsansässigen. Ein flüchtiger Schimmer von Selbsthumor huschte über sein Gesicht, während der Zug durch Wiesen und sonnige Kiefernbestände brauste. Nehmen wir an, ich hätte die Herausforderung angenommen. Ich könnte Moses sein, der alte Jude von Ludeyville, mit weißem Bart, der das Gras unter der Wäscheleine mit einem antiken Grasmäher schneidet und Murmeltiere ißt.

Er schrieb an seinen Vetter Asher in Beersheba, *Ich habe seinerzeit eine alte Fotografie Deines Vaters in zaristischer Uniform erwähnt. Ich habe meine Schwester Helen gebeten, danach zu suchen.* Asher hatte in der Roten Armee gedient und war verwundet worden. Er war jetzt Elektro-Schweißer, ein übellaunig aussehender Mann mit kräftigem Gebiß. Er hatte mit Moses das Tote Meer besucht. Es war schwül. Sie setzten sich in den Eingang eines Salzbergwerks, um sich abzukühlen. Asher sagte: Hast du nicht ein Bild von meinem Vater?

Lieber Herr Präsident. Ich habe Ihre vor kurzem gehaltene optimistische Rede im Radio gehört und fand, daß in bezug auf Steuern nur wenig vorhanden ist, was Ihren Optimismus rechtfertigt. Die neue Gesetzgebung behandelt die Menschen sehr unterschiedlich, und viele Leute glauben, daß sie die Arbeitslosigkeit durch die Beschleunigung der Automation nur erhöhen wird. Das bedeutet, daß mehr jugendliche Banden die schlecht bewachten Straßen der großen Städte beherrschen werden. Spannungen der Übervölkerung, der Rassenfrage...

Sehr geehrter Doktor Professor Heidegger, ich hätte gern gewußt, was Sie mit dem Ausdruck Absturz, sagen wollen. Wann hat sich dieser Absturz in die Alltäglichkeit zugetragen? Wo haben wir gestanden, als er sich ereignete?

Mr. Emmett Strawforth, U.S.Gesundheitsdienst, schrieb er, *Lieber Emmet, ich habe gesehen, daß Du Dich auf dem Fernsehschirm wie ein Esel aufgeführt hast. Da wir zusammen aufs College gegangen sind (M.E.Herzog '38), möchte ich Dir frei heraus sagen, was ich von Deiner Philosophie halte.*

Herzog strich es aus und adressierte den Brief an die *New York Times* um. *Schon wieder hat sich ein Regierungswissenschaftler, Dr.Emmet Strawforth, in der Streitfrage über den Atommüll, zu der nun noch die Probleme der chemischen Ungezieferbekämpfung, der Verseuchung des Grundwassers usw. kommen, zur Philosophie des Risikos bekannt. Ich interessiere mich ebenso lebhaft für die sozialen und ethischen Überlegungen der Wissenschaftler wie für jene anderen Formen der Vergiftung. Dr.Strawforth über*

Kachel Carson, Dr. Teller über die genetischen Wirkungen der Radioaktivität. Vor kurzem hat Dr. Teller behauptet, daß die neue Mode hautenger Hosen die Zeugungsorgane durch die Erhöhung der Körpertemperatur mehr beeinflussen könne als der Atommüll. Menschen, die unter ihren Zeitgenossen hohe Achtung genießen, erweisen sich oft als gefährliche Irre. Man denke nur an Feldmarschall Haig. Er hat Hunderttausende von Menschen in den Schlammlöchern Flanderns ertränkt. Lloyd George sah sich gezwungen, dazu seinen Segen zu geben, weil Haig ein so bedeutender und geachteter Führer war. Derartige Menschen müssen einfach ihren Willen haben. Wie paradox ist es doch, daß ein Mensch, der Heroin nimmt, eine zwanzigjährige Kerkerstrafe für etwas erhalten kann, was er sich selber antut ... Sie werden schon begreifen, was ich meine.

Dr. Strawforth erklärt, wir müßten uns seine Philosophie des Risikos im Hinblick auf die Radioaktivität zu eigen machen. Seit Hiroshima (und Mr. Truman nennt Menschen, die seine Entscheidung über Hiroshima in Frage stellten, ›Blutende Herzen‹) steht das Leben in zivilisierten Ländern (weil diese sich nur durch ein Gleichgewicht des Schreckens am Leben erhalten) auf dem Fundament des Risikos. Aber dann vergleicht er das menschliche Leben mit dem Risikokapital im Geschäftsleben. Welch ein Gedanke! Das Großkapital geht kein Risiko ein, wie die vor kurzem erfolgte Untersuchung über die Vorratswirtschaft ergeben hat. Ich möchte gern Ihre Aufmerksamkeit auf eine von Tocquevilles Prophezeiungen lenken. Er glaubte, daß die modernen Demokratien weniger Verbrechen züchten würden, dafür aber mehr persönliche Laster. Vielleicht hätte er sagen sollen, weniger private Verbrechen, aber mehr Kollektivverbrechen. Ein großer Teil dieser kollektiven oder organisationellen Verbrechen hat genau das Ziel, das Risiko zu verringern. Nun weiß ich zwar, daß es keine Kleinigkeit ist, die Geschäfte dieses Planeten mit seinen mehr als zwei Milliarden Bewohnern zu lenken. Die Zahl selbst hat etwas von einem Wunder und verbannt unsere praktischen Ideen in den Bereich des Überholten. Nur wenige Intellektuelle haben die sozialen Leitsätze hinter dieser quantitativen Umformung begriffen.

Wir leben in einer bürgerlichen Zivilisation. Ich gebrauche das

Wort nicht in seiner marxistischen Bedeutung. Feigling! *Im Wortsinn der modernen Kunst und Religion ist es* bourgeois *zu glauben, daß das Universum zu unserer ungefährdeten Benutzung geschaffen worden ist, und um uns Behaglichkeit, Ruhe und Unterstützung zu gewähren. Das Licht hat eine Geschwindigkeit von 300 000 Kilometern pro Sekunde, nur damit wir sehen können, um uns das Haar zu kämmen oder in der Zeitung zu lesen, daß der Schinken heute billiger ist als gestern. De Tocqueville hat den Impuls zum Wohlleben als einen der kräftigsten Impulse der demokratischen Gesellschaft bezeichnet. Man kann ihm nicht zur Last legen, daß er die zerstörenden Kräfte, die durch eben diesen Impuls erzeugt werden, unterschätzt hätte.* Du mußt völlig den Verstand verloren haben, daß du in dieser Weise an die *Times* schreibst. Es gibt Millionen verbitterter Voltairianer, deren Seelen mit zorniger Satire angefüllt sind und die sich auf der Suche nach dem schneidendsten, giftigsten Wort befinden. Du könntest ebensogut ein Gedicht schicken, du Dummkopf. Warum solltest du aus reiner Schwermut mehr Redet haben als sie aus Organisation? Du fährst ja in ihren Zügen, oder nicht? Schwermut hat noch keine Eisenbahn gebaut. Los, schreib ein Gedicht und erschlage sie mit Bitterkeit. Sie drucken kleine Gedichte als Füllsel auf der Leitartikelseite. Aber trotzdem fuhr er in seinem Brief fort. *Nietzsche, Whitehead und John Dewey haben sich über die Frage des Risikos geäußert... Dewey belehrt uns, daß die Menschheit der eigenen Natur mißtraut und versucht, drüben oder droben Stabilität zu finden, in Religion oder Philosophie. Für ihn ist das Vergangene oft gleichbedeutend mit dem Irrigen.* Aber Moses gebot sich Einhalt. Komm zur Sache. Was aber war die Sache? Die Sache war, daß es Menschen gab, die die Menschheit vernichten konnten, und daß sie töricht, anmaßend und verrückt waren und gebeten werden mußten, es nicht zu tun. Laßt die Feinde des Lebens abtreten. Laßt jeden Menschen sein Herz prüfen. Ohne einen großen Wandel meines Herzens würde ich mir nicht zutrauen, eine führende Stellung zu bekleiden. Liebe ich die Menschheit? Genügend, um sie zu verschonen, wenn ich imstande wäre, sie in die Luft zu sprengen. Wir wollen uns alle in unsere Leichentücher hüllen und auf Washington und Moskau marschieren. Wir wollen uns alle, Männer,

Frauen und Kinder, niederlegen und schreien: »Laßt das Leben fortdauern – wir mögen es nicht verdient haben, aber laßt es dauern.«

In jeder Gemeinschaft gibt es eine Klasse von Menschen, die den übrigen unsäglich gefährlich ist. Ich meine nicht die Verbrecher. Für diese haben wir Strafmaßnahmen. Ich meine die Führer. Ohne Ausnahme streben die gefährlichsten Leute nach der Macht. Während der rechtlich denkende Staatsbürger sein Herz in der Kemenate seines Unwillens zum Sieden bringt.

Herr Schriftleiter, wir sind dazu bestimmt, die Sklaven jener zu werden, die die Macht haben, uns zu vernichten. Ich spreche nicht mehr von Strawforth. Ich habe ihn im College gekannt. Wir spielten Ping-Pong im Reynolds Club. Er hatte ein weißes, gesäßartiges Gesicht mit ein paar Leberflecken und fette, gebogene Daumen, die dem Ball einen trügerischen Spin versetzten. Klick-klack über den grünen Tisch. Ich glaube nicht, daß sein Intelligenzquotient so besonders hoch war, obwohl ich mich da irren kann, aber er hat verbissen an seiner Mathematik und Chemie gebüffelt. Während ich in den Feldern meine Zeit verdudelte. Wie die Grashüpfer in Junes Lieblingslied:

> Drei Grashüpfer fiedelten durch die Welt,
> Heiho, niemals sei still.
> Sie zahlten für ihre Miete kein Geld,
> Den Ellbogen tagelang krumm gestellt
> Sie fiedeln ein Lied, das heißt Rillabyrillaby
> Sie fiedeln ein Lied, das heißt Rillabyrill.

Entzückt begann Moses zu grinsen. Sein Gesicht furchte sich zärtlich beim Gedanken an seine Kinder. Wie gut Kinder begreifen, was Liebe ist. Marco wuchs jetzt in ein Alter des Schweigens und der Zurückhaltung hinein, aber June war genau so, wie Marco gewesen war. Sie stand auf dem Schoß des Vaters, um ihm die Haare zu kämmen. Seine Schenkel wurden von ihren Füßen begangen. Er umarmte ihre zarten Knochen mit väterlichem Hunger, während ihr Atem auf seinem Gesicht die tiefsten Gefühle wachrief.

Er hatte den Kinderwagen auf dem Midway geschoben und dabei Studenten und Kollegen der Fakultät mit einem Griff an die

Krempe seines grünen Velourshutes gegrüßt, der von einem moosigeren Grün war als die Abhänge und hohlen Wiesen. Unter den Biesen ihres Samtkäppchens sah das kleine Mädchen ihrem Vater sehr ähnlich, fand er. Er lächelte sie mit großen Falten und dunklen Augen an, während er Kinderreime aufsagte:

> Ein altes Weibchen
> Flog in 'nem Körbchen
> Ist siebzehnmal höher als der Mond gewesen.

»Mehr«, sagte das Kind.

> Und wo sie hinflog.
> Kann niemand uns sagen,
> Denn unter dem Arm hatte sie einen Besen.

»Mehr, mehr.«

Der warme Seewind trieb Moses nach Westen, an den grauen, gotischen Häusern vorbei. Er hatte wenigstens das Kind gehabt, während sich Mutter und Liebhaber irgendwo in einem Schlafzimmer entkleideten. Und wenn sie, selbst in dieser Umarmung von Wollust und Betrug, das Leben und die Natur auf ihrer Seite hatten, wollte er still beiseite treten. Ja, er wollte sich mit einer Verbeugung entfernen.

Der Schaffner (einer vom alten Schlag, dieser graugesichtige Schaffner) nahm die Fahrkarte aus Herzogs Hutband. Als er sie lochte, schien er etwas sagen zu wollen. Vielleicht hatte ihn der Strohhut in alte Zeiten zurückversetzt. Aber Herzog beendete seinen Brief. *Sollten wir, selbst wenn Strawforth der Philosoph auf dem Königsthron wäre, ihm die Macht verleihen, mit den genetischen Grundlagen des Lebens zu spielen, die Atmosphäre und die Gewässer der Erde zu verseuchen? Ich weiß, es ist sauertöpfisch, wenn man sich erbost. Aber...*

Der Schaffner hinterließ ein gelochtes Stück Pappe unter der Metallfassung der Sitznummer und ging weiter, während Moses immer noch auf seinem Handkoffer schrieb. Er hätte natürlich in den Klubwagen gehen können, wo es Tische gab, aber dort hätte er

Getränke bestellen und sich mit Leuten unterhalten müssen. Zudem mußte er einen der wesentlichsten Briefe schreiben; an Dr. Edvig, den Psychiater in Chicago.

Also Edvig, schrieb Herzog, *Sie entpuppen sich auch als Halunke. Wie kläglich!* Aber das war kein möglicher Anfang. Er begann von neuem. *Sehr geehrter Edvig, ich habe Ihnen etwas mitzuteilen.* Ja, so war es viel besser. Das Aufreizende an Edvig war, daß er sich benahm, als hätte er alle Mitteilungen gepachtet – dieser unerschütterliche protestantisch-nordisch-anglo-keltische Edvig mit dem angegrauten Bärtchen, kluges, gewelltes, steigendes Haar und Augengläser, rund, reinlich und glitzernd. *Zugegeben, ich kam in schlechter Verfassung zu Ihnen. Madeleine machte eine psychiatrische Behandlung zur Bedingung unseres weiteren Zusammenlebens. Sie sagte, wenn Sie sich noch erinnern, daß ich in einem gefährlichen geistigen Zustand sei. Es wurde mir erlaubt, meinen eigenen Psychiater zu wählen. Selbstverständlich wählte ich denjenigen, der über Barth, Tillich, Brunner und andere geschrieben hatte. Besonders da Madeleine, wenn auch jüdisch, eine christliche Phase als katholische Konvertitin durchlebt hatte und ich hoffte, Sie könnten meinem Verständnis dafür auf die Beine helfen. Statt dessen haben Sie sich selbst an sie 'rangemacht. Das haben Sie unleugbar getan, je mehr Sie von mir erfuhren, daß sie schön war, eine hervorragende, wenn auch keineswegs gesunde Intelligenz besaß und außerdem noch religiös war.* Und sie und Gersbach lenkten und planten jeden Schritt, den ich tat. Sie dachten sich, daß ein Seelenfritze helfen könnte, mich sanft abzuschieben – als kranken Mann, der außergewöhnlich neurotisch und vielleicht sogar hoffnungslos war. Unter allen Umständen würde mich die Behandlung genügend beschäftigen, weil ich in meinen eigenen Fall verstrickt wäre. Vier Nachmittage der Woche wußten sie, wo ich war, nämlich auf der Couch, und fühlten sich daher im Bett sicher. *Ich war dem Zusammenbruch nahe, als ich zum erstenmal zu Ihnen kam – feuchtes Wetter, tröpfelnder Schnee, der überheizte Omnibus. Der Schnee hat bestimmt mein Herz nicht abgekühlt. Die Straße mit gelben Blättern übersät. Jene ältliche Person in ihrem grünen Plüschhut, einem nicht aufreizenden Grün, und wie ein tödlicher Beutel in weichen Falten* auf ihrem Kopf. Aber es war schließlich doch kein so böser Tag. Edvig sagte, ich sei noch nicht reif für die Klapsmühle. Nichts als ein reaktiv Depressiver.

»Aber Madeleine sagt, ich sei geistesgestört. Daß ich...« Drängend und zitternd, sein wunder Geist verzerrte ihm das Gesicht, schnürte ihm schmerzhaft die Kehle zu. Aber die Güte von Edvigs bärtigem Lächeln machte ihm Mut. Er tat dann sein Bestes, Edvig auszuhorchen, aber der sagte ihm an jenem Tag nichts weiter, als daß die Depressiven dazu neigten, leidenschaftliche Abhängigkeiten zu bilden und hysterisch zu werden, wenn diese abgeschnitten oder von Verlust bedroht wurden. »Und natürlich«, fügte er hinzu, »sind Sie nach dem, was Sie mir erzählen, nicht ohne Schuld gewesen. Und sie scheint Ihrer Schilderung nach ohnehin eine zu Wutausbrüchen neigende Frau zu sein. Wann ist sie von der Kirche abtrünnig geworden?«

»Ich weiß es nicht genau. Ich dachte, sie wäre längst damit fertig. Aber letzten Aschermittwoch hatte sie Ruß auf der Stirn. Ich sagte: ›Madeleine, ich dachte, du hättest aufgehört, Katholikin zu sein. Aber was sehe ich zwischen deinen Augen, Asche?‹

Sie antwortete jedoch: ›Ich weiß gar nicht, wovon du redest.‹ Sie versuchte, es als eine meiner Sinnestäuschungen abzutun oder sonstwas. Aber es war keine Sinnestäuschung. Es war ein Fleck. Ich schwöre, es war zumindest ein halber Fleck. Aber ihre Einstellung scheint zu sein, ein Jude wie ich, was weiß ich schon von diesen Dingen?«

Herzog bemerkte, daß Edvig von jedem Wort über Madeleine fasziniert war. Nickend hob er den Kopf, sein Kinn stieg bei jedem Satz, er berührte das saubere Bärtchen, seine Brillengläser glitzerten, er lächelte.

»Sie haben das Gefühl, sie sei Christin?«

»Sie hat das Gefühl, ich sei ein Pharisäer. Das sagt sie jedenfalls.« – »Aha«, kommentierte Edvig schneidend.

»Was aha?« fragte Moses. »Sind Sie etwa ihrer Meinung?«

»Wie sollte ich? Ich kenne Sie kaum. Aber was halten Sie denn davon?«

»Glauben Sie, daß irgendein Christ im zwanzigsten Jahrhundert das Recht hat, von jüdischen Pharisäern zu sprechen? Vom jüdischen Standpunkt aus ist dies nicht eine unserer glücklichsten Epochen gewesen.«

»Aber Sie glauben, daß Ihre Frau eine christliche Einstellung hat?«

»Ich glaube, sie hat eine hausgemachte jenseitsweltliche Einstellung.« Herzog saß aufrechter auf seinem Stuhl und sprach seine Worte vielleicht ein wenig zu unheildrohend. »Ich bin nicht der Ansicht Nietzsches, daß Jesus die ganze Welt krank gemacht und mit seiner Sklavenmoral infiziert hat. Aber Nietzsche vertrat selbst eine christliche Geschichtsauffassung, da er den gegenwärtigen Augenblick immer als eine Krise begriff, als einen Fall von klassischer Größe, eine Verderbnis oder das Böse, von denen man erlöst werden muß. Ich nenne das christlich. Und Madeleine hat das in der Tat. Bis zu einem gewissen Grade haben es viele von uns. Sie meinen, wir müssen uns von einem Gift kurieren, brauchen Erlösung, Auslösung. Madeleine wünscht sich einen Erlöser, und ich bin kein Erlöser für sie.«

Das war anscheinend die Linie, die Edvig von Moses erwartete. Achselzuckend und lächelnd nahm er das alles als analytisches Material entgegen und schien sehr befriedigt. Er war ein gerecht denkender, sanftmütiger Mensch; seine Schultern hatten eine gewisse schlanke Rechteckigkeit. Mit ihren altmodischen, rosagetönten beinahe farblosen Rändern ließ ihn seine Brille langweilig, schüchtern, nachdenklich und medizinisch erscheinen.

Allmählich, ich weiß nicht genau, wie es kam, wurde Madeleine zur Hauptfigur der Analyse und beherrschte sie, wie sie auch mich beherrschte. Und schließlich sogar Sie beherrschte. Ich begann zu merken, wie Sie darauf brannten, sie kennenzulernen. Wegen der ungewöhnlichen Umstände des Falles, sagten Sie, müßten sie mit ihr sprechen. Nach und nach befanden Sie sich mit ihr tief in Debatten über Religion. Und zuletzt haben Sie sie auch behandelt. Sie sagten, Sie verständen gut, warum sie mich bezaubert hätte. Und ich sagte: ›Ich habe Ihnen doch gesagt, daß sie weit über dem Durchschnitt steht. Sie ist geistreich, das Weibstück, eine Furie.‹ Sie wußten also wenigstens, wenn ich schon eine Macke hatte (wie man so sagt), dann hatte ich sie von keiner gewöhnlichen Frau. Was nun Mady betrifft, so seifte sie Sie nach allen Re-

geln der Kunst ein und bereicherte dadurch ihre Abschußliste. All das trug zu ihrer Tiefe bei. Und weil sie an ihrer Doktordissertation über russische Religionsgeschichte arbeitete (nehme ich an), benutzte sie die Sitzungen mit Ihnen für je fünfundzwanzig Dollar das Stück mehrere Monate lang als Vorlesung über das Östliche Christentum. Danach begann sie, seltsame Symptome an den Tag zu legen.

Zuerst beschuldigte sie Moses, er habe einen Privatdetektiv beauftragt, ihr nachzuspionieren. Sie begann die Beschuldigung mit dem leicht britisch gefärbten Akzent, den er als sicheren Vorboten kommender Unannehmlichkeiten kennengelernt hatte. »Ich hätte eigentlich gedacht«, sagte sie, »du seist viel zu klug, um einen so in die Augen springenden Typ zu engagieren.«

»Engagieren?« fragte Herzog. »Wen habe ich engagiert?«

»Ich meine diesen gräßlichen Mann – den stinkenden, feisten Mann im Sportmantel.« Madeleine, ihrer Sache völlig sicher, warf ihm einen ihrer furchteinflößenden Blicke zu. »Wage es nur zu leugnen. Und es ist zu niederträchtig, um noch weiter darüber zu reden.«

Da er sah, wie blaß sie geworden war, mahnte er sich zur Vorsicht, vor allem durfte er ihren britischen Akzent nicht erwähnen. »Aber Mady, das ist einfach ein Irrtum.«

»Es ist kein Irrtum. Ich hätte mir nie träumen lassen, daß du dessen fähig bist.«

»Aber ich weiß gar nicht, wovon du redest.«

Ihre Stimme begann lauter zu werden und zu zittern. Sie sagte wild: »Du Schwein. Komm mir nicht mit dieser sanften Tour. Ich kenne alle deine beschissenen Winkelzüge.« Dann kreischte sie: »Jetzt ist Schluß. Ich lasse mich nicht von einem Schnüffler beschatten!« Stierend liefen ihre herrlichen Augen rot an.

»Aber warum sollte ich dich verfolgen lassen, Mady? Ich verstehe nicht. Was könnte ich herausfinden wollen?«

»Dieser Mann ist den ganzen Nachmittag meinen Schritten in F-Fields gefolgt.« Sie stotterte oft, wenn sie in Wut war. »Ich habe eine halbe Stunde in der D-Damentoilette gewartet, und als ich 'rauskam, war er immer noch da. Dann im Untergrundbahntunnel... als ich B-B-Blumen kaufte.«

»Vielleicht war es nur jemand, der dich ansprechen wollte. Es hat nichts mit mir zu tun.«

»Das war ein Detektiv!« Sie ballte die Fäuste. Ihre Lippen waren erschreckend dünn, und ihr ganzer Körper bebte. »Er saß heute nachmittag auf der Vorderveranda des Nachbarhauses, als ich nach Hause kam.«

Moses, bleich, sagte: »Du zeigst ihn mir, Mady. Ich gehe geradenwegs zu ihm ... Zeig mir den Mann.«

Edvig bezeichnete das als eine ›paranoide Episode‹, und Herzog fragte: »Wirklich?« Er bedachte es eine Weile und rief dann, indem er den Arzt mit großen Augen ansah, in einer Wallung des Gefühls: »Glauben Sie wirklich, es war eine Wahnvorstellung? Wollen Sie damit sagen, daß sie gestört ist? Geisteskrank?«

Edvig sagte nüchtern, seine Worte wägend: »Ein derartiger Vorfall beweist noch keine Geisteskrankheit. Ich habe genau das gemeint, was ich gesagt habe, eine paranoide Episode.«

»Aber sie ist es doch, die krank ist, kränker als ich.«

Ach, armes Mädchen. Es war ein klinischer Fall. Sie war tatsächlich unwohl. Kranken gegenüber war Herzog immer besonders mitleidsvoll. Er versicherte Edvig: »Wenn sie wirklich ist, wie Sie sagen, dann muß ich mich vorsehen. Ich muß versuchen, sie in meine Obhut zu nehmen.«

Barmherzigkeit, als hätte sie nicht schon genügend in unserer Zeit und unseren Tagen zu leiden, steht immer im Geruch der Morbidität – als Sado-Masochismus, oder eine irgendwie geartete Perversität. Alle höheren moralischen Bestrebungen stehen unter dem Argwohn, der Gaunerei zu dienen. Es sind Dinge, die wir mit althergebrachten Worten hochhalten, aber sozusagen mit unseren Nerven verraten oder verleugnen. Auf alle Fälle gratulierte Edvig ihm nicht zum Entschluß, sich um Madeleine zu kümmern.

»Ich habe nun die Pflicht«, sagte Edvig, »sie von dieser ihrer Tendenz in Kenntnis zu setzen.«

Aber es schien Madeleine nichts auszumachen, daß sie von berufener Seite vor paranoiden Zwangsvorstellungen gewarnt wurde. Sie sagte, es sei ihr nicht absolut neu, daß sie abnorm sei. Tatsächlich nahm sie die ganze Sache sehr ruhig auf. »Jedenfalls werde ich dich nie langweilen«, sagte sie zu Herzog.

Die Schwierigkeit war noch nicht behoben. Ein oder zwei Wochen später brachte der Lieferwagen von Fields Juwelen, Zigarettenkästchen, Mäntel und Kleider, Lampen, Teppiche – fast täglich. Madeleine konnte sich nicht erinnern, die Sachen gekauft zu haben. In zehn Tagen kam eine Rechnung von zwölfhundert Dollar zusammen. Alle diese Artikel waren ausgesucht schön – darin lag eine gewisse Befriedigung. Sie hatte einen Sinn für Stil, selbst wenn sie aus dem Gleichgewicht geraten war. Als er die Waren zurückschickte, hatte Moses Anwandlungen von Zärtlichkeit. Edvig prophezeite, daß sie niemals in eine regelrechte Psychose absinken werde, aber derartige Anwandlungen für den Rest ihres Lebens erleiden könne. Das war traurig für Moses, aber vielleicht drückten seine Seufzer auch ein bißchen Befriedigung aus. Es war immerhin möglich.

Die Lieferungen hörten bald auf. Madeleine kehrte zu ihren Studien zurück. Aber als eines Nachts beide nackt im unaufgeräumten Schlafzimmer standen und Herzog beim Hochheben des Lakens eine scharfe Bemerkung über die darunter liegenden alten Bücher machte (große, staubige Bände einer alten russischen Enzyklopädie), platzte ihr die Geduld. Sie begann ihn anzuschreien, warf sich aufs Bett, riß Decke und Laken herunter, schleuderte die Bücher auf den Boden und ging dann mit den Nägeln auf die Kissen los, wobei sie einen wilden, erstickten Schrei ausstieß. Über der Matratze lag ein Plastiküberzug, den sie ergriff und knüllte, wobei sie ihn immer noch mit schriller Stimme und sinnlosen Lauten beschimpfte; in ihren Mundwinkeln bildete sich ein unnatürlicher weißer Schaum.

Herzog hob die umgeworfene Lampe auf. »Madeleine – findest du nicht, du solltest etwas einnehmen ... dagegen?« Unbedacht streckte er die Hand aus, um sie zu besänftigen, aber auf einmal richtete sie sich auf und schlug ihn ins Gesicht, wenn auch zu ungeschickt, um ihm weh zu tun. Sie sprang mit geschwungenen Fäusten auf ihn los, hämmerte jedoch nicht nach weiblicher Art auf ihn ein, sondern schlug mit ihren Knöcheln und mit Schwingern wie ein Schläger. Herzog drehte sich um und fing die Schläge mit seinem Rücken auf. Es war notwendig. Sie war krank.

Vielleicht war es doch richtig, daß ich sie nicht geschlagen habe.

Ich hätte möglicherweise ihre Liebe zurückgewonnen. Aber ich kann Ihnen versichern, daß meine Friedfertigkeit während dieser Krisen sie zur Raserei getrieben hat, als ob ich versuchte, sie auf dem Schlachtfeld der Religion zu besiegen. Ich weiß, daß Sie Agapé und ähnliche hochfliegende Ideen mit ihr diskutiert haben, aber wenn sie die leiseste Spur davon in mir entdeckte, geriet sie in sinnlose Wut. Sie hielt mich für einen Heuchler. Denn in ihrer paranoiden Auffassung war ich auf meine primitiven Elemente reduziert. Deshalb stelle ich zur Debatte, ob sich ihre Haltung nicht gändert hätte, wenn ich sie verprügelt hätte. Paranoia ist vielleicht der normale Geisteszustand bei den Wilden. Und wenn meine Seele, zeit- und ortsfremd, diese höheren Gefühle durchlebte, dann konnte ich dafür ohnehin keine Anerkennung erhalten. Nicht von Ihnen mit Ihrer Einstellung zu den guten Vorsätzen. Ich habe Ihre Abhandlung über den psychologischen Realismus Calvins gelesen. Sie werden es mir hoffentlich nicht verübeln, wenn ich sage, daß sie eine schauderhafte, kriecherische, neidvolle Auffassung der menschlichen Natur verrät. Das ist meine Ansicht über Ihren protestantischen Freudianismus.

Edvig saß ungerührt mit einem winzigen Lächeln da, als Herzog den Angriff im Schlafzimmer schilderte. Dann fragte er: »Warum glauben Sie wohl, daß es dazu gekommen ist?«

»Vielleicht hatte es etwas mit den Büchern zu tun. Einmischung in ihre Studien. Wenn ich sage, das Haus ist schmutzig und stinkt, glaubt sie, daß ich ihren Intellekt kritisiere und sie in das Joch ihrer Hausarbeit zwingen will. Ohne Achtung vor ihren Rechten als Persönlichkeit...«

Edvigs Gefühlsreaktionen waren wenig befriedigend. Wenn er Gefühlsreaktionen brauchte, mußte Herzog sich an Valentine Gersbach halten. Folglich brachte er seine Klagen bei diesem an. Aber als er auf den Klingelknopf der Gersbachs drückte, mußte er erst die Kälte (die er nicht verstehen konnte) von Phoebe Gersbach, die die Tür öffnete, über sich ergehen lassen. Sie sah sehr hager, trocken, bleich und bedrückt aus. Selbstverständlich – die Landschaft von Connecticut raste, hob sich, verkürzte sich, öffnete Tiefen und ließ das atlantische Wasser schimmern – selbstverständlich wußte Phoebe, daß ihr Mann mit Madeleine schlief. Und Phoebe hatte im Leben nur ein Ziel, eine Aufgabe: ihren Mann zu behalten und ihr Kind zu schützen. Als sie auf das Klingeln hin aufmachte, öffnete sie die Tür dem genarrten, gefühlsduseligen, leidenden Herzog. Er war gekommen, um seinen Freund zu besuchen.

Phoebe war nicht kräftig, ihre Energie hatte Grenzen, sie muß der Ironie schon nicht mehr fähig gewesen sein. Und was das Mitleid betraf, weswegen sollte sie mit ihm Mitleid haben? Nicht wegen des Ehebruchs – das war zu gemeinplätzig, als daß sie beide es ernst genommen hätten. Keineswegs konnte sie glauben, daß der Besitz von Madeleines Leib ein derart großartiges Geschenk war. Sie hätte vielleicht Herzogs dumme Eierköpfigkeit bemitleiden können, seine ungeschickte Art, das Mißgeschick in hochgestochene Kategorien einzuordnen – oder ganz einfach sein Leiden. Aber sie konnte vermutlich nur den Verlauf ihres eigenen Lebens einigermaßen mit dem Gefühl bewältigen, und mehr nicht. Moses war überzeugt, daß sie ihm vorwarf, Valentines Ehrgeiz hochgestachelt zu haben – Gersbach, die Figur der Öffentlichkeit, Gersbach, der Poet, der Fernsehintellektuelle, der in der Hadassah über Martin Buber Vorlesungen hielt. Herzog hatte ihn selbst in das kulturelle Chicago eingeführt.

»Val ist in seinem Zimmer«, sagte sie. »Entschuldige mich, ich muß das Kind für die Synagoge fertigmachen.«

Gersbach war dabei, Bücherregale aufzustellen. Überlegt, gewichtig, bedächtig maß er das Holz, die Wand und kritzelte Zahlen auf den Putz. Er handhabte die Wasserwaage meisterlich und prüfte die Dübel. Mit seinem massigen rötlich-dunklen, verständigen Gesicht und seinem künstlichen Bein, das ihm einen schiefen Stand gab, konzentrierte er sich auf die Auswahl eines elektrischen Bohrers, während er sich gleichzeitig Herzogs Schilderung von Madeleines sonderbarem Ausbruch anhörte.

»Wir gingen gerade zu Bett.«

»Na und?« Er zwang sich zur Geduld.

»Beide nackt.«

»Hast du was versucht?« fragte Gersbach. Seine Stimme wurde streng.

»Ich? Nein. Sie hat eine Mauer von russischen Büchern um sich errichtet. Wladimir von Kiew, Tidion Zadonsky. In meinem Bett!

Es genügt nicht, daß die meine Ahnen verfolgt haben! Sie plündert die Bibliotheken. Sachen aus den hintersten Regalen, die seit fünfzig Jahren nicht mehr verlangt worden sind. Die Laken sind voll vergilbter Papierflocken.«

»Hast du dich wieder beklagt?«

»Vielleicht ein bißchen. Eierschalen, Kotelettknochen, Konservenbüchsen unter dem Tisch, unter dem Sofa ... Es ist schlecht für June.«

»Da liegt dein Fehler. Genau da – sie kann diesen nörgelnden, rechthaberischen Ton nicht leiden. Wenn du von mir erwartest, daß ich die Sache in Ordnung bringe, muß ich dir das sagen. Du und sie – das ist vor keinem ein Geheimnis – ihr seid die beiden Menschen, die ich am meisten liebe. Daher muß ich dich warnen, *chaver*, mach dich frei von diesem miesen Kleinkram. Laß die pedantischen Quengeleien und sei absolut ausgeglichen und ernst.«

»Ich weiß«, sagte Herzog, »daß sie eine lange Krise durchmacht, um zu sich selbst zu finden. Und ich weiß auch, daß ich manchmal einen bösen Ton am Leibe habe. Ich habe die Sache mit Edvig durchgesprochen. Aber Sonntag nacht ...«

»Bist du sicher, daß du dich ihr nicht genähert hast?«

»Nein. Wir hatten erst die Nacht zuvor Verkehr gehabt.«

Gersbach schien äußerst aufgebracht. Er starrte Moses mir rötlichdunklen Augen an und sagte: »Danach habe ich dich nicht gefragt. Meine Frage betraf nur die Nacht vom Sonntag. Du mußt endlich einmal lernen, worum es eigentlich geht, verdammt noch mal. Wenn du nicht offen mit mir sprichst, kann ich überhaupt nichts für dich tun.«

»Warum sollte ich nicht offen mit dir sprechen?« Moses war verblüfft über diese Heftigkeit, über Gersbachs wilde, glühende Blicke. »Das tust du nicht. Du hältst hinter dem Berg.«

Moses bedachte diesen Vorwurf unter Gersbachs unverwandtem rotbraunen Blick. Er hatte die Augen eines Propheten, eines Schofat, eines Richters in Israel, eines Königs. Eine geheimnisvolle Person, dieser Valentine Gersbach. »Wir hatten in der vorhergehenden Nacht Geschlechtsverkehr. Aber sobald es vorbei war, machte sie das Licht an, nahm einen dieser staubigen russischen Bände auf, stellte ihn auf ihre Brust und begann, auf Deubel komm heraus, zu lesen. Als ich ihren Leib losließ, griff sie schon nach dem Buch. Kein Kuß. Keine letzte Berührung. Nur ihre zuckende Nase.«

Valentine lächelte schwach. »Vielleicht solltet ihr getrennt schlafen.«

»Ich könnte vielleicht in das Zimmer des Kindes ziehen. Aber June ist ohnehin schon so unruhig. Sie wandert nachts in ihrem Nachthemdchen umher. Ich wache auf und finde sie an meinem Bett. Oft naß. Sie fühlt die Spannung.«

»Laß das Kind aus dem Spiel. Das hat hier nichts zu suchen.« Herzog senkte den Kopf. Er fühlte sich den Tränen nahe. Gersbach seufzte und ging langsam an seiner Wand entlang, sich bückend und streckend wie ein Gondoliere. »Ich habe dir letzte Woche erklärt...«, sagte er.

»Sag's mir lieber noch einmal. Ich bin ganz verzweifelt«, sagte Herzog.

»Also höre zu. Wir wollen die Sache noch einmal besprechen.« Der Kummer schuf arge Verwüstungen in Herzogs hübschem Gesicht; er verwundete es geradezu. Sofern jemand einmal durch seine Arroganz verletzt worden war, konnte er sich jetzt gerächt fühlen, wenn er sah, wie entstellt Moses aussah. Die Veränderung war fast schon lächerlich. Und die Predigten, die Gersbach ihm hielt – sie waren so temperamentvoll, so heftig, so grob, daß auch sie lächerlich waren, eine Parodie auf den Wunsch des geistigen Menschen, einen höheren Sinn, Tiefe und Qualität zu finden. Moses saß am Fenster im grellen Sonnenlicht und hörte zu. Der Vorhang aus gerillten Goldstäben lag auf dem Tisch neben Brettern und Büchern. »Einer Sache kannst du sicher sein, *bruder*«, sagte Valentine, »ich habe kein eigenes Interesse. In dieser Sache bin ich ohne Vorurteil.« Valentine gebrauchte mit besonderer Vorliebe jiddische Ausdrücke, oder mißbrauchte sie vielmehr. Herzogs jiddische Erziehung war sehr vornehm gewesen. Er hörte mit instinktiver Geringschätzung Valentines Fleischer-, Fuhrmann- und Kleinleuteakzent an und machte sich deswegen Vorwürfe – mein Gott, diese alten Familienvorurteile, Sinnlosigkeiten aus einer verlorenen Welt. »Lassen wir doch das ganze *schtick*«, sagte Gersbach. »Nehmen wir an, du bist ein Esel. Nehmen wir sogar an, du bist ein

Verbrecher. Es gibt nichts – nichts! –, was mich in meiner Freundschaft zu dir erschüttern könnte. Das ist kein Scheißdreck, und das weißt du auch. Ich kann verkraften, was du mir angetan hast.«

Von neuem erstaunt fragte Moses: »Was habe ich dir denn angetan?«

»Zum Teufel damit. *Hob es in drerd.* Ich weiß, daß Mady eine Megäre ist. Und du glaubst vielleicht, ich hätte Phoebe nie in den Hintern treten wollen. Die *klippa!* Aber das ist die Weibsnatur.« Er schüttelte sein dichtes Haar in die richtige Lage. Es hatte feurigdunkle Tiefen. Hinten war es scheußlich geschnitten. »Du hast dich eine Zeitlang ihrer angenommen, schön, das weiß ich. Aber wenn sie einen widerlichen Vater und eine *kwetsch* als Mutter hat, was soll ein Mann denn sonst tun? Und keinen Dank dafür erwarten.«

»Ja, gewiß. Aber ich habe in etwa einem Jahr zwanzigtausend ausgegeben. Alles, was ich geerbt habe. Jetzt haben wir dieses scheußliche Loch beim Lake Park, wo die Untergrundbahnzüge die ganze Nacht dran vorbeifahren. Die Röhren stinken. Das Haus besteht nur aus Müll und Abfall und russischen Büchern und den ungewaschenen Kleidern des Kindes. Und ich verbringe meine Zeit damit, Cola-Flaschen zurückzugeben, Staub zu saugen, Papier zu verbrennen und Kalbsknochen aufzusammeln.«

»Das Biest stellt dich auf die Probe. Du bist ein bedeutender Professor, der zu Konferenzen eingeladen wird und eine internationale Korrespondenz führt. Sie will, daß du auch ihre Bedeutung anerkennst. Du bist ein *ferimmter* Mensch.«

Nicht um alles in der Welt konnte Moses das durchgehen lassen. Er sagte ruhig: »*berimmter!*«

»*Fe-be*, wer will's wissen? Vielleicht ist es auch nicht so sehr dein Ruf wie dein Egoismus. Du könntest ein richtiger *mensch* sein. Du hast das Zeug dazu. Aber du versaust es dir mit diesem ganzen egoistischen Scheißdreck. Es ist etwas Großes – daß ein so wertvoller Mensch vor Liebe schier umkommt. Kummer! Das ist ein riesengroßer Quatsch!«

Wenn man mit Valentine umging, dann war es, als ginge man mit einem König um. Er hatte einen deftigen Griff. Er hätte ebensogut ein Zepter halten können. Er *war* ein König, ein Gefühlskönig, und die Tiefe seines Herzens war sein Königreich. Er nahm alle Gefühle seiner Umgebung in Besitz, als hätte er dazu ein göttliches oder geistiges Recht. Er konnte mehr damit anfangen und nahm sie daher ohne weiteres an seine Brust. Er war ein großer Mann, so groß, daß nichts als die Wahrheit für ihn in Frage kam. (Schon wieder die Wahrheit!) Herzog hatte eine Schwäche für Großartigkeit, ja selbst scheinbare Großartigkeit (war sie jemals nichts als Schein?).

Sie gingen, um sich in der frischen Winterluft einen klaren Kopf zu holen. Gersbach in seinem großen Sturmmantel, gegürtet, barhäuptig, Dampf von sich blasend, stapfte durch den Schnee mit seinem alles zermalmenden Bein. Moses drückte die Krempe seines todgrünen Velourshutes nieder. Seine Augen konnten das Glitzern nicht vertragen.

Valentine sprach als Mann, der sich von einer vernichtenden Niederlage hochgerappelt hat, als Überlebender von Leiden, die nur wenige ermessen konnten. Sein Vater war an Sklerose gestorben. Auch er würde sie kriegen und rechnete damit, daran zu sterben. Er sprach vom Tod majestätisch – ein anderes Wort gab es nicht dafür –, mit erstaunlich belebten, großen, vielsagenden, scharfblickenden Augen, oder, dachte Herzog, wie die Suppe seiner Seele, heiß und schimmernd.

»Ja, als ich mein Bein verlor«, sagte Gersbach. »Sieben Jahre alt, in Saratoga Springs, lief ich dem Luftballonmann nach; er blies sein kleines *feifel*. Als ich zur Abkürzung über die Gleisanlagen des Güterbahnhofs lief und unter den Wagen durchkroch. Glücklicherweise fand mich sofort der Bremser, als mir das Rad ein Bein abgefahren hatte. Wickelte mich in seinen Mantel und brachte mich ins Krankenhaus. Als ich das Bewußtsein wiedererlangte, blutete mir die Nase. Allein im Zimmer.« Moses, weiß im Gesicht, hörte zu, die Kälte verlieh ihm keine lebhafte Farbe. »Ich beugte mich vor«, fuhr Gersbach fort, als berichtete er von einem Wunder. »Ein Blutstropfen fiel auf den Boden, und als er aufklatschte, sah ich unter dem Bett ein Mäuschen, das auf das Blut zu starren schien. Es wich zurück, bewegte seinen Schwanz und seine Barthaare. Und das Zimmer war voll hellem Sonnenschein ...« (Auf der Sonne selbst gibt es Stürme, aber hier ist alles friedlich und maßvoll, dachte Moses.) »Es war eine kleine Welt unter dem Bett. Dann wurde mir klar, daß mein Bein weg war.«

Valentine hätte geleugnet, daß die Tränen in seinen Augen ihm selbst galten. Nein: *das* hole der Satan, hätte er gesagt. Nicht ihm. Sie galten dem kleinen Jungen. Es gab auch Geschichten von sich, die Moses hundertmal erzählt hatte, darum konnte er sich über Gersbachs Wiederholungen nicht beklagen. Jeder Mensch hat seinen eigenen poetischen Schatz. Aber Gersbach weinte fast regelmäßig, und das war seltsam, denn seine langen, geschwungenen, kupferroten Wimpern waren zusammengeklebt; er war weich, aber er sah rauh aus, sein Gesicht war breit und hart, mit kräftigen Stoppeln, und sein Kinn ausgesprochen brutal. Und Moses stellte fest, daß nach seinen eigenen Maßstäben der Mensch, der mehr gelitten hat, eine größere Auszeichnung erhält, und er gestand gern zu, daß Gersbach schwerer gelitten hatte, daß sein Schmerz unter den Rädern des Güterwagens viel durchdringender gewesen sein mußte als alles, was Moses je erlitten hatte. Gersbachs gefoltertes Gesicht war von steinernem Weiß, durchbohrt von den leuchtenden Stoppeln seines roten Bartes. Seine Unterlippe war fast unter der Oberlippe verschwunden. Seine große, seine heiße Kümmernis! Geschmolzene Kümmernis!

Dr. Edvig, schrieb Herzog, *es ist Ihre viele Male ausgesprochene Ansicht, daß Madeleine ein tief religiöses Wesen besitzt. Zur Zeit ihres Übertritts, bevor wir verheiratet waren, bin ich mehr als einmal mit ihr in die Kirche gegangen. Ich erinnere mich deutlich... In New York...*

Auf ihren Wunsch. Als Herzog sie eines Morgens in einem Taxi zum Kircheneingang brachte, sagte sie, er müsse mit eintreten. Er müsse. Sie sagte, zwischen ihnen sei keine Beziehung möglich, wenn er ihren Glauben nicht respektiere. »Aber ich habe keine Ahnung von Kirchen«, sagte Moses.

Sie stieg aus dem Taxi und ging schnell die Stufen hinauf, in der Erwartung, daß er ihr folgen würde. Er bezahlte den Fahrer und holte sie ein. Sie stieß die Schwingtür mit der Schulter auf. Sie tauchte die Hand in das Weihwasserbecken und bekreuzigte sich, als hätte sie das ihr ganzes Leben lang getan. Das hatte sie wahrscheinlich im Kino gelernt. Aber der Ausdruck von fürchterlichem

Eifer, von verkrampfter Verlegenheit und einem Flehen in ihrem Gesicht – woher kam der? Madeleine im grauen Kostüm mit dem Eichhörnchenkragen und dem großen Hut eilte auf hohen Absätzen weiter. Er folgte langsam und hielt seinen graugemusterten Mantel am Kragen, als er den Hut abnahm. Madeleines ganzer Körper schien aufwärts in Brust und Schultern verlagert, ihr Gesicht war vor Erregung gerötet. Ihr Haar war unter dem Hut straff nach hinten gekämmt, machte sich aber in Strähnen selbständig und bildete Seitenlöckchen. Die Kirche war neu gebaut – klein, kalt, dunkel, der Lack glänzte hart auf den Sitzreihen aus Eichenholz, und Flammenkleckse standen bewegungslos neben dem Altar. Madeleine beugte im Mittelgang die Knie. Nur war es mehr als eine Kniebewegung. Sie sank, sie senkte sich nieder, sie wollte sich auf dem Boden ausbreiten und ihr Herz an die Bretter pressen – er erkannte das. Er beschattete sein Gesicht auf beiden Seiten wie ein Pferd mit Scheuklappen und setzte sich hin. Was tat er hier eigentlich? Er war Ehemann, Vater. Er war verheiratet, er war Jude. Warum saß er in der Kirche?

Die Glocken bimmelten. Der Priester rasselte schnell und klapperdürr sein Latein herunter. In den Responsorien führte Madeleines hohe, klare Stimme die anderen an. Sie bekreuzigte sich. Sie beugte im Mittelgang ihre Knie. Und dann waren sie wieder auf der Straße, und ihr Gesicht hatte wieder seine normale Farbe. Sie lächelte und sagte: »Gehen wir zum Frühstück in ein nettes Lokal.«

Moses sagte dem Taxichauffeur, er solle zum Plaza fahren.

»Aber dafür bin ich nicht angezogen«, meinte sie.

»Dann fahren wir zu Steinbergs Dairy, die mir ohnehin besser gefällt.«

Aber Madeleine legte Lippenrot auf, bauschte ihre Bluse ein bißchen und rückte den Hut zurecht. Wie schön sie sein konnte! Ihr Gesicht war froh und rund, rosig, das Blau ihrer Augen war klar. Sehr verschieden von dem erschreckenden Menstruationseis ihrer Wutanfälle, dem Blick der Mörderin. Der Portier lief aus seinem Häuschen im Rokokostil, das vor der Plaza stand, zu ihnen hinunter. Ein heftiger Wind wehte. Sie rauschte in die Hotelhalle. Palmen und rosagetönte Teppiche, Vergoldetes, Pagen...

Ich verstehe nicht recht, was Sie unter ›religiös‹ verstehen. Eine religiöse Frau mag entdecken, daß sie weder ihren Liebhaber noch ihren Mann liebt. Aber was ist, wenn sie ihn hassen sollte? Was, wenn sie unablässig seinen Tod wünschte? Und ihn am glühendsten wünschte, wenn er mit ihr den Liebesakt vollzieht? Was, wenn er beim Liebesakt diesen Wunsch in ihren blauen Augen glänzen sähe wie das Gebet einer Jungfrau? Nein, ich bin nicht einfältig, Dr. Edvig. Ich wollte oft, ich wäre es. Es nützt einem sehr wenig, wenn man einen sehr komplizierten Geistesapparat besitzt, ohne tatsächlich Philosoph zu sein. Ich verlange nicht, daß eine religiöse Frau makellos ist, ein heiligfrommes Kätzchen. Aber ich hätte gern gewußt, wie Sie zu dem Schluß gekommen sind, daß sie tiefreligiös ist.

Irgendwie bin ich in einen religiösen Wettstreit hineingezogen worden. Sie und Madeleine und Valentine Gersbach sprechen alle Religion zu mir – und darum habe ich die Probe gemacht, um festzustellen, wie man sich fühlt, wenn man demütig handelt. Als ob eine solche idiotische Passivität oder masochistische Kriecherei und Feigheit, Demut oder Gehorsam wären statt furchtbarer Dekadenz. Abstoßend! O du geduldige Griselda Herzog! Ich habe die Sturmfenster als Liebestat angebracht, habe mein Kind wohl versorgt, habe Miete, Brennstoff, Telefon, Versicherung bezahlt und meinen Koffer gepackt. Kaum, daß ich fort war, hat Madeleine, Ihre Heilige, mein Bild der Polizei übergeben. Wenn ich je wieder meinen Fuß auf die Veranda setzte, um meine Tochter zu besuchen, würde sie die Polizeistreife holen. Sie hatte sich schon einen Haftbefehl beschafft. Das Kind wurde von Valentine Gersbach, der mir gleichzeitig Rat und Trost und Religion spendete, zu mir und wieder nach Hause gebracht. Er gab mir Bücher (von Martin Buber). Er befahl mir, sie zu studieren. Ich las in nervösem Fieber. Ich und Du, Der Weg des Menschen, Der Glaube der Propheten. Dann debattierten wir darüber.

Ich bin sicher, daß Sie die Ansichten von Buber kennen. Es ist falsch, einen Menschen (Subjekt) in einen Gegenstand (Objekt) zu verwandeln. Vermittels eines geistigen Dialogs wird die Ich-Es-Beziehung zur Ich-Du-Beziehung. Gott kommt und geht in der Seele des Menschen. Manchmal kommen und gehen sie auch einer in des anderen Seele. Manchmal auch einer in des anderen Bett. Sie pflegen ein Zwiegespräch mit einem Mann. Sie haben inzwischen Geschlechtsverkehr mit seiner Frau. Sie nehmen den armen Burschen bei der Hand. Sie sehen ihm ins Auge. Sie spenden ihm Trost. Und die ganze Zeit krempeln Sie sein Leben um. Sie setzen sogar das Budget auf Jahre hinaus fest. Sie nehmen ihm seine Tochter. Und irgendwie ist das alles auf mysteriöse Weise ins Religiöse übertragen. Und letztlich ist Ihr Leiden auch größer als das seine, weil Sie der größere Sünder sind. Und nun haben Sie ihn, er tue, was er wolle. Sie haben mir erzählt, meine feindlichen Verdächtigungen Gersbachs seien unbegründet und sogar – gaben Sie zu verstehen – paranoid. Haben Sie gewußt, daß er Madeleines Liebhaber war? Hat sie's Ihnen gesagt? Nein, oder Sie hätten das nicht behauptet. Madeleine hatte allen Grund, sich vor einem Privatdetektiv zu fürchten. Daran war nichts Neurotisches. Madeleine, Ihre Patientin, hat Ihnen erzählt, was ihr gerade einfiel. Sie haben nichts gewußt. Sie hat Sie vollkommen eingedeckt. Und Sie haben sich selbst in sie verliebt, oder vielleicht nicht? Genau, wie sie's geplant hatte. Sie brauchte Ihre Hilfe, um mich auszubooten. Sie hätte es auf alle Fälle getan. Aber dann hat sie Sie als nützliches Werkzeug gefunden. Und was mich betrifft, ich war Ihr Patient ...

Sehr geehrter Herr Gouverneur Stevenson, schrieb Herzog, indem er sich an dem Sitz des schleudernden Zuges festhielt, *nur ein Wörtchen an Sie, mein Freund. Ich habe Sie im Jahre 1952 gewählt. Wie viele andere habe ich geglaubt, daß unser Land für seine große Rolle in der Welt reif sei, daß sich endlich die Intelligenz in den öffentlichen Angelegenheiten durchzusetzen vermöge – eine bessere Verwirklichung von Emersons ›American Scholar‹ – und daß die geistigen Arbeiter ihre Blütezeit erleben würden. Aber der Instinkt des Volkes sollte den Geist sowie seine Vorstellungen und Ideen von sich weisen, weil man sie vielleicht für fremdländisch hielt. Er hat es vorgezogen, den sichtbaren Gütern sein Vertrauen zu schenken. Folglich steht es mit denen, die viel denken und nichts bewirken, genauso wie zuvor, während die-*

jenigen, die überhaupt nicht denken, alles zu bewirken scheinen. Was bleibt einem unter den Umständen anderes übrig, als für sie zu arbeiten? Ich bin überzeugt, daß die Aufgabe, den Wählern in den Arsch kriechen zu müssen, Ihnen so peinlich war wie seinerzeit Coriolan, besonders in kalten Staaten wie New Hampshire. Vielleicht haben Sie in den letzten zehn Jahren etwas Nützliches zuwege gebracht, indem sie die alte, auf sich selbst gerichtete Intensität des ›Humanisten‹ und das Bild des intelligenten Menschen der Lächerlichkeit preisgaben, der den Verlust seines dem öffentlichen Dienst geopferten Privatlebens beklagt. Bah! Der General hat gewonnen, weil er sich zu einer niedrigen, universalen Kartoffelliebe bekannte.

Sag mal, Herzog, was willst du eigentlich? Einen Engel vom Himmel? Dieser Zug würde ihn überfahren.

Liebe Ramona, Du mußt nicht glauben, weil ich kurz mal ausgekniffen bin, daß ich Dich nicht liebte. Ich tue es! Einen großen Teil der Zeit spüre ich Dich ganz in meiner Nähe. Und als ich Dich vergangene Woche bei der Gesellschaft auf der anderen Seite des Zimmers gesehen habe, mit deinem blumenbesetzten Hut und dem Haar, das fast bis auf die hellen Wangen niedergedrückt war, wurde mir blitzartig klar, wie es sein könnte, Dich zu lieben.

In Gedanken rief er: Heirate mich! Sei meine Frau! Mache meinen Kümmernissen ein Ende! – und war dann von seiner Übereiltheit, seiner Schwachheit, ja von der charakteristischen Art eines solchen Ausbruchs verblüfft, denn er sah, wie höchst neurotisch und typisch er war. Wir müssen sein, was wir sind. Das ist eine Notwendigkeit. Und was sind wir? Hier versuchte er, sich an Ramona zu klammern, während er vor ihr davonlief. Im Glauben, daß er sie band, band er nur sich selbst, und die Krönung seiner gescheiten Narretei konnte leicht sein, daß er in die eigene Falle ging.

Selbstentwicklung, Selbstverwirklichung, Glück – das waren die Überschriften, unter denen diese Blödsinnigkeiten zustandekamen. Ach, du armer Mensch! – und Herzog gesellte sich einen Augenblick lang zur objektiven Welt, die auf ihn herabblickte. Auch er konnte Herzog belächeln und ihn verachten. Aber immerhin blieb noch die Tatsache bestehen. *Ich bin Herzog. Ich muß dieser Mann sein.* Niemand sonst ist dazu bereit. Nachdem er gelächelt hatte, mußte er zu seinem Ich zurückkehren und diese Sache zu Ende führen. Aber war das etwa kein toller Einfall – die dritte Mrs. Herzog! Das sind die Folgen kindlicher Fixierungen, früher Traumata, die ein Mann nicht abstreifen und als leere Hülle auf den Büschen liegenlassen konnte wie die Zikade. Kein wahres Individuum hat bisher existiert, das fähig war zu leben und ebenso fähig zu sterben. Nur angekränkelte, tragische oder auch peinliche und komische Idioten, die manchmal hofften, durch ihren Willen oder ihr heißes Verlangen ein Ideal zu erreichen. Meistens jedoch, indem sie durch Drohungen die Menschheit zwangen, ihnen zu glauben.

Von vielen Gesichtspunkten aus betrachtet war Ramona eine begehrenswerte Ehefrau. Sie war verständnisvoll. Gebildet. Gut gestellt in New York. Vermögend. Und geschlechtlich gesehen ein Meisterwerk der Natur. Was für Brüste! Herrliche volle Schultern. Der Leib tief. Die Beine kurz und ein wenig gebogen, aber gerade deshalb besonders reizvoll. Es war alles da. Nur war er mit seiner Liebe und seinem Haß an anderer Stelle noch nicht fertig. Herzog hatte ein unerledigtes Geschäft.

Liebe Zinka, ich habe letzte Woche von Dir geträumt. In meinem Traum haben wir einen Spaziergang in Ljubljana gemacht, und ich mußte mir meine Fahrkarte nach Triest kaufen. Es tat mir leid, Abschied zu nehmen. Aber es war für Dich besser so. Es hat geschneit. Es hat auch in Wirklichkeit geschneit, nicht nur im Traum. Sogar als ich nach Venedig kam. Dieses Jahr habe ich die halbe Welt bereist und Menschen in riesigen Mengen gesehen – es kommt mir vor, als hätte ich alle miteinander gesehen außer den Toten. Die ich vielleicht gesucht hatte. *Sehr geehrter Mr. Nehru, ich glaube, ich habe Ihnen etwas außerordentlich Wichtiges mitzuteilen. Sehr geehrter Mr. King, die Neger von Alabama haben mich mit Bewunderung erfüllt. Das weiße Amerika schwebt in Gefahr, entpolitisiert zu werden. Hoffen wir, daß dieses Beispiel der Neger den hypnotischen Trancezustand der Mehrheit durchstößt. Die politische Frage in den modernen Demokratien betrifft die Realität der öffentlichen Fragen. Falls diese nur noch der Phantasie überlassen bleiben sollten, hat die alte politische Ordnung aufgehört zu existieren. Ich jedenfalls möchte zu Protokoll geben, daß ich die moralische Würde Ihrer Gruppe anerkenne. Nicht die der Powells, die ebenso korrupt sein wollen wie die weißen Demagogen, und auch nicht die der Moslems, die nur auf den Haß aufbauen.*

Sehr geehrter Commissioner Wilson, auf der Rauschgiftkonferenz des letzten Jahres habe ich neben Ihnen gesessen – Herzog, ein untersetzter Mann, dunkle Augen, Narbe am Hals, graumeliert, Anzug im besten College-Stil (von seiner Frau ausgesucht), schlecht sitzend (viel zu jugendlich für meine Figur). *Möchten Sie mir bitte ein paar Bemerkungen über Ihre Polizei gestatten. Es ist nicht der Fehler eines einzelnen, daß in einer Gemeinde die bürgerliche Ordnung nicht aufrechterhalten werden kann. Aber ich bin davon persönlich betroffen. Ich habe eine kleine Tochter, die in der Nähe des Jackson-Parks wohnt, und Sie wissen so gut wie ich, daß die Parks von der Polizei nicht ausreichend überwacht werden. Horden von Gesindel machen es zu einem lebensgefährlichen Unternehmen, dort einzutreten. Sehr geehrter Mr. Alderman. Muß die Armee ihre Abschußrampe für die Nike-Rakete ausgerechnet auf der Landzunge bauen? Das Geschoß ist, wie ich zu wissen glaube, völlig wirkungslos, veraltet und nimmt nur Platz weg. Außerdem gibt es eine ganze Reihe anderer Plätze in der Stadt. Warum wird dieses nutzlose Gerümpel nicht in eine ohnehin schon verrufene Gegend verlegt?*

Schnell, schnell, mehr! Der Zug brauste durch die Landschaft. Er sauste an New Haven vorbei. Er rannte mit aller Macht auf Rhode Island zu. Herzog, der jetzt kaum mehr durch die leicht getönte, unbewegliche, versiegelte Fensterscheibe blickte, fühlte, wie sein drängender, fliegender Geist ausströmte, redend, erkennend, klare Urteile fällend, letzte Erklärungen gebend, nur notwendige Worte. Er befand sich in einer quirlenden Ekstase. Er fühlte zu gleicher Zeit, daß seine Urteile die grenzenlose, grundlose Willkür und Herrschsucht bloßstellten, das Nörgeln, das in seinem geistigen Zustand enthalten war.

Lieber Moses E. Herzog, seit wann hast Du eigentlich ein solches Interesse an sozialen Fragen, an der äußeren Welt? Bis vor kurzem hast Du doch noch ein Leben unschuldiger Schlamperei geführt. Aber plötzlich steigt ein faustischer Geist der Unzufriedenheit und universalen Erneuerung auf dich herab. Keifend. Beleidigend.

Sehr geehrte Herren, der Informationsdienst hatte die Liebens-

würdigkeit, mir ein Paket aus Belgrad zu schicken, das Winterkleidung enthielt. Ich wollte meine langen Unterhosen nicht mit nach Italien nehmen, das Paradies der Verbannten, *und habe es bitter bereut. Als ich nach Venedig kam, schneite es. Ich konnte mit meinem Koffer keinen Vaporetto besteigen.*

Sehr geehrter Mr. Udall, ein Erdöltechniker, den ich neulich in einem Düsenflugzeug kennenlernte, erzählte mir, daß die Ölvorkommen unseres Landes fast erschöpft seien und daß man bereits Pläne fertiggestellt habe, nach denen die polaren Eisdecken mit Wasserstoffbomben gesprengt werden sollen, um an das darunter liegende Öl zu gelangen. Wie steht's damit?

Shapiro!
Herzog hatte Shapiro viel zu erklären, und der wartete unzweifelhaft schon auf seine Erklärungen. Shapiro war nicht gutmütig, obwohl er gutmütig aussah. Seine Nase war scharf und zornig, jedoch schienen die Lippen ihren Zorn hinwegzulächeln. Seine Backen waren weiß und feist, und das dünne Haar war glatt zurückgekämmt. Es glänzte wie das Haar von Rudolph Valentino oder Ricardo Cortez in den zwanziger Jahren. Er hatte eine rundliche Figur, war aber stutzerhaft gekleidet.

Immerhin hatte Shapiro diesmal recht. *Shapiro, ich hätte Dir schon früher schreiben sollen, um Dir zu sagen ... mich zu entschuldigen ... gutzumachen ...* Aber ich habe einen hervorragenden Entschuldigungsgrund – Sorgen, Krankheit, Unordnung, Kummer. *Du hast eine schöne Monographie geschrieben. Ich hoffe, daß ich das in meiner Kritik zum Ausdruck gebracht habe. An einer Stelle hat mich mein Gedächtnis vollkommen im Stich gelassen, und ich war in der Sache mit Joachim da Floris absolut im Unrecht.* Du und Joachim müßt mir beide verzeihen. Ich befand mich in einem schrecklichen Zustand. Da Herzog sich vor dem Ausbruch seiner Kümmernisse verpflichtet hatte, Shapiros Studie zu besprechen, konnte er davon nicht mehr loskommen. Er schleppte das dicke Buch in seinem Koffer durch ganz Europa. Es verursachte ihm dauernd Seitenstiche; er befürchtete einen Leistenbruch und mußte den Fluggesellschaften außerdem beträchtliche Summen für Übergewicht zahlen. Aus Gründen der Disziplin und unter der wachsenden Last seines Schuldgefühls las Herzog immer wieder darin. Im Bett in Belgrad, im Metropol-Hotel, mit Flaschen voller Kirschsaft, während die Straßenbahnen in der frostigen Nacht vorbeirauschten. *Schließlich in Venedig habe ich mich hingesetzt und meine Kritik geschrieben.*

Hier folgt meine Entschuldigung für den Bock, den ich geschossen habe:

Wahrscheinlich, da er nämlich in Madison, Wisconsin wohnt, hast Du gehört, daß ich letzten Oktober in Chicago einen Zusammenbruch hatte. Wir hatten das Haus in Ludeyville schon vor geraumer Zeit verlassen. Madeleine wollte ihre Doktorarbeit über die slawischen Sprachen zu Ende schreiben. Sie mußte etwa zehn Kurse in Sprachwissenschaften belegen und begann sich außerdem noch für Sanskrit zu interessieren. Vielleicht kannst Du Dir vorstellen, wie sie an den Dingen arbeitete – ihre Interessen, Leidenschaften. Kannst Du Dich noch erinnern, daß wir vor zwei Jahren, als Du zu uns aufs Land kamst, auch über Chicago gesprochen haben? Ob es auch sicher wäre, in diesem Slum zu wohnen.

Shapiro in seinem modischen Anzug mit Nadelstreifen und den spitz zulaufenden Schuhen, als habe er sich zum Abendessen angekleidet, saß auf Herzogs Rasen. Er hat das Profil eines schlanken Menschen. Die Nase ist scharf, aber sein Hals ist faltig, und die Backen hängen ein wenig zu den Lippen hin. Shapiro ist sehr höflich. Und er war von Madeleine beeindruckt. Er fand sie so schön, so intelligent. Nun, das ist sie ja auch. Es war eine angeregte Unterhaltung. Shapiro hatte Moses unter dem Vorwand besucht, daß er ›Rat‹ brauche – in Wirklichkeit, um einen Gefallen zu erbitten –, aber er war begeistert von Madeleines Gesellschaft. Sie belebte ihn, und er lachte, als er sein Tonic Water trank. Der Tag war heiß, aber er lockerte nicht seinen konservativen Schlips. Seine schicken schwarzen Schuhe glänzten; und er hat fette Füße mit einem nach außen gewölbten Spann. Auf dem selbstgemähten Gras saß Moses in einer zerrissenen Waschhose. Von Madeleine befeuert, war Shapiro besonders lebhaft, kreischte beinahe, wenn er lachte; dabei wurde sein Gelächter immer häufiger, wilder, unbegründeter. Zugleich wurde jedoch sein Betragen förmlicher, gemessener, überlegter. Er sprach in langen Sätzen, die von Proust herzukommen schienen – tatsächlich stammten sie jedoch aus dem Deutschen und waren mit unglaublichem Bombast geladen. »In dieser Erwägung würde ich es nicht auf mich nehmen, den Wert der Tendenz zu veranschlagen, ohne ihn vorher noch einmal reiflich überlegt zu haben«, sagte er. Armer Shapiro! Was war er doch für ein ungehobelter Bursche. Sein fauchendes, wildes Gelächter und der weiße Schaum, der sich auf seinen Lippen bildete, als er alle und jeden angriff. Madeleine fühlte sich durch ihn ebenfalls beflügelt und auf sehr hohem Roß. Sie fanden sich gegenseitig ungeheuer anregend.

Sie kam aus dem Haus mit Flaschen und Gläsern auf dem Tablett – Käse, Leberpastete, Cracker, Eis, Hering. Sie trug eine blaue Hose und eine gelbe chinesische Bluse, dazu den Kulihut, den ich ihr in der Fifth Avenue gekauft hatte. Sie sagte, sie bekäme leicht einen Sonnenstich. Mit schnellen Schritten trat sie aus dem Schatten des Hauses auf das funkelnde Gras; die Katze sprang ihr aus dem Weg, die Flaschen und Gläser klirrten. Sie eilte sich so, weil sie nichts von der Unterhaltung versäumen wollte. Als sie sich bückte, um das Mitgebrachte auf dem Rasen aufzustellen, konnte Shapiro von der Form ihres Hinterns in dem engen Baumwollstoff kein Auge wenden.

Madeleine, »im tiefen Wald vergraben«, war gierig nach gelehrter Unterhaltung. Shapiro kannte die Literatur aller Gebiete – er las sämtliche Publikationen; er unterhielt Konten bei Buchhändlern der ganzen Welt. Als er entdeckte, daß Madeleine nicht nur eine Schönheit war, sondern sich auch auf den Doktortitel in slawischen Sprachen vorbereitete, sagte er: »Wie hoch erfreulich!« Er selbst wußte jedoch und verriet sich durch seine Koketterie, daß dieses »wie hoch erfreulich« für einen russischen Juden von der Westseite Chicagos nicht recht paßte. Ein deutscher Jude aus Kenwood hätte es sich eventuell leisten können – altes Vermögen, seit 1880 im Schnittwarengeschäft. Aber Shapiros Vater hatte kein Geld gehabt und faule Äpfel von der South Walter Street auf einem Wagen verkauft. In diesen fleckigen, fauligen Äpfeln und im alten Shapiro, der nach dem Pferd und seiner Ware roch, steckte mehr Lebenswahrheit als in all diesen gelehrten Fisimatenten.

Madeleine und der elegante Besucher sprachen über die russische Kirche, über Tichon Zadonsky, Dostojewskij und Herzen. Shapiro bot ein ganzes Arsenal von wissenschaftlichen Angaben auf, wobei er alle Fremdwörter, seien sie nun französisch, deutsch, serbisch, italienisch, ungarisch, türkisch oder dänisch, richtig aussprach, sie herausschleuderte und lachte – das herzliche, schmatzende, fauchende, unmäßige Lachen, Zähne feucht, Kopf bis auf die Schultern zurückgebogen. Ha! Die Dornen knackten.(»Wie das Knacken der Dornen unter dem Topf ist das Lachen der Narren.«) Die Zikaden sangen in Scharen. In diesem Jahr kamen sie aus der Erde hervor.

So angeregt, tat Madeleines Gesicht sehr seltsame Dinge. Die Nasenspitze bewegte sich, und die Brauen, die keine kosmetische Betonung brauchten, hoben sich wiederholt vor nervösem Eifer, als wolle sie den Blick freimachen. Dr. Edvig sagte, dies sei ein diagnostischer Zug der Paranoia. Unter den riesigen Bäumen, umgeben von den Hügeln der Berkshires, kein anderes Haus in Sicht, das die Aussicht beeinträchtigte, war das Gras frisch und dicht, das schlanke, feine Gras im Juni. Die rotäugigen Zikaden, gedrungene, lebhaft gefärbte Gestalten, waren nach dem Ausschlüpfen naß, triefend, unbeweglich; wenn sie jedoch trocken wurden, krochen, hüpften, fielen und flogen sie und unterhielten in den hohen Bäumen mit schrillen Tönen eine endlose Kette des Gesangs.

Kultur – Ideen – hatten die Kirche in Madys Herz verdrängt (was für ein merkwürdiges Organ das sein mußte!). Herzog saß in seine eigenen Gedanken versunken auf dem Gras in Ludeyville, mit zerrissener Waschhose und bloßen Füßen, aber mit dem Gesicht eines gebildeten jüdischen Herrn mit feinen Lippen und dunklen Augen. Er beobachtete seine Frau, der er verfallen war (mit einem erregten, zornigen Herzen, ein weiteres seltsames Exemplar unter den Herzen), als sie die Schätze ihres Geistes vor Shapiro ausbreitete.

»Mein Russisch ist nicht, wie es sein könnte«, sagte Shapiro.

»Aber wie gut Sie über das Thema Bescheid wissen«, meinte Madeleine. Sie war sehr glücklich. Das Blut glühte in ihrem Gesicht, und ihre blauen Augen waren warm und glänzten.

Sie schlugen ein neues Thema an – die Revolution von 1848. Shapiro hatte seinen gestärkten Kragen durchgeschwitzt. Nur ein geldtrunkener kroatischer Stahlarbeiter hätte sich so ein gestreiftes Hemd gekauft. Und was waren seine Ansichten über Bakunin, Kropotkin? Kannte er Comforts Buch? Jawohl. Kannte er Poggioli? Ja. Er glaubte nicht, daß Poggioli bestimmten wichtigen Persönlichkeiten volle Gerechtigkeit hatte widerfahren lassen – Rosanow zum Beispiel. Obwohl Rosanow in gewissen Fragen nicht zurechnungsfähig war, beispielsweise in der des jüdischen rituellen Bades, war er doch eine große Figur, und sein erotischer Mystizismus war höchst originell – höchst. Man muß es den Russen lassen. Was hatten sie nicht für die westliche Kultur geleistet, während sie gleichzeitig den Westen ablehnten und verlachten. Madeleine, fand Herzog, steigerte sich in eine beinahe gefährliche Erregung. Wenn ihre Stimme zu fisteln begann, wenn ihre Kehle buchstäblich wie eine Klarinette klang, wußte er, daß sie vor Einfällen und Gefühlen am Bersten war. Und wenn Herzog sich nicht beteiligte, wenn er, nach ihren eigenen Worten, wie ein Klotz dasaß, gelangweilt und ressentimentgeladen, dann bewies er nur, daß er ihre Intelligenz nicht respektierte. Dagegen dröhnte Gersbach in seiner Unterhaltung unaufhaltsam. Er war so emphatisch im Stil, so eindrucksvoll in seinen Blicken, sah so klug aus, daß man zu fragen vergaß, ob er Sinn oder Unsinn redete.

Der Rasenplatz befand sich auf einer Erhebung und überschaute Felder und Wälder. Geformt wie ein großer Tränentropfen in Grün, hatte er an seiner engen Stelle eine große graue Ulme; die Borke dieses mächtigen Baums, der an Rotfäule einging, war ein violettes Grau. Spärliches Laub für einen so gewaltigen Wuchs. Das Nest einer Goldammer, in der Form eines grauen Herzens, hing von den Ästen. Gottes Schleier über den Dingen macht alles zum Rätsel. Wären sie nicht alle so besonders klar umrissen und inhaltsreich, dann hätte ich vielleicht mehr Ruhe vor ihnen. Aber ich bin ein Gefangener meiner Wahrnehmungen, ein zwanghafter Zeuge. Sie sind allzu aufwühlend. Indessen wohne ich in jenem Haus aus stumpfem Holz. Herzog machte sich Sorgen um die Ulme. Mußte er sie fällen? Er haßte den Gedanken. Inzwischen versetzten die Zikaden in ihrem Leib eine Spirale in Schwingungen, ein horniges, hinterwärtiges Orchester in einer gesonderten Kammer. Diese Milliarden roter Augen aus den umgebenden Wäldern blickten heraus, starrten hernieder, und die steilen Tonwellen ertränkten den Sommernachmittag. Herzog hatte selten etwas so Schönes gehört wie dieses massenhafte, unaufhörliche Schrillen.

Shapiro erwähnte Solowjew – den Jüngeren. Hatte er wirklich eine Vision und ausgerechnet im British Museum? Es traf sich, daß Madeleine sich mit Solowjew gerade beschäftigt hatte, und dies war nun ihr Stichwort. Sie hatte schon genügend Zutrauen zu Shapiro, um frei heraus zu sprechen – es würde mit echter Anerkennung aufgenommen werden. Sie hielt einen kurzen Vortrag über das Leben und die Lehre dieses toten Russen. Ihr beleidigter Blick wanderte über Herzog dahin. Sie beklagte sich, daß er ihr nie richtig zuhörte. Nur er wollte die ganze Zeit glänzen. Aber so war es nicht. Er hatte ihren Vortrag über diesen Mann viele Male gehört, bis spät in die Nacht hinein. Er wagte nicht zu sagen, daß er schläfrig war. Und schließlich ergab sich unter den Umständen – in den Berkshires vergraben – auch stets ein *quid pro quo*, denn er mußte mit ihr verwickelte Gedankengänge über Rousseau und Hegel besprechen. Er verließ sich vollkommen auf ihre intellektuellen Urteile. Vor Solowjew hatte sie von nichts anderem als Joseph de Maistre gesprochen. Und vor de Maistre – Herzog stellte die Liste zusammen – von der Französischen Revolution, Eleanor von Aquitanien, Schliemanns Ausgrabungen von Troja, übersinnlicher Wahrnehmung, dann von Tarock-Karten, darauf Christian Science, und davor Mirabeau; oder waren es Kriminalgeschichten (Josephine Tey) oder *Science Fiction* (Isaac Asimov) gewesen? Die Intensität war stets sehr stark. Wenn sie ein ständiges Interesse hatte, dann für Detektivgeschichten. Davon konnte sie drei oder vier pro Tag lesen. Schwarz und heiß unter dem Grün verströmte die Erde ihre Feuchtigkeit. Herzog fühlte sie in seinen bloßen Füßen.

Von Solowjew kam Mady natürlich auf Berdjajew zu sprechen, und als sie über *Sklaverei und Freiheit* sprach – das Konzept von *Sobornost* –, öffnete sie ein Glas mit eingelegten Heringen. Speichel erschien auf Shapiros Lippen. Schnell preßte er sein gefaltetes Taschentuch auf die Mundwinkel. Herzog erinnerte sich seiner als eines gierigen Essers. In der Schlafzelle, die sie in der Schule miteinander geteilt hatten, pflegte er seine mit Zwiebeln belegten Schwarzbrotstullen mit offenem Mund zu kauen. Jetzt liefen Shapiro beim Geruch von Gewürz und Essig die Augen über, obgleich es ihm gelang, seinen behäbigen, gutmütigen, scharfnasigen, vornehmen Ausdruck zu bewahren, als er das Taschentuch an die rasierten Hängebacken drückte. Seine plumpe, haarlose Hand – seine bebenden Finger. »Nein, nein«, sagte er, »ich danke Ihnen sehr herzlich, Mrs. Herzog. Hoch erfreulich. Aber ich habe Magenbeschwerden.« Beschwerden! Er hatte Geschwüre. Die Eitelkeit verbot ihm, so etwas auszusprechen; die psychosomatischen Folgerungen waren nicht schmeichelhaft. Später am Nachmittag übergab er sich in das Waschbecken. Er muß Tintenfisch gegessen haben, dachte Herzog, der das Becken zu reinigen hatte. Warum hat er eigentlich nicht die Klosettschüssel benutzt; ist er zu dick, um sich zu bücken?

Aber das war erst nach seinem Besuch. Davor, erinnerte sich Moses, waren die Gersbachs, Valentine und Phoebe, zu Besuch gekommen. Sie parkten ihren kleinen Wagen unter dem Katalpabaum – der damals gerade blühte, obwohl die Schoten des letzten Jahres noch von den Zweigen hingen. Heraus kam Valentine mit seinem schwingenden Schritt und gleich darauf Phoebe, die zu jeder Jahreszeit bleich war und ihm mit ihrer klagenden Stimme nachrief: »Val – Va-al.« Sie brachte eine Kasserolle zurück, die sie sich geborgt hatte, einen von Madeleines großen Eisentöpfen, rot wie Hummerschalen – Descoware, in Belgien hergestellt. Diese Besuche verursachten Herzog oft ein Gefühl der Depression, das er sich nicht erklären konnte. Madeleine schickte ihn nach mehr Liegestühlen. Vielleicht war es der überreife Honiggeruch der weißen Katalpaglocken, der ihm zusetzte. Innen zart mit Rosa gesäumt, schwer von Blütenstaub, fielen sie auf den Kies. Zu schön! Der kleine Ephraim Gersbach machte sich einen Glockenhaufen. Moses war froh, die Stühle zu holen, in die muffige Unordnung des Hauses zu gehen, hinunter in die steinerne, taube Sicherheit des Kellers. Er ließ sich mit den Stühlen Zeit.

Als er zurückkam, sprach man von Chicago. Gersbach, der seine Hände in die Gesäßtaschen gesteckt hatte, dessen Gesicht frisch rasiert war und dessen gleichsam sprudelndes Haar schwere kupferne Tiefen sehen ließ, sagte, er möchte raten, aus diesem verteufelten Hinterwald herauszukommen. Seit der Schlacht von Saratoga, jenseits der Berge, sei hier nichts Interessantes mehr passiert, verdammt noch mal. Phoebe mit müdem und blassem Gesicht rauchte ihre Zigarette, lächelte ein wenig und hoffte wahrscheinlich, daß man sie in Ruhe ließe. Unter aggressiven, gelehrten oder beredsamen Menschen schien sie sich ihrer Reizlosigkeit und Unvollkommenheit bewußt zu werden. Dabei war sie in Wirklichkeit keineswegs dumm. Sie hatte gute Augen, einen Busen und hübsche Beine. Wenn sie sich nur nicht wie eine Oberschwester herrichten und dauernd ihre Grübchen zu disziplinarischen Falten verlängern wollte.

»Chicago, gerade richtig«, sagte Shapiro. »Da gibt es die Schule für fortgeschrittene Studien. Eine kleine Frau wie Mrs. Herzog ist genau, was dem alten Bau fehlt.«

Stopfe dir die große Schnauze mit Hering, Shapiro! dachte Herzog, und kümmere dich um deine eigenen beschissenen Angelegenheiten.

Madeleine warf ihrem Mann einen schnellen Seitenblick zu. Sie fühlte sich geschmeichelt, glücklich. Sie wollte, daß er es sich hinter die Ohren schrieb, falls er's vergessen haben sollte, einen wie hohen Wert andere Mensen ihr beimaßen.

Wie dem auch sei, Shapiro, ich war nicht in der Stimmung für Joachim von Floris und das verborgene Geschick des Menschen. Nichts schien besonders verborgen – alles war unangenehm klar. Hör zu, vor langer Zeit hast du, damals schon pompös als junger Student, gesagt, wir würden eines Tages ›übereinkommen‹, was bedeutete, daß schon damals bedeutende Differenzen zwischen uns bestanden. Ich glaube, sie müssen in jenem Seminar über Proudhon begonnen haben und bei den langen Diskussionen, die wir mit dem alten Larson über den Verfall der religiösen Fundamente der Kultur geführt haben. Sind die Traditionen verbraucht, die Glaubenssätze vernichtet, und ist das Bewußtsein der Massen noch nicht bereit für die nächste Entwicklung? Hat damit die Krise der Auflösung ihren Höhepunkt erreicht? Ist der schmutzige Augenblick gekommen, in dem das moralische Gefühl stirbt, das Gewissen sich verflüchtigt und die Achtung vor der Freiheit, Gesetz, öffentlichem Anstand und allem übrigen in Feigheit, Dekadenz und Blut zugrundegehen? Die Visionen des alten Proudhon von Fin-

sternis und Übel können nicht unbeachtet bleiben. Aber wir dürfen auch nicht vergessen, wie schnell die Visionen des Genies zur konservierten Nahrung der Intellektuellen werden. Das konservierte Sauerkraut von Spenglers ›Preußentum und Sozialismus‹, die abgedroschenen Voraussagen der Verwüstung, der billige Geisteskitzel der Verfremdung, der Schwulst und Schwall kleiner Pinscher über fehlende Authentizität und Verlorenheit. Ich kann mich mit dieser traurigen Öde nicht befreunden. Wir sprechen vom Gesamtleben der Menschheit. Das Thema ist zu groß, zu tief für diese Schwäche, Feigheit – zu tief und zu groß, Shapiro. Es quält mich bis zum Irrsinn, daß du so fehlgeleitet sein kannst. Eine lediglich ästhetische Kritik der modernen Geschichte! Nach diesen Kriegen und Massenmorden. Für so etwas bist du doch zu intelligent. Du hast ein reiches Blut geerbt. Dein Vater hat auf der Straße Äpfel verkauft.

Ich will nicht so tun, als sei meine Position vergleichsweise einfach. Wir sind in diesem Zeitalter Überlebende, deshalb stehen uns Fortschrittstheorien kaum zu, weil wir mit ihren Kosten sehr intim vertraut sind. Die Einsicht, daß man ein Überlebender ist, ist ein Schock. Bei der Erkenntnis, ein derart Auserwählter zu sein, möchte man in Tränen ausbrechen. Wenn die Toten ihres Weges gehen, möchte man sie anrufen, aber sie entschwinden in einer schwarzen Wolke von Gesichtern, Seelen. Sie strömen als Qualm aus den Ausrottungsschornsteinen und lassen uns im hellen Licht des historischen Erfolges zurück – im technischen Erfolg des Westens. Dann weiß man es mit einem Knall des Blutes, daß die Menschheit ihr Ziel erreicht – in Glorie ihr Ziel erreicht, wenn auch durch die Explosionen des Blutes betäubt. Durch entsetzliche Kriege geeint, in unserer brutalen Dummheit durch Revolutionen und durch von ›Ideologen‹ gelenkte Hungersnöte unterwiesen (Erben von Marx und Hegel und in der List der Vernunft geübt), haben wir, die moderne Menschheit (kann es sein!), vielleicht das fast Unmögliche getan, nämlich etwas gelernt. Du weißt, daß der Verfall und die Vernichtung der Kultur sich heutzutage weigern, dem Vorbild der Antike zu folgen. Die alten Reiche sind zwar zertrümmert, aber dieselben Mächte von einst sind wohlhabender als je zuvor. Ich sage nicht, daß der Wohlstand Deutschlands ein besonders *erfreulicher Anblick ist. Aber er ist da, keine zwanzig Jahre nachdem der dämonische Nihilismus Hitlers ihn zerstört hat. Und Frankreich? England? Nein, die Analogie des Niedergangs und Sturzes der klassischen Welt ist für uns nicht mehr stichhaltig. Etwas anderes ist im Gange, und dieses andere liegt den Voraussagen Comtes näher – den Ergebnissen einer vernunftgemäß organisierten Arbeiterschaft – als denen Spenglers. Von allen Übeln der Normung im alten bürgerlichen Europa Spenglers war vielleicht das schlimmste die genormte Pedanterie der Spenglers selbst – diese große Trotzköpfigkeit, die im Gymnasium geboren und im kulturellen Drill von einer veralteten Bürokratie verabreicht wurde.*

Ich hatte die Absicht gehabt, auf dem Lande ein weiteres Kapitel meiner Geschichte der Romantik zu schreiben und diese als die Form zu definieren, die plebejischer Neid und Ehrgeiz im modernen Europa angenommen haben. Die aufsteigenden plebejischen Klassen kämpften natürlich um Nahrung, Macht und sexuelle Privilegien. Aber sie kämpften auch darum, die aristokratische Würde der alten Regime zu erben, die im modernen Zeitalter mit Recht von einem Verfall hätten sprechen können. In der kulturellen Sphäre haben die neu emporgekommenen gebildeten Klassen Verwirrung zwischen ästhetischen und moralischen Gesichtspunkten gestiftet. Sie begann mit dem Unwillen über die industrielle Verschandelung der Landschaft (Ruskins britische ›Vales of Tempe‹) und endeten damit, daß man die veralteten moralischen Leitbilder Ruskins aus den Augen verlor. Bis man schließlich so weit gelangte, daß man die Menschlichkeit der industrialisierten, ›banalisierten‹ Massen in Abrede stellte. Es war für die ›Wüstenprediger‹ ein leichtes, sich dem totalen Staat anzupassen. Hier bleibt die Verantwortung der Künstler noch zu prüfen. Die Annahme, daß zum Beispiel der Niedergang der Sprache und ihre Verunreinigung gleichbedeutend seien mit Entmenschlichung, führte geradewegs zum kulturellen Faschismus.

Ich hatte auch vorgehabt, die ganze Frage der Vorbilder, der imitatio *in der Kulturgeschichte zu überdenken. Nach langer Beschäftigung mit dem* ancien régime *war ich bereit, eine Theorie über die Auswirkungen der hohen höfischen Traditionen, der Politik, des Theaters Ludwigs XIV. auf die französische (und daher auch euro-*

päische) Persönlichkeit zu riskieren. Die Umstände der bürgerlichen Privatsphäre im modernen Zeitalter raubten dem Individuum den Spielraum für die großen Leidenschaften, und gerade hier nimmt eine der faszinierendsten, aber auch der unerfreulichsten Tendenzen der Romantik ihren Ausgang. (Ein Resultat dieser Art persönlichen Dramas besteht darin, daß sich die westliche Zivilisation für die koloniale Welt zur Aristokratie dramatisierte.) Als Du Deinen Besuch machtest, hatte ich gerade ein Kapitel in Arbeit, das heißen sollte: ›Der amerikanische Gentleman‹, eine kurze Geschichte des sozialen Emporkömmlings. Und da war ich nun selbst, Gutsherr Herzog in Ludeyville. Der Graf Pototsky der Berkshires. Das war eine seltsam verquere Fügung, Shapiro. Während ihr, Madeleine und Du, Eure Köpfe zurückwarft, kokettiertet, prahltet, Euch die blanken, scharfen Zähne zeigtet – die akademische Zoterei –, versuchte ich, meine Lage zu überdenken. Ich merkte, daß Madeleine den Ehrgeiz hatte, meinen Platz in der gelehrten Welt einzunehmen. Mich zu überwinden. Sie erklomm den Gipfel, als Königin der Intellektuellen, als gußeiserner Blaustrumpf. Und Dein Freund Herzog wand sich unter diesem spitzen, eleganten Schuhabsatz.

Ach, Shapiro, der Sieger von Waterloo ging abseits, um über die Toten (die unter seinem Kommando erschlagen waren) bittere Tränen zu vergießen. Nicht so meine Ex-Frau. Sie lebt nicht zwischen zwei sich wiedersprechenden Testamenten. Sie ist stärker als Wellington. Sie will in den ›delirischen Berufen‹ leben, wie Valéry es nennt – einem Handel, bei dem das Hauptwerkzeug die Selbsteinschätzung ist und das Rohmaterial der Ruf oder der gesellschaftliche Stand.

Was Dein Buch angeht, so finde ich darin zu viel erdachte Geschichte. Ein großer Teil davon ist nichts als utopische Fiktion. In dieser Hinsicht werde ich meine Meinung niemals ändern. Nichtsdestoweniger fand ich Deine Gedanken über den Millenarismus und die Paranoia sehr gut. Übrigens hat Madeleine mich aus der gelehrten Welt herausgelockt, sich selbst hineinbegeben, die Tür hinter sich zugeschmettert und befindet sich noch darin, wo sie über mich klatscht.

Sie war nicht furchtbar originell, diese Idee von Shapiro, aber er hat sie gut und klar dargestellt. *In meiner Kritik versuchte ich anzudeuten, daß klinische Psychologen sehr fesselnd Geschichte schreiben könnten. Sie würden die Fachleute ausbooten. Größenwahn der Pharaonen und Cäsaren. Melancholie im Mittelalter. Schizophrenie im achtzehnten Jahrhundert. Und dann dieser Bulgare Banowitsch, der alle Machtkämpfe unter dem Aspekt der paranoiden Mentalität begriff – ein seltsamer, unheimlicher Geist, dieser Mann, fest davon überzeugt, daß der Wahnsinn stets die Welt regiert. Der Diktator braucht sowohl eine Masse von Lebenden als auch eine Masse von Leiden. Die Vision der Menschheit als eines Schwarms von Kannibalen, die in Rudeln laufen, lallen, die eigenen Morde beweinen, die lebendige Welt als totes Exkrement aus sich herauspressen. Mach dir nichts vor, lieber Moses Elkanah, mit Kinderreimen und Mother Goose. Herzen, die vor billiger und schwächlicher Barmherzigkeit erbeben oder von Kartoffelliebe überströmen, haben noch nie Geschichte geschrieben. Shapiros gebleckte Zähne, seine speichelnde Begierde, der Dolch seines Geschwürs im Leib vermitteln ihm auch echte Einsichten. Fontänen von Menschenblut, die aus frischen Gräbern sprangen! Grenzenloses Massaker! Ich habe es nie verstanden!*

Ich habe mir vor kurzer Zeit von einem Psychiater eine Liste von paranoiden Zügen geben lassen – ich hatte ihn gebeten, sie für mich aufzuzeichnen. Das mag meinem Verständnis zu Hilfe kommen, dachte ich. Er hat es bereitwillig getan. Ich habe das bekritzelte Papier in meine Brieftasche gesteckt und studiert wie die ägyptischen Plagen. Genau wie »DOM, SFARDEJA, KINNIM« *in der Haggadah. Es führte auf:* »Stolz, Zorn, übermäßige ›Rationalität‹, homosexuelle Neigungen, Konkurrenzsucht, Mißtrauen gegen Gefühle, Unfähigkeit, Kritik zu ertragen, feindliche Projektionen, Wahnvorstellungen.« *Es ist alles da – alles! Ich habe über Mady in jeder dieser Kategorien nachgedacht, und wenn das Porträt auch noch nicht vollständig ist, kann ich ihr doch ein kleines Kind nicht überantworten. Mady ist nicht Daisy. Daisy ist eine strenge, launische Frau, aber zuverlässig. Marco hat sich gut durchgeboxt.*

Er gab den Brief an Shapiro auf – er rief zu viele schmerzliche Gedanken wach, und das war genau das, was er vermeiden mußte, wenn er die Wohltat des Urlaubs nicht verspielen wollte – und wandte sich lieber seinem Bruder Alexander zu. *Lieber Shura,* schrieb er, *ich glaube, ich schulde Dir 1500 Dollar. Wie wär's, wenn wir's auf 2000 abrundeten? Ich brauche es. Um mich am Riemen zu reißen.*

Shura war ein großzügiger Bruder. Die Herzogs hatten ihre charakteristischen Familienprobleme, aber Geiz gehörte nicht zu ihren Eigenschaften. Moses wußte, daß der reiche Mann auf einen Knopf drücken und seiner Sekretärin sagen würde: »Schicken Sie einen Scheck an meinen übergeschnappten Bruder Moses Herzog.« Sein hübscher, beleibter, weißhaariger Bruder in seinem unsäglich teuren Anzug, dem Vicuña-Mantel, dem italienischen Hut, seiner unbezahlbaren Rasur und den rosigen, manikürten Fingern mit großen Ringen, der mit fürstlicher Hoheit aus seiner Limousine herausschaute. Shura kannte jeden, bezahlte jeden und verachtete jeden. Moses gegenüber wurde seine Verachtung durch Familiengefühle gemildert. Shura war ein echter jünger von Thomas Hobbes. Interesse für die Allgemeinheit war Idiotie. Man erbitte sich nichts Besseres, als im Bauch des Leviathans zu gedeihen und der Gemeinde ein hedonistisches Beispiel zu geben. Es amüsierte Shura, daß sein Bruder Moses so sehr an ihm hing. Moses liebte seine Verwandten unverblümt und sogar etwas hilflos: seinen Bruder Willie, seine Schwester Helen und selbst seine Vettern und Kusinen. Es war kindisch von ihm, das wußte er. Er konnte sich nur selbst beseufzen, daß er auf dieser wichtigen Seite seines Wesens so unentwickelt war. Er versuchte sich manchmal mit seinem eigenen Wortschatz zu fragen, ob dies vielleicht sein archaischer, prähistorischer Aspekt sein könnte. Stammbedingt, verstehen Sie? Verquickt mit Ahnenkult und Totemismus.

Da ich außerdem auch juristische Schwierigkeiten habe, wollte ich Dich fragen, ob Du mir einen Anwalt empfehlen kannst. Vielleicht einen von Shuras eigenem juristischen Stab, der Moses für seine Dienste nichts berechnen würde.

Er verfaßte jetzt im Kopf einen Brief an Sandor Himmelstein, den Anwalt aus Chicago, der ihn vergangenen Herbst betreut hatte, nachdem ihn Madeleine aus dem Haus gesetzt hatte. *Sandor! Als wir das letzte Mal voneinander hörten, war ich ausge-*

rechnet in der Türkei! Und doch paßte das durchaus zu Sandor; es war das Land von Tausendundeiner Nacht, und Sandor hätte dort selbst aus einem Bazar treten können, obwohl er sein Büro im vierzehnten Stock des Burnham Building, nicht weit vom Rathaus, hatte. Herzog hatte ihn im Dampfbad von Postls Gesundheitsklub bei Randolph und Wells kennengelernt. Er war ein kleiner Mann, dadurch verunstaltet, daß ihm ein Teil der Brust weggerissen war. In der Normandie, sagte er immer. Vermutlich war er eine Art großer Zwerg gewesen, als er sich zur Armee meldete. Es muß damals möglich gewesen sein, in der Militärgerichtsbarkeit, auch wenn man Zwerg war, ein Offizierspatent zu bekommen. Es war Herzog vielleicht peinlich, daß er wegen seines Asthmas aus der Marine entlassen worden war, ohne Pulver gerochen zu haben, während dieser Gnom und Verwachsene nahe dem Brückenkopf durch eine Mine außer Gefecht gesetzt worden war. Die Verwundung hatte aus ihm einen Buckligen gemacht. Das jedenfalls war Sandor, ein Mann mit einem stolzen, scharfen, guten Gesicht, bleichem Mund und gelblicher Haut, großartiger Nase und dünnem grauem Haar.
In der Türkei war ich in üblem Zustand. Zum Teil war wieder das Wetter schuld. Der Frühling gab sich Mühe einzuziehen, aber dann drehte sich der Wind. Der Himmel schloß sich über den weißen Moscheen. Es schneite. Die behosten, männlich aussehenden türkischen Frauen verschleierten ihre harten Gesichter. Ich hatte nie erwartet, daß sie so kräftig ausschreiten könnten. Man hatte Kohle auf die Straße geschüttet, aber die Arbeiter waren nicht erschienen, um sie einzuschaufeln, und die Heizöfen waren ausgegangen. Herzog trank im Café Pflaumenschnaps und Tee, rieb sich die Hände und bewegte die Zehen in den Schuhen, um das Blut zirkulieren zu lassen. Er war damals um seinen Kreislauf besorgt. Seine Stimmung wurde noch düsterer, als er die frühen Blumen von Schnee bedeckt sah.

Ich schicke Dir diesen verspäteten Brief, um Dir und Bea dafür Dank zu sagen, daß Ihr mich unter Eurem Dach aufgenommen habt. Als Bekannte, nicht alte Freunde. Ich bin sicher, daß ich ein abscheulicher Hausgast war. Krank und vergrämt – von dem lausigen Kummer ganz gebrochen. Ich nahm Pillen gegen Schlaflosigkeit, konnte aber trotzdem nicht schlafen, ging benommen umher, und vom Whisky bekam ich Tachykardie. Ich hätte in eine Gummizelle gehört. *Dankbarkeit! Ich war zutiefst dankbar.* Aber es war die schuldige Dankbarkeit der Schwachen, der Leidenden, die unter der Oberfläche voller Ingrimm war. Sandor übernahm das Kommando. Ich war zu nichts fähig. Er brachte mich in sein Haus, ganz weit im Süden, zehn Blocks vom Illinois Central entfernt. Mady hatte das Auto behalten, weil sie es angeblich für Junie brauchte, um sie zum Zoo und dergleichen zu fahren.

Sandor sagte: »Du hast vermutlich nichts dagegen, neben dem Fusel zu schlafen«, denn das Feldbett war direkt neben der Bar aufgestellt. Im Zimmer saßen dichtgedrängt Carmel Himmelsteins Schulkameraden. »Raus mit euch«, rief Sandor mit schriller Stimme den Halbwüchsigen zu. »Vor lauter verdammtem Zigarettenqualm kann man nicht die Hand vor Augen sehen. Guck dir mal diese mit Kippen gefüllten Colaflaschen an.« Er stellte die Klimaanlage an, und Moses, noch gerötet von der Kälte des Tages, aber mit weißen Rändern unter den Augen, hielt seinen Handkoffer fest, denselben Handkoffer, der jetzt auf seinem Schoß lag. Sandor nahm die Gläser von den verschiedenen Regalen. »Pack aus, Junge«, sagte er. »Tu deine Sachen hierhin. Wir essen in zwanzig Minuten. Gute Atzung. Sauerbraten. Beas Spezialität.«

Gehorsam packte Moses seine Sachen aus – Zahnbürste, Rasierapparat, Desenex-Puder, Schlaftabletten, Shapiros Monographie und eine alte Taschenbuchausgabe von Blakes Gedichten. Der Zettel, auf dem Dr. Edvig die Kennzeichen der Paranoia aufgezeichnet hatte, diente ihm als Lesezeichen.

Nach dem Essen an jenem ersten Abend im Wohnzimmer der Himmelsteins begann Herzog widerstrebend einzusehen, daß er mit der Annahme von Sandors Gastfreundschaft wieder einen charakteristischen Fehler begangen hatte.

»Du wirst schon drüber hinwegkommen. Das ist ganz in der Ordnung. Du schaffst es schon«, sagte Sandor. »Ich setze auf dich. Du bist mein Mann.« Und Beatrice mit ihrem schwarzen Haar und ihrem hübschen rosigen Mund, der kein Rouge brauchte, sagte: »Moses, wir wissen, wie dir zumute sein muß.«

»Megären kommen und Megären gehen«, sagte Sandor. »Fast meine gesamte Praxis besteht aus solchen Weibern. Du solltest mal sehen, wie die sich gebärden und was sich in der Stadt Chicago so alles tut.« Er schüttelte den schweren Kopf, und die Lippen preßten sich unter dem Druck des Widerwillens fest aufeinander.»Wenn sie gehen will, scheiß drauf. Laß sie laufen. Mit dir wird's schon richtig werden. Du bist also 'reingefallen. Große Sache! Jeder Mann fällt auf irgendein Weibstück 'rein. Ich selbst werde immer von der blauäugigen Sorte überfahren. Aber ich hatte Verstand genug, mich in dieses schöne Paar brauner Augen zu verlieben. Ist sie nicht großartig?«

»Aber ganz bestimmt.« Es mußte gesagt werden. Und es war tatsächlich gar nicht so schwer. Moses hatte nicht länger als vierzig Jahre gelebt, ohne zu lernen, wie man über solche Momente hinwegkommt. Unter engstirnigen Puritanern gilt das als Lüge, bei zivilisierten Menschen jedoch nur als Höflichkeit.

»Ich werde nie wissen, was sie in einem Wrack wie mir gesehen hat. Auf alle Fälle, Moses, mußt du eine Weile bei uns wohnen bleiben. In einer solchen Zeit darfst du nicht ohne Freunde sein. Gewiß, ich weiß, daß du Angehörige in der Stadt hast. Ich sehe deine Brüder bei Fritzl. Erst neulich habe ich mit dem zweitältesten deiner Brüder gesprochen.«

»Willie.«

»Er ist ein großartiger Mensch – auch sehr aktiv im jüdischen Leben«, sagte Sandor. »Nicht wie dieser *macher*, Alexander. Ist immer irgendwie skandalumwittert. Erst ist er in die Juice-Schieberei verwickelt, das nächstemal mit Jimmy Hoffa, und dann taucht er in Dirksens Bande auf. Na ja, deine Brüder sind Großkotzen. Aber bei denen müßtest du dich selbst zerfleischen. Hier stellt dir niemand Fragen.«

»Bei uns kannst du dich einfach gehenlassen«, sagte Beatrice.

»Nun ja, aber ich verstehe die ganze Geschichte überhaupt nicht«, sagte Moses. »Mady und ich hatten von Anfang an unsere Aufs und Abs. Aber es war auf dem Wege der Besserung. Letztes Frühjahr haben wir unsere Ehe besprochen und ob wir gut genug miteinander zurechtkämen, um weiterzumachen – eine praktische Frage kam auf: ob ich mich mit einem Mietvertrag binden sollte. Sie sagte, sobald sie ihre Doktorarbeit beendet hätte, wollten wir ein zweites Kind haben...«

»Nun hör mal zu«, erklärte Sandor, »es ist dein eigener verdammter Fehler, wenn du meine Meinung hören willst.«
»Meiner? Was willst du damit sagen?«
»Weil du ein Intellektueller bist und ein intellektuelles Weib geehelicht hast. Irgendwo steckt in jedem Intellektuellen ein Vollidiot. Ihr Burschen könnt eure eigenen Fragen nicht beantworten – trotzdem habe ich Hoffnung für dich, Moses.«
»Welche Hoffnung?«
»Du bist nicht wie diese anderen Hampelmänner von der Universität. Du bist ein *mensch*. Wozu sind diese besch... Eierköpfe gut? Man braucht unwissende Tölpel wie mich, um für die liberale Sache zu kämpfen. Diese seidenbestrumpften Quadratschädel von Yale haben vielleicht ein Bild vom indianischen Richter Learned Hand im Büro hängen, aber wenn es darauf ankommt, sich im Trumbull Park zu engagieren oder die Feiglinge in Deerfield zu bekämpfen oder sich für einen Mann wie Tompkins einzusetzen –«
Sandor war stolz auf seine Leistung im Fall Tompkins, eines in der Postverwaltung angestellten Negers, den er verteidigt hatte.
»Vielleicht wollten sie Tompkins wirklich nur an den Kragen, weil er Neger war«, sagte Herzog. »Aber leider war er ein Säufer. Das hast du mir selbst gesagt. Und auch über seine Fähigkeiten könne man streiten.«
»Wiederhole das nicht in der Öffentlichkeit«, sagte Sandor. »Man wird davon nur falschen Gebrauch machen. Du wirst ausschwatzen, was ich dir im Vertrauen gesagt habe? Es war eine Frage der Gerechtigkeit. Gibt es denn in der Zivilverwaltung keine weißen Säufer? O nein, gar nicht!«
»Sandor – Beatrice. Ich fühle mich hundeelend. Eine zweite Scheidung – wieder draußen, in meinem Alter. Ich kann's nicht ertragen. Ich weiß nicht – es ist wie ein Tod.«
»Pst, was redest du denn da!« sagte Sandor. »Es ist ein Jammer wegen des Kindes, aber du wirst schon drüber hinwegkommen.«
Zu jener Zeit, als Du dachtest, und ich Dir recht gab, daß ich nicht allein sein sollte, hätte ich vielleicht gerade doch allein sein sollen, schrieb Herzog.
»Paß auf, ich erledige die ganze Angelegenheit für dich«, versicherte Sandor. »Du wirst aus all dem *dreck* hervorgehen mit einem

Duft wie ein Braten. Überlaß das nur mir, bitte. Hast du kein Vertrauen zu mir? Glaubst du, daß ich's dir gegenüber nicht ehrlich meine?«

Ich hätte mir ein Zimmer im Quadrangle Club nehmen sollen.

»Du kannst dir nicht selbst überlassen bleiben«, meinte Sandor. »Du bist nicht der Typ. Ein *mensch*! Dein Herz ist mit Kot beworfen worden. Und du hast etwa soviel praktischen Verstand wie mein zehnjähriger Sheldon, du armer Teufel.«

»Ich werde mich davon freimachen. Ich will kein Opfer sein. Ich hasse die Rolle des Opfers«, sagte Moses.

Himmelstein saß in seinem Ohrensessel und hatte die Füße unter dem kurzen Bauch hochgezogen. Seine Augen, die die Farbe frisch geschnittener Gurken und feine Wimpern hatten, waren feucht. Er kaute an einer Zigarre. Seine häßlichen Nägel waren poliert. Er hatte seine Maniküre im Palmer House. »Ein willensstarkes Weibsbild«, sagte er. »Ungemein anziehend. Liebt es, Entschlüsse zu fassen. Einmal entschlossen, ewig entschlossen. Welche Willenskraft! Sie ist ein Typ.«

»Und doch muß sie dich einmal geliebt haben, Moses«, sagte Bea. Sie sprach sehr, sehr langsam – das war so ihre Art. Ihre dunkelbraunen Augen lagen unter ausgeprägten Jochbeinen. Ihre Lippen waren rosig und voller Leben. Moses wollte ihrem Blick nicht begegnen; er hätte ihn lange und ernsthaft aushalten müssen, ohne daß sich etwas daraus ergeben hätte. Er wußte, daß er ihr Mitgefühl besaß, aber nie ihr Einverständnis gewinnen würde.

»Ich glaube nicht, daß sie mich geliebt hat«, sagte Moses.

»Ich bin sicher.«

Es war die weibliche Solidarität des Kleinbürgertums, die ein anständiges Mädchen gegen den Vorwurf der Berechnung und Bösartigkeit verteidigte. Anständige Mädchen heiraten aus Liebe. Wenn sie aber aufhören zu lieben, müssen sie die Freiheit haben, jemand anderen zu lieben. Kein anständiger Ehemann wird dem Herzen entgegentreten. Das ist orthodox. Nicht außergewöhnlich schlecht. Aber eine neue Orthodoxie. Wie dem auch sei, dachte Moses, er war nicht in der Lage, mit Beatrice einen Streit anzufangen. Er war in ihrem Haus und ließ sich von ihr trösten.

»Du kennst Madeleine nicht«, sagte er. »Als ich sie kennenlernte, brauchte sie sehr viel Hilfe. Von der Art, die nur ein Ehemann spenden kann...«

Ich weiß, wie lang – endlos – die Geschichten von Leuten sind, die sich zu beklagen haben. Und wie langweilig für alle Zuhörer.

»Ich halte sie nun mal für einen netten Menschen«, sagte Bea. »Zuerst sah sie hochnäsig aus und betrug sich verdächtig, aber als ich sie näher kennenlernte, stellte sie sich als freundlich und sehr nett heraus. Im Grunde ihres Herzens muß sie ein guter Mensch sein.«

»Scheiße! Die Menschen sind nett, wenigstens die meisten«, sagte Sandor. »Man muß ihnen nur eine Chance geben.«

»Mady hat alles vorher ausgetüftelt«, sagte Herzog. »Warum konnte sie es denn nicht zum Bruch kommen lassen, bevor ich den Mietvertrag unterschrieben hatte?«

»Weil sie ein Dach über dem Kopf des Kindes haben mußte«, sagte Sandor. »Was erwartest du eigentlich?«

»Was ich *erwarte*?« Nach Worten ringend, stand Herzog auf. Sein Gesicht war weiß, seine Augen aufgerissen, stierend. Er starrte Sandor an, der wie ein Sultan dasaß, die kleinen Absätze unter dem quellenden Bauch. Dann merkte er, daß Beatrice mit ihrem hübschen glanzlosen Blick ihn davor warnte, Sandor zu erzürnen. Sein Blutdruck konnte gefährlich in die Höhe schießen, wenn man ihm widersprach.

Herzog schrieb: *Ich war dankbar für Deine Freundschaft. Aber ich war in einem Zustand. In einem jener Zustände, in denen man große, unmögliche Anforderungen stellt. Im Ärger werden die Menschen diktatorisch. Schwer zu ertragen. Ich saß da in der Falle. Schlief neben der Bar. Mein Herz bedauerte den armen Tompkins. Kein Wunder, daß er zur Flasche griff, als Sandor ihn mit Beschlag belegte.*

»Du willst doch nicht um das Sorgerecht für das Kind kämpfen, oder?« fragte Sandor.

»Und wenn ich's wollte?«

»Nun«, meinte Sandor, »als Anwalt kann ich dich vor einer Bank von Geschworenen sehen. Die blicken auf Madeleine, blühend und lieblich, dann auf dich, hager und grauhaarig, und päng, deine Sorgeforderung geht über Bord. Das ist das Geschworenensystem. Dümmer als die Höhlenmenschen, diese Hunde – ich weiß, das ist für dich schmerzlich, aber ich sage es dir lieber. Männer in deinem Alter müssen den Tatsachen ins Auge sehen.«

»Tatsachen!« sagte Herzog schwach, tastend, entrüstet.

»Ich weiß«, sagte Sandor. »Ich bin zehn Jahre älter. Aber nach vierzig ist alles dasselbe. Wenn du ihn einmal die Woche 'reinkriegst, kannst du schon dankbar sein.«

Beatrice versuchte, Sandor zurückzuhalten, aber er sagte: »Halt's Maul«. Dann wandte er sich wieder an Moses und schüttelte den Kopf so, daß er allmählich auf seine mißgestaltete Brust sank und ihm hinten die Schulterblätter scharf unter dem weißen Hemd hervorstaken. »Woher zum Teufel weiß er denn, wie man Tatsachen ins Auge sieht? Er will nur, daß alle ihn lieben. Wenn nicht, vollführt er ein Gekreisch und Gebrüll. Nun gut! Nach der Landung in der Normandie lag ich zertrümmert in dem besch... Tommy-Lazarett – ein Krüppel! Jesus Maria! Ich mußte noch mit eigener Kraft laufen. Und was ist mit seinem Busenfreund Valentine Gersbach? Das ist ein Mann! Dieser tolle Rotkopf weiß, was wahres Leiden ist. Aber der bringt Leben in die Bude – drei Mann mit sechs Beinen kämen nicht so in der Weltgeschichte 'rum wie dieses besch... Holzbein. Laß man sein, Bea – Moses kann's vertragen. Wenn nicht, wäre er nur ein Professor Jammerlappen mehr. Dann würde ich mich mit dem Schweinehund nicht weiter abgeben.«

Herzog redete wirres Zeug vor lauter Wut. »Was willst du damit sagen? Soll ich meines Haars wegen sterben? Was ist denn mit dem Kind?«

»Steh nicht 'rum und reib dir die Hände wie ein verdammter Narr – Gott, wie ich die Narren hasse«, schrie Sandor. Seine grünen Augen waren klar, seine Lippen verzerrten sich unaufhörlich. Er muß davon überzeugt gewesen sein, daß er das tote Gewicht der Selbsttäuschung aus Herzogs Seele herausoperierte; seine langen weißen Finger, Daumen und Zeigefinger, bewegten sich nervös.

»Was? Färben? Haar? Wovon, zum Teufel, brabbelst du hier eigentlich? Ich habe nur gesagt, daß sie das Kind der Mutter geben.«

»Madeleine hat dich dazu angestiftet. Sie hat das auch eingefädelt. Um mich daran zu hindern, sie zu verklagen.«

»*Nichts* hat sie! Ich versuche, dir's nur zu deinem eigenen Nutzen darzustellen. Diesmal sitzt sie am Drücker. Sie gewinnt, und du verlierst. Vielleicht will sie einen anderen.«

»Will sie? Hat sie dir das gesagt?«

»Sie hat mir nichts gesagt. Ich sage *vielleicht.* Nun reg dich ab. Gib ihm was zu trinken, Bea. Aus seiner eigenen Flasche. Er mag keinen Scotch.«

Beatrice holte Herzogs eigene Flasche Guckenheimer 43 Prozent.

»Und jetzt«, sagte Sandor, »hör auf mit dem Quatsch. Mach dich nicht zum Clown, Mann.« Sein Ausdruck änderte sich, und er ließ Herzog etwas Güte entgegenfließen. »Ja, wenn du leidest, dann leidest du wirklich. Du bist ein echter, wahrer, alter jüdischer Typ, der die Gefühle aus der Tiefe schaufelt. Das will ich dir zugestehen. Ich verstehe es. Ich bin in der Sangamon Street aufgewachsen, wie du weißt, als ein Jude noch Jude war. Ich weiß mit dem Leiden Bescheid – wir sind auf der gleichen, identischen Wellenlänge.«

Herzog, der Reisende, schrieb: *Um alles in der Welt konnte ich Dich nicht verstehen. Ich habe oft gedacht, mich würde der Schlag rühren, ich würde zerspringen. Je mehr Du mich trösten wolltest, desto näher geriet ich an die Schwelle des Todes. Aber was tat ich denn? Warum war ich in Deinem Haus?*

Es muß komisch gewesen sein, wie ich mich grämte. Wenn ich von meinem Zimmer auf das blattlose Unkraut des Hinterhofes blickte. Braune, zart gebaute Gestelle von Kreuzkraut. Kreuzblumen, deren entleerte Schoten auseinanderklafften. Oder wenn ich auf die dunkelgraue Scheibe des Fernsehgeräts starrte.

Früh am Sonntag morgen wurde Herzog von Sandor ins Wohnzimmer gerufen.

»Mann«, sagte Sandor, »ich habe für dich eine phantastische Versicherungspolice gefunden.«

Moses, der sich auf dem Wege vom Bett und an der Bar vorbei seinen Schlafrock zuband, verstand ihn nicht.

»Was?«

»Wir können dir eine tolle Police verschaffen, die das Kind schützt.«

»Was soll das?«

»Ich habe es dir letzte Woche erzählt, aber du scheinst an andere Dinge gedacht zu haben. Wenn du krank wirst, einen Unfall hast, ein Auge verlierst, selbst wenn du vollkommen überschnappst, ist Junie geschützt.«

»Aber ich fahre nach Europa und habe eine Reiseversicherung abgeschlossen.«

»Das ist, wenn du stirbst. Aber hier, selbst wenn du einen geistigen Zusammenbruch erleidest und in eine Anstalt gehen mußt, kriegt das Kind seine monatliche Unterstützung.«

»Wer sagt, daß ich einen Zusammenbruch erleide?«

»Hör mal, glaubst du, ich tue das für mich? Ich vermittle das bloß«, sagte Sandor und stampfte mit dem nackten Fuß auf den dicken Teppich.

Sonntag, mit grauem Nebel vom See, und die Erzfrachter brüllten wie über das Wasser transportiertes Vieh. Man konnte die hohle Leere der Schiffsrümpfe hören. Herzog hätte alles darum gegeben, auf einem nach Duluth bestimmten Schiff Matrose zu sein.

»Entweder du willst meinen juristischen Rat oder nicht«, erklärte Sandor. »Ich will für euch alle das Beste herausschlagen. Stimmt's?«

»Ja, ich bin hier, um das zu bestätigen. Du hast mich in dein Haus aufgenommen.«

»Schön, dann wollen wir vernünftig reden. Mit Madeleine wirst du keine Schwierigkeiten haben. Sie bekommt keine Alimente: Sie wird bald wieder heiraten. Ich habe sie ins Fritzl zum Mittagessen eingeladen, und Kerle, die Sandor H. seit Jahren nicht mehr guten Tag gesagt haben, sind mit einem Steifen angerannt gekommen und beinahe über sich selbst gestolpert. Das schließt auch den Rabbiner meines Tempels ein. Sie ist vielleicht ein Happen.«

»Du bist verrückt. Und ich weiß selbst, was sie ist.«

»Was meinst du damit – sie ist weniger Hure als die meisten. Wir sind alle Huren in dieser Welt, vergiß das nicht. Ich weiß nur zu gut, daß *ich* eine Hure bin. Und du bist ein ganz großer *schnuck*, wie ich feststelle. Das erzählen wenigstens die Eierköpfe. Aber ich wette meinen ganzen Kleiderschrank, daß du auch 'ne Hure bist.«

»Weiß du, was ein Massenmensch ist, Himmelstein?«

Sandor machte ein finsteres Gesicht. »Wie war das?«

»Ein Massenmensch. Ein Mensch der Masse. Die Seele des Pöbels. Der alles auf seine Größe reduziert.«

»Was heißt hier Seele des Pöbels? Rede nicht so geschwollen. Ich spreche von Tatsachen, nicht von Scheiße.«

»Und du glaubst erst, etwas ist eine Tatsache, wenn's häßlich ist.«

»Tatsachen *sind* häßlich.«

»Du glaubst, sie sind wahr, weil sie häßlich sind.«

»Und du – für dich ist das alles zuviel. Wer hat dir denn eingeredet, daß du so ein Prinz bist. Deine Mutter hat ihre eigene Wäsche gewaschen, ihr habt Zimmer vermietet, dein alter Herr war ein Groschenschmuggler. Ich kenne euch Herzogs und eure *Jiches*. Komm mir nicht mit diesem hochgestochenen Zeug. Ich bin selbst ein Itzig und habe mir mein Abgangszeugnis in einer stinkenden Abendschule erworben. Gut? Jetzt wollen wir beide den Mist sein lassen, du verträumter Knabe.«

Herzog, eingeschüchtert und sehr erschüttert, fand keine Antwort. Wozu war er eigentlich hergekommen? Hilfe? Ein Forum für seinen Zorn? Unwille über die erlittenen Ungerechtigkeiten? Aber es war Sandors Forum, nicht das seine. Dieser jähzornige Zwerg mit den vorstehenden Zähnen und den tiefen Falten im Gesicht. Seine schiefe Brust stak aus der grünen Pyjamajacke heraus. Aber das war Sandors schlimmer polternder Zustand, dachte Herzog. Er konnte auch angenehm sein, großzügig, gesellig, ja sogar witzig. Die Lava dieses Herzens hatte ihm möglicherweise die Rippen verbogen und die Kraft dieser höllischen Zunge ihm die Zähne nach vorn getrieben. Recht so, Moshe Herzog – wenn du schon erbarmungswürdig sein mußt und um Hilfe und Unterstützung bettelst, dann wirst du dich immer und ohne Gnade in die Hände dieser zornigen Geister begeben. Die dich mit ihrer ›Wahrheit‹ überfahren. Da ist es, was dein Masochismus bedeutet, *mein sisse n'schamele*. Die Guten werden durch die menschlichen Wahrnehmungen gefesselt und denken nicht für sich. Man muß die Tore der Einsicht durch Selbsterkenntnis, durch Erfahrung sauberhalten. Übrigens ist Widerspruch aber auch wahre Freundschaft. Hat man mir wenigstens gesagt.

»Du möchtest doch dein Kind versorgt wissen, nicht?« fragte Sandor.

»Natürlich. Aber du hast mir erst neulich gesagt, ich solle nur ruhig darauf verzichten, denn das Mädchen werde heranwachsen, als sei sie eine Fremde für mich.«

»Stimmt. Sie wird dich sogar nicht mehr erkennen, wenn du sie das nächstemal siehst.«

Sandor dachte an seine eigenen Kinder, diese Hamster; nicht an meine Tochter, die aus feinerem Holz geschnitzt ist. *Sie* wird mich nicht vergessen. »Ich glaube dir nicht«, sagte Herzog.

»Als Anwalt habe ich dem Kind gegenüber eine soziale Verpflichtung. Ich muß es schützen.«

»*Du*? Ich bin ihr Vater.«

»Du kannst den Verstand verlieren. Oder sogar sterben.«

»Mady kann ebensogut sterben. Warum stellen wir die Versicherung nicht auf sie aus?«

»Das würde sie nie zulassen. Das ist nicht Sache der Frau. Es ist Sache des Mannes.«

»Nicht dieses Mannes. Madeleine macht sich geltend wie ein Mann. Sie hat alle diese Entscheidungen getroffen, das Kind zu sich zu nehmen und mich auf die Straße zu setzen. Sie glaubt, sie kann sowohl Mutter als auch Vater sein. Die Prämien zahle ich für *ihr* Leben.«

Sandor begann plötzlich zu brüllen. »Sie kümmert mich einen Scheißdreck. Du kümmerst mich einen Scheißdreck. Mich kümmert nur das Kind.«

»Woher bist du so sicher, daß ich zuerst sterbe?«

»Und ist das die Frau, die du liebst?« fragte Sandor mit leiserer Stimme. Offensichtlich war ihm sein gefährlich hoher Blutdruck eingefallen. Eine krampfhafte Anstrengung folgte, an der auch seine blassen Augen und seine Lippen teilhatten und die das Kinn mit Löchern übersäte. Er sagte ruhiger: »Ich würde die Police auf mich selbst ausschreiben, wenn ich an der ärztlichen Untersuchung vorbeikäme. Ich würde mit Vergnügen krepieren, wenn ich meine Bea als reiche Witwe hinterlassen könnte. Das wäre mir sehr recht.«

»Dann könnte sie nach Miami reisen und sich das Haar färben.«

»Richtig. Während ich grün werde wie ein alter Penny in meiner Kiste und sie sich durch die Gegend vögelt. Ich mißgönne es ihr nicht.«

»Schön, Sandor –«, sagte Herzog. Er wollte das Gespräch beenden. »Im Augenblick habe ich keine Lust, Vorkehrungen für den Fall meines Todes zu treffen.«

»Was ist denn so großartig an deinem besch... Tod?« schrie Sandor. Seine Gestalt straffte sich. Er stand sehr dicht bei Herzog, der durch die schrille Stimme ein wenig erschreckt war und mit großen Augen auf das Gesicht seines Gastfreundes hinunterstarrte. Es war kräftig geschnitten und von grober Schönheit. Der kleine Schnurrbart sträubte sich, ein wildes, grünes, milchiges Gift stieg ihm in die Augen, sein Mund verzerrte sich. »Ich ziehe mich von diesem Fall zurück!« Himmelstein fing an zu kreischen.

»Was ist denn los mit dir?« fragte Herzog. »Wo ist Beatrice? Beatrice!«

Aber Mrs. Himmelstein machte bloß ihre Schlafzimmertür zu.

»Sie geht bestimmt zu einem Winkeladvokaten.«

»Hör doch um Himmels willen auf zu brüllen.«

»Die bringen dich zur Strecke.«

»Sandor, mach jetzt Schluß.«

»Bügeln dich über die Tonne. Ziehen dir das Fell in Streifen 'runter.«

Herzog hielt sich die Ohren zu. »Ich kann's nicht ertragen.«

»Knüpfen dir Knoten in deine Kaldaunen. Verflucht noch mal. Bringen an deiner Nase einen Zähler an und kassieren Gebühren für deinen Atem. Du wirst vorn und hinten zugelötet. Dann wirst du schon an deinen Tod denken. Du wirst darum beten. Ein Sarg wird dir lieblicher erscheinen als ein Sportkabriolett.«

»Aber ich habe Madeleine doch nicht verlassen.«

»Ich habe das selbst schon an anderen praktiziert.«

»Was habe ich ihr denn getan?«

»Das ist dem Gericht ganz Wurscht. Du hast Papiere unterschrieben – hast du sie gelesen?«

»Nein, ich habe mich auf dein Wort verlassen.«

»Die machen dich vor Gericht fertig. Sie ist die Mutter – die Frau. Sie hat die Zitzen. Die Kerle zermalmen dich.«

»Aber ich habe mir nichts zuschulden kommen lassen.«
»Sie haßt dich.«
Sandor kreischte nicht mehr. Er sprach wieder mit seiner normalen Lautstärke. »Mein Gott! Du hast ja keine Ahnung«, sagte er. »Du willst ein gebildeter Mann sein? Dem Himmel sei Dank, daß mein alter Vater nicht das Geld hatte, um mich auf die Universität von Chicago zu schicken. Ich habe im Laden von Davis gearbeitet und bin zu John Marshall gegangen. Bildung? Lächerlich! Du ahnst nicht einmal, was gespielt wird.«
Moses war unsicher geworden. Er begann, sich alles noch einmal zu überlegen. »Nun denn –«, sagte er.
»Was heißt nun denn?«
»Ich schließe eine Versicherung auf mein Leben ab.«
»Nicht, um mir gefällig zu sein!«
»Nicht, um gefällig zu sein.«
»Es ist ein großer Brocken – vierhundertachtzig Dollar.«
»Ich werde das Geld schon auftreiben.«
Sandor sagte: »Recht so, mein Junge. Endlich nimmst du Vernunft an. Wie steht's nun mit etwas Frühstück – ich koche uns einen Brei.« In seinem grünen Pyjama begab er sich auf seinen langen, pantoffellosen Füßen zur Küche. Als Herzog ihm durch den Korridor folgte, hörte er Sandor am Spülstein aufschreien. »Sieh dir diesen Dreck an. Kein Topf – kein Stück Geschirr – kein einziger Löffel, der sauber ist. Es stinkt nach Abfall. Das ist die reinste Kloake!« Der alte, feist und kahl gewordene Hund nahm ängstlich Reißaus; seine Krallen klapperten auf den Fliesen – klickklick, klickklick. »Verschwenderische Weiber!« schrie er den Frauen des Hauses zu. »Mistige Läuse. Können nichts weiter als in den Kleiderläden mit dem Arsch wackeln und in den Büschen Weibchen spielen. Dann kommen sie nach Hause, stopfen sich mit Kuchen voll und hinterlassen schokoladenbeschmierte Teller im Abwaschbecken. Davon kriegen sie dann Pickel.«
»Ruhig, Sandor.«
»Verlange ich viel? Der alte verkrüppelte Veteran rennt im Rathaus treppauf, treppab, von Gerichtssaal zu Gerichtssaal – und bis zur Ecke der 26. und der California Street. Für die! Kümmern die sich drum, daß ich allen möglichen Eseln den Speichel lecken muß,

um ein paar Dollar zusammenzukratzen?« Sandor begann, das Becken vom Unrat zu reinigen. Er warf Eierschalen und Apfelsinenschalen in die Ecke neben dem Mülleimer – Kaffeesatz. Er steigerte sich immer mehr in seine Wut hinein und fing an, Geschirr und Gläser zu zerschmettern. Seine langen Finger, geformt wie die eines Buckligen, ergriffen die mit Zuckerguß beschmierten Teller. Ohne die Schönheit der Bewegung einzubüßen – erstaunlich! –, zerschellte er sie an der Wand. Er stieß den Geschirrtrockner und das Seifenpulver um und weinte dann vor Zorn. Aber auch über sich, weil er solche Gefühlsausbrüche hatte. Sein offener Mund mit den vorstehenden Zähnen! Die zottigen Haare auf seiner mißgestalteten Brust quollen aus dem Pyjama hervor.

»Moses – sie bringen mich um! Ihren Vater bringen sie um!«

Die Töchter lagen in ihren Zimmern und hörten zu. Der junge Sheldon war mit seiner Pfadfindergruppe in Jackson Park. Beatrice zeigte sich nicht.

»Wir brauchen ja keinen Brei«, sagte Herzog.

»Nein, ich wasche einen Topf aus.« Er vergoß immer noch Tränen. Unter dem laufenden Wasserhahn scheuerten seine manikürten Finger das Aluminium mit Stahlwolle.

Als er ruhiger wurde, sagte er: »Weißt du, Moses, ich bin wegen des besch... Geschirrs beim Psychiater gewesen. Das kostet mich zwanzig Dollar pro Stunde. Moses, was soll ich mit meinen Kindern anfangen? Sheldon wird schon noch richtig werden. Tessie ist vielleicht auch nicht so schlimm. Aber Carmel! Ich weiß nicht, wie ich sie anfassen soll. Ich fürchte, die Jungen sitzen ihr schon in den Hosen. Professor, solange du hier bist, verlange ich nichts von dir« (als Zahlung für Bett und Verpflegung meinte er), »aber ich wäre dir dankbar, wenn du dich um ihre geistige Entwicklung kümmern würdest. Dies ist ihre Chance, einen geistigen Menschen kennenzulernen – einen berühmten Mann – eine Autorität. Willst du mit ihr sprechen?«

»Worüber?«

»Bücher – Ideen. Geh mit ihr spazieren. Unterhalte dich mit ihr. Bitte, Moses, ich flehe dich an.«

»Ja, selbstverständlich will ich mit ihr reden.«

»Ich habe den Rabbiner gebeten, aber was taugen schon diese

reformierten Rabbiner? Ich weiß, ich bin ein gemeiner Strolch, der jähzornige Zerdepperer. Ich arbeite für diese Kinder...«

Er quetscht die Armen aus. Kauft Schuldverschreibungen von Händlern, die den Prostituierten der South Side auf Raten glitzernden Tinneff verkaufen. Und es ist durchaus in der Ordnung, daß ich meine Tochter hergebe, aber mit seinen kleinen Hamstern soll man fördernde Gespräche führen.

»Wenn Carmel ein bißchen älter wäre, würde ich sagen, daß du sie heiraten sollst.«

Moses, bleich und überrumpelt, sagte: »Sie ist ein sehr reizvolles Mädchen. Natürlich viel zu jung.«

Sandor legte seinen langen Arm um Herzogs Taille und zog ihn an sich. »Sei doch nicht so ein rollender Fels, Professor. Fang an, ein normales Leben zu führen. Wo, zum Teufel, bist du nicht schon gewesen – Kanada, Chicago, Paris, New York, Massachusetts. Deine Brüder haben sich hier, in eben dieser Stadt, sehr gut durchgesetzt. Aber selbstverständlich, was für Alexander und Willie gut genug ist, ist noch lange nicht gut genug für einen *macher* wie dich. Moses E. Herzog – er hat kein Geld auf der Bank, aber man kann seinen Namen in der Bibliothek nachschlagen.«

»Ich hatte gehofft, daß Madeleine und ich seßhaft würden.«

»Da draußen, wo sich die Füchse gute Nacht sagen? Sei kein Narr. Mit dieser Puppe? Willst du Witze machen? Komm in die Heimatstadt zurück. Du bist ein Jude von der West Side. Ich habe dich als Kind im jüdischen Institut gesehen. Man sachte. Reiß dir kein Bein aus. Ich mag dich lieber als meine ganze besch... Familie. Du bist mir niemals mit diesem aufgelegten Harvard-Zauber gekommen. Halt dich ans Volk – an die guten Herzen. Mit Liebe. Jesus! Was sagst du nun?« Er zog seinen großen, hübschen, gelblichen Kopf ein wenig zurück, um Herzog in die Augen zu sehen, und Herzog fühlte, wie der Kreis der Zuneigung ihn wieder umschloß. Himmelsteins Gesicht mit den langen gelben Falten war von Freude verklärt. »Kannst du deinen Bunker in den Berkshires denn nicht verkaufen!«

»Möglich.«

»Das ist dann erledigt. Tu's mit Verlust, wenn du mußt. Man hat Hyde Park ruiniert, aber du möchtest ja sowieso nicht mit diesen überzüchteten Mondkälbern zusammenleben. Nimm dir was in meiner Gegend.«

Obwohl er übermüdet war und im Herzen litt wie ein Wahnsinniger, hörte Herzog zu wie ein Kind einem Märchen. »Engagiere dir eine Haushälterin, die etwa in deinem Alter ist. Und die dir gut ins Bett paßt. Was ist dagegen zu sagen? Oder wir suchen dir eine prächtige braunhäutige Haushälterin. Keine Japanerinnen mehr für dich.«

»Was meinst du damit?«

»Du weißt, was ich meine. Oder vielleicht brauchst du ein Mädchen, das die Konzentrationslager lebend überstanden hat und für ein gutes Heim dankbar wäre. Und wir beide, du und ich, machen uns einen guten Tag. Wir gehen ins Russische Bad in der North Avenue. Man hat mich bei der Invasion kaputtgeschossen, aber zum Teufel mit ihnen, ich bin noch da. Wir machen uns ein gutes Leben. Wir finden eine orthodoxe *schul* – Schluß mit diesem Tempelkram. Du und ich, wir gehen auf die Pirsch nach einem guten *chazan*...«

Er spitzte die Lippen so, daß der fast unsichtbare Schnurrbart nur noch ganz dünn zu sehen war, und begann zu singen: »*Mi pnei chatoenu golino m'arztenu.*« Und für unsere Sünde wurden wir aus unserem Land vertrieben. »Du und ich, ein paar Juden aus alter Zeit.« Er fixierte Moses mit seinen taugrünen Augen. »Du bist mein Geselle. Mein argloser, gutherziger Geselle.«

Er gab Moses einen Kuß. Moses fühlte die Kartoffelliebe. Gestaltlose, schwelende, hungrige, urteilslose Kartoffelliebe.

»Ach, du Kindskopf«, rief Moses sich im Zug zu, »Kindskopf!«

Ich hatte Dir für den Notfall Geld hinterlassen. Du hast alles Madeleine ausgehändigt, damit sie sich Kleider kauft. Warst Du ihr Anwalt oder meiner?

Ich hätte ja aus der Art, wie er von seinen weiblichen Klienten sprach und alle Männer beschimpfte, meine Schlüsse ziehen können. Aber, mein Gott, wie bin ich da nur hineingeraten? Warum habe ich mich überhaupt mit ihm eingelassen? Ich muß den Wunsch gehabt haben, derart absurde Dinge zu erleben. In meiner Dummheit war ich dahingelangt, daß sogar diese Himmelsteins mehr wußten als ich. Mir die Tatsachen des Lebens zeigten und mich die Wahrheit lehrten.

Gerächt mit Haß auf meine eigenen stolzen Albernheiten.

Am milden Ende des Nachmittags, später, an der Küste von Woods Hole, wo er auf die Fähre wartete, blickte er durch das grüne Dunkel auf das Netz heller Reflexe auf dem Grund. Er liebte es, über die Macht der Sonne, über das Licht und über den Ozean nachzudenken. Die Reinheit der Luft bewegte ihn. Kein Makel war im Wasser, in dem Schwärme von Stichlingen schwammen. Herzog seufzte vor sich hin und sagte zu sich: »Gelobt sei Gott – gelobt sei Gott.«

Er konnte wieder freier atmen. Das Herz wurde durch den offenen Horizont sehr angerührt, durch die tiefen Farben, den schwachen Jodgeruch des Atlantik, der sich von Pflanzen und Mollusken erhob, den weißen, feinen, schweren Sand, aber hauptsächlich durch die grüne Transparenz, als er auf den mit goldenen Linien besponnenen steinigen Grund hinabschaute. Niemals still. Wenn seine Seele einen so glänzenden und so durchdringend süßen Reflex werfen könnte, möchte er Gott wohl bitten, ihn so zu gebrauchen. Aber das wäre zu einfach. Aber das wäre zu kindisch. Die tatsächliche Sphäre ist nicht so klar wie diese, sondern wirr und zornig. Eine ungestüme menschliche Geschäftigkeit ist ständig im Gange. Der Tod sieht zu. Wenn du also etwas Glück dein eigen nennst, verheimliche es. Und wenn dein Herz voll ist, halte lieber den Mund.

Er hatte Augenblicke geistiger Klarheit, aber er konnte sie nicht lange im Gleichgewicht halten. Die Fähre kam, er ging an Bord, zog den Hut tiefer ins Gesicht gegen den Seewind und fühlte sich etwas beschämt, weil er diesen typischen Moment eines Ferientages so sehr auskostete. Die Autos wurden in einer Wolke von wehendem Sand und Mergel verladen, und Herzog sah vom Oberdeck zu. Bei der Überfahrt legte er seine Beine auf den hochgestellten Handkoffer, sonnte sich und beobachtete die Schiffe mit halbgeschlossenen Augen.

In Vineyard Haven kaperte er sich ein Taxi am Hafen. Es bog in die Hauptstraße, die von großen Bäumen gesäumt parallel zum Hafen verlief, rechts ein – Wasser, Segel zur Rechten und die unter dem Laubdach führende Straße, mit Sonne gefüllt. Große vergoldete Buchstaben glänzten auf roten Ladenfronten. Das Geschäftsviertel war hell wie ein Bühnenbild. Das Taxi fuhr langsam, als leide der alte Motor an Herzbeschwerden. Es fuhr an der Stadtbibliothek und an pfeilergetragenen Toreinfahrten, großen wie Leiern geformten Ulmen und Platanen mit Flecken weißer Borke vorbei – er bemerkte ausdrücklich die Platanen. Diese Bäume nahmen in seinem Leben einen wichtigen Platz ein. Das Grün des Abends setzte ein, und das Blau des Wassers schien, wenn sich die Augen von den Schatten des Grases ihm zuwandten, immer blasser. Das Auto bog wieder rechts ein, der Küste zu, und Herzog stieg aus und hörte beim Zahlen nur etwa die Hälfte der Wegbeschreibung, die ihm der Fahrer gab. »Die Stufen hinunter – wieder hinauf. Verstehe schon. Okay.« Er sah Libbie, die in einem hellen Kleid auf der vorderen Veranda wartete, und winkte ihr. Sie warf ihm eine Kußhand zu.

Er wußte sofort, daß er einen Fehler begangen hatte. Vineyard Haven war nicht der Ort für ihn. Es war bildschön, und Libbie war reizend, eine der charmantesten Frauen der Welt. Aber ich hätte nie kommen dürfen. Es ist einfach nicht recht, dachte er. Er schien die hölzernen Stufen am Abhang zu suchen, zögernd, ein kräftig aussehender Mann, der seinen Handkoffer mit einem Doppelgriff trug wie ein Footballspieler, der nach vorn abspielen will. Seine Hände waren breit, dick geädert; nicht die Hände eines Mannes, der einen geistigen Beruf ausübt, sondern eines geborenen Maurers oder Anstreichers. Die Brise bauschte seine leichte Kleidung oder drückte sie eng an seinen Körper. Und der Ausdruck seines Gesichts – so ein Gesicht! Gerade in diesem Augenblick war sein Zustand so sonderbar, daß er selber gezwungen war, es zu sehen – begierig, grämlich, phantastisch, gefährlich, sinnverwirrt und bis zum Sterben ›komisch‹. Es war genug, um einen Mann zu seinem Gott beten zu lassen, er möge diese große, knochenknackende Bürde des Selbstseins und der Selbstentwicklung von ihm nehmen; genug, um sich selbst, ein mißratenes Exemplar, der Gattung zur Heilung durch Rückkehr in die Primitivität zu überantworten. Aber das war schon fast die moderne und konventionelle Methode, jedes einzelne Leben zu betrachten. In dieser Sicht wurde der Leib selbst mit seinen zwei Armen und der vertikalen Länge mit dem Kreuz verglichen, an dem man die Qual des Bewußtseins und Einzelseins erfuhr. Ehrlich gesagt, hatte er auch diese ›primitive Heilung‹ erlebt, die ihm unter anderen von Madeleine und Sandor verabreicht worden war, so daß sein jüngstes Ungemach als kollektives Projekt angesehen werden konnte, an dem er selbst teilnahm, um seine Eitelkeit und seine Ansprüche auf ein persönliches Leben zu vernichten, auf daß er schmelze und leide und hasse, wie so viele andere, nicht an etwas so Vornehmem wie einem Kreuz, sondern tief im Schlamm der postrenaissancischen, posthumanistischen, postkartesischen Auflösung, Tür an Tür mit dem Nichts. Jeder hatte Teil an dem Akt. Die »Geschichte« gab jedem freie Fahrt. Gerade die Himmelsteins, die noch kein einziges Buch über Metaphysik gelesen hatten, priesen das Nichts an, als sei es ein eminent verkäufliches Grundstück. Dieser kleine Dämon war vollgesogen mit modernen Ideen, deren eine sein furchtbares kleines Herz besonders in Wallung brachte: Du mußt deine ärmliche, keifende, knikkerige Individualität – die ohnehin (von einem analytischen Standpunkt aus) nichts weiter sein mag als ein andauernder infantiler Größenwahn oder (vom marxistischen Standpunkt aus) ein anrüchiger bourgeoiser Besitz – der geschichtlichen Notwendigkeit opfern. Und der Wahrheit. Und die Wahrheit ist nur dann wahr, wenn sie immer mehr Schande und Elend auf die Menschen niederschüttet, so daß es ein Irrwahn und nicht Wahrheit ist, wenn sie noch etwas anderes enthüllt als Böses. Aber natürlich hatte er, Herzog, der sich gegen solche Tendenzen, wie vorauszusehen war, auflehnte, typisch, eigensinnig, trotzig, blind, aber ohne genügende Tapferkeit oder Intelligenz versucht, ein *wunderbarer* Herzog zu sein, ein Herzog, der, vielleicht ohne Geschick, versuchte, wunderbare, wenn auch nur halb verstandene Eigenschaften auszuleben. Zugegeben, er war dabei zu weit gegangen, über seine Gaben und Kräfte hinaus, aber das war die grausame Schwierigkeit eines Mannes, der zwar starke Impulse und sogar einen Glauben besaß, aber dafür keine klaren Gedanken. Was lag daran, wenn er Schiffbruch litt? Bedeutete das wirklich, daß es keine Treue, keine Großherzigkeit, keine heilige Substanz mehr gab? Hätte er ein alltäglicher, ein ehrgeizloser Herzog sein sollen? Nein. Und Madeleine hätte einen solchen Typ auch nie geheiratet. Was sie sich durch dick und dünn gesucht hatte, war eben gerade ein ehrgeiziger Herzog. Um ihm dann ein Bein zu stellen, ihn zu Boden zu zwingen, ihn niederzuschlagen und ihm mit einem mörderischen Furienfuß das Hirn aus dem Schädel zu treten. Ach, was für Verwirrung er gestiftet hatte – welch eine Vergeudung von Geist und Gefühl! Wenn er an die endlose, angsterfüllte Öde seiner Werbung dachte, an die Heirat mit allem, was er an Vorbereitungen investiert hatte – allein in praktischen Dingen, in Zügen und Flügen, Hotels, Warenhäusern und Banken, in Krankenhäusern, in Ärzten und Medizinen, in Schulden; und für sich selbst die Nächte verkrampfter Schlaflosigkeit, die gelben, langweiligen Nachmittage, die Foltern des geschlechtlichen Kampfes und die entsetzliche daraus sich ergebende Egomanie –, dann staunte er, daß er überhaupt noch am Leben geblieben war. Er fragte sich sogar, warum er hatte am Leben bleiben wollen. Andere Menschen seiner Generation verbrauchten sich, starben an Schlaganfällen, an Krebs, starben möglicherweise gar an ihrem Willen zum Tode. Aber er, trotz aller Mißgriffe, Versager, der er war, mußte doch auch eine gewisse Schlauheit und Zähigkeit besitzen. Er blieb am Leben. Und wozu? Wozu trieb er sich herum? Um diese Laufbahn *persönlicher Beziehungen* zu verfolgen, bis seine Kraft schließlich am Ende war? Um nur in seiner privatesten Sphäre umwerfend erfolgreich zu sein, ein Herzkönig? Der amouröse Herzog, der die Liebe suchte und seine Wandas, Zinkas und Ramonas eine nach der anderen vernaschte? Aber das ist ein Zeitvertreib für Frauen. Dieses Knutschen und Herzzerbrechen ist für Frauen. Das Geschäft des Mannes besteht in Pflichterfüllung, in Nützlichkeit, in Höflichkeit, in der Politik im aristotelischen Sinn. Warum komme ich dann hier nach Vineyard Haven für nichts weniger als einen Erholungsurlaub? Mit gebrochenem Herzen und in feinster Schale, mit meiner italienischen Hose, meinen Füllfederhaltern und meinem Kummer – um die arme Libbie zu stören und zu bequengeln und ihre Zuneigung auszunutzen, um sie zu zwingen, sich zu revanchieren, weil ich so nett und anständig war, als *ihr* letzter Mann, Erikson, den Verstand verlor und versuchte, sie zu erdolchen, bevor er sich den Gashahn aufdrehte. Zu welcher Zeit ich ihr, jawohl, sehr behilflich war. Aber wäre sie nicht so schön, so sexuell verführerisch und offensichtlich von mir angetan gewesen, wäre ich ihr dann ein so bereitwilliger Freund und Helfer gewesen? Es ist nicht sehr viel Grund zum Stolz, daß ich sie, die erst seit wenigen Monaten wiederverheiratet ist, mit meinen Kümmernissen behellige. Bin ich gekommen, um mein *quid pro quo* zu kassieren? Dreh dich um, Moshe-Hanan, und fahr mit der nächsten Fähre zurück. Alles was du brauchtest, war eine Bahnfahrt. Die hat ihre Dienste getan.

Libbie kam den Pfad herunter, um ihn zu begrüßen, und gab ihm einen Kuß. Sie war für den Abend gekleidet und trug ein orange- oder mohnfarbenes Cocktailkleid. Erst nach einem Augenblick der Überlegung konnte sich Moses entscheiden, ob der Duft, den er wahrnahm, von einem benachbarten Päonienbeet oder von ihrem Nacken und ihren Schultern kam. Sie war ungekünstelt froh, ihn zu sehen. Fair oder unfair, wie man's nimmt, er hatte sie sich als Freund gewonnen.

»Wie geht es dir?«

»Ich kann nicht bleiben«, sagte Herzog. »Es darf nicht sein.«

»Was redest du da? Du bist schon seit Stunden unterwegs. Komm ins Haus, damit du Arnold kennenlernst. Setz dich und trinke einen Schluck. Du bist wirklich komisch.«

Sie lachte ihn an, und er sah sich gezwungen, mitzulachen. Sissler erschien auf der Porch, ein Mann in den Fünfzigern, schlampig und verschlafen, aber vergnügt, und gab mit seiner tiefen Stimme willkommenheißende Töne von sich. Er trug eine weite rosa Hose mit Gummibund.

»Er behauptet, er sei schon wieder auf dem Weg zurück, Arnold. Ich hab' dir ja gesagt, daß er komisch ist.«

»Sind Sie die ganze Strecke hergereist, um uns das zu erzählen? Herein – herein. Ich wollte gerade ein Feuer anmachen. In einer Stunde wird es kälter, und es kommen Leute zum Abendessen. Wie wär's mit einem Drink? Scotch oder Bourbon? Vielleicht wollen Sie statt dessen lieber schwimmen?« Sissler schenkte ihm ein breites, freundliches, faltiges, schwarzäugiges Lächeln. Diese Augen waren klein, man sah Zwischenräume zwischen den Zähnen; er hatte eine Glatze, dafür war sein Haar am Hinterkopf aber dick und stand ab wie die großen Pilze, die an der bemoosten Seite eines

Baumstammes wachsen. Libbie hatte einen bequemen, weisen alten Hund geheiratet, einen von jener Sorte, die immer große Reserven an Verständnis und Menschlichkeit besitzen. Im helleren Licht der Seeseite des Hauses sah sie außerordentlich wohl und glücklich aus. Ihr Gesicht war gebräunt und glatt. Ihre Lippen waren mit einem mohnfarbenen Lippenstift geschminkt, am Arm trug sie goldmaschigen Schmuck und um den Hals eine schwere Goldkette. Sie war ein bißchen gealtert – er schätzte sie auf acht- oder neununddreißig Jahre –, aber ihre dunklen, dicht beieinanderstehenden Augen, die ihr einen schwimmenden und verschmelzenden Blick verliehen (sie hatte eine feine, hübsche Nase), waren klarer, als er sie bisher erlebt hatte. Sie hatte jenen Punkt des Lebens erreicht, an dem das Erbgut zum zweitenmal aktiv wird und die Makel der Vorfahren erscheinen – ein Fleck, eine Vertiefung der Gesichtsfalten, die zunächst die Schönheit der Frau erhöhen. Es ist der Künstler Tod, der sehr langsam seine ersten Male zeichnet. Für Sissler hatte das nicht die geringste Bedeutung. Er hatte sich bereits damit abgefunden, brummelte weiter mit seinem russischen Akzent und konnte bis zum Tag seines Todes derselbe aufrechte Geschäftsmann sein. Wenn dieser Augenblick kam, würde er wegen seines abstehenden Hinterhaars auf der Seite liegen müssen.

Ideen, die die Welt entvölkern.

Aber als Herzog einen Drink entgegennahm, sich selbst mit klarer Stimme ›danke‹ sagen hörte und sah, wie er sich auf einem Chintzsessel niederließ, drängte sich ihm die psychologische Deutung auf, daß es nicht Sissler sein müsse, den er in seiner Vision auf dem Totenbett sah, sondern irgendein anderer Mann, der eine Frau hatte. Vielleicht war er es sogar selber, der in seiner Phantasie den Tod erlitt. Er hatte eine Frau – zwei Frauen – gehabt und war auch schon der Gegenstand solcher todgeschwängerten Vorstellungen gewesen. Nun: Die erste Voraussetzung für die Stabilität in einem Menschen war, daß der besagte Mensch wirklich begehren sollte zu leben. So sagt Spinoza. Das ist notwendig für das Glück *(felicitas)*. Er kann sich nicht gut betragen *(bene agere)* oder gut leben *(bene vivere)*, wenn er nicht selbst leben will. Wenn es jedoch auch, nach Aussage der Psychologie, nur natürlich ist, daß man im Geiste tötet (ein Gedankenmord pro Abend wirkt aufs Seelenleben labend), dann ist das Existenzbegehren nicht stetig genug, um ein gutes Leben zu nähren. Möchte ich leben oder möchte ich sterben? Aber in diesem gesellschaftlichen Augenblick konnte er nicht erwarten, eine Antwort auf derartige Fragen zu finden und schluckte statt dessen frostigen Bourbon aus dem klingenden Glas. Der Whisky floß hinunter und brannte angenehm in seiner Brust wie eine verheddderte Feuerschnur. Unten sah er den pockennarbigen Strand und den flammenden Sonnenuntergang auf dem Wasser. Die Fähre fuhr zurück. Als die Sonne unterging, war ihr breiter Rumpf plötzlich mit elektrischen Lichtern übersät. In der Stille steuerte ein Hubschrauber nach Hyannis Port, wo die Kennedys wohnten. Große Dinge waren da einst im Gange. Die Macht ganzer Nationen. Was wissen wir davon? Beim Gedanken an den toten Präsidenten fühlte Moses einen scharfen Stoß. (Ich wüßte gern, was ich sagen würde, wenn ich wirklich einmal mit einem Präsidenten spräche.) Er lächelte ein wenig, als er daran dachte, wie seine Mutter vor Tante Zipporah mit ihm geprahlt hatte. »Was der für 'ne kleine Zunge hat. Moshele könnte mit dem Präsidenten reden.« Aber zu jener Zeit hieß der Präsident Harding. Oder war es Coolidge? Unterdessen ging die Unterhaltung weiter. Sissler versuchte alles, damit Moses sich heimisch fühlte – er mußte doch einen ziemlich zerrütteten Eindruck machen –, und Libbie sah besorgt aus.

»Oh, macht euch um mich keine Gedanken«, sagte Moses. »Ich lasse mich nur von den Dingen zu leicht mitreißen.« Er lachte. Libbie und Sissler wechselten einen Blick, schienen aber etwas beruhigt.

»Dieses Haus, in dem ihr lebt, ist sehr schön. Ist es gemietet?«

»Es gehört mir«, sagte Sissler.

»Sieh einer an. Sehr schönes Plätzchen. Nur für den Sommer, nicht wahr? Ihr könntet es aber leicht winterfest machen.«

»Es würde fünfzehntausend Dollar oder noch mehr kosten«, sagte Sissler.

»So viel? Ja, Arbeit und Material sind wahrscheinlich teurer auf dieser Insel.«

»Ich könnte die Arbeit ganz bestimmt selber leisten«, meinte Sissler. »Aber wir kommen her, um uns zu erholen. Soviel ich weiß, besitzen Sie auch ein Grundstück.«

»Ludeyville, Massachusetts«, erwiderte Herzog. »Wo ist denn das?«

»Berkshires. Nahe der Ecke des Staates, die an Connecticut angrenzt.«

»Muß eine bildschöne Gegend sein.«

»Oh, es ist wirklich sehr schön. Aber zu abgelegen. Zu weit von allem entfernt.«

»Darf ich Ihnen noch einschenken?«

Vielleicht dachte Sissler, daß der Alkohol ihn beruhigen würde.

»Moses würde sich nach der Reise sicher gern ein bißchen frisch machen«, sagte Libbie.

»Ich zeige ihm sein Zimmer.«

Sissler trug Herzogs Handkoffer nach oben.

»Das ist eine schöne alte Treppe«, sagte Moses. »Man könnte sie heute nicht für Tausende nachmachen. Die haben für ein Sommerhaus eine ganze Menge Geld 'reingesteckt.«

»Vor sechzig Jahren gab es noch Handwerker«, sagte Sissler. »Sehen Sie sich diese Türen an, reiner Ahorn. So, hier sind Sie. Ich glaube, Sie haben alles beisammen, Handtücher, Seife. Heute abend kommen ein paar Nachbarn zu uns. Darunter eine einzelne Dame. Eine Sängerin. Miß Elisa Thurnwald. Geschieden.«

Das Zimmer war geräumig und behaglich und sah auf die Bucht hinaus. Die bläulichen Leuchtfeuer der beiden Landzungen, East und West Chop, waren schon angezündet.

»Das ist ein schönes Fleckchen«, sagte Herzog.

»Packen Sie aus. Machen Sie sich's bequem. Fahren Sie nicht zu schnell wieder fort. Ich weiß, daß Sie Libbie ein guter Freund gewesen sind, als sie schwer zu kämpfen hatte. Sie hat mir erzählt, wie Sie sie vor dem Wüterich, Erikson, beschützt haben. Er hat das arme Wurm sogar erstechen wollen. Außer Ihnen hatte sie niemanden, an den sie sich halten konnte.«

»Aber tatsächlich hatte Erikson auch niemand anderen, an den er sich halten konnte.«

»Was tut das schon?« fragte Sissler, indem er sein gekerbtes Gesicht ein wenig abgewandt hielt, aber nur so viel, daß seine kleinen klugen Augen Herzog aus dem Blickwinkel sehen konnten, der für die vollste Beobachtung notwendig war. »Sie haben zu ihr gestanden. Das ist mir mehr als genug. Nicht nur, weil ich das Mädchen liebe, sondern weil so viele Leisetreter im Umlauf sind. Sie haben Kummer, das sehe ich. Fahren bald aus der Haut. Sie haben 'ne Seele, oder nicht, Moses?« Er schüttelte den Kopf, rauchte, zwei gelbgefleckte Finger an den Mund gepreßt, seine Zigarette; seine Stimme brummte. »Können das Luder nicht loswerden, wie? Schlimmes Handicap, eine Seele.«

Moses antwortete mit leiser Stimme: »Ich bin mir nicht sicher, ob ich das Ding noch besitze.«

»Ich würde sagen: ja. Also ...« Er drehte das Handgelenk, um das letzte Licht auf seine goldene Uhr fallen zu lassen. »Sie haben noch Zeit, sich ein bißchen auszuruhen.«

Er ging, und Moses lag eine Zeitlang auf dem Bett – eine gute Matratze, ein sauberes Deckbett. Er lag, ohne zu denken, eine Viertelstunde mit geöffneten Lippen, Beine und Arme ausgestreckt, gleichmäßig atmend, während er auf die Figuren der Tapete blickte, bis sie in der Dunkelheit verschwanden. Als er aufstand, wollte er sich nicht waschen und ankleiden, sondern auf dem Ahornpult ein paar Abschiedsworte schreiben. Er fand Briefpapier in der Schublade.

Muß wieder abreisen. Nicht imstande, in dieser Zeit Güte zu ertragen. Gefühle, Herz, alles in sonderbarer Verfassung. Unerledigtes Geschäft. Segen über Euch beide. Und viel Glück. Gegen Ende des Sommers vielleicht, wenn Ihr's mit mir versuchen wollt. Mit Dank, Moses.

Er stahl sich aus dem Haus. Die Sisslers waren in der Küche. Sissler vollführte ein Geklapper mit den Eistabletts. Moses stieg hastig die Treppe hinab und war mit krampfhafter Schnelligkeit aus der Tür mit dem Fliegendraht, leise. Er schob sich durch die Büsche auf das benachbarte Grundstück. Den Pfad hinauf und zurück zur Anlegestelle der Fähre. Er nahm ein Taxi zum Flughafen. Er konnte zu dieser Stunde nur noch einen Flug nach Boston ergattern. Er buchte ihn und fand auf dem Flughafen von Boston ein Flugzeug nach New York. Um elf Uhr nachts lag er in seinem eigenen Bett, trank warme Milch und aß ein mit Erdnußbutter bestrichenes Brot. Diese ganze Reise hatte ihn eine ziemliche Stange Geld gekostet.

Geraldine Portnoys Brief lag immer auf seinem Nachttisch; jetzt nahm er ihn auf und las ihn wieder, bevor er einschlief. Er versuchte sich zu erinnern, welche Gefühle er gehabt hatte, als er ihn in Chicago nach einigem Aufschub zum erstenmal gelesen hatte.

Sehr geehrter Mr. Herzog, Ich bin Geraldine Portnoy, Lucas Asphalters Freundin. Sie erinnern sich vielleicht... Erinnern sich vielleicht? Moses hatte schneller gelesen (die Handschrift war weiblich – Druckschrift der fortschrittlichen Schulen, die fließend geworden war und deren ›i‹-Punkte seltsame kleine offene Kreise zeigten) und versucht, den ganzen Brief auf einmal zu schlucken, indem er die Blätter umwandte, ob das Wesentliche des Inhalts irgendwo unterstrichen war. *Ich hatte nämlich seinerzeit Ihre Vorlesung über die ›Romantiker als Sozialphilosophen‹ belegt. Wir hatten eine Auseinandersetzung über Rousseau und Karl Marx. Ich habe mich zu Ihrer Ansicht bekehrt, daß Marx metaphysische Hoffnungen für die Zukunft der Menschheit ausgesprochen hat. Das, was er über den Materialismus sagt, habe ich viel zu buchstäblich genommen.* Meine Ansicht! Sie ist allgemein verbreitet, und warum läßt sie mich zappeln – warum kommt sie nicht zur Sache? Er versuchte wiederum, den Grund dafür zu entdecken, aber all die kreisförmigen offenen Punkte fielen wie Schnee vor seinen Blick und verhüllten die Botschaft.

Sie haben mich wahrscheinlich nie bemerkt, aber ich mochte Sie gern, und als Freund von Lucas Asphalter – er verehrt Sie förmlich, er sagt, Sie seien eine Festversammlung der menschlichsten Eigenschaften – habe ich natürlich eine Menge über Sie gehört, wie Sie in der alten Wohngegend von Lucas aufwuchsen, wie Sie in den guten alten Tagen Chicagos, bei der »Jungenschaft der Republik, in der Division Street Basketball spielten. Ein angeheirateter Onkel von mir – Jules Hankin – war einer der Trainer. Ich glaube, ich erinnere mich noch an Hankin. Er trug eine blaue Wollweste und hatte das Haar in der Mitte gescheitelt. *Sie dürfen mich nicht falsch verstehen. Ich will mich nicht in Ihre Angelegenheiten mischen. Und ich bin Madeleine auch nicht feindlich gesinnt. Ich fühle sogar mit ihr. Sie ist* so *lebhaft, intelligent und so bezaubernd und ist mir so warmherzig und offen entgegengekommen. Eine ziemlich lange Zeit habe ich sie bewundert und war als jüngere Frau über ihre ver-*

traulichen Mitteilungen sehr erfreut. Herzog errötete. Ihre vertraulichen Mitteilungen betrafen wohl auch seine sexuelle Schande. *Als Ihre frühere Studentin hat es mich natürlich gefesselt, Dinge aus Ihrem Privatleben zu erfahren, aber zugleich war ich über Madeleines Offenheit und Mitteilsamkeit überrascht. Ich merkte bald, daß sie mich aus irgendeinem Grund für sich gewinnen wollte. Lucas hatte mich gewarnt, dahinter etwas Anrüchiges zu vermuten, aber ein starkes Gefühl zwischen Angehörigen desselben Geschlechts wird oft, wenn auch zu Unrecht, mit Argwohn bedacht. Meine wissenschaftliche Ausbildung hat mich gelehrt, mit Verallgemeinerungen vorsichtig umzugehen und der schleichenden Psychoanalyse des alltäglichen Verhaltens zu widerstehen. Aber sie wollte mich auf ihre Seite ziehen, obwohl sie viel zu geschickt war, um es zu dick aufzutragen, wie man so sagt. Sie erzählte mir, daß Sie sehr feine menschliche und geistige Eigenschaften besäßen, obwohl Sie neurotisch seien und so jähzornig, daß sie sich oft fürchtete. Immerhin, setzte sie hinzu, könnten Sie großartig sein und würden sich nach zwei liebeleeren Ehen vielleicht der Arbeit hingeben, die für Sie bestimmt sei. In gefühlsbetonten Beziehungen läge allerdings nicht Ihre Stärke. Es war sehr schnell zu erkennen, daß sie sich nie einem Mann hingegeben hätte, dem es an hervorragender Intelligenz und Empfindsamkeit mangelte. Madeleine sagte, zum erstenmal in ihrem Leben wisse sie ganz klar, was sie tue. Bisher sei alles ein Durcheinander gewesen, und es gebe sogar Zeitlücken, über die sie sich keine Rechenschaft geben könne. Durch die Ehe mit Ihnen sei sie in diese Verwirrung geraten, und es wäre wohl so geblieben, wenn ihr nicht ein Glückszufall zu Hilfe gekommen wäre. Es ist ungeheuer aufregend, mit ihr zu sprechen; sie gibt einem das Gefühl einer bedeutenden Begegnung – mit dem Leben –, eine bildschöne, geistreiche Persönlichkeit mit einem ganz eigenen Schicksal. Ihre Erlebnisse sind reich oder schwanger...* Was soll das? hatte Herzog gedacht. Will sie mir sagen, daß Madeleine ein Kind erwartet? Gersbachs Kind? Nein! Wie wunderbar – welches Glück für mich. Wenn sie ein außereheliches Kind bekommt, kann ich das Sorgerecht für Junie verlangen. Begierig hatte er den übrigen Teil des Blattes verschlungen, hatte es umgedreht. Nein, Madeleine war nicht schwanger. Sie wäre viel zu klug, um es dazu kommen zu lassen. Sie verdankte nur ihrer Intelligenz, daß sie überhaupt noch am Leben war. Es war ein Bestandteil ihrer Krankheit, schlau zu sein. Sie war also nicht schwanger. *Ich war nicht nur eine beliebige Studentin, die bei dem Kind aushalf, sondern eine Vertrauensperson. Ihr Töchterchen hat sich sehr an mich angeschlossen, und ich betrachte sie als ein ganz außergewöhnliches Kind. Wirklich weit über dem Durchschnitt. Ich liebe Junie mit mehr, ja viel mehr, als der üblichen Zuneigung, die man für ein Kind empfindet, das man auf diese Weise kennenlernt. Ich habe gehört, daß die Italiener die am stärksten kind-orientierte Kultur des Westens besitzen sollen (zu urteilen nach der Gestalt des Christuskindes in der italienischen Malerei), aber offenbar haben die Amerikaner ihren eigenen besessenen Hang zur Kindespsychologie. Bezeichnenderweise wird alles für die Kinder getan. Um gerecht zu sein, glaube ich, daß Madeleine im Grunde mit der kleinen Junie nicht schlecht umgeht. Sie neigt dazu, autoritär aufzutreten. Mr. Gersbach, der im Haushalt eine zweideutige Stellung einnimmt, ist im ganzen sehr lustig mit dem Kind. Sie nennt ihn Onkel Val, und ich erlebe oft, wie er sie huckepack reiten läßt oder sie in die Luft wirft.* Hier hatte Herzog zornig die Zähne zusammengebissen, weil er Gefahr witterte. *Aber ich muß ein unangenehmes Vorkommnis erzählen, das ich mit Lucas besprochen habe. Als ich neulich abends in die Harper Avenue kam, hörte ich das Kind weinen. Es saß im Auto von Gersbach und konnte nicht aussteigen, und das kleine Wurm zitterte und weinte. Ich dachte, es hätte sich beim Spielen eingeschlossen, aber es war schon nach Einbruch der Dunkelheit, und ich konnte nicht begreifen, warum es so spät noch allein draußen war.* Bei diesen Worten hatte Herzogs Herz mit gefährlichen schweren Schlägen gepocht. *Ich mußte es beruhigen und entdeckte dann, daß Mama und Onkel Val sich im Hause stritten; Onkel Val hatte sie bei der Hand genommen, zum Auto gebracht und ihr gesagt, sie solle ein bißchen spielen. Er schloß sie ein und ging ins Haus zurück. Ich kann ihn die Stufen hinaufgehen sehen, während Junie vor Angst schreit. Ich töte ihn dafür – Gott helfe mir, wenn ich's nicht tue.* Er las die letzten Zeilen noch einmal. *Luke sagt, Sie hätten ein Anrecht darauf, so etwas zu wissen. Er wollte Sie anrufen, aber ich hatte das Gefühl, es wäre zu beängstigend und schändlich gewesen, wenn Sie das übers Telefon erfahren hätten. Bei einem Brief hat man mehr Gelegenheit, nachzudenken – sich das Problem zu überlegen und zu einem ausgeglicheneren Urteil zu gelangen. Ich glaube nicht, daß Madeleine im Grunde eine schlechte Mutter ist.*

AM MORGEN WAR ER wieder bei seinem Briefeschreiben. Der kleine Schreibtisch am Fenster war schwarz und wetteiferte mit der Schwärze der Feuertreppe, deren zwei geteerte Geländer eine schwere kosmetische Schicht von Schwärze bildeten, parallel laufende, aber nach den Regeln der Perspektive sich verjüngende Geländer. Er mußte Briefe schreiben. Er war beschäftigt, beschäftigt, auf der Spur von Dingen, die er erst jetzt und nur undeutlich zu begreifen begann. Sein erster heutiger Brief, noch bei halbem Bewußtsein begonnen, als er aufwachte, war an Monsignore Hilton gerichtet, jenen Priester, der Madeleine in die Kirche gelockt hatte. Den schwarzen Kaffee schlürfend, kniff Herzog, angetan mit seinem baumwollenen und reich gemusterten Schlafrock, die Augen zusammen und räusperte sich, da er bereits den Zorn und durchdringenden Unwillen spürte, der in ihm steckte. Der Monsignore sollte wissen, was er den Menschen antat, an denen er herumpfuschte. *Ich bin der Mann, oder Exmann, einer jungen Frau, die Sie bekehrt haben, Madeleine Pontritter, der Tochter des bekannten Impresario. Vielleicht erinnern Sie sich, daß sie vor einigen Jahren bei Ihnen Unterricht nahm und von Ihnen getauft wurde. Sie war gerade vom College abgegangen und sehr schön...* War Madeleine wirklich eine so große Schönheit, oder veranlaßte ihn ihr Verlust zur Übertreibung – machte es seine Leiden interessanter? Tröstete es ihn, daß es eine schöne Frau war, die ihm den Laufpaß gegeben hatte? Aber er war von diesem lauten, pathetischen, arschgreifenden Tölpel Gersbach ausgestochen worden. Gegen die sexuellen Vorlieben der Frauen ist kein Kraut gewachsen. Das ist eine alte Weisheit. Gegen die der Männer übrigens auch nicht. Aber ganz objektiv gesehen war sie eine Schönheit. Daisy übrigens auch zu ihrer Zeit. Ich selbst sah einmal recht gut aus, habe aber mein Aussehen durch Eitelkeit verdorben... *Sie hatte eine gesunde und rosige Hautfarbe, feines dunkles Haar, das hin-*

ten zu einem Knoten gerafft war, Ponies auf der Stirn, einen schlanken Hals, schwere blaue Augen und eine byzantinische Nase, die sich gerade von den Brauen niedersenkte. Die Ponies verbargen eine Stirn von beträchtlicher geistiger Potenz, von einem dämonischen Willen oder vielleicht auch regelrechter geistiger Verwirrung. Sie hatte viel Sinn für Stil. Sobald sie mit dem Unterricht bei Ihnen anfing, kaufte sie sich Kreuze, Medaillen, Rosenkränze und die dazu passende Kleidung. Dabei war sie in Wirklichkeit ja noch ein Mädchen, das gerade sein Studium beendet hatte. Dennoch glaube ich, daß sie manche Dinge besser verstand als ich. Und ich möchte betonen, Monsignore, daß es nicht der Zweck meines Schreibens ist, Madeleine bloßzustellen oder Sie anzugreifen. Ich glaube nur, daß es Sie vielleicht interessiert, was geschehen kann oder tatsächlich geschieht, wenn Menschen sich vor dem ... ich vermute, das Wort ist Nihilismus ... retten wollen.

Nun, was geschieht? Was ist denn in Wirklichkeit geschehen? Herzog versuchte zu verstehen; er starrte auf die Backsteinmauern, zu denen er von Vineyard wieder geflüchtet war. Ich hatte das Zimmer in Philadelphia – diese einjährige Stellung – und fuhr drei- oder viermal wöchentlich mit dem Zug nach New York, um Marco zu besuchen. Daisy schwor, daß eine Scheidung nicht in Frage käme. Eine Zeitlang hatte ich ein Verhältnis mit Sono Oguki, aber sie war nicht, was ich suchte. Nicht *ernsthaft* genug. Ich habe damals nicht viel Arbeit erledigt. Routinevorlesungen in Philadelphia. Alle langweilten sich bei mir, ich mich bei ihnen. Papa erfuhr von meinem liederlichen Leben und erzürnte sich. Daisy hatte es ihnen geschildert, aber es ging Papa trotzdem nichts an. Was ist in Wirklichkeit geschehen! Ich gab den Schutz eines geordneten, zweckerfüllten, gesetzestreuen Daseins auf, weil es mich anödete und ich fühlte, daß es das Leben eines Schlappschwanzes war. Sono wollte, daß ich zu ihr zog. Aber ich glaubte, daß ich dadurch zu so etwas wie einem Weibmann würde. Daher nahm ich meine Papiere und Bücher, meine Büroschreibmaschine mit dem schwarzen Deckel, meine Schallplatten, meine Oboe und meine Noten mit nach Philadelphia.

Er zuckelte unaufhörlich im Zug hin und zurück und machte sich dabei kaputt – das beste Opfer, das er darbringen konnte. Er besuchte seinen kleinen Jungen und mußte den Zorn seiner Exfrau über sich ergehen lassen. Daisy versuchte, Gleichmut zu heucheln. Das tat ihrer Schönheit großen Abbruch. Sie trat Moses mit verschränkten Armen oben auf dem Treppenabsatz entgegen, verwandelte sich in eine rechteckige Figur mit grünen Augen und verschnittenem Haar und erklärte ihm kurz und bündig, daß er Marco innerhalb von zwei Stunden wieder nach Hause bringen müsse. Er schrak vor diesen Begegnungen zurück. Natürlich wußte sie immer genau, was er tat, wen er sah, und fragte hin und wieder: ›Was macht Japan?‹ oder ›Wie geht's dem Papst?‹ Es war nicht komisch. Sie hatte ihre guten Seiten, aber ein Sinn für Humor ging ihr ab.

Moses bereitete sich für seine Ausgänge mit Marco vor. Sonst wurde die Zeit zum schweren Gewicht. Im Zug vergegenwärtigte er sich Daten aus dem Bürgerkrieg – Jahre, Namen, Schlachten –, damit sie einen Gesprächsstoff hatten, wenn Marco in der stets besuchten Cafeteria im Zoo seine Boulette verzehrte. »Jetzt wäre es an der Zeit, dir von Beauregard zu erzählen«, sagte er. »Dieser Teil ist sehr spannend.« Aber Herzog konnte nur versuchen, seine Gedanken auf General Beauregard, auf die Insel Nummer 10 oder auf Andersonville zu konzentrieren. Er überlegte, wie er sich Sono Oguki gegenüber verhalten sollte, die er Madeleines wegen im Stich ließ – wenigstens kam es ihm so vor, als ließe er sie im Stich. Die Frau wartete auf seinen Besuch; das wußte er. Wenn Madeleine zu sehr mit der Kirche beschäftigt war und ihn nicht sehen wollte, war er oft versucht, bei Sono vorzusprechen und sich mit ihr zu unterhalten – mehr nicht. Dieser Kuddelmuddel war häßlich, und er verachtete sich dafür, daß er ihn geschaffen hatte. Gab es denn für einen Mann nichts anderes zu tun?

Verlust der Selbstachtung! Mangel an klaren Vorstellungen!

Er merkte, daß Marco mit seinem wirren Vater Mitleid hatte. Er ging auf Moses ein, stellte mehr Fragen über den Bürgerkrieg, nur weil das alles war, was dieser zu bieten hatte. Das Kind wies seine wohlgemeinte Gabe nicht zurück. Darin lag Liebe, dachte Herzog im gemusterten Schlafrock, indes sein Kaffee kalt wurde. Diese Kinder und ich, wir lieben uns. Aber was kann ich ihnen geben? Marco sah ihn mit klaren Augen an, sein blasses Kindergesicht, ein Herzog-Gesicht, war sommersprossig; sein Haar war nach eigenem Geschmack kurz geschnitten und wirkte etwas fremd. Er hatte den Mund seiner Großmutter väterlicherseits. »Nun gut, mein Sohn, ich muß jetzt nach Philadelphia zurückfahren«, sagte Herzog. Er fühlte jedoch, daß es nicht im geringsten notwendig war, nach Philadelphia zurückzukehren. Philadelphia war von vorn bis hinten ein Fehler. Welche Notwendigkeit bestand wirklich, diesen Zug zu erreichen? War es zum Beispiel nötig, die Städte Elizabeth und Trenton zu sehen? Warteten sie auf ihn, daß er sie besichtigte? Erwartete ihn das einsame Feldbett in Philadelphia? »Es ist schon fast Abfahrtszeit, Marco.« Er zog seine Taschenuhr heraus, ein väterliches Geschenk von vor zwanzig Jahren. »Sei vorsichtig in der Untergrundbahn. Und auch da, wo du wohnst. Geh nie in den Morningside Park. Dort gibt es Banden von Rowdies.«

Er unterdrückte den Drang, von einer Telefonzelle aus Sono Oguki anzurufen, sondern bestieg statt dessen die U-Bahn nach der Pennsylvania Station. In seinem langen braunen Mantel, der in den Schultern zu eng war und unten durch die in die Taschen gestopften Bücher ganz ausgebeult aussah, ging er die unterirdische Ladenstraße entlang – Blumen, Bestecke, Whisky, Doughnuts und gegrillte Würstchen, die wächserne Kühle einer Orangeade. Schwerfällig stieg er in die lichterfüllte Halle des Bahnhofs, deren große Fenster staubig die Herbstsonne teilten – die etwas bucklige Sonne des Konfektionsviertels. Der Spiegel des Kaugummiautomaten verriet Herzog, wie bleich er aussah, ungesund – Fusseln von Mantel und Wollschal, Hut und Brauen, die sich in dem grellen Licht wanden und nach außen loderten und das Rund des Gesichts, des Gesichts eines Mannes, der sein Gesicht wahren will, preisgaben. Herzog lächelte dieser früheren Manifestation seines Lebens zu, Herzog, dem Opfer, Herzog, dem Möchtegern-Liebhaber, Herzog, dem Mann, auf den die Welt für gewisse geistige Arbeiten, für die Änderung der Geschichte, den Einfluß auf die Entwicklung der Kultur angewiesen war. Mehrere Kisten mit vergilbtem Papier unter seinem Bett in Philadelphia sollten dieses sehr wichtige Resultat zuwege bringen.

So marschierte Herzog, der die ungelochte Fahrkarte in der Hand hielt, durch das sich auftuende Tor mit dem knallroten, goldenen beschrifteten Schild zum Zug hinunter. Seine Schnürsenkel schleiften auf der Erde. Die Gespenster seines alten physischen Stolzes begleiteten ihn. Auf der unteren Plattform warteten die räucherroten Wagen. Kam er oder ging er? Manchmal wußte er es nicht.

Die Bücher in seiner Tasche waren Pratts »Kurze Geschichte des Bürgerkriegs« und einige Bände von Kierkegaard. Obwohl er das Rauchen aufgegeben hatte, fühlte sich Herzog immer noch zum Raucherabteil hingezogen. Er liebte Rauchschwaden. Auf dem schmutzigen Plüschsessel sitzend, nahm er ein Buch aus der Tasche und las: *Denn Sterben bedeutet, daß alles vorüber ist, aber den Tod sterben bedeutet, daß man den Tod erfährt.* Er versuchte zu ergründen, was damit gesagt werden sollte. Wenn ... Ja ... Nein ... andererseits, wenn das Dasein ein Gefühl der Übelkeit ist, dann ist der Glaube eine ungewisse Erleichterung. Oder anders – sei zerstört vom Leid, und du wirst Gottes Macht spüren, wenn er dich wieder aufrichtet. Schöne Lektüre für einen Depressiven! überlegte Herzog an seinem Schreibtisch und lächelte. Er ließ mit fast lautlosem Lachen seinen Kopf in die Hände fallen. Aber im Zug saß er mit mühevollem Grübeln, völlig ernst. Alle, die leben, sind in Verzweiflung. (?) Und das ist die Krankheit *bis zum* Tode. (?) Denn der Mensch weigert sich zu sein, was er ist.(?)

Er klappte das Buch zu, als der Zug die Schrottplätze von New Jersey erreichte. Sein Kopf war heiß. Er fand Kühlung, indem er die große Stevenson-Plakette auf seinem Rockaufschlag an seine Wange drückte. Der Rauch im Wagen war süß, verdorben, schwer. Er zog ihn tief in die Lungen – eine anregende Fäulnis; er atmete hingegeben die Sumpffeuchte alter Pfeifen. Die Räder rasten mit einem scharfen Lärm; sie bissen die Schienen. Die kalte Herbstsonne flammte über den Fabriken von New Jersey. Vulkanische Haldenhügel, Schilf, Abfallhaufen, Raffinerien, geisterhafte Fakkeln, und gleich darauf die Felder und Wälder. Die kurzen Eichen standen stachlig wie Metall. Die Felder wurden blau. Jeder Radioturm war wie ein Nadelöhr mit einem Blutstropfen darin. Die stumpfen Backsteine von Elizabeth blieben zurück. Bei Einbruch der Dämmerung kam Trenton näher wie der Glutkern eines Kohlenfeuers. Herzog las die städtische Reklametafel – TRENTON MACHT'S, DIE WELT BRAUCHT'S!

Bei Dunkelheit nahte in kaltem elektrischem Glitzern Philadelphia.

Armer Kerl, seine Gesundheit war nicht gut.

Herzog grinste, als er an die Pillen dachte, die er geschluckt, und die Milch, die er in der Nacht getrunken hatte. Neben seinem Bett in Philadelphia standen oft ein Dutzend Flaschen. Er trank Milch, um seinen Magen zu beruhigen.

Lebend inmitten großer Ideen und Vorstellungen, die nur in ungenügendem Maße auf die gegenwärtigen und alltäglichen amerikanischen Umstände Bezug haben. Sehen Sie, Monsignore, wenn Sie im althergebrachten Chorhemd und der Stola der katholischen Kirche auf dem Fernsehschirm erscheinen, dann gibt es in den Kneipen immerhin noch genügend Iren, Polen oder Kroaten, die Sie verstehen, wenn Sie elegant die Arme gen Himmel heben und die Augen leuchten lassen wie ein Star im Stummfilm – Richard Barthelmess oder Conway Tearle; die römisch-katholische Arbeiterklasse ist sehr stolz auf ihn. *Aber ich, gelernter Fachmann für Geistesgeschichte, der ich durch eine Gefühlsverwirrung behindert bin ... Im Widerstand gegen die Behauptung, daß das wissenschaftliche Denken alle auf den Wert gegründeten Überlegungen in Unordnung gebracht hat ... Überzeugt, daß die Weite des universalen Raumes den menschlichen Wert nicht zerstört, daß das Reich der Tatsachen und das der Werte nicht ewig voneinander getrennt sind. Und die absonderliche Idee hat sich in meinem (jüdischen) Kopf festgesetzt, daß wir uns darum kümmern sollten. Mein Leben würde etwas ganz anderes beweisen. Der modernen Form des Historizismus überdrüssig, die in dieser Zivilisation nur die Niederlage der besten auf die westlichen Religionen und Ideen gegründeten Hoffnungen sieht – was Heidegger den zweiten Fall des Menschen ins Alltägliche oder Gewöhnliche nennt. Kein Philosoph weiß, was das Gewöhnliche ist; er ist nie tief genug hineingestürzt. Die Frage nach dem gewöhnlichen menschlichen Erlebnis ist die Hauptfrage dieser modernen Jahrhunderte, wie Montaigne und Pascal, die sich sonst befehden, beide deutlich erkannt haben. – Die Stärke der Tugend oder geistigen Kapazität eines Menschen, gemessen an seinem gewöhnlichen Leben.*

Auf diese oder jene Weise hat sich die zweifellos verrückte Idee in meinem Kopf eingenistet, daß meine eigenen Handlungen von historischer Bedeutung sind, und diese (Phantasie?) mußte den Eindruck erwecken, daß Menschen, die mir schadeten, dadurch ein wichtiges Experiment durchkreuzten.

Herzog, der tragisch in Philadelphia seine Milch schlürfte, ein windiger, hoffnungsvoller Irrer, der den Pappbehälter umstülpte, um seinen Magen zu beruhigen und seinen aufgewühlten Geist zu ertränken, der nach Schlaf lechzte. Er dachte an Marco, Daisy, Sono Oguki und Madeleine, an die Pontritters und hin und wieder auch an den Unterschied (nach Hegel) zwischen der alten und der modernen Tragödie, an das innere Erlebnis des Herzens und die Vertiefung des individuellen Charakters im modernen Zeitalter. Sein eigener individueller Charakter war zeitweilig sowohl von Tatsachen als auch von Werten abgeschnitten. Aber der moderne Charakter ist unbeständig, geteilt, schwankend, ohne die steinerne Gewißheit der archaischen Menschen, und außerdem der festen Ideen des siebzehnten Jahrhunderts, der klaren, harten Theoreme beraubt.

Moses wollte sein Möglichstes tun, um den Stand des Menschen zu verbessern, und nahm schließlich Schlaftabletten, um sich zu erhalten. Im besten Interesse aller. Als er jedoch am Morgen seinen Studenten in Philadelphia gegenübertrat, konnte er kaum die Notizen für seine Vorlesung erkennen. Seine Augen waren geschwollen, sein Kopf war schläfrig, aber sein banges Herz schlug schneller als je.

Madeleines Vater, eine machtvolle Persönlichkeit, eine hervorragende Intelligenz, wenn auch viele der seltsamen und grotesken Eitelkeiten der New Yorker Theaterwelt in ihm steckten, sagte mir, ich könne ihr sehr nützlich sein. Er sagte: »Nun, es wird auch langsam Zeit, daß sie aufhört, mit Schwulen 'rumzuziehen. Sie ist wie viele Blaustrümpfe unter den Studentinnen – alle ihre Freunde sind homosexuell. Sie hat mehr Wärme um sich als die heilige Johanna auf dem Scheiterhaufen. Es ist ein gutes Zeichen, daß sie sich für Sie interessiert.« Aber der alte Mann hielt auch ihn für einen armen Teufel. Diese psychologische Tatsache blieb nicht verborgen. Er hatte Pontritter in seinem Atelier besucht – Madeleine hatte gesagt: »Mein Vater verlangt dringend, mit dir zu reden. Ich wünschte, du würdest mal bei ihm vorbeigehen.« Er fand Pontritter mit seiner eigenen Lehrerin, eine Filipinerin mittleren Alters, die einmal zu einem bekannten Tango-Team gehört hatte (Ramon und Adelina), Samba oder Cha-cha tanzend (Herzog konnte die beiden nicht auseinanderhalten). Adelina war um die Taille stärker geworden, aber ihre langen Beine waren dünn. Das Make-up ließ ihr dunkles Gesicht kaum heller erscheinen.

Pontritter, dieses riesige Mannsbild, auf dessen gebräuntem Schädel vereinzelte weiße Haarsträhnen wuchsen (er benutzte den ganzen Winter über eine Höhensonne), machte winzige Schritte in seinen mit Bast besohlten Segeltuchschuhen. Seine Hose mit dem hängenden Gesäß schwenkte hin und her, als er mit den breiten Hüften schaukelte. Seine blauen Augen waren streng. Die Musik spielte, saugend und hämmernd, kleine, schlagende, kratzende Stahlbandrhythmen. Als sie aufhörte, fragte Pontritter mit leicht distanziertem Interesse: »Sind Sie Moses Herzog?«

»Richtig.«

»In meine Tochter verliebt?«

»Ja.«

»Bekommt Ihrer Gesundheit nicht sehr gut, wie ich sehe.«

»Mir ist es nicht besonders gut gegangen, Mr. Pontritter.«

»Man nennt mich allgemein Fitz. Dies ist Adelina. Adelina – Moses. Er besteigt meine Tochter. Ich dachte schon, ich würde den Tag niemals erleben. Nun, gratuliere ... Hoffe, Dornröschen wird endlich erwachen.«

»'Allo, *guapo*«, sagte Adelina. In dieser Begrüßung lag nichts Persönliches. Adelinas Augen waren auf das Anzünden ihrer Zigarette konzentriert. Sie nahm Pontritter ein Streichholz aus der Hand. Herzog erinnerte sich seiner Gedanken, wie rein äußerlich dieses Streichhölzerspiel unter dem Glasdach des Ateliers doch war. Künstliche Hitze oder gar keine.

Später am Tag hatte er auch ein Gespräch mit Tennie Pontritter. Als Tennie von ihrer Tochter sprach, traten ihr rasch die Tränen in die Augen. Sie hatte ein glattes, leidgeprüftes Antlitz, ein wenig beträmt, selbst wenn sie lächelte, und am kummervollsten, wenn man sie zufällig traf, wie Moses einmal am Broadway, und ihr Gesicht – sie war überdurchschnittlich groß – auf sich zukommen sah, groß, glatt, gütig, mit eingekerbten Leidensfalten um den Mund. Am Verdiplatz, dessen schütterer Rasen eingezäunt und immer von einer sitzenden Menge absterbender alter Männer und Frauen, bettelnder Krüppel, Lesbierinnen mit dem wiegenden Gang von Lastwagenfahrern, und schmächtiger homosexueller Neger mit gefärbtem Haar und Ohrringen umkränzt war, lud sie ihn zum Sitzen ein.

»Ich habe nicht viel Einfluß auf meine Tochter«, sagte Tennie. »Ich liebe sie innig, das versteht sich. Es ist nicht einfach gewesen. Ich mußte Fitz zur Seite stehen. Man hatte ihn jahrelang auf die schwarze Liste gesetzt. Ich konnte nicht unloyal sein. Er ist schließlich ein großer Künstler.«

»Ich glaube es...«, murmelte Herzog. Sie hatte darauf gewartet, daß er ihr zustimmte.

»Er ist ein Riese«, erklärte Tenni. Sie hatte gelernt, solche Behauptungen mit äußerster Überzeugung auszusprechen. Nur eine jüdische Frau aus guter, kulturbewußter Familie – ihr Vater war Schneider gewesen und Mitglied des Arbeiter-Rings, ein Jiddizist – konnte ihr Leben einem großen Künstler opfern, wie sie es getan hatte. »In einer Massengesellschaft!« sagte sie. Sie sah ihn noch mit derselben schwesterlichen Milde und Bitte an. »Einer Geldgesellschaft!« Er machte sich darüber seine Gedanken. Madeleine hatte ihm, mit großer Bitterkeit gegen ihre Eltern, erzählt, daß der alte Mann fünfzigtausend Dollar im Jahr brauchte, und daß er, der alte Svengali, sie auch von Frauen und bühnenbesoffenen Narren bekam. »Deshalb glaubt Mady, ich hätte ihr gegenüber versagt. Sie versteht nicht... sie haßt ihren Vater. Ihnen kann ich das ja sagen, Moses, ich glaube, die Menschen müssen Ihnen instinktiv vertrauen. Mady tut es, wie ich sehe, und sie ist keineswegs vertrauensselig. Daraus schließe ich, daß sie in Sie verliebt sein muß.«

»*Ich* bin verliebt«, sagte Moses feurig.

»Sie müssen sie lieben – ich glaube es Ihnen... Aber das ist alles so kompliziert.«

»Daß ich älter bin – verheiratet? Meinen Sie das?«

»Sie werden ihr doch nicht weh tun, oder? Was sie auch denken mag, ich bin ihre Mutter. Ich habe ein Mutterherz, was sie auch sagt.« Sie begann leise zu weinen. »Ach, Mr. Herzog... Ich stehe immer zwischen beiden. Ich weiß, wir sind keine konventionellen Eltern gewesen. Sie meint, ich hätte sie einfach in die Welt abgeschoben. Und ich kann nichts tun. Das ist nun Ihre Aufgabe. Sie müssen dem Kind das einzige geben, was ihr helfen kann.« Tennie nahm ihre affektierte Brille ab und gab sich jetzt keine Mühe mehr, das Weinen zu verbergen. Ihr Gesicht, ihre Nase röteten sich, und ihre Augen, die so geschnitten waren, daß sie nach Moses' Empfindung mit unehrlichen Mitteln warben, verdunkelten sich und wurden blind von Tränen. In Tennies Methode waren eine gewisse Heuchelei und Berechnung, aber dahinter steckte doch auch ein echtes Gefühl für ihre Tochter und ihren Mann und hinter diesem echten Gefühl wiederum etwas noch weit Bedeutsameres, Traurigeres. Herzog war sich der einander überlagernden Schichten der Wirklichkeit wohl bewußt – Widerwärtigkeit, Anmaßung, Täuschung und dann – Gott helfe uns! – schließlich auch Wahrheit. Er begriff, daß ihn Madeleines besorgte Mutter ihren Zwecken dienstbar machte. Dreißig Jahre lang die Bohèmienne, den fadenscheinigen Plattheiten dieser Ideologie ausgeliefert, zynisch ausgebeutet vom alten Pontritter, blieb Tennie treu und an den glanzlosen ›abstrakten‹ Silberschmuck gekettet, den sie trug. Aber das sollte nie ihrer Tochter widerfahren, wenn sie es verhindern konnte. Und Madeleine war ebenso fest entschlossen, daß es ihr nicht widerfahren sollte. Hier kam nun Moses ins Spiel, auf der Bank am Verdiplatz. Sein Gesicht war rasiert, sein Hemd war sauber, seine Fingernägel sauber, seine Beine, ein wenig massig in den Schenkeln, waren übergeschlagen, und für einen Mann, der sein eigenes Denken ausgeschaltet hat, hörte er Tennie sehr nachdenklich zu. Es war zu voll von seinen großen Projekten, um andere Dinge klar zu erfassen. Natürlich begriff er, daß Tennie ihn für sich zurechtknetete und er für ihre Art der Umgarnung ein leichtes Opfer war. Er hatte eine Schwäche für gute Taten, und sie schmeichelte der Schwäche, indem sie ihn bat, ihr eigensinniges, irregeleitetes Kind zu retten. Geduld, liebende Güte und Männlichkeit würden es schon schaffen. Aber Tennie schmeichelte ihm noch verschlagener. Sie sagte Moses, daß er Stetigkeit in das Leben dieses neurotischen Mädchens bringen und sie mit seiner eigenen Stetigkeit heilen könne. Inmitten dieser Schar von Greisen, Sterbenden und Krüppeln flehte Tennie um seine Hilfe und erregte seine nicht ganz reinlichen Mitleidsgefühle aufs tiefste. Ekelhaft. Sein Herz fühlte sich krank. »Ich verehre Madeleine, Tennie«, sagte er. »Sie brauchen keine Angst zu haben. Ich will tun, was in meiner Macht steht.«

Eine eifrige, hastige, ichbesessene und komische Person.

Madeleine hatte eine Wohnung in einem alten Haus, und Herzog wohnte bei ihr, wenn er in der Stadt war. Sie schliefen zusammen auf der Studio-Couch mit dem Marokkobezug. Moses hielt ihren Leib die ganze Nacht mit Inbrunst und Wonne umschlungen. Sie war nicht so inbrünstig, aber schließlich war sie ja auch erst kürzlich konvertiert. Überdies ist einer der Liebenden immer tiefer beeindruckt als der andere. Manchmal standen Zornes- und Reuetränen in ihren Augen, und sie beklagte ihre Sündhaftigkeit. Trotzdem wollte sie es auch.

Um sieben Uhr morgens, eine knappe Sekunde vor dem Läuten des Weckers, machte sie sich steif, rief, wenn er dann klingelte, schon mit erstickter Wut ›Verdammt noch mal‹ und ging ins Bad.

Die Wasserleitungen in dieser Wohnung waren altmodisch. Dies war nämlich ein Luxusappartement aus den neunziger Jahren gewesen. Aus den breitmäuligen Hähnen kam ein reißender Strahl kalten Wassers. Madeleine ließ den Oberteil ihres Pyjamas fallen, so daß sie nackt war bis zum Gürtel, und wusch sich mit einem Lappen – reinigte sich mit zorniger Energie; ihr blauäugiges Gesicht rötete sich, die Brüste wurden rosig. Leise, barfuß, mit seinem Trenchcoat als Schlafrock, ging Herzog ihr nach, setzte sich auf den Rand der Wanne und schaute zu.

Die Kacheln hatten eine verblichene Kirschfarbe, Zahnbürstengestell sowie Wasserhähne waren aus verziertem altem Nickel. Das Wasser stürmte aus dem Hahn, und Herzog sah zu, wie sich Madeleine in eine ältere Frau verwandelte. Sie arbeitete damals in der katholischen Fordham Universität, und nach ihrem Dafürhalten war es ihre Pflicht, besonnen und gereift auszusehen wie ein altes Mitglied der Kirche. Seine unverhohlene Neugier, die Tatsache, daß er so vertraut mit ihr das Badezimmer teilte, seine Blöße unter dem Trenchcoat, sein bleiches Morgengesicht inmitten der verschandelten viktorianischen Aufwendigkeit – das alles ärgerte sie.

Sie sah nicht zu ihm hin, während sie ihre Vorbereitungen traf. Über Büstenhalter und Unterrock zog sie einen hochgeschlossenen Pullover, und um die Schultern des Pullovers zu schützen, trug sie ein Kunststoffcape. Es sollte verhindern, daß das Make-up auf der Wolle verkrümelte. Jetzt fing sie an, die Kosmetika aufzutragen – die Fläschchen und Puderdöschen füllten die Regale über der Toilette. Was sie auch tat, geschah mit entschlossener Eile und Richtigkeit, Hals über Kopf, aber mit der Zuversicht des Experten. Graveure, Konditoren, Akrobaten am Trapez arbeiteten in dieser Manier. Er fand, daß sie dabei zu leichtsinnig zu Werke ging – zu hastig, in Gefahr, zu straucheln, aber das war niemals der Fall. Erst verrieb sie eine Cremeschicht auf ihren Wangen, massierte sie in die gerade Nase, in ihr kindliches Kinn und den zarten Hals. Es war ein graues Zeug mit perlblauem Schimmer. Das war der Grund. Sie befächerte ihn mit einem Handtuch. Darüber trug sie ihr Make-up auf. Unterhalb des Haaransatzes, um die Augen, die Wangen hinauf und am Hals nahm sie dazu Wattebäusche. Trotz der weichen Ringe weiblichen Fleisches konnte man an dem gereckten Hals schon deutlich etwas Diktatorisches erkennen. Sie ließ Herzog ihr Gesicht nicht von oben nach unten liebkosen – das war schlecht für die Muskeln. Auf dem Rand der vornehmen Badewanne sitzend und sie betrachtend, zog er seine Hose an, stopfte sein Hemd hinein. Sie nahm von ihm keine Notiz; sie versuchte irgendwie seiner ledig zu sein, sobald ihr Tagesleben begann.

Mit der gleichen überstürzten Hast, als sei sie in Verzweiflung, tupfte sie sich mit der Quaste einen bleichen Puder ins Gesicht. Dann drehte sie sich schnell, um das Werk zu besichtigen – rechtes Profil, linkes Profil –, straffte sich vor dem Spiegel und hielt ihre Hände, als wolle sie die Brüste anheben, ohne sie aber in Wirklichkeit zu berühren. Sie war mit dem Puder zufrieden. Sie verteilte Spuren von Vaseline auf die Augenlider. Sie tuschte die Wimpern mit einer winzigen Rolle. Moses nahm an dem allem intensiv und schweigend teil. Immer noch ohne Pausen oder Zögern malte sie ein Fleckchen Schwarz in beide äußeren Augenwinkel und zeichnete die Linie ihrer Brauen nach, um sie gerade und seriös erscheinen zu lassen. Dann ergriff sie eine große Schneiderschere und behandelte damit ihre Haarfransen. Sie schien es nicht für nötig zu halten, Maß zu nehmen; ihr Bild war im Willen verankert. Sie schnitt, als feuere sie ein Gewehr ab, und Herzog fühlte einen kurzschlußähnlichen Stoß der Panik. Ihre Entschlossenheit faszinierte ihn, und in dieser Faszination entdeckte er seine eigene Kindlichkeit. Er, ein körperlich gesunder Mensch, saß auf dem Rand der pompösen alten Badewanne, deren Emaille mit strähnigen Verflechtungen verziert war, die aussahen wie gekochter Rhabarber, und versenkte sich in diese Verwandlung von Madeleines Gesicht. Sie bestrich ihre Lippen mit einer wächsernen Substanz und bemalte sie dann mit einem stumpfen Rot, das sie um einige Jahre älter machte. Dieser wächserne Mund war so etwas wie das dicke Ende. Sie benetzte einen Finger mit der Zunge und brachte noch einige letzte Verbesserungen an. Das war's. Sie blickte mit dem Ernst ihrer waagerechten Brauen in den Spiegel und schien befriedigt. Ja, das war genau richtig. Sie zog einen langen, schweren Tweedrock an, der ihre Beine bedeckte. Hohe Absätze stellten die Knöchel ein wenig schief. Und jetzt der Hut. Er war grau, mit niedrigem Kopf, und breiter Krempe. Als sie ihn über den schmalen Kopf zog, wurde sie eine Frau von vierzig – eine weiße, hysterische, kniebeugende Hypochonderin der Kirchenstühle. Die breite Krempe über der besorgten Stirn, der kindliche Eifer, ihre Angst, ihr religiöser Wille – welcher Jammer! Während er, der verlebte, unrasierte, sündige Jude ihre Erlösung gefährdete – das Herz tat ihm weh. Aber sie schenkte ihm kaum einen Blick. Sie hatte die Jacke mit dem Eichhörnchenkragen angezogen und faßte darunter, um die Schulterpolster zurechtzurücken. Dieser Hut! Er war gemacht wie ein Spiralkorb aus einem einzigen langen Draht, etwa einen Zentimeter breit, wie der Hut der christlichen Dame, die im Krankenhaus in Montreal mit ihm die Bibel gelesen hatte. »Der Wind bläst, wo er will, und du hörst sein Sausen wohl.« Es gab sogar eine Hutnadel. Die Arbeit war getan. Ihr Gesicht war glatt und ältlich. Nur die Augäpfel waren nicht behandelt worden, und die Tränen schien aus ihnen hervorzubrechen. Sie sah ärgerlich aus – wütend. In der Nacht wollte sie ihn bei sich haben. Sie nahm sogar, halb aus Trotz, seine Hand und legte sie auf ihre Brust, als sie gerade am Einschlafen waren. Aber morgens hätte sie gewollt, daß er verschwände. Und daran war er nicht gewöhnt; er war gewöhnt,

Hahn im Korbe zu sein. Aber er hatte es mit einer neuen weiblichen Generation zu tun, mahnte er sich. Für sie war er ein väterlicher, angegrauter, geduldiger Verführer (er konnte es nicht glauben!). Aber die Rollen waren verteilt. Sie hatte ihr weißes Konvertitengesicht, und Herzog konnte sich nicht weigern, für sie den Gegenspieler zu mimen.

»Du solltest noch etwas frühstücken«, sagte er.

»Nein, dann käme ich zu spät.«

Die Pasten waren auf ihrer Haut getrocknet. Sie legte ein großes Brustkreuz an. Sie war erst drei Monate katholisch und konnte schon Herzogs wegen nicht zur Beichte gehen, auf keinen Fall bei Monsignore.

Die Bekehrung war für Madeleine ein theatralisches Ereignis. Theater – die Kunst der Emporkömmlinge, Opportunisten, Möchtegern-Aristokraten. Monsignore selbst war ein Schauspieler: Eine einzige Rolle, aber eine fette. *Offensichtlich besaß sie religiöses Gefühl, aber der Glanz und der gesellschaftliche Aufstieg waren ihr wichtiger. Sie sind bekannt dafür, daß Sie Berühmtheiten bekehren, deshalb ging sie zu Ihnen. Nur das allerbeste für unsere Mady. Die jüdische Interpretation der hochgesinnten christlichen Damen und Herren ist ein seltsames Kapitel in der Geschichte des sozialen Theaters.* Die Würdenträger erhalten immer von unten Nachschub. Wo sollten die hervorragenden Persönlichkeiten auch anders herkommen als aus den Massen? Mit der Hingabe und dem Feuer transzendenter Rachegelüste. *Ich will nicht leugnen, daß es auch mir sehr gut getan hat. Es hat sehr zu meinen Gunsten gesprochen, daß ich in eine solche Angelegenheit verwickelt war.*

»Du wirst noch krank werden, wenn du mit leerem Magen arbeiten gehst. Frühstücke mit mir, und ich bezahle dir das Taxi nach Fordham.«

Entschlossen, wenn auch etwas linkisch, verließ sie das Badezimmer; ihr Schritt wurde durch den häßlichen langen Rock behindert. Sie wollte fliegen, aber mit dem Wagenrad auf dem Kopf, dem Tweed, den geweihten Medaillen, dem großen Brustkreuz, dem schweren Herzen war es nicht leicht, sich vom Boden zu erheben.

Er folgte ihr durch den Raum mit den vielen Spiegeln, vorbei an gerahmten Reproduktionen von flämischen Altarbildern, golden, grün und rot. Die Knaufe und Schlösser der Türen waren durch viele Farbschichten undrehbar geworden. Madeleine zerrte ungeduldig daran. Herzog, der von hinten dazukam, riß die weiße Eingangstür auf. Sie gingen einen Gang entlang, wo auf dem einst vornehmen Teppich die Abfalltüten standen, fuhren in dem verwitterten Fahrstuhl hinunter, kamen aus der stickigen Luft des schwarzen Schachtes in das porphyrverkleidete muffige Vestibül und auf die belebte Straße.

»Kommst du nicht? Was tust du denn noch?« fragte Madeleine.

Vielleicht war er noch nicht völlig wach. Herzog verweilte, vom Geruch gefangen, einen Moment beim Fischladen. Ein dünner, muskulöser Neger schüttelte eimerweise gestoßenes Eis in die tiefe Fensterauslage. Die Fische waren zusammengepreßt, mit gebogenen Rücken, als schwämmen sie in dem zerkleinerten, rauchenden Eis, blutige Bronze, schleimiges Schwarzgrün, Braugold – die Hummer häuften sich mit geknickten Fühlern am Glas. Der Morgen war warm, grau, feucht, frisch und roch nach dem Fluß. Als Moses auf den horizontalen Metallklappen des Kelleraufzugs stehenblieb, spürte er das erhabene Stahlmuster durch seine dünnen Schuhsohlen wie Blindenschrift. Aber lesen konnte er daraus nichts. Die Fische sahen aus, als seien sie lebendig in dem weißen, schäumenden, gemahlenen Eis erstarrt. Die Straße war dunstig, warm und grau, intim, unrein, vom Dunst des verschmutzten Flusses, dem sexuell aufreizenden brackigen Geruch der Flutwelle durchzogen.

»Ich kann auf dich nicht warten, Moses«, sagte Madeleine gebieterisch über die Schulter hinweg.

Sie gingen ins Restaurant und setzten sich an den gelben Kunststofftisch.

»Warum hast du so gebummelt?«

»Meine Mutter stammte aus den baltischen Provinzen. Sie mochte Fisch so gern.«

Aber Madeleine konnte der seit zwanzig Jahren toten Mutter Herzog kein Interesse abgewinnen, mochte die Seele dieses nostalgischen Herrn auch noch so muttergebunden sein. Nachdenkend entschied Moses gegen sich selbst. Er war für Madeleine eine väterliche Person – er konnte nicht erwarten, daß sie *seine* Mutter in

Betracht zog. Sie gehörte zu den *toten* Toten, ohne Wirkung auf die neue Generation.

Auf der gelben Tischplatte stand eine rote Blume. Die scharfen Spitzen der Blüte staken in einem Metallbehälter oder einem Stehkragen, bis zum Hals versenkt. Herzog berührte sie, weil er neugierig war, ob auch sie aus Plastik war. Da er sie echt fand, zog er schnell die Finger zurück. Madeleine sah ihm zu.

»Du *weißt* doch, daß ich in Eile bin«, sagte sie.

Sie liebte englische Muffins. Er bestellte. Sie rief der Kellnerin nach: »Brechen Sie meine auseinander. Bitte, schneiden Sie sie nicht.« Dann hob sie ihr Kinn Moses entgegen und fragte: »Moses, ist mein Make-up richtig aufgelegt – am Hals?«

»Bei deinem Teint brauchst du das alles nicht.«

»Aber ist es ungleichmäßig?«

»Nein. Sehe ich dich später?«

»Ich weiß es noch nicht. Ich bin draußen in der Universität zu Cocktails eingeladen – für einen der Missionare.«

»Aber danach – ich kann auch einen späten Zug nach Philadelphia nehmen.«

»Ich habe Mutter versprochen ... Sie hat wieder Ärger mit dem Alten.«

»Ich dachte, das sei alles abgemacht – Scheidung.«

»Sie ist so versklavt!« sagte Madeleine. »Sie kann's nicht schießen lassen, und er will's auch nicht. Es ist ja sein Vorteil. Sie geht immer noch nach Feierabend in diese vergammelte Schauspielschule und führt ihm die Bücher. Er ist das große Ereignis in ihrem Leben – ein zweiter Stanislawsky. Sie hat sich für ihn geopfert, und wenn er kein großes Genie ist, wofür hat sie es dann eigentlich getan? Deshalb *ist* er ein großes Genie...«

»Ich habe gehört, daß er ein hervorragender Regisseur war.«

»Er hat ein gewisses Etwas«, sagte Madeleine. »Eine beinahe weibliche Intuition. Und er behext Menschen – es ist übel, wie er das tut. Tennie sagt, er gibt etwa fünfzigtausend Dollar im Jahr nur für sich allein aus. Er braucht sein ganzes Genie, um das Geld zu verbraten.«

»Es klingt ganz danach, als ob sie seine Bücher für dich führte – um für dich zu retten, was möglich ist!«

»Er wird nichts hinterlassen als Prozesse und Schulden...« Sie senkte die Zähne in den getoasteten Muffin – sie waren mädchenhaft kurz. Aber dann aß sie nicht. Sie legte den Muffin zurück, und ihre Augen verschleierten sich auf ihre seltsame Art. »Was ist denn los? Iß doch.«

Sie stieß jedoch den Teller von sich. »Ich hatte dich gebeten, mich nicht in Fordham anzurufen. Das regt mich auf. Ich muß die beiden Dinge getrennt halten.«

»Entschuldige. Ich tu's nicht wieder.«

»Ich bin außer mir gewesen. Ich schäme mich, zu Monsignore zur Beichte zu gehen.«

»Wie wär's mit einem anderen Priester?«

Sie setzte die Tasse des unförmigen Restaurantgeschirrs mit scharfem Klicken nieder. Am Rand war ein blasser Abdruck des Lippenstifts.

»Der letzte Priester hat mir deinetwegen die Hölle heiß gemacht. Er fragte mich, wie lange ich denn schon in der Kirche sei. Warum ich mich hätte taufen lassen, wenn ich mich schon in den ersten Monaten so aufführte?« Die großen Augen der älteren Frau, als die sie sich zurechtgemacht hatte, klagten ihn an. Quer durch das weiße Gesicht zogen sich die geraden Brauen, die sie sich gegeben hätte. Er glaubte, die echte Linie darunter erkennen zu können.

»Gott! Das tut mir leid!« sagte Moses. Er machte ein reuiges Gesicht. »Ich will dir keine Schwierigkeiten bereiten.« Das war auf alle Fälle unwahr. Er war, ganz im Gegenteil, darauf erpicht, ihr Schwierigkeiten zu verursachen. Er glaubte, Schwierigkeit sei das einzige Ziel. Sie wünschte, daß Moses und Monsignore sich um sie stritten. Es erhöhte die geschlechtliche Erregung. Er bekämpfte ihren Abfall im Bett. Und ganz gewiß bekehrte der Monsignore die Frauen mit seinen brennenden Augen.

»Ich fühle mich elend – so elend«, sagte sie. »Bald kommt Aschermittwoch, und ich kann erst kommunizieren, wenn ich vorher gebeichtet habe.«

»Das ist peinlich...« Moses hatte wirklich Mitleid mit ihr, aber er wollte nicht anbieten, das Feld zu räumen.

»Und wie steht's mit der Heirat? Wie können wir heiraten?«

»Das läßt sich einrichten – die Kirche ist eine weise, alte Institution.«

»Im Büro spricht man von Joe DiMaggio, als er Marilyn Monroe heiraten wollte. Und über den Fall von Tyrone Power – eine seiner letzten Eheschließungen wurde von einem Kirchenfürsten vorgenommen. Neulich stand etwas über katholische Scheidungen in der Spalte von Leonard Lyons.« Madeleine las alle Klatschkolumnisten. Als Lesezeichen in St. Augustin und in ihrem Meßbuch benutzte sie Ausschnitte aus der *Post* und dem *Mirror*.

»Günstig?« erkundigte sich Moses, der seinen Muffin doppelt legte und zusammendrückte – er hatte ihn zu dick mit Butter bestrichen.

Madeleines große veilchenblaue Augen schienen geschwollen. Ihre Gedanken waren von diesen oft analysierten Schwierigkeiten überbeansprucht. »Ich habe eine Verabredung mit einem italienischen Priester in der ›Gesellschaft für die Verbreitung des Glaubens‹. Er ist ein Fachmann auf dem Gebiet des kanonischen Rechts. Ich habe ihn gestern angerufen.« Erst zwölf Wochen in der Kirche und wußte schon über alles Bescheid.

»Es wäre einfacher, wenn Daisy sich von mir scheiden ließe«, sagte Herzog.

»Sie *muß* in die Scheidung einwilligen.« Madeleines Stimme wurde mit einemmal laut. Herzog blickte unvermittelt in ein Gesicht, das für die Jesuiten in Fordham zurechtgemacht worden war. Aber etwas war vorgegangen – ein Strang in ihrer Brust war gespannt und gedreht worden, und ihre Figur verkrampfte sich. Ihre Fingerspitzen wurden weiß, als sie die Tischkante umklammerte und ihn anstarrte, ihre Lippen wurden dünn, und die Farbe verdunkelte sich unter der tuberkulösen Blässe ihres Make-up. »Wie kommst du auf den Gedanken, daß ich ein lebenslanges Verhältnis mit dir haben will? Ich will, daß du handelst.«

»Aber Mady – du kennst doch meine Gefühle...«

»Gefühle? Mach keine albernen Redensarten über Gefühle. Ich glaube nicht daran. Ich glaube an Gott – Sünde – Tod –, also verschone mich mit deinem sentimentalen Quatsch.«

»Nein – also hör mal zu.« Er setzte seinen Hut auf, als ob er hoffte, dadurch an Autorität zu gewinnen.

»Ich will heiraten«, sagte sie. »Alles andere ist Blödsinn! Meine Mutter mußte wie eine Zigeunerin leben. Sie arbeitete, während Pontritter seine Liebschaften hatte. Er bestach mich mit Kleingeld, wenn ich ihn mit seinen Nutten sah. Weißt du, womit ich meine ersten Leseversuche gemacht habe? Mit Lenins *Staat und Revolution*. Diese Leute sind verrückt!«

Kann sein, gab Herzog in Gedanken zu. Aber jetzt will Madeleine weiße Weihnacht und Osterhäschen und möglicherweise ein Leben in einer Straße mit klinkerverzierten, abgelegenen Parochialhäuschen in der öden Wildnis des Stadtteils Queens, mit viel Aufhebens über Kommunionkleidchen, mit einem treu ausharrenden irischen Ehemann, der in einer Brötchenfabrik die Krumen auffegt.

»Vielleicht bin ich zur Fanatikerin für Konventionen geworden«, sagte Madeleine. »Aber ich möchte es nicht anders haben. Du und ich müssen in der Kirche heiraten, oder ich steige aus. Unsere Kinder werden in der Kirche getauft und erzogen.« Moses nickte flüchtig und stumm. Verglichen mit ihr fühlte er sich statisch, ohne Temperament. Der Puderduft ihres Gesichts erregte ihn (meine Dankbarkeit für Kunst, überlegte er jetzt, jede Art der Kunst).

»Meine Kindheit war ein grotesker Angsttraum«, fuhr sie fort. »Ich wurde drangsaliert, überfallen, gesch-gesch-gesch...« Sie stotterte.

»Geschändet?« Sie nickte. Sie hatte es ihm schon einmal erzählt. Er konnte ihr jedoch dieses geschlechtliche Geheimnis nicht entlocken.

»Es war ein erwachsener Mann«, sagte sie. »Er hat mir Geld gegeben, damit ich nicht darüber spreche.«

»Wer war es?«

Ihre Augen waren voll düsterem Trotz, und ihr hübscher Mund war verzweifelt rachsüchtig, aber stumm.

»Das passiert vielen, vielen Menschen«, sagte er. »Man kann nicht ein ganzes Leben darauf gründen. So viel bedeutet es nicht.«

»Was – ein ganzes Jahr ohne Gedächtnis bedeutet nicht viel? Mein vierzehntes Lebensjahr ist ganz aus der Erinnerung verschwunden.«

Sie konnte sich diesen verstehenden Trost von Herzog nicht zu eigen machen. Vielleicht sah sie darin eine Art Gleichgültigkeit. »Meine Eltern haben mich um ein Haar zugrunde gerichtet. Nun gut, das ist jetzt unwichtig«, sagte sie. »Ich glaube an meinen Erlöser, Jesus Christus. Ich fürchte den T-Tod nicht mehr, Moses. Pon sagte, wir alle stürben und verfaulten im Grabe. Sagte das einem Mädchen von sechs oder sieben Jahren. Man sollte ihn dafür bestrafen. Aber jetzt bin ich bereit, weiterzuleben und Kinder in die Welt zu setzen, vorausgesetzt, daß ich ihnen etwas zu erzählen habe, wenn sie mich über den Tod und das Grab ausfragen. Aber glaube ja nicht, daß ich auf die übliche liederliche Art mit dir gehe – ohne Regeln. Nein! Entweder mit Regeln oder überhaupt nicht.«

Moses sah sie, als sei er untergetaucht, durch die glasige Verzerrung tiefen Wassers.

»Hörst du mich?«

»O ja«, sagte er. »Ja, ich höre dich.«

»Ich muß jetzt gehen. Pater Francis kommt nie auch nur eine Minute zu spät.« Sie ergriff ihre Tasche und eilte davon. Ihre Wangen bebten unter der jähen Hast ihrer Schritte. Sie trug sehr hohe Absätze.

Als sie an einem dieser Morgen in die Untergrundbahn stürzte, verfing sich einer ihrer Absätze im Rocksaum, so daß sie hinfiel und sich den Rücken verletzte. Sie hinkte zur Straße hinauf und nahm sich ein Taxi zum Büro. Aber Pater Francis schickte sie zum Arzt, der ihr viele Pflaster aufklebte und ihr sagte, sie solle nach Hause gehen. Dort fand sie den immer noch nicht ganz angekleideten Moses nachdenklich über einer Tasse Kaffee (er dachte beständig nach, kam aber zu keinem klaren Ergebnis).

»Hilf mir!« sagte Madeleine.

»Was ist geschehen?«

»Ich bin in der Untergrundbahn gestürzt. Ich bin verletzt.« Ihre Stimme war schrill.

»Leg dich lieber ins Bett.« Er nahm ihr die Nadel aus dem Hut, knöpfte behutsam ihre Jacke auf und zog ihr den Rock und den Unterrock aus. Die reine rosige Farbe ihres Körpers erschien unterhalb des Make-up-Randes am Halsansatz. Er nahm ihr das Brustkreuz ab.

»Hol mir meinen Pyjama.« Sie zitterte. Das breite Pflaster hatte einen starken medizinischen Geruch. Er brachte sie zum Bett und legte sich neben sie, um sie zu wärmen und zu trösten, wie sie es von ihm wollte. An diesem schmutzigen Tag hatte es Märzschnee gegeben. Er fuhr nicht nach Philadelphia zurück.

»Ich habe mich für meine Sünden bestraft«, wiederholte Madeleine.

Ich dachte, es könnte Sie vielleicht interessieren, die wahre Geschichte einer Ihrer Konvertitinnen zu erfahren, Monsignore. Ekklesiastische Puppen – goldfadendurchwirkte Petticoats, winselnde Orgelpfeifen. Die wahre Welt, ganz zu schweigen vom unendlichen Universum, verlangte einen härteren, einen wirklich männlichen Charakter.

Gleich welchem? fragte sich Herzog. Meinem zum Beispiel? Und statt den Brief an Monsignore zu beenden, schrieb er zum eigenen Gebrauch einen von Junes beliebtesten Kinderreimen auf.

Ich liebe mein Miezchen, sein Fell ist so warm
Wenn ich es nicht quäle, tut's mir keinen Harm.
Ich sitze beim Feuer und füttre es fein,
Dann liebt mich mein Miezchen, denn ich bin so rein.

Das kommt schon eher hin, dachte er. Ja. Du mußt deine Phantasie auch auf dich selbst richten, ohne Gnade.

Aber als dann alles gesagt und getan war, heiratete Madeleine nicht in der Kirche und ließ auch ihre Tochter nicht taufen. Der Katholizismus ging den Weg der Zither und der Tarock-Karten, des Brotbackens und der russischen Kultur. Und des Lebens auf dem Lande.

Mit Madeleine hatte Herzog den zweiten Versuch unternommen, auf dem Lande zu leben. Für einen Großstadtjuden war er dem Landleben seltsam zugetan. Er hatte Daisy gezwungen, einen frostkalten Winter im östlichen Connecticut zu ertragen, während er *Romantik und Christentum* schrieb, in einer Hütte, wo die Wasserrohre mit Kerzen aufgetaut werden mußten und eisige Winde durch die Bretterwände drangen, indes Herzog über seinem Rousseau brütete oder auf der Oboe übte. Dies Instrument war ihm von Aleck Hirshbein, seinem Zimmergenossen in Chicago, testamentarisch vermacht worden, und Herzog mit seinem verdrehten Sinn für Pietät (viel schweres Lieben in Herzogs Seele; bei ihm verging der Kummer nicht schnell) brachte sich das Spielen des Instruments bei; und wenn man sich's recht überlegt, muß die traurige Musik Daisy mehr noch bedrückt haben als der monatelange kalte Nebel. Vielleicht war auch Marcos Charakter durch dieses Erlebnis beeinflußt worden; er zeigte zuweilen einen Hang zur Schwermut.

Aber mit Madeleine sollte alles ganz anders werden. Sie wandte sich von der Kirche ab; und nach einer Auseinandersetzung mit Daisy, mit ihren Anwälten und seinen eigenen, sowie unter dem Druck von Tennie und Madeleine, setzte Herzog seine Scheidung durch und heiratete wieder. Das Hochzeitsmahl war von Phoebe Gersbach gekocht worden. Herzog, der von seinem Schreibtisch aus auf große Wolkenwülste blickte (der Himmel war für New York ungewöhnlich klar), dachte an den Yorkshire-Pudding und den selbstgebackenen Kuchen. Phoebe buk unvergleichliche Bananenkuchen, leicht, feucht, mit weißem Zuckerguß. Eine Puppenbraut und ein Bräutigam. Und Gersbach, lauter Stimmungsmacher, goß Whisky und Wein ein, schlug auf den Tisch, tanzte stampfend mit der Braut. Er trug eins seiner besten locker sitzenden Sporthemden, das über der breiten Brust offen stand und von den Schultern rutschte. Männliches Dekolleté. Sie hatten keine anderen Gäste.

Das Haus in Ludeyville wurde gekauft, als Madeleine schwanger war. Es schien der ideale Platz, um mit den Problemen, in die sich Herzog beim Lesen der *Phänomenologie des Geistes* verwickelt sah, fertig zu werden – der Bedeutung des ›Gesetzes des Herzens‹ in der westlichen Tradition, den Ursprüngen des ethischen Sentimentalismus und verwandter Dinge, über die er eine ausgesprochen abweichende Meinung vertrat. Er wollte – er mußte jetzt verstohlen lächeln, als er es sich zugestand – das Thema endgültig abschließen, allen anderen Gelehrten den Boden entziehen, ihnen zeigen, was eine Harke war, sie sprachlos machen, ihre Trivialität ein für allemal bloßstellen. Dem lag als Motiv weniger simple Eitelkeit zugrunde als vielmehr ein Verantwortungsgefühl. Das konnte er für sich geltend machen. Er war der Typ des *bien pensant*. Er nahm Heinrich Heines Überzeugung, daß sich die Worte Rousseaus in die Blutmaschine Robespierres verwandelt hätten, und daß Kant und Fichte tödlicher seien als Armeen, für bare Münze. Er hatte eine kleines Stiftungsstipendium, und die geerbten zwanzigtausend Dollar von Vater Herzog gingen in dem Landsitz auf.

Er wurde zu dessen Pfleger. Zwanzigtausend Dollar und mehr wären zum Fenster 'rausgeflogen, wenn er sich nicht in die Arbeit eingespannt hätte – Papas Ersparnisse, die ein vierzigjähriges Leben der Not in Amerika verkörperten. Ich begreife nicht, wie es möglich war, überlegte Herzog. Ich war im Fieber, als ich den Scheck ausschrieb. Ich habe nicht einmal hingesehen.

Als jedoch die Verträge unterschrieben waren, besichtigte er das Haus, als sei es das erstemal. Es war ohne Anstrich, finster, mit verwitterten viktorianischen Verzierungen. Nichts im unteren Stockwerk als ein riesiges Loch wie ein Bombenkrater. Der Putz fiel herunter – schimmeliges, fadiges, Übelkeit bereitendes Zeug hing von den Balken herab. Die altmodische elektrische Leitung war lebensgefährlich. Backsteine fielen aus dem Fundament. Die Fenster waren undicht.

Herzog lernte mauern, verglasen, installieren. Er saß nachts auf, studierte *die Do-It-Yourself*-Enzyklopädie und malte, flickte, teerte Regenrinnen und verputzte Löcher mit hysterischer Leidenschaft. Zwei Schichten Farbe hinterließen auf dem alten großporigem Holz kaum Spuren. Im Badezimmer waren die Schrauben nicht gedübelt, und ihre Köpfe rutschen durch die Vinylkacheln, die herunterblätterten wie Spielkarten. Die Gasheizung war zum Ersticken. Die elektrische Heizsonne brannte die Sicherungen durch. Die Badewanne war eine Reliquie; sie stand auf vier Metallklauen wie ein Spielzeug. Man mußte sich hineinkauern und mit dem Schwamm abwaschen. Dennoch war Madeleine vom Installationsgeschäft mit eleganten Wasserhähnen zurückgekommen, dazu mit muschelähnlichen silbernen Seifenschalen, mit Luxusseife und dicken Frottiertüchern. Herzog arbeitete in dem rostigen Schlamm des Toilettentanks und versuchte, Hebel und Schwimmer wieder zum Funktionieren zu bringen. Nachts hörte er das Tröpfeln des Wassers, mit dem der Brunnen sich leerte.

Ein Jahr Arbeit bewahrte das Haus vorm Zusammenbruch.

Im Keller befand sich eine weitere Toilette mit dicken Wänden wie ein Bunker. Im Sommer wurde sie von den Grillen bevorzugt und von Herzog ebenfalls. Dort verweilte er über billig entstandenen Ausgaben von Dryden und Pope. Durch einen Spalt sah er den feurigen Morgen des Hochsommers, das bösartig gerippte Grün des wilden Weins und die festen, schön geformten Häupter der wilden Rosen, die riesige Ulme vor dem Haus, die ihm wegstarb, das Nest der Goldammer, grau und herzförmig. Er las: ›Ich bin Durchlauchts Hund in Kew.‹ Aber Herzog hatte eine Spur von Arthritis im Nacken. Die Steinzelle wurde ihm zu feucht. Er nahm mit knirschendem Geräusch den oberen Teil des Tanks ab und zerrte an der Gummidichtung, damit das Wasser herausfließen konnte. Alles war rostig, steif.

... Durchlauchts Hund in Kew,
Sag' Herr, und wessen Hund bist du?

Den Morgen versuchte er für geistige Arbeiten zu reservieren. Er korrespondierte mit der Widener Library von Harvard, um die *Abhandlungen der Königlich Sächsischen Gesellschaft der Wissenschaft* zu erhalten. Sein Schreibtisch war mit unbezahlten Rechnungen und unbeantworteten Briefen bedeckt. Um Geld zu bekommen, übernahm er kleine Arbeiten. Universitätsverlage schickten ihm Manuskripte zur Begutachtung. Sie lagen bündelweise ungeöffnet herum. Die Sonne wurde heiß, der Boden war feucht und schwarz, und Herzog blickte mit Verzweiflung auf den wuchernden üppigen Pflanzenwuchs. Er mußte diesen ganzen Papierkram durcharbeiten und hatte keine Hilfe. Das Haus wartete – ungefüge, hohl, drängend. QUOS VULT PERDERE DEMENTAT, schrieb er in den Staub. Die Götter werkten an ihm, aber sie hatten ihn noch nicht genügend *demens* gemacht.

Wenn Herzog die Monographien begutachten sollte, rebellierte seine Hand. Fünf Minuten an einem Brief, und er hatte einen Schreibkrampf. Sein Blick wurde hölzern. Er hatte alle Entschuldigungen aufgebraucht. *Ich bedaure die Verzögerung. Ein schlimmer Hautausschlag hat mich vom Schreibtisch ferngehalten.* Die Ellbogen aufs Papier gestützt, starrte Herzog auf die halbverputzten

Wände, die verfärbte Decke, die schmutzstarrenden Fenster. Irgend etwas hatte ihn befallen. Früher war er ohne weiteres imstande gewesen, weiterzumachen, aber jetzt arbeitete er nur mit etwa zwei Prozent seiner Leistungsfähigkeit, drehte jedes Stück Papier etwa fünf- oder zehnmal in der Hand und verlegte alles. Es war zuviel! Er ging unter.

Er griff nach der Oboe. In seinem dunklen Arbeitszimmer, vor dessen Fenster der wilde Wein sich an die ausgebeulten Fensterläden klammerte, spielte Herzog Händel und Purcell – Gigues, Bourrées, Kontertänze, mit geblähten Backen, Finger geläufig auf den Griffen, die Musik hüpfend und holprig, geistesabwesend und traurig. Unten lief die Waschmaschine, zwei Schritte in Richtung des Uhrzeigers, einen Schritt entgegengesetzt. Die Küche war so verrottet, daß sie eine Brutstätte für Ratten abgab. Eigelb trocknete auf Tellern, der Kaffee wurde in den Tassen grün – Toast, Cereal, Maden, die in den Markknochen ausgebrütet wurden, Obstfliegen, Stubenfliegen, Dollarscheine, Briefmarken und Rabattmarken, die auf der Kunststoffplatte im Nassen schwammen.

Um der Musik zu entrinnen, knallte Madeleine die Drahttür, knallte die Autotür zu. Der Motor heulte auf. Der Studebaker hatte einen Riß im Auspuff. Sie startete hügelabwärts. Wenn man vergaß, sich ganz rechts zu halten, schleifte das Auspuffrohr auf den Steinen. Herzog spielte leiser, während er auf dieses Geräusch wartete. Eines Tages würde der ganze Auspuff abfallen, aber er hatte es aufgegeben, sie daran zu erinnern. Er hatte zu viele Themen dieser Art. Sie machten sie wütend. Durch eine Schutzwand aus Geißblattpflanzen, die das Drahtnetz nach innen bogen, blickte er hinaus, bis sie in der zweiten Kurve wieder in Sicht kam. Die Schwangerschaft hatte ihre Züge vergröbert, aber sie war immer noch schön. Eine derartige Schönheit macht Männer zu Zuchtbullen, Hengsten und Knechten. Wenn sie fuhr, zuckte ihre Nase unwillkürlich unter den blickhindernden Haarfransen (alles zum Prozeß des Lenkens gehörig). Ihre Finger, die teils elegant, teils an den Nägeln angeknabbert waren, umklammerten das gemusterte Lenkrad.

Er erklärte, das Fahren sei für eine schwangere Frau gefährlich. Er fand, sie müsse zumindest einen Führerschein erwerben. Sie sagte, wenn sie auf der Straße von einem Polizisten angehalten würde, könne sie ihn betören.

Als sie fort war, trocknete er die Oboe ab, prüfte die Rohrmundstücke und klappte den muffigen Plüschkasten zu. Er trug einen Feldstecher um den Hals. Ab und zu versuchte er, einen Vogel zu beobachten. Meistens war dieser schon fortgeflogen, bevor er die Gläser eingestellt hatte. Verlassen saß er an seinem Schreitisch, einer glattgehobelten Tür auf schmiedeeisernen Füßen. Philodendron wuchs aus dem Lampenfuß und wand sich um das Eisen. Mit einem Gummiband schoß er Papierkügelchen nach Bremsen auf den streifigen Fenstern. Er war kein geschickter Anstreicher. Zuerst hatte er es mit einer Spritzpistole versucht und sie am hinteren Teil seines Staubsaugers angebracht, der ein sehr wirkungsvolles Gebläse besaß. In Tücher gehüllt, um seine Lungen zu schützen, besprühte Moses die Decken, aber die Fenster und Treppengeländer wurden von dem Sprühapparat mit Tupfen übersät, und er kehrte zum Pinsel zurück. Er zerrte Leiter und Eimer, Wischlappen und Nachwischlumpen durch das Haus, schabte mit einem Kittmesser, flickte und strich, reckte sich nach links, rechts, oben, diesen Strich, den dahinter, ganz weit weg, in die Ecke, bis zur Zierleiste, seine verkrampfte Hand mühte sich, eine gerade Linie zustande zu bringen, und trug die Farbe in großen Schwüngen oder mit der Besessenheit zur Verfeinerung auf. Wenn die Betätigungswut nachließ, ging er, bespritzt und schweißüberströmt, in den Garten. Nackt ausgezogen fiel er in die Hängematte.

Inzwischen klapperte Madeleine mit Phoebe Gersbach die Antiquitätengeschäfte ab oder brachte Riesenlasten von Lebensmitteln aus den Supermärkten von Pittsfield. Moses war dauernd wegen des Geldes hinter ihr her. Wenn er mit seinen Vorwürfen anfing, versuchte er, die Stimme zu dämpfen. Es war immer irgendeine Kleinigkeit, die den Anlaß gab – ein ungedeckter Scheck, ein Huhn, das im Kühlschrank vergammelte, ein neues Hemd, das zu Lappen zerrissen war. Allmählich erhitzte sich sein Gemüt.

»Wann willst du endlich aufhören, diesen Trödel ins Haus zu bringen, Madeleine – diese kaputten Kommoden und diese Spinnräder?«

»Wir müssen das Haus möblieren. Ich kann diese leeren Zimmer nicht aushalten.«

»Wo bleibt eigentlich das ganze Geld? Ich arbeite mich zu Tode.«

Er fühlte sich schwarz vor innerem Zorn.

»Ich bezahle die Rechnungen – was, glaubst du, daß ich sonst damit anfange?«

»Du hast gesagt, du müßtest erst lernen, wie man mit Geld umgeht. Niemand habe dir je Vertrauen geschenkt. Jetzt schenkt man dir Vertrauen, und da sind die Schecks ungedeckt. Der Modesalon hat gerade angerufen – Milly Crozier. Fünfhundert Dollar für eine einzige Umstandsgarnitur. Wer soll denn eigentlich zur Welt kommen – Ludwig der Vierzehnte?«

»Ja, ich weiß, deine heißgeliebte Mutter hat Mehlsäcke getragen.«

»Du brauchst keinen Geburtshelfer aus der Park Avenue. Phoebe Gersbach ist in einem Krankenhaus in Pittsfield entbunden worden. Wie willst du überhaupt von hier nach New York gelangen? Das dauert dreieinhalb Stunden.«

»Wir fahren zehn Tage vorher.«

»Und was soll mit all dieser Arbeit geschehen?«

»Du kannst ja deinen Hegel in die Stadt mitnehmen. Du hast sowieso monatelang kein Buch mehr aufgeschlagen. Das Ganze ist ein neurotischer Sauhaufen. Scheffelweise Notizen. Es ist grotesk, wie wenig du von Organisation verstehst. Du bist nicht besser als andere Süchtige – du krankst an deinen Abstraktionen. Zum Teufel mit Hegel und diesem beschissenen alten Haus. Man brauchte dafür vier Dienstboten, und du läßt mich die ganze Arbeit allein machen.«

Herzog stumpfte sich ab, indem er das Richtige unaufhörlich wiederkäute. Er konnte einen auch verrückt machen. Er sah es ein. Er schien zu wissen, wie alles gehen sollte, bis zur kleinsten Einzelheit (unter der Kategorie »Freier konkreter Geist«, Mißverständnis eines Universalen durch das wachsende Bewußtsein Wirklichkeit im Widerstreit mit dem ›Gesetz des Herzens‹, von außen oktroyierte Notwendigkeit, die grausig die Individualität zermalmt, und so weiter). Oh, Herzog gab zu, daß er im Unrecht war. Aber er war überzeugt, daß er nichts weiter verlangte als ein bißchen Hilfe bei seinen allen zugute kommenden Bemühungen, auf ein sinnvolles Leben hinzuarbeiten. Hegel war sonderbar bedeutsam dabei, wenn auch äußerst verschroben. Natürlich. Daran lag's. Einfacher und ohne den ganzen metaphysischen Eiertanz war Spinozas Prop. XXXVII; der Wunsch des Menschen, daß andere sich an dem Guten erfreuen, an dem er sich erfreut, nicht andere zu seinem Lebensstil zu bekehren – *ex ipsius ingenio*.

Diese Ideen wälzte Herzog in seinem Kopf, während er ganz allein die Wände in Ludeyville anstrich und sowohl Versailles als auch Jerusalem in den grünen, heißen Sommern der Berkshires erbaute. Immer und immer wieder holte ihn das Telefon von der Leiter herunter. Madeleines Schecks waren geplatzt.

»Herrgott im Himmel«, rief er aus. »Nicht schon wieder, Mady!«

Sie stand für ihn bereit, in einer flaschengrünen Umstandsbluse und knielangen Strümpfen. Sie wurde sehr dick. Der Arzt hatte ihr geraten, keine Süßigkeiten zu essen. Heimlich verschlang sie jedoch riesige Schokoladentafeln zu dreißig Cents das Stück. »Kannst du denn nicht addieren? Es gibt nicht einen einzigen Grund dafür, daß diese Schecks an uns zurückgeschickt werden.« Moses funkelte sie an.

»Ach – schon wieder dieses kleinliche Zeug.«

»Das ist nicht kleinlich. Es ist verdammt ernst ...«

»Vielleicht willst du mir jetzt meine ganze Erziehung vorhalten – meine schmierige, gaunerische, zigeunerhafte Familie, die nur aus Betrügern besteht. Du hast mir deinen guten Namen gegeben. Ich kenne diese Platte vorwärts und rückwärts.«

»Wiederhole ich mich? Du tust ja das gleiche, Madeleine, mit diesen Schecks.«

»Ich gebe das Geld deines seligen Vaters aus. Geliebter Vati. Daran erstickst du doch. Aber er war *dein* Vater. Ich verlange ja auch nicht von dir, daß du *meinen* widerlichen Vater mit mir teilst. Versuche also nicht, mir deinen alten Herrn in die Kehle zu rammen.«

»Wir müssen in unseren Lebensbereich ein bißchen Ordnung bringen.« Madeleine sagte schnell, fest und präzise: »Du wirst nie den Lebensbereich erhalten, den du dir vorstellst. Der existiert vielleicht irgendwo im zwölften Jahrhundert. Immer jammerst du nach dem alten Heim und dem Küchentisch mit dem Wachstuch darauf und deinem Lateinbuch. Also gut – erzähle mir doch deine traurige Geschichte. Erzähle mir von deiner armen Mutter. Und deinem Vater. Und eurem Mieter, dem Säufer. Und der alten Synagoge und dem Alkoholschmuggel und deiner Tante Zipporah... ach, was ist das alles für ein Quatsch!«

»Als hättest du nicht auch deine Vergangenheit.«

»Ach, Blödsinn! Jetzt werden wir zu hören kriegen, daß du mich GERETTET hast. Hören wir's uns noch mal an. Was war ich doch für ein verängstigtes Tierchen! Wie war ich doch nicht stark genug, um mich dem Leben zu stellen. Aber du hast mir LIEBE geschenkt aus deinem großen Herzen und mich von den Priestern erlöst. Hast mich von menstrualen Krämpfen befreit, indem du mich so gut bedientest. Hast mich ERRETTET. Hast deine Freiheit GEOPFERT. Ich habe dich von Daisy und deinem Sohn und deiner japanischen Kebse weggeholt. Dich und deine wichtige Zeit und dein Geld und deine Aufmerksamkeit.« Ihr wilder blauer Blick war so bohrend, daß ihre Augen zu schielen schienen.

»Madeleine!«

»Ach – Scheißdreck!«

»Denk doch einen Augenblick nach.«

»Denken? Was weißt du vom Denken?«

»Vielleicht habe ich dich geheiratet, um meinen Geist zu bilden!« sagte Herzog. »Ich lerne.«

»Gut, ich werde dir schon was beibringen, keine Angst!« stieß die schöne, schwangere Madeleine zwischen den Zähnen hervor.

Herzog notierte von einer geliebten Quelle: – *Die Opposition ist die wahre Freundschaft. Sein Haus, sein Kind, ja alles, was der Mensch sein eigen nennt, würde er für die Weisheit hingeben.*

Der Ehemann – eine schöne Seele – die außergewöhnliche Frau, das engelhafte Kind und die vollkommenen Freunde, alle wohnten zusammen in den Berkshires. Der gelehrte Professor saß über seinen Studien... Oh, er hatte es sich alles selber zuzuschreiben. Denn er bestand darauf, den Naiven zu spielen, dessen stittlicher

Ernst das eigene Herz höher schlagen ließ – *sisse n'schamele*, ein süßes Seelchen, hatte Tennie ihn einmal genannt. Im Alter von vierzig sich einen so banalen Ruf zu erwerben! Auf seiner Stirn brach der Schweiß aus. Solche Dummheit verdiente eine härtere Züchtigung – eine Krankheit, eine Gefängnisstrafe. Wieder hatte er nur ›Glück‹ (Ramona, Speise und Wein, Einladungen ans Meer). Übrigens war auch radikale Selbstkasteiung nicht eben sein Stil. Sie war unter diesen Umständen nicht das Wichtigste. *Nicht* ein Narr zu sein, mochte diese schwierigen Alternativen nicht rechtfertigen. Aber wer war denn schon dieser Nicht-Narr? War es der Machtliebende, der die Öffentlichkeit seinem Willen bequemte – der wissenschaftliche Intellektuelle, der einen Milliardenetat verwaltete? Klare Augen, ein harter Kopf, ein durchdringender politischer Verstand – der organisatorische Realist? Wäre es nicht hübsch, so einer zu sein? Aber Herzog arbeitete unter anderen Geboten – er schuf, so glaubte er zuversichtlich, das Werk der Zukunft. Die Umwälzungen des zwanzigsten Jahrhunderts, die Befreiung der Massen durch die Produktion schufen zwar ein Privatleben, gaben aber nichts her, um es auszufüllen. Dafür brauchte man Leute wie ihn. Der Fortschritt der Zivilisation – ja sogar das Fortbestehen der Zivilisation – hingen von den Erfolgen eben jenes Moses E. Herzog ab. Und wenn Madeleine ihn behandelte, wie sie es tat, schädigte sie damit ein großes Projekt. Und das war in den Augen dieses Moses E. Herzog so grotesk und bedauerlich an den Erlebnissen des Moses E. Herzog. *Ein ganz besonderer Typ des Wahnwitzigen vertraut darauf, daß er seine Prinzipien anderen einimpfen kann:* Sandor Himmelstein, Valentine Gersbach, Madeleine P. Herzog, Moses selbst. *Dozenten der Realität. Sie wollen einem die Lehre des Realen beibringen – einen damit bestrafen.*

Moses, ein Sammler alter Bilder, hatte eine Fotografie der zwölfjährigen Madeleine im Reitkostüm aufbewahrt. Sie war mit dem Pferd aufgenommen, gerade im Begriff, aufzusitzen, ein stämmiges, langhaariges Mädchen mit pummeligen Handgelenken und verzweifelten dunklen Schatten unter den Augen, frühzeitigen Zeichen des Leidens und der Rachsucht. In Reithose, Reitstiefeln und einem Derbyhut zeigte sie den Hochmut eines weiblichen Kindes, das weiß, es wird nicht mehr lange dauern, bis es heiratsfähig ist und die Macht besitzt, weh zu tun. Das ist die Politik der Vorstellung. Die Kraft, Böses zu tun, ist Souveränität. Mit zwölf Jahren wußte sie mehr als ich mit vierzig.

Daisy war eine ganz andere Persönlichkeit gewesen – kühler, verläßlicher, eine konventionelle jüdische Frau. Herzog hatte in seiner Seemannskiste unter dem Bett auch Bilder von ihr, aber er brauchte keine Bilder zu betrachten, er konnte sich ihr Gesicht ganz nach Belieben heraufbeschwören – schräge grüne Augen, große; krauses, goldenes, aber glanzloses Haar, eine reine Haut. Ihr Gebaren war schüchtern, aber auch ziemlich eigensinnig. Ohne Schwierigkeit sah Herzog sie vor sich, wie sie an einem Sommermorgen unter der Hochbahn an der 51. Street in Chicago aufgetaucht war – eine Universitätsstudentin mit schmuddeligen Textbüchern – Park und Burgess, Ogburn und Nimkoff. Ihr Kleid war einfach, grünweißes Leinen mit dünnen Streifen, am Hals rechteckig ausgeschnitten. Unterhalb seiner frischgewaschenen Reinlichkeit sah man weiße Schuhe und bloße Beine; ihr Haar wurde oben von einer Spange zusammengehalten. Die rote Straßenbahn kam aus dem Armenviertel und fuhr westwärts. Sie klirrte, schaukelte, wälzte sich, die elektrische Schiene versprühte dicke grüne Funken, Papierfetzen wirbelten in ihrem Gefolge. Moses hatte hinter ihr auf der nach Karbol riechenden Plattform gestanden, als sie dem Schaffner ihren Umsteiger aushändigte. Von ihrem bloßen Nacken und ihren Schultern sog er den Duft von Sommeräpfeln ein. Daisy war ein Mädchen vom Lande, eine Pomeranze, die nahe von Zanesville aufgewachsen war. Sie war von kindlicher Systematik. Moses amüsierte sich zuweilen mit der Erinnerung, daß sie eine ungeschickt mit Druckschrift beschriebene Karteikarte für jede nur erdenkliche Situation besaß. Ihre unbeholfene Art zu organisieren hatte einen gewissen Reiz. Als sie heirateten, tat sie das von ihm gegebene Taschengeld in einen Umschlag und diesen in eine grüne Kassette aus Metall, die sie für den Haushalt gekauft hatte. Tägliche Gedächtnisstützen, Rechnungen, Konzertkarten wurden mit Reißzwecken an ein Wandbrett geheftet. Die Kalender waren schon auf lange Sicht ausgefüllt. Stabilität, Symmetrie, Ordnung, Beschränkung waren Daisys Stärke.

Liebe Daisy, ich muß Dir ein paar Dinge sagen. Durch meine

Unregelmäßigkeit und mein geistiges Ungestüm brachte ich bei Daisy das Schlimmste an die Oberfläche. *Ich* war die Ursache, daß die Nähte an ihren Strümpfen so schnurgerade und die Knöpfe so symmetrisch geknöpft waren. *Ich* steckte hinter diesen stocksteifen Vorhängen und unter den quadratischen Teppichen. Gebratene Kalbsbrust jeden Sonntag mit einer Brotfüllung wie Lehm war auf meine Ordnungswidrigkeiten, meine endlose Verstrickung – endlos, aber offenbar auch formlos – in die Geschichte des Denkens zurückzuführen. Sie glaubte Moses aufs Wort, daß er ernstlich in Anspruch genommen sei. Gewiß war es die Pflicht der Frau, diesem rätselhaften und oft unangenehmen Herzog zur Seite zu stehen. Sie tat es mit massiver Neutralität, äußerte jedesmal ihre Einwände – einmal, aber nicht öfter. Der Rest war Schweigen, ein so schweres Schweigen, wie er es in Connecticut fühlte, als er gerade sein Buch *Romantik und Christentum* beendete.

Das Kapitel über ›Romantiker und Schwärmer‹ gab ihm beinahe den Rest – es machte fast ihnen beiden den Garaus. (Die Reaktion der Schwärmer gegen die wissenschaftliche Methode, den Glauben zeitweilig aufzuheben, untragbar für die expressiven Bedürfnisse gewisser Temperamente.) Da machte sich Daisy auf und ließ ihn allein in Connecticut. Sie mußte nach Ohio zurück. Ihr Vater lag im Sterben. Moses las die Literatur der Schwärmer in seinem Sommerhaus, neben dem vernickelten Küchenherd. In eine Decke gehüllt wie ein Indianer, hörte er dem Rundfunk zu – diskutierte das Für und Wider der Schwärmerei mit sich selbst.

Es war ein Winter felsengleicher Vereisung. Der Teich war wie eine Platte aus Steinsalz – grünes, weißes, hallendes Eis, das unter den Füßen bitter klirrte. Das tröpfelnde Mühlenwehr fror zu gedrechselten Säulen. Die Ulmen, gigantische Harfenformen, krachten. Herzog, der sich auf seinem eisigen Vorposten für die Zivilisation verantwortlich fühlte und mit einem Fliegersturzhelm im Bett lag, wenn die Öfen ausgegangen waren, fügte von der einen Seite Bacon und Locke und von der anderen den Methodismus und William Blake zu einer Einheit zusammen. Sein nächster Nachbar war ein Geistlicher, Mr. Idwal. Idwals Automobil, ein Ford Modell A, funktionierte noch, wenn Herzogs Whippet schon vollkommen eingefroren war. Sie fuhren zusammen zum Markt. Mrs. Idwal machte Biskuittorten mit Füllungen aus Schokoladengelatine und stellte sie nachbarlich auf Moses' Tisch. Er kehrte von seinen einsamen Spaziergängen auf dem Teich, in den Wäldern zurück und fand Torten in großen feuerfesten Behältern, an denen er sich die tauben Wangen und Fingerspitzen wärmte. Wenn er am Morgen zum Frühstück seine Gelatinetorte verzehrte, sah er Idwal, rötlich und klein, mit einer Stahlbrille auf der Nase, in seinem Schlafzimmer Keulen schwingen und in seiner langen Unterhose Kniebeugen machen. Seine Frau saß mit gefalteten Händen im Wohnzimmer; das Sonnenlicht warf das spinnwebartige Muster der Spitzengardinen auf ihr Gesicht. Moses wurde eingeladen, seine Oboe zu blasen und Mrs. Idwal zu begleiten, die Sonntag abends auf dem Melodion spielte, während die Farmerfamilien Choräle sangen. Aber waren das Farmer? Nein, es waren die Armen des Landes – Gelegenheitsarbeiter. Das kleine Wohnzimmer war heiß, die Luft schlecht, die Choräle wurden von Moses und seinem Rohrinstrument mit jüdischer Schwermut durchdrungen.

Seine Beziehungen zu Hochwürden und Mrs. Idwal waren glänzend, bis der Geistliche anfing, ihm Bekenntnisse von orthodoxen Rabbinern vorzulegen, die zum christlichen Glauben übergetreten waren. Die Fotos dieser Rabbiner mit Pelzmützen und Bärten wurden zusammen mit den Torten aufgestellt. Die großen Augen dieser Männer und besonders die aus den schäumenden Bärten vorgestülpten Lippen erschienen Moses in zunehmendem Maße geistesgestört, und er hielt die Zeit für gekommen, aus seiner eingeschneiten Hütte auszuziehen. Er fürchtete für seine eigene geistige Gesundheit, wenn er so weiterlebte, vor allem nach dem Tod von Daisys Vater. Moses glaubte ihn zu sehen, ihm im Wald zu begegnen; wenn er die Tür öffnete, traf er auf seinen Schwiegervater, der lebhaft und unverkennbar am Tisch wartete oder im Badezimmer saß.

Herzog beging einen Fehler, als er Idwals Rabbiner von sich wies. Der Geistliche war mehr als je erpicht, ihn zu bekehren, und führte mit ihm jeden Nachmittag theologische Debatten, bis Daisy wiederkam. Traurig, kläräugig, meist stumm und widersätzlich. Aber eine Frau. Und das Kind! Das Tauwetter begann – ideal, um Schneemänner zu bauen. Moses und Marco säumten den Fahrweg damit. Kleine Anthrazitaugen glitzerten sogar im Sternenlicht. Im Frühling war die Schwärze der Nacht vom Piepsen junger Vögel erfüllt. Herzogs Herz begann, sich für das Landleben zu erwärmen. Die blutfarbenen Sonnenuntergänge des Winters und die Einsamkeit lagen hinter ihm. Da er sie überlebt hatte, schienen sie nicht mehr so schlimm.

Überleben! notierte er. *Bis wir herausgefunden haben, wie die Dinge stehen. Bis sich die Chance ergibt, einen positiven Einfluß auszuüben.* (Die persönliche Verantwortung für die Geschichte, ein Zug der westlichen Kultur, in den Testamenten verwurzelt, dem Alten und dem Neuen, die Idee der fortgesetzten Verbesserung des menschlichen Lebens auf Erden. Womit ließ sich Herzogs lächerliche Intensität denn sonst erklären?) *Mein Gott, ich lief, um in Deiner heiligen Sache zu streiten, aber ich strauchelte und erreichte nie den Ort des Kampfes.*

Er durchschaute auch dieses. Wenn's keinen anderen Grund hatte, so war er doch zu sehr mit Gebrechen behaftet, um sich mit einer solchen Beschreibung zufriedenzugeben. Von seiner New Yorker Mittelhöhe herabblickend und Menschenmassen wie Ameisen auf Rauchglas sehend, versuchte Herzog, in seinen verknitterten Morgenrock gehüllt, kalten Kaffee schlürfend, von seiner täglichen Arbeit für größere Errungenschaften aufgespart, aber im Augenblick ohne Vertrauen zu seiner Berufung, hin und wieder, sein Werk von neuem aufzunehmen. *Sehr geehrter Herr Dr. Mossbach, es tut mir leid, daß Sie mit meiner Behandlung von T. E. Hulme und seiner Definition der Romantik als einer ›verschütteten Religion‹ nicht einverstanden sind. Es spricht manches für seine Auffassung. Er wollte, daß alles klar, trocken, karg, rein, kühl und hart sei. Damit kann man meiner Meinung nach sympathisieren. Auch ich fühle mich durch die ›Dämpfigkeit‹, wie er es genannt hat, abgestoßen, und durch die schwärmerischen romantischen Empfindungen. Ich sehe, was für ein Bösewicht Rousseau war und wie dekadent (ich will mich nicht darüber beklagen, daß er keine Manieren hatte; das steht mir nicht zu). Aber ich wüßte nicht, was wir antworten sollen, wenn er sagt:* »Je sens mon cœur et je connais les hommes.«

Auf Flaschen gezogene Religion, auf dem Boden konservativer Grundsätze zielt das darauf ab, das Herz solcher Kräfte zu berauben – glauben Sie das? Hulmes Jünger erhoben die Sterilität zu ihrer Wahrheit und bekannten ihre Impotenz. Das war ihre Leidenschaft.

Wenn er sich streiten mußte, war Herzog immer noch ziemlich tödlich in seiner Polemik. Seine höflichen Formulierungen waren oft reichlich mit Galle getränkt. Seine Fügsamkeit, sein bescheidenes Betragen – er machte sich selber nichts vor. Die Gewißheit, recht zu haben, ein machtvolles Fließen, regte sich in seinen Gedärmen und brannte in seinen Beinen. Seltsam die wohligen Siege des Zornes! Herzog verfügte über eine eifernde Satire. Und doch wußte er, daß die Zerstörung des Irrtums nicht das Wesentliche war. Er begann, ein neues Entsetzen vor dem Gewinnen zu spüren, vor den Siegen der ungehemmten Autonomie. *Der Mensch hat eine Natur, aber worin besteht sie? Diejenigen, die sie mit Zuversicht beschrieben haben – Hobbes, Freud und andere –, indem sie uns erklärten, was wir im ›Innersten‹ darstellen, sind nicht unsere größten Wohltäter. Das trifft auch auf Rousseau zu. Ich schließe mich Hulmes Angriff gegen die Romantiker an, die die Vollkommenheit in die menschlichen Bereiche eingeführt haben; aber andererseits kann ich mich mit seiner engen Bescheidung nicht befreunden. Die moderne Wissenschaft, die sich fast überhaupt nicht mit der Definition der menschlichen Natur abgibt, sondern nur die Tätigkeit der Forschung kennt, gelangt zu ihren tiefschürfendsten Ergebnissen durch die Anonymität, da sie nur das glänzende Funktionieren des Intellekts anerkennt. Vielleicht kann man von der Wahrheit, die sie entdeckt, nicht leben, aber vielleicht ist heutzutage ein Moratorium der Definitionen der menschlichen Natur sehr angebracht.*

Herzog ließ das Thema mit charakteristischer Plötzlichkeit fallen.

Lieber Nachman, schrieb er. *Ich weiß, daß Du es warst, den ich am vorigen Montag in der 8. Street gesehen habe. Wie Du vor mir wegliefst.* Herzogs Gesicht verdüsterte sich. *Du warst es. Mein Freund vor beinahe vierzig Jahren – Spielgefährten in der Napoleon Street. Dem Armenviertel von Montreal.* Eine Beatnik-Kappe auf dem Kopf erschien unvermittelt auf der buntgewürfelten Straße der löwenbärtigen Schwulen, die grüne Lidschatten auflegten, Herzogs Spielgefährte der Kindheit. Eine fleischige Nase, weißes Haar, scharfe, unsaubere Brillengläser. Der gebückt gehende Dichter warf nur einen Blick auf Herzog und rannte davon. Auf schmächtigen Beinen, unter drückendem Zwang floh er auf die andere Straßenseite. Er schlug den Kragen hoch und starrte in das Schaufenster eines Käseladens. *Nachman! Hast Du etwa geglaubt, ich würde Dich nach dem Geld fragen, das Du mir schuldest? Das habe ich schon vor langer Zeit abgeschrieben. Es hat mir in Paris, nach dem Kriege, sehr wenig bedeutet. Damals hatte ich es noch.*

Nachman war nach Europa gefahren, um dort zu dichten. Er wohnte in einem Araberslum in der Rue St. Jacques. Herzog war in der Rue Marbeuf sehr behaglich untergebracht. Zerknittert und schmutzig, mit vom Weinen geröteter Nase, sein gefurchtes Gesicht das eines Sterbenden, so war Nachman eines Morgens an Herzogs Tür erschienen.

»Was ist geschehen?«

»Moses – sie haben mir meine Frau weggenommen – meine kleine Laura.«

»Moment. Was ist passiert?« Herzog fühlte sich von derartigen pathetischen Ausbrüchen abgestoßen und war damals vielleicht ein wenig kühl.

»Ihr Vater. Der alte Mann aus dem Linoleumgeschäft. Er hat sie entführt. Der alte Zauberer. Ohne mich wird sie sterben. Das Kind kann das Leben ohne mich nicht ertragen. Und ich kann nicht ohne sie leben. Ich muß zurück nach New York.«

»Komm 'rein. Komm 'rein. In diesem lausigen Treppenhaus können wir nicht reden.«

Nachman trat in das kleine Wohnzimmer. Es war eine möblierte Wohnung im Stil der zwanziger Jahre – von trotziger Wohlanständigkeit. In seiner von der Gosse bespritzten Hose schien Nachman etwas zu zögern, bevor er sich setzte. »Ich bin schon bei allen Schiffahrtsgesellschaften gewesen. Auf der *Hollandia* ist noch Platz. Leih mir Geld, oder ich bin verloren. Du bist mein einziger Freund in Paris.«

Ehrlich gesagt, fand ich, daß du in Amerika besser aufgehoben bist.

Nachman und Laura waren kreuz und quer durch Europa gewandert, hatten im Lande Rimbauds in Straßengräben geschlafen, sich gegenseitig Van Goghs Briefe vorgelesen – und Gedichte von Rilke. Laura war auch nicht ganz richtig im Kopf. Sie war dünn, hatte sanfte Züge, die Winkel ihres blassen Mundes waren nach unten gezogen. Sie erkrankte in Belgien an Grippe.

»Ich zahl's dir auf Heller und Pfennig zurück.« Nachman rang die Hände. Seine Finger waren knotig geworden – rheumatisch. Sein Gesicht war grob – schlaff von Krankheit, Leiden und Absurdität.

Ich meinte, es wäre auf die Dauer wohl billiger, wenn man Dich nach New York schickte. In Paris war ich Dir ausgeliefert. Wie Du siehst, will ich gar nicht den Eindruck erwecken, als sei ich selbstlos gewesen. Vielleicht, dachte Herzog, hat *mein* Anblick ihn erschreckt. Habe ich mich noch mehr verändert als er? War Nachman entsetzt, Moses zu sehen? *Aber wir haben auf der Straße zusammen gespielt. Ich habe das* Aleph-beth *von Deinem Vater, Reb Shika, gelernt.*

Nachmans Familie lebte in einem gelben Mietshaus gerade gegenüber. Im Alter von fünf Jahren überquerte Moses die Napoleon Street. Die hölzerne Treppe mit den schiefen, welligen Stufen hinauf. Katzen verkrochen sich in die Winkel oder flüchteten lautlos nach oben. Ihre trockenen Exkremente zerbröckelten in der Dunkelheit mit einem stechenden Geruch. Reb Shika war von gelber Hautfarbe, mongolisch, ein kleiner, gut aussehender Mann. Er trug eine schwarze Seidenkappe und hatte einen Bart wie Lenin. Seine schmale Brust war mit einem winterlichen Unterhemd bedeckt – Penmans Wolle. Die Bibel lag offen auf der groben Tischdecke. Moses sah deutlich die hebräischen Schriftzeichen – DMAI OCHICHO – das Blut deines Bruders. Ja, das war's. Gott, der mit Kain sprach. Das Blut deines Bruders schreit zu mir von der Erde.

Um acht Uhr saßen Moses und Nachman zusammen auf einer Bank im Keller der Synagoge. Die Seiten des Pentateuch rochen nach Meltau, die Sweater der Jungen waren feucht. Der kurzbärtige Rabbi, dessen große, weiche Nase mit schwarzen Punkten übersät war, schalt sie. »Du, Rosawitsch, du Faulpels. Was sagt es hier über Potiphars Weib? *V'tispesayu b'vigdi* ...«

»Und sie ergriff ...«

»Was? *Beged.*«

»*Beged.* Einen Rock.«

»Ein Gewand, du kleiner Halunke. *Mamzer!* Dein Vater tut mir leid. Einen schönen Erben hat er da. Einen schönen *Kaddischl* Schinken und Schweinefleisch wirst du essen, bevor sein Leib im Grabe liegt. Und du, Herzog, mit deinen Behemoth-Augen – *V'yaizov bigdo b'yodo.*«

»Und er ließ in ihren Händen.«

»Ließ was?«

»*Bigdo*, das Gewand.«

»Sei du auf der Hut, Herzog, Moses. Deine Mutter glaubt, du würdest ein großer *lamden* werden – ein Rabbi. Aber ich kenne dich, wie faul du bist. Mutterherzen werden von *mamzeirim*, wie du einer bist, gebrochen! Eh! Kenne ich dich, Herzog? Durch und durch.«

Der einzige Zufluchtsort war das Klosett, wo die desinfizierenden Kampferkugeln in der grünen Rinne des Pissoirs dahinschmolzen und alte Männer mit netzartig durchäderten, fast blinden Augen von der *shul* herunterkamen, seufzend, Bruchstücke der Liturgie murmelnd, während sie auf das Fließen des Wassers warteten. Urinzerfressener Messing, schuppiges Grün. In einem offenen Verschlag saß Nachman mit bis zu den Füßen heruntergelassener Hose und spielte Mundharmonika. »*It's a Long, Long Way to Tipperary.*« – »*Love sends a Little Gift of Roses.*« Der Schirm seiner Mütze war verbogen. Man hörte den Speichel in den Zellen des dünnen Instruments, wenn er sog und blies. Die Älteren mit ihren Melonen auf dem Kopf wuschen sich die Hände und kämmten die Bärte mit den Fingern. Moses sah ihnen zu.

Mit ziemlicher Gewißheit war Nachman vor dem mächtigen Gedächtnis seines alten Freundes davongelaufen. Herzog verfolgte jeden damit. Es war wie eine furchtbare Maschine.

Als wir uns das letztemal trafen – wie viele Jahre ist das schon her? –, ging ich mit Dir Laura besuchen. Laura war damals in einer Irrenanstalt. Herzog und Nachman waren an sechs oder sieben

Straßenecken umgestiegen. Sie lag tausend Omnibushaltestellen weit draußen auf Long Island. In der Anstalt wanderten Frauen in grünem Baumwollkleid auf weichen Schuhsohlen durch die Gänge und murmelten vor sich hin. Laura hatte verbundene Handgelenke. Es war ihr dritter Selbstmordversuch, von dem Herzog wußte. Sie saß in einer Ecke, hielt die Brüste in den Armen und wollte ausschließlich über französische Literatur sprechen. Ihr Gesicht hatte einen verträumten Ausdruck, aber die Lippen waren in rascher Bewegung. Moses mußte einer Sache zustimmen, von der er nichts verstand – der Form von Valérys Bildsprache.

Gegen Sonnenuntergang gingen er und Nachman wieder. Sie überquerten den Zementhof nach einem herbstlichen Regenschauer. Vom Gebäude sah eine Schar von Gespenstern in grüner Uniform zu, wie sich die Besucher entfernten. Laura hob am Gitter ihr verbundenes Handgelenk, eine kraftlose Hand. Lebt wohl. Ihr langer dünner Mund sagte stumm lebt wohl, lebt wohl. Das strähnige Haar fiel ihr auf die Wangen – eine starre, kindliche Figur mit weiblichen Schwellungen. Nachman sagte heiser: »Mein unschuldsvoller Liebling. Meine Braut. Sie haben sie weggenommen, die Grimmigen, *die macher* – unsere Herren. Eingesperrt. Als hätte ihre Liebe zu mir bewiesen, daß sie den Verstand verloren hat. Aber ich werde stark genug sein, um unsere Liebe zu schützen«, sagte der hagere, gefurchte Nachman. Seine Backen waren eingefallen. Unter den Augen war die Haut gelb.

»Warum versucht sie immer wieder, sich umzubringen?« fragte Moses.

»Die Verfolgung ihrer Familie. Was denkst du denn? Die bürgerliche Welt von Westester! Heiratsanzeigen, Aussteuer, Kreditkonten, all das hätten Vater und Mutter von ihr erwartet. Sie ist aber eine reine Seele, die nur das Reine begreift. Sie ist hier ein Fremdling. Die Familie will uns bloß trennen. In New York waren wir auch Wanderer. Als ich zurückkam – dank dir, und ich zahle es dir zurück, ich werde arbeiten –, hatten wir kein Geld, um uns ein Zimmer zu mieten. Wie konnte ich da eine Stellung annehmen? Wer sollte sich um sie kümmern? Daher gewährten uns Freunde eine Unterkunft. Nahrung. Ein Feldbett zum Niederlegen. Und zum Lieben.«

Herzog war sehr neugierig, sagte aber nichts als: »Oh?«
»Ich würde es keinem anderen erzählen als dir, alter Freund. Wir mußten uns vorsehen. In unseren Entzückungen mußten wir einander ermahnen, maßvoller zu sein. Es war wie eine heilige Handlung – wir durften die Götter nicht eifersüchtig machen ...«
Nachman sprach mit einer vibrierenden, dröhnenden Stimme. »Leb wohl, mein gesegneter Geist, meine Geliebte. Leb wohl.« Mit schmerzlicher Süße warf er Handküsse zum Fenster hinauf.

Auf dem Weg zum Bus fuhr er fort, in seiner wirklichkeitsfremden Weise, leidenschaftlich und langweilig zu dozieren. »Hinter dem Ganzen steht das bürgerliche Amerika. Dies ist eine rauhe Welt von Prunk und Exkrementen. Eine stolze, faule Zivilisation, die die eigene Ungeschliffenheit verehrt. Du und ich, wir sind noch in der alten Armut aufgezogen worden. Ich weiß nicht, wie amerikanisch du seit den alten Tagen in Kanada geworden bist – du hast hier nun schon lange Zeit gelebt. Aber nie will ich die feisten Götter anbeten. Ich nicht. Ich bin kein Marxist, mußt du wissen. Ich stehe im Herzen bei Blake und Rilke. Aber ein Mann wie Lauras Vater! Du verstehst! Las Vegas, Miami Beach. Sie wollten, daß sich Laura ihren Mann im Fountainblue ergatterte, einen Mann mit Geld. Am Rande des Untergangs, neben dem letzten Grab der Menschheit, werden sie immer noch ihre Wertpapiere zählen. Über den Bilanzen beten ...« Nachman sprach mit ermüdender Ausdauer weiter. Er hatte Zähne verloren, sein Kinn war schmaler, seine grauen Backen waren stachlig. Herzog konnte ihn noch im Alter von sechs Jahren vor sich sehen. Er konnte tatsächlich seine Vision der zwei Nachmans Seite an Seite nicht aus seinem Geist verbannen. Und es war das Kind mit dem frischen Gesicht, der lächelnden Lücke zwischen den Vorderzähnen, der durchgeknöpften Bluse und der kurzen Hose, das Wirklichkeit besaß, nicht die schmächtige Erscheinung des verrückten, dozierenden Nachman. »Vielleicht«, sagte er, »wollen die Menschen, daß das Leben endet. Sie haben es verunreinigt. Mut, Ehre, Offenheit, Freundschaft, Pflicht – alles in den Dreck gezogen. Besudelt. So daß wir das tägliche Brot verfluchen, das unser nutzloses Dasein verlängert. Es gab eine Zeit, da der Mensch geboren wurde, lebte und starb. Aber nennst du diese hier Menschen? Wir sind nur Kreaturen. Der Tod selbst muß unser überdrüssig sein. Ich sehe den Tod vor Gott hintreten und fragen: ›Was soll ich tun? Es liegt keine Größe mehr im Tod. Entlasse mich, Gott, aus dieser Erniedrigung.‹«

»Es ist nicht so schlimm, wie du es darstellst, Nachman«, erinnerte sich Moses, geantwortet zu haben. »Die meisten Menschen sind bloß unpoetisch, und das hältst du schon für Verrat.«

»Nun, Freund meiner Kindheit, wir haben gelernt, eine Mischform des Lebens hinzunehmen. Aber ich habe Visionen vom Gericht. Ich sehe vornehmlich den Starrsinn von Krüppeln. Wir lieben uns nicht, verharren aber in unserem Eigensinn. Jeder Mensch ist eigensinnig, ist eigensinnig er selbst. Vor allem er selbst, bis ans Ende der Zeit. Jede einzelne dieser Kreaturen hat eine geheime Eigenschaft, und für diese Eigenschaft ist er bereit, alles zu tun. Er würde das Universum auf den Kopf stellen, aber seine Eigenschaft würde er niemand anderem überantworten. Eher noch läßt er die Welt zu treibendem Staub zerfallen. Damit beschäftigt sich meine Poesie. Du hältst nicht viel von meinen Neuen Psalmen. Du bist blind, alter Freund.«

»Möglich.«

»Aber ein guter Mann, Moses. In dir selbst verwurzelt. Aber ein gutes Herz. Wie deine Mutter. Ein gütiger Geist. Das hast du von ihr. Ich war hungrig, und sie hat mich gespeist. Sie hat mir die Hände gewaschen und mich an ihren Tisch gesetzt. Das weiß ich noch. Sie war als einzige gut zu meinem Onkel Ravitch, dem Säufer. Ich spreche manchmal ein Gebet für sie.«

Yiskor elohim es nishmas Imi ... die Seele meiner Mutter.

»Sie ist schon lange tot.«

»Und ich bete für dich, Moses.«

Auf gigantischen Rädern kam der Bus durch vom Sonnenuntergang gefärbte Pfützen, über Blätter und Ailanthuszweige auf sie zu. Sein Weg durch die niedrige, backsteinerne, vorstädtische, dicht bevölkerte Weite war endlos.

Aber fünfzehn Jahre später, in der 8. Street, lief Nachman davon. Er sah alt, verwahrlost, gebückt, schief aus, als er zum Käseladen rannte. Wo ist seine Frau? Er muß Fersengeld gegeben haben, um Erklärungen zu vermeiden. Sein verstiegenes Anstandsgefühl mahnte ihn, eine solche Begegnung zu scheuen. Oder hat er alles vergessen? Würde er es gern vergessen? Aber ich, mit *meinem* Gedächtnis – alle Toten und Tollen sind in meiner Obhut, und ich bin die Nemesis derer, die vergessen sein wollen. Ich binde andere an meine Gefühle und bedrücke sie.

War Ravitch wirklich dein Onkel oder lediglich ein landtsman? *Ich hab's nie genau gewußt.*

Ravitch wohnte bei den Herzogs in der Napoleon Street. Wie ein Tragöde im jiddischen Theater, mit gerader Trinkernase und Melone, die auf seine Stirnadern drückte, arbeitete Ravitch 1922, mit einer Schürze angetan, in einem Obstgeschäft nicht weit von der Rachel Street. Dort auf dem Markt fegte er bei schneidendem Frost einen ununterscheidbaren Haufen von Sägespänen und Schnee vor sich her. Das Fenster war mit großen Eisfarnen bedeckt; die gehäuften Blutorangen und rotbäckigen Äpfel drängten gegen die Scheibe. Und das war der melancholische Ravitch, rot von Suff und Kälte. Das Ziel seines Lebens war, seine Familie herkommen zu lassen, Frau und zwei Kinder, die noch in Rußland lebten. Er mußte sie jedoch erst finden, denn sie waren während der Revolution verlorengegangen. Hin und wieder säuberte er sich, wenn er nüchtern war, und ging zum Hilfsverein für jüdische Einwanderer, um dort Erkundigungen einzuziehen. Aber nichts war je geschehen. Er vertrank seinen Lohn – ein *shicker*. Niemand urteilte härter über ihn als er selbst. Wenn er aus der Kneipe kam, stand er schwankend auf der Straße, regelte den Verkehr, fiel zwischen Pferden und Lastwagen in den Matsch. Die Polizei war es müde, ihn in den »Säufertank« zu werfen. Sie brachten ihn nach Hause, an Herzogs Tür und stießen ihn in den Flur. Spät nachts sang Ravitch auf den eiskalten Stufen mit schluchzender Stimme:

»Alein, alein, alein, alein
Elend vie a shtein
Mit die tzen finger – alein«

Jonah Herzog stieg aus seinem Bett und machte in der Küche das Licht an, lauschend. Er trug einen russischen Schlafanzug aus Leinen, das vorn gekräuselt war, das letzte Stück seiner herrschaftlichen Garderobe aus Petersburg. Der Herd war ausgegangen, und Moses, der mit Willie und Shura im selben Bett lag, setzte sich auf;

alle drei setzten sich auf unter der klumpigen Wattierung des Deckbetts und blickten zu ihrem Vater hin. Er stand unter der Glühbirne, die am Ende einen Stachel hatte wie ein deutscher Helm. Der große, locker gespannte Tungsten-Draht leuchtete. Verärgert und doch voller Erbarmen blickte Vater Herzog mit seinem runden Kopf und braunen Schnurrbart nach oben. Die senkrechte Falte zwischen seinen Augen kam und ging. Er nickte und brütete.

»Allein, allein, allein, allein
Elend wie ein Stein
Mit meinen zehn Fingern – allein«.

Mutter Herzog sprach aus ihrem Zimmer: »Jonah – hilf ihm 'rein.«

»Meinetwegen«, sagte Vater Herzog, aber er wartete.

»Jonah – es ist ein Jammer.«

»Jammer auch für uns«, sagte Vater Herzog. »Zum Teufel mit ihm. Man schläft, man ist eine Zeitlang frei vom Kummer, und er weckt einen auf. Ein jüdischer Säufer! Selbst das kann er nicht richtig zuwegebringen. Warum ist er denn nicht *freilich* und vergnügt, wenn er trinkt, wie? Nein, er muß weinen und einem das Herz abdrücken, Ja, zum Teufel mit ihm.« Halb lachend schickte Vater Herzog auch das Herz zum Teufel. »Es genügt doch schon, daß ich mein Zimmer an einen elenden *shicker* vermieten muß.«

»*Al tastir ponecho mimeni*
Bin pleite und ohne Penny.
Verbirg nicht dein Antlitz vor uns,
Das kann nicht geleugnet sein.«

Ravitch wimmerte unmelodisch, aber beharrlich auf der schwarzen, eiskalten Treppe.

»O'Brien
Lo mir trinken a glesele vei-ene
Al tastir ponecho mimeni
Bin pleite und ohne Penny
Das kann nicht geleugnet sein.«

Vater Herzog, stumm und krumm, lachte in sich hinein.
»Jonah – ich bitte dich. *Genug schon.*«

»Oh, laß ihm Zeit. Warum soll ich mir die Gedärme aus dem Leib schleppen?«

»Er weckt die ganze Straße auf.«

»Er wird mit Erbrochenem besudelt sein, die Hose voll haben.« Aber er ging. Auch er fühlte Mitleid mit Ravitch, obwohl Ravitch ein Symbol für seine veränderten Umstände war. In Petersburg hatte man Dienstboten gehabt. In Rußland war Vater Herzog ein hoher Herr gewesen. Mit gefälschten Papieren der »Ersten Gilde«. Aber so mancher hohe Herr lebte von gefälschten Papieren.

Die Kinder starrten immer noch in die leere Küche. Der schwarze Herd an der Wand – ausgegangen; der doppelte Gasring, der mit einem Gummischlauch an den Zähler angeschlossen war. Eine japanische Schilfmatte schützte die Wand vor Kochflecken.

Es belustigte die Jungen, ihrem Vater zuzuhören, wenn er dem betrunkenen Ravitch zuredete, sich hochzurappeln. Es war ein Familientheater. »*Nu, landtsman?* Kannst du nicht gehen? Es friert. Da, setz die krummen Füße auf die Stufe – *schneller, schneller.*« Er lachte tonlos. »Na, ich glaube, du läßt deine *dreckische* Hose lieber hier draußen. Puh!« Die Jungen drückten sich in der Kälte aneinander und lächelten.

Papa stützte ihn durch die Küche – Ravitch in seiner verdreckten Unterhose, mit dem roten Gesicht, den hängenden Händen, der Melone, der Säuferschwermut seiner geschlossenen Augen.

Was meinen toten, unglücklichen Vater, J. Herzog, anbelangt, so war er kein großer Mann, sondern einer der kleinknochigen Herzogs, zart gebaut, rundköpfig, scharfsinnig, nervös, hübsch. Bei seinen häufigen Zornesausbrüchen schlug er seine Söhne rasch hintereinander mit beiden Händen. Er tat alles schnell, geschickt, mit gekonntem osteuropäischem Schwung; ob er nun sein Haar kämmte, sein Hemd zuknöpfte, sein Rasiermesser mit dem Horngriff abzog, auf dem Daumenballen einen Bleistift spitzte, einen Brotlaib an seine Brust drückte und die Scheiben auf sich zu abschnitt, Pakete mit kleinen Knoten verschnürte oder wie ein Künstler etwas in sein Kontobuch eintrug. Dort war jede erledigte Seite mit einem sorgfältig gezogenen X versehen. Die 1 und 7 trugen Balken und Wimpel. Sie waren wie Banner im Winde des Mißerfolgs. Erst war Vater Herzog in Petersburg gescheitert, wo er in einem Jahr zwei Mitgiften durchbrachte. Er hatte aus Ägypten Zwiebeln eingeführt. Unter Pobedonostew verhaftete ihn die Polizei wegen illegalen Wohnens. Er wurde für schuldig befunden und verurteilt. Der Prozeßbericht wurde in einer russischen Zeitung veröffentlicht, die auf dickem grünem Papier gedruckt war. Vater Herzog schlug sie zuweilen auf und las der ganzen Familie eine Übersetzung des Verfahrens gegen Ilyona Isakowitdi Gerzog vor. Er hatte die Strafe niemals abgesessen. Er entkam. Weil er mutig, vorschnell, eigensinnig und rebellisch war. Er kam nach Kanada, wo seine Schwester Zipporah Yaffe lebte.

Im Jahre 1913 kaufte er in der Nähe von Valleyfield, Quebec, ein Stück Land und scheiterte als Farmer. Dann zog er in die Stadt und scheiterte als Bäcker, scheiterte als Kurzwarenhändler, scheiterte als Makler, scheiterte als Sackfabrikant im Kriege, als niemand sonst scheiterte. Er scheiterte als Lumpenhändler. Dann wurde er Heiratsvermittler und scheiterte – zu jähzornig und ehrlich. Und jetzt scheiterte er als Alkoholschmuggler, denn der Provinzialausschuß für alkoholische Getränke war ihm auf den Fersen. Immerhin verdiente er ein bißchen Geld.

In Hast und Trotz, mit einem klaren, straffen Gesicht, sein Schritt eine Mischung aus Verzweiflung und Hochstimmung, wobei das Gewicht beim Gehen ein bißchen schwerfällig auf eine Ferse verlagert wurde, sein Mantel, einst mit Fuchspelz gefüttert, war jetzt trocken und kahl, das rote Leder geborsten. Den Mantel schwungvoll geöffnet, wenn er seinen aus einem Mann bestehenden jüdischen Heerhaufen gehen oder marschieren ließ, war er gesättigt vom Duft der Caporals, die er rauchte, wenn er Montreal durchmaß – Papineau, Mile-End, Verdun, Lachine, Point St. Charles. Er sah sich nach Gelegenheitsgeschäften um – Konkursen, Ramschverkäufen, Zusammenlegungen, wilden Ausverkäufen, Waren –, die ihn aus der Illegalität befreien sollten. Er konnte mit großer Geschwindigkeit im Kopf Prozente errechnen, aber ihm fehlte die betrügerische Phantasie des erfolgreichen Geschäftsmannes. Deshalb behielt er seine kleine Brennerei in Miles-End, wo die Ziegen auf leeren Grundstücken grasten. Er fuhr mit der Straßenbahn. Er verkaufte hier ein Fläschchen und da ein Fläschchen und wartete auf den großen Treffer. Amerikanische

Schmuggler kauften einem das Zeug an der Grenze ab, jede Menge, Geld auf den Tisch des Hauses – falls man überhaupt dorthin gelangte. Inzwischen rauchte er auf der kalten Plattform der Straßenbahn Zigaretten. Die Steuerbehörde war hinter ihm her. Die Polizei war hinter ihm her. An den Straßen zur Grenze lauerten Wegelagerer. In der Napoleon Street mußten fünf Mäuler gefüttert werden. Willie und Moses waren kränklich. Helen lernte Klavier spielen. Shura war dick, gierig, ungehorsam, ein Böses sinnender Junge. Die Miete, rückständige Miete, fällige Rechnungen, Arztrechnungen waren zu bezahlen, und er hatte kein Englisch, keine Freunde, keinen Einfluß, keinen Beruf, keinen Besitz außer seiner Brennerei – keine Hilfe auf der ganzen Welt. Seine Schwester Zipporah in St. Anne war reich, sehr reich, was die Sache nur verschlimmerte.

Damals war Großvater Herzog noch am Leben. Mit dem Instinkt eines Herzog für das Großartige nahm er 1918 Zuflucht im Winter-Palast (die Bolschewiken erlaubten es eine Zeitlang). Der alte Mann schrieb lange Briefe auf Hebräisch. Er hatte in dem Umsturz seine kostbaren Bücher verloren. Das Studieren war nunmehr unmöglich. Man mußte im Winter-Palast den ganzen Tag umherwandern, bis man einen *minyan* fand. Natürlich mußte man dort auch hungern. Später prophezeite er, daß die Revolution mißlingen werde, und versuchte, sich zaristische Währung zu verschaffen, um unter den wiedereingesetzten Romanows Millionär zu werden. Die Herzogs erhielten paketweise wertlose Rubel, und Willie und Moses spielten mit hohen Summen. Man hielt die herrlichen Geldscheine gegen das Licht und sah Peter den Großen und Katherina in dem mit Wasserzeichen versehenen regenbogenfarbenen Papier. Großvater Herzog war in den Achtzigern, aber noch rüstig. Sein Geist war mächtig und seine hebräische Schönschrift elegant. Seine Briefe wurden in Montreal von Vater Herzog vorgelesen – Berichte von Kälte, Läusen, Hungersnot, Seuchen und Toten. Der alte Mann schrieb: »Werde ich je die Gesichter meiner Kinder sehen? Und wer wird mich begraben?« Vater Herzog versuchte sich an dem zweiten Satz zwei- oder dreimal, konnte aber nicht mit voller Stimme sprechen. Nur ein Flüstern kam aus seiner Kehle. Tränen standen ihm in den Augen, und plötzlich schlug er die Hand vor seinen schnurrbärtigen Mund und eilte aus dem Zimmer. Mutter Herzog saß großäugig mit den Kindern in der primitiven Küche, in die die Sonne nie hineindrang. Sie ähnelte einer Höhle mit ihrem uralten schwarzen Herd, dem eisernen Abwaschbecken, den grünen Schränken, der Gasflamme.

Mutter Herzog hatte die Angewohnheit, der Gegenwart mit halb abgewandtem Gesicht entgegenzutreten. Sie stellte sich ihr gleichsam auf der Linken, schien sie aber zuweilen auf der Rechten meiden zu wollen. Auf der abgewandten Seite hatte sie oft einen träumerischen, melancholischen Ausdruck und schien die Alte Welt zu sehen – ihren Vater, den berühmten *misnagid*, ihre tragische Mutter, ihre lebenden und verstorbenen Brüder, ihre Schwester, ihre Aussteuer, ihre Dienstboten in Petersburg und die Datscha in Finnland (die allesamt auf ägyptische Zwiebeln gegründet waren). Jetzt war sie Köchin, Waschfrau, Näherin in der Napoleon Street, im Armenviertel. Ihr Haar färbte sich grau, sie verlor die Zähne, ihre Fingernägel hatten Rillen. Ihre Hände rochen nach Abwasch.

Herzog dachte jedoch darüber nach, wie sie noch die Kraft fand, ihre Kinder zu verwöhnen. Mich hat sie bestimmt verwöhnt. Einmal bei Einbruch der Nacht hat sie mich auf einem Schlitten über krustiges Eis und das kleine Glitzern des Schnees gezogen, vielleicht an einem kurzen Tag im Januar nachmittags um vier. In der Nähe des Lebensmittelladens begegneten wir einer alten Baba in einem Schal, die sagte: »Warum ziehst du ihn, Tochter?« Mama, dunkle Ringe unter den Augen. Ihr schmales, kaltes Gesicht. Sie atmete schwer. Sie trug den abgewetzten Seehundsmantel, eine rote, spitzzulaufende Wollkappe und dünne Knöpfschuhe. Getrocknete Fische hingen bündelweise im Laden, ein ranziger Zuckergeruch, Käse, Seife – ein fürchterlicher Nahrungsstaub schlug aus der offenen Tür. Die Glocke auf der Drahtspirale tanzte, schellte. »Tochter, opfere deine Kraft nicht den Kindern«, sagte die schalbekleidete Hexe in der frostigen Dämmerung der Straße. Ich stieg nicht vom Schlitten herunter. Ich tat so, als verstünde ich nichts. Es ist eine der schwersten Handlungen im Leben, ein schnelles Verständnis zu verlangsamen. Ich glaube, das war mir gelungen, dachte Herzog.

Mamas Bruder Mikhail starb in Moskau an Typhus. Ich nahm den Brief vom Postboten entgegen und brachte ihn die Treppe hinauf – die lange Schnur des Türöffners lief unter dem Geländer durch Ösen. Es war Waschtag. Der Dampf des Kupferkessels beschlug die Scheiben. Sie spülte und wrang in einem Zuber. Als sie die Nachricht las, schrie sie auf und wurde ohnmächtig. Ihre Lippen wurden weiß. Ihr Arm mitsamt dem Ärmel lag im Wasser. Wir zwei waren allein im Haus. Ich war außer mir vor Angst, als sie so dalag, mit gespreizten Beinen, das lange Haar aufgelöst, die Lider braun, der Mund blutlos, totenähnlich. Aber dann stand sie auf und legte sich aufs Bett. Sie weinte den ganzen Tag. Doch am Morgen kochte sie trotzdem Haferbrei. Wir waren früh auf.

Meine alten Zeiten. Weiter entfernt als Ägypten. Keine Morgendämmerung, die nebligen Winter. In der Dunkelheit knipsten wir die Glühbirne an. Der Herd war kalt. Papa schüttelte den Rost und ließ eine Aschenwolke hochsteigen. Der Rost rumpelte und quietschte. Die ärmliche Schaufel klirrte darunter. Die Caporals verursachten bei Vater einen bösen Husten. Die Kamine mit ihren Helmen sogen den Wind ein. Dann kam der Milchmann in seinem Schlitten. Der Schnee war von Dung und Abfall, toten Ratten und Hunden verdorben und verfault. Der Milchmann in seinem Schafspelz riß an der Glocke. Sie war aus Messing wie der Aufziehschlüssel einer Uhr. Helen zog an der Schnur des Türöffners und ging mit einem Milchkrug hinunter. Und dann kam der verkaterte Ravitch aus seinem Zimmer, in seinem dicken Sweater, die Hosenträger über der Wolle, um sie enger an den Körper zu drücken, die Melone auf dem Kopf, rot im Gesicht und mit schuldbewußter Miene. Er wollte zum Sitzen aufgefordert werden.

Das Morgenlicht konnte sich von Schummer und Frost nicht losmachen. Die Straße hinauf und hinunter waren die backsteinverkleideten Fenster dunkel, mit Dunkelheit gefüllt, und Schulmädchen in ihren schwarzen Röcken marschierten paarweise zum Kloster. Wagen, Schlitten, Karren, schauernde Pferde, eine in bleiernes Grün getauchte Luft, das dungbefleckte Eis. Aschenspuren. Moses und seine Brüder setzten die Kappen auf und beteten:

»*Ma tovu ohaleha Yaakov...*

Wie fein sind deine Hütten, Jakob.«

Die Napoleon Street, verkommen, spielzeugartig, toll und drekkig, gelöchert, von bitterem Wetter kasteit – die Jungen des Schmugglers sagten alte Gebete her. Daran hing Moses' Herz mit aller Macht. Hier war eine breitere Spannung menschlicher Gefühle, als er je wieder hatte finden können. Wie durch ein nie versiegendes Wunder tat sich vor den Kindern dieser Rasse eine seltsame Welt nach der anderen auf, Geschlecht auf Geschlecht; sie sprachen in jeder Welt dieselben Gebete und liebten mit Inbrunst, was sie fanden. Was war an der Napoleon Street auszusetzen? Alles, was er sich je gewünscht hatte, war da. Seine Mutter wusch und trauerte. Sein Vater war verzweifelt und verängstigt, kämpfte aber trotzig weiter. Sein Bruder Shura, mit glotzenden, hinterhältigen Augen, sann darauf, die Welt zu beherrschen und Millionär zu werden. Sein Bruder Willie wehrte sich gegen Asthmaanfälle. Wenn er nach Luft rang, klammerte er sich an den Tisch und hob sich auf die Zehenspitzen wie ein Hahn, der krähen will. Seine Schwester Helen hatte lange weiße Handschuhe, die sie in dicken Seifenflocken wusch. Sie zog sie für ihre Stunden im Konservatorium an und trug dazu ein ledernes Rollfutteral. Ihr Diplom hing in einem Rahmen an der Wand. *Mlle. Hélène Herzog ... avec distinction.* Seine sanfte, spröde Schwester, die Klavier spielte.

An einem Sommerabend saß sie und spielte, und die klaren Töne drangen durch das Fenster auf die Straße. Das breitschultrige Klavier hatte eine samtige Decke, moosgrün, als sei der Klavierdeckel eine Steinplatte. Von der Decke hingen Troddeln wie Hickorynüsse. Moses stand hinter Helen, blickte auf die wirbelnden Notenblätter von Haydn und Mozart und hatte Lust, zu heulen wie ein Hund. Ach, Musik! dachte Herzog. Er bekämpfte in New York den tückischen Brand der Sehnsucht – weichliche, herzzerfressende Rührung, schwarze Stellen, die süß sind für einen Augenblick, aber einen gefährlichen beißenden Niederschlag hinterlassen. Helen spielte. Sie trug eine Matrosenbluse und einen Faltenrock; ihre spitzen Schuhe drückten krampfartig auf die Pedale, ein richtiges, eitles Mädchen. Sie furchte die Stirn, wenn sie spielte – die Falten ihres Vaters erschienen zwischen ihren Augen. Sie furchte sie, als begehe sie eine gefahrvolle Handlung. Die Musik klang in die Straße.

Tante Zipporah schätzte den Musikrummel nicht. Helen war keine echte Musikerin. Sie spielte, um die Familie zu rühren. Vielleicht auch, um sich einen Ehemann zu ergattern. Was Tante Zipporah auszusetzen hatte, war Mamas Ehrgeiz für ihre Kinder, die einmal Anwälte, große Herren, Rabbiner oder ausübende Künstler werden sollten. Alle Zweige der Familie hatten den Kastendünkel der *jichus*. Kein Leben war so leer und gering, daß es nicht trotzdem eingebildete Würden, bevorstehende Ehrungen und die Freiheit des Aufstiegs gekannt hätte.

Zipporah wollte Mama nicht zur Entfaltung kommen lassen, schloß Moses, und schob Papas Mißerfolge in Amerika auf die weißen Handschuhe und die Klavierstunden. Zipporah hatte einen starken Charakter. Sie war witzig, neidisch und mit jedem Menschen zerstritten. Ihr Gesicht war gerötet und schmal, ihre Nase wohlgeformt, aber dünn und grimmig. Sie hatte eine kritische, verletzende, nasale Stimme. Ihre Hüften waren breit, und ihr Schritt war lang und schwer. Eine Flechte des dicken, glänzenden Haares hing ihr über den Rücken.

Dagegen war Onkel Yaffe, Zipporahs Mann, leise und humorig zurückhaltend. Er war ein kleiner Mann, aber kräftig. Seine Schultern waren breit, und er trug einen schwarzen Bart wie König George V. Er wuchs dicht und lockig auf seinem braunen Gesicht. Der Sattel seiner Nase war eingedrückt. Seine Zähne waren groß; einer hatte eine Goldkrone. Moses hatte den sauren Atem seines Onkels gerochen, als sie Dame spielten. Über dem Brett erschien Onkel Yaffes dicker Kopf mit dem kurzen schwarzen, krausen, schon etwas gelichteten Haar, ein wenig schwankend. Er hatte ein kleines nervöses Zittern. Onkel Yaffe schien seinen Neffen in diesem Augenblick aus der Vergangenheit heraus zu entlarven und ihn mit den braunen Augen eines intelligenten, fühlenden, spöttischen Tieres zu betrachten. Sein Blick glitzerte schlau, und er lächelte mit schiefer Zufriedenheit über die Fehler des jungen Moses. Er wickelte mich liebevoll ein.

Auf Yaffes Schrottplatz in St. Anne bluteten die zackigen Klippen aus Schrottmetall Rost in die Pfützen. Manchmal stand am Tor eine Schlange von Fledderern. Kinder, Neulinge, alte irische Weiber oder Ukrainer und Rothäute aus der Reservation Caughnawaga kamen mit Schubkarren und kleinen Wagen und brachten Flaschen, Lumpen, alte Klempnerrohre oder elektrisches Zubehör, Haushaltswaren, Papier, Reifen, Knochen zum Verkauf. Der alte Mann in seiner braunen Wolljacke bückte sich und sortierte mit seinen kräftigen zitternden Händen, was er gekauft hatte. Ohne sich aufzurichten, konnte er Schrotteile auf den Haufen werfen, auf den sie gehörten – Eisen hier, Zink dort, Kupfer links, Blei rechts und Weißmetall drüben beim Schuppen. Er und seine Söhne verdienten während des Krieges Geld. Tante Zipporah kaufte Grundstücke. Sie kassierte Mieten. Moses wußte, daß sie in ihrem Ausschnitt Banknoten trug. Er hatte es gesehen.

»Na, *du* hast nichts verloren, als du nach Amerika kamst«, sagte Papa zu ihr.

Ihre erste Erwiderung war, daß sie ihn scharf und warnend ansah. Dann sagte sie: »Es ist kein Geheimnis, wie wir angefangen haben. Mit Arbeit. Yaffe holte sich bei der Wohlfahrt Spitzhacke und Spaten, bis wir uns ein bißchen Kapital zusammengespart hatten. Aber du? Nein, du warst in einem Seidenhemd geboren.« Mit einem Seitenblick auf Mama fuhr sie fort: »Du hast dich daran gewöhnt, in großem Stil zu leben, damals in Petersburg, mit Dienstboten und Kutschern. Ich sehe dich immer noch vor mir, wie du in Halifax aus dem Zug gestiegen bist, in bester Schale unter den Neuankömmlingen. *Gott meiner!* Straußenfedern, Röcke aus Taft! *Greenhorns mit strauss federn!* Jetzt vergiß lieber die Federn, die Handschuhe. Jetzt –«

»Das kommt mir vor wie vor tausend Jahren«, sagte Mama. »Ich habe die Dienstboten schon lange vergessen. Ich bin der Dienstbote. *Die dienst bin ich.*«

»Jeder muß arbeiten. Nicht das ganze Leben lang leiden, weil man einmal gefallen ist. Warum müssen die Kinder aufs Konservatorium gehen, in die Baron-de-Hirsch-Schule, und alle diese Extraschnörkel? Laß sie arbeiten wie meine.«

»Sie will nicht, daß die Kinder gewöhnlich werden«, sagte Papa.

»Meine Söhne sind nicht gewöhnlich. Sie kennen auch die eine oder andere Seite aus der *Gemara*. Und vergiß bitte nicht, daß wir von den größten chassidischen Rabbinern abstammen. Reb Zusya. Herschele Dubrovner. Denke daran!«

»Niemand hat behauptet...«, begann Mama.

Die Vergangenheit so durchzukämmen – die Toten zu lieben! Moses mahnte sich, dieser Versuchung nicht so völlig nachzugeben, dieser typischen Schwäche seines Charakters. Er war ein depressiver Typ. Depressive können sich von der Kindheit nicht losmachen – nicht einmal von den Schmerzen der Kindheit. Es wäre gesund, wenn er's täte – das wußte er. Aber irgendwie hatte sich sein Herz diesem Kapitel seines Lebens geöffnet, und er besaß nicht die Kraft, es zu schließen. Also war es wieder ein Wintertag des Jahres 1923 in St. Anne – Tante Zipporahs Küche. Zipporah trug einen Morgenrock aus grellrotem Crêpe de Chine. Darunter konnte man umfangreiche gelbe Schlüpfer und ein männliches Unterhemd entdecken. Sie saß mit gerötetem Gesicht neben dem Küchenherd. Ihre nasale Stimme erhob sich oft zu einem kleinen Schrei stechender Ironie, falschen Bedauerns oder schrecklichen Humors.

Dann fiel ihr ein, daß Mamas Bruder Mikhail tot war und sie fragte: »Sag mal – mit deinem Bruder – was war da eigentlich los?«

»Wir wissen es nicht«, antwortete Papa. »Wer kann sich vorstellen, was für ein schwarzes Jahr sie daheim erdulden? (Es war immer *in der heim*, erinnerte sich Herzog.) »Ein Menschenhaufe brach in sein Haus. Hat alles aufgeschnitten, suchte nach *valuta*. Danach hat er Typhus bekommen, oder Gott weiß was.«

Mamas Hand war über den Augen, als wolle sie sie beschatten. Sie sagte nichts.

»Ich weiß noch, was für ein großartiger Mann er war«, sagte Onkel Yaffe. »Möge ihm ein *lichtigen Gan-Eden* beschieden sein.«

Tante Zipporah, die an die Macht von Flüchen glaubte, sagte: »Verflucht seien diese Bolschewiken. Sie wollen die Welt *horav* machen. Mögen ihre Hände und Füße verdorren. Aber wo sind Mikhails Frau und Kinder?«

»Niemand weiß es. Der Brief kam von einem Vetter – Shperling, der Mikhail im Krankenhaus gesehen hatte. Er hätte ihn kaum erkannt.«

Zipporah sagte noch ein paar fromme Worte und fügte dann mit normaler Stimme hinzu: »Nun ja, er war ein tüchtiger Bursche. Hatte zu seiner Zeit einmal viel Geld. Wer weiß, was für ein Vermögen er aus Südafrika zurückgebracht hat?«

»Er hat mit uns geteilt«, sagte Mama. »Mein Bruder hatte eine offene Hand.«

»Es kam leicht«, meinte Zipporah. »Es war nicht so, daß er dafür schwer gearbeitet hätte.«

»Woher weißt du das?« fragte Vater Herzog. »Laß die Zunge nicht mit dir durchgehen, Schwester.«

Aber Zipporah war nicht mehr zu zügeln. »Er hat sich sein Geld an diesen elenden schwarzen Kaffern verdient! Wer weiß, wie? Ihr hattet also eine Datscha in Schewalowo. Yaffe war beim Militär, im Kawkaz. Ich mußte ein krankes Kind pflegen. Und du, Jonah, bist in Petersburg 'rumgelaufen und hast zwei Mitgiften durchgebracht. Ja! Du hast die ersten zehntausend Rubel in einem Monat verloren. Er hat dir noch einmal zehntausend gegeben. Ich habe keine Ahnung, was er sonst noch getrieben hat, mit Tataren, Zigeunern, Huren, dem Essen von Pferdefleisch und Gott weiß, was sonst noch für Abscheulichkeiten passiert sind.«

»Was für eine Bosheit steckt nur in dir?« sagte Vater Herzog zornig.

»Ich habe nichts gegen Mikhail. Er hat mir nie was zuleide getan«, erwiderte Zipporah. »Aber er war ein Bruder, der gegeben hat, und ich bin eine Schwester, die nicht gibt.«

»Das hat niemand gesagt«, entgegnete Vater Herzog. »Aber wenn dir der Schuh paßt, kannst du ihn ja anziehen.«

Gebannt und bewegungslos lauschte Herzog in seinem Sessel den Toten bei ihrem toten Gezänk.

»Was erwartest du denn?« erkundigte sich Zipporah. »Mit deinen vier Kindern, wenn ich da anfinge zu geben, und du bliebest weiterhin bei deinen schlechten Gewohnheiten, dann nähme das kein Ende. Es ist nicht meine Schuld, daß du hier ein armer Schlukker bist.«

»Ich bin ein armer Schlucker in Amerika, soweit stimmt es. Sieh mich an. Ich habe nicht eine Kupfermünze, um meine nackte Haut zu segnen. Ich könnte nicht einmal mein Leichentuch bezahlen.«

»Daran ist dein schwacher Charakter schuld«, sagte Zipporah. *Az du host a schwachen natur, wer is dir schuldig?* Du kannst nicht auf eigenen Beinen stehen. Du hast dich auf Sarahs Bruder gestützt, und jetzt willst du dich auf mich stützen. Yaffe hat im

Kawkaz Dienst getan. *A finsternish!* Es war für die Hunde zu kalt zum Heulen. Er kam allein nach Amerika und hat mich nachkommen lassen. Aber du – du willst *alle sieben glicken*. Du reist in Saus und Braus, mit Straußenfedern. Du bist ein *edel-mensch*. Die Hände schmutzig machen? Du nicht.«

»Das ist wahr. Ich habe *in der heim* keinen Mist geschippt. Das ist erst im Lande des Kolumbus passiert. Aber ich habe es getan. Ich habe gelernt, ein Pferd anzuschirren. Um drei Uhr morgens, dreißig Grad unter Null im Stall.«

Zipporah tat das mit einer Handbewegung ab. »Und jetzt mit deiner Brennerei? Du mußtest dich schon mal vor der Polizei des Zaren retten. Und jetzt die Steuer? Und mußt du noch dazu einen Partnerhaben, einen *goniff*?«

»Voplonsky ist ein ehrlicher Mann.«

»Wer – dieser *Deutsche*?« Voplonsky war ein polnischer Schmied. Sie hatte ihn als Deutschen bezeichnet, weil er einen gezwirbelten militärischen Schnurrbart trug und einen Mantel von deutschem Schnitt. Er reichte bis zum Boden. »Was hast du mit einem Schmied zu schaffen? Du, ein Nachkomme von Herschel Dubrovner! Und er ein polnischer *schmid* mit rotem Bart. Eine Ratte! Eine Ratte mit rotem Spitzbart und langen, schiefstehenden Zähnen und dem Gestank von versengten Hufen! Pah! Dein Partner. Warte nur, was er dir noch antut.«

»Ich bin nicht so leicht zu begaunern.«

»Nein? Hat dich Lazansky nicht übers Ohr gehauen? Er hat es dir auf echt türkische Weise besorgt. Und hat er dir nicht auch die Knochen durchgewalkt?«

Das war Lazansky in der Bäckerei, ein riesiger Fuhrknecht aus der Ukraine. Ein vierschrötiger, ungebildeter Mensch, ein *amhoretz*, der nicht genug Hebräisch konnte, um sein Brot zu segnen; so saß er klobig auf dem schmalen grünen Lieferwagen, knurrte seinem kleinen Pferd ›Garrap‹ zu und knallte mit der Peitsche.

Seine grobe Stimme rollte wie eine Kegelkugel. Das Pferd trabte am Ufer des Lachinekanals entlang. Auf dem Wagen stand geschrieben

LAZANSKY – PATISSERIES DE CHOIX

Vater Herzog sagte: »Es ist wahr, er hat mich geschlagen.«
Er war gekommen, um sich von Zipporah und Yaffe Geld zu borgen. Er wollte sich nicht in einen Streit verwickeln lassen. Sie hatte sicher den Zweck seines Besuches erraten und versuchte, ihn nun so wütend zu machen, daß sie ihm um so leichter das Geld verweigern könnte.

»Ai!« sagte Zipporah. Eine Frau von großer Gerissenheit, deren viele Gaben in diesem kleinen kanadischen Dorf nicht zur Entfaltung kamen. »Glaubst du denn, daß du an Schwindlern, Dieben und Gangstern ein Vermögen verdienen kannst? Du? Du bist ein sanftmütiges Geschöpf. Ich weiß nicht, warum du nicht in der Yeshivah geblieben bist. Du wolltest ein güldenes Herrchen sein. Ich kenne diese Halunken und *razboiniks*. Sie haben nicht Haut, Zähne und Finger wie du, sondern Fell, Hauer und Klauen. Du kannst mit diesen Fuhrleuten und Schlächtern niemals mithalten. Kannst du einen Menschen erschießen?«

Vater Herzog schwieg.

»Wenn du, Gott behüte, schießen müßtest ...«, rief Zipporah. »Könntest du jemals einem Menschen über den Schädel hauen! Los! Überleg dir's. Antworte mir, *gazlan*. Könntest du ihm einen Schlag auf den Kopf versetzen?«

Hier schien Mutter Herzog ihr beizupflichten.

»Ich bin kein Schwächling«, sagte Vater Herzog mit seinem energischen Gesicht und dem braunen Schnurrbart. Aber selbstverständlich, dachte Herzog, wurde Papas ganze Kraft im Drama seines Lebens, in Familienzwistigkeiten und in Gefühlsduselei aufgebraucht.

»Diese *leite* nehmen von dir, was sie wollen«, sagte Zipporah. »Wäre es jetzt nicht an der Zeit, daß du mal den Kopf gebrauchst? Du hast doch einen – *klug bist du*. Verschaffe dir einen legitimen Lebensunterhalt. Laß deine Helen und deinen Shura arbeiten. Verkaufe das Klavier. Kürze die Ausgaben.«

»Warum sollten die Kinder nicht studieren, wenn sie Intelligenz und Talent besitzen?« fragte Mutter Herzog.

»Wenn sie gescheit sind, um so besser für meinen Bruder«, erwiderte Tante Zipporah. »Es ist zu schwer für ihn, sich für verzogene Prinzen und Prinzessinnen aufzureiben.«

Diesmal hatte sie Papa auf ihrer Seite. Sein Bedürfnis nach Hilfe war tief, bodenlos.

»Nicht, daß ich die Kinder nicht liebte«, sagte Zipporah. »Komm her, kleiner Moses, und setz dich auf das Knie deiner alten *tante*. Was ein liebes, kleines *jingele*.«

Moses auf dem hosenbekleideten Schoß seiner Tante – ihre roten Hände hielten ihn am Leib fest. Sie lächelte mit rauher Herzlichkeit und küßte ihn auf das Genick.

»In meinen Armen geboren, dieses Kind.«

Dann blickte sie zu Bruder Shura hin, der neben seiner Mutter stand. Er hatte dicke, klotzige Beine und ein sommersprossiges Gesicht.

»Und du?« sagte Zipporah zu ihm.

»Was ist?« fragte Shura ängstlich und beleidigt.

»Nicht zu jung, um einen Dollar heimzubringen.«

Papa funkelte Shura an.

»Helfe ich denn nicht?« sagte Shura. »Trage ich nicht Flaschen aus? Klebe ich nicht Etiketten auf?«

Papa hatte Etiketten gefälscht. Er sagte fröhlich: »Na, Kinder, was soll's denn sein? White Horse? Johnnie Walker?« Dann riefen wir jeder unsere Lieblingsmarke. Der Leimtopf stand auf dem Tisch.

Heimlich berührte Mutter Herzog Shuras Hand, als Zipporah ihre Augen auf ihn richtete. Moses sah es. Der asthmatische Willie tummelte sich draußen mit seinen Vettern, die mit Gekreisch und Schneeballwerfen eine Schneefestung bauten. Die Sonne sank immer niedriger. Rote, vom Horizont herrührende Bänder wanden sich um die Hügel aus glasigem Schnee. In dem blauen Schatten des Zauns fraßen die Ziegen. Sie gehörten dem Seltzerverkäufer aus dem Nachbarhaus. Zipporahs Hühner wollten gerade in ihren Stall gehen. Wenn sie uns in Montreal besuchte, brachte sie hin und wieder ein frisches Ei mit. Ein Ei. Eins der Kinder könnte krank sein. Ein frisches Ei hatte unheimliche Kräfte. Nervös und kritisch, mit ungeschickten Füßen und schweren Hüften erklomm sie die Stufen in der Napoleon Street, eine Frau des Unheils und Tochter des Schicksals. Hastig und nervös küßte sie ihre Fingerspitzen und berührte die Mezurah. Wenn sie eintrat, begutachtete sie Mamas Hausarbeit. »Geht es allen gut?« sagte sie. »Ich habe den Kindern ein Ei mitgebracht.« Sie öffnete ihre große Tasche und nahm das Geschenk heraus, das in ein Stück jiddisches Zeitungspapier eingewickelt war. *(Der Kanader Adler.)*

Ein Besuch von Tante Zipporah war wie eine militärische Inspektion. Hinterher lachte Mama, aber brach dann schließlich doch in Tränen aus: »Warum ist sie mein Feind? Was will sie nur? Ich habe nicht die Kraft, mich mit ihr anzulegen.« Die Gegnerschaft, wie Mama sie empfand, war mystisch – ein Streit der Seelen. Mamas Geist war archaisch, voll alter Legenden, mit Engeln und Dämonen.

Natürlich hatte Zipporah, die Realistin, ganz recht, wenn sie Vater Herzog ihre Hilfe versagte. Er wollte illegalen Whisky bis zur Grenze bringen und damit ein großes Geschäft machen.

Er und Voplonsky borgten sich Geld von Geldverleihern und beluden einen Lastwagen mit Kisten. Aber sie gelangten nie bis Rouses Point. Sie wurden überfallen, verprügelt und in einen Graben geworfen. Vater Herzog erhielt die schlimmeren Prügel, weil er sich wehrte. Die Wegelagerer zerrissen ihm die Kleider, schlugen ihm einen Zahn aus und trampelten auf ihm herum.

Er und Voplonsky, der Schmied, kehrten zu Fuß nach Montreal zurück. Er ging in Voplonskys Geschäft, um sich zu säubern, aber an seinem geschwollenen und blutigen Auge war nicht viel zu verbessern. Er hatte eine Lücke in seinen Zähnen. Seine Jacke war zerrissen, und sein Hemd sowie seine Unterwäsche waren mit Blut befleckt.

So trat er in die dunkle Küche in der Napoleon Street. Wir waren alle da. Es war ein trüber März, und das Licht drang ohnedies nur selten in diesen Raum. Er war wie eine Höhle. Wir lebten wie die Höhlenbewohner. »Sarah!« sagte er. »Kinder!« Er zeigte sein verletztes Gesicht. Er breitete die Arme, so daß wir die Stoffetzen sehen konnten, und darunter das Weiß seines Körpers. Dann drehte er die Taschen um – leer. Als er das tat, fing er an zu weinen, und die Kinder, die um ihn herumstanden, weinten auch alle. Es war mehr, als ich ertragen konnte, daß jemand ihm Gewalt antat – einem Vater, einem heiligen Wesen, einem König. Ja, für uns war er ein König. Mein Herz erstickte unter dieser Abscheulichkeit. Ich dachte, ich müßte daran sterben. Wen habe ich je geliebt, wie ich ihn liebte?

Dann erzählte Vater Herzog seine Geschichte.

»Sie haben uns aufgelauert. Die Straße war versperrt. Sie haben uns vom Lastwagen gerissen. Sie haben alles genommen.«

»Warum hast du dich gewehrt?« fragte Mutter Herzog.

»Alles, was ich besaß ... was ich geliehen hatte!«

»Sie hätten dich totschlagen können.«

»Sie hatten Taschentücher vors Gesicht gebunden. Ich glaubte, ich hätte erkannt ...«

Mama hielt es für unfaßbar. »*Landsleit?* Ausgeschlossen. Kein Jude würde das einem Juden antun.«

»Nein?« rief Papa. »Und warum nicht? Warum sollte er nicht?«

»Kein Jude! Niemals!« sagte Mutter. »Nie. Nie! Sie brächten es nicht übers Herz. Nie!«

»Kinder – hört auf zu weinen. Und der arme Voplonsky – er konnte kaum ins Bett kriechen.«

»Jonah«, sagte Mama, »du mußt mit der ganzen Sache endlich Schluß machen.«

»Wovon sollen wir leben? Wir müssen leben.«

Und er begann seine Lebensgeschichte zu erzählen, von seiner Kindheit bis zu jenem Tag. Er weinte beim Erzählen. Mit vier Jahren aus dem Haus in eine Schule gegeben. Von Läusen geplagt. Als Junge in der Yeshiva halb verhungert. Er rasierte sich, wurde ein moderner Europäer. Arbeitete als junger Mann in Kremenchug für seine Tante. Lebte mit gefälschten Papieren zehn Jahre lang in St. Petersburg in einem Narrenparadies. Dann saß er mit gemeinen Verbrechern im Gefängnis. Entkam nach Amerika. Hungerte. Mistete Ställe aus. Bettelte. Lebte in Furcht. Ein *baal-chov* – immer ein Schuldner. Von der Polizei beschattet. Nahm betrunkene Mieter ins Haus. Seine Frau eine Dienstmagd. Und nun brachte er dies seinen Kindern nach Hause. Das war alles, was er ihnen vorweisen konnte – seine Fetzen, seine Wunden.

Herzog, in seinen billigen Schlafrock gehüllt, brütete mit umwölkten Augen vor sich hin. Unter seinen bloßen Füßen war ein kleiner Streifen Teppich. Seine Ellbogen waren auf den zerbrechlichen Schreibtisch gestützt; er ließ den Kopf hängen. Er hatte an Nachman nur wenige Zeilen geschrieben.

Er dachte, wie ich vermute, daß wir die Sage der Herzogs zehnmal im Jahr hörten. Manchmal von Mama erzählt, manchmal von ihm. Wir hatten also große Übung im Kummer. Ich kenne noch diesen Aufschrei der Seele. Er liegt in der Brust und in der Kehle. Der Mund will sich weit öffnen, um ihn herauszulassen. Aber das sind alles Altertümer – ja, jüdische Altertümer, die aus der Bibel stammen, in einem biblischen Sinn der persönlichen Erfahrung und Fügung. Was dann im Kriege geschah, machte Vater Herzogs Anspruch auf ungewöhnliches Leid zunichte. Wir leben jetzt nach einem brutaleren Maßstab, einem neuen, endgültigen Maßstab, der die Person nicht achtet. Ein Teil des Vernichtungsprogramms, in das sich der menschliche Geist mit Energie, ja sogar mit Freude ergossen hat. Diese rein persönlichen Geschichten, alte Mären aus alten Zeiten, sind vielleicht der Erinnerung nicht wert. Ich erinnere mich. Ich muß es. Aber wer sonst – wem kann das etwas bedeuten? So viele Millionen – Massen – gehen unter schrecklichen Qualen zugrunde. Und dazu ist uns in diesen Tagen das sittliche Leiden versagt. Persönlichkeiten eignen sich nur noch für die befreiende Komik. Aber ich bin immer noch ein Sklave von Papas Leid. Wie Vater Herzog von sich erzählte! Es konnte einen zum Lachen bringen. Sein *Ich* besaß soviel Würde.

»Du mußt damit Schluß machen«, rief Mama. »Du mußt!«

»Was soll ich denn dann tun? Für das Bestattungsinstitut arbeiten? Wie ein Mann von siebzig? Nur noch geeignet, an Totenbetten zu sitzen? *Ich?* Leichen waschen? *Ich?* Oder soll ich lieber auf den Friedhof gehen und die Trauernden um einen Nickel anbetteln? *El malai rachamin* sagen? *Ich?* Soll die Erde sich öffnen und mich verschlingen!«

»Komm, Jonah«, sagte Mama in ihrer ernsten, eindringlichen Art. »Ich lege dir eine Kompresse auf das Auge. Komm, leg dich hin.«

»Wie kann ich denn?«

»Nein, du mußt.«

»Wie sollen die Kinder essen?«

»Komm – du mußt dich eine Weile hinlegen. Zieh das Hemd aus.« Sie saß schweigend am Bett. Er lag im grauen Zimmer auf der eisernen Bettstelle, mit einer abgewetzten russischen Decke bedeckt – seine schöne Stirn, seine gerade Nase, sein brauner

Schnurrbart. Moses betrachtete jetzt die beiden Gestalten wie damals vom dunklen Flur aus.

Nachman, fing er wieder an zu schreiben, brach jedoch ab. Wie sollte er Nachman brieflich erreichen! Es wäre besser, wenn er ein Inserat in der *Village Voice* aufgab. Aber an wen sollte er schließlich die anderen Briefe schicken, die er entwarf?

Er kam zu dem Schluß, daß Nachmans Frau gestorben war. Ja, das mußte der Grund sein. Dieses schlanke, dünnbeinige Mädchen mit den dunklen, hochgewölbten Brauen, die sich wieder zu den Augen hinabbogen, mit dem breiten Mund, dessen Winkel sich nach unten zogen – sie hatte Selbstmord verübt, und Nachman lief davon (wer konnte ihm daraus einen Vorwurf machen?), weil er das alles Moses hätte erzählen müssen. Armes Ding, armes Ding – auch sie muß auf dem Friedhof liegen.

D AS TELEFON KLINGELTE – fünf-, acht-, zehnmal. Herzog sah auf die Uhr. Er war erstaunt – schon fast sechs Uhr. Wohin war der Tag entschwunden? Das Telefon hörte nicht auf zu klingeln, bohrte auf ihn ein. Er wollte den Hörer nicht abheben. Aber schließlich waren da zwei Kinder – er war immerhin Vater und mußte sich melden. Er ergriff ihn also und hörte Ramona Ramonas fröhliche Stimme, die ihn über die erbebenden Drähte New Yorks in ein Leben der Freude rief. Und nicht etwa nur einer schlichten Freude, sondern einer metaphysischen, transzendentalen Freude – Freude, die auf das Rätsel des menschlichen Daseins eine Antwort wußte. Das war Ramona – nicht bloß ein Sinnenmensch, sondern eine Theoretikerin, fast eine Priesterin, mit ihren den amerikanischen Bedürfnissen angepaßten spanischen Kostümen und ihren Blumen, ihren wahrhaft schönen Zähnen, ihren roten Wangen und ihrem dichten, krausen, aufregend schwarzen Haar.

»Hallo – Moses? Welche Nummer haben Sie?«

»Hier ist die armenische Wohlfahrt.«

»Ach, Moses! Du bist's!«

»Ich bin der einzige dir bekannte Mann, der alt genug ist, um noch die armenische Wohlfahrt zu kennen.«

»Beim letztenmal hast du gesagt, es sei das städtische Leichenschauhaus. Deine Stimmung muß sich gebessert haben. Hier ist Ramona...!«

»Natürlich.« Wer hat sonst eine Stimme, die sich so leicht von Höhe zu Höhe schwingt, voll exotischem Charme. »Die Dame aus Spanien.«

»*La navaja en la liga.*«

»Aber, Ramona, nie habe ich mich weniger von Messern bedroht gefühlt.«

»Du scheinst ausgesprochen gut gelaunt zu sein.«

»Ich habe den ganzen Tag mit keiner Seele gesprochen.«

»Ich wollte dich schon früher anrufen, aber im Laden war sehr viel zu tun. Wo warst du denn gestern?«

»Gestern? Wo war ich denn – laß mich mal nachdenken.«

»Ich dachte schon, du wärst ausgerückt.«

»Ich? Wie sollte das wohl geschehen?«

»Du meinst, du würdest vor mir niemals ausrücken?«

Vor der duftenden, sexuellen, hochgemuten Ramona ausrücken? Nicht in Millionen Jahren. Ramona hatte die Hölle der Verworfenheit durchmessen und sich den Ernst der Freude erobert. Denn wann werden wir zivilisierten Wesen wirklichen Ernst erlangen? fragt Kierkegaard. Nur wenn wir die Hölle durch und durch erfahren haben. Wo das nicht ist, werden Hedonismus und Frivolität alle unsere Tage mit Hölle durchtränken. Ramona jedoch glaubt nur an eine einzige Sünde, und das ist die Sünde wider den Körper, denn der ist für sie der wahre und einzige Tempel des Geistes.

»Aber du bist doch gestern verreist«, sagte Ramona.

»Woher weißt du das – läßt du mich durch einen Privatdetektiv beschatten?«

»Miß Schwartz hat dich mit einem Handkoffer in der Grand Central Station gesehen.«

»Wer? Die kleine Miß Schwartz in deinem Laden?«

»Jawohl.«

»Sieh doch einer an ...« Herzog wollte nicht weiter darüber sprechen.

Ramona sagte: »Vielleicht hat dir eine reizende Frau im Zug das Fürchten beigebracht, und du bist sporstreichs zu deiner Ramona zurückgekehrt.«

»Oh ...«, sagte Herzog.

Ihr Thema war die Fähigkeit, ihn glücklich zu machen. Wenn er an Ramona dachte mit ihren betörenden Augen und festen Brüsten, ihren kurzen, aber sanften Beinen, ihrem diebisch-verführerischen Carmen-Gehabe, ihrer Kunst im Bett (wo sie unsichtbare Rivalinnen zuschanden machte), merkte er, daß sie nicht übertrieb. Die Tatsachen zeugten für ihr Können.

»Nun, bist du nicht doch ausgerückt?«

»Warum sollte ich wohl? Du bist eine großartige Frau, Ramona.«

»Dann verhältst du dich aber sehr sonderbar, Moses.«

»Nun ja, ich bin wohl ein reichlich sonderbares Ungetüm.«

»Aber ich will nicht stolz und anspruchsvoll sein. Das Leben hat mich Demut gelehrt.«

Moses schloß die Augen und zog die Brauen hoch. Jetzt kommt's.

»Vielleicht fühlst du eine natürliche Überlegenheit, weil du so gebildet bist.«

»Gebildet! Aber ich weiß doch nichts...«

»Deine Erfolge. Du stehst in *Who's Who?* Ich bin nur eine Geschäftsfrau – ein kleinbürgerlicher Typ.«

»Das glaubst du doch nicht im Ernst, Ramona.«

»Warum entziehst du dich dann und läßt mich dir nachlaufen? Ich sehe ein, daß du das Spielfeld beherrschen willst. Nach großen Enttäuschungen habe ich das auch getan, zur Zementierung des eigenen Ichs.«

»Ein hochgesinnter, intellektueller Trottel, Spießer...«

»Wer?«

»Ich. Ich spreche von mir.«

Sie fuhr fort. »Wenn man jedoch sein Selbstvertrauen wiedergewinnt, lernt man die schlichte Kraft des schlichten Begehrens kennen.«

Bitte, Ramona, wollte Herzog sagen, du bist zwar reizend, duftend, sexuell und gut in der Hand – alles. Aber diese Vorhaltungen! Um Gottes willen, Ramona, hör auf damit. Doch sie machte weiter. Herzog blickte zur Decke. Die Spinnen hatten die Vertiefungen unter intensiver Bearbeitung wie die Ufer des Rheins. Nur hingen statt Trauben klumpenweise verschnürte Insekten herunter.

Ich habe mir das eingebrockt, indem ich Ramona die Geschichte meines Lebens erzählt habe – wie ich mich aus bescheidenen Verhältnissen zur vollkommenen Katastrophe emporgearbeitet habe. Aber ein Mensch, der so viele Fehler gemacht hat, kann es sich nicht leisten, die Verbesserungsvorschläge seiner Freunde in den Wind zu schlagen. Solcher Freunde etwa wie Sandor, dieser buckligen Ratte. Oder wie Valentine, des moralischen Megalomanen und Propheten in Israel. Man ist gut beraten, wenn man ihnen allen sorgfältig zuhört. Schimpfen ist besser als nichts. Es ist zumindest gesellig.

Ramona machte eine Pause, und Herzog sagte: »Ja, es stimmt – ich muß noch viel lernen.«

Aber ich bin fleißig. Ich bin stets bei der Arbeit und verbessere mich ständig. Ich werde ohne Zweifel groß in Form sein, wenn ich auf dem Totenbett liege. Die Guten sterben jung, aber ich bin verschont geblieben, damit ich an mir baue und das Leben goldrichtig beschließe. Die früher Gestorbenen werden auf mich stolz sein ... Ich will im Jenseits dem Christlichen Verein Junger Männer beitreten. Nur in dieser ganz besonderen Stunde lebe ich vielleicht an der Ewigkeit vorbei.

»Hörst du eigentlich zu?« fragte Ramona.

»Gewiß.«

»Was habe ich denn eben gesagt?«

»Daß ich meinen Instinkten mehr vertrauen sollte.«

»Ich habe gesagt, du solltest zu mir zum Essen kommen.«

»Ach so.«

»Wenn ich doch nur ein Biest wäre. Dann würdest du an jedem meiner Worte hängen.«

»Aber ich wollte dich doch gerade fragen, ob du mit mir in ein italienisches Restaurant gehen willst.«

Das war eine ungeschickte Erfindung. Er war zuweilen grausam geistesabwesend.

»Ich habe schon eingekauft«, sagte Ramona.

»Ja, aber, wenn diese spionierende Miß Schwartz mit der blauen Brille gesehen hat, wie ich in Grand Central Station abgehauen bin ...?«

»Habe ich dich denn erwartet? Ich habe angenommen, daß du tagsüber nach New Haven gefahren bist – zur Bibliothek von Yale oder dergleichen ... Komm doch bitte. Iß mit mir Abendbrot. Ich muß sonst allein essen.«

»Wieso, wo ist denn deine Tante?«

Die ältliche Schwester ihres Vaters wohnte bei Ramona.

»Sie ist weggefahren, um die Familie in Hartford zu besuchen.«

»Aha.« Er dachte, die alte Tante Tamara muß durchaus daran gewöhnt sein, kurzfristig Reisen zu unternehmen.

»Meine Tante versteht diese Dinge«, sagte Ramona. »Und außerdem mag sie dich sehr gern.«

Und sie glaubt, ich sei eine hoffnungsvolle Neuerwerbung. Zudem muß man für eine unbemannte Nichte, die ein stürmisches Liebesleben hinter sich hat, auch einige Opfer bringen. Ramona hatte mit einem Hilfsregisseur beim Fernsehen namens George Hoberly gerade Schluß gemacht, der davon schwer getroffen war; er befand sich in einem jammervollen Zustand – nahe der Hysterie. Wie Ramona es darstellte, war die alte Tante Tamara Hoberlys große Trösterin – sie gab ihm Ratschläge und beruhigte ihn, soweit eine alte Frau dazu imstande ist. Gleichzeitig war sie jedoch von Herzog fast so begeistert wie Ramona selber. Wenn er über Tante Tamara nachdachte, glaubte Herzog, seine Tante Zelda besser verstehen zu können. Die weibliche Leidenschaft für Geheimniskrämerei und das doppelte Spiel. Denn wir müssen die Frucht aus dem Maul der ränkevollen Schlange essen.

Immerhin erkannte Herzog, daß Ramona ein echtes Familiengefühl besaß, und das fand seinen Beifall. Sie schien ihre Tante wirklich zu lieben. Tamara war die Tochter eines polnisch-zaristischen Staatsirgendwas (was konnte es schon schaden, wenn man ihn zum General ernannte?). Ramona sagte von ihr: ›Sie ist sehr *jeune fille russe*‹ – eine ausgezeichnete Beschreibung. Tamara war fügsam, mädchenhaft, empfindsam und impulsiv. Immer wenn sie von Papá, Mamá, ihren Lehrern und dem Konservatorium sprach, hob sich ihre trockene Brust, und die Schlüsselbeine traten unter der angespannten Haut hervor. Sie schien sich immer noch entscheiden zu wollen, ob sie gegen den Willen ihres Papás eine Konzertlaufbahn einschlagen solle. Herzog, der mit ernster Miene zuhörte, konnte sich nicht darüber schlüssig werden, ob sie nun im *Salle Gaveau* einen Vortragsabend gegeben hatte oder ihn nur geben wollte. Alte Damen aus Osteuropa mit gefärbtem Haar und sinnlosen Kameenbroschen fanden schnell Zugang zu seiner Zuneigung.

»Wie steht es nun, kommst du oder kommst du nicht?« fragte Ramona. »Warum fällt es dir so schwer, dich festzulegen?«

»Ich sollte eigentlich nicht ausgehen – ich habe eine Menge zu tun – Briefe zu schreiben.«

»Was für Briefe? Du bist so ein Heimlichtuer. Was sind das für wichtige Briefe? Geschäfte? Wenn's geschäftliche sind, solltest du sie vielleicht zuerst mit mir durchsprechen. Oder mit einem Anwalt, wenn du mir nicht traust. Aber essen mußt du auf alle Fälle. Oder ißt du vielleicht nicht, wenn du allein bist?«

»Selbstverständlich esse ich.«

»Also?«

»Na schön«, sagte Herzog. »Du kannst mich bald erwarten. Ich bringe eine Flasche Wein mit.«

»Nein, nein! Tu das nicht. Ich habe schon welchen kalt gestellt.«

Er legte den Hörer auf. Sie hatte mit großem Nachdruck von dem Wein gesprochen. Vielleicht hatte er den Eindruck erweckt, daß er ein bißchen geizig war. Oder aber er hatte ihren Schutzinstinkt geweckt, was er oft tat. Er fragte sich zuweilen, ob er nicht zu einer Menschenklasse gehörte, die im stillen davon überzeugt ist, ein Abkommen mit dem Schicksal zu haben; zur Belohnung für ihre Folgsamkeit und ihren arglosen guten Willen sollen sie vor den schlimmsten Brutalitäten des Lebens beschirmt werden. Um Herzogs Mund bildete sich ein leises, wenn auch etwas verzerrtes Lächeln, als er darüber nachdachte, ob er wirklich vor Jahren einen derartigen Handel – ein hellseherisches Anerbieten – vorgeschlagen hatte: Demut als Preis für bevorzugte Behandlung. Ein derartiger Schacher war typisch weiblich – oder kindlich, wenn er sich auf Bäume oder Tiere bezog. Keine dieser Selbstbeurteilungen konnte ihn jetzt noch schrecken; es hatte keinen Zweck, sich mit dem auseinanderzusetzen, der man einst gewesen ist. Da gab es nur eins – das vereinte, das mystische Zusammenspiel natürlicher Kräfte und des eigenen Geistes.

Er öffnete den gemusterten chinesischen Schlafrock und besah seinen nackten Körper. Er war kein Kind mehr. Und das Haus in Ludeyville, das von jeder anderen Warte aus gesehen eine Katastrophe gewesen war, hatte ihn körperlich gestählt. Im Ringen mit der alten Ruine, um sich sein Vermächtnis zu erhalten, war sein Arm muskulös geworden. Sein Narzißmus hatte noch eine Galgenfrist erhalten. Noch hatte er die Kraft, eine Frau mit rundem Gesäß ins Bett zu tragen. O ja, in flüchtigen Augenblicken war er noch der junge gestriegelte Hengst – der er in Wahrheit nie gewesen war. Es gab zuverlässigere Anbeter des Eros als Moses Elkanah Herzog.

Aber warum war Ramona wegen des Weins so entschieden gewesen? Vielleicht hatte sie Angst, daß er mit einem Sauternes aus Kalifornien ankommen würde. Oder nein, sie glaubte an die aphrodisische Kraft ihrer eigenen Marke. Das konnte es sein. Oder aber, er ritt mehr auf dem Problem des Geldes herum, als er selbst merkte. Und als letzte Möglichkeit: Vielleicht wollte sie ihn mit Luxus umgeben. Herzog blickte auf die Uhr, aber es gelang ihm nicht, trotz seines entschlossenen Gehabes, sich die Uhrzeit einzuprägen. Dagegen bemerkte er, als er sich zum Fenster beugte, um über Dächer und Mauern Ausschau zu halten, daß der Himmel sich rötete. Er war verblüfft, daß er mit dem Kritzeln weniger Briefe einen ganzen Tag verbracht hatte. Und was für lächerliche, zornige Briefe! Das Gift und die Leidenschaft, die in ihnen steckten! Zelda! Sandor! Warum ihnen überhaupt schreiben? Und dem Monsignore! Zwischen den Zeilen von Herzogs Brief würde der Monsignore nur ein wütiges, eiferndes Gesicht erblicken, wie Moses die Steine jener Mauer zwischen den in schwarzem Asphalt eingebackten Stangen sah. Endlose Wiederholung bedroht die geistige Gesundheit. Nehmen wir einmal an, ich hätte absolut recht, und der Monsignore, zum Beispiel, absolut unrecht. Wenn ich recht habe, fällt das Problem vom Zusammenhang der Welt, und die gesamte Verantwortung dafür, allein mir zur Last. Wie will ich denn erkennen, ob Moses E. Herzog sich durchsetzt? Nein, warum soll ich das auf mich nehmen? Die Kirche hat ein universales Verständnis. Das halte ich für schädlich und für einen preußischen Wahn. Die Bereitschaft, auf alle Fragen zu antworten, ist ein untrügliches Zeichen der Dummheit. Hat Valentine Gersbach je zugegeben, daß er auf irgendeinem Gebiet nicht Bescheid wüßte? Er war ein regelrechter Goethe. Er hat alle deine Sätze zu Ende gesprochen, alle deine Gedanken neu formuliert, alles erklärt.

...Ich möchte Ihnen klarmachen, Monsignore, daß es nicht der Zweck meines Schreibens ist, Madeleine bloßzustellen oder Sie anzugreifen. Herzog zerriß den Brief. Gelogen! Er verabscheute Monsignore und wollte Madeleine ermorden. Ja, er war imstande, sie zu töten. Erfüllt von dieser schrecklichen Wut, war er jedoch

auch imstande, sich zu rasieren und anzuziehen, einen vergnügten Abend lang ein Bürger der Stadt zu sein, geschniegelt, wohlriechend und das Gesicht für Küsse versüßt. Er zuckte vor diesen verbrecherischen Phantasien nicht zurück. Es ist die Gewißheit der Bestrafung, die mich hindert, dachte Herzog.

Zeit, sich zu säubern. Er wandte sich von seinem Schreibtisch und dem sich vertiefenden Nachmittagslicht ab, ließ den Schlafrock fallen, betrat das Badezimmer und ließ Wasser ins Becken laufen. Er trank in der Dunkelheit des kühlen, gekachelten Raumes. Für eine Großstadt hat New York das herrlichste Wasser der Welt. Dann begann er, das Gesicht einzuseifen. Er konnte sich auf ein gutes Essen freuen. Ramona konnte kochen und einen schönen Tisch decken. Kerzen würden darauf stehen, Servietten aus Leinen, Blumen. Vielleicht wurden die Blumen gerade erst eilends durch den Abendverkehr aus ihrem Laden gebracht. Auf dem Fenstersims von Ramonas Eßzimmer nisteten Tauben. Man konnte im Luftschacht die Flügel schlagen hören. Und was die Speisenfolge betraf, so würde sie an einem Sommerabend wahrscheinlich eine Vichyssoise machen, und dann Garnelen à la Arnaud – im Stil von New Orleans. Weißen Spargel. Kalten Nachtisch. Eis mit Rum und Rosinen? Briekäse und Wasserbiskuits? Er urteilte nach früher genossenen Mahlzeiten. Kaffee. Brandy. Und dazu die ganze Zeit aus dem Nebenzimmer ägyptische Musik auf Schallplatten – ›Port Said‹, gespielt von Mohammad al Bakkar, mit Zithern, Trommeln und Tambourins. In jenem Zimmer lag ein chinesischer Teppich, und das Licht der grünen Lampe war tief und ruhig. Auch hier standen frische Blumen. Wenn ich den ganzen Tag in einem Blumenladen arbeiten müßte, würde ich mich nicht auch noch nachts vom Blumenduft verfolgen lassen. Auf dem Kaffeetisch lagen Kunstbücher und internationale Zeitschriften. Paris, Rio, Rom – alle waren vertreten. Unweigerlich waren zudem die jüngsten Geschenke von Ramonas Verehrern zur Schau gestellt. Herzog las immer die kleinen Karten. Aus welchem Grund ließ sie sie sonst dort liegen? George Hoberly, für den sie im vergangenen Frühling Garnelen à la Arnaud gekocht hatte, schickte ihr immer noch Handschuhe, Bücher, Theaterkarten und Operngläser. Nach den Etiketten konnte man seine liebestollen Wanderungen durch ganz

New York nachzeichnen. Ramona sagte, er wisse nicht, was er tue. Herzog fühlte Mitleid mit ihm.

Der bläulichgrüne Teppich, die maurischen Nippes und Arabesken, das breite, bequeme Sofa-Bett, die kostbare Lampe mit Glas wie Gefieder, die tiefen Armsessel am Fenster, die Aussicht nach Süden über den Broadway und den Columbus Circle. Und nach der Mahlzeit, wenn sie sich hier zum Kaffee und Brandy niederließen, würde Ramona ihn fragen, ob er sich nicht die Schuhe ausziehen wolle. Warum nicht? Ein freier Fuß in einer Sommernacht erleichtert das Herz. Und zu gegebener Zeit – nach früheren Fällen zu urteilen – würde sie ihn dann auch fragen, warum er so abwesend sei; dachte er vielleicht an seine Kinder? Dann würde er antworten ... er rasierte sich gerade, blickte dabei kaum in den Spiegel, denn er fand die Stoppeln mit den Fingerspitzen ... würde er antworten, daß er sich um Marco nicht mehr so viele Sorgen machte. Der Junge hatte einen festen Charakter. Er war ein ziemlich solider Sprößling der Herzogs. Ramona würde ihm dann sehr gut erwogene Ratschläge wegen seiner kleinen Tochter erteilen. Moses würde sagen, wie er sie denn diesen Psychopathen ausliefern könne. Zweifelte sie etwa, daß es Psychopathen wären? Wollte sie sich noch einmal den Brief von Geraldine ansehen – den fürchterlichen Brief, der schilderte, was sie taten? Daran würde sich dann wieder eine Diskussion anschließen: über Madeleine, Zelda, Valentine Gersbach, Sandor Himmelstein, den Monsignore, Dr. Edvig und Phoebe Gersbach. Gegen seinen Willen, wie ein Süchtiger, der seine Sucht loswerden will, würde er abermals erzählen, wie er betrogen, hinters Licht geführt, manipuliert, seiner Ersparnisse beraubt, in Schulden gestürzt, durch seine Frau, seinen Freund und Arzt in seinem Vertrauen getäuscht worden war. Wenn Herzog je die Scheußlichkeit der *einzelnen* Existenz erkannt hatte, je gewußt hatte, daß *das Ganze* vonnöten war, um jeden einzelnen Geist zu erlösen, so war es in solchen Augenblicken, in seiner gräßlichen Leidenschaft, die er vergeblich beim Erzählen seiner Geschichte mitzuteilen suchte. Dann überfiel ihn mitten im Erzählen die Einsicht, daß er kein Recht hatte zu erzählen, es anderen aufzuhalsen, daß seine Sucht nach Bestätigung, nach Hilfe, nach Rechtfertigung zwecklos war. Schlimmer noch, sie war unrein. (Aus irgendwelchen Gründen paßte ihm das französische Wort besser, und er sagte ›Immonde‹ und noch einmal, lauter, ›C'est immonde!‹) Dennoch würde Ramona ihn zärtlich bemitleiden. Zweifellos empfand sie aufrichtiges Erbarmen mit ihm, obwohl die Gekränkten aus ganz primitiven Gründen wenig anziehend und sogar lächerlich sind. Trotzdem darf in einem geistig verworrenen Zeitalter ein Mann, der noch empfinden konnte wie er, dies als eine gewisse Auszeichnung für sich beanspruchen. Er begann zu merken, daß eine bestimmte Art der Kurzsichtigkeit, des mangelnden Realismus und der offensichtlichen Arglosigkeit ihm ein sehr hohes Ansehen verlieh. Für Ramona schien es ihn in Glanz zu tauchen. Und vorausgesetzt, daß er *macho* blieb, würde sie ihm mit leuchtenden Augen und immer, immer größerer Sympathie zuhören. Sie verwandelte seinen Jammer in sexuelle Erregung und steuerte seinen Schmerz in eine brauchbare Richtung, um dem Verdienst seinen Lohn zu geben. Ich kann Hobbes nicht beipflichten, daß Männer kein Vergnügen *(voluptas)* in Gesellschaft empfangen, sondern statt dessen eine Menge Beschwer *(molestia)*, sofern keine übermächtige Gewalt vorhanden ist. Es ist immer eine übermächtige Gewalt vorhanden, nämlich das eigene Entsetzen. Um nun aber von diesen theoretischen Erwägungen abzusehen: wenn er fertig war, vier oder fünf Gläser Armagnac aus einem venetianischen Römer getrunken hatte – hoch über den puertorikanischen Mißhelligkeiten auf der Straße –, dann kam Ramona an die Reihe. Tust du mir recht, tu' ich dir recht.

Er fuhr fort, sich zu rasieren wie ein blinder Mann, nach dem Gefühl und dem Geräusch, dem Geräusch von Stoppeln und Klinge. Ramona hatte reiche Erfahrungen in der Bewirtung von Herren. Die Garnelen, Wein, Blumen, Lichter, Parfüms, die Riten des Entkleidens, die klagende, klirrende ägyptische Musik zeugten von Übung; er bedauerte, daß sie so leben mußte, aber zugleich schmeichelte es ihn. Ramona war verwundert, daß eine Frau an Moses etwas aussetzen konnte. Er sagte ihr, daß er bei Madeleine manchmal völlig versagt hätte. Vielleicht war es der entfesselte Zorn auf Madeleine, der seinem Akt zugute kam. Zu dieser Vermutung machte Ramona ein böses Gesicht.

»Ich weiß nicht – es könnte ja auch an *mir* liegen – hast du daran nie gedacht?« fragte sie. »Armer Moses – wenn du mit einer Frau keine Schwierigkeiten hast, kannst du gar nicht glauben, daß es dir ernst ist.«

Moses wusch sich sein Gesicht mit einem angenehmen Rasierwasser, einer schäumenden Handvoll, und blies sich von den Mundwinkeln her auf die Backen. Er stellte im kleinen Transistor-Radioapparat auf der Glasplatte über dem Waschbecken polnische Tanzmusik an und puderte sich die Füße. Dann gab er eine Weile dem Drang nach, auf den verschmutzten Bodenkacheln zu tanzen und zu hüpfen, so daß ein paar Kacheln aus dem Zement brachen und unter die Wanne befördert werden mußten. Es gehörte zu seinen Eigenheiten, daß er in der Einsamkeit in Gesang und Tanz ausbrach oder seltsame Dinge tat, die mit seinem sonstigen ernsten Gehabe nicht in Einklang standen. Er tanzte die Nummer zu Ende bis zur polnischen Werbesendung – »Ochyne-pynch-ochyne, Pynch Avenue, Flushing«. Er äffte den Ansager in der elfenbeingelben Dämmernis des gekachelten Badezimmers nach. Er war schon zu einer zweiten Polka bereit, als er schwer atmend feststellte, daß ihm der Schweiß an den Seiten herunterlief und daß er sich nach einem weiteren Tanz unbedingt duschen müsse. Dafür hatte er jedoch weder Zeit noch Geduld. Er konnte den Gedanken, sich abtrocknen zu müssen, nicht ertragen – eine jener tödlichen Beschäftigungen, die er stets haßte.

Er zog sich saubere Unterhosen und Socken an. Mit den Socken walzte er auf der Kappe seiner Schuhe umher, um einen stumpfen Glanz zu erzeugen. Ramona war mit seinem Schuhgeschmack nicht einverstanden. Vor dem Schaufenster eines Schuhgeschäfts in der Madison Avenue deutete sie auf ein Paar knöchelhohe spanische Stiefel und sagte: »So etwas brauchst du – diese böse aussehenden schwarzen Dinger.« Lächelnd blickte er hoch, so daß er der Helligkeit ihrer Augen begegnete. Sie hatte herrliche, ein wenig abgerundete weiße Zähne. Ihre Lippen trennten und schlossen sich über diesen vielsagenden Zähnen; dazu hatte sie eine kurze, gebogene französische Nase, klein und fein; Haselnußaugen, dichtes, lebendiges schwarzes Haar. Der Schwerpunkt des Gesichts lag vorwiegend in seinem unteren Teil. Ein kleiner Makel in Herzogs Augen. Nichts Ernstes.

»Soll ich mich vielleicht aufputzen wie ein Flamencotänzer?« fragte Herzog.

»Du solltest dich ein bißchen phantasievoll anziehen – um gewisse Aspekte deines Charakters zu unterstreichen.«

Man sollte meinen – Herzog lächelte übers ganze Gesicht –, daß er ein schlecht angelegtes Stück menschlichen Kapitals sei. Zu ihrer Überraschung – vielleicht – stimmte er ihr zu. Er stimmte beinahe fröhlich zu. Kraft, Intelligenz, Gefühl, Gelegenheit waren an ihn verschwendet worden. Er konnte jedoch nicht einsehen, daß solche spanischen Stiefel – die übrigens seinem verkindschten Geschmack sehr gefielen – seinen Charakter bessern würden. Und wir müssen uns bessern. Müssen!

Er zog sich die Hose an. Nicht die italienische Hose: die wäre nach dem Essen zu unbequem. Eins der neuen Popelinehemden kam als nächstes. Er entfernte alle Nadeln. Dann zog er sich die Madrasjacke an. Er bückte sich, um zu sehen, was er durch den kleinen Spalt des Badezimmerfensters vom Hafen sehen konnte. Nichts Besonderes. Nur einen Eindruck von Wasser, das die zu dicht bebaute Insel umsäumte. Es war eine Orientierungsgeste, wie der Blick auf die Uhr, der ihm keine Uhrzeit vermittelte. Und danach kam dann sein spezifisches Ich, eine Erscheinung im rechteckigen Spiegel. Wie sah er aus? O, toll – du siehst fabelhaft aus, Moses! Umwerfend! Die primitive Selbstgutheißung des Menschenwesens, jener süße Selbstinstinkt, der so alt ist, daß er einem Zellengeschöpf entstammen könnte. Als er atmete, tat er es mit Bewußtsein, ruhig, aber weitreichend, durch das ganze System, ein angenehmer Hunger in seinen entlegensten Nerven. *Sehr geehrter Herr Professor Haldane* ... Nein, das war in diesem Augenblick nicht Herzogs Mann. *Sehr geehrter Pater Teilhard de Chardin, ich habe versucht, Ihren Gedanken vom inneren Aspekt der Elemente zu begreifen. Daß Sinnesorgane, selbst rudimentäre Sinnesorgane, sich nicht aus Molekülen entwickeln können, die von Mechanisten als inert bezeichnet werden. Deshalb sollte die Materie als solche vielleicht als ein sich entwickelndes Bewußtsein betrachtet werden... Ist das Kohlenstoff-Molekül innen mit Denken ausgeschlagen?*

Sein rasiertes Gesicht, Gemurmel in den Spiegel – große Schatten unter den Augen. Das macht nichts, dachte er; wenn das Licht nicht zu hell ist, siehst du immer noch großartig aus. Du kannst noch eine Zeitlang Frauen erobern. Alle bis auf die Megäre Madeleine, deren Gesicht entweder schön ist oder medusenhaft. Geh also – Ramona wird dich speisen, dir Wein kredenzen, dir die Schuhe ausziehen, dir schmeicheln, deinen Zorn besänftigen, dich küssen, deine Lippe mit den Zähnen kneifen. Dann wird sie das Bett aufdecken, die Lichter verdunkeln und zum Kern der Dinge vorstoßen...

Er war halb elegant, halb schlampig. Das war schon immer sein Stil gewesen. Wenn er seinen Schlips mit aller Sorgfalt gebunden hatte, schleiften die Schnürsenkel. Sein Bruder Shura, der in seinen maßgeschneiderten Anzügen makellos gekleidet, im Palmer House maniküt und rasiert war, sagte, daß darin eine Absicht stecke. Einst war es vielleicht sein knabenhafter Trotz gewesen, aber jetzt war es ein unerläßlicher Bestandteil der täglichen Komödie des Moses E. Herzog. Ramona sagte oft: »Du bist kein wahrer puritanischer Amerikaner. Du hast eine Begabung für Sinnlichkeit. Dein Mund verrät dich.« Herzog konnte sich nicht helfen: er mußte den Finger an die Lippen legen, wenn das erwähnt wurde. Aber dann lachte er die ganze Angelegenheit aus der Welt. Es machte ihm allerdings zu schaffen, daß sie ihn nicht als Amerikaner anerkannte. Das tat weh! Was war er denn sonst? Beim Militär hatten ihn seine Kameraden auch für einen Ausländer gehalten. Die Leute aus Chicago fragten ihn voller Argwohn: »Was steht auf der Kreuzung der State und Lake Street? Wie weit westlich liegt die Austin Avenue?«

Die meisten schienen aus den Vororten zu stammen. Moses kannte die Stadt viel besser als sie, aber selbst das wurde zu seinen Ungunsten ausgelegt. »Ach, du hast das ja nur alles auswendig gelernt. Du bist ein Spion. Das beweist es. Einer von den gerissenen Juden. Spuck's schon aus, Moses – die lassen dich mit dem Fallschirm abspringen – stimmt's?« Nein, er wurde Nachrichtenoffizier und wegen Asthma vom Militär entlassen. Im Golf von Mexiko vom Nebel gewürgt, verlor er im Manöver wegen seiner Heiserkeit die Verbindung. Außer daß die ganze Flotte ihn stöhnen hörte: »Wir sind verloren! Beschissen von vorn und hinten!«

Aber 1934 war er in Chicago der Klassensprecher im McKinley-Gymnasium gewesen und hatte sich seinen Text aus Emerson gewählt. Damals hatte er nicht die Stimme verloren, als er den italienischen Mechanikern, den böhmischen Küfern, den jüdischen Schneidern erklärte: *Die Hauptaufgabe der Welt, zu ihrem Glanze ... ist die Hochzüchtung des Menschen. Das Privatleben eines einzigen Menschen soll eine herrlichere Monarchie sein ... als alle Königreiche der Geschichte. Wir wollen zugeben, daß unser Leben, so wie wir es hinbringen, gemein und niedrig ist ... Schöne und vollkommene Menschen sind wir jetzt nicht ... Die Gemeinschaft, in der wir leben, wird die Kunde kaum ertragen können, daß der Mensch der Ekstase und der göttlichen Erleuchtung geöffnet sein solle ...* Wenn er unweit Biloxi Schiff und Mannschaft verloren hatte, so besagte das nicht, daß er es nicht doch mit Schönheit und Vollkommenheit durchaus ernst meinte. Er glaubte, daß seine amerikanischen Beglaubigungen völlig in Ordnung seien. Lachend, aber doch schmerzlich berührt, erinnerte er sich an den Oberbootsmannsmaat von Alabama, der ihn gefragt hatte: »Wo haben Sie denn Ihr Englisch gelernt – in der Berlitz School?«

Nein, was Ramona als Kompliment meinte, war, daß er nicht das Leben eines durchschnittlichen Amerikaners geführt hatte. Nein, seine Absonderlichkeiten hatten ihn von Anfang an geleitet. Sah er darin vielleicht einen großen Wert oder eine gesellschaftliche Auszeichnung? Nun, er mußte diese Absonderlichkeiten ertragen, und deshalb war kein Grund vorhanden, sie nicht auch ein bißchen auszunützen.

Aber apropos durchschnittlicher Amerikaner – was für eine Mutter würde Ramona wohl abgeben? Wäre sie imstande, ein kleines Mädchen zu Macy's Parade mitzunehmen? Moses versuchte, sich Ramona, eine Priesterin der Isis, in einem Tweedkostüm vorzustellen, wie sie die Paradefahrzeuge bewunderte.

Lieber McSiggins. Ich habe Ihre Abhandlung »Die ethischen Ideen der amerikanischen Geschäftswelt«, gelesen. Ein gefundenes Fressen für McSiggins. *Interessant. Ich hätte eine eingehendere Untersuchung der öffentlichen und privaten Heuchelei im amerikanischen Bewertungssystem begrüßt. Nichts könnte den individuellen Amerikaner davon abhalten, sich soviel Verdienst zuzu-*

erkennen, wie es ihm gefällt. Allmählich ist in der populistischen Philosophie das gute Verhalten ein freier Gebrauchsartikel geworden wie die Luft, oder ein fast freier wie eine Fahrt mit der Untergrundbahn. Das beste von allem für alle – bitte bedient euch! Niemand schert sich viel darum. Das ehrliche Aussehen, empfohlen von Benjamin Franklin als Geschäftskapital, hat eine prädestinierende, kalvinistische Grundlage. Man darf die Erwähltheit eines anderen Mannes nicht in Zweifel ziehen. Man könnte damit seinen Kredit schädigen. Während der Glaube an die Verdammnis sich verflüchtigt, hinterläßt er geschlossene Reihen solider Erscheinungen.

Sehr geehrter General Eisenhower. Als Privatmann haben Sie vielleicht die Muße und die Neigung, über Dinge nachzudenken, für die Sie als Staatsoberhaupt offensichtlich keine Zeit hatten. Zum Beispiel den Druck des Kalten Krieges ... der heutzutage vielen Menschen als eine Phase politischer Hysterie erscheint, oder die Reisen und Reden des Mr. Dulles, die in diesem Zeitalter rasch wechselnder Perspektiven den früheren Anstrich der Staatskunst verlieren und sich in Beispiele amerikanischer Verschwendungssucht verwandeln. Ich befand mich an dem Tag, an dem Sie über das Risiko des Irrtums beim Entschluß zum Atomkrieg sprachen, zufällig auf der Pressegalerie. An jenem Tag hatte ich in der Second Avenue eine Anzahlung auf einen Kronleuchter geleistet, wirklich nur eine alte Gaslampe. Schon wieder zehn Dollar für Ludeyville 'rausgeschmissen. *Ich war auch zugegen, als Ministerpräsident Chruschtschow mit dem Schuh auf sein Pult hämmerte. Inmitten solcher Krisen und in einer solchen Atmosphäre war verständlicherweise keine Zeit für allgemeinere Fragen, wie sie mich bewegt haben.* Ja, in die ich sogar mein Leben investiert habe. Und was soll er in dieser Angelegenheit unternehmen? *Ich schließe jedoch aus dem Buch von Mr. Hughes und aus Ihrem Brief an ihn, in dem Sie sich besorgt über die geistigen Werte äußern, daß ich vielleicht nicht Ihre Zeit verschwende, wenn ich Ihre Aufmerksamkeit auf den Bericht Ihres eigenen Ausschusses für nationale Ziele lenke, der gegen Ende Ihrer Amtszeit veröffentlicht wurde. Ich frage mich, ob die Leute, die Sie in diesen Ausschuß berufen haben, dafür am besten geeignet waren – Wirtschaftsanwälte, Manager großer Un-*

ternehmen, die Gruppe, die heute unter dem Namen ›Industrielle Staatsmänner‹ bekannt ist. Mr. Hughes hat bemerkt, daß Sie gegen unangenehme Nachrichten abgeschirmt und sozusagen isoliert wurden. Vielleicht sind Sie neugierig, wer Ihr gegenwärtiger Briefschreiber ist, ob ein Liberaler, ein Eierkopf, ein blutendes Herz oder ein geistig nicht ganz Normaler. Sagen wir also, daß er ein denkender Mensch ist, der an die bürgerliche Nützlichkeit glaubt. Intelligente Leute ohne Einfluß empfinden eine gewisse Selbstverachtung, denn sie reflektieren die Verachtung jener, die echte politische oder soziale Macht besitzen oder zu besitzen meinen. Kannst du das nicht alles in wenigen Worten klarmachen? Es ist doch bekannt, daß er lange, komplizierte Dokumente haßt. *Eine Blütenlese loyaler und hoffnungsvoller Thesen, die uns im Kampf gegen den kommunistischen Feind helfen sollen, ist nicht das, was wir brauchten. Der alte Ausspruch Pascals (1623–1662), daß der Mensch ein Rohr, aber ein denkendes Rohr sei, kann mit etwas anderer Betonung von dem modernen Bürger einer Demokratie auch auf sich angewandt werden. Er denkt, aber er kommt sich vor wie ein Rohr, das sich vor zentral erzeugten Winden beugt.* Das würde Ike bestimmt nicht beachten. Herzog versuchte es von einer anderen Seite. *Tolstoi (1828–1910) hat gesagt: ›Könige sind die Sklaven der Geschichte.‹ Je höher man auf der Stufenleiter der Macht steht, desto mehr ist man in seinen Handlungen determiniert. Für Tolstoi ist die Freiheit vollkommen persönlich. Der Mensch ist frei, dessen Existenz einfach und wahrhaftig ist – real. Frei sein bedeutet, von den historischen Begrenzungen entbunden sein. Dagegen meinte GWF Hegel (1770–1831), daß sich die Wesenheit des menschlichen Lebens aus der Geschichte herleite. Geschichte, Erinnerung – das macht uns zu Menschen, das und unser Wissen vom Tod: ›Durch den Menschen kam der Tod.‹ Denn das Wissen vom Tode erweckt in uns den Wunsch, das eigene Leben auf Kosten anderer zu verlängern. Und das ist die Wurzel aller Machtkämpfe.* Aber das ist doch alles verkehrt, dachte Herzog, mit einem gewissen Humor in seiner Verzweiflung. Ich ecke bei allen diesen Leuten an – bei Nehru, bei Churchill und jetzt bei Ike, dem ich anscheinend eine Vorlesung über die Großen Bücher der Weltliteratur halten will. Immerhin steckt in dem Ganzen auch ein gehöriges Quantum aufrichtiger Empfindung. *Ohne bürgerliche Ordnung keine höhere Entwicklung der Menschheit. Das Ziel jedoch ist die Freiheit. Und was schuldet der Mensch dem Staat? Diese Überlegungen, die sich mir beim Lesen des Ausschußberichtes aufdrängten,* scheinen in mir den heftigen Wunsch erweckt zu haben, mich mitzuteilen, oder das seltsame Projekt, eine Mitteilung zu versuchen. Oder ich bin von einer versteckten Leidenschaft bestimmt, wenn ich diese Gedanken über Tod und Geschichte dem Obersten Befehlshaber von SHAEF anbiete, wie Scheinblüten, die auf dem Boden des Fiebers und nicht ausgelebter Gewalttätigkeit gewachsen sind. Nehmen wir schließlich einmal an, daß wir eine Art Bestie sind, zugehörig diesem mineralischen Klumpen, der in einer Kreisbahn um die Sonne läuft – warum dann diese Großartigkeit, diese hohen Maßstäbe? *brachten mich auf eine veränderte Fassung von Greshams berühmtem Gesetz: Das öffentliche Leben vertreibt das Privatleben. Je politischer unsere Gesellschaft wird (›politisch‹ im breitesten Sinne des Wortes – die Besessenheiten und Zwanghaftigkeiten der Kollektivität), desto mehr scheint die Individualität verlorenzugehen. Scheint, sage ich, denn sie hat Millionen geheimer Quellen. Deutlicher ausgedrückt: Die nationale Zielsetzung ist jetzt auf die Herstellung von Gütern gerichtet, die für das menschliche Leben in keiner Weise wesentlich, für das politische Fortbestehen des Landes aber lebensnotwendig sind. Da wir alle von diesen Erscheinungsformen des nationalen Sozialprodukts betroffen sind, sehen wir uns gezwungen, gewisse Absurditäten und Irrtümer als heilige Wahrheiten zu akzeptieren, deren Hohepriester vor nicht allzu langer Zeit noch als Quacksalber und Popanze gegolten hätten – Verkäufer von Schlangenöl. Andererseits gibt es aber mehr ›Privatleben‹ als vor einem Jahrhundert, als der Arbeitstag vierzehn Stunden lang war. Diese gesamte Materie ist von höchster Wichtigkeit, denn sie befaßt sich mit dem Eindringen gewisser Techniken der Ausbeutung und Beherrschung in die private (einschließlich der sexuellen) Sphäre.* Sein tragischer Nachfolger hätte sich vielleicht dafür interessiert, aber nicht Ike. Auch nicht Lyndon. Deren Regierungen konnten zwar ohne die Intellektuellen – Physiker, Statistiker – nicht funktionieren, aber diese kreisen verloren in den Armen der Industriekapitäne und kaltschnäuziger

Milliardäre. Kennedy war auch nicht willens, diesen Zustand zu ändern. Nur schien er sich selbst zugegeben zu haben, daß er existierte.

Ein neuer Gedanke ergriff von Moses Besitz. Er wollte Pulver, Harris Pulver, der im Jahre 1939 sein Tutor gewesen war und jetzt die Zeitschrift *Atlantic Civilization* herausgab, einen Entwurf anbieten. Ja, dem kleinen, nervösen Pulver mit seinen ängstlichen, seelenvollen blauen Augen, den schadhaften Zähnen, dem Profil einer Mumie von Giseh, wie sie in Robinsons ›Alte Geschichte‹ dargestellt ist, mit der straffen Haut und den hektisch roten Flecken. Herzog liebte diesen Mann auf seine unmäßige, herzüberflutende Weise. *Hör mal, Pulver,* schrieb er, *eine großartige Idee für einen unbedingt nötigen Essay über den ›Zustand der Begeisterung‹! Glaubst du an Transzendenz nach unten wie an Transzendenz nach oben? (Die Begriffe stammen von Jean Wahl.) Sollen wir die Unmöglichkeit einer Transzendenz einräumen? All das erfordert eine historische Analyse. Ich möchte behaupten, daß wir uns eine neue utopische Geschichte gebastelt haben, ein Idyll, in dem wir die Gegenwart mit einer vorgestellten Vergangenheit vergleichen, weil wir die Welt so, wie sie ist, hassen. Dieser Haß auf die Gegenwart ist noch nicht recht verstanden worden. Vielleicht ist die erste Forderung des erwachenden Bewußtseins in dieser Massenkultur expressiv. Der Geist, von knechtischer Stummheit befreit, speit Unflat und heult die in langen Zeiträumen gespeicherte Angst aus sich heraus. Möglicherweise finden auch der Fisch, der Molch oder das gräfliche springende urtümliche Säugetier ihre Stimmen und addieren ihre langen Erfahrungen zu diesem Schrei. Wenn man den Gedanken aufgreift, Pulver, daß Evolution die Natur ist, die sich ihrer selbst bewußt wird – im Menschen ist die Selbstbewußtheit auf dieser Stufe von einem Gefühl des Verlustes allgemeinerer natürlicher Kräfte als eines Preises begleitet, der auf Kosten des Instinkts entrichtet wurde, durch Opferung von Freiheit, Impuls (entfremdende Arbeit usw.). Das Drama dieser Stufe der menschlichen Entwicklung scheint das Drama einer Krankheit zu sein, einer Selbstrache. Ein Zeitalter der absonderlichen Komödie.*

Was wir erleben, ist nicht nur die Nivellierung, die Tocqueville vorausgesagt hat, sondern die plebejische Phase der evolutionären

Selbstbewußtheit. Vielleicht ist die Rache, die von den Zahlen, von den Gattungen an unseren narzißtischen Impulsen (aber auch an unseren Freiheitsforderungen) genommen wird, unvermeidlich. Unter dieser neuen Herrschaft der Mengen neigt die Selbstbewußtheit dazu, uns für uns selbst als Ungeheuer zu offenbaren. Das ist unzweifelhaft ein politisches Phänomen, eine Aktion gegen unseren persönlichen Impuls oder gegen den persönlichen Anspruch auf gebührenden Raum und Spielraum. Das Individuum ist gezwungen oder unter den Druck gesetzt, ›Macht‹ so zu definieren, wie sie in der Politik definiert ist, und die sich daraus ergebenden persönlichen Folgen für sich selber auszutüfteln. Auf diese Weise wird es gereizt, an sich selbst Rache zu nehmen, eine Rache der Verhöhnung, der Verachtung, der Leugnung jeglicher Transzendenz. Dieses letzte, die Verleugnung, gründet sich auf frühere Begriffe des menschlichen Lebens oder auf Bilder vom Menschen, die man unmöglich noch weiterhin gelten lassen kann. Das Problem, das ich sehe, ist jedoch nicht ein Problem der Definition, sondern einer totalen Neubewertung menschlicher Eigenschaften. Oder vielleicht sogar der Entdeckung von Eigenschaften. Ich bin überzeugt, daß es menschliche Eigenschaften gibt, die noch der Entdeckung harren. Eine solche Entdeckung oder Bergung wird von Definitionen, die die Menschheit auf der Ebene des Stolzes (oder des Masochismus) festlegen, nur gehindert, denn die Menschen brüsten sich zu sehr und leiden dann als Folge davon an dem Haß gegen sich selbst. Aber du fragst dich vermutlich, was nun aus dem ›Zustand der Begeisterung‹ geworden ist. Dieser ist so gedacht, daß er nur im Negativen erreicht werden kann und so auch in der Philosophie und Literatur sowie *im geschlechtlichen Erlebnis – oder mit Hilfe von Rauschgiften, in ›ideologischen‹ oder ›willkürlichen‹ Verbrechen oder auf ähnlichen Schreckenspfaden – gesucht wird. (Es scheint derartigen Verbrechern nicht aufzugehen, daß ein anständiges Betragen anderen Menschen gegenüber auch ›willkürlich‹ sein könnte.) Intelligente Beobachter haben gezeigt, daß die ›geistige‹ Ehrung oder Achtung, die in früheren Zeiten der Gerechtigkeit, dem Mut, der Mäßigkeit und Barmherzigkeit vorbehalten war, heutzutage im Negativen durch das Groteske gewonnen werden kann. Diese Entwicklung hängt, wie ich mir oft überlege, viel-*

leicht damit zusammen, daß soviel ›Wert‹ von der Technik selbst geschluckt worden ist. Es ist ›gut‹, ein rückständiges Gebiet mit elektrischem Strom zu versorgen. Die Zivilisation und sogar die Moral sind in der technischen Transformation enthalten. Ist es denn nicht gut, den Hungrigen Brot zu geben und die Nackten zu kleiden? Gehorchen wir etwa nicht Jesus, wenn wir Maschinen nach Peru oder Sumatra verschiffen? Das Gute wird ohne Schwierigkeit von Produktions- und Transportmaschinen geleistet. Kann da die Tugend konkurrieren? Neue Techniken sind in sich bien pensant *und verkörpern nicht nur Rationalität, sondern auch Wohlwollen. Auf diese Weise ist eine Menge, eine Herde von* bien pensants *dem Nihilismus in die Arme getrieben worden, der, wie allgemein bekannt, christliche und moralische Wurzeln hat und für die wildeste Raserei noch eine ›konstruktive‹ Begründung bietet. (Siehe Polyani, Herzog und andere.)*

Romantische Individuen (deren es unterdessen eine Masse gibt) werfen dieser Massenzivilisation vor, daß sie den Weg zu Schönheit, Vornehmheit, Integrität und Intensität blockiere. Ich möchte über den Begriff ›Romantik‹ nicht die Nase rümpfen. Die Romantik hat den ›Zustand der Begeisterung‹ gehütet, hat poetische, philosophische und religiöse Lehren sowie die Lehren und Dokumente der Transzendenz und der erhabensten Ideen der Menschheit während der größten und schnellsten Umwandlungen, der am meisten beschleunigten Phase der modernen wissenschaftlichen und technischen Umwälzung bewahrt.

Und schließlich, Pulver, in einem Zustand der Begeisterung zu leben, die Wahrheit zu kennen, frei zu sein, einen anderen Menschen zu lieben, das Dasein zu krönen, sich mit dem Tod bei klarem Bewußtsein abzufinden – ohne daß der Geist, hastend und planend, dem Tod zu entgehen, den Atem anhält und hofft, unsterblich zu sein, weil er nicht lebt –, ist schon lange kein esoterisches Vorhaben mehr. Wie die Maschinen sich das Gute einverleibt haben, hat sich auch die Technik der Zerstörung einen metaphysischen Charakter zugelegt. Auf diese Weise sind die praktischen Fragen zugleich die letzten Fragen geworden. Vernichtung ist keine Metapher mehr. Gut und Böse sind wirklich. Der Zustand der Begeisterung ist daher nichts Visionäres. Er ist nicht etwa den Göttern, Königen, Dichtern,

Priestern oder Schreinen vorbehalten, sondern gehört der Menschheit und der gesamten Existenz. Und deshalb –

Deshalb holperten und polterten Herzogs Gedanken wie die Maschinen in den Speichern, die er gestern im Taxi gehört hatte, als er im Konfektionsviertel durch den Verkehr aufgehalten wurde, mit endloser – unendlicher! – hungriger elektrischer Kraft, mit unerschöpflicher Energie in den Stoff stichelnd. Nachdem er sich in seiner gestreiften Jacke wieder hingesetzt hatte, klemmte er die Beine seines Schreibtischs zwischen die Knie und biß die Zähne aufeinander, während der Strohhut sich in seine Stirn eindrückte. Er schrieb: *Die Vernunft existiert! Die Vernunft ...* und hörte gleich darauf das leise, dichte Rumpeln stürzenden Mauerwerks, das Splittern von Holz und Glas. *Und auf Vernunft gegründeter Glaube. Ohne welche die Unordnung der Welt niemals durch bloße Organisation kontrolliert werden wird. Eisenhowers Bericht über die nationalen Ziele – wenn ich damit etwas zu tun gehabt hätte – hätte zu allererst über die private und innere Existenz der Amerikaner Überlegungen angestellt ... Habe ich eigentlich erklärt, daß mein Artikel eine Kritik dieses Berichts darstellen würde?* Er dachte tief und heftig nach und schrieb: *Jeder muß sein Leben umkehren. Umkehren!*

Deshalb sollt ihr sehen, wie ich, Moses E. Herzog, mich umkehre. Ich bitte euch, das Wunder seiner Herzenswandlung mit anzusehen – wie er die Geräusche der Abbrucharbeiten im Slum des nächsten Straßenzuges mit anhört, den weißen Mörtelstaub in der heiteren Luft des metamorphischen New York betrachtet; dabei nun auch mit den Mächtigen dieser Welt kommuniziert oder Worte des Verstehens und der Prophezeiung spricht – nachdem er zur gleichen Zeit einen behaglichen und unterhaltsamen Abend arrangiert hatte – Speise, Musik, Wein, Gespräch und Geschlechtsverkehr. Transzendenz oder nicht Transzendenz. Nur Arbeit und kein Vergnügen ist schlechte Medizin. Ike angelte Forellen und spielte Golf; meine Bedürfnisse sind anders. (Mehr in Herzogs Manier der großäugigen Bosheit.) Die Erotik muß in einer emanzipierten Gesellschaft, die die Beziehung sexueller Verklemmung zur Krankheit, zum Krieg, zu Vermögen, Geld und Totalitarismus versteht, zu guter Letzt ihren rechtmäßigen Platz erlangen. Was denn, ein Aufhupfer ist tatsächlich gesellschaftlich konstruktiv und nützlich, ein Akt der Staatsbürgerlichkeit. Hier sitze ich also in der hereinbrechenden Dämmerung, die gestreifte Jacke auf meinem Rücken, wieder in Schweiß nach meiner Waschung, rasiert, gepudert, habe die Unterlippe nervös zwischen die Zähne geklemmt, als nähme ich vorweg, was Ramona ihr antun wird. Machtlos, den hedonistischen Scherz zurückzuweisen, den eine gigantische industrielle Zivilisation mit den geistigen Wünschen, dem hohen Sehnen eines Herzog, dem sittlichen Leiden, dem Verlangen nach dem Guten und Wahren treibt. Die ganze Zeit schmerzt sein Herz in *verächtlicher* Weise. Er würde gern sein Herz durchschütteln oder es aus seiner Brust herausnehmen. Es ausstoßen. Moses haßte die erniedrigende Komödie der Seelenpein. Aber kann das Denken einen aus dem Traum des Daseins erwecken? Nicht, wenn es ein zweites Reich der Verwirrung wird, ein anderer, komplizierterer Traum, der Traum des Intellekts, des Wahns umfassender *Erläuterungen*.

Er hatte einmal von Polina, Daisys Mutter, eine bezeichnende Warnung erhalten, als er zeitweilig mit seiner japanischen Freundin Sono angebändelt hatte, und Polina, eine alte russisch-jüdische Frauenrechtlerin – fünfzig Jahre lang eine moderne Frau in Zanesville, Ohio (von 1805 bis 1935 fuhr Daisys Vater einen Lastwagen mit Sodagetränken und Seltzer in jener Stadt) ihm auf die Bude rückte. Weder Polina noch Daisy wußten damals wirklich etwas von Sono Oguki. (Welch eine Menge von Liebesverhältnissen! dachte Herzog. Eins nach dem anderen. War das meine eigentliche Laufbahn?) Aber ... Polina kam hereingestürzt, grauhaarig und breit in den Hüften, mit ihrem Strickbeutel, eine elegante, entschlossene Person. Sie erschien mit einer alten Quaker-Oats-Schachtel voll Apfelstrudel für Herzog – daß er ihres Apfelstrudels verlustig gegangen war, gab ihm immer noch einen Stich ins Herz; der Kuchen war wirklich herrlich. Aber er erkannte, daß seine Gier kindisch war und daß er Erwachsenenfragen zu entscheiden hatte. Polina hatte die besondere Steifheit und Strenge der emanzipierten Frau jener Epoche. Einst eine Schönheit, war sie jetzt ganz vertrocknet, mit goldener, achteckiger Brille und mit den spärlichen weißen Haaren einer alten Frau um die Mundwinkel.

Sie unterhielten sich auf jiddisch. »Was willst du werden?« fragte Polina, »*ein auswurf – ausgelassen?*« Haltloser Ausgestoßener? Die alte Dame war Anhängerin von Tolstoi, war puritanisch. Sie aß jedoch Fleisch und war tyrannisch. Sie war frugal, verdorrt, reinlich, achtbar und herrisch. Aber dennoch gab es nichts, was sich an Knusprigkeit, Süße, Weichheit und Aroma mit ihrem Apfelstrudel vergleichen ließ, der mit braunem Zucker und grünen Äpfeln gebacken war. Es war unglaublich, wieviel Sinnlichkeit in ihr Backen investiert war. Und niemals verriet sie Daisy das Rezept. »Ja, wie steht's denn nun?« fragte Polina. »Erst eine Frau, dann noch eine und noch eine. Wo wird das enden? Du kannst nicht eine Frau und einen Sohn wegen dieser Weiber – Huren – im Stich lassen.«

Ich hätte niemals diese ›Erläuterungen‹ mit ihr austragen sollen, überlegte Moses. War es denn Ehrensache, daß ich mich jedem gegenüber erläutern mußte? Ich habe es doch selbst nicht verstanden und hatte keinen Schlüssel dazu.

Er regte sich. Er sollte sich lieber auf den Weg machen. Es wurde schon spät. Man erwartete ihn in der Stadt. Aber er war noch nicht bereit zu gehen. Er nahm einen neuen Bogen Papier und schrieb *Liebe Sono.*

Sie war schon lange nach Japan zurückgekehrt. Wann? Er drehte die Augen nach oben, als er die Zeitdauer zu berechnen suchte, und sah die weißen Wolken, die über der Wall Street und dem Hafen dahinrollten. *Ich kann's Dir nicht verübeln, daß Du nach Hause gefahren bist.* Sie war eine Frau mit Vermögen. Sie besaß ebenfalls ein Haus auf dem Lande. Herzog hatte die Farbfotografien gesehen – eine orientalische Landschaft mit Kaninchen, Hühnern, Ferkeln, eine eigene heiße Quelle, in der sie badete. Sie hatte ein Bild vom Dorfblinden, der sie massierte. Sie liebte Massagen, glaubte daran. Sie hatte oft Moses massiert, und er hatte sie massiert.

Mit Madeleine hast Du recht gehabt, Sono. Ich hätte sie nicht heiraten sollen. Ich hätte Dich heiraten sollen.

Aber Sono hatte nie richtig Englisch sprechen gelernt. Zwei

Jahre lang hatten sie und Moses sich auf französisch unterhalten – *petit nègre*. Er schrieb: *Ma chère, ma vie est devenue un cauchemar affreux. Si tu savais!* Er hatte sein Französisch in der McKinley-Schule von einer furchteinflößenden alten Jungfer namens Miß Miloradowitch gelernt. Der nützlichste Unterricht, den ich gehabt habe.

Sono hatte Madeleine nur ein einziges Mal gesehen, aber einmal hatte genügt. Sie warnte mich, als ich in meinem defekten Morris-Stuhl saß. »*Moso, méfie-toi. Prends garde, Moso.*«

Sie hatte ein weiches Herz, und Herzog wußte, daß sie bestimmt weinen würde, wenn er ihr von der Trauer seines Lebens schriebe. Augenblickliche Tränen. Sie brachen aus ohne die westlichen Vorankündigungen. Ihre schwarzen Augen hoben sich von der Fläche ihrer Wangen, wie sich ihre Brüste von der Fläche ihres Leibes hoben. Nein, er wollte ihr keine irgendwie traurigen Nachrichten schicken, beschloß er. Statt dessen erlaubte er sich, sie sich vorzustellen, wie sie jetzt sein mochte (es war Morgen in Japan), in der heißen Quelle badend, der kleine Mund offen, singend. Sie badete oft, und sie sang, während sie sich wusch, den Blick nach oben gekehrt, die Lippen zierlich und zitternd. Die Lieder waren süß und seltsam, eng, steil, zuweilen mit mauzenden Tönen.

In den turbulenten Tagen, als er sich von Daisy scheiden ließ und Sono in ihrer Wohnung besuchte, ließ sie stets sogleich ihre kleine Wanne vollaufen und tat Badesalz hinein. Sie knöpfte Moses das Hemd auf, zog ihm die Kleider aus, und wenn sie ihn (»Vorsichtig, es ist heiß«) in dem perlenden, schäumenden, duftenden Wasser niedergesetzt hatte, ließ sie ihren Rock fallen und stieg hinter ihm in die Wanne. Dabei sang sie ihre vertikale Musik.

»Chin-drin
Je te lave le dos
Mon Mo-so«

Als junges Mädchen hatte sie sich in Paris niedergelassen und wurde dort vom Krieg überrascht. Sie hatte sich eine Lungenentzündung zugezogen, als die amerikanischen Truppen einrückten, und war immer noch krank, als sie mit der transsibirischen Eisenbahn wieder in die Heimat zurückkehrte. Sie sagte, daß Japan ihr nicht mehr gefiele, der Westen hätte ihr das Leben in Tokio vergällt, und ihr reicher Vater ließ sie in New York Formgebung studieren.

Sie erzählte Herzog, sie sei nicht sicher, ob sie an Gott glaube, aber wenn er es täte, würde sie auch zu glauben versuchen. Wenn er jedoch Kommunist sei, sei sie ebenfalls bereit, kommunistisch zu sein. Denn: »Les Japonnaises sont très fidèles. Elles ne sont pas comme les Américaines. Bah!« Amerikanische Frauen belustigten sie immerhin. Sie bewirtete oft Baptistinnen, die für sie bei der Einwanderungsbehörde gebürgt hatten. Sie beköstigte sie mit Garnelen oder rohem Fisch oder führte ihnen die Teezeremonie vor. Moses saß manchmal auf den Stufen des Sandsteingebäudes gegenüber, wenn die Damen länger verweilten. Dann trat Sono mit großem Vergnügen – sie gierte nach Intrige (die Abgründe weiblicher Geheimnistuerei!) – ans Fenster und gab ihm das Zeichen, indem sie so tat, als begösse sie die Pflanzen. Sie züchtete kleine Gingkobäumchen und Kakteen in Joghurtgefäßen.

Sie bewohnten in der West Side drei Zimmer mit hohen Dekken; im Hintergrund wuchs ein Ailanthusbaum, und in eins der Vorderfenster war eine riesige Klimaanlage eingebaut; sie muß mindestens eine Tonne gewogen haben. Allerhand Ausverkaufsgegenstände aus der 14. Street bevölkerten ihre Wohnung – ein zu stramm gepolstertes Sofa, bronzene Wandschirme, Lampen, Nylonvorhänge, Unmengen von Wachsblumen, Sachen aus Schmiedeeisen, gedrehtem Draht und Glas. Hier ging Sono geschäftig auf bloßen Füßen auf und ab, wobei sie kräftig mit der Ferse auftrat. Ihr hübscher Körper war unvorteilhaft in knielange, billig gekaufte Negligés gehüllt, die sie an einem Stand, nicht weit von der Seventh Avenue, eingekauft hatte. Jede dieser Besorgungen verwikkelte sie in Kämpfe mit den anderen Kauflustigen. Erregt, die Hand an den weichen Hals gelegt, erzählte sie Herzog mit scharfen Ausrufen, was geschehen war. »Chéri! J'avais déjà choisi mon tablier. Cette femme s'est foncée sur moi. Woo! Elle était noire! Mooan dieu! Et grande! Derrière immense. Immense poitrine. Et sans soutien-gorge. Tout à fait comme Niagara Fall. En chair noire.« Sono blies die Backen auf, ließ die Arme abstehen, als ersticke sie in Fett, streckte erst den Bauch vor und dann das Hinterteil. »Je disais

›No, no, leddy. Ich hier erst.‹ Elle avait les bras comme ça – enflés. Et quelle gorge! Il y avait du monde au balcon. ›No, no, leddy.‹« Stolz zeigte Sono ihre Nasenflügel, machte die Augen schwer und gefährlich. Sie stützte eine Hand auf die Hüfte. Herzog, auf dem kaputten Morris-Sessel vom Katholischen Räumungsverkauf, sagte: »So ist's recht, Sono. Die sollen sich nicht einfallen lassen, einem Samurai auf der 14. Street frech zu kommen.«

Im Bett hatte er versuchsweise Sonos Augenlider angerührt, als sie lächelnd dalag. Diese sonderbaren, komplexen, weichen blassen Lider behielten das Mal einer Berührung für eine ziemlich lange Zeit. *Ehrlich gesagt, ich habe es nie so gut gehabt,* schrieb er. *Aber ich besaß nicht genügend Charakterstärke, um solche Freuden zu ertragen.* Das war kaum scherzhaft gemeint. Wenn sich die Brust eines Mannes wie ein Käfig anfühlt, aus dem alle düsteren Vögel ausgeflogen sind – dann ist er frei, fühlt er sich leicht. Und sehnt sich danach, seine Geier wieder bei sich zu haben. Er verlangt nach seinen üblichen Kämpfen, seinen namenlosen, leeren Werken, seinem Zorn, seinen Anfechtungen und seinen Sünden. In diesem Zimmer voll orientalischer Pracht, in dem er auf grundsätzlicher Suche – *grundsätzlich,* wohlgemerkt – nach lebensspendender Freude war, die für Moses E. Herzog das Rätsel des Körpers löste (ihn von der fatalen Wirrnis der Weltlichkeit heilte, die das weltliche Glück zurückweist – diese westliche Seuche, dieser geistige Aussatz), schien er sein Ziel gefunden zu haben. Aber trotzdem saß er oft übellaunig und deprimiert in seinem Sessel. Zum Teufel mit dieser Trauer! Aber Sono war auch damit einverstanden. Sie sah mich mit den Augen der Liebe und sagte: »Ah! T'es mélancolique – c'est très beau!« Kann sein, daß Schuldgefühl und Trauer mir ein orientalisches Aussehen gaben. Ein mürrisches, zorniges Auge, eine lange Oberlippe – was man allgemein als chinesische Undurchdringlichkeit zu bezeichnen pflegte. Sie fand es *beau.* Und kein Wunder, daß sie mich für einen Kommunisten hielt. Die Welt sollte die Liebenden lieben, nicht die Theoretiker. Niemals Theoretiker! Weist ihnen die Tür! Meine Damen, schmeißen Sie diese mißmutigen Halunken 'raus! Hinaus, verwünschte Melancholia! Kimmerisch dunkel sei die Wüste, wo du hausest.

Sonos drei hohe Räume in der altmodischen Wohnung waren

mit durchsichtigen, billig gekauften Vorhängen geschmückt wie in den Filmen vom Fernen Osten. Es gab viele Bezirke des Interieurs. Der innerste war das Bett, die Laken grün gefärbt wie Spearmint oder verwaschenes Chlorophyll, ungemacht und in heilloser Unordnung. Nach dem Bad war Herzogs Körper rot. Wenn sie ihn abgetrocknet und gepudert hatte, steckte sie ihn in einen Kimono, ihre erfreute und doch noch etwas unwillige kaukasische Puppe. Der steife Stoff kniff unter den Achseln, wenn er auf den Kissen saß. Sie brachte ihm Tee in ihren besten Tassen. Er lauschte ihrem Gespräch. Sie erzählte ihm die letzten Skandale aus der Tokioter Presse. Eine Frau hatte ihren ungetreuen Liebhaber verstümmelt; man fand die fehlenden Teile unter ihrer Schärpe. Ein Lokomotivführer hatte ein Signal verschlafen und dadurch den Tod von einhundertvierundfünfzig Menschen verschuldet. Die Konkubine ihres Vaters hatte jetzt einen Volkswagen. Sie parkte vor dem Haustor, denn sie durfte nicht in den Hof hineinfahren. Und Herzog dachte: Ist das wirklich möglich? Haben alle Traditionen, Passionen, Entbehrungen, Tugenden, Schätze und Meisterwerke der hebräischen Disziplin und alles übrige – davon eine Menge rein rhetorisch, aber doch Wahrheiten enthaltend – zu diesen liederlichen grünen Laken geführt und zu dieser gerippten Matratze? Als ob sich jemand kümmerte, was er da tat. Als ob es das Geschick der Welt in irgendeiner Weise berührte. Es war seine eigene Angelegenheit. »Ich habe ein Recht«, flüsterte Moses, obgleich sich sein Gesicht weder veränderte noch bewegte. Sehr gut. Die Juden waren lange Zeit der Welt entfremdet, und jetzt ist die Welt ihnen entfremdet. Sono brachte eine Flasche zum Vorschein und versetzte seinen Tee mit Kognak oder Chivas Regal. Wenn sie selbst ein paarmal daran genippt hatte, ließ sie ein scherzhaftes Brummen hören. Herzog konnte sich das Lachen nicht verbeißen. Dann holte Sono ihre Bildrollen. Feiste Kaufleute vollzogen die Liebe mit schlanken Mädchen, die komisch die Blicke abwandten, während sie sich hingaben. Moses und Sono saßen mit gekreuzten Beinen auf dem Bett. Sie deutete auf dies und das, zwinkerte, stieß kleine Schreie aus und drückte ihr rundes Gesicht an das seine.

Irgend etwas briet oder braute immer in ihrer Küche, einem dunklen Verschlag, der nach Fisch, Sojasauce, Seetang Vermicelli und alten Teeblättern stank. Die Wasserversorgung war oft außer Betrieb. Sie wollte, daß Herzog einmal mit dem Hausverwalter, einem Neger, spräche, der nur lachte, wenn sie Instandsetzungen verlangte. Sono hielt sich zwei Katzen; deren Pfanne war niemals sauber. Schon in der Untergrundbahn, auf der Fahrt zu ihr, begann Herzog, diese Gerüche ihrer Wohnung wahrzunehmen. Ihre Düsternis zog ihm durchs Herz. Er begehrte Sono mit Leidenschaft und wollte mit ebenso großer Leidenschaft nicht zu ihr gehen. Selbst jetzt empfand er das Fieber, spürte die Gerüche, durchlebte den Widerstand. Er schauderte, wenn er auf ihre Klingel drückte. Die Kette rasselte, sie öffnete die große Tür und umarmte ihn stürmisch. Ihr Gesicht war sorgfältig geschminkt, und sie roch nach Moschus. Die Katzen versuchten davonzuschlüpfen. Sie fing sie und rief – immer derselbe Ruf: »Moso! Je viens de rentrer!«

Sie war außer Atem. Sie war gerannt, um Sekunden vor ihm zu Hause zu sein. Warum? Warum kam sie immer gerade knapp vor ihm? Vielleicht um zu beweisen, daß sie ein unabhängiges und beschäftigtes Leben führte; sie saß nicht wartend herum. Die hohe, oben gerundete Tür ließ ihn ein. Sono sicherte sie mit Riegel und Kette (Vorsichtsmaßregeln einer allein lebenden Frau, aber sie behauptete, der Hausverwalter versuche, ohne Klopfen bei ihr einzudringen). Herzog trat mit pochendem Herzen, aber gefaßter Miene bei ihr ein, sah sich mit bleichgesichtiger Würde die Vorhänge an (Siena, Scharlachrot und Grün) und den mit dem Einwickelpapier der letzten Einkäufe vollgestopften Kamin, den Zeichentisch, wo sie ihre Hausaufgaben erledigte und wo sich die Katzen kauerten. Er lächelte über die eifrige Sono und setzte sich auf den Morris-Sessel. »Mauvais temps, eh, chéri?« sagte sie und begann sofort, ihn aufzuheitern. Sie zog ihm die häßlichen Schuhe aus und erzählte ihm, wo sie gewesen war. Ein paar reizende Damen, die der Christian Science angehörten, hatten sie zu einem Konzert in den Cloisters eingeladen. Dann hatte sie ein Doppelprogramm im Filmtheater gesehen – Daniella Darieux, Simone Signoret, Jean Gabin und Harry Bow-wow. Die Nippon-American Society lud sie ins Gebäude der Vereinten Nationen ein, wo sie dem Nizam von Hyderabad Blumen überreichte. Durch die Vermittlung der japanischen Handelsmission wurde sie auch Nasser, Sukarno sowie dem

Außenminister und dem Präsidenten vorgestellt. Heute abend mußte sie den Außenminister von Venezuela in einen Nachtklub begleiten. Moses hatte gelernt, nicht an dem zu zweifeln, was sie erzählte. Sie zog immer eine Fotografie hervor, auf der sie, bildschön und lachend, in einem tiefausgeschnittenen Kleid zu sehen war. Sie besaß das Autogramm von Mendès-France auf einer Speisekarte. Sie hatte Herzog nie gebeten, mit ihr in die Copacabana-Bar zu gehen. Das war ein Zeichen der Achtung vor seinem tiefen Ernst. »T'es philosophe. O mon philosophe, mon professeur d'amour. T'es très important. Je le sais.« Sie stufte ihn höher ein als Könige und Präsidenten.

Wenn sie den Wasserkessel für Herzogs Tee aufsetzte, versäumte sie nie, mit äußerstem Stimmaufwand aus der Küche die Tagesereignisse zu berichten. Sie sah einen dreibeinigen Hund, um dessentwillen ein Lastwagen in einen Handwagen gefahren war. Ein Taxichauffeur wollte ihr seinen Papagei schenken, aber die Katzen würden ihn töten. Eine solche Verantwortung konnte sie nicht übernehmen. Eine alte Bettlerin – vieille mendiante – ließ sich von ihr die *New York Times* kaufen. Mehr wollte das Weib nicht haben als die *Times* vom heutigen Morgen. Ein Polizist wollte Sono eine gebührenpflichtige Verwarnung geben, weil sie die Straße bei Rot überquert hatte. Ein Mann hatte sich hinter einer Säule in der Untergrundbahn unsittlich entblößt. »Oooh, c'était honteux – quelle chose!« Sie zeigte mit den Händen die Länge von ihrem eigenen Körper aus. »Eine Fuß, Moso. Très laide.«

»Ça t'a plu«, sagte Moses lächelnd.

»O nein, Moso, nein. Elle était vilaine.« Sie war jedoch herrlich aufgeregt. Moses sah sie milde, aber vielleicht auch argwöhnisch an, als sie sich elegant in ihrem kaputten Liegesessel zurücklegte. Das Fieber, daß er bei seinem Kommen gefühlt hatte, begann sich jetzt zu legen. Selbst die Gerüche waren niemals ganz so schlimm, wie er sich's ausgemalt hatte. Die Katzen waren auf ihn weniger eifersüchtig. Sie kamen, um sich streicheln zu lassen. Er gewöhnte sich an ihr siamesisches Miauen, das drängender und hungriger ist als das der amerikanischen Katzen.

Und dann sagte sie: »Et cette blouse – combien j'ai payé? Dis-moi.«

»Du hast – laß mal sehen – drei Dollar dafür bezahlt.«
»Nein, nein«, rief sie. »Sechzig Cen'. Ausverkauf!«
»Unmöglich. Das Ding ist fünf Dollar wert. Du mußt die beste Einkäuferin von ganz New York sein.«

Zufrieden blinzelte sie ihm mit glänzenden Augen zu und zog ihm die Socken aus, die seine Füße wundrieben. Sie brachte ihm Tee und goß einen doppelten Schuß Chivas Regal hinein. Für ihn hatte sie nur das Beste. »Veux-tu gerührte Eiereien, chéri-koko? As-tu faim?«

Ein kalter Regen mordete das trostlose New York mit seinen grüneisigen Nadeln. *Wenn ich an den Northwest Orient Airlines vorbeigehe, fühle ich mich immer versucht, nach dem Preis einer Flugkarte nach Tokio zu fragen.* Sie tat Sojasauce auf die Eier. Herzog aß und trank. Das ganze Essen war salzig. Er schluckte eine große Menge Tee. »Wir nehmen Bad«, sagte Sono und fing an, sein Hemd aufzuknöpfen. »Tu veux?«

Tee und Bäder – der Dampf des kochenden Wassers löste die Tapeten von dem grünen Putz. Die große Radiotruhe spielte durch den goldstoffbespannten Lautsprecher Musik von Brahms. Die Katzen spielten unter den Stühlen mit Garnelenschalen.

»Oui – je veux bien«, sagte er.

Sie ging, um das Wasser einzulassen. Er hörte sie singen, als sie Fliedersalz und Schaumbadpulver hineinstreute.

Ich wüßte gern, wer sie jetzt abschrubbt.

Sono verlangte keine großen Opfer. Sie wollte nicht, daß ich für sie arbeite, ihr das Haus möbliere, ihre Kinder unterstützte, pünktlich zu den Mahlzeiten erscheine und in den Luxusläden Kreditkonten eröffne; sie verlangte nur, daß ich sie von Zeit zu Zeit besuchte. Aber manche Leute stehen mit den besten Dingen des Lebens auf dem Kriegsfuß und verkehren sie in Phantasien und Träume. Das jiddische Französisch, das wir sprachen, war komisch, aber unschuldig. Sie hat mir nicht die gebrochenen Wahrheiten und schmutzigen Lügen erzählt, die ich in meiner eigenen Sprache zu hören kriegte, und meine einfachen, aussagenden Sätze konnten ihr nicht viel Schaden zufügen. Andere Männer haben auf der Suche nach genau diesem Verhältnis dem Westen den Rücken gekehrt. Mir wurde es in New York City sozusagen frei Haus geliefert.

Das Bad war nicht ohne gelegentliche Krisen. Zuweilen untersuchte Sono Herzogs Körper nach Spuren seiner Untreue. Die Liebe – das war ihre feste Überzeugung – machte die Männer mager. »Ah!«, sagte sie etwa. »Tu as maigri. Tu fais amour?« Er leugnete es, aber sie schüttelte den Kopf und behielt ihr Lächeln, obwohl ihr Gesicht verquollen und verbittert aussah. Sie wollte ihm nicht glauben. Aber schließlich vergab sie ihm. Wenn ihre gute Stimmung wiederkehrte, setzte sie ihn in die Wanne und stieg hinter ihm hinein. Dabei sang sie oder knurrte ihm in militärischem Japanisch scherzhafte Befehle zu. Aber der Friede war eingekehrt. Sie badeten. Sie streckte ihre Füße aus, damit er sie einseifte. Sie schöpfte Wasser in einer Plastikschüssel und goß es ihm über den Kopf. Wenn sie zuletzt das Wasser ablaufen ließ, drehte sie die Dusche an, um die Seife wegzuspülen, und sie standen lächelnd zusammen unter dem Sprühregen. »Tu seras bien propre, chérikoko.«

Ja, sie hat mich sehr saubergehalten. Mit Vergnügen und Leid – Herzog wußte es alles noch.

Sie trockneten sich mit Frottiertüchern aus der 14. Street. Sie kleidete ihn in den Kimono und küßte ihm die Brust. Er küßte die Innenflächen ihrer Hände. Ihre Augen waren zärtlich, wissend, und zeigten zuzeiten ein sparsames Licht; sie wußte, wo sie ihre Sinnlichkeit investierte und wie sie sie steigern konnte. Sie setzte ihn aufs Bett und servierte ihm dort Tee. Ihre männliche Konkubine. Sie saßen mit gekreuzten Beinen, schlürften Tee aus den kleinen Täßchen und besahen sich die Bildrollen. Die Tür war verriegelt, der Telefonhörer abgehoben. Zaghaft kam Sonos Gesicht näher; sie berührte seine Wange mit ihren vollen Lippen. Sie halfen einander aus ihren orientalischen Gewändern. »Doucement, chéri. O, lentement. Oh!« Sie drehte die Augen nach oben, daß er nur noch das Weiße sah.

Einmal versuchte sie, mir klarzumachen, daß die Planeten von einem vorbeiziehenden Stern aus der Sonne gesogen worden seien. Als wenn ein Hund an einem Busch vorbeitraben und Welten freisetzen sollte. Und in diesen Welten erschien das Leben, und innerhalb dieses Lebens Wesen wie wir – Seelen. Und sogar noch seltsamere Geschöpfe als wir, sagte sie. Ich hörte so etwas gern von ihr, aber ich verstand sie nicht so gut. Ich weiß, daß sie meinetwegen nicht nach Japan zurückkehrte. Um meinetwillen war sie ihrem Vater ungehorsam. Ihre Mutter starb, aber Sono sagte wochenlang nichts davon. Und einmal sagte sie: »Je ne crains pas la mort. Mais tu me fais souffrir, Moso.« Ich war einen ganzen Monat nicht bei ihr gewesen. Sie hatte wieder eine Lungenentzündung gehabt. Niemand hatte sie besucht. Sie war schwach und blaß; sie weinte und sagte: »Je souffre trop.« Aber sie ließ sich von ihm nicht trösten; sie hatte gehört, daß er bei Madeleine Pontritter gewesen war.

Sie sagte jedoch: »Elle est méchante, Moso. Je suis pas jalouse. Je ferai amour avec un autre. Tu m'as laissée. Mais elle a les yeux très, très froids.«

Er schrieb: *Sono, Du hattest recht. Ich dachte, Du möchtest es vielleicht wissen. Ihre Augen sind sehr kalt.* Und doch sind es ihre Augen, und was soll sie dagegen tun? Es wäre nicht praktisch für sie, sich selbst zu hassen. Glücklicherweise schickt uns Gott einen Ersatz, einen Ehemann.

Ach, inmitten solcher Erkenntnisse braucht ein Mensch ein bißchen Trost. Abermals machte Herzog sich auf, um Ramona zu besuchen. Als er an seiner Wohnungstür stand und die lange Stange des Sicherheitsschlosses in der Hand hielt, suchte sein Gedächtnis den Titel eines Liedes. War es ›Nur noch ein Kuß‹? Das nicht. Auch nicht ›Der Fluch des wehen Herzens‹. ›Küß mich noch mal.‹ Ja, das war es. Es kam ihm furchtbar komisch vor, und das Lachen machte ihn ungeschickt, als er das komplizierte Schloß zum Schutz seiner, weltlichen Güter einstellte. Dreitausend Millionen Menschen existierten, jeder mit *irgendwelchen* Habseligkeiten, jeder ein Mikrokosmos, jeder unendlich kostbar, jeder mit einem besonderen Schatz. Es gibt einen fernen Garten, in dem seltsame Gegenstände wachsen, und dort, in einem lieblichen grünen Dämmerlicht, hängt wie ein Pfirsich das Herz des Moses E. Herzog.

Dieser Ausgang kommt mir so gelegen wie ein Magengeschwür, dachte er, als er den Schlüssel umdrehte. Immerhin ging er, nicht wahr? Er steckte den Schlüssel in die Tasche. Und drückte jetzt auf den Knopf des Fahrstuhls. Er hörte auf das Summen des Stroms, auf die schlenkernden Drahtseile. Er fuhr allein hinunter, trällerte dabei ›Küß mich‹ und versuchte wie einen entschlüpfenden dünnen Faden den Grund zu erhaschen, warum diese alten Lieder ihm durch den Kopf tönten. Nicht den handgreiflichen Grund. (Er hatte ein wehes Herz, ging von dannen, um sich küssen zu lassen.) Den geheimnisvollen Grund (wenn er das Finden wert war). Er war froh, in die frische Luft hinauszutreten, zu atmen. Er trocknete das Schweißband seines Strohhutes mit dem Taschentuch – es war heiß gewesen im Fahrstuhlschacht. Und wer trug einen solchen Hut, eine solche Jacke? Aber, bitte, Lou Holtz natürlich, der alte Vaudeville-Komiker. Er sang: »Ich fand eine Pflaume im Garten der Liebe, wo Pfirsiche wachsen sollten.« Herzogs Gesicht belebte sich noch einmal mit einem Lächeln. Das alte Oriental-Theater in Chicago. Drei Stunden Unterhaltung für fünfundzwanzig Cents.

An der Ecke blieb er stehen, um den Arbeitern beim Abbruch des Hauses zuzusehen. Die große Metallkugel schwang gegen die Mauern, brach leicht durch die Backsteinmauer und drang in die Zimmer ein – das träge Gewicht mästete sich an Küchen und Wohnräumen. Alles, was es berührte, schwankte und zerbarst, stürzte hinunter. Eine weiße stille Wolke von Mörtelstaub stieg auf. Der Nachmittag neigte sich dem Ende zu, und in der wachsenden Fläche der Zerstörung brannte ein von den Trümmern genährtes Feuer. Moses hörte die leise zu den Flammen hinströmende Luft, fühlte die Hitze. Die Arbeiter, die Holz auf das Feuer häuften, warfen Gipsstreifen wie Speere. Farbe und Lack qualmten wie Weihrauch. Der alte Fußboden brannte dankbar – eine Bestattung erschöpfter Gegenstände. Gerüste, mit roten, weißen, grünen Türen umkleidet, erbebten, als die sechsrädrigen Lastwagen die gefallenen Bausteine hinwegtrugen. Die Sonne, die sich nun in Richtung auf New Jersey und den Westen davonmachte, war von einem gleißenden Strudel atmosphärischer Gase umrandet. Herzog bemerkte, daß die Menschen mit roten Tupfen besprizt waren und daß er selbst auf den Armen und der Brust rote Flecken trug. Er überquerte die Seventh Avenue und stieg zur Untergrundbahn hinunter.

Von dem Feuerbrand, dem Staub eilte er die Treppen abwärts unter die Erde, lauschte auf das Nahen des Zuges, während seine

Finger in den Taschen die Münzen befühlten und nach der richtigen suchten. Er sog die Gerüche von Steinen und bitter scharfem Urin ein, die Gerüche von Rost und Schmiermitteln, fühlte einen Strom des Drängens, der Eile, des unendlichen Sehnens, der möglicherweise mit dem Drang seines Inneren, seiner eigenen strömenden, nervösen Vitalität verwandt war. (Leidenschaft? Vielleicht auch Hysterie? Mochte Ramona ihn durch das Geschlecht erlösen.) Er holte tief Atem, sog endlos die muffige feuchte Luft ein und fühlte in beiden Schultern einen Stich, als die Brust sich weitete, hörte aber nicht auf. Dann ließ er die Luft aus, langsam, sehr langsam, tiefer, tiefer in seinen Leib. Er tat es abermals und abermals und fühlte sich danach besser. Er steckte seine Münze in den Schlitz, wo er einen ganzen Haufen Münzen, von innen erleuchtet und vom Glase vergrößert, liegen sah. Unzählige Millionen von Passagieren hatten das Holz des Drehkreuzes mit ihren Hüften blankgerieben. Daraus ergab sich ein Gefühl der Gemeinschaft – Bruderschaft in einer ihrer billigsten Formen. Das war ernst, dachte Herzog, als er hindurchging. Je mehr Individuen zerstört werden (durch Vorgänge, die mir bekannt sind), desto schlimmer wird ihre Sehnsucht nach Kollektivität. Schlimmer, denn sie kehren aufgeputscht zur Masse zurück, durch ihr Versagen gereizt. Nicht als Brüder, sondern als Degenerierte. Erleben einen rasenden Verbrauch von Kartoffelliebe. So ergibt sich eine zweite Verzerrung des göttlichen Bildes, das ohnehin schon so undeutlich ist, so schwankend und bemüht. Die eigentliche Frage! Er blickte auf die Schienen hinunter. Die eigentlichste Frage!

Die Zeit des Spitzenverkehrs war gerade vorbei. Fast leere Wagen der langsamen Züge boten Szenen der Ruhe und des Friedens; die Schaffner lasen Zeitung. Auf seinen schnellen Zug wartend, ging Herzog den ganzen Bahnsteig entlang, sah sich die verunstalteten Plakate an – geschwärzte Zähne und eingezeichnete Bärte, komische Genitalien in Raketenform, lächerliche Kopulationen, Schlagworte und Ermahnungen. *Moslems, der Feind ist weiß. Hölle mit Goldwasser, ihr Juden. Nigger fressen Scheiße. Rufe mich an, und ich will zu dir herabsteigen, wenn mir deine Stimme gefällt.* Und von einem schlauen Zyniker: *Wenn sie dich schlagen, zeige ihnen dein zweites Gesicht.* Dreck, keifender Wahnsinn, Gebet und Witze der Menge. Kleinere Werke des Todes. Trans-Deszendenz – das war dafür das neue Modewort. Herzog besah sich sorgfältig alle Beschriftungen und machte seine eigene Meinungsumfrage. Er nahm an, daß die unbekannten Künstler Halbwüchsige waren. Die die Obrigkeit verhöhnten. Unreife, eine neue politische Kategorie. Probleme in engem Zusammenhang mit der zunehmenden geistigen Emanzipation ungelernter Arbeitsunfähiger. Dann schon lieber die Beatles. Um sich weiter die Zeit zu vertreiben, besah sich Herzog die Pennywaage. Der Spiegel war verdrahtet – konnte nur von einem erfindungsreichen Irren eingeschlagen werden. Die Bänke waren an die Wand geschraubt, die Bonbonautomaten mit Schlössern versehen.

Eine Zeile an Willie den Schauspieler, den berühmten Bankräuber, der lebenslänglich im Gefängnis saß. *Lieber Mr. Sutton. Das Studium von Schlössern.* Mechanische Hilfsmittel und das Genie eines Yankee... Er fing von neuem an: *Nur von Houdini übertroffen.* Willie hatte nie eine Schußwaffe bei sich. Einmal im Stadtteil Queens benutzte er eine Spielzeugpistole. Als Telegrammbote verkleidet, betrat er die Bank und eroberte sie mit seiner Spielwaffe. Die Versuchung war unwiderstehlich. Nicht eigentlich das Geld, sondern die Aufgabe, hineinzugelangen, und die Begleitaufgabe des Entkommens. Schmalschultrig, mit eingefallenen Wangen, dem dünnen flotten Schnurrbärtchen, darüber blaue Augen mit Tränensäcken, dachte Willie im Liegen über Banken nach. Lag auf seinem Schrankbett in Brooklyn, zog an einer Zigarette, trug einen Hut und ein Paar spitzer Schuhe und hatte Visionen von Dächern, die zu Dächern führen, von elektrischen Drähten, Kanalisationsnetzen, Stahlkammern. Alle Schlösser öffnen sich bei seiner Berührung. Das Genie kann die Welt nicht in Frieden lassen. Er hatte seine Beute in Flushing Meadows vergraben, in Konservenbüchsen. Er hätte sich zur Ruhe setzen können. Aber er unternahm einen Spaziergang, er sah eine Bank, eine schöpferische Gelegenheit. Diesmal wurde er gefaßt und ins Gefängnis gesteckt. Aber er plante einen großen Ausbruch, machte im Kopf eingehende Studien und entwarf einen Meisterplan, kroch durch Röhren, grub unter Mauern. Es wäre ihm um ein Haar gelungen. Die Sterne waren schon sichtbar. Aber die Häscher warteten schon auf ihn, als er durch die Erde brach. Sie schleppten ihn zurück – diese unscheinbare Person, diesen Ausbruchskünstler, einen der größten *und Houdini kaum unterlegen. Motiv: Die Macht und Vollkommenheit menschlicher Systeme muß fortwährend auf die Probe gestellt und überlistet werden, koste es auch die Freiheit oder das Leben.* Jetzt ist er ein Lebenslänglicher. Man sagt, er besitze den ganzen Satz der Großen Bücher der Weltliteratur und korrespondiere mit Bischof Sheen...

Sehr geehrter Herr Dr. Schrödinger, in Ihrem Buch Was ist das Leben? *sagen Sie, daß in der gesamten Natur nur der Mensch zögere, Schmerz zuzufügen. Da Zerstörung die Meistermethode ist, mit der die Evolution neue Typen hervorbringt, könnte das Widerstreben, Schmerz zuzufügen, einen menschlichen Willen manifestieren, das Naturgesetz zu vereiteln. Christentum und seine Vaterreligion, ein paar kurze Millennia mit fürchterlichen Rückschlägen...*

Der Zug hatte gehalten, die Tür schloß sich schon wieder, als Herzog sich aufraffte und sich hindurchzwängte. Er ergriff einen Haltering. Der Schnellzug flog nach Norden. Er leerte und füllte sich wieder in Times Square, aber Herzog setzte sich nicht. Es war zu schwer, sich von einem Platz aus den Weg ins Freie zu bahnen. Nun, wo waren wir? *In Ihren Bemerkungen über die Entropie... Wie sich der Organismus gegen den Tod behauptet – wie Sie es ausdrücken, gegen das thermodynamische Gleichgewicht... Da der Körper eine nicht stabile Struktur der Materie ist, droht er uns zu entwischen. Er begibt sich fort. Er ist real. Er! Nicht wir! Nicht ich! Dieser Organismus besitzt die Kraft, seine eigene Form einzuhalten und sich aus der Umgebung anzusaugen, was er benötigt. Dadurch lenkt er einen negativen Strom der Entropie, des Seins anderer Dinge, die er gebraucht, auf sich hin und gibt die Schlacke in einfacherer Form an die Welt zurück. Als Kot. Stickstoffartige Abfälle. Ammoniak. Aber Widerstreben gegen das Zufügen von Schmerz mit der Notwendigkeit des Verschlingens gekoppelt... das ergibt einen typischen menschlichen Kunstgriff, der darin besteht, daß er das Übel zu gleicher Zeit von sich weist und zu sich nimmt, ein menschliches Leben hat und zugleich ein unmenschliches Leben – in der Tat alles hat und alle Elemente mit ungeheurer Klug-*

heit und Gier kombiniert. Zu beißen, zu schlucken. Und zu gleicher Zeit seine Nahrung zu bemitleiden. Gefühle zu haben. Zu gleicher Zeit sich brutal aufzuführen. Es ist behauptet worden (und warum eigentlich nicht?), daß das Widerstreben gegen die Zufügung von Schmerz in Wirklichkeit eine extreme, eine raffinierte Form der Sinnlichkeit sei und daß wir das Wohlgefühl des Schmerzes dadurch erhöhten, daß wir ihm ein moralisches Pathos verleihen. Damit gewissermaßen beide Seiten der Sache auskosten. Nichtsdestoweniger gibt es moralische Wirklichkeiten, versicherte Herzog der ganzen Welt, während er den Griff in dem sausenden Wagen festhielt, so sicher, wie es molekulare und atomare gibt. Nur ist es heute notwendig, die allerschlimmsten Möglichkeiten offen ins Auge zu fassen. Wir haben darin tatsächlich keine Wahl...

Hier war seine Station, und er rannte die Treppe hinauf. Das Drehgitter rasselte mit seinen vielen Stangen und Ratschen hinter ihm her. Er eilte am Wechselschalter vorbei, in dem ein Mann, in teefarbenes Licht getaucht, saß, und zwei Treppenabsätze hinauf. In der Öffnung des Ausgangs blieb er stehen, um wieder zu Atem zu kommen. Über ihm das blumige Glas, verdrahtet und grau, und der Broadway, schwer und blau in der Dämmerung, fast tropisch; am Fuß der abschüssigen achtziger Straßen lag der Hudson, dick wie Quecksilber. Auf den Spitzen der Radiotürme von New Jersey schlugen oder zuckten rote Lichter wie kleine Herzen. In der Straßenmitte alte Leute auf Bänken; auf Gesichtern, auf Häuptern die starken Merkmale des Verfalls: die geschwollenen Beine der Frauen, die verquollenen Augen der Männer, eingesunkene Münder und tintige Nasenlöcher. Es war die normale Stunde für das regellose Flattern von Fledermäusen (Ludeyville) oder von Papierfetzen (New York), die Herzog an Fledermäuse erinnerten. Ein entflogener Ballon floh wie ein Samenfädchen schwarz und geschwind in den orangenen Staub des Westens. Er überquerte die Straße und machte einen Umweg, um dem Dunst von gegrillten Hühnern und Würsten zu entgehen. Die Menge schlenderte über den breiten Bürgersteig. Moses zeigte reges Interesse für die Menschen dieses Stadtteils, ihren Sinn fürs Theatralische, ihre Darsteller – die verkleideten Homosexuellen, die mit großer Originalität geschminkt waren, die Frauen mit Perücke, die Lesbierinnen, die so männlich aussahen, daß man sie an sich vorbeigehen lassen und von hinten ansehen mußte, um ihr Geschlecht festzustellen, Haarfarben aller Tönungen. In fast jedem vorüberziehenden Gesicht Male einer tieferen Begründung oder Erläuterung des Schicksals – Augen, die metaphysische Thesen enthielten. Ja sogar fromme alte Frauen, die immer noch dem Pfad alter Pflichten folgten und koscheres Fleisch kauften.

Herzog hatte George Hoberly einige Male gesehen, seinen Vorgänger in Ramonas Gunst, der ihm aus dem einen oder anderen Torweg mit den Augen folgte. Er war dünn, groß, jünger als Herzog, korrekt im Collegestil der Madison Avenue gekleidet, eine dunkle Brille zu einem hageren, schwermütigen Gesicht. Ramona sagte, sie fühle nichts als Mitleid für ihn, mit besonderer Betonung des ›nichts‹. Seine zwei Selbstmordversuche machten ihr wahrscheinlich klar, wie gleichgültig er ihr war. Moses hatte von Madeleine gelernt, daß eine Frau mit einem Mann radikal fertig ist, wenn sie einmal mit ihm fertig ist. Aber heute abend fiel ihm ein, daß Hoberly vielleicht die Kleidung trug, die Ramona für ihn ausgesucht hatte, da Ramona sich lebhaft für Männermoden interessierte und oft seine Wahl zu beeinflussen suchte. Er müht sich vergeblich um sie, in der Ausstattung ihres früheren Glücks und ihrer Liebe, wie die trainierte Maus bei Frustrationsexperimenten. Ramona fühlt sich selbst dann angeödet, wenn sie von der Polizei angerufen wird und mitten in der Nacht ins Krankenhaus an sein Bett eilen muß. Die ganze Gefühls- und Sensationsbörse ist in die Höhe geschossen – Schock, Skandal haben einen Kurs erhalten, der für den Durchschnittsmenschen unerschwinglich ist. Man muß schon etwas mehr tun, als ein bißchen Gas einatmen oder die Pulsader aufschneiden. Rauschgift? Fehlanzeige. Sexuelles Verwechselt-das-Bäumelein? Nichts! Ausschweifung? Ein Museumswort aus prälibidinösen Zeiten. Der Tag ist nicht mehr fern – Herzog als Leitartikler –, da nur der Nachweis, daß Sie in Verzweiflung sind, Sie zur Wahl befähigen wird, nicht aber der Vermögenstest, die Wahlsteuer oder die literarische Prüfung. Verloren müssen Sie sein. Frühere Laster gelten jetzt als Gesundheitsmaßnahmen. Alles im Wandel. Öffentliches Bekenntnis einer jeden tiefen Wunde, die einst getragen wurde, als sei alles in schönster Ordnung. Ein gutes

Thema: Die Geschichte der Gemütsfestigkeit in der kalvinistischen Gesellschaft. Als jeder Mensch, der die fürchterliche Verdammnis fühlte, sich trotzdem benehmen mußte, als sei er einer der Erwählten. Alle geschichtlichen Schrecknisse – jede Geistesqual – müssen sich endlich auslösen können. Herzog fühlte beinahe den Drang, Hoberly zu sehen, einen Blick auf dieses von Leid, Schlaflosigkeit, Nächten mit Pillen, Alkohol, Gebeten verwüstete Gesicht zu werfen – seine dunkle Brille, seinen fast randlosen Filzhut. Unerwiderte Liebe. Heutzutage unter der Bezeichnung ›hysterische Hörigkeit‹ bekannt. Es gab Zeiten, da Ramona von Hoberly mit großem Mitleid sprach. Sie sagte, sie hätte über einem seiner Briefe oder Geschenke geweint. Er schickte ihr Portemonnaies und Parfüms sowie lange Auszüge aus seinem Tagebuch. Er hatte ihr sogar eine große Summe in bar geschickt. Diese übergab sie Tante Tamara. Die alte Dame richtete ihm ein Sparkonto ein. Soll wenigstens das Geld ein paar Zinsen bringen. Hoberly hing sehr an der alten Dame. Auch Moses war ihr zugetan.

Er drückte auf Ramonas Klingel, und der Drücker öffnete umgehend die Haustür. In dieser Hinsicht war sie rücksichtsvoll. Wieder eine zarte Aufmerksamkeit. Die Ankunft ihres Liebhabers war niemals Routine. Der Fahrstuhl entließ einige Menschen – einen Mann mit einer massiven Vorderfront, der ein Auge geschlossen hielt und eine schwere Zigarre rauchte; eine Frau mit zwei Chihuahuas, ihr roter Nagellack war auf die Leine der Hunde abgestimmt. Vielleicht beobachtete ihn sein Rivale in den wirbelnden Dämpfen der Straße und durch zwei Glastüren hindurch. Moses fuhr hinauf. Im fünfzehnten Stock hatte Ramona die Tür angelehnt, aber die Kette vorgelegt. Sie wollte sich nicht vom falschen Mann überraschen lassen. Als sie Moses sah, löste sie die Kette, nahm ihn bei der Hand und zog ihn an ihre Seite. Sie bot ihm ihr Gesicht. Herzog fand es sehr voll und sehr heiß. Ihr Parfüm sprang ihm entgegen. Sie trug eine weiße Satinbluse, die so geschnitten war, daß sie einen Schal vortäuschte und ihre Büste betonte. Ihr Gesicht war gerötet; sie brauchte nicht das zusätzliche Rouge. »Ich freue mich, dich zu sehen, Ramona. Ich freue mich sehr«, sagte er. Er umarmte sie, denn er entdeckte in sich eine plötzliche Ungeduld, einen Hunger nach Berührung. Er küßte sie.

»So – du freust dich, mich zu sehen?«

»Ja! Das tue ich!«

Sie lächelte und schloß die Tür, schob auch den Riegel wieder vor. Sie führte Herzog an der Hand durch den Korridor, der keinen Läufer hatte, so daß ihre Absätze ein militärisches Geklapper vollführten. Das erregte ihn. »Jetzt«, sagte sie, »muß ich mir meinen Moses in feiner Kluft einmal ansehen.« Sie blieben vor dem vergoldeten, verzierten Spiegel stehen. »Du hast einen herrlichen Strohhut. Und was für einen Rock – Josephs gestreiften Rock.«

»Gefällt's dir?«

»Ja gewiß. Es ist eine bildschöne Jacke. Du siehst darin richtig indisch aus mit deiner dunklen Haut.«

»Ich will vielleicht der Bhave-Gruppe beitreten.«

»Was ist denn das?«

»Die die großen Ländereien an die Armen verteilt. Ich steuere Ludeyville dazu bei.«

»Frage lieber erst bei mir an, bevor du wieder alles wegschenkst. Wollen wir was trinken? Vielleicht willst du dich waschen, während ich die Getränke hole.«

»Ich habe mich rasiert, bevor ich das Haus verließ.«

»Du siehst erhitzt aus, als wärest du gerannt, und du hast Ruß im Gesicht.«

Er hatte sich wahrscheinlich in der Untergrundbahn gegen einen Pfeiler gelehnt. Oder vielleicht war es ein bißchen Asche von dem Trümmerfeuer.

»Ja, ich sehe es.«

»Ich hole dir ein Handtuch, mein Liebling«, sagte Ramona.

Im Badezimmer drehte Herzog seinen Schlips nach hinten, damit er nicht ins Becken hing. Es war ein behaglicher kleiner Raum mit indirektem Licht (gütig zu hageren Gesichtern). Der lange Wasserhahn glitzerte, das Wasser stürzte heraus. Er roch an der Seife. *Muguet!* Das Wasser fühlte sich an seinen Nägeln sehr kalt an. Er gedachte des alten jüdischen Rituals mit dem Nagelwasser und des Wortes in der Haggadah *Rachatz* »Du sollst dich waschen«. Es war auch geboten, sich zu waschen, wenn man vom Friedhof kam (*Beth Olam* – die Wohnstätte der Menge). Aber warum gerade jetzt an Friedhöfe, an Begräbnisse denken? Es sei denn ... der alte Witz über den shakespearischen Schauspieler im Bordell. Als er die Hose auszog, stieß die Hure im Bett einen Pfiff aus. Er sagte: »Madam, begraben woll'n wir Cäsar, nicht ihn preisen.« Wie solche Schuljungenwitze doch haften!

Er öffnete den Mund unter dem Wasserhahn und ließ den Strom auch in seine geschlossenen Augen laufen; er stöhnte dabei vor Wonne. Breite Scheiben irisierender Helligkeit schwammen unter seinen Lidern. Er schrieb an Spinoza: *Sie haben gesagt, kausal nicht verbundene Gedanken verursachten Schmerz. Ich finde, das trifft tatsächlich zu. Eine Stegreif-Assoziation, ohne Beteiligung des Intellekts, ist eine Form der Knechtschaft. Oder besser gesagt, dann ist jede Form der Knechtschaft möglich. Es mag Sie interessieren, daß im zwanzigsten Jahrhundert die Stegreif-Assoziation die tiefsten Geheimnisse der Psyche preisgeben soll.* Er wurde sich bewußt, daß er an einen Toten schrieb. So werden die Schatten großer Philosophen auf modern poliert. Aber warum sollte er eigentlich nicht an die Toten schreiben? Er lebte mit ihnen ebensoviel wie mit den Lebenden – vielleicht sogar mehr; und überdies waren seine Briefe an die Lebenden zunehmend nur im Geist geschrieben, und überhaupt: was war schon der Tod für das Unbewußte? Die Träume kannten ihn nicht. *Glauben, daß die Vernunft stetig fortschreiten kann, von der Unordnung zur Harmonie, und daß der Sieg über das Chaos nicht jeden Tag von neuem begonnen werden muß.* Wie ich das wünsche! Wie ich wünschte, daß es so wäre! Wie Moses darum betete!

Was sein Verhältnis zu den Toten anging, so war es in der Tat sehr schlecht. Er war ehrlich davon überzeugt, daß die Toten ihre Toten begraben sollten. Und daß das Leben nur dann Leben war, wenn es ganz klar als Sterben verstanden wurde. Er öffnete den großen Medizinschrank. Im alten New York hatte man noch in großem Stil gebaut. Fasziniert untersuchte er Ramonas Flaschen – Hautbelebungsmittel, estrogenische Tiefgewebetinktur, Bonnie-Belle-Antiperspirant. Dann diese tiefrote Rezeptaufschrift – zweimal täglich gegen Magenbeschwerden. Er roch daran und meinte, sie müsse Belladonna enthalten – beruhigend für den Magen, pupillenerweiternd in den Augen. Aus tödlichem Nachtschattengewächs hergestellt. Es gab auch Pillen gegen Menstrualkrämpfe.

Irgendwie hatte er nicht geglaubt, daß Ramona der Typ wäre. Madeleine pflegte zu schreien. Er mußte sie im Taxi ins St. Vincent-Krankenhaus bringen, wo sie nach einer Demarol-Injektion verlangte. Diese Dinger, die wie ein Forceps aussehen, müssen zum Kräuseln der Augenwimpern dienen. Sie glichen den Schneckenzangen im französischen Restaurant. Er schnupperte an dem Frottierhandschuh. Besonders für Ellbogen und Fersen, dachte er, um die Beulen wegzureiben. Er drückte mit dem Fuß die Wasserspülung; sie spülte mit lautloser Kraft; die Toiletten armer Leute machten immer Krach. Er nahm ein bißchen Brillantine für seine trockene Haarspitzen. Natürlich war sein Hemd naß, aber sie hatte für beide genug Parfüm an sich. Und wie war er sonst? In Anbetracht aller Umstände nicht allzu übel. Der Verfall kommt zur Schönheit, da gibt's kein Entkommen. Das Raum-Zeit-Kontinuum fordert seine Elemente zurück, trägt den Menschen Stückchen um Stückchen ab, und dann kommt wieder die Leere. Aber besser Leere als Qual und Öde eines unverbesserlichen Charakters, der immer die gleichen Kunststücke aufführt und dieselben Schändlichkeiten wiederholt. Aber diese Augenblicke der Schande und des Schmerzes könnten auch ewig scheinen, so daß ein Mensch, der die Ewigkeit dieser qualvollen Augenblicke einfangen und ihnen einen anderen Inhalt geben könnte, eine Revolution hervorrufen würde. Wie steht's damit?

Herzog wickelte seine Handfläche fest in ein Handtuch, wie ein Barbier, und wischte sich die Schweißtropfen vom Haaransatz. Dann wollte er sich wiegen. Er benutzte zuerst die Toilette, um sich etwas leichter zu machen, streifte die Schuhe ab, ohne sich zu bükken, und stieg mit einem ältlichen Seufzer auf die Waage. Zwischen seinen Zehen schoß die Nadel an 150 Pfund vorbei. Er gewann das Gewicht zurück, das er in Europa verloren hatte. Er zwängte die Füße wieder in die Schuhe, indem er die Hacken heruntertrat, und kehrte in Ramonas Wohnzimmer zurück – ihr Wohn- und Schlafzimmer. Sie wartete mit zwei Gläsern Campari. Der Geschmack war bittersüß und der Geruch ein wenig gasig – von der Gasleitung. Aber alle Welt trank es, und Herzog trank es auch. Ramona hatte die Gläser im Kühlschrank kalt gestellt.

»*Salud.*«

»*Sdrutch!*« sagte er.

»Deine Krawatte hängt dir auf dem Rücken.«

»So?« Er zog sie wieder nach vorn. »Vergeßlich. Ich habe einmal meine Jacke hinten in die Hose gesteckt, als ich aus der Herrentoilette kam, und bin so in meinen Hörsaal gegangen.«

Ramona schien erstaunt, daß er so eine Geschichte von sich erzählte. »War das nicht schrecklich?«

»Nicht eben schön. Aber auf die Studenten hätte es sehr befreiend wirken müssen. Der Lehrer ist sterblich. Außerdem hat ihn die Peinlichkeit nicht vernichtet. Das hätte von größerem Wert sein können als die ganze Vorlesung. Tatsächlich hat mir auch eine der jungen Damen später gesagt, ich sei sehr menschlich – welch eine Erleichterung für uns alle.«

»Das Komische an dir ist, wie vollständig du eine Frage beantwortest. Du bist ein komischer Mann.« Verlockend liebevoll; ihre hübschen großen Zähne, zärtliche dunkle Augen, durch schwarze Linien unterstrichen, lächelten ihn an. »Auf diese Weise versuchst du, dir einen rauhen und forschen Ton zuzulegen – wie ein Kerl aus Chicago –, und das macht's noch komischer.«

»Wieso komisch?«

»Es ist einfach Komödie. Aufgeblasen. Nicht dein wahres Ich.« Sie füllte die Gläser wieder und stand auf, um in die Küche zu gehen. »Ich muß nach dem Reis sehen. Ich stelle etwas ägyptische Musik an, um dich bei guter Laune zu erhalten.« Ein breiter Lackgürtel betonte ihre Taille. Sie beugte sich über den Plattenspieler.

»Das Essen riecht köstlich.«

Mohammad al Bakkar und seine Band begann mit Trommeln und Tamburinen, und dann folgte ein Klirren von Drahtsaiten und quäkenden Blasinstrumenten. Eine kehlige, fistelnde Stimme begann zu singen: »Mi Port Said ...« Der alleingelassene Herzog besah sich die Bücher und Theaterprogramme, Zeitschriften und Bilder. Eine Fotografie von Ramona als kleines Mädchen stand in einem Metallrahmen – sieben Jahre, ein altkluges Kind, das an einer plüschbezogenen Bank lehnte und den Finger gegen die Schläfe drückte. Er erinnerte sich an die Pose. Vor etwas dreißig Jahren waren die Leute davon überwältigt. Kleine Einsteins. Erstaunliche Weisheit in Kindern. Durchstochene Ohren, ein Medaillon, eine Schmachtlocke und die Art von früher Sinnlichkeit in kleinen Mädchen, die ihm noch deutlich vor Augen stand.

Tante Tamaras Uhr begann zu schlagen. Er ging in ihr Zimmer, um ihr altmodisches Zifferblatt aus Porzellan mit den langen Goldlinien zu betrachten, die wie die Schnurrhaare von Katzen aussahen, und lauschte den hellen, schnellen Tönen. Darunter lag der Schlüssel. Wenn man eine derartige Uhr besitzen wollte, mußte man regelmäßige Gewohnheiten haben – eine ständige Wohnung. Wenn man die Jalousie dieser kleinen europäischen Stube mit ihren gerahmten venezianischen Bildern und freundlichen holländischen Nichtigkeiten hochzog, sah man das Empire State Building, den Hudson, den grünen, silbrigen Abend und halb New York die Lichter entzünden. Nachdenklich zog er die Jalousie wieder herunter. Dieses – dieses Asyl wäre sein, wenn er bloß die Bitte ausspräche; davon war er überzeugt. Warum sprach er sie dann nicht aus? Weil das Asyl von heute das Verlies von morgen sein könnte. Wenn man Ramona hörte, war alles sehr einfach. Sie sagte, sie verstünde seine Bedürfnisse besser als er selber, und darin mochte sie durchaus recht haben. Ramona hatte niemals Bedenken, sich in vollem Umfang auszudrücken; ihre Reden hatten etwas Unverblümtes, geradezu Opernhaftes. Oper. Heraldik. Sie behauptete, ihre Gefühle für ihn hätten Tiefe und Reife und sie fühle den unbändigen Wunsch, ihm zu helfen. Sie sagte zu Herzog, er sei ein besserer Mann, als er selber wisse, ein tiefgründiger Mann, schön (er zuckte unwillkürlich zusammen, als sie das sagte), aber traurig, unfähig, sich zu nehmen, was das Herz wirklich begehrte, ein Mann von Gott versucht, nach Gnade lechzend, aber Hals über Kopf vor der Erlösung, die manchmal greifbar vor ihm stand, davonrennend. Dieser Herzog, dieser vielfach gesegnete Mann, hatte aus irgendeinem Grunde eine frigide, spießige, entmannende Frau in seinem Bett geduldet, ihr seinen Namen gegeben, sie zum Werkzeug seiner schöpferischen Kräfte gemacht; dafür behandelte ihn Madeleine mit Verachtung und Grausamkeit, als wolle sie ihn dafür bestrafen, daß er sich erniedrige und entwertete, daß er sich in die Liebe mit ihr hineinlog und die Verheißung seiner Seele verriet. Was er nun tun müsse, fuhr sie im gleichen opernhaften Stil fort – ohne Scham darüber, daß sie so fließend sprach, es erstaunte ihn –: er müsse seine Schuld für die großen Gaben, die er erhalten habe, für seine Intelligenz, seinen Charme, seine Bildung abzahlen und sich frei machen, um den Sinn des Lebens zu finden; nicht durch Desintegration, wo er ihn nie finden würde, sondern indem er in Demut, aber auch mit Stolz seine gelehrten Studien weiterverfolgte. Sie, Ramona, wolle seinem Leben Reichtum verleihen und ihm geben, was er am falschen Orte suchte. Das könne sie kraft der Kunst der Liebe, sagte sie – die Kunst der Liebe, die eine der höchsten Vollendungen des Geistes sei. Sie meinte Liebe, wenn sie von Reichtum sprach. Was er von ihr lernen müsse – solange noch Zeit war, solange er noch seine Männlichkeit hatte und seine Kräfte in der Substanz intakt waren –, sei die Erneuerung des Geistes durch das Fleisch (ein kostbares Gefäß, in dem der Geist ruhte). Ramona – Gott segne sie! – war genauso üppig in diesen Predigten wie in ihrem Aussehen. Was war sie doch für eine süße Rednerin! Aber wo waren wir stehengeblieben? Ach ja, er solle seine Studien fortsetzen und den Sinn des Lebens anpeilen. Er, Herzog, mit dem Sinn des Lebens gleichziehen? Er lachte in die Hände, mit denen er das Gesicht bedeckte.

Aber er wußte (sachlich), daß er diese Ansprachen durch sein Gehaben herausforderte. Warum rief denn die kleine Sono: »Oh, mon philosophe – mon professeur d'amour!«? Weil Herzog sich wie ein *philosophe* gab, den nur die allerhöchsten Dinge kümmerten – schöpferische Vernunft, wie man Böses mit Gutem vergilt, und alle Weisheit alter Bücher. Weil er über den Glauben nachdachte und ihm anhing. (Ohne den das menschliche Leben nichts ist als Rohmaterial der technischen Transformation, der Mode, Verkaufstaktik, Industrie, Politik, des Experiments, des Automatismus usw. usw. Der gesamten Blütenlese des Schändlichen, der man gern im Tod ein Ende setzt.) Er sah aus und benahm sich wie Sonos *philosophe*.

Und schließlich: Warum war er eigentlich hier? Er war hier, weil auch Ramona ihn ernst nahm. Sie glaubte, sie könne wieder Ordnung und geistige Gesundheit in sein Leben bringen, und wenn ihr das gelänge, wäre es nur logisch, daß er sie heirate. Oder mit ihren Worten: daß er begehren werde, mit ihr vereint zu sein. Es würde eine Vereinigung sein, die wirklich vereinte. Tische, Betten,

Wohnzimmer, Geld, Wäsche und Automobil, Kultur und Sex – alles in ein einziges Netz geknüpft. Dann würde ihrer Meinung nach schließlich alles sinnvoll werden. Das Glück war eine absurde und sogar schädliche Vorstellung, wenn es nicht wahrhaft allumfassend war; aber in diesem außergewöhnlichen und günstig gelagerten Fall, wo beide die schlimmste Erkrankung erlitten hatten und wie durch ein Wunder davongekommen waren, durch einen Instinkt für Leben und Lebensfreude – anders könne man über ihr Leben gar nicht sprechen, sagte Ramona, außer in den Tönen des magdalenischen Christentums –, war das allumfassende Glück möglich. In diesem Fall wurde es sogar zur Pflicht; wollte man die Anklagen gegen das Glück nicht beantworten (daß es eine ungeheuerliche und selbstsüchtige Sinnestäuschung, eine Absurdität sei), dann war das Feigheit, eine Unterwerfung unter das Böse, eine Kapitulation vor dem Todesinstinkt. Hier war ein Mann, Herzog, der wußte, wie es ist, wenn man von den Toten aufersteht. Und sie, Ramona, auch sie kannte die Bitternis des Todes und der Nichtigkeit. Ja, auch sie! Aber mit ihm feierte sie die wahren Ostern. Sie wußte, was Auferstehung war. Er konnte seine wissende Nase über die sinnlichen Freuden rümpfen, aber mit ihr, wenn die Hüllen gefallen waren, erfuhr er, was sie war. Keine Menge Sublimierung konnte das erotische Entzücken, das Wissen davon, ersetzen.

Moses hörte ernsthaft mit gebeugtem Kopf zu und fühlte nicht einmal die Versuchung, zu lächeln. Manches war gängiges Universitäts- oder Paperback-Geschwätz, und manches war Heiratsreklame, aber wenn man diese Posten abstrich, war sie echt. Er fühlte mit ihr und achtete sie. Es war durchaus voller Wirklichkeit. Was ihr auf dem Herzen brannte, war echt.

Wenn er im stillen diese dionysische Wiederkunft belächelte, dann verspottete er sich selbst. Herzog! Ein Prinz der erotischen Renaissance in seiner *macho*-Gewandung. Und was sollte aus den Kindern werden? Wie würde ihnen die neue Stiefmutter zusagen? Und würde Ramona Junie mitnehmen zum Weihnachtsmann?

»Ach, hier bist du«, sagte Ramona. »Tante Tamara würde sich geschmeichelt fühlen, wenn sie wüßte, daß du dich für ihr zaristisches Museum interessierst.«

»Diese altmodischen Einrichtungen«, sagte Herzog.

»Ist es nicht rührend?«

»Die haben einen mit Kitsch benebelt.«

»Die alte Dame mag dich so gern.«

»Ich mag sie auch gern.«

»Sie sagt, du bringst Licht ins Haus.«

»Daß *ich* ...« Er lächelte.

»Warum auch nicht. Du hast ein gütiges, zutrauliches Gesicht. Das willst du nicht hören, nicht wahr? Warum eigentlich nicht?«

»Wenn ich komme, vertreibe ich die alte Frau«, sagte er.

»Das stimmt nicht. Sie macht diese Reisen mit Wonne. Sie setzt sich einen Hut auf und zieht sich fein an. Es ist für sie solch ein Ereignis, wenn sie zum Bahnhof geht. Und jedenfalls ...« Ramona wechselte den Ton, »sie muß weg von George Hoberly. Der hat sich zum Problem entwickelt.« Einen kurzen Augenblick war sie bedrückt.

»... Tut mir leid«, sagte Herzog. »Ist es in letzter Zeit schlimm gewesen?«

»Der Arme ... Ich habe richtig Mitleid mit ihm. Aber komm, Moses, das Essen ist schon fertig, und ich möchte, daß du den Wein aufmachst.«

Im Eßzimmer reichte sie ihm die Flasche – Pouilly Fuissé, gut gekühlt – und den französischen Korkenzieher. Mit geschickten Händen und kräftigem Willen – rot werdendem Hals, als er sich mühte – zog er den Korken heraus. Ramona hatte die Kerzen angezündet. Der Tisch war mit spitzigen roten Gladiolen geschmückt, die in einer langen Schale standen. Auf dem Fensterbrett regten sich die Tauben und gurrten; sie schlugen mit den Flügeln und schliefen wieder ein. »Ich will dir schon von diesem Reis auftun«, sagte Ramona.

Sie nahm seinen Teller aus feinem Porzellan mit einem kobaltblauen Rand (die stete Ausbreitung des Luxus in alle Gesellschaftsschichten seit dem fünfzehnten Jahrhundert, von dem berühmten Sombart, unter anderen, vermerkt). Aber Herzog war hungrig, und das Essen war köstlich. (Später würde er wieder sparsam leben.) Tränen seltsam gemischten Ursprungs traten ihm in die Augen, als er die Garnelen mit Remouladensauce kostete. »Unsäglich gut – mein Gott, wie gut!« sagte er.

»Hast du denn den ganzen Tag nichts gegessen?« fragte Ramona.

»Ich habe seit einiger Zeit solches Essen nicht mehr gesehen. Prosciutto und persische Melone. Was ist das? Brunnenkressen-Salat. Gütiger Himmel!«

Sie freute sich. »Na, iß«, sagte sie.

Nach den Garnelen à la Arnaud und dem Salat tischte sie Käse und Zwieback auf, Eis mit Rum, Pflaumen aus Georgia und frühe grüne Weintrauben. Dann Brandy und Kaffee. Im Nebenzimmer sang Mohammad al Bakkar immer noch seine gewundenen nasalen, suggestiven Lieder zum Klang von hin- und hergeschobenen stählernen Kleiderbügeln, Trommeln, Tamburinen, Mandolinen und Dudelsäcken.

»Was hast du denn getan?«

»Ich? Ach, allerhand...«

»Wo bist du mit dem Zug hingefahren? Bist du vor mir davongelaufen?«

»Nicht vor dir. Aber ich glaube, daß ich gelaufen bin.«

»Du hast immer noch ein bißchen Angst vor mir, nicht?«

»Das will ich nicht sagen... Ich bin verwirrt und versuche, mich in acht zu nehmen.«

»Du bist an schwierige Frauen gewöhnt. An Kämpfe. Vielleicht gefällt es dir, wenn sie dich schlecht behandeln.«

»Jeder Schatz wird von Drachen gehütet. Daran erkennt man seinen Wert... Hast du was dagegen, wenn ich mir den Kragen aufmache? Ich glaube, er drückt auf eine Arterie.«

»Aber du bist gleich wieder zurückgekommen. Das war vielleicht meinetwegen.« Moses fühlte sich stark versucht, sie anzulügen und zu sagen: »Ja, Ramona, du warst es.« Strenge und buchstäbliche Wahrheitsliebe war ein triviales Spiel und konnte sogar zu einer peinlichen neurotischen Anwandlung werden. Ramona besaß Moses' vollkommenes Einverständnis – eine Frau von mehr als dreißig Jahren, geschäftlich erfolgreich, unabhängig, die aber immer noch ihren befreundeten Herren solche Abendmahlzeiten servierte. Wie sollte nur eine Frau in unseren Zeitläuften ihr Herz auf die Erfüllung hinlenken? Im emanzipierten New York sitzen sich in greller Tarnbemalung ein Mann und eine Frau gegenüber, wie zwei Wilde, die feindlichen Stämmen angehören. Der Mann will betrügen und sich dann aus der Affäre ziehen; die Frau verfolgt die Strategie, ihn zu entwaffnen und bei sich zu behalten. Und dies ist Ramona, eine Frau, die für sich selbst eintreten kann. Man denke doch nur, wie es einem jungen Ding ergehen würde, das die maskara-umringten Augen zum Himmel höbe und betete: »Laß, lieber Gott, keinen bösen Mann meine Rundlichkeit besteigen.«

Wobei dann allerdings Herzog aufging, daß es nicht eben empfehlenswert war, solche Gedanken zu spinnen, während er Ramonas Garnelen aß, ihren Wein trank, später dann in ihrem Wohnzimmer saß und der schleppenden Lüsternheit des Mohammad al Bakkar und seiner Spezialisten aus Port Said zuhörte. *Und, Monsignore Hilton, was ist eigentlich das priesterliche Zölibat? Eine viel fürchterlichere Disziplin ist es, umherzugehen und Frauen zu besuchen, um festzustellen, was die moderne Welt aus der Fleischlichkeit gemacht hat. Wie wenig Relevanz gewisse alte Ideen haben ...*

Aber eins wurde wenigstens klar. Die Erfüllung in einem anderen Menschen, in zwischenpersönlichen Beziehungen zu suchen, war ein weibliches Spiel. Und der Mann, der von Frau zu Frau einkaufen geht, obwohl sein Herz von Idealismus und dem Wunsch nach reiner Liebe wund ist, ist in den weiblichen Bereich eingedrungen. Seit Napoleons Sturz hat der ehrgeizige junge Mann seine Machtgelüste ins Boudoir getragen. Und dort haben die Frauen das Kommando übernommen. Wie es Madeleine getan hat und Wanda leicht hätte tun können. Und wie stand es mit Ramona? Und Herzog, der einmal ein dummer junger Bursche gewesen war und jetzt zu einem dummen alten Burschen wurde, indem er sich das Schema eines (von den Autoritäten anerkannten) Privatlebens zu eigen machte, verwandelte sich in eine Art Konkubine. Sono hatte ihm das mit ihren orientalischen Methoden restlos klargemacht. Er hatte sogar mit ihr darüber gescherzt, als er ihr zu erklären suchte, wie unrentabel ihm die Besuche bei ihr schließlich vorkämen: »*Je bêche, je sème, mais je ne recolte pas.*« Er scherzte – aber nein, er war ja gar keine Konkubine, nicht im geringsten. Er war ein schwieriger, aggressiver Mann. Und Sono versuchte, ihn zu belehren, ihm zu zeigen, wie ein Mann eine Frau behandeln sollte. Der Stolz des Pfaus, die Lust des Bocks und der Grimm des Löwen sind die Herrlichkeit und Weisheit Gottes.

»Wohin du auch mit deinem Koffer gegangen bist, deine im tiefsten Grunde gesunden Instinkte haben dich zurückgebracht. Sie sind weiser als du«, sagte Ramona.

»Mag sein...«, sagte Herzog. »Meine ganze Einstellung ist im Wandel.«

»Gott sei Dank hast du deine Erstgeburt noch nicht fortgegeben.«

»Ich bin niemals wirklich unabhängig gewesen. Ich habe für andere gearbeitet, für eine Reihe von Frauen.«

»Wenn du deinen hebräischen Puritanismus überwinden kannst...«

»Ich habe mir die Psychologie eines flüchtigen Sklaven angeeignet.«

»Daran bist du selber schuld. Du suchst dir immer herrschsüchtige Weiber aus. Ich versuche dir klarzumachen, daß du in mir einen ganz anderen Typ gefunden hast.«

»Das weiß ich«, sagte er. »Und ich halte unendlich viel von dir.«

»Ich habe meine Zweifel. Ich glaube nicht, daß du verstehst.«

Hier zeigte sie einige Empfindlichkeit. »Vor etwa einem Monat hast du gesagt, ich hätte einen sexuellen Zirkus. Als sei ich eine Art Akrobat.«

»Aber, Ramona, das hatte doch nichts zu bedeuten.«

»Es spielte darauf an, daß ich zu viele Männer kenne.«

»Zu viele? Nein, Ramona. So betrachte ich es nicht. Wenn überhaupt, dann hilft es meinem Selbstgefühl, daß ich dabei mithalten kann.«

»Was, schon der Gedanke des Mithaltens verrät dich. Es ärgert mich, wenn du so sprichst.«

»Ich weiß. Du willst mich auf eine höhere Ebene heben und das orphische Element in mir zum Durchbruch bringen. Aber, ehrlich gesagt, ich habe versucht, ein einigermaßen durchschnittlicher Mensch zu sein. Ich habe meine Arbeit getan, mich redlich durchgeschlagen, meine Pflichten erfüllt und auf das alte *quid pro quo* gewartet. Dafür habe ich natürlich eins über den Schädel gekriegt. Ich dachte, ich sei mit dem Leben zu einer geheimen Übereinkunft gelangt, daß mir das Schlimmste erspart bleiben sollte. Eine typisch bürgerliche Idee. Und auf der anderen Seite unterhielt ich einen kleinen Flirt mit dem Transzendenten.«

»Die Ehe mit einer Frau wie Madeleine oder die Freundschaft mit Valentine Gersbach ist gar nicht so alltäglich.«

Sein Unwille wuchs, und er versuchte, ihn zu zügeln. Ramona war rücksichtsvoll und wollte ihm Gelegenheit geben, seinen Zorn auszulassen. Dafür war er jedoch nicht gekommen. Und schließlich wurde er auch seiner Besessenheit überdrüssig. Übrigens hatte sie ihre eigenen Sorgen. Zwar sagte der Dichter, daß der Unwille eine Art der Freude sei, aber hatte er recht? Es gibt eine Zeit zum Reden und eine Zeit zum Schnabelhalten. Der einzige wirklich interessante Aspekt dieser Angelegenheit war die intime Form der Kränkung, die Tatsache, daß sie so sehr unter die Haut ging und so absolut nach Maß gefertigt schien. Faszinierend, daß der Haß persönlich genug sein kann, um beinahe liebevoll zu scheinen. Messer und Wunde lechzen nach einander. Gewiß kommt es sehr darauf an, wie verwundbar der Gemeinte ist. Manche schreien auf, andere nehmen den Stoß schweigend hin. Über diese könnte man die innere Geschichte der Menschheit schreiben. Was hat Vater gefühlt, als er erfuhr, daß Voplonsky mit den Wegelagerern unter einer Decke steckte? Er hat es nie gesagt.

Herzog zweifelte, ob es ihm heute noch gelingen würde, das alles für sich zu behalten. Er hoffte es. Aber Ramona ermunterte ihn zuweilen, sein Herz zu erleichtern. Sie bot ihm nicht nur ein Abendessen, sondern forderte ihn auch noch auf zu singen.

»Ich stelle sie mir nicht eben als ein durchschnittliches Paar vor«, sagte sie.

»Ich sehe uns drei als ein Komödiantentrio«, erwiderte Herzog, »und ich spiele dabei den Hanswurst. Angeblich soll Gersbach mich nachmachen – meinen Gang, meinen Gesichtsausdruck. Er ist ein zweiter Herzog.«

»Jedenfalls hat er Madeleine überzeugt, daß er dem Original überlegen ist«, sagte Ramona. Sie senkte die Augen. Sie bewegten sich und kamen erst unter den Lidern zur Ruhe. Beim Kerzenlicht beobachtete er diese vorübergehende Ruhelosigkeit ihres Gesichts. Vielleicht glaubte sie, taktlos gesprochen zu haben.

»Meiner Ansicht nach setzt Madeleine ihren ganzen Ehrgeiz daran, sich zu verlieben. Da liegt die Tiefe der ganzen Farce mit ihr. Dann ihr großer Stil. Ihre Ticks. Und man muß es dem Weibstück lassen, sie ist schön. Sie möchte für ihr Leben gern im Mittelpunkt des Interesses stehen. In einem der pelzbesetzten Kostüme, in denen sie einherstolziert, mit ihren frischen Farben und den blauen Augen. Und wenn sie Zuhörer hat, die sie in ihren Bann schlägt, dann macht sie eine flache Bewegung mit offener Hand, ihre Nase zuckt wie ein kleines Schiffsruder, und nach und nach mischt sich auch eine Braue ein und beginnt zu steigen und zu steigen.«

»Deiner Beschreibung nach ist sie anbetungswürdig«, sagte Ramona.

»Wir haben alle auf sehr hohem Roß zusammengelebt. Außer Phoebe. Die war nur ein Anhängsel.«

»Wie ist die denn?«

»Sie hat ein reizvolles Gesicht, wirkt aber abweisend. Sie macht den Eindruck einer Oberschwester.«

»Hat sie dich nicht gemocht?«

»... Ihr Mann war ein Krüppel. Er kann das herrlich sentimental ausschlachten, mit seiner düsteren Tränenmär. Sie hatte ihn billig eingekauft, weil er schon einen Fabrikschaden hatte. Neu und heil: einen solchen Luxus hätte sie sich nie leisten können. Das wußte er, wußte sie, wußten wir. Denn wir leben in einem Zeitalter der Einsicht. Die Gesetze der Psychologie sind allen gebildeten Leuten bekannt. Schließlich war er nur ein einbeiniger Radioansager, aber sie hatte ihn für sich. Dann kamen Madeleine und ich, und in Ludeyville begann ein glanzvolles Leben.«

»Sie muß bestürzt gewesen sein, als er anfing, dich nachzuahmen.«

»Ja. Aber wenn ich schon betrogen werden soll, dann am besten in meinem eigenen Stil. Poetische Gerechtigkeit. Philosophische Pietät beschreibt den Stil.«

»Wann hast du's zuerst gemerkt?«

»Als Mady von Ludeyville wegzubleiben begann. Ein paarmal verkroch sie sich in Boston. Sie sagte, sie müsse einfach allein sein und alles durchdenken. Sie nahm also das Kind mit – damals noch ein Baby. Und ich bat Valentine, ihr nachzureisen und ihr vernünftig zuzureden.«

»Und das war, als er anfing, dir diese Vorträge zu halten?«

Herzog versuchte, den rasch sprudelnden Groll, an dessen Quelle gerührt worden war, wegzulächeln. Er könnte die Beherrschung verlieren. »Alle haben Vorträge gehalten. Jeder hat es getan. Die Menschen benutzen ihre Sprache dauernd, um Gesetze zu verkünden. Ich habe noch Madeleines Briefe aus Boston. Ich habe auch Briefe von Gersbach. Alle möglichen Dokumente. Ich habe sogar ein Bündel Briefe, die Madeleine an ihre Mutter geschrieben hat. Die sind mir per Post zugeschickt worden.«

»Was hat Madeleine gesagt?«

»Sie ist eine tolle Schriftstellerin. Sie schreibt wie Lady Hester Stanhope. Erst hat sie behauptet, ich gliche ihrem Vater in zu vielen Beziehungen. Wenn wir zusammen in einem Zimmer wären, dann schiene ich die ganze Luft wegzuschlucken und ließe ihr nichts zum Atmen. Ich sei unverträglich, infantil, anspruchsvoll, sardonisch und ein psychosomatischer Schinder.«

»Psychosomatisch?«

»Ich hätte Bauchschmerzen, um sie zu kujonieren, und setzte meinen Willen durch, indem ich krank spielte. Das haben alle gesagt, alle drei. Madeleine hat dann noch einen anderen Vortrag gehalten, über die einzige Grundlage einer Ehe. Eine Ehe sei ein zartes Verhältnis, das von einem überströmenden Gefühl herrühre, und was sonst noch dazu gehört. Sie hat mir sogar einen Vortrag über die richtige Vollziehung der ehelichen Pflichten gehalten.«

»Unglaublich.«

»Wahrscheinlich hat sie geschildert, was sie von Gersbach gelernt hat.«

»Du braust es nicht auszumalen«, sagte Ramona. »Ich bin überzeugt, daß sie's so peinlich wie möglich gemacht hat.«

»Indessen sollte ich auch mein Buch fertigmachen und der Lovejoy meiner Generation werden – das ist das blöde Geschwätz der Gebildeten, Ramona, ich habe es nicht so aufgefaßt. Je mehr Madeleine und Gersbach auf mich einpredigten, desto mehr hielt ich es für mein einziges Ziel, ein ruhiges, regelmäßiges Leben zu führen. Sie sagte, diese Ruhe sei nur ein weiterer Anschlag von mir. Sie warf mir vor, ich sei ein ›Jammerlappen‹ und versuchte, sie nun mit einer neuen Taktik zu ducken.«

»Wie sonderbar! Was sollst du denn getan haben?«

»Sie meinte, ich hätte sie geheiratet, um ›erlöst‹ zu werden, und wolle sie nun töten, weil sie meine Erwartungen nicht erfüllte. Sie sagte, sie liebe mich, könne aber nicht tun, was ich verlangte, weil das zu phantastisch sei; darum fuhr sie wieder einmal nach Boston, um alles zu überdenken und eine Möglichkeit zu finden, die Ehe zu retten.«

»Aha.«

»Ungefähr eine Woche später kam Gersbach ins Haus, um einige ihrer Habseligkeiten abzuholen. Sie hatte ihn von Boston aus angerufen. Sie brauchte ihre Kleider. Und Geld. Er und ich haben einen langen Spaziergang im Wald gemacht. Es war früher Herbst – sonnig, staubig, herrlich – melancholisch. Ich half ihm über die unebenen Wegstellen. Er stakt sich vorwärts mit diesem Bein...«

»Das hast du mir schon erzählt. Wie ein Gondoliere. Und was hat er gesagt?«

»Er sagte, er wisse nicht, wie, zum Teufel, er diesen schrecklichen Streit zwischen den beiden Menschen, die er auf der Welt am meisten liebe, überleben solle. Er wiederholte es – den beiden Menschen, die ihm mehr bedeuteten als Frau und Kind. Es zerrisse ihn. Sein ganzer Glaube ginge in Trümmer.«

Ramona lachte, und Herzog fiel ein.

»Und dann?«

»Dann?« fragte Herzog.

Er erinnerte sich an das Zucken in Gersbachs dunkelrotem, eindrucksvollem Gesicht, das zunächst brutal wirkte, wie das Gesicht eines Metzgers, bis man die Tiefe und Feinheit seiner Empfindungen begreifen lernte.

»Dann gingen wir ins Haus zurück, und Gersbach packte ihre Sachen. Und weswegen er hauptsächlich gekommen war – ihr Pessar.«

»Das ist doch wohl nicht dein Ernst!«

»Doch, natürlich.«

»Aber du scheinst es hinzunehmen.«

»Ich nehme nur hin, daß meine Idiotie sie beflügelte und zu größeren Höhen der Perversität befähigte.«

»Hast du sie denn nicht gefragt, was das bedeuten sollte?«

»Das habe ich. Sie sagte, ich hätte das Recht auf eine Antwort verwirkt. Das sei wieder ein Beispiel für mein Verhalten – Kleinlichkeit. Dann fragte ich sie, ob Valentine ihr Liebhaber geworden sei.«

»Und was hast du zur Antwort bekommen?« Ramonas Neugier war sehr groß.

»Daß ich gar nicht verstünde, was Gersbach mir geschenkt hätte – seine Liebe, sein Gefühl. Ich sagte: ›Aber er hat doch das Ding aus dem Medizinschrank genommen.‹ Und sie sagte: ›Ja, und er übernachtet bei June und mir, wenn er nach Boston kommt, aber er ist der Bruder, den ich niemals gehabt habe, weiter nichts.‹ Ich hatte meine Bedenken, aber sie fügte hinzu: ›Sei doch nicht dumm, Moses. Du weißt, wie ungehobelt er ist. Er ist überhaupt nicht mein Typ. Unsere Intimität ist von ganz anderer Art. Wenn er nämlich in Boston die Toilette benutzt, dann füllt sich die kleine Wohnung mit seinem Gestank. Ich kenne den Geruch seiner Scheiße. Glaubst du, ich könnte mich einem Mann hingeben, dessen Scheiße so riecht?‹ Das war ihre Antwort.«

»Wie schrecklich, Moses. Hat sie das gesagt? Was für eine seltsame Frau. Eine sehr, sehr seltsame Frau.«

»Nun, es zeigt, wieviel wir voneinander wissen, Ramona. Madeleine war nicht nur eine Ehefrau, sondern eine Erziehung. Ein guter, solider, vielversprechender, vernünftiger, sorgfältiger, würdevoller, kindischer Mensch namens Herzog, der glaubt, das menschliche Leben sei ein Lehrfach wie jedes andere, muß einen Denkzettel erhalten. Bestimmt wird jeder, der die Würde, das heißt die althergebrachte, individuelle Würde noch ernst nimmt, dafür eins auf die Finger kriegen. Vielleicht ist die Würde aus Frankreich importiert worden. Ludwig der Vierzehnte. Theater. Befehl. Autorität. Zorn. Vergebung. *Majesté!* Plebejer und Bourgeoisie hatten den Ehrgeiz, das als Erbe zu übernehmen. Jetzt gehört es alles ins Museum.«

»Aber ich dachte, Madeleine sei selbst immer so auf Würde bedacht gewesen.«

»Nicht immer. Sie konnte manchmal gegen den eigenen Geltungsdrang ankämpfen. Und vergiß nicht, daß Valentine seinerseits eine große Persönlichkeit ist. Das moderne Bewußtsein fühlt das starke Bedürfnis, die eigene Pose zu zerstören. Es lehrt die Wahrheit der Kreatur. Es schaufelt Mist auf alle Prätentionen und Fiktionen. Ein Mann wie Gersbach kann fröhlich sein. Kein Wässerlein trübend. Sadistisch. Tanzend. Instinktiv. Herzlos. Seine Freunde an sich drückend. Schwachsinnig. Über Witze lachend. Auch tiefgründig. Kann ausrufen: ›Ich *liebe* dich!‹ oder: ›Das *glaube* ich.‹ Und während er von diesem ›Glauben‹ bewegt ist, bestiehlt er dich nach Strich und Faden. Er schafft Realitäten, die niemand verstehen kann. Ein Radioastronom wird eher verstehen, was zehn Milliarden Lichtjahre entfernt im Weltraum geschieht, als was Gersbach in seinem Gehirn fabriziert.«

»Du bist darüber viel zu aufgeregt«, sagte Ramona. »Mein Rat ist, beide zu vergessen. Wie lange hat denn dieser Quatsch gedauert?«

»Jahre. Ein paar Jahre bestimmt. Ein wenig später sind Madeleine und ich ja wieder zusammengekommen. Und dann hat sie zusammen mit Valentine mein Leben manipuliert. Ich ahnte nichts davon. Alle Entscheidungen sind von ihnen getroffen worden – wo ich wohnte, wo ich arbeitete, wieviel Miete ich bezahlte. Selbst meine geistigen Probleme sind von ihnen festgesetzt worden. Sie gaben mir meine Hausaufgaben. Und als sie beschlossen, daß ich fort müsse, regelten sie alle Einzelheiten – Vermögensteilung, Alimente, Unterhalt fürs Kind. Ich bin sicher, daß Valentine glaubte, meinem besten Interesse zu dienen. Er muß Madeleine gebremst haben. Er weiß, daß er ein guter Mann ist. Er versteht, und wenn man versteht, muß man mehr leiden. Man hat eine höhere Verantwortung, eine Verantwortung, die sich aus dem Leid ergibt. Ich konnte für meine Frau nicht sorgen, ich armer Pinsel. Also sorgte er für sie. Ich war nicht fähig, meine eigene Tochter großzuziehen. Er muß das für mich erledigen, aus Freundschaft, aus Mitleid und schlichter Seelengröße. Er gibt sogar zu, daß Madeleine eine Psychopathin ist.«

»Nein, das kann doch wohl nicht sein!«

»Doch. ›Das arme verrückte Weib‹, sagt er. ›Mein Herz blutet für diese verdrehte Schickse.‹«

»Er ist also auch etwas komisch. Was für ein seltsames Paar«, sagte sie.

»Ja, das ist er bestimmt«, sagte Herzog.

»Moses«, sagte Ramona. »Sprechen wir bitte nicht mehr davon. Ich habe das Gefühl, daß in dieser Sache etwas falsch ist... Falsch für uns. Komm nun...«

»Du hast noch nicht alles gehört. Da ist noch Geraldines Brief, wie sie das Kind mißhandeln.«

»Ich weiß. Ich hab's gelesen. Moses, Schluß jetzt.«

»Aber... Ja, du hast recht«, sagte Moses. »Gut, ich höre jetzt auf. Ich helfe dir, den Tisch abräumen.«

»Das ist nicht nötig.«

»Ich wasche das Geschirr ab.«

»Nein, du wäschst keineswegs das Geschirr ab. Du bist mein Gast. Ich stelle alles für morgen ins Becken.«

Er dachte, ich nehme als Motiv lieber nicht das, was ich vollkommen verstehe, sondern was ich nur teilweise verstehe. Eine Erklärung, die alles völlig klarstellt, ist für mich falsch. Aber ich muß mich um June kümmern.

»Nein, nein, Ramona, das Geschirrabwaschen hat für mich etwas Beruhigendes. Hin und wieder.« Er schloß den Abfluß, schüttete Seifenpulver ins Becken, ließ Wasser einlaufen, hängte seine Jacke an die Türklinke und krempelte die Hemdsärmel hoch. Die Schürze, die Ramona ihm anbot, wies er zurück. »Ich bin ein alter Meister. Ich spritze nicht.«

Da bei Ramona sogar die Finger sexuell waren, wollte Herzog gern beobachten, wie sie alltägliche Arbeiten erledigte. Aber beim Abtrocknen der Gläser und Bestecke wirkte das Küchentuch in ihren Händen ganz natürlich. Sie tat also nicht nur so, als sei sie ein Hausmütterchen. Herzog hatte sich zuweilen gefragt, ob nicht Tante Tamara die Garnelen mit Remoulade zubereitete, bevor sie sich verflüchtigte. Die Antwort lautete nein. Ramona kochte selbst.

»Du solltest an deine Zukunft denken«, sagte Ramona. »Was willst du denn nächstes Jahr tun?«

»Ich kann mir irgendeine Stellung verschaffen.«

»Wo?«

»Ich kann mich noch nicht entscheiden, ob ich in der Nähe meines Sohnes Marco im Osten leben will oder nach Chicago zurückkehre, um June im Auge zu behalten.«

»Hör mal, Moses, es ist keine Schande, praktisch zu sein. Ist es bei dir eigentlich Ehrensache, nicht klar zu denken? Willst du dadurch gewinnen, daß du dich opferst? Das geht nicht, wie du inzwischen gelernt haben solltest. Chicago wäre ein Fehler. Du würdest dort nur leiden.« – »Vielleicht, und das Leiden ist auch nur eine schlechte Angewohnheit.«

»Soll das ein Scherz sein?«

»Keineswegs«, sagte er.

»Es ist schwer, sich eine masochistischere Situation auszudenken. In Chicago kennt nachgerade jeder deine Geschichte. Du wärst da mittendrin. Kämpfend, zankend, gedemütigt. Für einen Mann wie dich ist das zu erniedrigend. Du respektierst dich nicht genug. Möchtest du dich in Stücke reißen lassen? Ist das alles, was du der kleinen June zu bieten hast?«

»Nein, nein. Was sollte das schon nützen. Aber kann ich das Kind diesen beiden überlassen? Du hast doch gelesen, was Geraldine schreibt.« Er kannte den Brief auswendig und war bereit, ihn zu zitieren.

»Trotzdem kannst du das Kind nicht von der Mutter wegnehmen.«

»Sie ist von meiner Art. Sie hat meine Gene. Sie ist eine Herzog. Die anderen sind geistig fremde Typen.«

Seine Nerven waren schon wieder gespannt. Ramona versuchte ihn vom Thema abzulenken.

»Hast du mir nicht gesagt, daß dein Freund Gersbach in Chicago eine Art öffentliche Figur geworden ist?«

»Ja, ja. Er hat mit Schulfunk angefangen und ist jetzt überall dabei. In Ausschüssen, an den Zeitungen. Er hält vor der Hadassah Vorträge ... liest dort seine Gedichte. In den Synagogen. Er wird Mitglied des Standard Club. Er erscheint im Fernsehen. Phantastisch! Er war ein so provinzieller Mensch, daß er glaubte, es gäbe in Chicago nur einen einzigen Bahnhof. Aber jetzt hat er sich zu einem fürchterlichen Gschaftlhuber entwickelt – befährt die ganze Stadt in seinem Lincoln Continental und trägt einen Tweedanzug, die Farbe von gekotztem Lachs.«

»Du kriegst ja Zustände, wenn du nur daran denkst«, meinte Ramona. »Deine Augen glänzen fiebrig.«

»Gersbach hat sich einen Saal gemietet – habe ich dir das schon erzählt?«

»Nein.«

»Er hat für eine Lesung seiner Gedichte Karten verkauft. Mein Freund Asphalter hat mir davon erzählt. Fünf Dollar für die vorderen Plätze, drei Dollar für den hinteren Teil des Saales. Als er ein Gedicht über seinen Großvater las, der Straßenfeger war, brach er zusammen und weinte. Niemand konnte 'raus. Der Saal war abgeschlossen.« Ramona konnte sich das Lachen nicht verbeißen. »Ha-ha!« Herzog ließ das Wasser ablaufen, wrang den Lappen aus, streute Scheuerpulver. Er scheuerte und spülte das Becken. Ramona brachte ihm eine Scheibe Zitrone gegen den Fischgeruch. Er drückte sie über seiner Hand aus. »Gersbach!«

»Trotzdem«, sagte Ramona ernst. »Du solltest zu deiner wissenschaftlichen Arbeit zurückkehren.«

»Ich weiß nicht. Ich habe das Gefühl, daß ich nicht weiterkann. Aber was kann ich sonst tun?«

»Das sagst du nur, weil du jetzt aufgeregt bist. Du wirst darüber ganz anders denken, wenn du dich beruhigt hast.«

»Kann sein.«

Sie ging ihm voran in ihr Zimmer. »Soll ich noch ein bißchen von dieser ägyptischen Musik spielen? Sie hat eine gute Wirkung.« Sie ging zum Apparat. »Und zieh dir doch die Schuhe aus, Moses. Ich weiß, daß du sie bei diesem Wetter gern ausziehst.«

»Ja, es schafft meinen Füßen Linderung. Ich glaube, ich tue es. Ich habe schon die Senkel aufgemacht.«

Über dem Hudson war der Mond aufgegangen. Vom Fensterglas verzerrt, von der Sommerluft verzerrt, durch die eigene weiße Kraft geknickt, schwamm er auch in den Wirbeln des Flusses. Die schmalen Dachfirste unter ihnen waren wie bleiche lange Geflechte unter dem Mond. Ramona drehte die Schallplatte um. Jetzt sang eine Frau zur Musik von Bakkars Band ›*Viens, viens dans mes bras – je te donne du chocolat.*‹ Sie saß neben ihm auf dem Kissen und ergriff seine Hand. »Aber was sie dir einreden wollten«, sagte sie, »ist einfach nicht wahr.«

Darauf hatte er mit Schmerzen gewartet. »Was meinst du damit?«

»Ich verstehe etwas von Männern. Als ich dich sah, merkte ich gleich, ein wie großer Teil von dir noch brachlag. Erotisch. Sogar ganz unberührt war.«

»Ich habe manchmal furchtbar versagt. Restlos.«

»Es gibt Männer, die man schützen sollte ... gesetzlich, wenn's nötig ist.«

»Wie Fisch und Wild?«

»Ich mache eigentlich keinen Spaß«, sagte sie. Er sah klar und deutlich, wie gut sie war. Sie hatte Gefühl für ihn. Sie wußte, daß er Schmerzen litt, welcher Art die Schmerzen waren, und schenkte ihm den Trost, um dessentwillen er offensichtlich gekommen war. »Die wollten dir einreden, daß du alt und verbraucht bist. Aber eins möchte ich dir erklären. Ein alter Mann riecht alt. Das kann dir jede Frau erzählen. Wenn ein alter Mann eine Frau in die Arme nimmt, kann sie einen schalen, staubigen Geruch wahrnehmen, wie von alten Kleidern, die gelüftet werden müßten. Wenn es eine Frau so weit kommen läßt und ihn nicht demütigen will – nachdem sie entdeckt hat, daß er wirklich alt ist (die Leute vermummen sich, und es ist wirklich schwer zu erraten), dann macht sie wahrscheinlich auch weiter mit. Und das ist so furchtbar! Aber du, Moses, bist chemisch noch jugendlich.« Sie legte ihm die bloßen Arme um den Hals. »Deine Haut hat einen köstlichen Geruch ... Was weiß schon Madeleine? Sie ist nichts als eine verpackte Schönheit.«

Er dachte, wie herrlich weit er's doch im Leben gebracht hatte, daß er – alternd, eitel, schauderhaft narzißtisch und leidvoll ohne rechte Würde – von einem Menschen Trost entgegennahm, der selbst kaum genug hatte, um davon abzugeben. Er hatte sie gesehen, wenn sie abgespannt, aufgebracht und geschwächt war, wenn sich die Schatten über ihre Augen senkten, wenn ihr Rock nicht mehr richtig saß und sie kalte Hände, kalte, über den Zähnen geöffnete Lippen hatte, wenn sie auf dem Sofa lag, eine untersetzte Frau, sehr üppig, aber schließlich doch nur eine müde kleine Frau, deren Atem den aschenen Geschmack der Ermattung hatte. Dann erzählte sich die Geschichte von selbst: Kämpfe und Enttäuschungen, ein ausgeklügeltes System von Theorie und Beredsamkeit, auf dessen Grund die einfachen Tatsachen der Bedürfnisse lagen, der Bedürfnisse einer Frau. Sie spürt, daß ich für die Familie geschaffen bin. Denn ich bin ein Familienmensch, und sie will mich für ihre Familie haben. Ihre Vorstellungen vom Familienverhalten finden meinen Beifall. Sie rieb ihre Lippen an seinen hin und her. Sie führte ihn (etwas aggressiv) fort von Haß und fanatischer Selbstzerfleischung. Mit zurückgeworfenem Kopf atmete sie schnell vor Erregung, Übung, Absicht. Sie begann, ihn in die Lippe zu beißen, und er zuckte zurück, aber nur, weil er überrumpelt worden war. Sie ließ seine Lippe nicht los, nahm sich noch mehr davon, und das Ergebnis war eine plötzlich aufspringende sexuelle Erregung in Herzog. Sie knöpfte ihm das Hemd auf. Ihre Hand war auf seiner Haut. Sie langte gleichzeitig bei sich nach hinten und drehte sich auf dem Kissen zur Seite, um mit der anderen Hand ihre Bluse zu öffnen. Sie hielten sich umschlungen. Er begann, ihr Haar zu streicheln. Der Duft des Lippenstifts und der Geruch von Fleisch gingen von ihrem Munde aus. Aber plötzlich unterbrachen sie ihre Küsse. Das Telefon läutete.

»Mein Gott«, sagte Ramona. »Gott, mein Gott.«

»Willst du antworten?«

»Nein, das ist George Hoberly. Er muß dich gesehen haben und will uns den Abend verderben. Wir dürfen ihm nicht gestatten...«

»Ich bin dagegen«, sagte Herzog.

Sie hob das Telefon hoch und brachte es durch einen Hebel an seiner Unterseite zum Verstummen. »Gestern hat er mich wieder zum Weinen gebracht.«

»Nach den letzten Berichten wollte er dir doch einen Sportwagen schenken.«

»Jetzt drängt er mich, ihn mit nach Europa zu nehmen. Ich meine, er will, daß ich ihm Europa zeige.«

»Ich wußte gar nicht, daß er über so viel Geld verfügt.«

»Tut er auch nicht. Er müßte sich Geld borgen. Es würde ihn zehntausend Dollar kosten, wenn wir in den großen Hotels wohnen.«

»Ich frage mich nur, was er eigentlich beweisen will.«

»Was soll das heißen?« Ramona hörte einen verdächtigen Ton in Herzogs Stimme.

»Nichts... nichts. Nur daß er denkt, du hast soviel Geld, wie so eine Reise kostet.«

»Geld hat damit nichts zu schaffen. Bloß steckt in dem Verhältnis nicht mehr drin.«

»Steckte einmal was drin?«

»Ich habe es geglaubt...« Ihre Haselnußaugen blickten ihn seltsam an; sie machten ihm Vorwürfe oder fragten ihn beinahe traurig, warum er so unerfreuliche Dinge sagen wollte. »Willst du daraus Folgerungen ziehen?«

»Was tut er denn auf der Straße?«

»Es ist nicht meine Schuld.«

»Er wollte mit dir seinen großen Fang machen, was ihm mißlungen ist, deshalb glaubt er jetzt, unter einem Fluch zu stehen, und will sich umbringen. Zu Hause auf seinem Sofa, mit einer Flasche Bier und Perry Mason auf dem Fernsehschirm, wäre er besser aufgehoben.«

»Du bist zu unnachsichtig«, sagte Ramona. »Vielleicht glaubst du, daß ich deinetwegen mit ihm gebrochen habe, und das ist dir peinlich. Du hast das Gefühl, daß du ihn verdrängst und seinen Platz einnehmen mußt.«

Herzog schwieg nachdenklich und lehnte sich in seinem Sessel zurück.

»Mag sein«, sagte er. »Vielleicht ist der Grund der, daß ich in New York der Mann im Hause bin, während derselbe Ich in Chicago der Mann auf der Straße ist.«

»Aber du bist George Hoberly nicht im mindesten ähnlich«, erwiderte Ramona mit der musikalischen Betonung, die er so gern hörte. Wenn ihre Stimme aus der Brust kam und in der Kehle einen anderen Ton annahm, dann bereitete sie Herzog große Wonne. Ein anderer Mann hätte möglicherweise auf ihre beabsichtigte Sinnlichkeit gar nicht reagiert, aber er tat es. »Ich habe mit George Erbarmen gehabt. Schon aus diesem Grunde konnte es nie etwas anderes sein als ein vorübergehendes Verhältnis. Aber du – du bist kein Mann, der einer Frau leid tut. Was du auch sonst sein magst, schwach bist du nicht. Du hast Kraft...«

Herzog nickte. Schon wieder wurde ihm eine Predigt gehalten. Und es machte ihm eigentlich nichts aus. Es war nur zu deutlich, daß er zurechtgestaucht werden mußte. Und wer hatte mehr Recht dazu als eine Frau, die ihm Zuflucht, Garnelen, Wein, Musik, Blumen und Sympathie bot, ihm sozusagen einen Platz in ihrer Seele schenkte und schließlich noch die Liebe ihres Leibes? Wir müssen einander helfen. In dieser irrationalen Welt, wo Barmherzigkeit, Mitleid, Herz (selbst wenn es *ein wenig* mit Eigeninteresse durchsetzt war) zu den Seltenheiten gehörten – schwer erkämpft in vielen von ausgesuchten Minderheiten gelieferten Schlachten, Siege, deren Ergebnisse niemals als gegeben hingenommen werden sollten, denn sie waren kaum je verläßlich in einem Menschen – ja, Seltenheiten, die oft von jeder Skeptikergeneration verspottet, verleugnet und verworfen wurden. Vernunft und Logik forderten von dir, daß du niederknietest und für jedes noch so kleine Zeichen wahrer Güte danktest. Die Musik spielte. Umgeben von Sommerblumen und Gegenständen, die Schönheit, ja sogar Luxus verrieten, unter der gedämpften grünen Lampe sprach Ramona voller Ernst mit ihm – er sah liebevoll in ihr warmes Gesicht, in seine blühenden Farben. Draußen das heiße New York; eine belichtete Nacht, die die Kraft des Mondes entbehren konnte. Der Orientteppich mit seinem fließenden Muster gab Anlaß zur Hoffnung, daß selbst große Verwirrungen sich zur Ordnung fügen ließen. Er hielt Ramonas weichen, kühlen Arm in seinen Fingern. Sein Hemd war über der Brust geöffnet. Er lächelte und nickte ein wenig, während er ihr zuhörte. Viel von dem, was sie sagte, war völlig richtig. Sie war eine kluge Frau, und was noch besser war, eine liebe Frau. Sie hatte ein gutes Herz. Und sie hatte schwarze, spitzenbesetzte Unterhöschen an. Das wußte er.

»Du hast ein großes Talent fürs Leben«, sagte sie. »Und du bist ein sehr liebevoller Mann. Aber du mußt versuchen, dich von deinem Groll zu befreien. Der frißt dich sonst noch auf.«

»Das wird wohl stimmen.«

»Du findest, daß ich zuviel Theorie verzapfe, das weiß ich. Aber ich habe selbst schon einige Nackenschläge erhalten – eine fürchterliche Ehe und eine ganze Reihe schlimmer Bekanntschaften. Sieh – du hast die Kraft zur Erneuerung, und es wäre Sünde, sie nicht zu gebrauchen. Gebrauche sie jetzt gleich.«

»Ich verstehe, was du damit sagen willst.«

»Vielleicht ist es biologisch«, sagte Ramona. »Du hast eine kräftige Konstitution. Weißt du, was? Die Verkäuferin in der Bäckerei hat mir gestern gesagt, daß ich so verändert aussähe – meine Hautfarbe, meine Augen, sagte sie. ›Miß Donsell, Sie müssen verliebt sein.‹ Da wurde mir klar, daß du es bist.«

»Du siehst wirklich verändert aus«, sagte Moses.

»Hübscher?«

»Reizend«, sagte er.

Ihre Farbe belebte sich noch mehr. Sie nahm seine Hand und führte sie in ihre Bluse; dabei sah sie ihn fest an, und ihre Augen wurden feucht. Gott segne das Mädchen. Welche Wonne sie ihm schenkte. Alles, was sie tat, beglückte ihn – ihre ganze französisch-russisch-argentinisch-jüdische Art. »Zieh dir doch auch die Schuhe aus«, sagte er.

Ramona machte alle Lichter aus, außer der grünen Lampe am Bett. Sie flüsterte: »Ich komme gleich wieder.«

»Möchtest du nicht bitte diesen wimmernden Ägypter abstellen? Man sollte ihm die Zunge mit einem Spüllappen abwischen.«

Sie schaltete mit einem Griff den Plattenspieler aus und sagte: »Nur ein paar Minuten.« Leise schloß sie die Tür.

»Ein paar Minuten« war eine Umschreibung. Sie verweilte lange über ihren Vorbereitungen. Er hatte sich an das Warten gewöhnt, verstand seine Notwendigkeit und war nicht mehr ungeduldig. Ihr Wiedererscheinen war immer dramatisch und lohnte das Warten. Im Grunde begriff er jedoch, daß sie ihm etwas beibringen wollte, und versuchte (er war so sehr gewöhnt, alle Lehren zu beherzigen), von ihr zu lernen. Aber wie sollte er wohl diese Lektion beschreiben? Eine Beschreibung konnte mit seinem wilden inneren Durcheinander beginnen oder gar mit der Tatsache, daß er zitterte. Und warum? Weil er das Gewicht der ganzen Welt auf sich drücken ließ. Zum Beispiel? Nun zum Beispiel, was es heißt, ein Mann zu sein. In einer Stadt. In einem Jahrhundert. Im Übergang. In einer Masse. Von der Wissenschaft umgemodelt. Unter organisierter Macht. Gewaltigen Kontrollen unterworfen. In einem durch die Mechanisierung verursachten Zustand. Nach der jüngsten Enttäuschung radikaler Hoffnungen. In einer Gesellschaft, die keine Gemeinschaft war und die Persönlichkeit entwertete. Auf

Grund der multiplizierten Kraft von Zahlen, die das Ich zur Unerheblichkeit verurteilte. Die Rüstungsmilliarden gegen auswärtige Feinde ausgab, aber für die Ordnung im Lande nicht bezahlen wollte. Was der Brutalität und Barbarei in den eigenen großen Städten Tür und Tor öffnete. Zu gleicher Zeit der Druck von Millionen Menschen, die entdeckt haben, was gemeinsame Anstrengungen und Gedanken erreichen können. Wie Megatonnen von Wasser auf dem Grund des Ozeans die Organismen gestalten. Wie die Gezeiten Steine glätten. Wie die Winde Klippen höhlen. Die schöne Supermaschinerie öffnet ein neues Leben für unzählige Menschen. Möchtest du ihnen das Recht zum Leben absprechen? Möchtest du sie auffordern, zu arbeiten und zu hungern, während du köstliche altmodische Werte genießt? Du – du selbst bist ein Kind dieser Masse und ein Bruder aller anderen. Oder aber ein Undankbarer, ein Dilettant, ein Idiot. Da, Herzog, dachte Herzog, weil du nach dem Beispiel fragst, da siehst du, wie die Dinge laufen. Und zu dem allen ein wundes Herz und Kerosin auf die Nerven gegossen. Und was hat Ramona als Antwort? Sie sagt, mach dich wieder gesund. *Mens sana in corpore sano*. Konstitutionelle Spannung oder welcher Anlaß sonst die sexuelle Entladung braucht. Wie auch Alter, Geschichte, Zustand, Wissen, Kultur, Entwicklung eines Mannes beschaffen sein mögen, er hatte eine Erektion. Gute Währung allerorten. Anerkannt von der Bank von England. Warum sollten ihn seine Erinnerungen jetzt noch schmerzen? Starke Naturen, sagte F. Nietzsche, können vergessen, was sie nicht meistern können. Gewiß hat er auch gesagt, daß der resorbierte Same der große Treibstoff der Schöpferkraft sei. Sei dankbar, wenn Syphilitiker Keuschheit predigen.

Oh, eine Wandlung des Herzens, eine Wandlung des Herzens – eine echte Wandlung des Herzens!

Aber dort konnte man sich nicht einschleichen. Ramona wollte, daß er seinen Weg radikal zu Ende ginge *(pecca fortiter!)*. Warum war er so ein Quäker im Liebesakt? Er sagte, daß er nach seinen jüngsten Enttäuschungen schon froh sei, überhaupt zu können, im einfachen Missionarstil. Sie sagte, das stemple ihn in New York zur Rarität. Als Frau hätte man hier auch Probleme. Männer, die eigentlich anständig aussähen, hätten oft sehr spezielle Geschmacksrichtungen. Sie wollte ihm auf jede ihm gefällige Weise Freude bereiten. Er sagte, sie würde aus einem alten Hering nie einen Delphin machen können. Es war verwunderlich, daß sich Ramona manchmal wie eine Nutte aus einem Kleinmädchenmagazin aufführte. Wofür sie dann allerdings die edelsten Gründe vorbrachte. Als gebildete Frau zitierte sie ihm Catull und die großen Liebesdichter aller Zeiten. Und die Klassiker der Psychologie. Und schließlich auch den Mystischen Leib. So war sie nun also im Nebenzimmer und machte sich freudig zurecht, zog sich aus und parfümierte sich. Sie wollte gefallen. Er brauchte nur Gefallen zu finden und es ihr mitteilen; danach fand sie zur Schlichtheit zurück. Wie gern sie diesen Übergang vollziehen würde! Wie würde es sie erleichtern, wenn er sagte: »Ramona, wozu das Ganze?« Aber müßte ich sie dann nicht heiraten?

Der Gedanke an Heirat machte ihn nervös, aber er überlegte ihn gründlich. Ihre Instinkte waren in Ordnung; sie war praktisch, tüchtig und würde ihm nicht weh tun. Eine Frau, die das Geld ihres Mannes verschwendete, war entschlossen, ihn zu kastrieren; darin waren sich alle Psychiater einig. Praktisch gesehen – und er fand es sehr aufregend, praktische Gedanken zu verfolgen –, konnte er die Liederlichkeit und Einsamkeit des Junggesellentums nicht vertragen. Er schätzte saubere Hemden, gebügelte Taschentücher, Absätze an den Schuhen – lauter Dinge, die Madeleine haßte. Tante Tamara wollte, daß Ramona einen Mann bekam. Ein paar jiddische Worte mußten noch im Gedächtnis des alten Mädchens haftengeblieben sein – *shiddach, tachliss*. Er konnte ein Patriarch werden, wozu jeder Herzog von vornherein bestimmt war. Der Familienmann, Vater, Vermittler des Lebens, Zwischenglied zwischen Vergangenheit und Zukunft, Werkzeug geheimnisvoller Schöpfung war aus der Mode. Waren Väter veraltet? Nur für männliche Frauen – beklagenswerte, jämmerliche Blaustrümpfe. (Wie erfrischend war es doch, so scharf zu denken!) Er wußte, daß Ramona auf Gelehrsamkeit, auf seine Bücher und seine Lexikonartikel, auf seinen philologischen Doktor von der Universität Chicago großen Wert legte und gar zu gern Frau Professor Herzog geworden wäre. Belustigt malte er sich aus, wie sie beide zur großen Abendgesellschaft im Hotel Pierre ankommen würden; Ramona in langen

Handschuhen stellte Moses mit ihrer reizenden, erhobenen Stimme vor: »Das ist mein Mann, Professor Herzog.« Und er selbst, Moses, ein verwandelter Mann, der Wohlbefinden ausstrahlte, in Würde schwamm und allen leutselig begegnete. Sich über das Haar am Hinterkopf strich. Was für ein köstliches Paar sie abgeben würden, sie mit ihren Ticks und er mit seinen! Was für eine Kabarettnummer! Ramona würde sich an allen Leuten rächen, die sie einmal schlecht behandelt hatten. Und er? Auch er würde mit seinen Feinden abrechnen. *Y emach sh'mo!* Ihre Namen seien ausgelöscht. Sie stellen meinem Gange Netze. Sie graben vor mir eine Grube. Gott, zerbrich ihre Zähne in ihrem Maul.

Sein Gesicht und insbesondere seine Augen waren dunkel, gespannt, als er seine Hose auszog und das Hemd noch weiter öffnete. Er überlegte, was Ramona wohl sagen würde, wenn er ihr vorschlüge, ins Blumengeschäft einzusteigen. Warum denn nicht? Enger Kontakt mit dem Leben, Berührung mit Kunden. Die Entbehrungen der scholastischen Isolierung waren für einen Mann seines Temperaments zu groß gewesen. Er hatte erst kürzlich gelesen, daß einsame Menschen in New York, die sich in ihren Zimmern eingesperrt fühlten, bei der Polizei anriefen, um erlöst zu werden. Schickt mir einen Funkwagen, um der Liebe Gottes willen. Schickt irgendwen! Steckt mich zu irgend jemandem in die Zelle! Rettet mich. Rührt mich an. Kommt. Wer es auch immer sei – bitte kommt!«

Herzog konnte nicht endgültig versichern, daß er seine Abhandlung nicht weiterführen würde. Das Kapitel über den ›Romantischen Moralismus‹ war ihm ganz gut von der Hand gegangen, aber das mit dem Titel ›Rousseau, Kant und Hegel‹ hatte ihn vollkommen entmutigt. Wie wäre es, wenn er tatsächlich Blumenverkäufer würde? Es war zwar ein schändlich übertcuertes Geschäft, aber das brauchte ihn nicht zu kümmern. Er sah sich in gestreifter Hose und Wildlederschuhen. Er müßte sich an den Geruch von Erde und Blumen gewöhnen. Als er vor mehr als dreißig Jahren fast an Lungenentzündung und Bauchfellentzündung gestorben wäre, wurde sein Atem durch den süßen Duft von Rosen vergiftet. Sie waren von seinem Bruder Shura, der damals bei einem Blumenhändler in der Peel Street arbeitete, geschickt und wahrscheinlich gestohlen worden. Herzog glaubte, er könne Rosen vielleicht jetzt wieder vertragen. Diese unheilvollen Dinge von duftiger Schönheit und wohlgeformtem Rot. Man mußte Kraft haben, um sie zu ertragen, oder sie konnten einem mit ihrer Intensität das Innere durchbohren, so daß man daran verblutete.

In diesem Augenblick erschien Ramona. Sie stieß die Tür auf und stand da – er sah sie vor dem hellen Hintergrund der Badezimmerkacheln. Sie war in Duft gehüllt und nackt bis zu den Hüften. Um die Hüften trug sie das tiefsitzende schwarze Spitzenhöschen als einziges Kleidungsstück. Sie stand auf sieben Zentimeter hohen Bleistiftabsätzen. Nur das, Parfüm und Lippenstift. Ihr schwarzes Haar.

Gefalle ich dir, Moses?«

»Aber, Ramona! Gewiß! Wie kannst du nur fragen? Ich bin entzückt!«

Sie blickte hinunter und lachte leise. »O ja, ich sehe, daß ich dir gefalle.« Sie raffte das Haar aus der Stirn, als sie sich ein wenig vorbeugte, um die Wirkung ihrer Nacktheit auf ihn zu prüfen – wie er auf den Anblick ihrer Brüste und ihrer weiblichen Hüften reagierte. Ihre weitgeöffneten Augen waren tiefschwarz. Sie griff ihn beim Handgelenk, dessen Adern geschwollen waren, und zog ihn zum Bett. Er begann, sie zu küssen. Er dachte: Es hat noch nie Sinn gehabt. Es ist ein Mysterium.

»Zieh dir doch das Hemd aus. Du wirst es bestimmt nicht brauchen, Moses.«

Sie lachten beide, sie über sein Hemd, er über ihr Kostüm. Es war ein Augentrost! Kein Wunder, daß Kleider für Ramona so wichtig waren; sie waren die Fassung für das kostbare Juwel, ihre Nacktheit. Je stummer und innerlicher sein Gelächter wurde, desto tiefer drang es. Ihre schwarzen Spitzenhöschen waren vielleicht furchtbar töricht, aber erzielten die erhoffte Wirkung. Ihre Methoden mochten kraß sein, aber ihre Rechnung ging auf. Er lachte zwar, aber er war getroffen. Sein Witz war gekitzelt, aber sein Körper brannte.

»Faß mich an, Moses. Soll ich dich auch anfassen?«

»Ach ja, bitte.«

»Bist du froh, daß du nicht vor mir weggelaufen bist?«

»Ja, ja.«
»Wie fühlt es sich an?«
»Süß. Sehr, sehr süß.«
»Wenn du nur lernen wolltest, deinen Instinkten zu trauen... Die Lampe auch? Möchtest du lieber im Dunkeln?«
»Nein, laß die Lampe, Ramona.«
»Moses, liebster Moses. Sag mir, daß du mir gehörst. Sag's mir.«
»Ich gehöre dir, Ramona!«
»Mir allein!«
»Allein.«
»Gott sei gedankt, daß ein Mensch wie du lebt. Küsse meine Brüste. Moses, mein Liebling. Oh! Gott sei gedankt.«

Beide schliefen tief, Ramona, ohne sich zu rühren. Herzog wurde einmal geweckt, durch ein Düsenflugzeug – etwas, das in furchtbarer Höhe mit großer Kraft laut heulte. Ohne richtig wach zu werden, stieg er aus dem Bett und sackte in den gestreiften Sessel, sofort bereit, wieder einen Brief zu schreiben – vielleicht an George Hoberly. Als aber der Lärm des Flugzeugs verebbte, verließ ihn auch der Gedanke. Die stille, heiße, unbewegte Nacht – die Stadt, die Lichter füllten seine Augen.

Ramonas Gesicht, entspannt durch Liebe und Schlaf, war gerötet. In der einen Hand hielt sie die Rüschenborte der Sommerdecke, und ihr Kopf war auf dem Kissen wie zu einer denkenden Stellung erhoben – das erinnerte ihn an das Bild des nachdenklichen Kindes im Nebenzimmer. Ein Bein war unbedeckt – die Innenseite des Schenkels mit der üppigen weichen Haut und der schwachen Kräuselung – sexuell aromatisch. Der Spann ihres Fußes bildete einen bezaubernden fleischigen Bogen. Auch ihre Nase war gebogen. Und dann sah man ihre plumpen, zusammengepreßten, kleiner werdenden Zehen. Über den Anblick lächelnd, ging Herzog mit schläfriger Tapsigkeit wieder ins Bett. Er strich ihr übers dichte Haar und schlief ein.

Nach dem Frühstück brachte er Ramona zu ihrem Laden. Sie trug ein enges rotes Kleid, und sie umarmten und küßten sich im Taxi. Moses war erregt, lachte viel und sagte sich mehr als einmal: »Wie reizend sie ist. Und ich hab's geschafft.« In der Lexington Avenue stieg er mit ihr zusammen aus, und sie umschlangen sich auf dem Bürgersteig (seit wann benahmen sich eigentlich Herren mittleren Alters in der Öffentlichkeit so passioniert?). Ramonas Rouge war ganz überflüssig, ihr Gesicht glühte, ja brannte sogar; sie bedrängte ihn beim Küssen mit ihren Brüsten; der wartende Taxichauffeur und Miß Schwartz, Ramonas Gehilfin, sahen beide zu.

Sollte man so vielleicht leben? fragte er sich. Hatte er genug erlebt, seine Schuld an das Leiden getilgt und das Recht erworben, sich über die Meinung anderer Menschen hinwegzusetzen? Er preßte Ramona fester an sich, fühlte, daß sie schwoll, barst, Herz im Leib, Leib im enggeschneiderten roten Kleid. Sie schenkte ihm mehr und mehr parfümierte Küsse. Auf dem Gehsteig vor dem Schaufenster ihres Ladens standen Margeriten, Flieder, kleine Rosen, flache Schalen mit Tomaten- und Pfefferstauden zum Pflanzen, alle frisch begossen. Da stand auch die grüne Gießkanne mit der durchlöcherten Messingtülle. Wassertropfen verwandelten sich auf dem Pflaster zu undeutlichen Formen. Trotz der Busse, die die Luft mit stinkenden Gasen glasig trübten, konnte er den frischen Erdgeruch wahrnehmen und hörte die vorbeigehenden Frauen, deren Absätze auf dem rauhen Straßenpflaster eilig hämmerten. Zwischen der Heiterkeit des Chauffeurs und dem kaum verhohlenen Mißfallen in den hinter den Blättern verborgenen Augen der Miß Schwartz fuhr er fort, Ramonas geschminktes, duftendes Gesicht zu küssen. Mitten in dem großen offenen Graben der Lexington Avenue, wo die Busse Gift ausspien, die Blumen aber trotzdem lebten, tiefrote Rosen, blasser Flieder, die Reinheit des Weiß, die Üppigkeit des Rots, und alles von New Yorks goldener Wolkendecke überzogen. Soweit es sein Charakter und seine Neigung zuließen, bekam er hier auf der Straße einen Geschmack davon, wie er hätte leben können, wenn er nichts anderes gewesen wäre als ein liebendes Wesen.

Aber sobald er allein in dem klappernden Auto saß, war er wieder unentrinnbar Moses Elkanah Herzog. Ach, was für ein Ding ich bin – was für ein *Ding!* Sein Fahrer veranstaltete ein Rennen gegen die Verkehrsampeln der Park Avenue, während Herzog überlegte, wie die Sachen standen: Ich falle in die Dornen des Lebens. Ich blute. Und dann? Ich falle in die Dornen des Lebens. Ich blute. Und was kommt danach? Ich verbringe eine Liebesnacht, ich mache einen kurzen Urlaub, aber wenig später falle ich in dieselben Dornen, mit Befriedigung im Schmerz oder Leid in der Freude – wer weiß, wie die Mischung ist! Was steckt in mir an Gutem, an bleibendem Gutem? Gibt es zwischen Geburt und Tod nur das, was ich dieser Perversität entlocken kann – nur eine positive Bilanz liederlicher Gefühle? Keine Freiheit? Nur Impulse? Und wie steht es mit all dem Guten, das ich in meinem Herzen trage – bedeutet das gar nichts? Ist das schlechthin ein Scherz? Eine falsche Hoffnung, die den Menschen lehrt, daß Wert nur eine Illusion ist? Und so geht der Kampf für ihn weiter. Aber das Gute ist kein leerer Wahn. Ich weiß es. Ich schwöre es. Wieder war er höchst erregt. Seine Hände zitterten, als er die Tür zu seiner Wohnung öffnete. Er spürte, daß er etwas tun mußte, etwas Praktisches und Nützliches, daß er es sofort tun mußte. Die Nacht mit Ramona hatte ihm neue Kräfte verliehen, und ebendiese Kräfte weckten die alten Ängste, und unter anderen die Angst, daß er zusammenbrechen könnte, daß ihn die starken Gefühle vollständig zerrütten könnten.

Er zog die Schuhe aus, die Jacke, lockerte den Kragen, öffnete das Fenster des Vorderzimmers. Warme Luftströme mit dem leicht fauligen Geruch des Hafens hoben die schäbigen Vorhänge und die Jalousie des Fensters. Der Luftzug beruhigte ihn ein wenig. Nein, das Gute in seinem Herzen zählte offensichtlich nicht sehr viel, denn hier kam er nun im Alter von siebenundvierzig Jahren nach einer auswärts verbrachten Nacht nach Hause, mit einer von Bissen und Küssen spröden Lippe; seine Probleme waren ungelöst wie zuvor, und was hatte er sonst vor dem höchsten Richterstuhl zu seinen Gunsten vorzubringen? Er hatte zwei Frauen gehabt, es waren da auch zwei Kinder, er war einst ein Wissenschaftler gewesen, und sein alter Koffer im Schrank war geschwollen wie ein geschupptes Krokodil von seinem unvollendeten Manuskript. Während er untätig war, machten andere mit denselben Ideen von sich reden. Vor zwei Jahren hatte ein Professor der Universität in Berkeley namens Mermelstein ihn aus dem Felde geschlagen, indem er alle Fachleute seines Gebiets verblüffte, überwältigte, überrollte, wie Herzog es hatte tun wollen. Mermelstein war ein kluger Mann und ein hervorragender Gelehrter. Er zumindest müßte frei von persönlichem Drama sein und imstande, der Welt ein Beispiel der Ordnung zu bieten, wodurch er Anspruch auf einen Platz in der menschlichen Gemeinschaft hatte. Aber er, Herzog, hatte eine, irgendeine Sünde gegen sein eigenes Herz begangen, als er auf der Suche nach der großen Synthese war.

Was dieses Land braucht, ist eine gute Volkssynthese.

Welch ein Katalog der Irrungen! Zum Beispiel diese sexuellen Wirrnisse. Völlig falsch. Herzog, der sich gerade Kaffee aufbrühte, errötete, als er das Wasser in den Meßbecher schüttete. Nur das hysterische Individuum läßt sich das Leben durch einfache, extreme Antithesen polarisieren wie: Kraft–Schwäche, Potenz–Impotenz, Gesundheit–Krankheit. Es fühlt sich zwar aufgerufen, aber doch außerstande, gegen soziale Ungerechtigkeit zu streiten, zu schwach, und streitet deshalb gegen Frauen, gegen Kinder, gegen sein ›unglückliches Schicksal‹. Man denke nur an den armen George Hoberly – Hoberly, diese Heulsuse. Herzog wusch den Ring in der Kaffeetasse aus. Warum rannte Hoberly fieberhaft in die Luxusläden New Yorks nach intimen Geschenken, nach Tributen an Ramona? Weil er von seinem Mißgeschick zermalmt war. So unterwirft ein Mann sein ganzes Leben einer äußersten Anstrengung und verstümmelt, ja tötet sich dabei in der von ihm erwählten Sphäre. Da es nicht politisch sein kann, ist es sexuell. Vielleicht hatte Hoberly den Eindruck, daß er sie im Bett nicht befriedigt habe. Aber das war auch nicht recht wahrscheinlich. Verweigerung des männlichen Gliedes, selbst eine *ejaculatio praecox* würden eine Frau wie Ramona nicht so sehr erschüttern. Derartige

Peinlichkeiten würden sie im Gegenteil anstacheln oder ihre Neugierde erregen, ihre Großzügigkeit mobilisieren. Nein, Ramona war human. Sie wollte nur nicht, daß dieser verzweifelte Mensch *alle* seine Bürden ihr aufhalste. Es ist möglich, daß ein Mann wie Hoberly durch den eigenen Zusammenbruch das Versagen der ganzen individuellen Existenz bezeugen will. Er beweist, daß sie nicht *funktionieren kann*. Er treibt die Liebe bis zur Absurdität, um sie auf ewig zu diskreditieren. Und schickt sich auf diese Weise an, dem Leviathan der Organisation noch sklavischer zu dienen als zuvor. Es gab aber auch die andere Möglichkeit, daß ein Mann, der vor unerkannten Bedürfnissen, Antrieben, vor einem Drang nach Taten, nach Bruderschaft am Bersten ist und verzweifelt die Wirklichkeit, ja Gott herbeisehnt, nicht länger warten wollte und sich ungehemmt auf alles stürzte, was wie eine Hoffnung aussah. Und Ramona sah aus wie eine Hoffnung; sie wollte es so. Herzog wußte, wie das war, denn er hatte selbst gelegentlich Menschen Hoffnung gegeben, indem er eine geheime Botschaft ausstrahlte: »*Verlasse dich auf mich.*« Das war vermutlich nur eine Sache des Instinkts, der Gesundheit oder der Vitalität. Denn die Vitalität führte einen Mann von Lüge zu Lüge oder veranlaßte ihn, anderen Menschen Hoffnung zu verheißen. (Die Zerstörungssucht schuf ihre eigenen Lügen, aber das stand auf einem anderen Blatt.) Anscheinend, dachte Herzog, entzünde ich mich an meinem Drama, meiner Lächerlichkeit, meinem Mißgeschick, an Denunziation und Verzerrung, entflamme mich sinnlich, ästhetisch, bis ich einen sexuellen Höhepunkt erreiche. Und dieser Höhepunkt erscheint wie eine Entschließung und eine Antwort auf viele ›höhere‹ Probleme. Insoweit ich Ramona in der Rolle einer Prophetin vertrauen kann, ist er das auch. Sie hat Marcuse und N. O. Brown gelesen – alle diese Neo-Freudianer. Sie will mich glauben machen, daß der Körper eine geistige Tatsache ist – das ›Sinnstrument‹ der Seele. Ramona ist eine sehr liebe Frau und sehr rührend, aber dieses Theoretisieren ist eine gefährliche Versuchung. Es kann nur zu weiteren hochsinnigen Fehlern führen.

Er beobachtete den Kaffee, der in dem gesprungenen Oberteil der Filtermaschine Blasen schlug (vergleichbar den Gedanken in seinem Schädel). Als das Gebräu dunkel genug aussah, füllte er sich die Tasse und atmete den Dampf ein. Er beschloß, Daisy mitzuteilen, daß er Marco am Elterntag besuchen wolle, ohne Schwäche vorzuschützen. Schluß mit dem Simulieren! Er beschloß ebenfalls, daß er mit seinem Anwalt Simkin sprechen müsse. Sofort.

Er hätte Simkin schon früher anrufen sollen, da er dessen Gepflogenheiten kannte. Der rundliche machiavellistische alte Junggeselle mit dem rötlichen Teint lebte mit seiner Mutter, einer verwitweten Schwester und mehreren Neffen und Nichten in der Central Park West Street. Die Wohnung war an sich luxuriös eingerichtet, aber er schlief in dem kleinsten der Zimmer auf einem Feldbett. Sein Nachttisch bestand aus einem Stapel juristischer Bücher; hier arbeitete und las er bis spät in die Nacht. Die Wände waren von oben bis unten von ungerahmten abstraktexpressionistischen Bildern bedeckt. Um sechs Uhr stand Simkin von seinem Feldbett auf, fuhr mit seinem Thunderbird zu einem kleinen Eastside-Restaurant – er fand immer die originellsten Lokale, chinesisch, griechisch, burmesisch, und die düstersten Keller von ganz New York; Herzog hatte oft mit ihm gegessen. Nach einem Frühstück von Zwiebelbrötchen und gebeiztem Lachs legte sich Simkin gewöhnlich auf das Sofa aus schwarzem Kunstleder in seinem Büro, deckte sich mit einer von seiner Mutter gestrickten afghanischen Decke zu, lauschte der Musik von Palestrina oder Monteverdi und entwarf dabei seine juristische oder geschäftliche Strategie. Gegen acht Uhr rasierte er seine vollen Wangen mit Norelco, hinterließ um neun Anweisungen an seinen Stab und ging aus, um Galerien zu besuchen und an Versteigerungen teilzunehmen.

Herzog wählte die Nummer, und Simkin war zu Hause. Sogleich – das war ein Ritual – fing Simkin an, sich zu beklagen. Es war Juni, der Hochzeitsmonat, zwei junge Partner der Firma waren abwesend – auf Hochzeitsreise. Was für Idioten! »Nun, Professor«, sagte er, »ich habe Sie seit geraumer Zeit nicht mehr gesehen. Was haben Sie auf dem Herzen?«

»Erstens, Harvey, wollte ich Sie fragen, ob Sie mich beraten können. Sie sind schließlich ein Freund von Madeleines Familie.«

»Sagen wir lieber, daß ich mit ihr in Beziehung stehe. Meine

Sympathie ist auf Ihrer Seite. Kein Pontritter braucht meine Sympathie, und am allerwenigsten Madeleine, dieses Aas«.

»Empfehlen Sie mir einen anderen Anwalt, wenn Sie sich aus der Sache heraushalten wollen.«

»Anwälte können teuer sein. Sie schwimmen auch nicht gerade im Geld, oder?«

Natürlich, überlegte Herzog, ist Harvey neugierig. Er wüßte gern soviel wie möglich über meine Lage. Handle ich denn vernünftig? Ramona will, daß ich ihren Anwalt konsultiere. Das könnte mich aber wieder in anderer Weise festlegen. Außerdem würde ihr Anwalt versuchen, Ramona vor mir zu schützen.

»Wann haben Sie Zeit, Harvey?« fragte Herzog.

»Hören Sie – ich habe mir eben erst zwei Gemälde von einem jugoslawischen Primitiven erstanden – Patschitsch. Er ist gerade aus Brasilien angekommen.«

»Können wir uns zum Lunch treffen?«

»Heute nicht. In letzter Zeit hat der Todesengel die Herrschaft übernommen...« Herzog erkannte den typischen Tonfall der jüdischen Komödie, die Simkin so sehr liebte, die übertriebene Gebärde des Entsetzens, die aufgelegte kosmische Verzweiflung. »Nehmend und ausgebend verzehre ich meine Kräfte...« sprach Simkin weiter.

»Eine halbe Stunde.«

»Essen wir zusammen bei Macario. Ich wette, Sie haben davon noch nicht einmal gehört... Dachte ich mir. Sie sind ein Kleinstädter.« Barsch rief er seiner Sekretärin zu: »Bringen Sie mir den Artikel von Earl Wilson über Macario. Haben Sie gehört, Tilly?«

»Haben Sie denn den ganzen Tag zu tun?«

»Ich muß aufs Gericht. Diese *schmucks* sind mit ihren Bräuten auf Bermuda, während ich mich allein mit den *Moloch-ha-movos* 'rumzanken muß. Wissen Sie, was Sie für eine Portion Spaghetti al burro bei Macario bezahlen? Raten Sie mal.«

Da muß ich mitmachen, überlegte Herzog. Er rieb sich die Stirn mit Daumen und Zeigefinger. »Drei Dollar fünfzig?«

»Ist das Ihre Vorstellung von teuer? Fünf Dollar und fünfzig Cents.«

»Mein Gott, was tun die denn da 'rein?«

»Mit Goldstaub bestreut, nicht Käse. Nein, Scherz beiseite, ich muß heute zu einer Gerichtsverhandlung. Ich – höchstpersönlich. Und ich hasse den Gerichtssaal.«

»Ich hole Sie ab und bringe Sie zum Gericht. Ich komme gleich rüber.«

»Aber ich warte doch hier auf einen Klienten. Passen Sie mal auf, wenn ich später ein paar freie Minuten habe... Sie klingen ja sehr nervös. Mein Vetter Wachsel arbeitet beim Staatsanwalt. Ich hinterlasse bei ihm eine Nachricht für Sie... Aber solange mein Mandant noch nicht hier ist, können Sie mir doch erzählen, worum es geht.«

»Es geht um meine Tochter.«

»Wollen Sie auf Sorgerecht klagen?«

»Nicht unbedingt. Ich habe Angst um sie. Ich weiß nicht, wie's dem Kind geht.«

»Und außerdem wollen Sie sich auch ein bißchen rächen, nehme ich an.«

»Ich schicke regelmäßig den Unterhalt und frage jedesmal nach June, erhalte aber nie ein Wort der Erwiderung. Himmelstein, der Anwalt in Chicago, hat gesagt, daß ein Prozeß um das Sorgerecht für mich aussichtslos wäre. Aber ich weiß nicht, wie das Kind aufgezogen wird. Ich weiß, daß man es im Auto einschließt, wenn es ihnen lästig fällt. Wie weit werden die noch gehen?«

»Glauben Sie, daß Madeleine als Mutter untauglich ist?«

»Selbstverständlich glaube ich das, aber ich möchte mich auch nicht zwischen das Kind und seine Mutter drängen.«

»Lebt sie denn mit diesem Kerl, Ihrem Busenfreund, zusammen? Erinnern Sie sich, als Sie letztes Jahr nach Polen auskratzten und Ihr Testament machten, da haben Sie ihn zum Vollstrecker und Vormund ernannt.«

»Habe ich das? Ja... Ich erinnere mich jetzt. Das wird stimmen.« Er hörte den Anwalt husten und wußte, daß es kein richtiger Husten war; Simkin mußte lachen. Konnte man ihm kaum übelnehmen. Herzog war selbst ein wenig belustigt von dem sentimentalen Zutrauen zu seinem ›besten Freund‹ und konnte den Gedanken nicht loswerden, wie sehr er durch seine Leichtgläubigkeit zu Gersbachs Vergnügen beigetragen haben mußte. Offenbar, dachte

Herzog, war ich nicht imstande, meine eigenen Interessen zu vertreten, und habe meine Unfähigkeit jeden Tag von neuem bewiesen. Dummer Esel, der ich bin.

»Es hat mich etwas überrascht, als Sie ihn dazu ernannten.«

»Warum, haben Sie denn etwas gewußt?«

»Nein, aber es lag etwas in seinem Aussehen, seiner Kleidung, seiner lauten Stimme und seinem frisierten Jiddisch. Und solch ein Exhibitionist! Ich konnte es nicht mit ansehen, wie er Sie an sich drückte. Sogar küßte, wenn ich mich recht...«

»Das ist die überströmende russische Seele.«

»Ich wollte damit auch nicht sagen, daß er schwul ist«, meinte Simkin. »Ja, lebt denn Madeleine nun mit diesem großartigen Vormund zusammen? Sie könnten dem doch zumindest mal nachspüren. Nehmen Sie sich einen Privatschnüffler.«

»Einen Detektiv! Natürlich!«

»Gefällt Ihnen der Gedanke?«

»Aber ja. Warum habe ich nur nicht selbst daran gedacht?«

»Haben Sie denn das nötige Kleingeld dazu? Das kostet eine Stange.«

»Ich nehme in einigen Monaten wieder meine Arbeit auf.«

»Na wenn schon, was können Sie dabei verdienen?« Simkin sprach über Moses' Verdienst immer in einem Ton der Traurigkeit. Arme verkannte Intellektuelle. Er schien sich zu wundern, daß sich Herzog dagegen nicht auflehnte. Aber Herzog lebte immer noch nach dem Standard der Depression.

»Ich kann mir was borgen.«

»Private Nachforschung kostet eine Riesenmenge. Ich will's Ihnen erklären.« Er machte eine Pause. »Die großen Körperschaften haben bei der gegenwärtigen Steuerstruktur eine neue Aristokratie geschaffen. Autos, Flugzeuge, Hotelsuiten – Randprivilegien. Ebenso Restaurants, Theater und so weiter, die guten Privatschulen haben ihr Schulgeld dem Bereich des niedrig entlohnten Mannes entzogen. Selbst die Preise der Prostitution. Die absetzbaren Arzthonorare haben die Psychiater bereichert, so daß selbst das Leiden jetzt teurer geworden ist. Und was die verschiedenen Steuerumgehungen in der Versicherung, dem Grundstückshandel und so weiter betrifft, so könnte ich Ihnen auch davon ein Lied singen. Alles ist schlauer angelegt. Große Organisationen haben ihren eigenen Spürdienst in Form von Wissenschaftsspionen, die anderen Körperschaften die Geheimnisse stehlen. Jedenfalls erhalten Detektive große Honorare von der Wohlstandskundschaft, und wenn ihr Leute mit geringem Einkommen ankommt, kriegt ihr's mit den schlimmsten Elementen in diesem Gaunergeschäft zu tun. Manch ein gewöhnlicher Erpresser nennt sich heutzutage Privatdetektiv. Ich könnte Ihnen nun einen nützlichen Rat geben. Wollen Sie ihn hören?«

»Ja – ja, gewiß. Aber ...« Herzog zögerte.

»Aber was ich davon habe?« Wie Herzog gewollt hatte, stellte Simkin statt seiner die Frage. »Sie sind wahrscheinlich der einzige Mensch in New York, der nicht weiß, wie sich Madeleine mir gegenüber benommen hat – derartige Verleumdungen! Und ich war zu ihr wie ein Onkel. Das Kind, das inmitten dieser Theatertypen in Dachkammern leben mußte, war wie ein verängstigtes Hundejunges. Ich habe mich Madys erbarmt. Ich habe ihr Puppen geschenkt, sie mit in den Zirkus genommen. Als sie alt genug war, um aufs Radcliffe-College zu gehen, habe ich sie dafür ausstaffiert. Als sie dann aber von diesem schäbigen Monsignore bekehrt wurde, habe ich versucht, mit ihr zu sprechen; und da nannte sie mich einen Heuchler und Halunken. Sie sagte, ich sei ein gesellschaftlicher Parasit, der die Verbindungen ihres Vaters ausnutzte, und nichts weiter als ein unwissender Jude. Unwissend! Ich habe 1917 in der Boys' High School die Medaille für Latein gewonnen. Nun gut. Aber dann hat sie einer kleinen Nichte von mir, einem epileptischen Mädchen, einem kränklichen, unreifen, harmlosen, zerbrechlichen Mäuseweibchen, das für sich selbst nicht sorgen konnte, weh getan – lassen wir die scheußlichen Einzelheiten beiseite.«

»Was hat sie denn getan?«

»Das ist wieder eine lange Geschichte.«

»Madeleine steht also nicht mehr unter Ihrem Schutz. Ich habe nicht gehört, was sie gegen Sie gesagt hat.«

»Vielleicht erinnern Sie sich nicht mehr. Sie hat mir einige recht schmerzhafte Wunden geschlagen, glauben Sie mir. Aber ganz abgesehen davon. Ich bin ein alter geldgieriger Bursche – ich behaupte nicht, daß ich Anrecht auf einen Heiligenschein habe, aber... Na ja, das ist einfach die Raserei der Welt. Vielleicht kriegen Sie das nicht immer so mit, Professor, da Sie im Wahren, Guten und Schönen befangen sind, wie Herr Goethe.«

»Schon gut, Harvey, ich weiß, ich bin kein Realist. Ich habe nicht die Kraft, alle die Urteile zu fällen, die man fällen muß, um Realist zu sein. Welchen Rat wollten Sie mir geben?«

»Hier ist etwas Gedankenfutter für Sie, solange mein stinkender Klient noch nicht erschienen ist. Wenn Sie wirklich einen Prozeß riskieren wollen...«

»Himmelstein hat gesagt, die Geschworenen würden nur einen Blick auf meine grauen Haare werfen und gegen mich entscheiden. Ich könnte mir vielleicht das Haar färben lassen.«

»Nehmen Sie sich einen sauberen christlichen Anwalt von einer der großen Firmen. Lassen Sie nicht eine Meute von Juden vor Gericht ihr Gezeter vollführen. Ziehen Sie Ihren Fall mit Würde auf. Dann laden Sie alle Hauptakteure, Madeleine, Gersbach, Mrs. Gersbach, und lassen sie unter Eid aussagen. Warnen Sie sie vor einem Meineid. Wenn die Fragen richtig gestellt sind, und ich bin bereit, Ihrem sauberen Anwalt einige Tips zu geben und den ganzen Prozeß für ihn auszuarbeiten, dann brauchen Sie kein Haar Ihres Hauptes anzurühren.«

Mit dem Ärmel wischte Herzog den Schweiß ab, der ihm auf der Stirn ausbrach. Ihm war plötzlich sehr heiß. Die Hitze, die seine Haut prickelte, löste auch den Duft von Ramonas Körper wieder aus, den er eingesogen hatte. Er mischte sich mit dem Geruch seines eigenen Körpers.

»Hören Sie mir zu?«

»Ich höre zu. Sprechen Sie weiter«, sagte Herzog.

»Die müssen die Wahrheit sagen und werden Ihnen damit den ganzen Prozeß gewinnen. Wir können Gersbach fragen, wann sein Verhältnis mit Madeleine angefangen hat, wie er Sie veranlaßt hat, ihn nach Chicago mitzunehmen – das haben Sie doch, nicht wahr?«

»Ich habe ihm seine Stellung verschafft. Ich habe ihnen das Haus gemietet. Ich habe dafür gesorgt, daß ihnen ein Müllschlukker im Abwaschbecken installiert wurde. Ich habe die Fenster aus-

gemessen, damit sich Phoebe entscheiden konnte, ob sie ihre Vorhänge aus Massachusetts mitbringen sollte.«
Simkin stieß einen Ausruf gespielter Verwunderung aus. »So, und mit welcher Frau lebt er jetzt?«
»Das weiß ich eigentlich nicht. Ich würde ihm gern selbst gegenübertreten – könnte ich ihn vor Gericht verhören?«
»Das ist nicht möglich. Aber der Anwalt kann ja die Fragen für Sie stellen. Sie könnten diesen Krüppel ans Kreuz schlagen. Und Madeleine – der ist bisher alles nach ihrem Willen gegangen. Es ist ihr noch nie eingefallen, daß auch Sie Rechte haben. Würde sie nicht mit einem Krach auf diese Erde zurückkehren!«
»Ich habe mir oft überlegt, daß ich meine Tochter wiederkriegen würde, wenn sie stürbe. Es gibt Zeiten, wo ich weiß, daß ich, ohne Mitleid zu empfinden, Madeleine als Leiche sehen könnte.«
»Die haben versucht, *Sie* zu ermorden«, sagte Simkin. »In einem gewissen Sinn haben sie das gewollt.« Herzog spürte, daß seine Worte über Madeleines Tod Simkin erregt und neugierig gemacht hatten, mehr zu hören. Ich soll ihm sagen, daß ich mich tatsächlich imstande fühle, die beiden zu ermorden. Nun, das stimmt ja auch. Ich habe es in meiner Vorstellung mit einer Pistole und einem Messer erprobt und weder Entsetzen noch Schuld verspürt. Überhaupt nicht. Vorher hätte ich mir ein solches Verbrechen nie ausmalen können. Also könnte ich sie vielleicht töten. Nur werde ich Harvey so etwas nicht verraten.
Simkin fuhr fort: »Vor Gericht müssen Sie beweisen, daß die beiden ein ehebrecherisches Verhältnis haben, dem das Kind ausgesetzt ist. Sexuelle Intimität als solche ist ohne Belang. Ein Gericht in Illinois hat einem Callgirl, das die Mutter war, das Sorgerecht zugesprochen, weil sie alle ihre – wie auch immer gearteten – Künste aufs Hotelzimmer beschränkte. Die Gerichte haben nicht vor, die gesamte sexuelle Revolution unseres Zeitalters aufzuhalten. Wenn aber die Vögelei zu Hause stattfindet und das Kind dem ausgesetzt ist, dann nimmt die Rechtsprechung einen anderen Standpunkt ein. Gefährdung der kindlichen Psyche.«
Herzog hörte zu, während er mit hartem Blick durch das Fenster sah und versuchte, der Krämpfe seines Magens und der drehenden, knotigen Gefühle in seinem Herzen Herr zu werden. Das Telefon

schien das Geräusch seines Blutes, das rhythmisch, dünn und flink in seinem Schädel rauschte, aufgegriffen zu haben. Vielleicht war es nur ein nervöser Reflex seines Trommelfells. Die Membranen schienen zu beben.

»Seien Sie sich darüber im klaren«, sagte Simkin, »es würde in allen Zeitungen Chicagos stehen.«

»Ich habe nichts zu verlieren. Ich bin in Chicago praktisch vergessen. Der Skandal würde Gersbach treffen, nicht mich«, sagte Herzog.

»Wie wollen Sie das begründen?«

»Er ist überall im Kommen und züchtet sich alle Bonzen in Chicago – Kleriker, Journalisten, Professoren, Fernsehleute, Bundesrichter und Damen der Hadassah. Mein Gott, er läßt nie locker. Er organisiert neue Fernsehbegegnungen. Wie Paul Tillich, Malcolm X und Hedda Hopper in einem Programm.«

»Ich dachte, der Kerl wäre ein Dichter und Radioansager. Jetzt klingt er mehr nach Fernsehagent.«

»Er ist ein Dichter der Massenkommunikation.«

»Den haben Sie wirklich gefressen, oder? Mein Gott, das steckt Ihnen aber tief im Blut!«

»Wie wäre Ihnen wohl zumute, wenn Sie aufwachen und merkten, daß alle Ihre schönsten Bemühungen nur Traumwandel waren.«

»Aber ich verstehe nicht, worauf dieser Gersbach hinauswill.«

»Das will ich Ihnen sagen. Er ist Ringmeister, Bärenführer, Verbindungsmann für die Elite. Er greift sich die Berühmtheiten und schleppt sie vor die Öffentlichkeit. Und er gibt allen möglichen Leuten das Gefühl, daß er genau das hat, was sie suchen. Finesse für die Raffinierten. Wärme für die Warmen. Rüpelei für die Rüpel. Heuchelei für die Schurken. Barbarei für die Barbaren. Was das Herz begehrt. Emotionelles Plasma, das in jedem System zirkulieren kann.«

Simkin war über diesen Ausbruch höchst entzückt; das wußte Herzog. Er verstand sogar auch, daß ihn der Anwalt aufzog, aufhetzte. Aber das hinderte ihn nicht. »Ich habe versucht, ihn als Typ zu begreifen. Ist er ein Iwan der Schreckliche? Ist er ein Möchtegern-Rasputin? Oder der Cagliostro des armen Mannes? Ein Politiker, Rhetoriker, Demagoge, Rhapsode? Oder eine Art sibirischer Schamane? Die sind oft Transvestiten oder Zwitter...«

»Wollen Sie damit sagen, daß die Philosophen, die Sie jahrelang studiert haben, allesamt vor diesem einen Valentine Gersbach abdanken müssen?« fragte Simkin. »Die ganzen Jahre mit Spinoza – Hegel?«

»Sie wollen mich verulken, Simkin.«

»Entschuldigung. Das war kein guter Witz.«

»Das macht mir nichts. Es scheint zu stimmen. Als wollte ich auf dem Küchentisch schwimmen lernen. Ja, für die Philosophen kann ich nicht antworten. Vielleicht könnte die Philosophie der Macht – Thomas Hobbes – ihn analysieren. Aber wenn ich an Valentine denke, denke ich nicht an Philosophie, sondern an die Bücher über die französische und russische Revolution, die ich als Junge verschlungen habe. Und an Stummfilme wie *Madame Sans Gêne* – mit Gloria Swanson. Oder an Emil Jannings als zaristischer General. Auf alle Fälle sehe ich Pöbelhaufen, die in die Paläste und Kirchen einbrechen oder Versailles plündern, sich in Sahnedessert suhlen, sich Wein über den Schwanz gießen, sich in purpurnen Samt hüllen und Kronen, Mitren und Kreuze an sich reißen...«

Herzog wußte sehr wohl, daß er sich, wenn er so sprach, wieder in den Fängen jener exzentrischen, gefährlichen Triebe befand, die ihn ergriffen hatten. Sie wirkten auf ihn ein, und er fühlte, daß er schwach wurde. Jeden Augenblick konnte es bei ihm einen Knacks geben. Er mußte damit aufhören. Er hörte Simkin leise und anhaltend in sich hineinlachen, wobei er wahrscheinlich eine dämpfende Hand auf seine fette Brust drückte, während Falten fröhlicher Satire um seine buschigen Augen und haarigen Ohren spielten. »Emanzipation, die im Wahnsinn endet. Uneingeschränkte Freiheit der Wahl, um eine ungeheure Vielzahl von Rollen mit großer, grobschlächtiger Energie zu spielen.«

»In keinem Film habe ich bisher einen Mann gesehen, der sich Wein über den Schwanz gießt – wann haben Sie das gesehen?« fragte Simkin. »Im Museum of Modern Art? Übrigens identifizieren Sie sich geistig doch nicht mit Versailles oder dem Kreml, dem alten Regime oder sonst etwas dieser Art, wie?«

»Nein, nein, natürlich nicht. Das ist nur eine Verbildlichung, und vermutlich keine gute. Ich wollte damit bloß sagen, daß Gersbach sich nichts entgehen läßt; er probiert zunächst einmal alles an. Als er mir zum Beispiel meine Frau wegnahm, mußte er da meine Leiden gleich mittragen? Weil er's noch besser konnte als ich? Und wenn er in seinen Augen eine so großartige Figur für tragische Liebe, ja praktisch ein Halbgott ist, muß er dann zugleich auch der größte aller Väter und Familienmänner sein? Seine Frau sagt, er sei ein idealer Gatte. Ihre einzige Klage war, daß er so geil ist. Sie sagte, er besteige sie jede Nacht. Sie könne dabei nicht mithalten.«

»Bei wem hat sie sich beklagt?«

»Selbstverständlich bei ihrer besten Freundin Madeleine. Bei wem sonst? Und die Wahrheit ist, daß Valentine, neben allem anderen, tatsächlich ein Familienmann ist. Er allein wußte, wie mir wegen meines Kindes zumute war, und schrieb mir treu und mit echter Güte jede Woche einen Bericht. Bis ich dann feststellen mußte, daß er mir den Schmerz zufügte, dessentwegen er mich tröstete.«

»Und was haben Sie dann getan?«

»Ich habe ihn in ganz Chicago gesucht. Schließlich habe ich ihm, kurz vor meinem Abflug, ein Telegramm vom Flughafen geschickt. Ich wollte ihm sagen, daß ich ihn umlegen würde, wenn er mir unter die Augen käme. Aber das Telegrafenamt nimmt derartige Telegramme nicht an. Deshalb habe ich fünf Worte telegrafiert – Schmutz Tritt In Ränkevolle Brust. Die Anfangsbuchstaben ergeben: STIRB.«

»Ich bin sicher, daß ihn die Drohung umgeschmissen hat.«

Herzog lächelte nicht. »Ich weiß nicht. Er ist abergläubisch. Aber wie ich schon sagte, er ist auch ein Familienmann. Er repariert zu Hause alle möglichen Schäden. Wenn das Kind einen Schneeanzug braucht, kauft er ihn ein. Er geht zum Supermarkt und bringt in seiner Einkaufstasche Brötchen und eingelegte Heringe nach Hause. Außerdem ist er auch Sportler – Universitätschampion im Boxen, trotz seines Holzbeins, sagt er. Mit Pinochlespielern spielt er Pinochle, mit Rabbinern spricht er über Martin Buber, mit der Madrigalgesellschaft aus Hyde Park singt er Madrigale.«

»Na«, sagte Simkin, »er ist nichts weiter als ein hochgespielter Psychopath, prahlerisch und exhibitionistisch. Vielleicht auch ein bißchen klinisch, außer daß er ein ausgeprägter jüdischer Typ ist. Einer jener lauten Halunken mit dröhnender Stimme. Was für eine Automarke fährt denn dieser Reklamedichter?«

»Einen Lincoln Continental.«

»Heh, heh.«

»Aber sobald er die Tür seines Continental hinter sich geschlossen hat, spricht er wie Karl Marx. Ich habe ihn im Vortragssaal vor zweitausend Menschen gehört. Es war eine Podiumsdiskussion über die Aufhebung der Rassentrennung, und er ließ einen Angriff auf die Wohlstandsgesellschaft los. So ist das. ›Ich habe eine gute Stellung, etwa fünfzehntausend Dollar im Jahr, eine Krankenversicherung, einen Rentenvertrag und vielleicht auch einige Wertpapiere, warum bist du dann nicht auch radikal?‹ Die Literaten eignen sich das Beste an, das sie in Büchern finden, und kleiden sich damit, wie gewisse Krebse sich angeblich mit Seetang aufschönen. Und da saßen seine Zuhörer, eine wohlsituierte Zuhörerschaft von konventionellen Geschäftsleuten und Vertretern freier Berufe, die ihre Geschäfte und beruflichen Aufgaben anstandslos bewältigen, aber von allem anderen eine sehr unklare Vorstellung zu haben scheinen und sich einen Redner anhören, der zuversichtlich, mit Nachdruck, Feuer, Zielstrebigkeit und Kraft zu ihnen spricht. Mit einem Kopf wie eine lodernde Esse, mit einer Stimme wie eine Kegelbahn und dem Holzbein, das er auf dem Podium trommeln läßt. Für mich ist er ein Kuriosum wie ein mongolischer Idiot, der *Aida* singt. Aber für *die*...«

»Mein Gott, Sie sind wirklich in Fahrt«, sagte Simkin. »Warum sprechen Sie auf einmal von der Oper? Wie Sie ihn darstellen, ist mir vollkommen klar, daß der Kerl ein Schauspieler ist, und ich weiß nur zu gut, Madeleine ist eine Schauspielerin. Das habe ich schon lange gemerkt. Aber beruhigen Sie sich. Übertreibung ist nicht gut für Sie. Sie fressen sich immer gleich bei lebendigem Leibe auf.«

Moses schwieg und schloß einen Moment die Augen. Dann sagte er: »Ja, mag sein...«

»Moment mal, Moses, ich glaube, mein Klient ist da.«

»Ja, macht nichts. Ich möchte Sie nicht aufhalten. Geben Sie mir die Nummer Ihres Vetters, und ich treffe Sie später in der Stadt.«
»Sie können nicht warten?«
»Nein, ich muß mich noch heute entscheiden.«
»Gut, ich werde versuchen, ein bißchen Zeit freizumachen. Und nun regen Sie sich ab.«
»Ich brauche nur fünfzehn Minuten«, sagte Herzog. »Ich bereite alle meine Fragen vor.«

Als Moses Wachsels Telefonnummer aufschrieb, überlegte er, daß er lieber aufhören sollte, andere Menschen um Rat und Hilfe zu bitten. Das allein könnte schon die ganze Lage ändern. Er schrieb Wachsels Nummer leserlicher auf einen Notizblock. Im Hintergrund hörte er, wie Simkin seinen Klienten grob anfuhr. Etwas von einem Ameisenfresser...

Er knöpfte sich das Hemd auf und ließ es hinter sich auf den Boden des Badezimmers fallen. Dann ließ er Wasser ins Waschbecken laufen. Das unregelmäßige Oval des Beckens war glatt und schön im grauen Licht. Er berührte die fast homogene Weiße mit den Fingerspitzen und atmete den Geruch des Wassers ein, mitsamt dem schwachen Gestank, der aus dem Rachen des Abflußrohrs aufstieg. Unerwartete Einbrüche der Schönheit. Daraus besteht das Leben. Er hielt den Kopf unter den fließenden Hahn und stöhnte anfänglich unter dem Schock, dann vor Vergnügen. *Sehr geehrter M. de Jouvenel. Wenn die Ziele der politischen Philosophie, wie Sie sagen, darin bestehen, die Macht zu zivilisieren, den Grobian zu beeindrucken, seine Manieren zu verbessern und seine Energie für konstruktive Aufgaben einzuspannen, dann möchte ich behaupten,* er wandte sich nicht mehr an de Jouvenel, *daß mir der Anblick von* James Hoffa *in Ihrem Fernsehprogramm neulich abend klargemacht hat, welch eine furchtbare Gewalt in der wütenden Einseitigkeit liegen kann. Die armen Professoren in Ihrer Diskussionsgruppe, die er zerfleischt hat, haben mir leid getan. Ich will Ihnen mitteilen, was ich Hoffa erwidert hätte.* »Was bringt Sie eigentlich auf den Gedanken, daß der Realismus brutal sein muß?«

Herzogs Hände ruhten auf den Wasserhähnen; die linke drehte jetzt das warme Wasser zu, die rechte verstärkte den Druck des kalten. Es ergoß sich über seine Kopfhaut und seinen Nacken. Er zitterte unter der wilden Heftigkeit von Gedanke und Gefühl.

Zuletzt hob er den triefenden Kopf, hüllte ihn in das Handtuch und rieb und schüttelte den Kopf, um sich eine gewisse Ruhe zurückzuerobern. Dabei fuhr es ihm durch den Sinn, daß dieser Gang ins Badezimmer, um die Fassung wiederzugewinnen, zu seinen Gepflogenheiten gehörte. Er schien zu fühlen, daß er hier gesammelter, mehr Herr seiner selbst war. Ja, er erinnerte sich, daß er in Ludeyville ein paar Wochen lang von Madeleine verlangt hatte, die Liebe mit ihm auf dem Boden des Badezimmers zu vollziehen. Sie fügte sich, aber er merkte, daß sie rasend vor Zorn war, wenn sie sich auf die alten Fliesen legte. Was konnte das schon Gutes bringen? So äußert sich der allmächtige menschliche Geist, wenn er keine wirkliche Beschäftigung hat. Und jetzt malte er sich den Novemberregen aus, der vom Himmel herab auf das halbangestrichene Haus in Ludeyville rieselte. Die Sumachsträucher verloren das rote Seidenpapier ihrer Blätter, und in den fröstelnden Wäldern knallten die Jäger auf das Wild – piffpaff, piffpaff, piffpaff – und fuhren mit den erlegten Tieren nach Hause. Der Pulverdampf hob sich langsam vom Waldrand. Moses wußte, daß seine auf dem Boden liegende Frau ihn im Herzen verfluchte. Er versuchte seiner Wollust einen komischen Anstrich zu geben, um zu zeigen, wie absurd sie war, ohne Zweifel die jämmerlichste Form des menschlichen Kampfes, der Wesenskern der Sklaverei.

Dann dachte Moses plötzlich an etwas ganz anderes, das sich ungefähr einen Monat später in Gersbachs Haus am Rande von Barrington zugetragen hatte. Gersbach entzündete für seinen kleinen Sohn Ephraim die Chanukah-Kerzen, verballhornte den hebräischen Segensspruch und tanzte darauf mit dem Jungen. Ephraim war in seinen plumpen Schlafanzug eingeknöpft und Valentine, vierschrötig und schwungvoll, ungebrochen von seiner Verstümmelung – das war sein großer Charme; Trübsinn blasen, weil er ein Krüppel war! Zum Teufel damit! Er tanzte, trampelte, klatschte in die Hände, sein flammendes Haar, das im Nacken immer barbarisch zurechtgestutzt war, hüpfte auf und nieder, und sah den Jungen mit fanatischer Zärtlichkeit, mit seinem dunklen und heißen Blick an. Wenn dieser Ausdruck in sein Antlitz kam, dann schien die rötliche Gesichtsfarbe vollkommen in seine braunen Augen zu treten und ließ seine Wangen fast porös erscheinen. Ich hätte es damals schon ahnen können, von Madys Blick, dem Atemstoß, der ihr entfuhr, als sie spontan auflachte. Der Blick war tief. Seltsam. Ein Blick wie ein aufgebogenes Stahlband. Sie liebt diesen Schauspieler.

Man ist selber einfach grotesk! Herzog stellte es impulsiv, wenn auch mit Schmerzen, fest; auf der Suche nach formaler Stabilität griff er (während er sich das Gesicht einseifte und die Klinge in den Rasierapparat schnappen ließ) nach Ideen – im letzten Buch von Professor Hocking: *ob die Gerechtigkeit auf dieser Erde allgemein oder sozial sein kann oder nicht sein kann, sondern in jedem Herzen einzeln erzeugt werden muß. Die subjektive Bestialität muß besiegt, das heißt durch die Gemeinschaft und durch nützliche Pflichten berichtigt werden. Und wie Sie ausführen, muß das individuelle Leid vom Masochismus hinweggeführt und umgewandelt werden. Aber das kennen wir bereits. Wir kennen, kennen, kennen es. Schöpferisches Leiden, wie Sie es sich denken ... im Kern des christlichen Glaubens.* Was ist es nun? Herzog zwang sich zu größerer Klarheit. Was schwebt mir wirklich vor? Wahrscheinlich dies: Soll ich die beiden unter Eid als Zeugen vernehmen lassen, sie foltern, den Schweißbrenner an ihre Füße halten? Warum? Sie haben ein Recht aufeinander; sie scheinen sogar zusammenzugehören. Lassen wir sie doch. Aber wie steht's mit der Gerechtigkeit? – Gerechtigkeit! Seht doch nur, wer hier nach Gerechtigkeit schreit! Der größte Teil der Menschheit hat ohne sie gelebt und ist ohne sie gestorben – ganz und gar ohne sie. Milliarden Menschen haben in Jahrtausenden geschwitzt, beschwindelt, versklavt, erstickt, ausgeblutet und begraben mit nicht mehr Gerechtigkeit, als wäre es Vieh. Aber Moses E. Herzog, der sein Weh und seine Wut aus Leibeskräften aus sich herausschreit, muß Gerechtigkeit haben. Das ist sein *quid pro quo* für alles, was er verdrängt hat, sein Recht als schuldlose Partei. *Ich liebe mein Kätzchen, sein Fell ist so warm, und ich sitze beim Feuer und füttre es fein, dann liebt mich mein Kätzchen, denn ich bin so rein.* Und jetzt ist sein Zorn so groß und tief, so mörderisch, blutrünstig und ausgesprochen wollüstig, daß es ihm in Armen und Fingern kribbelt, die beiden zu erwürgen.

Das als Beweis für die jungenhafte Reinheit seiner Seele. Die gesellschaftliche Organisation hat bei aller Schwerfälligkeit und Bosheit mehr erreicht und verkörpert mehr Gutes als ich, denn sie spendet wenigstens hin und wieder Gerechtigkeit. Ich bin ein Sauhaufen und rede von Gerechtigkeit. Ich stehe in der Schuld der Mächte, die mich als menschliches Leben geschaffen haben. Und wo ist es? Wo ist jenes menschliche Leben, das die einzige Entschuldigung für mein noch andauerndes Dasein ist? Was habe ich zu meinen Gunsten aufzuweisen? Nur das! Sein Gesicht war vor ihm im fleckigen Spiegel. Es war mit Seifenschaum bedeckt. Er sah seine verwunderten, wütenden Augen und stieß hörbar einen Schrei aus. *Mein Gott! Wer ist dieses Geschöpf? Es hält sich für menschlich. Aber was ist es? Nicht aus sich selbst heraus menschlich. Hat aber den Wunsch, menschlich zu sein. Ein Wunsch wie ein quälender Traum, ein dauernder Dunst. Ein Verlangen. Wo kommt das alles her? Und was ist es? Und was kann es sein! Keine unsterbliche Sehnsucht. Nein, ganz sterblich, aber menschlich.*

Als er sich das Hemd anzog, faßte er den Plan, seinen Sohn am Elterntag zu besuchen. Der Überlandbus nach Catskill fuhr um sieben Uhr früh vom Westside-Bahnhof ab und bewältigte die Strecke auf der Schnellstraße in weniger als drei Stunden. Er erinnerte sich, wie er vor zwei Jahren auf dem staubigen Sportplatz inmitten von Kindern und Eltern auf und ab gegangen war, sah noch die groben Bretter der Baracken, die müden Ziegen und Hamster, blattlose Sträucher und die auf Papptellern servierten Spaghetti. Gegen ein Uhr wäre er dann vollkommen erledigt, und die Stunden bis zur Abfahrt des Busses würden schwer und traurig sein, aber er mußte für Marco tun, was in seinen Kräften stand. Für Daisy würde sich dann die Fahrt erübrigen. Sie hatte ihre eigenen Sorgen, denn ihre alte Mutter war sehr senil geworden. Herzog hatte es von verschiedenen Seiten erfahren, und es berührte ihn sonderbar, daß seine frühere Schwiegermutter, hübsch, autokratisch, jeder Zoll die Suffragette und »moderne Frau« mit Pincenez und üppigem grauem Haar, jetzt die Gewalt über sich verloren hatte. Sie hatte es sich in den Kopf gesetzt, Moses habe sich von Daisy scheiden lassen, weil sie ein Straßenmädchen war und die gelbe Karte trug – in ihren Wahnvorstellungen wurde Polina wieder zur Russin. Fünfzig Jahre in Zanesville, Ohio, schmolzen dahin, wenn sie Daisy anflehte, nicht mehr »mit Männern zu gehen«. Die arme Daisy mußte es sich jeden Morgen mit anhören, wenn sie den Jungen in die Schule geschickt hatte und nun selbst zur Arbeit ging. Eine ausgesprochen ordentliche, zuverlässige Frau, die ihr Verantwortungsgefühl bis zur Verbissenheit übertrieb. Daisy war Statistikerin für Gallups Meinungsforschungsinstitut. Um Marcos willen versuchte sie, dem Haus einen heiteren Anstrich zu geben, aber dafür hatte sie kein Talent, und die Wellensittiche, die Pflanzen, die Goldfische und die bunten Reproduktionen von Braque und Klee aus dem Museum of Modern Art schienen die Trübseligkeit nur noch zu betonen. In ähnlicher Weise konnte Daisy mit ihrem Ordnungssinn, den schnurgeraden Nähten ihrer Strümpfe, dem gepuderten Gesicht und den mit einem Stift nachgezogenen Brauen, die ihr einen lebhafteren Ausdruck verleihen sollten, nie ihre Schwerblütigkeit überwinden. Wenn sie den Vogelbauer gereinigt, die Tierchen gefüttert und die Pflanzen gegossen hatte, mußte sie sich noch ihrer senilen Mutter in der Diele stellen. Und Polina befahl ihr, das schändliche Leben aufzugeben. Dann fing sie an: »Daisy, ich bitte dich.« Und zuletzt flehte sie auf Knien, auf die sie sich mühevoll niederließ, eine alte Frau mit breiten Hüften, mit hängenden weißen Zöpfen, einem grauen Kopf, der lang und schmal war – noch viel weibliche Zartheit lag in der Form dieses Kopfes –, und dem an einer Seidenschnur pendelnden Pincenez. »So kannst du nicht weitermachen, mein Kind.«

Daisy versuchte, sie vom Boden aufzuheben. »Schon gut, Mutter. Ich will mich ändern. Ich verspreche es.«

»Männer warten auf dich, auf der Straße.«

»Nein, nein, Mama.«

»Ja, Männer. Das ist ein soziales Übel. Du wirst dich anstecken. Du wirst eines schrecklichen Todes sterben. Du mußt aufhören. Moses kommt zurück, wenn du's tust.«

»Gut. Bitte steh doch auf, Mutter. Ich mache Schluß damit.«

»Es gibt andere Möglichkeiten, Geld zu verdienen. Bitte, Daisy, ich flehe dich an.«

»Genug, Mama. Komm, setz dich.«

Zittrig und unbeholfen, mit steifen Beinen und schwachen Knien stand die alte Polina vom Boden auf, und Daisy geleitete sie zu ihrem Sessel. »Ich lasse sie alle laufen. Komm, Mama. Ich stelle das Fernsehen an. Möchtest du dir die Kochschule ansehen? Dione Lucas oder den Frühstücksklub?« Die Sonne schien durch die Jalousien. Die sprühenden, flackernden Bilder auf dem Schirm waren gelb getönt. Und die ergraute, vornehme Polina, diese sittlich empfindende alte Frau mit ihrem eisernen Kern strickte den ganzen Tag vor dem Fernsehapparat. Die Nachbarn schauten ab und zu bei ihr herein. Hin und wieder kam auch die Kusine Asya aus der Bronx. Donnerstags war die Putzfrau da. Aber zuletzt mußte man Polina, nunmehr in den Achtzigern, doch in einem Altersheim auf Long Island unterbringen. Das ist also das Ende eines starken Charakters!

Ach Daisy, das tut mir wirklich leid. Ich bemitleide...

Ein trauriger Fall nach dem anderen, dachte Herzog. Er rieb sich die brennenden, frisch rasierten Backen mit Rasierwasser ein und trocknete sich die Finger am Hemdzipfel. Er nahm Hut, Jacke und Krawatte und eilte die düstere Treppe zur Straße hinunter – der Fahrstuhl war viel zu langsam. Am Taxistand fand er einen puertorikanischen Chauffeur, der sich das glänzende schwarze Haar mit einem Taschenkamm glättete.

Moses band sich die Krawatte auf dem Hintersitz. Der Taxifahrer drehte sich um und beobachtete ihn. Er blickte ihn prüfend an.

»Wohin, Chef?«

»Zur City.«

»Wissen Sie, ich muß Ihnen von einem Zufall erzählen.« Sie fuhren in östlicher Richtung zum Broadway. Der Fahrer betrachtete ihn im Rückspiegel. Herzog beugte sich seinerseits vor und entzifferte den Namen über der Uhr: Teodoro Valdepenas.

»Früh morgens«, sagte Valdepenas, »habe ich in der Lexington Avenue einen Mann gesehen, der angezogen war wie Sie, mit genau derselben Jacke. Und dem Hut.«

»Haben Sie sein Gesicht gesehen?«

»Nein... das Gesicht habe ich nicht gesehen.« Das Taxi bog klappernd in den Broadway ein und brauste der Wall Street entgegen.

»Wo in der Lexington Avenue?«

»In der Gegend der sechziger.«

»Und was hat der Mann getan?«

»Eine Puppe im roten Kleid geküßt. Deshalb konnte ich sein Gesicht nicht sehen. Und ich meine *geküßt*! Waren Sie das?«

»Das muß ich gewesen sein.«

»Was sagt man dazu?« Valdepenas schlug aufs Lenkrad. »Junge! Unter Millionen Menschen! Ich habe eine Fuhre vom Flughafen über die Triboro-Bridge zum East River Drive gehabt und an der Ecke der 72. Street und Lexington Avenue aussteigen lassen. Da habe ich Sie die Puppe küssen gesehen und kriege Sie nun zwei Stunden später.«

»Wie wenn man den Fisch fängt, der den Ring der Königin verschluckt hat.« Valdepenas drehte ein wenig den Kopf, um Herzog über die Schulter anzusehen. »Das war eine wirklich nett aussehende Biene. Gebaut! Toll! Ihre Frau?«

»Nein. Ich bin nicht verheiratet. Sie ist nicht verheiratet.«

»Mensch, Sie haben's gut. Wenn ich alt werde, mach' ich's genau wie Sie. Warum aufhören? Und glauben Sie mir, ich lasse mich schon jetzt nicht mehr mit jungen Küken ein. Man verplempert seine Zeit mit einer Biene unter fünfundzwanzig. Mit dem Typ mache ich Schluß. Eine Frau über fünfunddreißig fängt gerade an ernst zu werden. Das ist die Sorte, die einen am besten bedient... Wo wollen Sie denn hin?«

»Zum Gericht.«

»Sind Sie Anwalt? Kriminaler?«

»Wie könnte ich in dieser Jacke ein Detektiv sein?«

»Hombre, die Detektive gehen heutzutage sogar in Röcken. Was kümmert's mich. Hören Sie mal zu. Letzte Woche habe ich mich über eine junge Kröte furchtbar geärgert. Sie liegt da auf dem Bett, kaut Gummi und liest ein Magazin. Wie wenn sie sagen will: ›Tu mir was!‹ Ich sage: ›Hör mal, Teddy ist da. Was soll der Kaugummi? Das Magazin?‹ Sie sagt: ›Na schön, bringen wir's hinter uns.‹ Was ist das für 'ne Einstellung? Ich sage: ›In meiner Taxe beeile ich mich. Man sollte dir die Zähne einschlagen, wenn du so redest.‹ Und dann noch eins. Sie hat im Bett nichts getaugt. So 'ne achtzehnjährige Kröte kann noch nicht mal richtig scheißen!«

Herzog mußte lachen, hauptsächlich vor Verwunderung.

»Stimmt doch, nicht?« fragte Valdepenas. »Sie sind kein Kind mehr.«

»Nein. Nicht mehr.«

»Eine Frau über vierzig schätzt ...« Sie waren an der Ecke Broadway und Houston Street. Ein Säufer mit stoppligem Gesicht, mit kräftigen und arroganten Kinnbacken wartete mit einem drekkigen Lappen, um bei den vorbeifahrenden Autos die Scheibe zu wischen und dann die Hand für ein Trinkgeld aufzuhalten. »Sehen Sie mal, wie dieser Prolet hier arbeitet«, sagte Valdepenas. »Er verschmiert die Scheibe. Der dicke Kerl da bezahlt ihn. Die haben die Gedärme voller Schiß. Sie haben Angst, nicht zu zahlen. Ich habe die Strolche aus der Bowery gesehen, wie sie auf die Autos gespuckt haben. Die sollten lieber ihre Hände von meiner Taxe lassen. Ich habe die Reifenwerkzeuge greifbar, Mann. Ich haue so 'nem Saukerl eins über den Schädel!«

Auf dem leicht abschüssigen Broadway lag der schwere Schatten des Sommers. Alte Schreibpulte und Drehstühle, alte grüne Karteikästen standen frei auf dem Bürgersteig herum – aquariumsgrün, dillgurkengrün. Und jetzt wurden sie vom massigen und sonnenlosen Finanzviertel New Yorks umdrängt. Etwas weiter unten stand die Trinity Church. Herzog erinnerte sich, daß er Marco versprochen hatte, ihm das Grab von Alexander Hamilton zu zeigen. Er hatte ihm das Duell mit Burr beschrieben, und wie der blutige Leichnam Hamiltons an einem Sommermorgen im untersten Laderaum eines Schiffes zurückgebracht wurde. Marco, blaß und aufmerksam, hörte zu; sein sommersprossiges Herzog-Gesicht gab nur wenig preis. Marco schien sich nie über die ungeheure (erschreckende!) Häufung von Fakten im Gedächtnis seines Vaters zu verwundern. Im Aquarium wartete Herzog mit einer Klassifizierung der Fischschuppen auf – »die kotenoide, die placoide ...« Er wußte, wo der Quastenflosser gefangen worden war, und kannte die Anatomie eines Hummermagens. All das eröffnete er seinem Sohn – damit müssen wir aufhören, beschloß Herzog – Schuldbewußtsein, ein gefühlsduseliger Vater, ein schlechtes Beispiel. Ich gebe mir zuviel Mühe mit ihm.

Valdepenas redete immer noch, als Herzog zahlte. Er antwortete scherzhaft, aber mechanisch. Er hörte nicht mehr hin. Rhetorische Wollust, die im Augenblick amüsiert. »Hauen Sie nur immer in dieselbe Kerbe, Doktor.«

»Machen Sie's gut, Valdepenas.«

Er wandte sich dem riesigen grauen Gerichtsgebäude zu. Staub wirbelte auf der breiten Treppe, der Stein war abgewetzt. Beim Hinaufsteigen fand Herzog einen Veilchenstrauß, der aus der Hand einer Frau gefallen war. Vielleicht einer Braut. Ein wenig Duft war noch darin, aber sie erinnerten ihn an Massachusetts, Ludeyville. Um diese Zeit waren die Päonien weit geöffnet, der Pfeifenstrauch duftete. Madeleine sprühte in der Toilette ein nach Flieder duftendes Luftreinigungsmittel. Diese Veilchen hatten für ihn den Geruch von Frauentränen. Er begrub sie in einem Mülleimer und hoffte, daß sie nicht aus einer enttäuschten Hand gefallen waren. Er ging durch die vierflügige Drehtür in die Halle und suchte in seiner Hemdtasche nach dem gefalteten Zettel mit Wachsels Telefonnummer. Es war noch zu früh, um ihn anzurufen. Simkin und sein Klient hatten noch nicht genügend Zeit gehabt, um herzukommen.

Um sich die Zeit zu vertreiben, wanderte Herzog durch die mächtigen dunklen Gänge des oberen Stockwerks, wo gepolsterte Schwingtüren mit kleinen ovalen Fenstern in die Gerichtssäle führten. In einen der Säle blickte er hinein; die breiten Mahagonistühle sahen friedlich aus. Er trat ein, nahm ehrerbietig seinen Hut ab und grüßte den Richter, der aber von ihm keine Notiz nahm. Breit und kahl, ganz aus Gesicht bestehend, mit tiefer Stimme, die Faust auf die Dokumente gelegt – das war der Richter. Der Saal mit verzierter Decke war ungeheuer groß, die Wände gelbbraun, aber düster. Wenn einer der Justizwachtmeister die Tür hinter dem Richterstuhl öffnete, sah man die Gitterstäbe der Arrestzellen. Herzog schlug die Beine übereinander (mit einer gewissen Grazie: seine Eleganz ließ ihn nie im Stich, auch wenn er sich kratzte) und wandte, als er sich anschickte zuzuhören, dunkeläugig und aufmerksam, das Gesicht ein wenig ab – eine Angewohnheit, die er von seiner Mutter geerbt hatte. Zuerst schien sehr wenig zu passieren. Eine kleine Gruppe von Anwälten und Klienten besprach sich fast beiläufig und einigte sich über Einzelfragen. Die erhobene Stimme des Richters unterbrach sie.

»Einen Augenblick bitte. Wollen Sie damit sagen ...?«
»Er sagt ...«
»Ich will den Mann selber hören. Wollen Sie damit sagen ...?«
»Nein, Herr Richter, das will ich nicht.«
Der Richter fragte: »Was meinen Sie denn sonst? Herr Verteidiger, was soll das bedeuten?«
»Mein Klient bekennt sich nach wie vor nicht schuldig.«
»Ich habe nicht ...«
»Herr Richter, er hat doch«, sagte die Stimme eines Negers, ohne Betonung.
»... schleppte den Mann, als er betrunken war, von der St. Nicholas Avenue in den Keller des Hauses – wie war noch die genaue Adresse? Um ihn zu berauben.« Das war der alles übertönende Baß des Richters; er sprach mit einem breiten New Yorker Akzent.

Von hinten konnte Herzog nun den Angeklagten dieses Prozesses erkennen. Es war der Neger in der schmierigen braunen Hose. Seine Beine schienen vor nervöser Kraft zu zittern. Er hätte vor einem Wettlauf stehen können; er war sogar ein wenig geduckt in seiner weiten kakaobraunen Hose, als stünde er an der Startlinie. Aber nur etwa dreieinhalb Meter vor ihm waren die glänzenden Gefängnisstangen. Der Nebenkläger trug einen Verband um den Kopf.

»Wieviel Geld hatten Sie in Ihrer Tasche?«
»Achtundsechzig Cents, Herr Richter«, sagte der verbundene Mann.
»Und hat er Sie gezwungen, in den Keller zu kommen?«
Der Angeklagte sagte: »Nein, Herr Richter.«
»Ich habe Sie nicht gefragt. Halten Sie jetzt den Mund.« Der Richter war verärgert.
Der verletzte Mann wandte nun den verbundenen Kopf. Herzog sah ein schwarzes, verwittertes, ältliches Gesicht mit rotgeränderten Augen. »Nein, Herr Richter. Er sagte, er würde mir was zu trinken geben.«
»Kannten Sie ihn?«
»Nein, Herr Richter, aber er wollte mir was zu trinken geben.«
»Und Sie sind mit dem Fremden in den Keller von – wie war die Adresse? Gerichtsdiener, wo sind die Akten?« Moses wurde jetzt klar, daß der Richter sich und die Gerichtssaalbummler mit seinen

Temperamentausbrüchen unterhalten wollte. Alles übrige war öde Routine. »Was ist dann unten im Keller passiert?« Er studierte die Akten, die der Gerichtsdiener ihm inzwischen gegeben hatte.

»Er hat mich geschlagen.«

»Ohne Warnung? Wo hat er gestanden, hinter Ihnen?«

»Das konnte ich nicht sehen. Das Blut lief gleich 'runter. Mir in die Augen. Ich konnte nicht sehen.«

Diese startbereiten Beine sehnten sich nach Freiheit. Sie waren zur Flucht gespannt.

»Und dann hat er die achtundsechzig Cents genommen?«

»Ich packte ihn und fing an zu schreien. Darauf versetzte er mir einen zweiten Schlag.«

»Womit haben Sie diesen Mann geschlagen?«

»Herr Richter, mein Klient bestreitet, daß er ihn geschlagen hat«, sagte der Anwalt. »Die beiden kennen sich. Sie waren zusammen aus, um zu trinken.«

Das schwarze Gesicht, in Bandagen gehüllt, mit wulstigen Lippen, trocken, Augen rot, starrte den Anwalt an. »Ich kenne ihn nicht.«

»Beide Schläge hätten diesen Mann töten können.«

»Überfall zum Zweck der Beraubung«, hörte Herzog. Der Richter fügte hinzu: »Ich nehme an, daß der Kläger schon von Anfang an betrunken war.«

Das soll heißen – das Blut war reichlich mit Whisky verdünnt, als es in den Kohlenstaub floß. Whiskyblut mußte auf solche Weise vergossen werden. Der Verbrecher setzte sich in Bewegung, dieselbe wölfische Spannung innerhalb seiner viel zu weiten, lächerlichen Hose. Der Wachtmeister, mit Polstern von Polizeifett auf den Wangen, sah beinahe gutmütig aus, als er ihn zu den Zellen führte. Schmalzgesichtig hielt er die Tür offen und sandte ihn mit einem Klaps auf die Schulter auf seinen Weg.

Eine neue Gruppe stand vor dem Richter; ein Kriminalbeamter in Zivil gab an: »Um sieben Uhr achtunddreißig abends hat dieser Mann (Name ist bekannt) im Pissoir der Männertoilette im unteren Stockwerk der Grand Central Station von der benachbarten Nische herübergefaßt, seine Hand auf mein Geschlechtsteil gelegt und dabei gesagt...«

Der Detektiv war auf Männertoiletten spezialisiert, überlegte Herzog, trieb sich da als Lockvogel herum. An der Schnelligkeit und Genauigkeit der Aussage konnte man erkennen, daß sie reine Routine war. »Ich habe ihn daher wegen Übertretung der folgenden Bestimmungen festgenommen...« Bevor der Kriminalbeamte alle Paragraphen mit ihrer Nummer aufgeführt hatte, fragte der Richter schon:
»Schuldig – nicht schuldig?«
Der Missetäter war ein hochgewachsener junger Ausländer: ein Deutscher. Sein Paß wurde vorgelegt. Er trug einen langen braunen, eng gegürteten Ledermantel, und sein kleiner Kopf war mit Locken bedeckt; die Stirn war gerötet. Es stellte sich heraus, daß er in einem Krankenhaus in Brooklyn sein klinisches Praktikum absolvierte. Hier nun wurde Herzog vom Richter überrascht, den er für den üblichen groben, grunzenden, unwissenden politischen Beamten gehalten hatte, der für die Tagediebe im Saal (einschließlich Herzog) ein Schauspiel aufführte. Aber mit beiden Händen am Halsausschnitt seines schwarzen Talars zupfend und mit dieser Geste zu verstehen gebend (dachte Herzog), daß der Anwalt des Angeklagten schweigen solle, sagte er: »Sagen Sie lieber Ihrem Mandanten, wenn er sich schuldig bekennt, kann er nie in den Vereinigten Staaten Medizin praktizieren.«
Die Fleischmasse, die aus der Öffnung der schwarzen Richterrobe emporwuchs, die fast augenlos war oder die Augen eines Wals besaß, war schließlich doch ein menschlicher Kopf. Die dumpfe, ungebildete Stimme war eine menschliche Stimme. Man zerstört einem Mann nicht die Laufbahn, weil er in der drückenden, stinkenden Höhle unter der Grand Central, in den Kloaken der Stadt, wo jeder Geist ins Wanken geraten kann und wo Polizisten (vielleicht selbst so veranlagt) die Seele versuchen und in die Falle lokken, einer unüberlegten Eingebung nachgegeben hat. Valdepenas hatte ihn daran erinnert, daß Polizisten jetzt in Röcken 'rumliefen, um Zudringliche anzulocken, die Frauen ansprachen oder unsittlich berührten; wenn sie schon im Namen des Gesetzes Transvestiten wurden, was konnten sie sich dann nicht noch alles ausdenken? Die tieferliegende Schöpferkraft der polizeilichen Phantasie... Er war gegen diese perverse Entwicklung der polizeilichen Ordnungs-

wacht. Sexuelle Handlungen jeglicher Art – vorausgesetzt, daß sie nicht den Frieden störten oder sich an minderjährigen Kindern vergriffen, waren Privatsache. Außer bei Kindern. Niemals Kinder. Da mußte man unnachsichtig bleiben.

Unterdessen sah er mit regem Interesse zu. Der Fall des jungen Arztes ging noch weiter, während schon die Hauptteilnehmer an einem versuchten Raubüberfall vor dem Richtertisch erschienen. Der Gefangene war noch ein Junge, obwohl sein Gesicht sonderbar faltig wirkte: einige der Linien waren weiblich, andere durchaus männlich. Er trug ein dreckiges grünes Hemd. Sein gefärbtes Haar war lang, strähnig, schmutzig. Er hatte blasse runde Augen und lächelte mit leerer – nein, schlimmer als leerer Munterkeit. Wenn er Fragen beantwortet, klang seine Stimme hoch, eiskalt und ganz auf Koketterie trainiert.

»Name?«

»Welcher Name, Herr Richter?«

»Ihr eigener Name.«

»Mein Jungenname oder mein Mädchenname?«

»Ah so...« Der Richter, durch diese Antwort aufgestört, blickte im Gerichtssaal umher und erfaßte alle Anwesenden mit diesem Blick. *Nun hört euch das an.* Moses beugte sich vor. »Ja, was sind Sie denn, ein Junge oder ein Mädchen?«

Die kalte Stimme erwiderte: »Das kommt darauf an, als was ich verlangt werde. Manche wollen einen Jungen und andere ein Mädchen.«

»Wollen wofür?«

»Wollen für Geschlechtsverkehr, Herr Richter.«

»Und, wie lautet nun Ihr Jungenname?«

»Aleck, Herr Richter. Sonst bin ich Alice.«

»Wo arbeiten Sie?«

»In der Third Avenue, in den Bars. Da sitze ich.«

»Und damit verdienen Sie sich Geld?«

»Herr Richter, ich bin prostituiert.«

Die Bummler, Anwälte und Polizisten grinsten, und der Richter selbst kostete die Szene gründlich aus – nur eine dicke Frau mit bloßen, plumpen Armen, die im Saal zu warten schien, beteiligte sich nicht daran.

»Wäre es für Ihr Geschäft nicht besser, wenn Sie sich wüschen?« fragte der Richter. Oh, diese Schauspieler! dachte Moses. Alles Schauspieler!

»Dreck zieht besser, Herr Richter.« Die eisige Sopranstimme war unerwartet scharf und schnell. Der Richter zeigte äußerste Zufriedenheit. Er legte seine großen Hände aneinander und fragte: »Worauf lautet die Anklage?«

»Versuchter Raub mit Spielzeugpistole, 14. Street, Modeartikel und Kurzwaren. Er forderte die Kassiererin auf, das Geld auszuhändigen, und sie schlug ihn und nahm ihm die Waffe ab.«

»Spielzeug! Wo ist die Kassiererin?«

Es war die dicke Frau mit den plumpen Armen. Ihr Kopf war mit angegrauten Haarbüscheln bedeckt. Ihre Schultern waren fleischig. Der Ernst ließ das stumpfnasige Gesicht zornig erscheinen.

»Ich bin es, Herr Richter. Marie Poont.«

»Marie? Sie sind eine tapfere Frau, Marie, und können schnell schalten. Erzählen Sie uns, wie es passiert ist.«

»Er machte nur in seiner Tasche wie eine Pistole und gab mir einen Beutel mit Geld zu füllen.« Ein schwerfälliger, einfältiger Geist, erkannte Herzog; mesomorph, um einen Fachausdruck zu gebrauchen; die unsterbliche Seele in diesem somatischen Gewölbe verpackt. »Ich wußte, daß es ein Trick war.«

»Was haben Sie dann getan?«

»Ich habe eine Baseballkelle, Herr Richter. Die gibt's bei uns auch im Laden. Ich habe ihm einen Schlag auf den Arm versetzt.«

»So ist's recht. Hat es sich so abgespielt, Aleck?«

»Jawohl«, antwortete er mit seiner klaren, frostigen Stimme.

Herzog versuchte, das Geheimnis dieser wachen Munterkeit zu ergründen. Was für eine Anschauung wollte Aleck feilhalten? Er schien der Welt Komödie für Komödie, Witz für Witz bieten zu wollen. Mit seinem gefärbten Haar, wie vom Winter gezauste Schafswolle, mit seinen runden Augen, die noch Spuren von Maskara trugen, der engen, aufreizenden Hose und einem schafsmäßigen Gebaren, selbst in seiner rachelüsternen Munterkeit, war er ein traumhafter Schauspieler. Mit seiner schlechten Phantasie trotzte er der schlechten Wirklichkeit und versierte dem Richter unter der Hand: »Deine Autorität und meine Dekadenz sind ein und dasselbe.« Ja, so ungefähr muß es sein, urteilte Herzog. Sandor Himmelstein erklärte in seiner Wut, daß jede lebende Seele eine Hure sei. Natürlich hatte der Richter nicht buchstäblich die Beine gespreizt; aber er muß alles innerhalb der Machtstruktur Erforderliche getan haben, um seine Bestallung zu erlangen. Nichts an seiner Person entkräftete diese Vorwürfe. Sein Gesicht war ohne Illusion, ohne die Notwendigkeit der Heuchelei. Es war Aleck, der einen gewissen Glanz und sogar ein gewisses Quantum an ›geistigem Verdienst‹ für sich beanspruchte. Es mußte ihm jemand weisgemacht haben, daß *fellatio* der Pfad zu Wahrheit und Ehre sei. Also hatte der geschundene, gefärbte Aleck *auch* eine Idee. Er war lauterer, besser als der Durchschnittsbürger, er log nicht. Es war nicht nur Sandor, der solche Gedanken hegte – seltsame, mikroskopische Ideen von Wahrheit und Ehre. Realismus. Häßlichkeit in der transzendenten Position.

Er war vorbestraft wegen eines Rauschgiftvergehens. Das war zu erwarten. Er brauchte das Geld für Koks. Stimmte das?

»Das stimmt, Herr Richter«, sagte Aleck. »Ich hätte es fast nicht versucht, weil die Dame so vierschrötig aussah. Ich wußte, daß sie vielleicht ein schwerer Brocken war. Aber ich hab's trotzdem probiert.«

Wenn sie nicht gefragt wurde, sagte Marie Poont kein Wort. Sie ließ den Kopf vornüber hängen.

Der Richter sagte: »Aleck, wenn Sie so weitermachen, dann enden Sie auf dem Kirchhof ... Ich gebe Ihnen noch vier bis fünf Jahre.«

Im Grab! Die Augen wirklich leer und diese krampfhafte Süße von den Lippen gefault. Nun, Aleck, wie steht's damit? Willst du nicht denken – ernsthaft nachdenken? Aber wohin würde es führen, wenn Aleck ernsthaft dächte? Was konnte er sich erhoffen? Jetzt ging er zu seiner Zelle zurück und rief: »Wiedersehn allerseits. Auf Wiedersehn.« Zuckersüß und schmachtend. »Wiedersehn.« Eine eiskalte Stimme. Sie stießen ihn hinaus.

Der Richter schüttelte den Kopf. Diese Schwulen, was für ein Gesindel! Er zog ein Taschentuch aus seiner schwarzen Robe und wischte sich den Hals; als er das Kinn hob, fing er das Gold vieler Lichter auf seinem Gesicht. Er lächelte. Marie Poont wartete immer noch, und er sagte: »Vielen Dank, Miß. Sie können gehen.«

Herzog entdeckte, daß er mit elegant übergeschlagenen Beinen dagesessen hatte, den gezackten ovalen Rand seines Hutes auf den Schenkel gedrückt, die gestreifte Jacke noch zugeknöpft und durch seine gebeugte Haltung gespannt – daß er mit seinem Ausdruck intelligenter Fassung, des Charmes und des Mitleids alles beobachtet hatte, was sich abspielte – wie in dem alten Lied, dachte er, das so geht: »Flecken sind auf mir, und Flecken sind auf dir, doch kein einziger Fleck ist auf Jesus.« Ein Mann, der so fein und human aussah, stand außerhalb der Polizeigerichtsbarkeit und war immun gegen die niederen Formen des Leidens und der Strafe. Herzog verlagerte sein Gewicht auf der Bank und zwängte die Hand in die Tasche. Hatte er zehn Cents fürs Telefon? Er mußte Wachsel anrufen. Aber er konnte die Münzen nicht zu fassen kriegen (wurde er etwa fett?) und stand auf. Sobald er auf den Füßen stand, merkte er, daß etwas mit ihm nicht in Ordnung war. Er hatte das Gefühl, als ob etwas Schreckliches, Feuriges, Bitteres in seinen Blutstrom geraspelt worden sei und in seinen Adern, seinem Gesicht, seinem Herzen stach und brannte. Er wußte, daß er weiß wurde, obgleich die Pulse in seinem Kopf wild hämmerten. Er sah, daß der Richter ihn anstarrte, als schulde Herzog ihm beim Verlassen des Gerichtssaales die Höflichkeit eines Grußes ... Aber er wandte ihm den Rücken und eilte in den Gang, indem er die Pendeltüren aufstieß. Er öffnete den Kragen, fummelte mühsam am steifen Kragenknopfloch seines neuen Hemdes. Im Gesicht brach ihm der Schweiß aus. Er begann regelmäßiger zu atmen, als er neben dem breiten, hohen Fenster stand. Es hatte am unteren Teil ein Metallgitter. Durch das Gitter kam ein kühlerer Luftzug, und der Staub zirkulierte geräuschlos unter den Falten der grünschwarzen Vorhänge. Einige von Herzogs liebsten Freunden, nicht zu vergessen sein Onkel Arye – auch sein Vater, wenn man sich's recht überlegte – waren am Herzschlag gestorben, und es gab Zeiten, da Herzog auch schon an einen Anfall glaubte. Aber nein, er war in Wirklichkeit sehr kräftig und gesund und keine... Was sagte er da? Er beendete seinen Satz: keine Chance. Er mußte leben. Seine Aufgabe erfüllen, was das auch immer sein mochte.

Das brennende Gefühl in seiner Brust ließ nach. Es war gewesen, als hätte er einen Mundvoll Gift heruntergeschluckt. Aber jetzt packte ihn der Argwohn, daß das Gift aus seinem Innern kam. Er wußte es sogar. Wodurch wurde es erzeugt? Mußte er annehmen, daß das Gute aus früheren Zeiten jetzt verdorben und schlecht geworden war? Oder war es schon ursprünglich schlecht gewesen? Sein eigenes Böses? Es hatte ihn erregt, Menschen in der Gewalt des Gesetzes zu sehen. Die rote Stirn des Medizinstudenten, die zitternden Beine des Negers fand er fürchterlich. Aber er war gleichzeitig argwöhnisch gegen seine Reaktion. Es gab Leute – Simkin zum Beispiel oder Himmelstein oder Dr. Edvig –, die glaubten, daß Herzog in gewisser Beziehung reichlich naiv und daß seine menschlichen Gefühle kindisch waren. Daß ihm die Vernichtung gewisser Empfindungen erspart geblieben war wie die Axt der Lieblingsgans. Ja, eine Lieblingsgans! Simkin schien ihm gegenüber dieselbe Einstellung zu haben wie gegenüber dem kränklichen Mädchen, der epileptischen Kusine, die Madeleine angeblich so schlecht behandelt hatte. Junge Juden, mit moralischen Grundsätzen aufgezogen wie die Damen der viktorianischen Epoche mit Klavierspiel und Handarbeiten, dachte Herzog. Aber heute bin ich hergekommen, um etwas anderes zu erleben. Das ist offensichtlich der Zweck meines Kommens.

Ich habe vorsätzlich meinen Vertrag falsch gelesen. Ich war nie das Kapital, sondern nur eine Anleihe an mich selbst. Offenbar glaube ich weiterhin an Gott. Wenn ich es auch nie zugebe. Aber was sonst könnte mein Verhalten und mein Leben erklären? Daher sollte ich immerhin bekennen, wie die Dinge stehen, und sei es nur deshalb, weil ich mich andernfalls gänzlich der Beschreibung entziehen würde. Mein Betragen läßt erkennen, daß ich mich von Anfang an und mein ganzes Leben lang gegen eine Schranke gedrückt habe, in der Überzeugung, daß der Druck notwendig ist und daß er etwas bewirken muß. Vielleicht kann ich irgendwann einmal hindurchschreiten. Einen solchen Gedanken muß ich schon immer gehegt haben. Ist das Glaube? Oder ist es nichts als Kindlichkeit, die erwartet, geliebt zu werden, wenn sie eine gestellte Aufgabe erfüllt? Wenn man die psychologische Erklärung sucht, ist es kindlich und in klassischer Weise depressiv. Aber Herzog glaubte nicht, daß die härteste und dürrste Erklärung in ihrer Spärlichkeit unbedingt die wahrste sein mußte. Drängende Impulse, Liebe, Inbrunst, leidenschaftliche Wirrnis, die einen krank machen kann. Wie lange soll ich diese inneren Schläge noch ertragen? Die Fassade dieses Körpers wird zusammenbrechen. Mein ganzes Leben hämmert gegen seine Schranken, und die Kraft der verwehrten Sehnsüchte schlägt zurück als stechendes Gift. Böse, böse, böse ...! Heftige, charakteristische, ekstatische Liebe, die ins Böse umschlägt.

Er hatte Schmerzen. Sollte er! Ganz richtig. Wenn auch nur deshalb, weil er so vielen Menschen zumutete, ihn anzulügen – vielen, vielen Menschen, angefangen, selbstverständlich, mit seiner Mutter. Mütter lügen ihre Kinder an, wenn die es verlangen. Aber vielleicht war seine Mutter auch von der großen Schwermut, ihrer eigenen Schwermut, die sie in Moses wiederfand, beeinflußt worden. Das Familiengesicht, die Augen, die Augenlichter. Aber obwohl er sich des traurigen Gesichts seiner Mutter mit Liebe entsann, konnte er im Innersten seiner Seele nicht behaupten, daß er diese Trauer verewigt sehen wollte. Ja, sie reflektierte das tiefe Erlebnis einer Rasse, ihre Einstellung zu Glück und Sterblichkeit. Dieses düstere Menschengeschick, diese dunkle Hülle, diese eingekerbten Linien der Unterwerfung unter das Schicksal, Mensch zu sein, dieses herrliche Gesicht zeigte die feinnervigsten Reaktionen seiner Mutter auf die Größe des Lebens, das reich war an Schmerz und an Tod. Gewiß war sie schön. Aber er hoffte trotzdem, daß eine Wandlung eintreten würde. Wenn wir zu einer besseren Übereinkunft mit dem Tod gelangen, werden wir ein anderes Gesicht tragen, wir Menschen. Unser Aussehen wird sich wandeln. Falls wir zu einer Übereinkunft gelangen.

Auch hatte sie nicht immer nur gelogen, um seine Gefühle zu schonen. Er erinnerte sich, daß sie ihn eines späten Nachmittags zum Fenster des Vorderzimmers führte, weil er eine Frage über die Bibel gestellt hatte: wie Adam aus dem Staub der Erde geschaffen worden war. Ich war sechs oder sieben. Und sie war drauf und dran, mir den Beweis zu liefern. Ihr Kleid war braun und grau – die Farbe einer Drossel. Ihr Haar war dicht und schwarz, schon von Grau durchzogen. Sie hatte mir am Fenster etwas zu zeigen. Das Licht stieg vom Schnee der Straße empor – sonst war der Tag dunkel. Jedes der Fenster hatte farbige Rahmen – gelb, bernstein, rot – und Blasen und Kringel in den kalten Scheiben. Auf dem Bürgersteig standen die dicken braunen Stangen jener Zeit, mit vielen Querstangen am oberen Ende, mit grünen Glasisolatoren, und braune Spatzen saßen in Klumpen auf den Querstangen, die die vereisten, durchhängenden Drähte trugen. Sarah Herzog öffnete die Hand und sagte: »Sieh nur genau hin, und du wirst wissen, woraus Adam gemacht wurde.« Sie rieb ihre Handfläche mit einem Finger, rieb, bis etwas Schwarzes auf der tiefgefurchten Hand erschien, ein Krümel, der bestimmt so aussah wie Erde. »Siehst du? Es ist wahr.« Als erwachsener Mann, in der Gegenwart, neben dem großen farblosen Fenster vor dem Gerichtssaal, das aussah wie ein statisches Segel, tat Herzog, wie sie getan hatte. Lächelnd rieb er, und es ging; ein Atom der gleichen Schwärze bildete sich in seiner Handfläche. Nun stand er und starrte in die schwarzen Rillen des Messinggitters. Vielleicht hat sie mir diesen Beweis teilweise zum Scherz angeboten. Mit dem Witz, den man nur haben kann, wenn man den Tod sehr nüchtern ins Auge faßt, oder wenn man bedenkt, was der Mensch wirklich ist.

Die Woche ihres Todes, auch im Winter. Dies trug sich in Chicago zu, und Herzog war sechzehn Jahre alt, fast schon ein junger Mann. Es geschah im Westen der Stadt. Sie lag im Sterben. Offenbar wollte Moses damit nichts zu tun haben. Er war bereits ein Freidenker. Darwin und Haeckel und Spencer waren ihm altervertraut. Er und Zelig Koninski (was war wohl aus diesem goldenen Jüngling geworden?) fühlten sich über die Volksbibliothek hoch erhaben. Sie kauften bei Walgreen allerhand dicke Bücher aus dem Stoß für neununddreißig Cents – *Die Welt als Wille und Vorstellung* und *Der Untergang des Abendlandes!* Und was sich nicht alles tat! Herzog runzelte die Stirn, um sein Gedächtnis zur Arbeit zu zwingen. Papa hatte eine Nachtarbeit und schlief tagsüber. Man mußte auf Zehenspitzen durchs Haus gehen. Wenn man ihn aufweckte, war er wütend. Seine Overalls, die nach Leinöl stanken, hingen hinter der Badezimmertür. Um drei Uhr nachmittags kam er halb angekleidet zum Vorschein, um Tee zu trinken, das Gesicht voll finsterem Zorn. Aber allmählich wurde er wieder zum *Entrepreneur*, betrieb sein Geschäft sozusagen aus dem Ärmel in der

Cherry Street, gegenüber dem Negerbordell, zwischen den Güterzügen. Er hatte einen Schreibtisch mit Rolldeckel. Er rasierte sich den Schnurrbart ab. Und dann fing Mama an zu sterben. Und ich saß in den Winternächten in der Küche und studierte *Der Untergang des Abendlandes*. Auf dem runden Tisch lag eine Wachstuchdecke.

Es war ein scheußlicher Januar, die Straßen waren mit stählernem Schnee bedeckt. Der Mond lag auf dem glasierten Schnee der Hinterhöfe, wo die kantigen Holzveranden ihre Schatten warfen. Unter der Küche befand sich der Heizkeller. Der Hausmeister schürte das Feuer; als Schürze trug er einen groben Sack, sein Negerbart war von Braunkohle verrußt. Die Schaufel schürfte auf dem Zement und klirrte an der Ofentür. Er knallte die Metalltür mit der Schaufel zu. Dann trug er die Asche massenweise aus dem Haus – in alten Pfirsichkörben. Ich knutschte die jungen Wäscherinnen unten im Waschraum sooft ich konnte. Aber ich grübelte jetzt über Spengler, ich kämpfte und ertrank in den ozeanischen Visionen dieses unheimlichen Krautfressers. Erst kam das Altertum, nach dem alle Menschen seufzen – schönes Griechenland! Dann das magische Zeitalter und das faustische. Ich lernte, daß ich, ein Jude, ein geborener Magier war und daß wir Magier unsere große Zeit schon hinter uns hatten, auf ewig vorbei. Sosehr ich mich auch mühte, konnte ich nie die christliche und die faustische Weltidee begreifen; sie blieb mir immer fremd. Disraeli *glaubte*, er könne die Engländer verstehen und führen, aber er irrte sich vollständig. Ich sollte mich lieber dem Schicksal anheimgeben. Als Jude eine Reliquie, wie Eidechsen Reliquien der großen Periode der Reptilien sind, könnte ich zu falscher Blüte gelangen, indem ich den *Goi*, die schuftende Herde einer geschrumpften und dem Untergang geweihten Kultur, beschwindelte. Es war jedenfalls ein Zeitalter der geistigen Erschöpfung – alle alten Träume waren ausgeträumt. Ich war zornig; ich brannte wie der Ofen; ich las immer mehr, krank vor Wut.

Als ich von dem engen Druck und seiner verruchten Pedanterie aufsah, das Herz von Ehrgeiz und den Keimen der Rachsucht verseucht, kam Mama in die Küche. Da sie Licht unter der Türritze sah, kam sie vom anderen Ende des Hauses aus ihrem Krankenzimmer. Ihr Haar mußte während der Krankheit geschnitten werden, und das machte ihre Augen fast fremd. Oder nein, die Kürze ihres Haars machte nur die Botschaft lesbarer: *Mein Sohn, dies ist der Tod.*

Ich zog es vor, diesen Text nicht zu lesen.

»Ich habe das Licht gesehen«, sagte sie. »Was bist du noch so spät auf?« Aber die Sterbenden haben die Stunden des Tages für sich außer Kraft gesetzt. Sie fühlte nur Mitleid mit mir, ihrem Waisenjungen, begriff, daß ich ein Gestenmacher war, ehrgeizig und ein Narr; meinte, daß ich die Schärfe meiner Augen und meine Kraft an einem gewissen Tag der Abrechnung brauchen würde.

Als sie ein paar Tage später schon nicht mehr sprechen konnte, versuchte sie immer noch, Moses zu trösten. Genau wie damals, als er wußte, daß sie vom Ziehen seines Schlittens außer Atem war, aber nicht aufstehen wollte. Er kam in ihr Zimmer, als sie starb, mit den Schulbüchern in der Hand, und wollte ihr etwas sagen. Aber sie hob nur die Hände und zeigte ihm ihre Fingernägel. Sie waren blau. Als er sie anstarrte, bewegte sie langsam den Kopf auf und nieder, als wolle sie sagen: »Ja, so ist es, Moses, jetzt sterbe ich.« Er saß am Bett. Auf einmal fing sie an, seine Hand zu streicheln. Sie tat es, so gut sie konnte; ihre Finger hatten die Gelenkigkeit verloren. Unter den Nägeln schienen sie sich schon in den blauen Lehm der Gräber zu verwandeln. Sie hatte begonnen, zu Erde zu werden! Er wagte nicht hinzusehen, lauschte jedoch den Kufen der Kinderschlitten auf der Straße und dem Knirschen der Trödlerwagen auf dem knotigen Eis, dem heiseren Ruf des Apfelhändlers und dem Klirren seiner Stahlwaage. Der Dampf wisperte im Ventil. Der Vorhang war zugezogen.

Im Gang außerhalb des Gerichtssaals steckte er beide Hände in die Hosentaschen und zog die Schultern hoch. Er hatte die Zähne zusammengebissen. Ein Büchernarr und Rohling. Und dann, dachte er, kam das Begräbnis. Wie Willie in der Kapelle weinte! Schließlich war es sein Bruder Willie, der das weiche Herz besaß. Aber ... Moses schüttelte den Kopf, um sich dieser Gedanken zu entledigen. Je mehr er dachte, desto schlimmer wurde das Bild der Vergangenheit.

Er wartete vor der Telefonzelle, bis er an die Reihe kam. Als er den Hörer abnehmen konnte, war er feucht von den vielen Mündern und Ohren, die ihn benutzt hatten. Herzog wählte die Nummer, die Simkin ihm gegeben hatte. Wachsel sagte: nein, er hätte keine Bestellung von Simkin, aber Herzog solle doch heraufkommen und warten. »Nein, danke, ich rufe noch einmal an«, sagte Herzog. Er hatte absolut kein Talent zum Warten in Büroräumen. Er war nie imstande gewesen, auf irgend etwas zu warten. »Sie wissen wohl nicht zufällig – ist er irgendwo im Gebäude?«

»Ich weiß zwar, daß er im Gebäude ist«, sagte Wachsel. »Und ich habe so eine Ahnung, daß es sich um eine Strafsache handelt. Das wäre ...« Er rasselte eine Reihe von Saalnummern herunter. Herzog merkte sich einige davon. Er sagte: »Ich gehe mich mal nach ihm umsehen und rufe Sie in einer halben Stunde wieder an, wenn's Ihnen nichts ausmacht.« – »Nein, mir macht's nichts aus. Wir haben den ganzen Tag Geschäftsstunden. Versuchen Sie's doch im achten Stock. Klein-Napoleon – die Stimme müßten Sie eigentlich durch die Wände hören können.«

Im ersten Sitzungssaal, den Herzog nach dieser Anweisung betrat, tagte ein Geschworenengericht. Er saß mit einer kleinen Schar von Menschen auf den polierten Holzbänken. Innerhalb weniger Minuten hatte er Simkin völlig vergessen.

Ein junges Paar, eine Frau und der Mann, mit dem sie in einem Slum-Hotel gelebt hatte, standen wegen Mordes an ihrem Sohn, einem dreijährigen Kind, vor Gericht. Sie hatte den Sohn von einem anderen Mann, der sie hatte sitzenlassen, sagte der Anwalt in seiner Darstellung des Falles. Herzog bemerkte, wie ergraut und ältlich sämtliche Anwälte waren, Menschen einer anderen Generation und eines anderen Lebenskreises – tolerante, umgängliche Leute. Die Angeklagten konnte man nach ihrem Aussehen und ihrer Kleidung identifizieren. Der Mann trug eine fleckige und ausgefranste Jacke mit Reißverschluß, und sie, eine rothaarige Frau mit breitem rötlichem Gesicht, hatte ein braunes bedrucktes Hauskleid an. Beide saßen unbeteiligt da, allem Anschein nach von den Zeugenaussagen unbewegt, er mit langen Koteletten und einem blonden Schnurrbart, sie mit runden sommersprossigen Backenknochen und langgeschnittenen, verhangenen Augen.

Sie kam aus Trenton, war gelähmt geboren. Ihr Vater war Autoschlosser in einer Garage. Sie hatte nur Volksschulbildung. Ihr Intelligenzquotient betrug 94. Ein älterer Bruder war das Lieblingskind; sie wurde vernachlässigt. Wenig anziehend, mürrisch, ungeschickt, gezwungen, einen orthopädischen Schuh zu tragen, wurde sie schon frühzeitig kriminell. Ihr Strafregister lag dem Gericht vor, der Anwalt sprach weiter, gleichmäßig, milde und gefällig. Ein zorniges, unlenkbares Kind von der ersten Klasse an. Es lagen Aussagen ihrer Lehrer vor. Zudem besaß man medizinische und psychiatrische Gutachten sowie einen neurologischen Befund, auf den der Anwalt die Aufmerksamkeit des Gerichts besonders lenken wollte. Dieser zeigte, daß bei seiner Klientin vermittels eines Encephalogramms eine Gehirnverletzung festgestellt worden sei, die imstande wäre, ihr Verhalten radikal zu ändern. Es war bekannt, daß sie unter epileptoiden Wutanfällen litt; ihre Toleranz für Emotionen, die durch den beschädigten Gehirnlappen kontrolliert werden, war notorisch sehr gering. Als armes verkrüppeltes Geschöpf war sie oft belästigt und später auch von halbwüchsigen Jungen sexuell mißbraucht worden. Ihre Akte vom Jugendgericht war tatsächlich sehr umfangreich. Ihre Mutter verabscheute sie, hatte sich geweigert, dem Prozeß beizuwohnen, und sollte gesagt haben: »Das ist nicht mein Kind. Wir waschen unsere Hände.« Die Angeklagte wurde mit neunzehn Jahren von einem verheirateten Mann geschwängert, der mehrere Monate mit ihr zusammenlebte und dann zu Frau und Familie zurückkehrte. Sie weigerte sich, das Kind zur Adoption herzugeben, lebte eine Zeitlang mit ihm in Trenton und zog darauf nach Flushing, wo sie für eine Familie kochte und die Wohnung putzte. An einem ihrer freien Wochenenden lernte sie den Mitangeklagten kennen, der zu dieser Zeit als Portier in einem Lunchroom der Columbus Avenue angestellt war, und beschloß, mit ihm im Montcalme Hotel in der 103. Street eine gemeinsame Wohnung zu mieten – Herzog war an dem Gebäude oft vorbeigegangen. Man konnte seine Ärmlichkeit bis auf die Straße riechen; sein schwarzer Gestank zog durch die offenen Fenster – Bettzeug, Abfall, Desinfektionsmittel, Insektentöter. Sein Mund war trocken, und er beugte sich vor, um sich kein Wort entgehen zu lassen.

Der Gerichtsmediziner machte seine Aussage. Hatte er das tote Kind gesehen? Ja. Hatte er etwas dazu zu sagen? Ja. Er nannte das Datum und die Umstände der Untersuchung. Ein massiger, kahlköpfiger, ernster Mann mit fleischigen und bedachtsamen Lippen; er hielt seine Aufzeichnungen mit beiden Händen wie ein Sänger – der erfahrene, berufsmäßige Zeuge. Das Kind, sagte er, war normal gebaut, schien aber an Unterernährung gelitten zu haben. Es zeigte Symptome einer beginnenden Rachitis, die Zähne waren schon ziemlich kariös, aber das war zuweilen auch ein Zeichen, daß die Mutter während der Schwangerschaft an Toxemia gelitten hatte. Waren am Körper des Kindes ungewöhnliche Spuren zu entdecken? Ja, der kleine Junge war offenbar geschlagen worden. Einmal oder mehrere Male? Nach seiner Ansicht häufig geschlagen. Die Kopfhaut wies Wunden auf. Außergewöhnlich schwere Striemen waren auf dem Rücken und an den Beinen festzustellen. Die Schienbeine waren verfärbt. Wo waren die Striemen am schlimmsten? Auf dem Bauch, und besonders in der Gegend der Genitalien, wo der Junge anscheinend mit etwas geschlagen worden war, was die Haut aufriß, vielleicht einem Metallkoppel oder mit dem Absatz eines Frauenschuhs. »Und was waren die inneren Befunde?« fragte der Staatsanwalt weiter. Zwei gebrochene Rippen, davon ein älterer Bruch. Der spätere hatte die Lunge verletzt. Die Leber des Jungen wies einen Riß auf. Die dadurch entstandene Blutung könnte die unmittelbare Todesursache gewesen sein. Es lag auch eine Gehirnverletzung vor. »Ihrer Meinung nach ist also das Kind eines gewaltsamen Todes gestorben?« – »Das ist meine Meinung. Die Leberverletzung hätte genügt.«

All dies schien Herzog außerordentlich leise vorgetragen. Alle – die Anwälte, die Geschworenen, die Mutter, ihr brutaler Freund, der Richter – legten sich große Zurückhaltung auf, wirkten überaus beherrscht und gedämpft. Diese Stille – war sie umgekehrt proportional zum Mord? dachte er. Richter, Geschworene, Anwälte und die Angeklagten sahen alle äußerst ungerührt aus. Und er selbst? Er saß in seiner Madrasjacke und hielt den harten Strohhut in der Hand. Er umklammerte den Hut mit aller Kraft und fühlte, daß ihm das Herz weh tat. Der gezackte Rand des Huts hinterließ Druckspuren auf seinen Fingern.

Ein Zeuge wurde vereidigt, ein solide aussehender Mann von etwa fünfunddreißig Jahren, im modernen grauen Sommeranzug im Stil der Madison Avenue. Sein Gesicht war rund, voll, mit Hängebacken, aber sein Schädel hob sich nur wenig über die Ohren und wirkte noch flacher, weil er die Haare kurz geschnitten trug. Seine Gesten waren sehr elegant, er zog sich beim Sitzen die Hosenbeine hoch, lockerte seine Manschetten und beugte sich vor, um in gemessener, ernster, männlicher Zuvorkommenheit Fragen zu beantworten. Seine Augen waren dunkel. Man konnte sehen, wie sich die Kopfhaut in Falten warf, wenn er die Stirn runzelte und seine Antworten erwog. Er bezeichnete sich als Vertreter in der Sturmfensterbranche, Fliegennetze und Sturmfenster. Herzog wußte, was er meinte – Aluminiumrahmen mit dreifachen Rillen: er hatte die Reklamen gelesen. Der Zeuge wohnte in Flushing. Kannte er die Angeklagte? Man forderte sie auf, sich zu erheben, was sie tat: eine kurze, hinkende Figur, das dunkelrote Haar gekraust, die langen Augen tief in den Höhlen, die Haut voller Sommersprossen, Lippen dick und grau. Ja, er kannte sie, vor acht Monaten hatte sie in seinem Haus gelebt, nicht direkt bei ihm beschäftigt, nein, sie war eine entfernte Kusine seiner Frau, die Mitleid mit ihr hatte und ihr ein Zimmer anbot – er hatte im Bodengeschoß eine kleine Wohnung gebaut; eigenes Badezimmer, Klimaanlage. Natürlich verlangte man von ihr, daß sie bei der Hausarbeit zur Hand ging, aber sie verschwand auch manchmal und ließ den Jungen tagelang allein. Hatte er jemals festgestellt, daß sie das Kind mißhandelte? Das Kind war niemals sauber. Man wollte es nie auf den Schoß nehmen. Es litt an einer Flechte, und seine Frau hatte schließlich Salbe drauf getan, weil die Mutter es nicht tat. Das Kind war ruhig, anspruchslos, klammerte sich an die Mutter, ein verängstigter kleiner Junge, und roch schlecht. Konnte der Zeuge das Verhalten der Mutter noch näher beschreiben? Nun ja, auf der Straße – sie fuhren einmal zu der Großmutter und kehrten unterwegs im Restaurant von Howard Johnson ein. Alle bestellten etwas. Sie wollte ein Roastbeef-Sandwich, und als es kam, fing sie an zu essen und gab dem Kind nichts. Darauf gab er selbst (entrüstet) dem Jungen etwas Fleisch mit Sauce.

Ich kann es nicht verstehen, dachte Herzog, als dieser gute

Mann mit stumm bewegten Hängebacken vom Zeugenstand abtrat. Ich kann nicht ... aber das ist das Schlimme bei Leuten, die ihr Leben mit humanistischen Studien hinbringen und sich daher einbilden, daß die Grausamkeit aus der Welt geschafft sei, wenn sie in Büchern beschrieben worden ist. Selbstverständlich wußte er es besser – die Menschen wollten einfach nicht so leben, daß die Herzogs sie begreifen konnten. Warum sollten sie auch?

Aber er hatte keine Zeit, darüber nachzudenken. Der nächste Zeuge war bereits vereidigt, der Hausverwalter vom Montcalme; ein Junggeselle in den Fünfzigern, hängende Lippen, tiefe Falten, schadhafte Wangen, Haar, das nachgefärbt aussah, Stimme tief und melancholisch, mit sinkendem Rhythmus in jedem Satz. Die Sätze senkten sich, senkten sich, bis die letzten Worte sich in rollenden Silben verloren. Früher einmal Alkoholiker, urteilte Herzog nach dem Aussehen der Haut; zudem entdeckte man in seiner Sprache eine gewisse weibische Zimperlichkeit. Er sagte, er hätte auf dieses »unselige Paar« sein Augenmerk gehabt. Sie mieteten eine Einzimmerwohnung. Die Frau erhielt Wohlfahrtsunterstützung. Der Mann hatte keine Arbeit. Die Polizei kam einige Male, um sich nach ihm zu erkundigen. Und der Junge, konnte er dem Gericht von dem erzählen? Vor allem, daß das Kind sehr viel weinte. Die Mieter beschwerten sich, und als er nachforschte, fand er das Kind im Schrank eingesperrt. Zur Strafe, erklärte ihm die Angeklagte. Aber gegen Ende schrie der Junge weniger. Am Tage seines Todes war allerdings sehr viel Lärm. Er hörte etwas fallen und Kreischen aus dem dritten Stock. Sowohl die Mutter wie der Junge schrien. Jemand fummelte am Fahrstuhl, deshalb eilte er nach oben. Klopfte an die Tür, aber sie schrie so laut, daß sie ihn nicht hörte. Daher öffnete er die Tür und ging hinein. Würde er dem Gericht sagen, was er gesehen hatte? Er sah die Frau mit dem Jungen in den Armen. Er dachte, sie drückte ihn an sich, aber zu seiner Verwunderung schleuderte sie ihn mit beiden Armen von sich. Er fiel gegen die Wand. Das verursachte den Lärm, den er unten gehört hatte. War sonst noch jemand anwesend? Ja, der Angeklagte lag auf dem Bett und rauchte. Schrie das Kind jetzt? Nein, zu dieser Zeit lag es still auf dem Boden. Hat der Verwalter dann etwas gesagt? Er sagte, er sei vom Gesichtsausdruck der Frau erschreckt gewesen, von ihrem verquollenen Gesicht. Sie wurde rot, dunkelrot, schrie aus Leibeskräften, stampfte mit dem Fuß, dem Fuß mit der Ferseneinlage, wie er bemerkte, und er fürchtete, daß sie ihm mit den Nägeln die Augen auskratzen wollte. Er rief dann die Polizei. Bald danach kam der Mann die Treppe hinunter. Er erklärte, daß der Junge ein schwieriges Kind sei. Sie könne ihm bei der Verrichtung der Notdurft keine Sauberkeit angewöhnen. Er brachte sie manchmal zur Wut, wenn er sich beschmutzte. Und das Weinen die ganze Nacht! So unterhielten sie sich, als der Streifenwagen kam. Und die Polizei das Kind bereits tot vorfand? Ja, es war tot, als sie kam.

»Kreuzverhör?« fragte der Richter. Der Verteidiger verzichtete auf das Verhör mit einer Bewegung seiner langen weißen Finger, und der Richter sagte: »Sie können gehen. Das wäre alles.«

Als der Zeuge sich erhob, stand auch Herzog auf. Er mußte sich bewegen, mußte gehen. Wieder fragte er sich, ob bei ihm eine Krankheit am Ausbrechen war. Oder war es die Angst des Kindes, die in ihn gefahren war? Er fühlte sich jedenfalls beklommen, als ob sich die Klappen seines Herzens nicht schlössen und das Blut in seine Lungen zurückflösse. Er ging schwer und schnell. Als er sich im Mittelgang noch einmal umschaute, sah er den schmalen grauen Kopf des Richters, dessen Lippen sich beim Lesen der Akten stumm bewegten.

Als er den Korridor ereichte, sagte er zu sich »O mein Gott« und merkte, da er reden wollte, daß er eine beißende Flüssigkeit im Munde hatte, die er herunterschlucken mußte. Als er sich von der Tür entfernte, stieß er gegen eine Frau, die am Stock ging. Mit schwarzen Brauen und sehr schwarzem Haar, obwohl sie schon in mittleren Jahren war, deutete sie mit ihrem Stock abwärts, statt zu sprechen. Er sah, daß sie am Fuß einen Gipsverband mit Metallklötzen trug und daß ihre Fußnägel bemalt waren. Er schluckte den üblen Geschmack herunter und sagte: »Verzeihen Sie bitte.« Er hatte ein schlimmes widerliches Kopfweh, durchdringend und häßlich. Es war ihm, als sei er zu nahe an ein Feuer geraten und hätte sich die Lungen versengt. Sie sprach zwar kein Wort, war aber nicht willens, ihn loszulassen. Ihre vorquellenden strengen Augen nagelten ihn fest und kennzeichneten ihn gründlich, vollends und zutiefst als Idioten. Wieder – stumm – *du Idiot*! In der rotgestreiften Jacke, den Hut unter den Arm geklemmt, das Haar ungekämmt, die Augen geschwollen, wartete er darauf, daß sie sich entfernte. Als sie dann schließlich ging, Stock, Gips, Klötze den gesprenkelten Gang entlangschritt, konzentrierte er sich. Mit aller Kraft – Herz und Verstand – versuchte er, etwas für das ermordete Kind einzuhandeln. Aber was? Wie? Er zwang sich zu inbrünstigem Verlangen, aber »alle Kraft« konnte nichts für den begrabenen Jungen ergattern. Herzog erlebte nichts als seine eigenen *menschlichen Gefühle*, in denen er nichts Brauchbares entdeckte. Was bedeutete es schon, wenn er zu Tränen gerührt war? Oder zum Beten? Er preßte die Hände zusammen. Und was fühlte er? Nun, er fühlte nur sich selbst – seine eigenen zitternden Hände und brennenden Augen. Und worum sollte er im modernen, nach ... nachchristlichen Amerika beten? Gerechtigkeit – Gerechtigkeit und Barmherzigkeit? Und die Ungeheuerlichkeit des Lebens hinwegbeten, den schlimmen Traum, den es darstellte? Er öffnete den Mund, um den Druck, den er fühlte, zu mildern. Es drehte ihm das Innere um und wieder und abermals um.

Das Kind schrie, klammerte sich an, aber die Frau schleuderte es mit beiden Armen gegen die Wand. Auf ihren Beinen wuchs rötliches Haar. Und ihr Liebhaber mit langgestrecktem Kinn und geckenhaften Koteletten sah vom Bett aus zu. Legt sich hin, um sich zu paaren, steht auf, um zu töten. Manche töten und schreien hinterher. Andere tun nicht einmal das.

NEW YORK KONNTE ihn jetzt nicht mehr halten. Er mußte nach Chicago fahren, seine Tochter sehen und Madeleine und Gersbach gegenübertreten. Er gelangte nicht zu dieser Entscheidung, sie überfiel ihn einfach. Er ging nach Hause und wechselte die neue Kleidung, mit der er sich die Zeit vertrieben hatte, gegen einen alten Leinenanzug. Glücklicherweise hatte er seinen Koffer nicht ausgepackt, als er von Vineyard zurückkehrte. Er prüfte den Inhalt hastig und verließ seine Wohnung. Es war typisch, daß er zum Handeln entschlossen war, ohne deutlich zu wissen, was er eigentlich wollte, und sogar erkannte, daß er seine Regungen nicht unter Kontrolle hatte. Er hoffte, daß er im Flugzeug, in der klareren Atmosphäre, begreifen würde, warum er eigentlich flog.

Das Superdüsenflugzeug brachte ihn auf westlichem Kurs in neunzig Minuten nach Chicago, wobei es mit der Umdrehung des Planeten mithielt und ihm eine Verlängerung des Nachmittags und des Sonnenlichts bescherte. Unter ihm schäumten die weißen Wolken. Und die Sonne war wie der Fleck, der uns gegen die Gesamtheit des auseinanderfallenden Raumes immun macht. Er blickte in die blaue Leere und auf das grelle Glitzern der flügelgetragenen Motore. Als das Flugzeug bockte, hielt er die Lippe zwischen den Zähnen fest. Nicht, daß er vor dem Fliegen Angst hatte, aber es fiel ihm ein, daß Gersbach Junes Vormund würde, wenn die Maschine abstürzte oder einfach explodierte (wie es erst vor kurzem über Maryland geschehen war, wo man menschliche Körper wie ausgepulte Erbsen herauspurzeln und fallen sah). Falls Simkin nicht das Testament vernichtete. *Lieber Simkin, schlauer Simkin, zerreiße das Testament!* Dann gab es auch noch zwei Versicherungspolicen, deren eine Vater Herzog für seinen Sohn Moshe gekauft hatte. Man sehe sich nur an, wie sich dieses Kind, der junge Herzog entwickelt hatte – verknittert, verwirrt, Seelenschmerz.

Ich sage mir die Wahrheit. Der Himmel sei mein Zeuge. Die Stewardeß bot ihm etwas zu trinken an, aber er lehnte mit einem Kopfschütteln ab. Er fühlte sich nicht imstande, dem Mädchen ins hübsche, gesunde Gesicht zu sehen.

Als das Flugzeug landete, stellte Herzog seine Uhr zurück. Er eilte vom Tor Nr. 38 fort und den langen Gang entlang zum Autoverleihbüro. Um sich auszuweisen, hatte er seine Karte vom American Expreß, seinen Führerschein aus Massachusetts und seine Universitätspapiere. Er wäre selbst gegen eine derartige Vielfalt von Adressen mißtrauisch gewesen, ganz zu schweigen von dem verschmutzten, zerknitterten Leinenanzug, den dieser Antragsteller, Moses Elkanah Herzog, trug, aber die Bearbeiterin, die seinen Antrag entgegennahm, eine liebenswürdige, vollbusige, kraushaarige, knubbelnasige kleine Frau (selbst in seinem augenblicklichen Zustand fühlte sich Herzog ein wenig zum Lächeln gereizt) fragte ihn nur, ob er ein Kabriolett oder eine Limousine wolle. Er entschied sich für eine Limousine, graublau, und fuhr davon, wobei er sich bemühte, unter dem grünlichen Schimmer der Laternen, des staubigen Sonnenlichts und inmitten unvertrauter Verkehrsschilder, seinen Weg zu finden. Er folgte dem gewundenen Zubringerkleeblatt zur Schnellstraße und reihte sich in den hastenden Verkehr ein – in dieser Zone 100 Kilometer. Er kannte diese neuen Stadtteile Chicagos nicht. Das unförmige, stinkende, zärtliche Chicago, auf einem vorgeschichtlichen Seebett abgeladen; und dieser schummrige, orangene Westen, die Heiserkeit von Fabriken und Zügen, die Gase und Ruß auf den neugeborenen Sommer schütteten. Der aus der Stadt kommende Verkehr war dicht, aber nicht auf Herzogs Straßenseite, und er hielt sich auf der rechten Bahn, weil er nach bekannten Straßennamen Ausschau halten wollte. Wenn er an der Howard Street vorbei war, befand er sich in der eigentlichen Stadt und kannte sich aus. Bei Montrose bog er vom Schnellweg ab, wandte sich ostwärts und fuhr zum Haus seines verstorbenen Vaters, einem der kleinen zweistöckigen Reihenhäuser aus Backstein, die nach ein und demselben Plan gebaut waren – das steile Dach, die auf der rechten Seite eingebaute Betontreppe, die Fensterkästen, die die ganze Länge der Vorderfenster bedeckten, der Rasen ein fetter Grashügel zwischen Bürgersteig und Grundmauer; am Rande des Gehsteigs Ulmen und jene schäbigen Pappeln mit geschwärzter, staubiger, rissiger Borke und mit Blättern, die im Hochsommer ganz ledern wurden. Es gab da auch gewisse für Chicago bezeichnende Blumen, grobe wächserne Dinger wie rote und purpurne Ölstifte, in einer Sonderklasse falsch aussehender Naturgegenstände. Die törichten Pflanzen rührten Herzog, weil sie so ohne Grazie, so kitschig waren. Er fühlte sich an die Hingabe seines Vaters an seinen Garten erinnert; als der alte Herzog gegen Ende seines Lebens zum Grundstücksbesitzer wurde – wie er seine Blumen abends mit dem Schlauch besprengte, und wie verklärt er aussah, mit still zufriedenen Lippen und der geraden Nase, die den Geruch des Bodens freudig einsog. Rechts und links kreisten und tanzten die Sprenger, als Herzog aus dem gemieteten Wagen ausstieg, verstreuten blitzende Tropfen und versprühten schimmernde Schleier. Und dies war das Haus, in dem Vater Herzog vor einigen Jahren gestorben war, in einer Sommernacht, als er plötzlich in seinem Bett aufsaß und sagte: »*Ich schtarb!*« Und dann starb er, und sein lebhaftes Blut wurde zu Erde, in allen geschrumpften Gefäßen seines Leibes. Und dann verfällt auch der Körper – o Gott! – und hinterläßt seine Gebeine, und selbst die Gebeine verfallen schließlich und zerbröckeln zu Staub in dem flachen Ort der Lagerung. Und so geht vermenschlicht dieser Planet in seinem Milchstraßensystem von Leere zu Leere, winzig klein, gepeinigt von seiner beziehungslosen Bedeutung. *Beziehungslos?* Herzog, mit einem jüdischen Achselzucken, flüsterte: »*Nu maile*...« Sei dem, wie ihm wolle.

Auf alle Fälle war hier das Haus seines verstorbenen Vaters, in dem seine Witwe lebte, Herzogs sehr betagte Stiefmutter, ganz allein in diesem kleinen Museum der Herzogs. Der Bungalow gehörte der Familie. Keiner wollte ihn jetzt. Shura war Multimillionär; er ließ daran keinen Zweifel. Willie hatte es in seines Vaters Geschäft mit Baumaterialien weit gebracht – besaß eine ganze Flotte jener Lastwagen mit riesigen zylindrischen Trommeln, in denen auf dem Weg zur Baustelle Zement gemischt wurde, um dort in die emporwachsenden Wolkenkratzer geschüttet oder gepumpt zu werden (Moses hatte davon keine klare Vorstellung). Helen war zumindest wohlsituiert, wenn ihr Mann sich auch nicht in Willies Liga befand. Sie sprach nur noch selten von Geld. Und er selbst? Er hatte ungefähr sechshundert Dollar auf der Bank. Dennoch hatte er für seine Zwecke, was er brauchte. Armut war nicht sein Los; Arbeitslosigkeit, Slums, Schwule, Diebe, Opfer vor Gericht, die Scheußlichkeit des Montcalme Hotels und seiner Einzimmerwohnungen, die nach Verwesung und tödlichem Ungeziefersaft rochen – sie waren nicht sein Los. Er konnte immer noch das Superdüsenflugzeug nach Chicago nehmen, wenn er die Lust dazu verspürte, konnte sich einen graublauen Falcon mieten und zum alten Haus fahren. So vermerkte er mit besonderer Klarheit seine Position auf der Stufenleiter der Bevorrechtigung – des Wohlstands, der Unverschämtheit, der Unwahrheit, wenn man so will. Und nicht nur seine Position, sondern wenn das Liebespaar sich stritt, hatte es einen Lincoln Continental, um ein weinendes Kind darin einzusperren.

Mit weißem Gesicht, verbissenem Mund erklomm er im Schatten des nahenden Sonnenuntergangs die Treppe und drückte auf die Klingel. Sie hatte eine Mondsichel in der Mitte, die nachts erleuchtet war.

Das Glockengeläut ertönte im Innern, die Chromröhren über der Tür, Xylophonmetall, die spielten: »Merrily we roll along« die ganze Melodie außer den letzten beiden Noten. Er mußte lange warten. Die alte Frau, Taube, war schon immer langsam gewesen, selbst in den Fünfzigern; gründlich, überlegt, den flinken Herzogs völlig unähnlich – die hatten alle ihres Vaters unwahrscheinliche Behendigkeit und Eleganz geerbt, mit der der alte Herzog selbstbewußt und trotzig durch die Welt paradiert war. Moses mochte Taube recht gern, wie er sich vorredete; vielleicht wäre es allzu peinlich gewesen, anders zu ihr zu stehen. Der unstete Blick ihrer runden vorquellenden Augen war vielleicht in einem radikalen Beschluß, langsam zu sein, begründet, einem lebenslangen Programm des Aufschubs und des Stillstands. Im Schneckentempo erreichte sie jedes letzte Ziel, das sie sich steckte. Sie aß oder trank langsam. Sie führte nicht die Tasse an die Lippen, sondern stülpte ihr die Lippen entgegen. Und sie sprach sehr langsam, um ihrer Schlauheit Spielraum zu geben. Sie kochte mit Fingern, die nicht fest zufaßten, aber war trotzdem eine hervorragende Köchin. Sie gewann beim Kartenspiel mit vorsichtigem Tasten, aber sie gewann. Sie stellte alle Fragen zwei- oder dreimal und wiederholte alle Antworten halb zu sich selbst. Mit derselben Langsamkeit flocht sie ihre Haare, putzte sie ihre entblößten Zähne, zerkleinerte sie Feigen, Datteln und Sennablätter für ihre Verdauung. Ihre Lippe begann herabzuhängen, als sie alterte, und ihr Nacken verdickte sich allmählich an den Schultern, so daß sie den Kopf ein wenig vorbeugen mußte. Oh, sie war jetzt sehr alt, in den Achtzigern, und es ging ihr nicht gut. Sie war arthritisch, ein Auge hatte den Star. Aber im Gegensatz zu Polina war sie geistig noch klar. Ohne Zweifel hatten ihre Auseinandersetzungen mit Vater Herzog, die stürmischer, hitzköpfiger und rebellischer wurden, je älter er war, ihren Geist gekräftigt.

Das Haus war dunkel, und außer Moses wäre jeder fortgegangen, in der Annahme, daß niemand zu Hause sei. Er jedoch wartete, denn er wußte, daß bald geöffnet würde. In seiner Jugend hatte er erlebt, daß es bei ihr fünf Minuten dauerte, bis sie eine Sodaflasche aufmachte – eine Stunde, um den Teig auf dem Tisch auszurollen, wenn sie backte. Ihr Strudel war wie eine Juwelierarbeit und mit roten und grünen Marmeladepreziosen gefüllt. Endlich hörte er sie an der Tür. Glieder der Messingkette glitzerten im schmalen Spalt. Er sah die dunklen Augen der alten Taube, die trüber blickten und mehr vorstanden. Die für den Winter eingesetzte Glastür trennte sie noch von Moses. Er wußte, daß auch diese verschlossen war. Die alten Leute waren in ihrem Hause behutsam und argwöhnisch gewesen. Außerdem wußte Moses, daß er das Licht im Rücken hatte; sie würde ihn vielleicht nicht erkennen. Und schließlich war er auch nicht derselbe Moses. Aber obwohl sie ihn wie einen Fremden musterte, hatte sie ihn bereits erkannt. Ihr Verstand zumindest war nicht langsam.

»Wer ist es?«
»Es ist Moses.«
»Ich kenne Sie nicht. Ich bin allein. Moses?«
»Tante Taube – Moses Herzog. Moshe.«
»Ah – Moshe.«

Langsame, lahme Finger machten die Kette los. Die Tür wurde geschlossen, um die Kettenglieder von der Spannung zu befreien und – barmherziger Gott, was für ein Gesicht sah er da, wie gefurcht von Weh und Alter, senkrechte Linien um den Mund! Als er eintrat, hob sie schwache Hände, um ihn zu umarmen. »Moshe ... Komm 'rein, ich mache Licht. Schließ die Tür, Moshe.«

Er fand den Schalter und knipste die sehr ärmliche Glühbirne der Diele an. Sie verbreitete ein rosiges Licht; das alte Glas der Lampe erinnerte ihn an das *ner tamid*, das Licht der Nachtwache in der Synagoge. Er schloß die Tür gegen die Gerüche des gesprengten Rasens, als er eintrat. Das Haus war stickig und roch etwas säuerlich nach Möbelpolitur. Der erinnerte Glanz war da im schwach zwielichtigen Wohnzimmer – Schränke und Tische mit eingelegter Platte, das Brokatsofa mit seinem schimmernden Plastikschoner, der orientalische Teppich, die Vorhänge tadellos und steif an den Fenstern mit waagerecht starren Jalousien. Hinter ihm wurde eine Lampe angeknipst. Er entdeckte auf der Plattenspielertruhe eine Fotografie des lächelnden Marco als kleiner Junge mit bloßen Knien, auf einer Bank sitzend, ein frisches Gesicht und hübsches, dunkles, in die Stirn gekämmtes Haar. Daneben war er selbst auf einem Bild, das aufgenommen worden war, als er seinen Master of Arts gemacht hatte, hübsch, aber etwas feist um die Backen. Sein jüngeres Gesicht zeigte die Ansprüche naiver Eitelkeit. Er war damals schon den Jahren nach ein Mann, aber nur den Jahren nach, und in den Augen seines Vaters hartnäckig uneuropäisch, das heißt unschuldig aus bewußter Überlegung. Moses weigerte sich, Böses zu kennen. Aber er konnte sich nicht weigern, es zu erfahren. Deshalb wurden andere dazu bestimmt, es ihm zuzufügen, um dann (von ihm) der Bosheit bezichtigt zu werden. Unter den übrigen Bildern fand sich auch ein Bild von Vater Herzog in seiner letzten Inkarnation als amerikanischer Bürger – gutaussehend, glattrasiert, ohne den verhärmten männlichen Trotz, sein einstiges Draufgängertum, seinen leidenschaftlichen Protest. Dennoch fühlte sich Moses weich werden, als er das Antlitz seines Vaters im eigenen Hause sah. Tante Taube nahte sich mit langsamen Schritten. Sie bewahrte hier keine Fotografie von sich selber. Moses wußte, daß sie ein bildhübsches Mädchen gewesen war, trotz der Habsburger Unterlippe; und selbst in den Fünfzigern, als er sie zunächst als die Witwe Kaplitzky kannte, hatte sie dichte, hübsche, starke Augenbrauen gehabt und einen schweren Zopf von tierischer Bräune; eine weiche, etwas schlaffe Figur, die durch ihr ›Gorselette‹ aufrechtgehalten wurde. Sie wollte an ihre Schönheit oder ihre frühere Energie nicht erinnert werden.

»Laß mich dich ansehen«, sagte sie und trat vor ihn hin. Ihre Augen waren geschwollen, aber sonst ganz stetig. Er starrte sie an und versuchte zu verhindern, daß sich sein Entsetzen im Gesicht zeigte. Er nahm an, daß sich ihr Kommen verzögert hatte, weil sie erst das Gebiß anlegen mußte. Sie hatte ein neues, schlecht gemachtes – kein Bogen, sondern eine gerade Reihe von Zähnen. Wie ein Murmeltier, dachte er. Ihre Finger waren verkrümmt, und die lose Haut war ihr über die Nägel gewachsen. Aber die Fingerspitzen waren angemalt. Und was für Veränderungen sah sie an ihm?

»Ach, Moshe, du hast dich verändert.«

Er beschränkte seine Antworten auf ein Nicken. »Und wie geht es dir?«

»Das siehst du ja. Der lebende Leichnam.«

»Lebst du allein?«

»Ich hatte eine Frau – Bella Ockinoff vom Fischladen. Du hast sie gekannt. Aber sie war nicht sauber.«

»Komm, Tante, setz dich.«

»Ach, Moshe«, sagte sie, »ich kann nicht sitzen, ich kann nicht stehen, kann nicht liegen. Besser schon neben Papa. Papa ist besser dran als ich.«

»Ist es so schlimm?« Herzog mußte mehr Gefühl verraten haben, als er selbst wußte, denn er fand, daß ihn die Augen jetzt einer ziemlich scharfen Prüfung unterzogen, als wollte sie nicht glauben, daß sein Gefühl ihr gelte, und wünschte, die wahre Quelle davon zu entdecken. Oder war es der Star, der ihr diesen Ausdruck verlieh? Er nahm ihren Arm, geleitete sie zu einem Stuhl und setzte sich auf das Sofa mit der Kunststoffhülle. Unter dem Gobelin. Pierrot. Clair de Lune. Venetianisches Mondlicht. All die scheußlichen Banalitäten, die ihn in seiner Studentenzeit so deprimierten. Sie hatten jetzt keine besondere Macht über ihn. Er war ein anderer Mann und hatte andere Ziele. Die alte Frau wollte offensichtlich herausfinden, weshalb er gekommen war. Sie spürte, daß er stark erregt war, vermißte seine übliche Verschwommenheit, die dünkelhafte Miene der Geistesabwesenheit, in die M.E. Herzog, Ph.D. einst eingehüllt war. *Die Zeiten sind für immer vorbei.*

»Mußt du hart arbeiten, Moshe?«

»Ja.«

»Verdienst genug dabei?«

»O ja.«

Die alte Frau beugte einen Augenblick den Kopf. Er sah die Kopfhaut, ihr dünnes graues Haar. Spärlich. Der Organismus hatte alles geleistet, was er leisten konnte.

Er begriff deutlich, daß sie ihm ihr Recht zu verstehen gab, in diesem Besitztum der Herzogs zu leben, obwohl sie ihm dadurch, daß sie am Leben blieb, die noch ausstehende Erbschaft vorenthielt.

»Das ist in Ordnung, ich neide dir nichts, Tante Taube«, sagte er.

»Was?«

»Lebe nur weiter und sorge dich nicht um den Besitz.«

»Du bist nicht gut gekleidet, Moshe. Was ist los, ist es eine schwere Zeit?«

»Nein. Ich habe nur für den Flug einen alten Anzug angezogen!«

»Hast du geschäftlich in Chicago zu tun?«

»Ja, Tante.«

»Die Kinder gesund? Marco?«

»Er ist im Camp.«

»Daisy hat nicht wieder geheiratet?«

»Nein.«

»Du mußt ihr Alimente zahlen?«

»Nicht sehr viel.«

»Ich war keine schlechte Stiefmutter? Sag die Wahrheit.«

»Du warst eine gute Stiefmutter. Du warst sehr gut.«

»Ich habe getan mein Bestes«, sagte sie, und in dieser Demut erspähte er ihre alte Maskierung – die ausgeklügelte und machtvolle Rolle, die sie mit Vater Herzog als die geduldige Witwe Kaplitzky gespielt hatte, die einstige Frau Kaplitzkys, des prominenten Händlers en gros, kinderlos, sein einziger Liebling, die ein mit kleinen Rubinen eingefaßtes Medaillon trug und in Pullman-Salonwagen reiste – ›Portland Rose‹ oder ›20th Century‹ – oder in der ersten Klasse der ›Berengaria‹. Als zweite Mrs. Herzog hatte sie kein leichtes Leben gehabt. Sie hatte guten Grund, ihrem Kaplitzky nachzutrauern. ›Gottseliger Kaplitzky‹ nannte sie ihn immer. Und einmal hatte sie Moses erzählt: »*Gottseliger* Kaplitzky wollte nicht, ich sollte Kinder haben. Der Doktor glaubte, es würde schlecht sein für mein Herz. Und jedesmal... Kaplitzky-*alehoshalom* hat sich gekümmert um alles. Ich habe nicht mal geguckt.«

In der Erinnerung daran mußte Herzog kurz auflachen. Ramona hätte das gefallen: »Ich habe nicht mal geguckt.« Sie guckte immer, beugte sich nahe heran, raffte eine fallende Haarflechte, mit geröteten Balten, durch seine Scheu sehr belustigt. Wie gestern nacht, als sie sich niederlegte und ihm die ausgebreiteten Arme entgegenstreckte ... Er mußte ihr telegrafieren. Sie würde sein Verschwinden nicht verstehen. Und dann begann das Blut in seinem Schädel zu hämmern. Er erinnerte sich, warum er hier war.

Er saß nahe der Stelle, wo Vater Herzog im Jahr vor seinem Tode gedroht hatte, ihn zu erschießen. Der Grund seines Zornausbruchs war Geld gewesen. Herzog war pleite und bat seinen Vater, für ein Darlehen zu bürgen. Der alte Mann verhörte ihn eingehend über seine Stellung, seine Aufwendungen, sein Kind. Er hatte keine Geduld mit Moses. Zu jener Zeit lebte ich allein in Philadelphia und traf meine Wahl (es war keine Wahl!) zwischen Sono und Madeleine. Vielleicht hatte er sogar gehört, daß ich im Begriff sei, zum Katholizismus überzutreten. Irgend jemand hatte ein solches Gerücht in Umlauf gesetzt; vielleicht war es Daisy gewesen. Ich war damals in Chicago, weil Papa mich hatte kommen lassen. Er wollte mich von den Änderungen in seinem Testament in Kenntnis setzen. Tag und Nacht dachte er darüber nach, wie er sein Vermögen aufteilen könne, und beschäftigte sich demgemäß mit jedem von uns, was wir verdienten und wie wir das Vermögen verwenden würden. Ganz unvermittelt pflegte er bei mir anzurufen und zu sagen, ich müsse gleich kommen. Ich saß dann die ganze Nacht im Zug, ohne zu schlafen. Und er zog mich in eine Ecke und sagte: »Ich möchte, daß du mich ein für allemal anhörst. Dein Bruder Willie ist ein ehrlicher Mann. Wenn ich sterbe, wird er tun, wie wir vereinbart haben.« – »Ich glaube es, Papa.«

Aber er geriet jedesmal in Wut; und als er mich erschießen wollte, konnte er einfach meinen Anblick nicht mehr ertragen, diesen Gesichtsausdruck von mir, den Ausdruck von Selbstherrlichkeit oder stolzem Kummer. Den Eliteausdruck. Ich kann's ihm nicht übelnehmen, dachte Moses, während Tante Taube langsam und des längeren ihre körperlichen Leiden beschrieb. Papa konnte einen solchen Ausdruck auf dem Gesicht seines Jüngsten nicht ertragen. Ich bin älter geworden. Ich habe mich in törichten Anschlägen erschöpft, die meinen Geist *befreien* sollten. Sein Herz tat zornig weh um meinetwillen. Und Papa war nicht wie so mancher alte Mann, der gegen den eigenen Tod abstumpft. Nein, seine Verzweiflung war scharf und anhaltend. Und Herzog war von Schmerz um seinen Vater durchbohrt.

Er hörte indessen Taubes Bericht über ihre Cortisonbehandlung zu. Ihre großen, leuchtenden, zahmen Augen, Augen, die Vater Herzog gekuscht hatten, beobachteten Moses jetzt nicht. Sie blickten auf einen Punkt hinter ihm und ließen ihm die Freiheit, sich jene letzten Tage Vater Herzogs ins Gedächtnis zu rufen. Wir spazierten zusammen nach Montrose, um Zigaretten zu kaufen. Es war im Juni, so warm wie jetzt auch, das Wetter schön. Was Papa sagte, war nicht recht sinnvoll. Er sagte, er hätte sich von der Witwe Kaplitzky schon vor zehn Jahren scheiden lassen sollen, er hätte gehofft, die letzten Jahre seines Lebens zu genießen – sein Jiddisch wurde im Laufe dieser Unterhaltungen unverständlicher und eigenwilliger –, aber er hätte sein Eisen vor eine kalte Esse gebracht. *A kalte kuzhnya, Moshe. Kein feier.* Scheidung war unmöglich, weil er ihr zuviel Geld schuldete. »Aber du hast doch jetzt Geld«, sagte Moses, ohne vor ihm ein Blatt vor den Mund zu nehmen. Sein Vater verstummte und starrte ihm ins Gesicht. Herzog war erschlagen, als er im vollen Sommerlicht erkannte, wie weit der Verfall schon fortgeschritten war. Aber die restlichen Elemente in ihrer unglaublichen Lebhaftigkeit besaßen noch ihre alte Macht über Moses – die gerade Nase, die Furche zwischen den Augen, die braunen und grünen Farbtöne in den Augen. »Ich brauche mein Geld. Wer wird für mich sorgen – du? Ich werde vielleicht den Todesengel noch lange Zeit bestechen können.« Dann beugte er die Knie ein wenig – Moses verstand dies alte Signal; er hatte lebenslange Übung, die Gesten seines Vaters zu deuten; diese gebeugten Knie besagten, daß ein sehr subtiler Gedanke offenbart werden sollte. »Ich weiß nicht, wann ich entbunden sein werde«, flüsterte Vater Herzog. Er gebrauchte den alten jiddischen Ausdruck für die Niederkunft einer Frau – *kimpet*. Moses wußte nicht, was er sagen sollte, und seine antwortende Stimme war auch kaum mehr als ein Flüstern. »Quäle dich nicht, Papa.« Der Schrecken der zweiten Geburt in die Hände des Todes ließ seine Augen glänzen, während die Lippen sich stumm zusammenpreßten. Dann sagte Vater Herzog: »Ich muß mich hinsetzen, Moses. Die Sonne ist mir zu heiß.« Er schien plötzlich sehr erhitzt, und Moses stützte ihn, ließ ihn sorgsam auf der Zementeinfassung eines Rasenstücks nieder. Das Aussehen des alten Mannes verriet nun verletzten männlichen Stolz. »Selbst ich spüre heute die Hitze«, erklärte Moses. Er stellte sich zwischen seinen Vater und die Sonne.

»Vielleicht gehe ich nächsten Monat nach St. Joe für die Bäder«, sagte Taube. »Ins Whitcomb. Das ist ein nettes Hotel.«

»Doch nicht allein.«

»Ethel und Mordecai wollen mitkommen.«

»Oh ...?« Er nickte, um sie in Gang zu halten. »Wie geht es Mordecai?«

»Wie kann's ihm in seinem Alter gehen?« Moses hörte aufmerksam zu, bis sie wieder aufgezogen war, und kehrte dann zu seinem Vater zurück. Sie hatten an jenem Tag auf der hinteren Veranda zu Mittag gegessen, und dort begann auch ihr Streit.

Möglicherweise war es Moses so vorgekommen, als weile er hier als eine Art verlorener Sohn, der das Schlimmste zugab und den alten Mann um Barmherzigkeit anflehte; daher sah Vater Herzog nichts als eine törichte Bitte im Antlitz seines Sohnes – unbegreiflich. »Idiot!« hatte der alte Mann geschrien. »Kalb!« Dann sah er die zornige Forderung, die unter der geduldigen Miene zum Vorschein kam. »Scher dich weg! Ich werde dir nichts hinterlassen! Alles an Willie und Helen! Du ...? Kannst von mir aus in einem Asyl verrecken.« Und als Moses aufstand, brüllte Vater Herzog: »Geh. Und komm du nicht zu meinem Begräbnis.«

»Gut. Vielleicht komme ich nicht.«

Zu spät hatte Tante Taube ihn gewarnt, den Mund zu halten, indem sie die Augenbrauen hochzog – sie hatte damals noch Augenbrauen. Vater Herzog erhob sich, mit verzerrtem Gesicht, taumelnd vom Tisch und rannte nach seiner Pistole.

»Geh, geh! Komm später wieder. Ich rufe dich an«, hatte Taube ihm zugeflüstert, und Moses, verwirrt, zögernd, brennend, beleidigt, weil sein Jammer in seines Vaters Haus nicht gewürdigt wurde (sein ungeheuerlicher Egoismus stellte besondere Ansprüche) –, stand widerstrebend vom Tisch auf. »Schnell, schnell!« Taube versuchte, ihn zur Haustür zu bugsieren, aber der alte Herzog überholte die beiden mit seiner Pistole.

Er schrie: »Ich bringe dich um!« Und Herzog war nicht sosehr durch diese Drohung verblüfft, an die er nicht glaubte, wie durch die wiedergekehrte Kraft seines Vaters. In seiner Wut hatte er sie kurz zurückgewonnen, obgleich es ihn das Leben kosten konnte. Der geschwollene Hals, das Knirschen der Zähne, die angsterregende Farbe, selbst der militärisch-russische Stolzierschritt, mit dem er die Pistole hob – alles das war besser, dachte Herzog, als der Schwächeanfall während des Spaziergangs zum Laden. Vater Herzog war nicht der Mann, der Mitleid erregen durfte.

»Geh, geh«, sagte Tante Taube. Moses weinte schon.

»Vielleicht stirbst du zuerst«, schrie Vater Herzog.

»Papa!«

Herzog, der mit halbem Ohr Tante Taubes langsame Erzählung von Vetter Mordecais herannahender Pensionierung hörte, vergegenwärtigte sich voller Ingrimm den Tonfall dieses Schreis. *Papa – Papa!* Du Strolch! In seinem halb wahnsinnigen Zustand versuchte der alte Mann, die Mannheit herauszukehren, die du hättest haben sollen. Mit dem christianisierten Grinsen des leidgeprüften Sohnes in sein Haus zu kommen. Er hätte ebensogut ein echter Konvertit sein können wie Mady. Der Vater hätte schießen sollen. Diese Blicke waren eine Marter für ihn. Er verdiente in seinem Alter, geschont zu werden.

Dann stand Moses mit vor Weinen geschwollenen Augen auf der Straße und wartete auf ein Taxi, während Vater Herzog hastig hinter den Fenstern auf und ab ging und ihm voller Seelenqual nachstarrte – ja, das hast du aus ihm herausgeholt. Dort lief er hin und her in seiner hastigen Art, legte sein Gewicht auf die eine

Ferse. Die Pistole zu Boden geworfen. Wer weiß, ob Moses nicht durch den Schmerz, den er ihm zufügte, sein Leben verkürzte. Vielleicht wurde es jedoch durch den Stachel des Zornes auch verlängert. Er konnte noch nicht sterben und den halbfertigen Moses zurücklassen.

Sie versöhnten sich im folgenden Jahr. Und dann wiederholte sich das Ganze. Und dann ... der Tod.

»Soll ich eine Tasse Tee machen?« fragte Tante Taube.

»Ja bitte. Ich hätte gern eine, wenn's dir nicht zuviel ist. Und ich würde auch gern mal in Papas Schreibtisch gucken.«

»Papas Schreibtisch? Der ist verschlossen. Du willst in seinen Schreibtisch gucken! Alles gehört euch Kindern. Du kannst den Schreibtisch haben, wenn ich sterbe.«

»Nein, nein!« sagte er, »ich brauche den Schreibtisch als solchen nicht; aber ich bin auf dem Weg vom Flughafen hier vorbeigekommen und wollte mal nachsehen, wie's dir geht. Und wo ich jetzt einmal hier bin, hätte ich gern einmal in den Schreibtisch hineingesehen. Ich weiß, daß du nichts dagegen hast.«

»Willst du etwas, Moshe? Letztes Mal hast du Mamas Silbermünzen mitgenommen.«

Er hatte sie Madeleine geschenkt.

»Ist Papas Uhrkette noch drin?«

»Ich glaube, Willie hat sie genommen.«

Seine Stirn furchte sich von konzentriertem Nachdenken. »Wie steht's denn mit den Rubeln?« fragte er. »Ich hätte sie gern für Marco.«

»Rubeln?«

»Mein Großvater Isaac hat während der Revolution zaristische Rubel gekauft, und die haben immer im Schreibtisch gelegen.«

»Im Schreibtisch? Ich habe sie bestimmt nie gesehen.«

»Ich würde gern nachschauen, während du eine Tasse Tee machst, Tante Taube. Gib mir doch bitte den Schlüssel.«

»Den Schlüssel ...?« Als sie ihn vorher fragte, hatte sie schneller gesprochen, aber jetzt zog sie sich wieder in die Langsamkeit zurück und baute einen Berg des gewollten Aufschubs in seinen Weg.

»Wo hebst du ihn auf?«

»Wo? Wo habe ich ihn denn hingetan? War es in Papas Kommode? Oder woanders? Laß mich nachdenken. Ja, so bin ich jetzt; ich habe Schwierigkeiten beim Nachdenken...«

»Ich weiß, wo er ist«, sagte er, plötzlich aufstehend.

»Du weißt, wo er ist? So, wo ist er denn?«

»In der Musiktruhe, wo du ihn immer aufgehoben hast.«

»In der Musik... Papa hat ihn dort weggenommen. Er hat die für mich bestimmten Anweisungen der Sozialversicherung weggeschlossen, wenn sie kamen. Er sagte, alles Geld sollte *er* haben...«

Moses wußte, daß er richtig vermutet hatte. »Mach dir keine Mühe, ich hole ihn mir«, sagte er. »Setz doch bitte Wasser auf. Ich bin sehr durstig. Es war heute ein heißer langer Tag.«

Er half ihr beim Aufstehen und stützte ihren welken Arm. Er hatte seinen Willen – ein erbärmlicher Sieg, voll gefährlicher Folgerungen. Er ging voraus, ohne auf sie zu warten, und betrat das Schlafzimmer. Das Bett seines Vaters war entfernt worden. Das ihre stand allein mit seinem scheußlichen Überzug – ein Stoff, der ihn an eine belegte Zunge erinnerte. Er atmete die alte Würze, die dunkle, schwere Luft und hob den Deckel der Musiktruhe. In diesem Haus brauchte er nur sein Gedächtnis zu befragen, um zu finden, was er suchte. Der Mechanismus gab die kleinen Töne frei, als sich die Trommeln im Innern drehten und die Häkchen die Noten aus *Figaro* herauspickten. Moses konnte die Worte dazu beisteuern:

Nel momento
Della mia cerimonia
Io rideva di me
Senza saperlo

Seine Finger erkannten den Schlüssel.

Die alte Taube im Dunkeln außerhalb des Schlafzimmers fragte: »Hast du ihn gefunden?«

Er antwortete: »Er ist hier« und sprach mit leiser milder Stimme, um die Sache nicht zu verschlimmern. Schließlich gehörte das Haus ihr. Es war unhöflich, so einzudringen. Er schämte sich nicht; er sagte sich nur durchaus sachlich, daß es nicht richtig war. Aber es hatte sein müssen.

Soll ich das Wasser aufsetzen?«
Nein, eine Tasse Tee kann ich noch machen.«
Er hörte die langsamen Schritte im Flur. Sie ging in die Küche. Herzog begab sich rasch in das kleine Wohnzimmer. Die Vorhänge waren zugezogen. Er machte die Lampe neben dem Schreibtisch an. Beim Tasten nach dem Schalter zerriß er die alte Seide des Schirms, von dem ein feiner Staub aufstieg. Die Bezeichnung für diese Farbe war Old Rose – dessen war er sicher. Er öffnete den Sekretär aus Kirschholz, stützte die breite Platte auf den Laufschienen, die er auf beiden Seiten auszog. Dann ging er zurück und schloß die Tür, nachdem er sich erst vergewissert hatte, daß Taube die Küche erreicht hatte. In den Schubfächern erkannte er jeden Gegenstand – Leder, Papier, Gold. Schnell und nervös – die Adern traten auf seiner Stirn und die Sehnen an den Händen hervor – tastete er und fand, was er suchte: Vater Herzogs Pistole. Eine alte Pistole mit vernickeltem Lauf. Papa hatte sie gekauft, um sie auf dem Güterbahnhof in der Cherry Street bei sich zu haben. Moses klappte die Waffe auf. Er fand zwei Patronen. Das war's also. Er machte sie schnell wieder zu und steckte sie in die Tasche. Dort bildete sie eine zu große Beule. Er zog darum die Brieftasche heraus und steckte statt dessen die Pistole hinein. Die Brieftasche knöpfte er in die Gesäßtasche ein.

Jetzt begann er, nach den Rubeln zu suchen. Die fand er in einem kleinen Fach neben alten Pässen mit wachsversiegelten Bändern, wie verschorfte Blutpfropfen. *La bourgeoise Sarah Herzog avec ses enfants, Alexandre huit ans, Hélène neuf ans et Guillaume trois ans,* unterzeichnet von Graf Adlerberg, *Gouverneur de St. Petersbourg.* Die Rubel befanden sich in einer großen Ledertasche – sein Spielzeug vor vierzig Jahren. Peter der Große in einer reich verzierten Rüstung, und eine prächtige kaiserliche Katharina. Im Lampenlicht sah man das Wasserzeichen. Herzog lachte kurz auf, als er daran dachte, wie er und Willie für diesen Einsatz Kasino gespielt hatten; dann machte er aus den großen Scheinen in seiner Tasche ein Nest für die Pistole. Er dachte, jetzt müsse es weniger auffällig sein.

»Hast du gefunden, was du wolltest?« fragte ihn Taube in der Küche.

»Ja.« Er legte den Schlüssel auf den emaillierten Metalltisch.

Es war nicht anständig, daß ihm ihr Gesichtsausdruck schafsmäßig vorkam. Diese figurative Anschauung beeinträchtigte seine Urteilskraft und konnte ihm eines Tages zum Verhängnis werden. Vielleicht war der Tag schon nahe; vielleicht würde ihm schon in der kommenden Nacht die Seele abgefordert werden. Die Pistole lastete auf seiner Brust. Aber die vorgestülpten Lippen, großen Augen und der gekräuselte Mund *waren* schafsmäßig und warnten ihn, daß er der Vernichtung zuviel Herrschaft über sich einräumte. Taube, eine Überlebende von altem Schrot und Korn, hatte dem Grab Einhalt geboten und vereitelte mit ihrer Langsamkeit sogar den Tod. Alles war verfault bis auf ihre Schlauheit und ihre unglaubliche Geduld; und in Moses sah sie Vater Herzog wiederauferstanden, zäh und hastig, impulsiv und leidend. Sein Auge zuckte, als er sich ihr in der Küche entgegenneigte. Sie murmelte: »Hast du Sorge die Menge? Mach's nicht schlimmer, Moshe.«

»Keine Sorge, Tante. Ich muß etwas Geschäftliches erledigen ... Ich glaube, ich kann doch nicht auf den Tee warten.«

»Ich habe dir Papas Tasse 'rausgeholt.«

Moses trank Leitungswasser aus der Tasse seines Vaters.

»Auf Wiedersehn, Tante Taube, bleib gesund.« Er küßte sie auf die Stirn.

»Denkst du dran, ich habe dir geholfen?« fragte sie. »Solltest du nicht vergessen. Mach's gut, Moshe.«

Er ging zur Hintertür hinaus; das machte den Abgang leichter. Jelängerjelieber wuchs an der Regenrinne entlang, wie zu seines Vaters Zeiten, und duftete in der Abendluft – fast zu süß. Konnte sich ein Herz völlig versteinern?

Er gab vor der auf Rot stehenden Verkehrsampel Zwischengas und versuchte zu entscheiden, wie er schneller zur Harper Avenue gelangte. Die neue Ryan-Schnellstraße war sehr schnell, würde ihn aber zuletzt ins Gewühl des Negerverkehrs der 51. Street West bringen, wo die Leute spazierengingen oder in ihren Autos spazierenfuhren. Dann gab es den Garfield Boulevard, viel besser; er war sich jedoch nicht sicher, ob er nach Einbruch der Dunkelheit den

Weg durch den Washington Park finden würde. Er entschloß sich, die Eden Street bis zur Congress Street hinunterzufahren, und dann von dort zum Outer Drive. Ja, das wäre wohl das Schnellste. Was er tun wollte, wenn er zur Harper Avenue gelangte, hatte er noch nicht entschieden. Madeleine hatte ihm mit Verhaftung gedroht, wenn er sich nur in der Nähe des Hauses blicken ließe. Die Polizei hatte sein Bild, aber das war reiner Unsinn, Unsinn und Verfolgungswahn, die gebieterische Macht der Wahnvorstellungen, die ihn einst beeindruckt hatten. Aber hier war nun ein reales Problem zwischen ihm und Madeleine zu regeln, ein Kind, eine Realität – June. Aus Feigheit, Krankheit, Betrug, von einem verkorksten Vater, aus einer ränkevollen Furie, etwas Gutes! Seine kleine Tochter! Er rief sich selbst zu, als er die Auffahrt zum Schnellweg hinaufraste, daß *ihr* niemand etwas antun dürfe. Er beschleunigte die Fahrt, um in seiner Spur mit dem übrigen Verkehr Schritt zu halten. Der Lebensfaden war in ihm zum Zerreißen gespannt. Er vibrierte gefährlich. Herzog fürchtete nicht so sehr, daß er reißen würde, als daß er versäumen könnte zu tun, was er tun sollte. Der kleine Falcon stürmte dahin. Moses dachte, daß seine Geschwindigkeit wahnwitzig sei, bis ein riesiger Sattelschlepper ihn rechts überholte und er sich überlegte, daß dies nicht der rechte Zeitpunkt sei, eine Anzeige wegen eines Verkehrsvergehens zu riskieren – nicht mit einer Pistole in der Tasche –, und den Fuß vom Gashebel herunternahm. Nach links und rechts blickend, stellte er fest, daß die neue Schnellstraße durch alte Straßen gebahnt worden war, Straßen, die er kannte. Er sah die mächtigen, mit Lichtern gekrönten Gastanks aus einer neuen Perspektive und den hinteren Teil einer polnischen Kirche, in der ein mit Brokat bekleideter Christus in einem erleuchteten Fenster ausgestellt war wie in einem Schaukasten. Die lange, ostwärts führende Kurve führte über die Geleise des Güterbahnhofs, der vom Staub des Sonnenuntergangs brannte – Geleise, die westwärts stoben. Als nächstes kam der Tunnel unter dem riesigen Postamt, dann die Kneipen der State Street. Von der letzten Steigung der Congress Street wölbten die Verzerrungen der Abenddämmerung den See wie einen von Bändern gekreuzten sanften Wall, amethystfarben, trübes Blau, unregelmäßiges Silber und nach dem Horizont zu Schieferblau; Boote, die innerhalb der Mole hingen und schaukelten, Hubschrauber und kleine Flugzeuge, deren Lichter in der Luft schwankten. Der vertraute Geruch von Süßwasser, mild, aber auch ätzend, erreichte ihn, als er nach Süden einbog. Es schien nicht der Logik zu widersprechen, daß er für sich das Privileg der Unzurechnungsfähigkeit und der Gewalttätigkeit beanspruchen sollte, nachdem er schon das übrige auf sich genommen hatte – Beschimpfung und Klatsch, Verschleppung, Schmerz, ja selbst Verbannung in Ludeyville. Dieser Besitz hätte für ihn zum Tollhaus werden sollen. Und schließlich zum Mausoleum. Aber sie hatten Herzog auch etwas anderes, nicht Voraussehbares angetan. Nicht jedem Menschen wird die Chance geboten, mit ruhigem Gewissen zu töten. Sie hatten ihm den Weg für einen gerechtfertigten Mord geöffnet. Sie verdienten den Tod. Er hatte ein Recht, sie zu töten. Sie würden sogar wissen, warum sie sterben mußten; eine Erklärung war nicht vonnöten. Wenn er vor ihnen stand, würden sie sich fügen müssen. Gersbach würde nur den Kopf hängen lassen und sein Los beweinen. Wie Nero – *qualis artifex pereo*. Madeleine würde zetern und fluchen. Aus Haß, dem mächtigsten Trieb in ihrem Leben, viel stärker als irgendeine andere Macht oder Triebfeder. Geistig war sie seine Mörderin, deshalb war er jetzt losgelassen und konnte ohne Reue schießen oder würgen. In seinen Armen und in seinen Fingern, ja bis zum Grunde seines Herzens fühlte er die süße Mühe des Würgens – schrecklich und süß, eine orgiastische Wonne, den Tod zu geben. Er schwitzte heftig, sein Hemd war unter den Armen naß und kalt. In seinen Mund stieg der Geschmack von Kupfer, ein metabolisches Gift, ein fader, aber tödlicher Geschmack.

Als er die Harper Avenue erreichte, parkte er um die Ecke und betrat den kleinen Weg, der hinter dem Haus entlangführte. Auf den Asphalt gestreuter Kies, Glasscherben und Schlacke machten seine Schritte laut. Er ging vorsichtig. Die Hinterzäune waren hier alt. Gartenerde quoll unter den Latten hervor, Sträucher und Ranken wuchsen darüber hinweg. Zum zweitenmal sah er offene Geißblattblüten. Selbst Kletterrosen, dunkelrot im Dämmerlicht. Als er an der Garage vorbeiging, mußte er das Gesicht schützen, wegen der Dornenzweige, die vom abschüssigen Dach herunterhingen. Und als er sich in den Garten stahl, stand er erst still, bis er den

Pfad klar vor sich sah. Er durfte nicht über ein Spielzeug oder Werkzeug stolpern. Eine Flüssigkeit war ihm ins Auge getreten – sehr klar, nur ein wenig verzerrend. Er wischte sie mit den Fingerspitzen weg und tupfte sie gleichzeitig mit dem Rockaufschlag ab. Sterne waren erschienen, violette Punkte, von Dächern, Blättern und Stützdrähten umrahmt.

Der Garten war jetzt deutlich zu unterscheiden. Er sah die Wäscheleine – Madeleines Schlüpfer und die Hemdchen und Kleidchen seiner Tochter, winzige Socken. Im Licht des Küchenfensters konnte er im Gras einen Sandkasten erkennen, einen neuen roten Sandkasten mit breiten Rändern zum Sitzen. Er trat näher und blickte in die Küche. Madeleine war da! Er hielt den Atem an, als er ihr zusah. Sie trug Hosen und eine mit einem breiten roten messingverzierten Ledergürtel gehaltene Bluse; den Gürtel hatte er ihr geschenkt. Ihr glattes Haar hing locker herunter, als sie zwischen Tisch und Abwaschbecken hin- und herging, nach dem Abendessen aufräumte und das Geschirr in ihrer typischen Art abrupter Genauigkeit abkratzte. Er betrachtete ihr gerades Profil, wie sie am Becken stand, und die Fleischwülste unter ihrem Kinn, als sie sich auf den Schaum im Becken konzentrierte und das Wasser auf die richtige Temperatur brachte. Er konnte die Farbe in ihren Wangen und beinahe auch das Blau ihrer Augen sehen. Im Zusehen schürte er seine Wut, damit sie nicht nachließ. Es war nicht wahrscheinlich, daß sie ihn im Garten hörte, weil die Sturmfenster noch nicht heruntergenommen waren – jedenfalls nicht diejenigen, die er voriges Jahr am hinteren Teil des Hauses angebracht hatte.

Er bog in die Einfahrt. Glücklicherweise waren die Nachbarn nicht zu Hause, und er brauchte sich nicht um ihr Licht zu sorgen. Madeleine hatte er gesehen. Jetzt wollte er seine Tochter sehen. Das Eßzimmer war leer – die Leere nach dem Essen, Colaflaschen, Papierservietten. Dann kam das Badezimmerfenster, das höher lag als die übrigen. Er erinnerte sich jedoch, daß er auf einen Zementblock geklettert war, als er das Fliegennetz vor dem Badezimmerfenster entfernen wollte, bis er feststellen mußte, daß er dafür kein Sturmfenster hatte. Deshalb war das Drahtnetz noch im Rahmen. Und der Block? Er stand genau da, wo er ihn gelassen hatte, in den Maiglöckchen, links vom Pfad. Er schob ihn an seinen Platz – das

Scharren wurde vom einlaufenden Badewasser übertönt – und stellte sich, seitlich an die Mauer gedrückt, darauf. Er versuchte, das Geräusch seines Atmens zu dämpfen, indem er den Mund öffnete. In dem sprudelnden Wasser mit schwimmenden Spielsachen glänzte der kleine Körper seiner Tochter. Sein Kind! Madeleine hatte ihr das schwarze Haar länger wachsen lassen, und jetzt war es für das Bad mit einem Gummiband hochgebunden. Er verging vor Zärtlichkeit zu ihr und hielt die Hand über den Mund, um jeden Ton zu unterdrücken, den ihm seine Gefühle abringen könnten. Sie hob das Gesicht, um mit jemandem zu sprechen, den er nicht sehen konnte. Über dem Rauschen des Wassers hörte er sie etwas sagen, konnte aber die Worte nicht verstehen. Ihr Gesicht war das Gesicht der Herzogs, die großen dunklen Augen waren *seine* Augen, die Nase die seines Vaters, Tante Zipporahs, seines Bruders Willie, und der Mund wieder sein eigener. Selbst die Spur Schwermut in ihrer Schönheit – das war seine Mutter. Es war Sarah Herzog, grüblerisch, das Gesicht ein wenig abgewandt, wenn sie das Leben um sich her bedachte. Gerührt betrachtete er sie, mit offenem Munde atmend, das Gesicht halb mit der Hand bedeckt. Käfer flogen an ihm vorbei. Ihre schweren Körper schlugen gegen das Drahtnetz, ohne daß sie es beachtete.

Dann streckte sich eine Hand aus und drehte das Wasser ab – eine Männerhand. Es war Gersbach. Er war im Begriff, Herzogs Tochter zu baden. Gersbach! Jetzt war seine Gürtellinie zu sehen. Er kam in Sicht, als er neben der altmodischen alten runden Wanne entlangtakste, krumm, gerade, krumm – sein venetianisches Hoppeln; dann kniete er mit großer Mühe nieder, und Herzog sah seine Brust, seinen Kopf, wie er sich in Stellung brachte. Gegen die Wand gedrückt, Kinn auf der Schulter, sah Herzog, wie Gersbach die Ärmel seines gemusterten Sporthemdes hochkrempelte, sein dichtes, schimmerndes Haar zurückstrich, die Seife ergriff, und hörte ihn nicht ohne Güte sagen: »So, nun laß mal deine Faxen«, denn Junie kicherte, zappelte, planschte, wogte, zeigte ihre kleinen weißen Zähne, krauste das Näschen und trieb ihren Schabernack. »Halt jetzt still«, sagte Gersbach. Sie schrie, als er ihr mit dem Waschlappen in die Ohren fuhr, ihr das Gesicht, die Nasenlöcher säuberte und den Mund abwischte. Er sprach mit Autorität, aber liebevoll, und badete sie mit brummigem Lächeln und gelegentlich sogar mit Gelächter – seifte, spülte sie, goß Wasser in ihre Schiffchen, um ihr den Rücken abzuspülen, während sie quietschte und sich wand. Der Mann wusch sie mit Zärtlichkeit. Vielleicht trog der Ausdruck seines Gesichts. Aber er hatte ja keinen wahrhaftigen Ausdruck, dachte Herzog. Sein Gesicht war ganz schwere Fläche, sexuelles Fleisch. Herzog sah ihm ins offene Hemd und erblickte das behaarte weiche Fleisch von Gersbachs Brust. Sein Kinn war klobig und wie eine Steinaxt, eine brutale Waffe. Dazu kamen die sentimentalen Augen, der dichte Haarschopf und die herzhafte Stimme mit ihrer auffallenden Unwahrhaftigkeit und Ungeschliffenheit. Die verhaßten Züge waren alle da. Aber sieh doch, wie er mit June umging, wie er sie spielerisch, gutmütig mit Wasser begoß. Er ließ sie die geblümte Badekappe der Mutter tragen, deren Gummiblütenblätter sich über den Kopf des Kindes spannten. Dann gebot ihr Gersbach zu stehen, und sie beugte sich ein wenig vor, damit Gersbach ihr die kleine Rinne waschen konnte. Der Vater starrte. Ein Schlag durchfuhr ihn, aber es war schnell geschehen. Sie setzte sich wieder hin. Gersbach ließ frisches Wasser über sie laufen, erhob sich mühevoll und breitete das Badetuch auseinander. Gleichmäßig und gründlich trocknete er sie ab und puderte sie dann mit einer großen Quaste. Das Kind sprang hoch in die Luft vor Vergnügen. »Schluß jetzt mit dieser Wildheit«, sagte Gersbach. »Zieh dir den Pyjama an.«

Sie rannte hinaus. Herzog sah noch schwache Puderschwaden, die über Gersbachs gebeugtem Kopf schwebten. Sein rotes Haar ging auf und nieder. Er scheuerte die Wanne. Jetzt hätte Moses ihn töten können. Seine linke Hand berührte die Pistole, die in dem Rubelpolster nistete. Er hätte Gersbach erschießen können, gerade als dieser umständlich den grünen rechteckigen Schwamm mit Scheuerpulver bestreute. Zwei Kugeln steckten im Magazin ... Aber sie würden dort steckenbleiben. Das wurde Herzog völlig klar. Ganz leise stieg er von seinem Stand herunter und schlich wieder lautlos durch den Garten. Er sah sein Kind in der Küche zu Mady aufblicken und sie um etwas bitten; dann drückte er sich durch das Tor auf den Weg. Das Schießen mit der Pistole war nur ein Gedanke gewesen.

Die menschliche Seele ist amphibisch, und ich habe ihre Flanken berührt. Amphibisch! Sie lebt in mehr Elementen, als ich je wissen werde; und ich möchte annehmen, daß sich in jenen fernen Gestirnen eine Materie bildet, die noch seltsamere Geschöpfe hervorbringen wird. Ich scheine zu glauben, daß June mir näher steht als ihnen, weil sie aussieht wie eine Herzog. Aber wie soll sie mir nahe sein, wenn ich an ihrem Leben keinen Anteil habe? Diese beiden grotesken Liebesspieler haben ihn ganz. Und ich bin offenbar der Ansicht, daß dieses Kind niemals ein Mensch werden wird, wenn es nicht ein Leben führt, das dem meinen ähnelt, wenn es nicht nach den Maßstäben der Herzogs mit ihrem ›Herzen‹ und dem ganzen übrigen Schwindel erzogen wird. Das ist reiner Irrationalismus, und doch hält es ein Teil meiner Vernunft für selbstverständlich. Aber was wird sie tatsächlich von ihnen lernen? Von Gersbach, wenn er so zuckrig, widerlich, giftig aussieht, kein Individuum, sondern ein Fragment, ein von der Masse abgebrochenes Stück? Ihn erschießen! – ein absurder Gedanke. Aber sobald Herzog sah, wie die tatsächliche Person ein tatsächliches Bad gab, die Realität dieses Geschehens, die Zärtlichkeit eines solchen Hanswursts zu einem kleinen Kind, verwandelte sich die ganze Mordlust in Theater, in ein phantastisches Spiel. Er war nicht bereit, derartig den Narren zu mimen. Nur der Haß gegen sich selbst könnte ihn veranlassen, sich zu vernichten, weil sein Herz ›gebrochen‹ war. Wie konnte es von einem solchen Paar gebrochen werden? Er verhielt noch eine Weile auf dem kleinen Weg und beglückwünschte sich. Er konnte wieder atmen; wie schön war es, zu atmen! Das lohnte die Reise.

Denke nach! schrieb er sich selbst in seinem Falcon, auf einem Papierblock unter der Kartenlampe. *Die Demographen schätzen, daß mindestens die Hälfte aller jemals geborenen Menschen jetzt leben, in diesem Jahrhundert. Welch ein Augenblick für die menschliche Seele! Die aus der genetischen Verteilerstelle erworbenen Charakteristiken haben mit statistischer Wahrscheinlichkeit alles Beste und alles Schlimmste des menschlichen Lebens rekonstituiert. Und zwar rings um uns herum. Buddha und Laotse müssen irgendwo auf der Erde wandeln. Auch Tiberius und Nero. Alles Gräßliche, alles Erhabene und alle Dinge, die man bisher noch nicht einmal geträumt hat. Und du, du Halbtagsvisionär, fröhliches, tragisches Säugetier. Du und deine Kinder und Kindeskinder... In alten Tagen erging sich das Genie des Menschen meistens in Bildern. Jetzt aber in Tatsachen ... Francis Bacon. In Werkzeugen.* Und dann fügte er mit unbeschreiblichem Genuß hinzu: *Tante Zipporah hat Papa gesagt, er könne nie eine Schußwaffe gebrauchen, niemals mit den Lastwagenfahrern, Schlächtern, Schlägern, Banditen und* razboiniks *mithalten.* »Ein vergoldetes Herrchen.« *Könnte er jemanden über den Schädel hauen? Könnte er schießen?*

Moses konnte in aller Zuversicht schwören, daß Vater Herzog niemals – nicht ein einziges Mal in seinem Leben – mit dieser Pistole geschossen hatte. Er hatte nur gedroht. Wie er auch mich damit bedrohte. Taube hat mich damals verteidigt. Sie hat mich ›gerettet‹. Liebe Tante Taube! Eine kalte Esse! Armer Vater Herzog!

Aber er war noch nicht gewillt, Schluß zu machen. Er mußte mit Phoebe Gersbach sprechen. Es war lebenswichtig. Und er entschloß sich, sie nicht anzurufen und ihr damit Gelegenheit zu geben, sich vorzubereiten oder sich gar zu weigern, ihn zu empfangen. Er fuhr geradewegs zur Woodland Avenue – ein schäbiger Teil von Hyde Park, aber typisch – *sein* Chicago: massiv, ungefüge, formlos, nach Verfall und Schlamm riechend, Hundedreck, rußige Fassaden, Quadern von strukturellem *Nichts*, sinnlos verzierte dreifache Veranden mit riesigen Zementurnen für Blumen, die nur verfaulende Zigarettenstummel enthielten und anderen schmierigen Abfall; Sonnenerker unter ziegelgedeckten Giebeln, dumpfige Kellergänge, graue Hintertreppen, rissiger oder geborstener Asphalt, aus dem das Gras wuchs, bombastische Bretterzäune, die dem wuchernden Unkraut Schutz boten. Und in diesen geräumigen, behaglichen, unschönen Wohnungen, wo liberale, wohlmeinende Menschen lebten (dies war die Gegend der Universität), fühlte sich Herzog in der Tat zu Hause. Er war vielleicht genauso mittelwestlich und ungesammelt wie diese Straßen. (Nicht so sehr Determinismus, dachte er, wie ein Mangel an determinierenden Elementen – das Fehlen einer formativen Kraft.) Aber es war alles typisch, und nichts ging ab, nicht einmal das Geräusch der Rollschuhe, die auf dem Pflaster unter neuem Sommerlaub seltsam knirschten. Zwei magere kleine Mädchen liefen unter der grünen Transparenz der Straßenlaternen in kurzen Röckchen und mit Schleifen im Haar.

Ein nervöses Unlustgefühl durchfuhr ihn, als er jetzt vor Gersbachs Gartenpforte stand, aber er bezwang es, ging den Pfad hinauf und drückte auf die Klingel. Phoebe kam schnell. Sie rief: »Wer ist da?« und schwieg, als sie Herzog durch die Glastür sah. Hatte sie Angst?

»Ein alter Freund«, sagte Herzog. Ein Augenblick verging, Phoebe zögerte noch, trotz der festen Entschlossenheit ihres Mundes; die Augen unter den Ponies hatten schwere Lider.

»Willst du mich nicht einlassen?« fragte Herzog. Sein Ton machte eine Weigerung unmöglich. »Ich will dich nicht lange aufhalten«, sagte er, als er eintrat. »Wir haben aber ein paar Dinge zu besprechen.«

»Komm bitte in die Küche.«

»Gewiß...« Sie wollte sich im Gespräch mit ihm nicht überraschen oder im Vorderzimmer vom kleinen Ephraim belauschen lassen, der schon in seinem Schlafzimmer war. In der Küche schloß sie die Tür und bot Herzog einen Stuhl an. Der Stuhl, auf den sie blickte, stand neben dem Kühlschrank. Dort konnte er vom Küchenfenster nicht gesehen werden. Mit leisem Lächeln setzte er sich. Der äußersten Beherrschung ihres schmalen Gesichts konnte er entnehmen, daß ihr Herz hämmerte und vielleicht noch heftiger pochte als seins. Eine ordentliche Person, in hohem Maße Herrin ihrer selbst, sauber – die Oberschwester –, versuchte sie, eine sachliche Miene zu bewahren. Sie trug die Bernsteinkette, die er ihr aus Polen mitgebracht hatte. Herzog knöpfte sich die Jacke zu, um sicher zu sein, daß man den Pistolengriff nicht sehen konnte. Der Anblick der Waffe hätte sie bestimmt zu Tode erschreckt.

»Nun, wie geht es dir, Phoebe?«

»Es geht uns recht gut.«

»Behaglich eingerichtet? Gefällt dir Chicago? Ist der kleine Ephraim noch in der Lab-Schule?«

»Ja.«

»Und der Tempel? Ich habe gesehen, daß Val eine Sendung mit Rabbi Itzkowitz aufgenommen hat – wie hat er es noch genannt?

›Chassidischer Judaismus, Martin Buber, *Ich und Du*.‹ Immer noch die Buber-Masche! Er ist sehr intim mit diesen Rabbis. Vielleicht will er mit einem Rabbi Frauen tauschen. Er wechselte dann von ›Ich und Du‹ zu ›Mich und Dich‹ – Ich und du, du und ich, wie wär's, Puppe? Aber ich nehme an, da würdest du nicht mehr mitmachen. Du würdest dir nicht alles gefallen lassen.«

Phoebe gab keine Antwort und blieb stehen.

»Vielleicht glaubst du, daß ich schneller fortgehe, wenn du dich nicht setzt. Komm, Phoebe, setz dich. Ich verspreche dir, daß ich nicht gekommen bin, um eine Szene zu machen. Ich habe hier nur einen Zweck, abgesehen von dem Besuch bei einer alten Freundin...«

»Wir sind nicht wirklich alte Freunde.«

»Nicht nach dem Kalender. Aber wir waren in Ludeyville so eng befreundet. Das stimmt. Du mußt an die Dauer denken – Bergsonsche Dauer. Wir haben einander in der Dauer gekannt. Manche Leute sind zu gewissen Beziehungen *verurteilt*. Vielleicht ist jede Beziehung entweder Lust oder Verdammnis.«

»Du hast dir die deine verdient, so solltest du die Sache auch auffassen. Wir haben ein ruhiges Leben geführt, ehe du und Madeleine in Ludeyville eingebrochen seid und euch aufgedrängt habt.« Mit hagerem, aber heißem Gesicht und unbewegten Augen setzte sich Phoebe auf die Kante des Stuhles, den Herzog für sie herangezogen hatte.

»Gut. Sag, was du denkst, Phoebe. Deshalb bin ich gekommen. Setz dich bequem hin. Fürchte dich nicht. Ich will dir keine Ungelegenheiten bereiten. Wir haben ein gemeinsames Problem.«

Phoebe leugnete das. Sie schüttelte mit eigensinniger Miene und viel zu heftig den Kopf. »Ich bin eine einfache Frau. Valentine ist aus dem Norden des Staates New York.«

»Ein schlichter Mann. Ja. Weiß nichts von den ausgeklügelten Lastern der Großstadt. Hat nicht mal gewußt, wie man eine Telefonnummer wählt. Mußte Schritt für Schritt in die Dekadenz geführt werden, von mir – Moses E. Herzog.«

Steif und zögernd drehte sie sich abrupt zur Seite. Dann kam sie zu einem Entschluß und wandte sich ebenso abrupt ihm wieder zu. Sie war eine hübsche Frau, aber steif, stockstarr, knochig, ohne

Selbstvertrauen. »Du hast ihn nie begriffen. Er war dir verfallen. Hat dich verehrt. Versuchte, ein Intellektueller zu werden, weil er dir helfen wollte – sah, was du für einen fürchterlichen Fehler begangen hattest, als du deine ehrbare Universitätslaufbahn aufgabst, und wie leichtsinnig du warst, als du mit Madeleine Hals über Kopf aufs Land gezogen bist. Er fand, daß sie dich zugrunde richtete, und versuchte, dich wieder auf die rechte Bahn zu bringen. Er las all diese Bücher, damit du da draußen im Busch einen Gesprächspartner hättest, Moses. Weil du Hilfe, Lob, Liebedienerei, Unterstützung und Zuneigung brauchtest. Es war niemals genug. Du hast ihn fertiggemacht. Es hat ihn fast umgebracht, daß er versuchte, dir den Rücken zu stärken.«

»Ja ...? Was sonst noch? Sprich nur weiter«, sagte Herzog.

»Das ist wohl immer noch nicht genug? Was willst du denn jetzt von ihm? Wozu bist du hier? Ein bißchen mehr Nervenkitzel? Bist du immer noch so auf Nervenkitzel erpicht?«

Herzog lächelte nicht mehr. »Manches von dem, was du sagst, ist durchaus richtig, Phoebe. Ich war sicher haltlos in Ludeyville. Aber du machst mich sprachlos, wenn du behauptest, ihr hättet dort in Barrington ein völlig normales Leben geführt. Bis Mady und ich des Weges kamen mit Büchern und theatralischem Glanz und einem hochgestochen geistigen Leben, wobei wir mit großspurigen Ideen um uns warfen und ganze geschichtliche Zeitalter zur Sau machten. Du hattest Angst vor uns, weil wir – und insbesondere Madeleine – ihm Selbstvertrauen gaben. Solange er nur ein kleiner krummer Radioansager war, konnte er sich vielleicht ein bißchen hochbluffen, aber du hattest ihn, wo du ihn haben wolltest. Denn er ist ein Bluffer und ein Spinner, eine Art Mißgeburt, aber *deiner*. Dann wurde er jedoch kühner. Er gab seinem Exhibitionismus Format. Ganz richtig, ich bin ein Idiot. Du hattest sogar recht, mich nicht zu mögen, und sei es auch nur deshalb, weil ich nicht sehen wollte, was sich abspielte, und dir auf diese Weise eine weitere Last aufbürdete. Aber warum hast du denn nichts gesagt? Du hast doch die ganze Angelegenheit beobachten können. Es ist jahrelang so gelaufen, und du hast keinen Ton gesagt. Ich wäre nicht so gleichgültig geblieben, wenn ich gesehen hätte, daß *dir* so mitgespielt wurde.«

Phoebe zögerte, davon zu sprechen, und wurde noch blasser. Schließlich sagte sie: »Es ist nicht mein Fehler, daß du dich weigerst, das System zu begreifen, nach dem andere Menschen leben. Deine Ideen kommen dir dabei in die Quere. Vielleicht hat ein schwacher Mensch wie ich darin keine Wahl. Ich konnte für dich nichts tun. Vor allem im letzten Jahr. Ich habe mir von einem Psychiater raten lassen, mich aus der Sache 'rauszuhalten. Mich von dir fernzuhalten, vor allem von dir und deinen Kümmernissen. Er sagte, ich sei nicht stark genug, und du weißt, daß es stimmt – ich bin nicht stark genug.«

Herzog dachte darüber nach – Phoebe war schwach, das traf sicher zu. Er entschloß sich, auf den Kern der Sache loszugehen. »Warum läßt du dich nicht von Valentine scheiden?« fragte er.

»Ich sehe keinen Grund.« Ihre Stimme gewann plötzlich wieder an Kraft.

»Er hat dich verlassen, oder?«

»Val? Ich weiß nicht, wie du darauf kommst. Ich bin nicht verlassen.«

»Wo ist er jetzt – heute abend? In dieser Minute?«

»In der Stadt. Er hat zu tun.«

»Ach, Phoebe, mach mir hier nichts vor. Er lebt bei Madeleine. Willst du das leugnen?«

»Ganz entschieden. Ich kann mir nicht vorstellen, wie du auf diese phantastische Idee gekommen bist.«

Moses lehnte sich mit einem Arm gegen den Kühlschrank, als er auf dem Stuhl rückte und sein Taschentuch hervorzog – das Stück Küchenhandtuch aus seiner Wohnung in New York. Er wischte sich das Gesicht ab.

»Wenn du auf Scheidung klagen würdest«, erklärte er, »wozu du alles Recht hast, dann könntest du Madeleine als Ehebrecherin angeben. Ich würde helfen, das Geld dafür aufzubringen. Ich würde sogar die gesamten Kosten übernehmen. Ich will Junie haben. Verstehst du das nicht? Zusammen könnten wir sie festnageln. Du hast dich von Madeleine an der Nase 'rumführen lassen. Als wärst du eine Ziege.«

»Da spricht wieder der Teufel aus dir, Moses.«

Das Wort Ziege war ein Fehler; er verstärkte nur ihren Starrsinn. Aber sie wollte sowieso ihren eigenen Weg gehen. Sie würde nie bei einem seiner Pläne mitmachen.

»Willst du nicht, daß ich das Sorgerecht für June übernehme?«

»Das ist mir gleichgültig.«

»Du hast deinen eigenen Krieg mit Madeleine, nehme ich an«, sagte er. »Kampf um den Mann – ein weiblicher Geschlechtskampf. Aber sie wird dich besiegen. Denn sie ist eine Psychopathin. Ich weiß, daß du Kraftreserven besitzt. Aber sie ist verrückt, und die Verrückten gewinnen. Außerdem will Val ja auch gar nicht, daß du ihn kriegst.«

»Ich weiß wahrhaftig nicht, wovon du redest.«

»Er verliert jedoch für Madeleine in dem Moment seinen Wert, in dem du das Feld räumst. Nach ihrem Sieg wird sie ihn davonjagen müssen.«

»Valentine kommt jede Nacht nach Hause. Er läßt es niemals spät werden. Er müßte bald hiersein ... Wenn ich mich nur irgendwo ein bißchen verspäte, ist er vor Sorge außer sich. Telefoniert in der ganzen Stadt herum.«

»Das ist vielleicht nur Hoffnung«, meinte Moses. »Hoffnung, als Sorge verbrämt. Weißt du, wie das geht? Wenn du durch einen Unfall ums Leben kommst, weint er, packt die Koffer und zieht für immer zu Madeleine.«

»Da spricht wieder der Teufel aus dir. Mein Kind wird *seinen* Vater behalten. Du willst noch immer Madeleine für dich, nicht wahr?«

»Ich? Niemals. Diese hysterische Tour ist vorbei. Nein, ich bin froh, daß ich sie los bin. Ich verabscheue sie sogar nicht mehr so sehr. Soll sie doch alles, was sie mir abgeluchst hat, behalten. Sie muß mein Geld schon die ganze Zeit auf die Bank getragen haben. Schön! Soll sie's mit meinem Segen behalten. Segen über die Hexe. Viel Glück und Lebewohl. Ich segne sie. Ich wünsche ihr ein geschäftiges, nützliches, angenehmes und dramatisches Leben. Einschließlich *Liebe*. Die besten Leute verlieben sich, und sie ist eine der besten, deshalb liebt sie diesen Kerl. Sie *lieben* beide. Aber sie ist nicht gut genug, um das Kind aufzuziehen ...« Als wäre er ein Wildschwein und ihre Haarfransen eine Schutzhecke – so wachsam waren Phoebes braune Augen. Und doch fühlte Moses

Mitleid mit ihr. Sie drangsalierten sie: Gersbach, und Madeleine durch Gersbach. Aber Phoebe war entschlossen, diesen Strauß zu gewinnen. Es mußte ihr unvorstellbar erscheinen, daß man so bescheidene, so winzige Ziele anstrebte – Tisch, Einkauf, Wäsche, Kind – und doch den Kampf verlieren konnte. Das Leben konnte nicht so unanständig sein. Oder doch? Eine andere Hypothese: Geschlechtslosigkeit war ihre Stärke; sie handhabte die Autorität des Über-Ich. Und noch eins: Sie erkannte die schöpferische Tiefe der modernen Dekadenz, die blühenden Laster der emanzipierten Erfolgsmenschen, und nahm daher ihre Situation als die einer armen, neurotischen, vertrockneten, unglücklichen, langweiligen Frau der Mittelschicht als gegeben hin. Für sie war Gersbach kein gewöhnlicher Mann, und wegen seiner reichen Persönlichkeit, seiner geistig-erotischen Energie oder weiß Gott was für schweißfüßiger Metaphysik, brauchte er zwei oder mehr Frauen. Vielleicht liehen sich die beiden Damen dieses Stück orange-behaartes Fleisch gegenseitig für völlig verschiedene Bedürfnisse aus. Für eine dreibeinige Kopulation. Für den häuslichen Frieden.

»Phoebe«, sagte er. »Zugegeben, daß du schwach bist ... aber wie schwach bist du eigentlich? Entschuldige ... ich finde das reichlich komisch. Du mußt *alles* abstreiten, um den makellosen Schein aufrechtzuerhalten. Kannst du nicht wenigstens ein kleines bißchen zugestehen?«

»Was sollte das wohl fruchten?« fragte sie scharf. »Und außerdem, was wärst du denn bereit, für mich zu tun?«

»Ich? Ich würde helfen ...«, fing er an. Aber er unterbrach sich. Es stimmte, er hatte nicht viel zu bieten. Er war für sie tatsächlich unbrauchbar. Gersbach gegenüber konnte sie noch Ehefrau sein. Er kam nach Hause. Sie kochte, bügelte, kaufte ein, unterschrieb Schecks. Ohne ihn konnte sie nicht existieren, kochen, Betten machen. Die Trance würde aufhören. Und was dann?

»Warum kommst du zu mir, wenn du das Sorgerecht für deine Tochter haben willst? Tu entweder selber etwas, oder gib's auf. Laß mich jetzt allein, Moses.«

Auch das war vollkommen richtig. Schweigend starrte er sie hart an. Einer frühen und sozusagen angeborenen Tendenz seines Geistes folgend, die sich in letzter Zeit ziemlich hemmungslos geäußert hatte, fand er eine tiefere Bedeutung in kleinen blutlosen Malen auf ihrem Gesicht. Als hätte der Tod sie mit seinen Zähnen ausprobiert und noch unreif gefunden.

»Ja, dann danke ich dir für dieses Gespräch, Phoebe. Ich gehe.« Er stand auf. Auf seinem Gesicht erschien eine weichere Güte, die man dort nicht oft sah. Etwas verlegen nahm er Phoebes Hand; sie konnte nicht schnell genug reagieren, um seinen Lippen zu entgehen. Er zog sie fester an sich und küßte sie auf den Kopf. »Du hast recht. Es war ein unnötiger Besuch.« Sie machte ihre Finger los.

»Auf Wiedersehn, Moses.« Sie sprach, ohne ihn anzusehen.

Er sollte von ihr nicht mehr bekommen, als sie für ihn erübrigen konnte. »... Man hat dich behandelt wie Dreck. Das stimmt. Aber das ist nun vorbei. Du solltest dich frei machen. Du solltest dich jetzt von allem frei machen.«

Die Tür war geschlossen.

Krumen des Anstands – das ist alles, was wir Armen füreinander übrig haben. Kein Wunder, daß das ›persönliche‹ Leben eine Demütigung und daß es verächtlich ist, ein Individuum zu sein. Der historische Prozeß, der uns mit Kleidern versieht, uns Schuhe an die Füße und Fleisch in den Mund zaubert, tut unendlich mehr für uns mit der unpersönlichen Methode als ein Mensch mit aller Absichtlichkeit, schrieb Herzog in seinem geliehenen Falcon. *Und da diese guten Gebrauchsgegenstände die Gaben des anonymen Planens und Schaffens sind, erhebt sich die Frage, was beabsichtigtes Gutsein überhaupt erreichen kann (wenn die Guten Amateure sind). Besonders wenn unser Wohlwollen und unsere Liebe im Interesse der Gesundheit Übung verlangen, da die Kreatur doch gefühlsgeladen, leidenschaftlich und expressiv ist, ein Beziehung schaffendes Tier. Ein Geschöpf mit tiefen Absonderlichkeiten, ein Netz fühlsamer Verwobenheiten und Ideen, die mit der Zeit eine Ebene der Organisation und Automation erreicht haben, wo wir hoffen können, von menschlicher Abhängigkeit befreit zu werden. Die Menschen praktizieren schon jetzt ihren zukünftigen Stand. Mein Gefühlstyp ist archaisch. Gehört in die landwirtschaftlichen oder pastoralen Stufen...*

Herzog konnte nicht angeben, welchen Sinn solche Verallgemeinerungen haben sollten. Er war nur ungeheuer aufgewühlt – im Zustand des Strömens – und hatte vor allem die Absicht, durch die Gewohnheit des Denkens wieder Ordnung herzustellen. Blut war in seine Psyche eingedrungen, und im Augenblick war er entweder frei oder verrückt. Aber dann wurde ihm klar, daß er keine von weit hergeholte intellektuelle Arbeit zu verrichten brauchte – Arbeit, in die er sich immer gestürzt hatte, als wäre es ein Kampf ums weitere Leben. Das Nicht-Denken ist jedoch nicht notwendigerweise tödlich. Habe ich wirklich gedacht, daß ich sterben würde, wenn das Denken aufhörte? Nun, das zu fürchten – das ist wahrhaftig verrückt.

Er wollte die Nacht bei Lucas Asphalter verbringen und rief von einer Telefonzelle aus an, um sich bei ihm anzusagen. »Ich störe doch nicht, oder? Hast du gerade jemanden bei dir? Nein? Tu mir doch einen besonderen Gefallen. Ich kann Madeleine nicht anrufen und bitten, daß ich mit dem Kind zusammentreffe. Sie hängt ein, sowie sie meine Stimme erkennt. Kannst du für mich anrufen und verabreden, daß ich June morgen abhole?«

»Ja natürlich«, sagte Asphalter. »Ich tue es jetzt gleich und habe die Antwort für dich, wenn du herkommst. Bist du gerade erst angelangt, auf Grund einer Eingebung? Ohne Plan?«

»Vielen Dank, Luke. Tu es bitte gleich.«

Er verließ die Zelle mit der Überlegung, daß er heute nacht wirklich ausruhen müßte, schlafen. Zu gleicher Zeit hatte er aber auch einige Bedenken, sich hinzulegen und die Augen zu schließen; morgen konnte er vielleicht diesen Zustand des einfachen, freien, inständigen Begreifens nicht wiederfinden. Er fuhr deshalb langsam, stieg vor Walgreens Drugstore aus, um für Luke eine Flasche Cutty Sark und Spielsachen für June zu kaufen – ein kleines Periskop, mit dem man über das Sofa und um Ecken herumsehen, sowie einen Strandball, den man aufblasen konnte. Er fand sogar Zeit, im gelben Büro der Western Union, Ecke Blackstone und 53. Street, ein Telegramm an Ramona aufzugeben. *Geschäftlich zwei Tage Chicago,* lautete der Inhalt. *Alles Liebe.* Man konnte ihr soweit vertrauen, daß sie während seiner Abwesenheit Trost finden und nicht in der ›Verlassenheit‹ Trübsal blasen würde, wie er es getan hätte – das war seine kindische Krankheit, dieser infantile Abscheu vor dem Tod, der sein Leben in diese seltsamen Formen gebogen und gezogen hatte. Nachdem er entdeckt hatte, daß jeder mit den stümpernden Mannkindern Nachsicht üben mußte, mit den reinen Herzen in der Sackleinwand der Unschuld, die nur zu bereitwillig das notwendige Quantum konsequenter Lügen in sich aufnahmen, hatte er sich mit seinen Gefühlsbonbons in Szene gesetzt – Wahrheit, Freundschaft, hingebende Liebe für Kinder (die typische amerikanische Kindervergötterung) und Kartoffelliebe. Soviel wissen wir jetzt. Aber dies, auch dies ist noch nicht die ganze Geschichte. Sie fängt erst an, sich dem Beginn des wahren Bewußtseins zu nähern. Die notwendige Voraussetzung ist, daß der Mensch irgendwie mehr ist als seine ›Charakteristiken‹, alle seine Gefühle, Bestrebungen, Geschmäcker und Konstruktionen, die er ›Mein Leben‹ zu nennen beliebt. Wir haben Anlaß zur Hoffnung, daß ein Leben mehr ist als eine solche Wolke von Einzelteilchen, reine Faktizität. Durchdenke das Verständliche, und du kommst zu dem Schluß, daß nur das Unverständliche Licht spendet. Das war jetzt für ihn keineswegs ein ›Gemeinplatz‹. Es war viel greifbarer als alles, was er in dem intensiv erleuchteten Telegrafenbüro sah. Das Ganze schien ihm außergewöhnlich klar. Was machte es klar? Etwas ganz am Ende der Strecke. War das der Tod? Aber der Tod war nicht das Unverständliche, das von seinem Herzen gutgeheißen wurde. Nein, weit gefehlt.

Er stand still und betrachtete den dünnen Zeiger, der seinen Weg über das Zifferblatt ruckte, die gelben Möbel aus einer anderen Zeit – kein Wunder, daß große Firmen derartige Gewinne einstrichen; hohe Gebühren, altes Mobiliar, keine Konkurrenz, nachdem nun der Posttelegraf abgeschafft worden war. Sie holten unzweifelhaft mehr Profit aus diesen gelben Pulten als Vater Herzog aus den gleichen Möbelstücken in der Cherry Street. Das war damals gegenüber vom Bordell. Wenn Madame die Polizei nicht schmierte, warfen die Polizisten die Betten der Nutten aus den Fenstern im zweiten Stock. Die Frauen kreischten Negerflüche, wenn sie in den Polizeiwagen gestoßen wurden. Vater Herzog, der Geschäftsmann, stand zwischen solchen Tischen, wenn er über diesen Ausbund von Laster und Brutalität nachsann – Polizei und barbarische, aufgedunsene Weiber –, denn sie waren bei den Ausverkäufen in den Warenhäusern das übliche Angebot in alten Möbeln. Hier wurde das Vermögen meiner Vorfahren begründet.

Vor Asphalters Haus verschloß er den Falcon für die Nacht und ließ die Geschenke für June im Kofferraum. Er war sicher, daß sie über das Periskop begeistert sein würde. Im Haus in der Harper Avenue gab es viel zu sehen. Möge das Kind das Leben finden. Je ungeschminkter, desto besser, vielleicht.

Asphalter kam ihm auf der Treppe entgegen.

»Ich habe auf dich gewartet.«

»Ist etwas passiert?« fragte Herzog.

»Nein, nein, mach dir keine Sorgen. Ich hole June morgen mittag ab. Sie geht halbtags zur Spielschule.«

»Wunderbar«, sagte Herzog. »Kein Widerstand?«

»Von Madeleine? Nicht im mindesten. Sie will dich nicht sehen. Im übrigen kannst du deine kleine Tochter nach Herzenslust bei dir haben.«

»Sie will vermeiden, daß ich mit einer gerichtlichen Verfügung komme. Gesetzlich ist sie in einer prekären Lage, mit diesem Schuft im Haus. Nun laß dich ansehen.« Sie gingen in die Wohnung, wo das Licht besser war. »Du hast dir einen kleinen Bart stehen lassen, Luke.«

Nervös und verlegen berührte Asphalter mit abgewandtem Blick sein Kinn. Er sagte: »Ich tu's mit frecher Stirn.«

»Ausgleich für die plötzliche unselige Kahlheit?« fragte Herzog.

»Abwehr einer Depression«, erwiderte Asphalter. »Ich meinte, ein Wandel des Image könnte helfen ... Verzeih diese Bude.«

Asphalter hatte schon immer im Dreck des typischen Studenten gewohnt. Herzog sah sich um. »Wenn ich je wieder zu Geld komme, kaufe ich dir ein paar Bücherregale, Luke. Es wird Zeit, daß du diese alten Kisten loswirst. Die wissenschaftliche Literatur ist gewichtig. Aber sieh mal, da hast du ja saubere Laken für mich auf der Couch. Das ist sehr lieb von dir, Luke.«

»Du bist ein alter Freund.«

»Danke«, sagte Herzog. Zu seiner Verwunderung fiel ihm das Sprechen schwer. Eine schnelle Gefühlswallung, aus dem Nichts, drückte ihm die Kehle zu. Seine Augen füllten sich mit Tränen. Die Kartoffelliebe, sagte er sich. Sie ist da. Der Hinweis auf sein Temperament und der Umstand, daß er die Dinge beim richtigen Namen nannte, gaben ihm die Beherrschung wieder. Die Selbstkritik erfrischte ihn.

»Luke, hast du meinen Brief bekommen?«

»Brief? Hast du mir einen geschickt? Ich habe dir einen Brief geschickt!«

»Ich habe ihn nie gesehen. Wovon handelte er?«

»Von einer Stellung. Erinnerst du dich an Elias Tuberman?«

»Den Soziologen, der eine Gymnastiklehrerin geheiratet hat?«

»Mach keine Witze. Er ist der Chefredakteur von Stones Enzyklopädie und kann für die neubearbeitete Auflage eine Million ausgeben. Ich mache die Biologie. Er möchte, daß du die Geschichte übernimmst.«

»Ich?«

»Er sagt, er hätte dein Buch über Romantik und Christentum wieder durchgelesen. Er hatte keine sehr hohe Meinung davon, als es in den fünfziger Jahren erschien, aber er muß damals blind gewesen sein. Es sei monumental, sagt er.«

Herzog machte ein ernstes Gesicht. Er begann, sich mehrere Antworten auszudenken, verwarf sie aber alle. »Ich weiß nicht, ob ich noch wissenschaftlich arbeiten kann. Als ich Daisy verließ, habe ich anscheinend auch das hinter mir gelassen.«

»Und Madeleine hat es sofort aufgegriffen.«

»Ja. Sie haben mich unter sich aufgeteilt. Valentine hat sich meine elegante Art angeeignet, und Mady macht den Professor. Hat sie nicht bald ihr Mündliches?«

»In nächster Zeit.«

Herzog, dem der Tod von Asphalters Affen einfiel, sagte: »Was war damals eigentlich in dich gefahren, Luke? Du hast doch von deinem Tier nicht Tuberkulose gekriegt, oder?«

»Nein, nein. Ich habe mich regelmäßig einem Tuberkulintest unterzogen. Nein.«

»Du mußt den Verstand verloren haben, daß du bei Rocco Mund-an-Mund-Atmung versucht hast. Das heißt, die Exzentrizität zu weit treiben.«

»Hat man das auch berichtet?«

»Ja natürlich. Wie sollte ich es sonst wissen? Wie ist es eigentlich in die Zeitung gekommen?«

»Ein kleiner Pinscher in der Physiologie verdient sich ein paar Dollar, indem er für den *American* spioniert.«

»Hast du denn nicht gewußt, daß der Affe tuberkulös war?«

»Ich wußte zwar, daß er krank war, aber ich hatte keine Ahnung. Und ich hatte bestimmt nicht erwartet, daß sein Tod mir so nahegehen würde.« Herzog war auf die Feierlichkeit in Asphalters Zügen nicht vorbereitet. Sein neuer Bart hatte mehrere Farben, aber seine Augen waren noch schwärzer als das Haar, das er verloren hatte. »Das hat mir tatsächlich einen Stoß versetzt. Ich dachte, die Kumpanei mit Rocco sei ein kleiner Scherz. Ich wußte gar nicht, wieviel er mir bedeutete. Aber die Wahrheit ist, daß kein anderer Tod in der Welt mich so mitgenommen hätte. Ich mußte mich fragen, ob mich der Tod meines Bruders auch nur halb so sehr erschüttert hätte. Ich glaube es nicht. Wir sind alle irgendwie verdreht, das merke ich. Aber ...«

»Nimm's mir nicht übel, wenn ich lächeln muß«, entschuldigte sich Herzog. »Ich kann nichts dafür.«

»Was solltest du sonst tun?«

»Man kann Schlimmeres tun als seinen Affen lieben«, sagte Herzog. »*Le cœur a ses raisons.* Du hast doch Gersbach gesehen. Er war ein lieber Freund von mir. Und Madeleine *liebt* ihn. Weswegen solltest du dich schämen? Es ist eine jener peinlichen Komödien des Gefühls. Hast du jemals Colliers Geschichte von dem Mann gelesen, der eine Schimpansin heiratete? *Seine Affenfrau.* Eine herrliche Erzählung.«

»Ich bin fürchterlich deprimiert gewesen«, sagte Asphalter. »Jetzt ist es besser, aber etwa zwei Monate lang habe ich nicht gearbeitet und war froh, daß ich nicht Frau und Kinder hatte, vor denen ich meine Weinkrämpfe verbergen mußte.«

»Alles wegen dieses Affen?«

»Ich bin nicht mehr ins Laboratorium gegangen. Ich habe mich mit Beruhigungsmitteln über Wasser gehalten, aber das konnte nicht so weitergehen. Ich mußte mich schließlich stellen.«

»Und bist zu Doktor Edvig gegangen?« Herzog lachte.

»Edvig? Nein, nein. Ein anderer Seelenschnüffler. Er hat mich beruhigt. Aber das waren nur zwei Stunden in der Woche. Die übrige Zeit habe ich gezittert. Darum habe ich mir aus der Bibliothek ein paar Bücher geholt ... Hast du das Buch von dieser Ungarin Tina Zokóly gelesen, was man in solchen Krisen machen soll?«
»Nein. Was sagt sie denn?«
»Sie verschreibt gewisse Übungen.«
Moses' Interesse war erwacht. »Was für welche?«
»Hauptsächlich, daß man dem eigenen Tod ins Auge sieht.«
»Wie macht man das?«
Asphalter versuchte, einen gewöhnlichen konversationellen Erzählton beizubehalten. Offenbar fiel es ihm sehr schwer, darüber zu sprechen. Dennoch war es unwiderstehlich.
»Du tust so, als wärest du schon gestorben«, begann Asphalter.
»Das Schlimmste ist eingetreten ... ja?« Herzog wandte den Kopf, als wolle er besser hören, gespannter lauschen. Seine Hände waren im Schoß gefaltet, seine Schultern sackten vor Müdigkeit nach unten, die Füße waren einwärts gekehrt. Dieser dumpfe, mit Büchern gefüllte Raum mit der an einer Kiste angebrachten Klammerleuchte und die bewegten Blätter in der sommerlichen Straße brachten Herzog Frieden. *Wahrheiten in grotesker Form*, dachte er. Er wußte, wie das war. Er konnte es Asphalter nachfühlen.
»Der Schlag ist gefallen. Der Kampf ist vorbei«, sagte Asphalter. »Du bist tot, und du mußt liegen, als wärest du tot. Wie ist es im Sarg? Gepolsterte Seide.«
»Aha? Du mußt es dir also ganz genau konstruieren. Das ist sicher sehr schwierig. Verstehe ...« Moses seufzte.
»Man braucht Übung. Man muß fühlen und nicht fühlen, sein und nicht sein. Man ist sowohl anwesend als auch abwesend. Und die Menschen in deinem Leben kommen einer nach dem anderen und sehen dich an. Vater, Mutter. Alle, die du geliebt hast oder gehaßt.«
»Und was dann?« Völlig gebannt sah ihn Herzog mehr aus der Schräge an als je.
»Und dann fragst du dich: ›Was hast du ihnen jetzt zu sagen? Was empfindest du für sie?‹ Und da ist nur das zu sagen, was du wirklich gedacht hast. Und du sagst es nicht zu ihnen, weil du ja tot

bist, sondern nur zu dir selbst. Wirklichkeit, keine Illusionen. Wahrheit, keine Lügen. Es ist vorbei.«

»Dem Tod ins Auge sehen. Das ist Heidegger. Was ergibt sich daraus?«

»Wenn ich aus meinem Sarg emporblicke, kann ich zunächst meine Aufmerksamkeit auf den Tod lenken und auf meine Beziehungen zu den Lebenden, und dann kommen andere Dinge hinein – jedesmal.«

»Du wirst müde?«

»Nein, nein. Jedesmal sehe ich wieder dasselbe.« Lucas lachte nervös, schmerzlich. »Kannten wir uns eigentlich schon, als mein Vater das Absteigequartier in der West Madison Street hatte?«

»Ja, ich habe dich immer in der Schule gesehen.«

»Als die Wirtschaftskrise kam, mußten wir selbst in das alte Hotel ziehen. Mein Vater richtete im obersten Stock eine Wohnung ein. Das Haymarket-Theater war nur einige Türen weiter, weißt du noch?«

»Das Burlesque-Theater? O ja, Luke. Ich habe die Schule geschwänzt, um mir die Bauchtänze anzusehen.«

»Also, was ich zuerst sehe, ist das Feuer, das in dem Gebäude ausgebrochen ist. Wir waren auf dem Dachboden abgeschnitten. Mein Bruder und ich wickelten die kleineren Kinder in Decken und standen am Fenster. Dann kam die Feuerleiter, und wir wurden gerettet. Ich trug meine kleine Schwester. Die Feuerwehrleute brachten uns nacheinander 'runter. Meine Tante Rae war die letzte. Sie wog annähernd hundertachtzig Pfund. Ihr Rock wehte hoch, als der Feuerwehrmann sie trug. Er war ganz rot im Gesicht unter ihrem Gewicht und von der Anstrengung. Ein großartiges irisches Gesicht. Und ich stand unten und sah die Schenkel langsam näher kommen – das riesige Hinterteil und die mächtigen Backen, so blaß und hilflos.«

»Und das siehst du, wenn du tot spielst? Eine vom Tode gerettete alte Tante mit fettem Arsch?«

»Lach nicht«, sagte Asphalter, der selbst grimmig lachte. »Das ist das eine, was ich sehe. Das andere sind die Burlesque-Huren von nebenan. Zwischen den Auftritten hatten sie nichts zu tun. Der Film lief – Tom Mix. Sie langweilten sich in ihren Garderoben.

Also kamen sie 'raus auf die Straße und spielten Baseball. Das liebten sie. Sie waren alle große, herzhafte, maisgefütterte Mädchen, die körperliche Betätigung brauchten. Ich saß auf dem Rinnstein und sah ihrem Spiel zu.«

»Waren sie in ihren Burlesque-Kostümen?«

»Gepudert und bemalt. Das Haar hochgesteckt. Und ihre Titten wogten, wenn sie den Ball warfen und schlugen und zu den Malen rannten. Sie spielten nicht eigentlich Baseball, sondern eine Art ›Kaiser, König, Edelmann‹ – Softball. Moses, ich schwöre dir...«

Asphalter preßte die Hände gegen die bärtigen Backen, und seine Stimme bebte. Seine feuchten schwarzen Augen waren verwirrt und lächelten schmerzlich. Dann rückte er den Stuhl zurück und aus dem Licht. Vielleicht war er dem Weinen nahe. Hoffentlich tut er's nicht, dachte Herzog. Sein Herz floß über von Mitgefühl.

»Laß dich nicht unterkriegen, Luke. Hör mir mal zu. Vielleicht kann ich dir etwas darüber sagen. Zum mindesten kann ich dir erzählen, wie ich das sehe. Ein Mensch mag sagen: ›Von jetzt ab will ich die Wahrheit sprechen.‹ Aber die Wahrheit hört ihn und rennt davon und versteckt sich, bevor er noch ausgeredet hat. Es ist etwas sehr Lächerliches um das Menschsein, und die zivilisierte Intelligenz verlacht ihre eigenen Ideen. Diese Tina Zokóly muß auch ihren Scherz getrieben haben.«

»Das glaube ich nicht.«

»Dann ist es das alte *memento mori*, der Schädel auf dem Tisch der Mönchszelle, auf modern poliert. Und was soll das alles? Es geht zurück auf die deutschen Existentialisten, die dir erzählen, wie gut einem das Entsetzen tut, wie es einen vor der Verzweiflung schützt, einem Freiheit verleiht und ihn authentisch macht. Gott ist nicht mehr. Aber der Tod ist. Das ist ihre Lehre. Und wir leben in einer hedonistischen Welt, in der das Glück nach einem mechanischen Modell definiert ist. Man hat nichts weiter zu tun, als sich in den Hosenschlitz zu greifen und das Glück in die Hand zu nehmen. Deshalb bringen die anderen Theoretiker die Spannung der Schuld und der Angst als Korrektiv in die Debatte. Aber das menschliche Leben ist viel verzwickter als irgendein Modell, selbst eins der genialen deutschen Modelle. Müssen wir denn die *Theorien* der

Angst und Furcht studieren? Diese Tina Zokóly ist eine Frau ohne Sinn und Verstand. Sie fordert dich auf, an dir einen Supermord zu verüben, und deine Intelligenz antwortet ihr mit Witz. Aber du übertreibst. Das ist eine bis zum Entsetzen gesteigerte Selbstverspottung. Bitterer und bitterer. Affen und Schenkel und Chormädchen, die Ball spielen.«

»Ich hatte gehofft, daß wir uns darüber unterhalten könnten«, sagte Asphalter.

»Wüte nicht so sehr gegen dich selbst, Luke, indem du dir diese phantastischen Anschläge gegen deine Gefühle ausdenkst. Ich weiß, du bist eine gute Seele, die wirklich leidet. Und du glaubst der Welt. Und die Welt rät dir, in grotesken Kombinationen nach der Wahrheit zu suchen. Sie mahnt dich auch, den Trost zu verschmähen, wenn du deine geistige Ehre werthältst. Nach dieser Theorie ist die Wahrheit eine Strafe, die du hinnehmen mußt wie ein Mann. Sie sagt, die Wahrheit wird deine Seele foltern, weil du als armes Menschenwesen geneigt bist, zu lügen und von Lügen zu leben. Wenn also in deiner Seele etwas anderes auf Offenbarung wartet, dann wirst du es von diesen Menschen nie erfahren. Mußt du dich in einen Sarg hineindenken und diese Übungen mit dem Tod durchexerzieren? Immer wenn das Denken sich vertieft, stößt es als erstes auf den Tod. Die modernen Philosophen würden gern den altmodischen Schrecken des Todes wiederherstellen. Die neue Einstellung, die das Leben zu einer Nichtigkeit herabwürdigt, die den Schrecken nicht lohnt, bedroht das Herz der Zivilisation. Aber es ist überhaupt nicht eine Frage des Schreckens, oder welches Wort man sonst wählen will... Was können jedoch denkende Menschen und Humanisten anderes tun als sich um passende Wörter bemühen? Nimm mich als Beispiel. Ich habe aufs Geratewohl in alle Himmelsrichtungen Briefe geschrieben. Wieder Wörter. Ich suche die Wirklichkeit mit Hilfe der Sprache. Vielleicht möchte ich alles in Sprache verwandeln, um Madeleine und Gersbach zu zwingen, ein *Gewissen* zu haben! Das ist vielleicht ein Wort für dich. Ich muß versuchen, die Spannungen straff zu halten, ohne die die Menschen nicht mehr menschlich genannt werden können. Wenn sie nicht leiden, sind sie mir entschlüpft. Und ich habe die Welt mit Briefen angefüllt, um ihr Entkommen zu verhindern. Ich will sie in menschlicher Form, deshalb beschwöre ich ihre ganze Umgebung und fange sie in der Mitte. Ich lege mein ganzes Herz in diese Konstruktionen. Aber es sind eben Konstruktionen.«

»Ja, aber du hast es mit Menschen zu tun. Was habe ich denn vorzuweisen? Rocco?«

»Bleiben wir doch beim Wesentlichen. Ich glaube wahrhaftig, daß erst die Bruderschaft den Menschen zum Menschen macht. Wenn ich Gott ein Menschenleben schulde, dann habe ich versagt. ›Der Mensch lebt nicht von sich allein, sondern im Antlitz seines Bruders... Ein jeder soll den Ewigen Vater schauen, und Liebe und Lust sollen regieren.‹ Wenn die Prediger des Schreckens dir sagen, daß die anderen dich nur von der metaphysischen Freiheit ablenken, dann mußt du dich von ihnen abwenden. Die wahre und wichtige Frage ist die, wie wir von anderen Menschen genutzt und wie sie von uns genutzt werden. Ohne diese wahre Nutzung fürchtest du niemals den Tod, sondern kultivierst ihn. Wenn das Bewußtsein nicht klar begreift, wofür es leben und wofür es sterben soll, dann kann es sich nur quälen und verhöhnen. Wie du es tust mit Hilfe von Rocco und Tina Zokóly, wie ich es tue, indem ich unverschämte Briefe schreibe... Mir ist schwindlig. Wo ist die Flasche Cutty Sark? Ich brauche einen Schluck.«

»Du brauchst eher Schlaf. Du siehst aus, als wärst du im Begriff zusammenzuklappen.«

»Ich fühle mich gar nicht schlecht«, sagte Herzog.

»Ich habe sowieso noch zu tun. Geh schlafen. Ich habe die Examensarbeiten noch nicht zensiert.«

»Ich bin, glaube ich, wirklich ziemlich erschlagen«, sagte Moses. »Das Bett sieht einladend aus.«

»Ich lasse dich lange schlafen. Massenhaft Zeit«, sagte Asphalter. »Gute Nacht, Moses.« Sie gaben sich die Hand.

ENDLICH UMARMTE ER seine kleine Tochter, und sie drückte seine Wangen mit ihren kleinen Händen und küßte ihn. Hungrig danach, sie zu fühlen, ihren kindlichen Duft einzuatmen, ihr ins Gesicht zu sehen und in die schwarzen Augen, ihr Haar und die Haut unter ihrem Kleid zu berühren, drückte er ihre kleinen Knochen und stammelte: »Junie, mein Süßes. Ich habe dich vermißt.« Sein Glück war voller Schmerz. Und sie in ihrer Unschuld und Kindlichkeit, mit dem reinen oder liebenden Instinkt kleiner Mädchen, küßte ihn auf die Lippen, ihn, ihren abgehärmten, verkommenen, bazillentragenden Vater.

Asphalter stand lächelnd, wenn auch etwas peinlich berührt, dabei; seine Glatze schwitzte, und sein neuer zweifarbiger Bart sah erhitzt aus. Sie standen auf der langen grauen Treppe des Naturkundemuseums im Jackson Park. Omnibusladungen von Kindern betraten das Gebäude, Herden in Schwarz und Weiß, von Lehrern und Eltern getrieben. Die bronzeverzierten Glastüren schwangen blitzend hinein und heraus, und alle diese kleinen Leiber, mit dem Geruch von Milch und Pisse, gesegnete Köpfe aller Schattierungen und Formen, die Verheißung einer zukünftigen Welt in den Augen des wohlmeinenden Herzog, ihr kommendes Gut und Böse, stürzten hinein und heraus.

»Meine süße June. Papa hat dich vermißt.«

»Poppy!«

»Weißt du, Luke«, brach es aus Herzog heraus, dessen Gesicht glücklich und doch auch verzerrt war, »Sandor Himmelstein hat mir gesagt, das Kind würde mich vergessen. Er dachte an seine Zucht von Himmelsteinen – Meerschweinchen und Hamster.«

»Herzogs sind aus feinerem Ton geformt?« Asphalter kleidete es in die Frageform. Aber es war höflich; er meinte es freundlich.

»... Ich kann dich um vier Uhr genau an dieser Stelle wieder treffen«, sagte er.

»Nur dreieinhalb Stunden? Was bildet sie sich ein! Aber meinetwegen, ich will mich nicht streiten. Ich will keinen Ärger. Morgen ist auch ein Tag.«

Ein Gebilde seiner geistigen Projektion schwoll und zog vorüber, ein längerer Kommentar (Es tat im Herzen sehr weh, der Tochter zu entsagen. Auf daß sie auch eine lüsterne Eselin werde? Oder eine melancholische Schönheit wie Sarah Herzog, der es bestimmt war, Kinder zu gebären, die von ihrer Seele und dem Gott ihrer Seele nichts wußten. Oder würde die Menschheit einen anderen Weg finden, indem sie seine Art – er wäre froh darüber! – zum alten Eisen legte? In New York war einmal nach einer Vorlesung ein junger Managertyp schnellen Schritts zu ihm gekommen und hatte gesagt: »Herr Professor, Kunst ist für Juden!« Herzog, der diese blonde, schlanke, brutale Erscheinung vor sich sah, hatte nur genickt und gesagt: »Früher war es Wucher.«) verabschiedete sich mit einem jener Stiche in seinem Innern. Das ist der neue Realismus, dachte er.

»Luke? Vielen Dank. Ich bin um vier Uhr hier. Grübele nicht den ganzen Tag.«

Moses trug seine Tochter ins Museum, um ihr die brütenden Hühner zu zeigen. »Hat dir Marco eine Ansichtskarte geschickt, mein Baby?«

»Ja, vom Camp.«

»Weißt du denn, wer Marco ist?«

»Mein großer Bruder.«

Also versuchte Madeleine nicht, sie den Herzogs zu entfremden, welchen Kurs des Wahnsinns sie auch sonst verfolgte.

»Bist du hier im Museum schon mal ins Kohlenbergwerk 'runtergegangen?«

»Ich habe mich dort gefürchtet.«

»Möchtest du die Hühnchen sehen?«

»Ich habe sie gesehen.«

»Möchtest du sie nicht noch mehr sehen?«

»O ja. Ich finde sie schön. Onkel Val hat mich letzte Woche hingeführt.«

»Kenne ich Onkel Val?«

»Ach Papa, du bist ulkig.« Kichernd umschlang sie seinen Hals.

»Wer ist er denn?«

»Er ist mein Stiefvater, Papa. Du *weißt* doch.«
»Hat dir Mama das erzählt?«
»Er ist mein Stiefvater.«
»War er's, der dich ins Auto gesperrt hat?«
»Ja.«
»Und was hast du getan?«
»Ich habe geweint. Aber nicht lange.«
»Und magst du Onkel Val?«
»O ja, er ist komisch. Er schneidet Grimassen. Kannst du gute Grimassen schneiden?«
»Ein paar«, sagte er. »Ich habe zuviel Würde, um gute Grimassen zu schneiden.«
»Du erzählst bessere Geschichten.«
»Ja, das stimmt wohl, mein Liebling.«
»Von dem Jungen mit den Sternen.«
Sie erinnerte sich also an seine besten Erfindungen. Herzog nickte, wunderte sich über sie, war stolz auf sie und dankbar.
»Der Junge mit all den Sommersprossen?«
»Die waren wie der Himmel.«
»Jede Sommersprosse war genau wie ein Stern, und er hatte sie alle. Den großen Bären, den kleinen Bären, Orion, die Zwillinge, die Milchstraße. Sein Gesicht trug jeden Stern am richtigen Platz.«
»Nur auch einen Stern, den keiner kannte.«
»Man brachte ihn zu allen Sternguckern.«
»Ich habe im Fernsehen Sterngucker gesehen.«
»Und die Sterngucker sagten: ›Puh, puh, ein interessanter Zufall. Eine kleine Mißgeburt.‹«
»Mehr, mehr.«
»Schließlich ging er zu Hiram Shpitalnik, das war ein uralter Mann mit einem langen Bart, der bis zu den Füßen reichte. Er lebte in einer Hutschachtel. Und er sagte: ›Du mußt dich von *meinem* Großvater untersuchen lassen.‹«
»Der lebte in einer Nußschale.«
»Ganz richtig. Und alle seine Freunde waren Bienen. Die geschäftige Biene hat keine Zeit für Sorgen. Urgroßvater Shpitalnik kam mit einem Teleskop aus seiner Schale heraus und besah sich Ruperts Gesicht.«

»Der Junge hieß Rupert.«

»Der alte Shpitalnik ließ sich von den Bienen in die rechte Stellung heben, spähte und sagte, es sei ein *wirklicher* Stern, eine neue Entdeckung. Er hätte auf diesen Stern gewartet ... So, hier sind jetzt die Hühnchen.« Er hielt das Kind auf dem Geländer, zu seiner Linken, so daß sie nicht gegen die Pistole gedrückt würde, die in die Rubel ihres Urgroßvaters eingewickelt war. Die befanden sich noch in seiner rechten Brusttasche.

»Sie sind gelb«, sagte sie.

»Es ist da drinnen heiß und hell. Siehst du da das Ei wackeln? Das Küken will 'rauskommen. Bald wird sein Schnabel durch die Schale picken. Paß nur auf.«

»Papa, du rasierst dich nicht mehr bei uns zu Hause. Warum nicht?«

Er mußte jetzt seinen Widerstand gegen das Herzweh versteifen. Eine Art notwendiger Härte war erforderlich. Sonst war es so, wie der Wilde das Klavier beschrieb: ›Du ihn kämpfen, er schreien.‹ Und diese jüdische Kunst der Tränen mußte unterdrückt werden. Er antwortete mit abgewogenen Worten: »Ich habe meinen Rasierapparat an einem anderen Ort. Was sagt denn Madeleine?«

»Sie sagt, du wolltest nicht mehr bei uns leben.«

Er verbarg seinen Ärger vor dem Kind. »Hat sie das gesagt? Nun, ich möchte immer bei dir sein. Ich kann nur nicht.«

»Warum?«

»Weil ich ein Mann bin, und Männer müssen arbeiten und in der Welt sein.«

»Onkel Val arbeitet. Er schreibt Gedichte und liest sie Mama vor.«

Herzogs düsteres Gesicht hellte sich auf. »Großartig.« Sie mußte seinen Mist anhören. Schlechte Kunst und Laster Hand in Hand. »Das freut mich aber.«

»Er sieht blöd aus, wenn er sie aufsagt.«

»Weint er dann?«

»O ja.«

Gefühlsduselei und Brutalität – niemals das eine ohne das andere, wie Fossilien und Öl. Die Nachricht ist unbezahlbar. Es ist reines Glück, sie zu vernehmen.

June hatte ihren Kopf gebeugt und drückte die Handgelenke gegen die Augen.
»Was ist los, mein Liebling?«
»Mama hat gesagt, ich sollte nicht über Onkel Val sprechen.«
»Warum?«
»Sie hat gesagt, dann wirst du sehr böse.«
»Aber gar nicht. Ich lache mich tot. Also schön. Wir wollen nicht mehr über ihn sprechen. Ich verspreche es. Kein Wort.«
Als erfahrener Vater wartete er weise, bis sie den Falcon erreichten, und sagte erst dann: »Ich habe Geschenke für dich im Kofferraum!«
»O Papa – was hast du mitgebracht?«
Angesichts des ungefügen, grauen, gähnenden Museums für Naturkunde sah sie so frisch, so neu aus (ihre Milchzähne und spärlichen Sommersprossen, die großen erwartungsvollen Augen und ihr zarter Hals). Und er überlegte, wie sie diese Welt der großen Werkzeuge, der physikalischen Prinzipien und der angewandten Wissenschaft einst erben würde. Sie hatte den Kopf dafür. Er war schon ganz vom Stolz berauscht und sah sie als eine zweite Madame Curie. Sie war vom Periskop überwältigt. Sie bespitzelten einander von beiden Seiten des Autos, versteckten sich hinter Baumstämmen und in den Arkaden des Toilettenhäuschens. Sie überquerten auf dem Outer Drive die Brücke und machten einen Spaziergang am Seeufer. Er ließ sie die Schuhe ausziehen und waten, trocknete später ihre Füße mit seinem Hemdzipfel ab und entfernte mit großer Sorgfalt den Sand zwischen ihren Zehen. Er kaufte ihr eine Schachtel Kekse, an denen sie im Gras sitzend knabberte. Der Löwenzahn war abgebrannt und war nur noch lockere Seide; der Rasen federte, weder feucht wie im Mai noch hart und trocken wie im August, wenn ihn die Sonne versengte. Die Grasmähmaschine beschrieb Kreise, barbierte die Hänge und verursachte einen Sprühregen von Grasschnipseln. Vom Süden her beleuchtet, war das Wasser ein herrliches, frisches, schweres Tagesblau; der Himmel ruhte auf dem milden, glimmenden Horizont, klar, außer nach Cary zu, wo die dunklen, dünnen Säulen der Stahlöfen rötliche und schweflige Rauchschwaden ausströmten. Inzwischen mußten die Rasenflächen in Ludeyville, die seit zwei

Jahren nicht mehr gemäht worden waren, zu Heufeldern geworden sein, und Sonntagsjäger sowie Liebespaare waren höchstwahrscheinlich wieder eingebrochen, schlugen die Fenster ein und machten sich Feuer.

»Ich möchte ins Aquarium, Papa«, sagte June. »Mama hat gesagt, du sollst mich hinbringen.«

»So, hat sie das? Schön, dann komm.«

Der Falcon war in der Sonne heiß geworden. Er öffnete die Fenster, um ihn abzukühlen. Bei ihm hatte sich unterdessen eine außerordentliche Anzahl von Schlüsseln angesammelt, die er in seinen Taschen besser ordnen mußte. Da waren die Schlüssel seines Hauses in New York, der Schlüssel, den ihm Ramona gegeben hatte, der Schlüssel zum Gemeinschaftsraum seiner Fakultät in der Universität und der Schlüssel zu Asphalters Wohnung sowie mehrere Schlüssel von Ludeyville.

»Du mußt dich nach hinten setzen, mein Liebling. Kriech nun 'rein und zieh dir das Röckchen 'runter, denn der Kunststoff ist sehr heiß.«

Die Luft aus Westen war trockener als die Ostluft. Herzogs empfindliche Sinne merkten den Unterschied. In diesen Tagen des fast delirischen Zustands und des weitschweifenden ungeordneten Denkens hatten tiefere Gefühlsströme seine Sinne geschärft und ließen etwas von seiner eigenen Wahrnehmung in seine Umgebung einfließen. Als ob er sie mit einer seinem Mund, seinem Blut, der Leber, den Gedärmen, den Geschlechtsteilen entnommenen Feuchtigkeit und Farbe malte. In dieser Vermengung erlebte er daher Chicago, das ihm seit dreißig Jahren ein vertrauter Boden war. Aus seinen Elementen, mit dieser besonderen Kunst seiner eigenen Organe schuf er sein Bild davon. Wo die dicken Mauern und die unebenen Quadern des Straßenpflasters in den Negerslums ihre schlechten Gerüche ausströmten. Weiter westlich die Industrieanlagen; der träge South Branch Fluß, dickflüssig mit Abwässern und von einer Kruste goldenen Schleims gleißend; die Schlachthöfe verlassen, die großen roten Schlachthäuser in einsamem Verfall, und dann eine schwach summende öde von Bungalows und kärglichen Parks; dann riesige Einkaufszentren und danach die Friedhöfe – Waldheim mit seinen Gräbern für die ehemaligen und gegenwärtigen Herzogs, die Waldreservate für Reitgesellschaften, kroatische Picknicks, Liebesalleen, furchtbare Morde; Flughäfen, Steinbrüche und zuallerletzt die Maisfelder. Und mit dem allem unendliche Formen der Geschäftigkeit – die Realität. Moses mußte Realität sehen. Vielleicht war er davon ein wenig verschont geblieben, um sie besser erkennen zu können und in ihrer aufdringlichen Umarmung nicht einzuschlafen. Wahrnehmung war sein Werk; weitgespannte Bewußtheit war sein Metier, sein Geschäft. Wachsamkeit. Wenn er sich Zeit borgte, um seiner winzigen Tochter die Fische zu zeigen, mußte er auch eine Möglichkeit finden, um sie dem Wachsamkeitsfonds zurückzuvergüten. Dieser Tag war genau wie – er stählte sich und stellte sich – der Tag von Vater Herzogs Begräbnis. Auch damals war Blütenwetter gewesen – Rosen und Magnolien. In der Nacht vorher hatte Moses geweint, geschlafen, die Nacht war sündhaft parfümiert; er hatte ausschweifende Träume gehabt, schmerzliche, böse und reiche Träume, von der Ekstase einer nächtlichen Ejakulation unterbrochen – wie der Tod die Freiheit vor den versklavten Instinkten baumeln läßt: die erbärmlichen Söhne Adams, deren Geister und Leiber auf fremde Signale reagieren müssen. Ein großer Teil meines Lebens ist dem Bestreben gewidmet gewesen, nach zusammenhängenderen Ideen zu leben. Ich weiß sogar, nach welchen.

»Papa, du mußt hier einbiegen. Onkel Val biegt hier immer ein.«

»Okay.« Er beobachtete im Spiegel, daß sie über ihre Unachtsamkeit bekümmert war. Sie hatte wieder Gersbach erwähnt. »Du, mein Kätzchen«, sagte er. »Wenn du mir etwas von Onkel Val erzählst, dann werde ich es nie weitererzählen. Ich frage dich auch nie über ihn. Mach dir also deswegen keine Sorgen. Das ist alles Unsinn.«

Er war nicht älter als June gewesen, als ihm seine Mutter einschärfte, nie etwas über die Schnapsbrennerei in Verdun zu sagen. Er erinnerte sich sehr lebhaft an diese Anlage. Die Rohre waren schön. Und die stinkende Melasse. Wenn er sich nicht irrte, hatte Vater Herzog ganze Säcke von altem Roggenbrot in den Kessel geschüttet. Jedenfalls waren Geheimnisse nicht so schlimm.

»Ein paar Geheimnisse schaden gar nichts«, sagte er.

»Ich kenne 'ne Menge.« Sie stand direkt hinter ihm vor dem Rücksitz und streichelte ihm den Kopf. »Onkel Val ist sehr nett.«
»Natürlich ist er das.«
»Aber ich mag ihn nicht. Er riecht nicht gut.«
»Haha. Na, wir kaufen ihm 'ne Flasche Parfüm und geben ihm einen tollen Geruch.«
Er nahm ihre Hand, als sie die Treppe zum Aquarium emporstiegen, und fühlte sich als der Vater, dessen Kraft und ruhigem Urteil sie vertrauen konnte. Im Mittelhof des Gebäudes, der durch das Glasdach weiß erschien, war es sehr warm. Der plätschernde Teich, die üppigen Pflanzen und die weiche, tropische, fischgeschwängerte Luft zwangen Moses, sich zusammenzunehmen, um bei Kräften zu bleiben.
»Was möchtest du zuerst sehen?«
»Die großen Schildkröten.«
Sie gingen die dunklen goldenen und grünen Gänge entlang.
»Dieser schnelle kleine Fisch aus Hawaii heißt Humuhumuuelee-elee. Das schlüpfrige Biest ist der Zitterrochen und hat Zähne und Gift im Schwanz. Und das sind die Neunaugen, mit dem Schleimaal verwandt, die ihre Saugmäuler an andere Fische anheften und trinken, bis sie sie töten. Dort drüben siehst du den Guppy. Keine Schildkröte in diesem Gang, aber sieh dir mal die großen Dinger dort am Ende an. Haifische.«
»Ich habe die Delphine in Brookfield gesehen«, sagte June. »Die tragen Matrosenmützen und können Glocken läuten. Sie tanzen auf ihren Schwänzen und spielen Basketball.«
Herzog hob sie hoch und trug sie. Diese Ausflüge mit den Kindern waren immer ermüdend, vielleicht weil sie mit soviel Gefühl beladen waren. Nach einem Tag mit Marco mußte sich Moses oft mit einer kalten Kompresse auf den Augen hinlegen. Er schien dazu verdammt, Vater auf Besuch zu sein, eine Erscheinung, die im Leben der Kinder Gestalt gewann und wieder verdämmerte. Aber diese besondere Empfindsamkeit wegen des Begegnens und Abschiednehmens mußte bezwungen werden. Dieser zitternde Gram – er suchte sich zu erinnern, welchen Terminus Freud dafür benutzte – teilweise Rückkehr verdrängten traumatischen Materials, das letzten Endes auf den Todesinstinkt zurückzuführen ist? –

sollte den Kindern nicht vermittelt werden, nicht diese bebende, lebenslange Todesangst. Dieses selbe Gefühl war, wie schon Herzog als Student gespürt hatte, angeblich auch die Gebärmutter der Städte, der himmlischen wie der irdischen, da die Menschheit nicht imstande ist, sich von ihren Geliebten oder Toten zu trennen, in dieser Welt oder der nächsten. Aber für Moses E. Herzog, der seine Tochter auf dem Arm hielt und durch das wäßrige Grün den Schleimaal und die glatten Haie mit ihren hakenbewehrten Bäuchen betrachtete, war das Gefühl bloße Tyrannei. Zum erstenmal sah er die Art, in der Alexander V. Herzog die Beerdigung Vater Herzogs arrangiert hatte, in einem anderen Licht. Keine Feierlichkeit in der Kapelle. Shuras beleibte, vom Golfsport gebräunte Freunde, Bankiers und Generaldirektoren, bildeten einen imponierenden Fleischwall, so massiv in Schultern, Händen und Backen wie schütter an Haar. Dann kam der Leichenzug. Die Stadtverwaltung hatte in Anerkennung von Shura Herzogs staatsbürgerlicher Prominenz eine Motorradeskorte geschickt. Die Polizisten fuhren mit schrillender Sirene voraus und trieben Autos und Lastwagen aus dem Weg, so daß der Leichenwagen auch durch das rote Licht sausen konnte. Nie ist jemand mit solcher Geschwindigkeit nach Waldheim gelangt. Moses sagte zu Shura: »Solange Papa lebte, hatte er die Polizei im Rücken. Jetzt ...« Helen, Willie, alle vier Kinder in der Limousine lachten leise über diese Bemerkung. Als dann der Sarg in die Erde gesenkt wurde und Moses und die anderen weinten, sagte Shura zu ihm: »Mach kein solches Theater wie ein verdammter Immigrant.« Ich stellte ihn vor seinen Golffreunden und den Generaldirektoren bloß. Vielleicht habe ich nicht ganz recht gehabt. Hier war er der gute Amerikaner. Ich trage noch die europäische Verseuchung mit mir herum, bin von der alten Welt mit Gefühlen wie Liebe angekränkelt – kindliche Wallungen. Alte lähmende Träume.

»*Da* ist die Schildkröte«, jauchzte June. Das Ding erhob sich aus den Tiefen des Tanks mit seiner gehörnten Brustplatte, der geschnäbelte Kopf träge, die Augen von Äonen der Gleichgültigkeit erfüllt, die Schwimmfüße langsam rudernd und ans Glas stoßend, die großen Platten rosig gelb oder auf dem Rücken mit schönen Linien versehen, schwarze, gewölbte Platten, die die Oberfläche des

Wassers vortäuschten. Sie schleppte einen Flaum von parasitischem Grün hinter sich her.

Zum Vergleich gingen sie zu den Schildkröten aus dem Mississippi, die im Mittelteich lebten; an den Seiten hatten sie rote Streifen, sie dösten auf ihren Holzstämmen und paddelten im Verein mit Welsen über farnbeschatteten Grund, der mit Pennies übersät war.

Das Kind hatte nun genug und der Vater auch. »Ich glaube, wir holen dir jetzt ein Sandwich. Es ist Zeit zum Lunch«, sagte er.

Herzog glaubte später, daß sie beim Verlassen des Parkplatzes genügend Sorgfalt walten ließen. Er war ein umsichtiger Fahrer. Als er jedoch mit dem Falcon in den Hauptstrom des Verkehrs einbog, hätte er vielleicht mit der langen Kurve aus dem Norden rechnen sollen, auf der die Wagen ihre Geschwindigkeit erhöhten. Ein kleiner VW-Lieferwagen war ihm dicht auf den Fersen. Er trat leicht auf die Bremse, um die Fahrt zu verlangsamen und dem Fahrer Gelegenheit zu geben, ihn zu überholen. Aber die Bremse war nur allzu neu und scharf. Der Falcon stoppte jäh, der kleine Lieferwagen rammte ihn von hinten und schob ihn gegen einen Laternenmast. June schrie und klammerte sich an seine Schultern, und er wurde nach vorn über das Lenkrad geschleudert. Das Kind! dachte er, aber er hätte sich um das Kind nicht zu sorgen brauchen. Er erkannte am Schrei, daß sie nicht verletzt, sondern nur erschreckt war. Er lag über dem Lenkrad und fühlte sich schwach, fürchterlich schwach; vor seinen Augen wurde es dunkel, er merkte, daß er gegen Brechreiz und Bewußtlosigkeit an Boden verlor. Er hörte Junes Schreien, konnte sich aber nicht nach ihr umdrehen. Er sagte sich noch, daß er die Besinnung verlor, und wurde ohnmächtig.

Man streckte ihn auf dem Rasen aus. Er hörte in großer Nähe eine Lokomotive – die Illinois Central Line. Dann schien sie etwas weiter entfernt und rumpelte im Unkraut auf der anderen Seite des Drive. Seine Sicht war zunächst noch von großen Flecken beeinträchtigt, aber sie machten bald kleinen irisierenden Punkten Platz. Seine Hosenbeine waren hochgerutscht. Er fühlte die Kälte an den Beinen.

»Wo ist June? Wo ist meine Tochter?« Er setzte sich auf und sah sie zwischen zwei Negerpolizisten, die ihn anblickten. Sie hatten seine Brieftasche, die zaristischen Rubel und natürlich auch die Pistole. Das war's also. Er schloß wieder die Augen. Er fühlte den Brechreiz wiederkehren, als er überlegte, was er sich da aufgeladen hatte. »Ist sie unverletzt?«

»Sie ist okay.«

»Komm her, June.« Er beugte sich vor, und sie lief in seine Arme. Als er sie betastete, ihr angstvolles Gesicht küßte, spürte er einen scharfen Schmerz in den Rippen. »Papa hat sich einen Augenblick mal hingelegt. Es ist nichts.« Aber sie hatte ihn im Gras liegen sehen. Direkt hinter dem neuen Gebäude auf der anderen Seite vom Museum. Schlaff ausgestreckt, wahrscheinlich aussehend, als wäre er tot, während die Polizisten seine Taschen durchsuchten. Sein Gesicht fühlte sich an, als sei es blutlos, hohl, steif, alle Sinneswahrnehmungen drastisch vermindert, und das ängstigte ihn. Aus dem Prickeln seiner Haare an den Wurzeln schloß er, daß sie sich allesamt weiß färbten. Die Polizei ließ ihm ein paar Minuten Zeit, um zu sich zu kommen. Das Blaulicht des Streifenwagens blinkte rotierend. Der Fahrer des Lieferwagens starrte ihn zornig an. Ein wenig weiter weg trippelten die Stare und pickten Futter; der übliche Kranz von Lichtern irisierte auf ihren schwarzen Hälsen. Über die Schulter gewahrte Herzog das Field Museum. Wäre er doch nur eine Mumie in jenem Keller! dachte er.

Er war in den Händen der Polizei. Ihre stummen Blicke gaben es ihm zu verstehen. Weil er June in den Armen hielt, warteten sie; sie würden jetzt noch nicht allzu rauh mit ihm verfahren. Um schon jetzt Zeit zu gewinnen, tat er benommener, als er war. Die Polizisten konnten sehr gemein sein; er hatte sie bei der Arbeit gesehen. Aber das war in den alten Tagen. Vielleicht hatten sich die Zeiten geändert. Es gab einen neuen Polizeipräsidenten. Er hatte im vorigen Jahr bei der Rauschgiftkonferenz nicht weit von Orlando Wilson gesessen. Sie hatten sich die Hand gegeben. Das war selbstverständlich nicht weiter erwähnenswert; auf alle Fälle könnte nichts die beiden großen Neger mehr in Harnisch bringen als die Anspielung auf einflußreiche Freunde. Für sie war er ein Teil vom heutigen Fang; mit seinen Rubeln und seiner Pistole konnte er kaum hoffen, daß sie ihn einfach ziehen ließen. Und da stand der graublaue Falcon zerbeult am Laternenmast. Der Verkehr brauste vorbei, die Straße mit ihren blitzenden Wagen.

»Sind Sie Moses?« fragte der ältere der beiden Neger. Da war es – dieser Ton tödlicher Vertraulichkeit, die man nur zu hören kriegte, wenn man die Immunität eingebüßt hatte.

»Ja, ich bin Moses.«

»Dies Ihr Kind?«

»Ja – meine kleine Tochter.«

»Drücken Sie lieber Ihr Taschentuch an Ihren Kopf. Sie haben eine kleine Wunde, Moses.«

»Wirklich?« Das erklärte das Stechen unter seinem Haar. Nicht imstande, sein Taschentuch – den Handtuchfetzen – zu finden, knotete er seine Krawatte auf, faltete sie zusammen und drückte das breite Ende gegen den Kopf. »Kleinigkeit«, sagte er. Das Kind hatte den Kopf an seiner Schulter verborgen.

»Setz dich zu Papa, mein Liebling. Setz dich neben mich ins Gras. Papas Kopf tut ein bißchen weh.« Sie gehorchte. Ihre Fügsamkeit, ihr Gefühl für ihn und was ihm als weises, zärtliches Verständnis des Kindes erschien, ihr Mitleid rührte ihn, drückte ihm auf die Eingeweide. Er legte ihr eine schützende, breite, verlangende Hand auf den Rücken. Er beugte sich vor und hielt die Krawatte an seinen Kopf.

»Haben Sie einen Waffenschein für diese Pistole, Moses?« Der Polizist schürzte seine dicken Lippen, als er auf die Antwort wartete, und bürstete die kleinen Borsten seines Schnurrbarts mit seinem Fingernagel nach oben. Der andere Polizist sprach mit dem Fahrer des Lieferwagens, der fürchterlich wütend war. Mit scharfen Zügen, scharfer roter Nase funkelte er Moses an und sagte: »Sie nehmen doch diesem Burschen den Führerschein ab, oder?« Moses dachte, ich sitze wegen der Pistole in der Klemme, und dieser Kerl will es jetzt dick auftragen. Von seinem Zorn gewarnt, versuchte Herzog, die eigenen Gefühle zu beherrschen. »Ich habe Sie schon einmal gefragt und frage Sie wieder, Moses, haben Sie einen Waffenschein?«

»Nein, ich habe keinen.«

»Zwei Patronen sind drin. Geladene Waffe, Moses.«

»Officer, es war die Pistole meines Vaters. Er ist gestorben, und ich wollte sie nach Massachusetts mitnehmen.« Seine Antworten waren so kurz und geduldig wie nur möglich. Er wußte, daß er diese Erklärung unzählige Male würde wiederholen müssen. »Was ist das hier für Geld?«

»Wertlos, Officer. Wie russisches konföderiertes Geld. Theatergeld. Auch ein Souvenir.«

Das Gesicht des Polizisten, das nicht ohne Teilnahme war, drückte auch müde Skepsis aus. Er hatte schwere Lider, und um seinen dicken stummen Mund spielte eine Art Lächeln. Sonos Lippen hatten ein bißchen so ausgesehen, wenn sie ihn über die anderen Frauen in seinem Leben aushorchte. Nun ja – die verschiedenen Unsinnigkeiten, Alibis, Erfindungen, Phantasien, mit denen die Polizei sich jeden Tag auseinandersetzen mußte ... Herzog, der diese Überlegungen so intelligent wie möglich anstellte, obwohl ein großes Gewicht an Verantwortung und Furcht in seinem Innern lastete, glaubte, daß es für die Polizei nicht so leicht sein würde, ihn einzuordnen. Natürlich gab es Kategorien, die auf ihn zutrafen, aber ein Verkehrspolizist wie dieser war sicher mit ihnen nicht vertraut. Selbst jetzt empfand er vielleicht eine Spur von Dünkel bei dieser Überlegung, so hartnäckig war die menschliche Torheit. »Herr, laß die Engel deinen Namen preisen. Der Mensch ist ein töricht Ding, ein töricht Ding. Torheit und Sünde spielen alle sein Spiel...« Herzogs Kopf schmerzte, und er konnte sich an keine weiteren Verse erinnern. Er nahm die Krawatte von seinem Kopf. Es hatte keinen Zweck, sie festkleben zu lassen, sie würde nur den Schorf wieder abreißen. June hatte den Kopf in seinen Schoß gelegt. Er beschattete die Augen gegen die Sonne.

»Wir haben eine Zeichnung vom Unfall.« Der Polizist in seiner glänzenden Hose hockte sich neben Herzog. Von den dicken, ausladenden Hüften hing dessen eigene Pistole herunter. Ihr brauner Kolben aus kreuzweis schraffiertem Metall und der Patronengurt hatten keine Ähnlichkeit mit Vater Herzogs großem, unhandlichem Revolver aus der Cherry Street. »Ich finde keinen Zulassungsschein für diesen Falcon hier.«

Der kleine Wagen war vorn und hinten eingebeult; die Haube klaffte wie eine Muschelschale. Der Motor konnte nicht sehr beschädigt sein, denn es war nirgends eine Flüssigkeit herausgesickert. »Er ist geliehen. Ich habe ihn bei O'Hare bekommen. Die Papiere sind im Handschuhfach«, sagte Herzog.

»Wir müssen die Tatsachen feststellen, hier.« Der Polizist öffnete einen Aktendeckel und begann das dicke Papier eines vorgedruckten Formulars mit seinem gelben Bleistift zu bekritzeln. »Sie sind aus dem Parkplatz gekommen – wie hohe Geschwindigkeit?«

»Ich bin geschlichen. Zehn, fünfzehn Kilometer die Stunde – förmlich gekrochen.«

»Sie haben diesen Mann nicht kommen sehen?«

»Nein. Die Kurve hat ihn verdeckt, nehme ich an. Aber er war direkt hinter meiner Stoßstange, als ich in meine Spur einbog.« Er beugte sich vor und versuchte, seine Stellung zu ändern und dadurch den Schmerz in seiner Seite zu lindern. Er hatte sich schon mit seinem Willen geeinigt, ihn nicht zu beachten. Er streichelte Junes Wange. »Sie ist wenigstens nicht verletzt«, sagte er.

»Ich habe sie aus dem hinteren Fenster gehoben. Die Tür war verklemmt. Ich habe sie untersucht. Sie ist in Ordnung.« Der schnurrbärtige Neger runzelte die Stirn, als wolle er es ganz klar machen, daß er Herzog – einem Mann mit einer geladenen Pistole – keine Erklärungen schulde. Denn es war der Besitz dieser unhandlichen Pferdepistole mit den zwei Patronen und nicht der Unfall, für den er sich verantworten mußte.

»Ich hätte mir eine Kugel durch den Kopf geschossen, wenn ihr etwas passiert wäre.«

Nach seinem Schweigen zu urteilen, war es dem hockenden Polizisten ganz egal, was Moses getan hätte. Es war nicht sehr gescheit, den Gebrauch der Pistole zu erwähnen, auch wenn er sie gegen sich selbst gerichtet hätte. Aber er war immer noch ein wenig betäubt und schwindlig und, wie er sich vorstellte, von dem seltsamen spiraligen Höhenflug der letzten paar Tage zum Boden gebracht; der plötzliche Sturz verursachte ihm einen Schock, um nicht zu sagen Verzweiflung. Sein Kopf wirbelte noch. Er beschloß, daß dieser Unsinn aufhören müsse, oder es würde noch schlimmer werden. Er eilte nach Chicago, um seine Tochter zu schützen, und brachte sie dabei fast um. Er kam, um den Einfluß von Gersbach auszuschalten und ihr den Vorzug seiner eigenen Person anzubieten – Mann und Vater und so weiter –, und was hatte er anderes zu tun, als gegen einen Mast zu knallen? Dann sah das Kind, wie er bewußtlos aus dem Wagen gezerrt wurde, Wunde am Kopf, Revolver und Geld aus der Tasche gleitend. Nein, Schwäche oder Krankheit, mit denen er sein Leben lang Mitleid geschunden hatte (abwechselnd mit Anmaßung), diese seine Methode, das Gleichgewicht zu halten – das Gyroskop der Herzogs –, war nicht mehr zu gebrauchen. Er schien wenigstens ans Ende *dieser* Bahn gelangt zu sein.

Der Fahrer des VW-Lieferwagens in einem grünen Sweater gab seine Darstellung vom Unfall. Moses versuchte, die Buchstaben zu erkennen, die mit gelbem Faden auf seine Brusttasche gestickt waren. War er vom Gaswerk? Nicht festzustellen. Er schob selbstverständlich die ganze Schuld auf ihn. Er war sehr erfindungsreich – schöpferisch. Die Geschichte gewann jede Minute an Tiefe. Oh, die Großartigkeit der Selbstgerechtigkeit, dachte Herzog. Welch ein Genie kehrte sie in diesen Sterblichen hervor, auch wenn ihre Nasen noch so rot waren. Die Linien in der Kopfhaut dieses Burschen waren anders gemustert als die Runzeln in seiner Stirn. Man konnte auf diese Weise seinen früheren Haaransatz feststellen. Eine gewisse Anzahl spärlicher Haare war geblieben.

»Er hat sich vor mir in den Verkehr gedrängt. Kein Zeichen, nichts. Warum macht ihr mit ihm nicht einen Test für Betrunkene? Das ist betrunkenes Fahren.«

»Moment mal, Harold«, sagte der ältere Neger. »Wie schnell sind Sie gefahren?«

»Herrje! Weit unter der Geschwindigkeitsgrenze.«

»Viele Fahrer von Firmenwagen machen den Privatautos die Hölle heiß«, sagte Herzog.

»Er hat sich vor mir 'reingezwängt, und dann hat er gebremst wie ein Irrer.«

»Sie haben ihn ziemlich kräftig zermanscht. Das bedeutet, daß Sie hinter ihm zu dicht aufgefahren waren.«

»Das stimmt. So sieht's mir auch aus ...« Der ältere Polizist deutete zwei-, drei-, fünfmal mit dem Gummiende seines Bleistifts, bevor er ein weiteres Wort sprach; er wies auf die Straße (dort schien Herzog das Rasen der Schweine von Gadarene zu sehen, vielfarbig und glitzernd, die noch nicht zu den Klippen gekommen waren). »Sieht mir so aus, als wären Sie zu dicht hinter ihm gefahren, Harold. Er konnte nicht in die nächste Spur einbiegen, also wollte er langsamer werden und Ihnen Gelegenheit geben zu überholen. Hat zu scharf gebremst, und Sie sind auf ihn drauf gefahren. Ich sehe an den Heftlöchern Ihres Führerscheins, daß Sie schon zweimal bestraft worden sind.«

»Das stimmt, und deshalb bin ich besonders vorsichtig gewesen.«

Möge Gott verhüten, daß dir der Ärger die Kopfhaut verbrennt, Harold. Eine sehr unvorteilhafte rote Farbe und überall Wülste, wie im Maul eines Hundes.

»Sieht mir so aus, daß Sie ihn nicht so geradlinig erwischt hätten, wenn Sie ihm nicht zu dicht auf den Fersen gewesen wären. Sie hätten versucht auszuscheren und ihn auf der rechten Seite beschädigt. Ich muß Sie anzeigen, Harold.«

Dann sagte er zu Moses: »Sie muß ich mitnehmen. Sie werden wegen eines Vergehens angezeigt.«

»Wegen dieser alten Pistole?«

»Geladen...«

»Da ist nichts weiter dran. Ich bin noch niemals bestraft worden – nie angezeigt.«

Sie warteten, bis er sich auf die Beine rappelte. Der Fahrer des Lieferwagens mit seiner scharfen Nase zog die ingwerfarbenen Brauen zusammen; unter seinem roten, zornigen Blick stand Herzog auf und hob seine Tochter auf den Arm. Sie verlor ihre Spange, als er sie hochhob. Ihr Haar löste sich neben seinen Wangen – es war ziemlich lang. Er konnte sich nicht noch einmal bükken, um die Schildpattspange zu suchen. Der Schlag des Streifenwagens, der auf einer Anhöhe geparkt war, öffnete sich weit für ihn. Er konnte jetzt am eigenen Leibe erleben, wie es war, wenn man verhaftet wurde. Niemand war beraubt, niemand war tot. Trotzdem fühlte er einen schweren tödlichen Schatten über sich. Und das sieht dir durchaus ähnlich, Herzog, sagte er sich. Er konnte den Selbstvorwürfen nicht entrinnen. Denn diese große vernickelte Pistole hätte er heute in der Handtasche unter Asphalters Sofa lassen sollen, was immer er gestern ganz nebelhaft mit ihr vorgehabt hatte. Als er heute morgen seine Jacke anzog und das lästige Gewicht in der Tasche fühlte, hätte er augenblicklich aufhören sollen, wie ein Idiot zu handeln. Denn er war doch kein

Don Quichotte, oder? Ein Don Quichotte eiferte großen Vorbildern nach. Welchen Vorbildern eiferte er nach? Ein Don Quichotte war ein Christ, und Moses E. Herzog war kein Christ. Dies waren die nach-donquichottischen, nach-kopernikanischen Vereinigten Staaten, wo ein frei in den Raum gestellter Geist Beziehungen entdecken konnte, von denen sich der Mensch des siebzehnten Jahrhunderts, der in sein kleineres Universum eingesponnen war, nichts träumen ließ. Darin lag sein aus dem zwanzigsten Jahrhundert stammender Vorteil. Nur – sie gingen gerade über das Gras zum rotierenden blauen Licht – war er zu neun Zehnteln seiner Existenz genau das, was andere schon vor ihm gewesen waren. Er nahm den Revolver (seine Absicht war ebenso zwingend wie verschwommen), weil er seines Vaters Sohn war. Er war fast sicher, daß Jonah Herzog, der die Polizei, die Steuerfahnder und die Banditen fürchtete, diese seine Feinde nicht in Ruhe lassen konnte. Er lief seinen Schreckgespenstern nach und forderte sie heraus, ihn zu vernichten. (Angst: konnte er sie ertragen? Schock: würde er ihn überleben?) Die Herzogahnen mit ihren Psalmen, ihren Schals und Bärten hätten einen Revolver niemals angerührt. Gewalt war für den Goi. Aber sie waren fort, verschwunden, archaische Gestalten. Jonah hatte sich für einen Dollar einen Revolver gekauft, und Moses hatte an diesem Morgen gedacht: ›Zum Teufel, warum eigentlich nicht?‹, hatte sich die Jacke zugeknöpft und war hinuntergegangen zu seinem Auto.

»Was sollen wir mit dem Falcon anfangen?« fragte er die Polizisten. Er blieb stehen. Aber sie schoben ihn weiter und sagten: »Kümmern Sie sich nicht darum. Das werden wir schon besorgen.«

Er sah den Abschleppwagen mit seinem Flaschenzug und Haken kommen. Auch bei ihm drehte sich das blaue Licht über dem Fahrerhäuschen.

»Hören Sie«, sagte er, »ich muß dies Kind nach Hause bringen.«
»Die kommt schon nach Hause. Sie ist nicht in Gefahr.«
»Aber ich muß sie um vier Uhr abliefern.«
»Da haben Sie noch fast zwei Stunden Zeit.«
»Aber wird das nicht länger dauern als zwei Stunden? Ich wäre Ihnen wirklich sehr dankbar, wenn ich mich erst um sie kümmern könnte.«

»Gehen Sie, Moses...« Mit bärbeißiger Gutmütigkeit schob der Verkehrspolizist ihn weiter.

»Sie hat noch nicht Mittag gegessen.«

»Sie sind schlimmer dran als das Kind.«

»Kommen Sie jetzt.« Er zuckte die Achseln und zerknüllte den besudelten Schlips, den er am Straßenrand fallen ließ. Die Wunde war nicht schlimm, sie hatte aufgehört zu bluten. Er reichte June hinein und nahm sie auf seinen Schoß, nachdem er in der sengenden Hitze hinten im Wagen Platz genommen hatte. Ist dies vielleicht gar die Realität, die du, Herzog, auf deine ernste herzogliche Weise gesucht hast? In Reih und Glied mit anderen Menschen – das alltägliche Leben? Aus eigenem Urteil kannst du nicht entscheiden, welche Realität real ist? Jeder Philosoph wird dir sagen können, daß sie, wie jedes vernünftige Urteil, auf allgemeiner Übereinkunft beruht. Bloß war diese besondere Art der Verwirklichung pervers. Sie war allerdings nur menschlich. Man verbrennt das Haus, um das Schwein zu braten. Das war die Art, wie die Menschheit ihre Schweine zu braten pflegte.

Er erklärte June. »Wir machen eine kleine Spazierfahrt, Liebling.« Sie nickte und blieb stumm. Ihr Gesicht war ohne Tränen, umwölkt, und das war viel schlimmer. Es tat ihm weh. Es zerriß ihm das Herz. Als ob Madeleine und Gersbach nicht schon reichten, mußte *er* auch noch mit seiner Liebe und Hast, mit An-sich-drücken und Küssen, Periskopen und stürmischen Gefühlen daherkommen. Sie mußte zusehen, wie er am Kopf blutete. Seine Augen schmerzten, und er schloß sie mit Daumen und Zeigefinger. Die Türen wurden zugeschlagen. Der Motor gab ein rohes Fauchen von sich und lief geschmeidig, die trockene, würzige Sommerluft begann, von Benzindunst geschwängert, hineinzuströmen. Sie verstärkte seinen Brechreiz wie eine erzwungene Luftzufuhr. Als das Auto die Uferstraße verließ, öffnete er die Augen angesichts der gelben Scheußlichkeit der 22. Street. Er erkannte den vertrauten Anblick der sommerlichen Verdammnis. Chicago! Er roch den heißen Gestank von Chemikalien und Tinten, der von der Fabrik Donelly herrührte.

Sie hatte zugesehen, wie die Polizei seine Taschen durchsuchte. In ihrem Alter hatte er alles mit großer Deutlichkeit gesehen. Und alles war entweder schön oder scheußlich. Er war für immer mit Dingen besudelt, die bluteten oder stanken. Er fragte sich, ob sie sich mit derselben Schärfe erinnern mußte. Wie er sich an das Schlachten von Hühnern erinnerte, wie er sich des gellenden Kreischens erinnerte, wenn die Hennen aus ihren Bretterhäuschen gezerrt wurden, der Exkremente und der Sägespäne und der Hitze und des Geflügelmiefs, und wie die Vögel sich bäumten, wenn ihre Kehlen aufgeschlitzt wurden und sie sich mit baumelndem Kopf in Zinnrosten ausbluten mußten, die Krallen schlagend, schlagend, scharrend, scharrend an der Metallplatte. Ja, das war in der Roy Street neben der chinesischen Wäscherei, wo die roten, mit schwarzen Symbolen beschriebenen Abholscheine flatterten. Und das war nahe der Gasse – Herzogs Herz begann zu hämmern, er fühlte sich fiebrig –, wo er an einem schmutzigen Sommerabend von einem Mann eingeholt wurde. Der Mann legte ihm von hinten die Hand über den Mund. Er zischte ihm etwas ins Ohr, als er ihm die Hose 'runterließ. Seine Zähne waren verfault und sein Gesicht stopplig. Und zwischen den Schenkeln des Jungen ging das rote, hautlose, häßliche Ding auf und ab, auf und ab, bis es schäumend ausbrach. Die Hunde in den Hinterhöfen sprangen gegen die Zäune, sie bellten und knurrten, erstickten in ihrem Speichel – die jaulenden Hunde, während Moses im Ellbogenwinkel des Mannes an der Kehle festgehalten wurde. Er wußte, daß er vielleicht in Lebensgefahr schwebte. Der Mann könnte ihn erwürgen. Woher wußte er es? Er ahnte es. Daher blieb er einfach stehen. Dann knöpfte der Mann seinen Militärmantel zu und sagte: »Ich gebe dir fünf Cents. Aber ich muß erst einen Dollar wechseln.« Er zeigte ihm den Schein und sagte ihm, er solle warten, wo er war. Moses sah ihn im Schlamm des Seitenweges davongehen, gebückt und hager in dem langen Mantel, schnell ausschreitend, mit kranken Füßen: kranke Füße, böse Füße, erinnerte sich Moses – und fast rennend. Die Hunde hörten auf zu bellen, und er wartete, wagte sich nicht zu rühren. Schließlich zog er die feuchte Hose hoch und ging nach Hause. Er saß eine Weile auf den Stufen vor dem Haus und erschien dann beim Abendessen, als ob nichts geschehen wäre. Nichts! Er wusch sich mit Willie am Becken die Hände und kam zu Tisch. Er aß seine Suppe.

Als er später im Krankenhaus lag und die gute christliche Dame kam mit den Knöpfschuhen und der Hutnadel, die wie der Stromabnehmer der Straßenbahn aussah, mit der leisen Stimme und den grimmigen Blicken, forderte sie ihn auf, ihr aus dem Neuen Testament vorzulesen, und er öffnete das Buch und las: »Lasset die Kindlein zu mir kommen.« Dann schlug sie um zu einer anderen Stelle, wo geschrieben stand: »Gebet, so wird euch gegeben. Gutes Maß wird... man in euren Schoß geben.«

Nun ja, es ist ein großartiger Rat, ein hervorragender Rat, wenn es auch deutsch ist, daß man vergessen soll, was man nicht ertragen kann. Die Starken können vergessen, können die Geschichte ausschließen. Sehr gut! Wenn es auch eine Selbstbeweihräucherung ist, von Stärke zu sprechen – diese ästhetischen Philosophen nehmen eine Haltung ein, aber die Macht fegt die Haltungen hinweg. Dennoch trifft es zu, daß man nicht einen Alptraum in einen anderen umsetzen kann; insofern hatte Nietzsche recht. Die Zartbesaiteten müssen härter werden. Ist diese Welt denn nichts anderes als ein bloßer Klumpen Koks? Nein, nein, aber etwas, was zuweilen aussieht wie ein ausgeklügeltes System der Vereitelung, eine Leugnung dessen, was jeder Mensch weiß. Ich liebe meine Kinder, aber ich bin für sie die Welt und bringe ihnen Angstträume. Ich habe dieses Kind von meiner Feindin bekommen. Und ich liebe es. Sein Anblick, der Duft seines Haares läßt mich auch in dieser Minute vor Liebe erbeben. Ist es nicht ein Geheimnis, wie ich das Kind meiner Feindin liebe? Aber ein Mann braucht das Glück nicht für *sich*. Nein, er kann sich mit allen möglichen Qualen abfinden – mit Erinnerungen, mit seinen eigenen altvertrauten Übeln, mit der Verzweiflung. Und das ist die ungeschriebene Geschichte des Menschen, seine ungesehene, negative Leistung, seine Fähigkeit, ohne einen Lohn für sich zu handeln, vorausgesetzt, daß etwas Großes, etwas, worin sein Sein und alle Seienden aufgehen können, auf dem Spiele steht. Er braucht keinen Sinngehalt, solange eine solche Inbrunst genügend Größe hat. Denn dann ist es in sich offenbar: es *ist* Sinngehalt.

Aber all das muß aufhören. *Das* bedeutete zum Beispiel auch diese Fahrt im Streifenwagen. Sein Sohneswahn (praktisch chinesisch), einen häßlichen, nutzlosen Revolver mitzuschleppen. Zu hassen und in der Lage zu sein, seinen Haß zu betätigen. Haß ist Selbstachtung. Wenn du erhobenen Hauptes unter Menschen weilen willst ...

Dies war die South State Street; die Filmverleiher pflegten hier früher ihre grellbunten Plakate auszuhängen: Tom Mix, der von einer Felsklippe stürzt; jetzt ist es nur eine langweilige leere Straße, in der die Bars ihre Gläser einkaufen. Aber was lehrt die Philosophie dieser Generation? Nicht, daß Gott tot ist; diese Station liegt schon lange hinter uns. Vielleicht sollte man statt dessen feststellen, daß der Tod Gott ist. Diese Generation denkt – und das ist der Gedanke aller Gedanken –, daß keine Treue, Verletzlichkeit, Zerbrechlichkeit von Dauer sein und wahre Macht besitzen kann. Der Tod wartet auf diese Dinge wie der Zementfußboden auf die fallende Glühbirne. Die spröde Glashülle verliert mit einem Knall den kleinen Hohlraum, und das war's. Und so lehren wir auch die Metaphysik einander. »Du glaubst, Geschichte sei die Geschichte liebender Herzen? Du Narr! Sieh nur diese Millionen von Toten. Kannst du sie bemitleiden, mit ihnen fühlen? Nichts kannst du! Es waren zu viele. Wir haben sie zu Asche verbrannt und mit Bulldozern begraben. Geschichte ist die Geschichte der Grausamkeit, nicht der Liebe, wie weichliche Männer glauben. Wir haben mit jeder menschlichen Gabe experimentiert, um zu erproben, welche stark und bewundernswert ist, und haben gefunden, daß es keine ist. Es gibt nur das Praktische. Wenn der alte Gott lebt, muß er ein Mörder sein. Aber der eine wahre Gott ist der Tod. So steht es – ohne feige Illusionen.« Herzog hörte das, als würde es langsam in seinem Schädel hergesagt. Seine Hand war feucht, und er ließ Junes Arm los. Vielleicht hatte ihm nicht der Unfall die Besinnung geraubt, sondern die Vorahnung derartiger Gedanken. Der Brechreiz war nur Angst, Erregung und die unerträgliche Eindringlichkeit dieser Ideen.

Das Auto hielt. Als sei er zur Polizeistation in einem schaukelnden Boot und übers Wasser gekommen, taumelte er, als er auf die Straße trat. Proudhon sagt: »Gott ist *das* Böse.« Aber nachdem wir in den Eingeweiden der Weltrevolution *la foi nouvelle* gesucht haben, was geschieht? Der Sieg des Todes, nicht der Rationalität, nicht des rationellen Glaubens. Unsere eigene mörderische Phantasie erweist sich als die große Macht, die menschliche Phantasie, die davon ausgeht, daß sie Gott des Mordes bezichtigt. Der ganzen Katastrophe liegt das Gefühl des Menschen zugrunde, Ursache zur Klage zu haben, und damit will ich mich nicht mehr abgeben. Es ist leichter, überhaupt nicht zu existieren, als Gott zu verklagen. Viel einfacher. Sauberer. Aber nichts mehr davon.

Sie übergaben ihm seine Tochter und führten ihn zum Fahrstuhl, der geräumig genug schien für eine ganze Staffel. Zwei Männer, die verhaftet worden waren – zwei weitere Männer unter Arrest – fuhren mit ihm hinauf. Dies war die Ecke der 11. und der State Street. Er kannte es noch. Schrecklich hier. Bewaffnete Männer gingen ein und aus. Wie befohlen, folgte er dem dicken Negerpolizisten mit den riesigen Händen und breiten Hüften den Korridor entlang. Andere gingen hinter ihm. Er würde einen Anwalt brauchen und dachte natürlich an Sandor Himmelstein. Er lachte beim Gedanken, was Sandor sagen würde. Sandor bediente sich selbst der Polizeimethoden, schlauer Psychologie, der gleichen wie in der Ljubljanka, der gleichen wie in der ganzen Welt. Erst betonte er die Brutalität, und erst wenn er die erwünschten Erfolge hatte, ließ er etwas locker und konnte sich's leisten, netter zu sein. Seine Worte waren beherzigenswert. Er hatte gezetert, daß er sich vom Fall zurückziehen und Moses den Winkeladvokaten überlassen werde, die ihn vorn und hinten zulöten, ihm den Mund verschließen, die Kaldaunen verknoten, einen Zähler an seine Nase hängen und Gebühren für den Atem kassieren würden. Ja, ja, das waren seine unvergeßlichen Worte, die Worte des Lehrers der Realität. Das waren sie in der Tat. »Dann wirst du gern an deinen Tod denken. Du wirst in deinen Sarg steigen, als wäre es ein neuer Sportwagen.« Und dann: »Ich werde meine Frau als reiche Witwe hinterlassen, und auch nicht zu alt, um sich durch die Gegend zu vögeln.« Das wiederholte er oft. Jetzt amüsierte es Herzog. Erhitzt, beschmutzt, das Hemd mit Blut befleckt, dachte er mit einem Grinsen daran. Ich sollte den alten Sandor nicht verachten, weil er so grob ist. Das ist seine persönliche, brutale Version der volkstümlichen Weltbetrachtung, des amerikanischen Lebensstils. Und wie ist mein Stil gewesen? Ich liebe mein Miezchen, sein Fell ist so warm, wenn ich es nicht quäle, tut's mir keinen Harm, und das ist die kindliche Fassung desselben Glaubens, aus dem die Menschen böse aufgestöbert werden, um sich in zähnebleckende Realisten zu verwandeln. Werde endlich klug, du Trottel! Oder Tante Taubes Formulierung des unschuldsvollen Realismus: »*Gottseliger* Kaplitzky hat sich gekümmert um alles. Ich habe nicht mal geguckt.« Aber Tante Taube war nicht nur lieb, sondern auch verschlagen. Zwischen Vergessen und Vergessen, die Dinge, die wir tun, und die Dinge, die wir sagen ... Aber jetzt wurde er mit June in einen großen und doch stickigen Raum geführt, und von einem anderen Negerpolizisten, einem Sergeanten, nach seinen Personalien gefragt. Der Sergeant war schon ziemlich bejahrt, mit rundlichen Falten. Die Furchen waren nicht in die Haut gekerbt, sondern nach außen gestülpt. Seine Farbe war ein dunkles Gelb, Negergold. Er besprach sich mit dem Polizisten, der ihn verhaftet hatte, betrachtete die Pistole, nahm die zwei Kugeln heraus, flüsterte dem Polizisten mit der glänzenden Hose noch mehr Fragen zu, der sich herabbeugte, um sie geheimnisvoll flüsternd zu beantworten.

»Sie da«, sagte er dann zu Moses. Er setzte seine altmodische Brille auf, zwei rechteckige Gläser im Kolonialstil mit dünnem Goldrahmen, und nahm den Federhalter zur Hand.

»Name?«

»Herzog – Moses.«

»Mittelinitiale?«

»E. Elkanah.«

»Adresse?«

»Nicht in Chicago wohnhaft.«

Einigermaßen geduldig wiederholte der Sergeant: »Adresse?«

»Ludeyville, Massachusetts, und New York City. Nun gut, also Ludeyville, Massachusetts. Keine Straße und Hausnummer.«

»Ist dies Ihr Kind?«

»Ja. Mein Töchterchen June.«

»Wo wohnt sie?«

»Hier in der Stadt, bei ihrer Mutter, in der Harper Avenue.«

»Sind Sie geschieden?«

»Ja. Ich habe das Kind besuchen wollen.«

»Aha. Möchten Sie sie nicht niedersetzen?«

»Nein, Officer – Sergeant«, verbesserte er sich mit angenehmem Lächeln.

»Sie sind angezeigt worden, Moses. Sie waren nicht betrunken, oder? Haben Sie heute etwas getrunken?«

»Ich habe gestern nacht ein Glas getrunken, bevor ich schlafen ging. Heute nichts. Soll ich mich einer Blutprobe unterziehen?«

»Das wird nicht nötig sein. Die Anzeige lautet nicht auf Verkehrsvergehen. Sie sind wegen dieser Pistole angezeigt.«

Herzog zog das Kleid seiner Tochter herunter. »Sie ist nur ein Andenken. Wie das Geld.«

»Was ist das für Kies?«

»Es ist russisch, vom ersten Weltkrieg.«

»Leeren Sie Ihre Taschen aus, Moses. Legen Sie die Sachen so, daß ich sie prüfen kann.«

Ohne Protest legte er sein Geld, seine Schreibhefte, Federhalter, das Stück Taschentuch, seinen Taschenkamm und seine Schlüssel hin. »Sie haben, scheint's, eine Menge Schlüssel, Moses.«

»Ja, aber ich kann sie alle identifizieren.«

»Das ist in Ordnung. Es gibt kein Gesetz gegen Schlüssel, außer wenn Sie ein Einbrecher sind.«

»Der einzige Schlüssel von Chicago ist der mit dem roten Zeichen. Es ist der Schlüssel zur Wohnung meines Freundes Asphalter. Ich soll mich um vier Uhr mit ihm am Rosenwald Museum treffen. Ich muß das Kind zu ihm bringen.«

»Nun, es ist noch nicht vier, und im Augenblick gehen Sie nirgendwohin.«

»Ich hätte ihn gern angerufen und Bescheid gesagt. Andernfalls wartet er vergebens.«

»Sagen Sie, Moses, warum bringen Sie das Kind nicht direkt zu seiner Mama?«

»Verstehen Sie... wir sprechen nicht mehr miteinander. Wir haben zu viele Auseinandersetzungen gehabt.«

»Kommt mir so vor, als hätten Sie Angst vor ihr.«

Herzog war einen Augenblick aufgebracht. Diese Bemerkung war darauf angelegt, ihn zu provozieren. Aber er konnte sich jetzt nicht leisten, ärgerlich zu sein. »Nein, Sergeant, kaum.«

»Vielleicht hat sie dann Angst vor Ihnen.«

»Wir haben ausgemacht, daß ein Freund den Mittelsmann spielt. Ich habe die Frau seit letztem Herbst nicht mehr gesehen.«

»Schön, wir rufen Ihren Freund an und außerdem die Mama dieses Kindes.«

Herzog rief: »Nein, rufen Sie die nicht an!«

»Nicht?« Der Sergeant lächelte ihn seltsam an und ruhte einen Moment in seinem Sessel, als hätte er von ihm genau das gehört, was er hören wollte. »Doch, wir holen sie her und hören, was sie zu sagen hat. Wenn sie eine Beschwerde gegen Sie vorzubringen hat, dann ist die Sache schlimmer als nur gesetzwidriger Besitz einer Feuerwaffe. Dann stehen Sie unter einer schweren Beschuldigung.«

»Es liegt keine Beschwerde vor, Sergeant. Sie können das in den Akten nachsehen, ohne sie extra herzuholen. Ich komme für den Unterhalt dieses Kindes auf und habe noch nie eine Zahlung versäumt. Mehr kann Ihnen auch Frau Herzog nicht sagen.«

»Von wem haben Sie diesen Revolver gekauft?«

Da war sie wieder, diese eingefleischte Unverfrorenheit der Polizei. Man trieb sein Spiel mit ihm. Aber er blieb besonnen.

»Ich habe ihn nicht gekauft. Er hat meinem Vater gehört. Der und die russischen Rubel.«

»Sie sind also nur sentimental.«

»Das stimmt. Ich bin ein sentimentaler Hund, wenn Sie's so nennen wollen.«

»Sind Sie wegen dieser da auch sentimental?« Er tippte auf jede der Kugeln, eins, zwei. »Na schön, wir machen die Anrufe. Hier, Jim, schreibe dir die Namen und Nummern auf.«

Er sprach mit dem Beamten, der Herzog gebracht hatte. Dieser hatte mit seinen feisten Backen dabeigestanden, die Borsten seines Schnurrbarts gestrichelt und die Lippen geschürzt.

»Sie können mein Adreßbuch benutzen, das rote da. Bitte, bringen Sie's aber wieder. Der Name meines Freundes ist Asphalter.«

»Und der andere Name ist Herzog«, sagte der Sergeant. »In der Harper Avenue, nicht wahr?«

Moses nickte. Er beobachtete die plumpen Finger, die die Seiten seines Pariser Adreßbuches aus Leder mit seinen Kritzeleien und Streichungen durchblätterten. »Es würde mich in eine schiefe Lage bringen, wenn Sie die Mutter des Kindes benachrichtigten«, sagte er. »Wäre es nicht dasselbe, wenn nur mein Freund Asphalter herkäme?«

»Gehen Sie, Jim.«

Der Neger strich sich die Stellen mit Rotstift an und ging. Moses gab sich größte Mühe, eine unbeteiligte Miene zu bewahren – kein Trotz, keine besondere Bitte, nichts irgendwie persönlich Gefärbtes. Er erinnerte sich, daß er einmal an die Wirkung eines offenen Blickes geglaubt hatte, der die Unterschiede der Stellung oder des Zufalls übersprang und mit dem ein Mensch einem anderen stumm sein Herz öffnete. Die Erkenntnis des Wesentlichen durch das Wesentliche. Er mußte innerlich darüber lächeln. Das waren süße Träume. Wenn er versuchte, dem Sergeanten in die Augen zu schauen, würde der mit ihm kurzen Prozeß machen. Madeleine kam also. Na schön, laß sie kommen. Vielleicht hatte er das im stillen gewollt, eine Chance, ihr gegenüberzutreten. Gleichmütig und blaß sah er gesammelt zu Boden. June rekelte sich in seinen Armen und rührte damit wieder den Schmerz in den Rippen auf. »Es tut Papa leid, mein Liebling«, sagte er. »Das nächste Mal gehen wir zu den Delphinen. Vielleicht haben uns die Haie Unglück gebracht.«

»Sie können sich setzen, wenn Sie wollen«, sagte der Sergeant. »Sie sehen aus, als wären Sie ein bißchen schwach auf den Beinen, Moses.«

»Ich möchte gern meinen Bruder anrufen, damit er einen Anwalt schickt. Es sei denn, daß ich keinen Anwalt brauche. Wenn ich eine Kaution stellen muß...«

»Sie werden Kaution stellen müssen, aber ich weiß noch nicht, wie hoch. Hier sitzt eine ganze Reihe von Kautionsleihern.« Er deutete mit dem Handrücken oder mit einem Wedeln des Handgelenks, und Moses drehte sich um und sah an der Wand eine ganze Reihe Leute sitzen. Jetzt erst bemerkte er, daß sich zwei Männer sogar ganz in seiner Nähe aufgebaut hatten, die, ihrer peniblen Erscheinung nach zu urteilen, Kautionen ausliehen. Er stellte ungerührt fest, daß sie ihn als Geschäftsrisiko abzuschätzen suchten. Sie hatten bereits seinen Flugschein, seine Schlüssel, Federhalter, Rubel und seine Brieftasche gesehen. Wäre es sein eigener Wagen gewesen, der am Drive zertrümmert wurde, dann hätte ihm das eine kleine Kaution eingebracht. Aber ein Leihwagen? Ein Mann aus einem anderen Bundesstaat, im schmutzigen Leinenanzug und ohne Krawatte? Er sah nicht so aus, als wäre er für ein paar hundert Dollar gut. Wenn's nicht mehr ist, überlegte er, kann ich's wahrscheinlich schaffen, ohne Will zur Last zu fallen, oder Shura. Manche Menschen machen immer einen guten Eindruck. Das habe ich nie gekonnt. Wegen meiner Gefühle. Ein leidenschaftliches Herz, aber ein schlechtes Kreditrisiko. Wenn ich selbst ein praktisches Urteil über mich abzugeben hätte, würde es sicher nicht anders ausfallen. Er mußte daran denken, daß er immer ins linke Feld verbannt wurde, wenn auf dem Spielplatz die Plätze verteilt wurden, und wenn dann der Ball kam und er ihn nicht fing, weil er über etwas nachgrübelte, schrien alle: »Heh! Itzig-Moses. Butterfinger. Niete! Siehst du Schmetterlingen nach? Itzig-Knoblauchfresser. Knoblauchfresser!« Er beteiligte sich an dieser Verhöhnung, wenn er auch stumm blieb.

Seine Hände waren über dem Herz seiner Tochter verschränkt, das schnell und leicht schlug.

»Nun, Moses, warum haben Sie eine geladene Pistole bei sich gehabt? Um jemand zu erschießen?«

»Natürlich nicht. Und bitte, Sergeant, ich möchte nicht, daß das Kind so etwas hört.«

»Sie haben das Ding mitgebracht, nicht ich. Vielleicht wollten Sie nur jemand einen Schreck einjagen. Sind Sie auf jemanden wütend?«

»Nein, Sergeant. Ich wollte daraus einen Briefbeschwerer machen. Ich hatte vergessen, die Kugeln 'rauszunehmen, aber das ist mir gar nicht in den Sinn gekommen, weil ich mit Pistolen nicht gut Bescheid weiß. Darf ich einmal telefonieren?«

»Langsam. Ich bin noch nicht soweit. Setzen Sie sich, während ich noch schnell etwas anderes erledige. Setzen Sie sich und warten Sie, bis die Mutter des Kindes kommt.«

»Könnte ich etwas Milch für sie haben?«

»Geben Sie Jim hier fünfundzwanzig Cents. Er holt Ihnen welche.«

»Mit einem Strohhalm, nicht wahr, June? Du möchtest sie doch mit einem Strohhalm trinken.« Sie nickte, und Herzog sagte: »Bitte auch einen Strohhalm, wenn's Ihnen nichts ausmacht.«

»Papa?«

»Ja, June.«

»Du hast mir noch nicht vom meist-meist erzählt.«

Einen Augenblick konnte er sich nicht besinnen. »Ach«, sagte er, »du meinst den Club in New York, wo die Leute das meiste von allem sind.«

»Ja, das.«

Sie saß zwischen seinen Knien auf dem Stuhl. Er versuchte, ihr mehr Platz zu machen. »Da ist ein Verein, zu dem die Leute gehören. Sie sind das meiste von jedem Typ. Das ist der haarigste Kahlkopf und der kahlste Haarkopf.«

»Die dickste dünne Frau.«

»Und die dünnste dicke Frau. Der größte Zwerg und der kleinste Riese. Die gehören alle dazu. Der dümmste Weise und der klügste Dummkopf. Dann haben sie auch Sachen wie verkrüppelte Akrobaten und häßliche Schönheiten.«

»Und was tun sie, Papa?«

»Am Samstagabend haben sie ein Tanzvergnügen. Und dabei veranstalten sie einen Wettbewerb.«

»Wer wen erkennt.«

»Ja, mein Liebling. Und wenn man den haarigsten Kahlkopf vom kahlsten Haarkopf unterscheiden kann, kriegt man einen Preis.«

Gott segne sie, sie freute sich über den Unsinn ihres Vaters, und er mußte sie belustigen. Sie lehnte ihren Kopf an seine Schulter und lächelte schläfrig mit ihren Zähnchen.

Der Raum war heiß und stickig. Herzog, der ziemlich seitlich saß, verfolgte den Fall der beiden Männer, die mit ihm im Fahrstuhl heraufgefahren waren. Ein paar Kriminalbeamte in Zivil sagten aus – Sittenpolizei, wie er bald merkte. Sie hatten auch eine Frau mitgebracht. Er hatte sie vorher nicht bemerkt. Eine Prostituierte? Ja, offensichtlich, trotz ihres wohlanständigen bürgerlichen Aussehens. Ungeachtet seiner eigenen Sorgen sah Herzog hinüber und merkte, daß er interessiert hinhörte. Der Kriminalbeamte sagte: »Die hatten eine Prügelei im Zimmer dieser Frau.«

»Trink deine Milch, June«, sagte Herzog. »Ist sie kalt? Trink sie schön langsam, Liebling.«

»Sie haben es vom Korridor aus gehört?« fragte der Sergeant.

»Worum ging's denn?«

»Dieser Bursche hat etwas von einem Paar Ohrringe gebrüllt.«

»Was ist mit den Ohrringen? Die, die sie anhat? Wo haben Sie die her?«

»Ich habe sie gekauft. Von ihm. Es war rein geschäftlich.«

»Gegen Zahlungen, die du nicht geleistet hast.«

»Du bist bezahlt worden.«

»Er hat's in Naturalien erhalten. Aha«, sagte der Sergeant.

»So wie's aussieht«, erklärte der Kriminalbeamte mit seinen schweren, ausdrucksleeren Gesichtszügen, »hat er diesen anderen Mann mitgebracht, und nachdem sie ihn bedient hatte, hat er versucht, für sich zehn Dollar 'rauszuschlagen, weil sie sie ihm für die Ohrringe schuldete. Sie wollte das Geld nicht hergeben.«

»Sergeant!« protestierte der zweite Mann. »Was weiß ich davon? Ich komme von außerhalb.«

Von der Stadt Niniveh mit diesen geschwungenen schwarzen Brauen. Moses sah aufmerksam zu und flüsterte nur hin und wieder dem Kind etwas ins Ohr, um es abzulenken. Die Frau kam ihm sonderbar bekannt vor, trotz ihrem verschmierten Make-up, den smaragdgrünen Lidschatten, dem gefärbten Haar und dem plumpen Stolz ihrer Nase. Er hätte sie gar zu gern etwas gefragt. War sie in die McKinley High School gegangen? Hatte sie im Chor gesungen? Ich nämlich auch. Erinnern Sie sich nicht? Herzog? Herzog, der die Ansprache bei der Abgangsfeier gehalten hat – der über Emerson gesprochen hat?

»Papa, die Milch kommt nicht.«

»Weil du am Strohhalm gekaut hast. Wir wollen die Knicke 'rausmachen.«

»Wir müssen weg, Sergeant«, sagte der Juwelenhändler. »Wir werden erwartet.«

Die Frauen! dachte Herzog. Die Frauen warteten! »Seid ihr zwei miteinander verwandt?«

Der Juwelenhändler sagte: »Es ist mein Schwager, auf Besuch aus Louisville.«

Die Frauen, eine davon die Schwester, warteten. Und auch er, Herzog, wartete, wie im Schwebezustand vor Erwartung. Konnte das wirklich die Carlotta vom Chor sein, die das Altsolo ›Abermals mit Freude‹ (von Wagner?) gesungen hatte. Unmöglich war es nicht. Und sieh sie dir jetzt an. Warum wollte irgendwer eine solche Nutte aufs Kreuz legen? Warum! Er wußte sehr wohl, warum. Sieh dir die dicken Adern an ihren Beinen an, oder die zusammengepreßten Brüste. Sie sahen aus, als seien sie gewaschen, aber nicht gebügelt worden. Und der leicht heringsäugige Blick und der fette Mund. Aber er wußte, warum. Weil sie eine schmutzige Tour hatte, darum. Sich in der Unzucht auskannte.

In diesem Moment kam Madeleine. Sie kam herein mit den Worten: »Wo ist mein Kind...!« Dann sah sie June auf Herzogs Schoß und durchquerte schnell den Raum. »Komm her zu mir, Baby!« Sie nahm ihr den Milchbehälter aus der Hand, stellte ihn beiseite und nahm das Mädchen in die Arme. Herzog fühlte sein Blut in den Ohren pochen und einen schweren Druck im Hinterkopf. Madeleine mußte ihn sehen, aber ihr Blick verriet kein intimes Erkennen. Kalt wandte sie sich mit zuckendem Gesicht von ihm ab. »Ist das Kind unverletzt?« fragte sie.

Der Sergeant gab dem Beamten der Sittenpolizei ein Zeichen, Platz zu machen. »Sie ist in Ordnung. Wenn sie auch nur eine einzige Schramme gehabt hätte, hätten wir sie ins Krankenhaus gebracht.«

Madeleine untersuchte Junes Arme, Beine, betastete sie mit nervösen Händen. Der Sergeant winkte Moses. Er trat vor, und er und Mady standen sich am Schreibtisch gegenüber.

Sie trug ein leichtes blaues Leinenkostüm, und das Haar fiel ihr locker auf die Schultern. Ihr Auftreten ließ sich nur mit dem Wort ›meisterhaft‹ beschreiben. Ihre Absätze hatten ein gebieterisches Geräusch gemacht, das in dem summenden Saal deutlich hörbar gewesen war. Herzog warf einen langen Blick auf das blauäugige, gerade, byzantinische Profil, die schmalen Lippen, das Kinn, das auf das darunterliegende Fleisch drückte. Ihre Farbe war lebhaft – ein Zeichen, daß sie sich ihrer selbst in hohem Maße bewußt war.

Er glaubte, in ihrem Gesicht eine gewisse Neigung zur Fülle zu bemerken – die beginnende Vergröberung der Züge. Er hoffte es. Es war nur gerecht, daß sich ein Teil von Gersbachs Grobheit an ihr abrieb. Warum auch nicht? Er beobachtete, daß sie hinten erheblich breiter geworden war. Er stellte sich vor, was für ein Betasten und Massieren die Ursache davon sein mochte. Eheliche Geschäfte, aber das war nicht das richtige Wort – amouröse.

»Ist das der Papa von dem Mädchen, Lady?«

Madeleine vermied immer noch, ihm einen Blick des Erkennens zu gewähren. »Ja«, sagte sie. »Ich habe mich von ihm scheiden lassen. Vor nicht langer Zeit.«

»Lebt er in Massachusetts?«

»Ich weiß nicht, wo er wohnt. Das kümmert mich nicht.«

Herzog staunte sie an. Er konnte nicht umhin, die Vollkommenheit ihrer Selbstbeherrschung zu bewundern. Sie zögerte nie. Als sie June die Milch wegnahm, wußte sie genau, wo sie den Behälter abstellen konnte, obgleich sie erst einen Augenblick in dem Raum war. Inzwischen hatte sie zweifellos alle Gegenstände auf dem Pult wahrgenommen, auch die Rubel und selbstverständlich die Pistole. Sie hatte sie nie gesehen, aber sie konnte die Schlüssel von Ludeyville an dem runden magnetischen Ringverschluß erkennen und daraus folgern, daß die Pistole ihm gehörte. Er kannte ihre Gewohnheiten so gut, ihr ganzes Gehabe, den patrizischen Stil, das Zucken ihrer Nase, den sinnentrückten klaren Hochmut ihrer Augen. Als der Sergeant sie verhörte, fragte sich Moses, in seinem leicht benommenen, aber brennend beteiligten Zustand unfähig, Assoziationen zu verdrängen, ob sie immer noch den Geruch weiblicher Ausscheidungen von sich gab – die schmutzige Eigenart, die sie an sich hatte. Diese persönliche, süßsaure Ausdünstung, ihre feuerblauen Augen, ihre stachelbewehrten Blicke und ihr kleiner, zu jeder Bosheit bereiter Mund würden niemals mehr dieselbe Macht über ihn haben. Und doch verursachte es ihm Kopfschmerzen, sie nur anzusehen. Die Pulse in seinem Schädel waren schnell und regelmäßig wie die Kolben einer Maschine, die in ihrer Schicht von dunklem Öl arbeiteten. Er sah sie mit großer Deutlichkeit – die weiche Rundung ihrer Brust, die unter dem rechteckigen Ausschnitt angedeutet war, die Glätter ihrer Beine von indischem

Braun. Ihr Gesicht und besonders ihre Stirn waren zu glatt, zu kahl für seinen Geschmack. Die ganze Last ihrer Strenge war hier konzentriert. Sie hatte, was die Franzosen *le front bombé* nennen, mit anderen Worten eine pädomorphe Stirn. Es war letzten Endes nicht ausdenkbar, was sich dahinter abspielte. Siehst du, Moses? Wir kennen uns nicht. Selbst dieser Gersbach, nenne ihn, wie du willst, Scharlatan, Psychopath, mit seinen heißen angeberischen Augen und seinen plumpen schwammigen Backen. Er war unkennbar. Und ich selbst ebenfalls. Aber eine schwere Gemeinheit, die an einem Menschen begangen wird, enthält zugleich die Versicherung der Übeltäter, daß er völlig durchschaubar sei. Sie haben mich zu Boden gezwungen, ergo behaupteten sie, Herzog durch und durch zu kennen. Sie *kannten* mich auch! Und ich halte es mit Spinoza (ich hoffe, er wird nichts dagegen haben), daß es Tyrannei ist, einem Menschen das Unmögliche abzuverlangen und Macht anzuwenden, wo sie nicht angewandt werden kann. Daher entschuldigen Sie mich, mein Herr und meine Dame, wenn ich Ihre Definitionen von mir zurückweise. Ach ja, diese Madeleine ist eine seltsame Person, so stolz, aber angefault – so schön, aber von Wut entstellt – ein so aus reinem Diamant und billigem Glas gemischter Verstand. Und Gersbach, der mich umschmeichelte. Für die Symbiose. Symbiose und Unrat. Und sie, süß wie billiges Konfekt und giftig wie eine chemische süße Säure. Aber ich fälle keine endgültigen Urteile. Das ist ihr Metier, nicht das meine. Ich bin gekommen, um zu schaden, das gebe ich zu. Aber ich habe als erster Blut gelassen und bin daher jetzt ausgeschieden. Laßt mich aus dem Spiel. Außer bei dem, was June betrifft. Im übrigen ziehe ich mich aus der ganzen Angelegenheit zurück, sobald ich nur kann. Lebt wohl, ihr alle.

»Nun, hat er Ihnen die Hölle heiß gemacht?« Herzog, der halb unbewußt gelauscht hatte, hörte den Sergeanten diese Fragen stellen.

Mit knappen Worten sagte er zu Madeleine: »Bitte, sieh dich vor. Wir wollen keinen unnötigen Ärger.«

Sie überhörte es. »Er hat mich belästigt, ja.«

»Hat er Drohungen ausgestoßen?«

Herzog wartete gespannt auf ihre Erwiderung. Sie würde an die

Unterhaltsgelder denken – und die Miete. Sie war schlau, eine unerhört verschlagene, sehr schlaue Frau. Aber man mußte auch die Wildheit ihres Hasses bedenken, und dieser Haß war schon vom Irrsinn gezeichnet.

»Nein, nicht unmittelbar mir gegenüber. Ich habe ihn seit vorigem Oktober nicht mehr gesehen.«

»Wem gegenüber denn?« Der Sergeant wurde dringlicher.

Madeleine würde offenbar ihr möglichstes tun, um seine Stellung zu schwächen. Sie war sich bewußt, daß ihre Beziehungen zu Gersbach die Begründung für einen Sorgerechtsprozeß abgeben könnten, und mußte daher seine gegenwärtige Schwäche, seine Idiotie nach Kräften ausnutzen. »Sein Psychiater«, sagte sie, »sah sich gezwungen, mich zu warnen.«

»Sah sich gezwungen! Wovor zu warnen?« sagte Herzog.

Sie sprach immer noch zum Sergeanten. »Er sagte, er sei besorgt. Sein Name ist Dr. Edvig, wenn Sie mit ihm sprechen wollen. Er hielt es für notwendig, mir zu raten ...«

»Edvig ist ein Tölpel – er ist ein Narr«, sagte Herzog.

Madeleines Farbe war sehr lebhaft, ihre Kehle gerötet wie ein Rosa – wie Rosenquarz, und ihre Augen zeigten die charakteristische sonderbare Tönung. Er wußte, was dieser Augenblick für sie bedeutete – Seligkeit! Ach ja, sagte er zu sich, Itzig-Knoblauchfresser hat wieder mal einen Ball fallen lassen. Die andere Mannschaft sammelt Punkte – die Male sind geleert. Sie nutzte seinen Fehler glänzend aus.

»Erkennen Sie diese Pistole?« Der Sergeant hielt sie in der gelben Handfläche und drehte sie mit spitzen Fingern um wie einen Fisch – einen Barsch.

Der Glanz des Blickes, der auf der Pistole ruhte, war heller als irgendein Ausdruck sexueller Wonne, den er je auf ihrem Gesicht gesehen hatte. »Es ist seine, nicht wahr?« fragte sie. »Die Kugeln auch?« Er erkannte den harten klaren Blick der Freude in ihren Augen. Die Lippen waren fest aufeinandergepreßt.

»Er hatte sie bei sich. Kennen Sie sie?«

»Nein, aber es überrascht mich nicht.«

Moses beobachtete jetzt June. Ihr Gesicht war wieder umwölkt; sie schien die Stirn zu runzeln.

»Haben Sie jemals Anzeige gegen Moses erstattet?«

»Nein«, sagte Mady. »Das habe ich tatsächlich noch nie getan.«

Sie holte scharf Atem. Sie war im Begriff, einen Sprung zu wagen.

»Sergeant«, sagte Herzog. »Ich habe Ihnen vorhin gesagt, daß keine Anzeige vorliegt. Fragen Sie sie, ob ich eine einzige Unterhaltszahlung versäumt habe.«

Madeleine sagte: »Ich habe dem Polizeirevier von Hyde Park sein Bild gegeben.«

Er warnte sie, daß sie zu weit ging. »Madeleine!«, sagte er.

»Halten Sie den Mund, Moses«, sagte der Sergeant. »Wozu war das, Lady?«

»Für den Fall, daß er ums Haus schlich. Um ihre Wachsamkeit zu schärfen.«

Herzog schüttelte den Kopf, auch über sich selbst. Er hatte heute die Fehler begangen, die eigentlich einer früheren Epoche angehörten. Seit heute waren sie für ihn nicht mehr charakteristisch. Aber er hatte eine ältere Rechnung zu begleichen. Wann wirst du endlich mit dir selber quitt sein? fragte er sich. Wann wird dieser Tag kommen?

»Ist er jemals geschlichen?«

»Er ist niemals gesehen worden, aber ich weiß verdammt genau, daß er's getan hat. Er ist eifersüchtig und ein Unruhestifter. Er ist fürchterlich jähzornig.«

»Sie haben aber nie gegen ihn Anzeige erstattet.«

»Nein. Aber ich erwarte, gegen jede Art von Gewalttätigkeit geschützt zu werden.«

Ihre Stimme wurde jählings lauter, und Herzog sah, als sie sprach, daß der Sergeant sie mit neuen Augen betrachtete, als beginne er endlich ihre anmaßenden Verrücktheiten zu bemerken. Er nahm seine Benjamin-Franklin-Brille mit den rechteckigen Gläsern auf. »Es wird keine Gewalttätigkeit geben, Lady.«

Ja, dachte Moses, er beginnt zu merken, wie die Dinge stehen. »Ich hatte wirklich nur die Absicht, die Pistole als Briefbeschwerer zu benutzen«, sagte er.

Madeleine sprach nun zum erstenmal zu Herzog; sie deutete mit starrem Finger auf die zwei Patronen und sah ihm in die Augen. »Eine davon war für mich, nicht wahr?«

»Glaubst du? Ich möchte nur wissen, woher du auf solche Gedanken kommst. Und für wen war die andere?« Er war ganz kühl, als er das sagte, seine Stimme war ruhig. Er tat, was er konnte, um die verborgene Madeleine ans Licht zu bringen, jene Madeleine, die er kannte. Als sie ihn anstarrte, verblaßte ihre Farbe, und die Nase begann ein wenig zu zucken. Sie schien zu fühlen, daß sie ihren Tick und ihr wildes Starren beherrschen mußte. Aber in sichtbaren Phasen wurde ihr Gesicht sehr weiß und ihre Augen kleiner, steinern. Er glaubte, sich ihren Blick deuten zu können. Er drückte den unbändigen Willen aus, daß er sterben sollte. Das war unendlich mehr als gewöhnlicher Haß. Es war ein Votum für seine Nicht-Existenz, glaubte er. Er fragte sich, ob der Sergeant das auch sehen konnte. »Ja, und für wen, glaubst du, war der zweite eingebildete Schuß bestimmt?«

Sie sprach nicht mehr mit ihm, sondern fuhr nur fort, ihn in der gleichen Weise anzustarren.

»Das wäre alles, Lady. Sie können das Kind nehmen und gehen.«

»Leb wohl, June«, sagte Moses. »Geh jetzt nach Hause. Papa wird dich bald einmal wieder besuchen. Gib uns nun einen Kuß auf die Backe.« Er fühlte die Lippen des Kindes. Über die Schulter der Mutter hinweg streckte June die Hand aus und berührte ihn.

»Gott segne dich.« Und als Madeleine hinausging, setzte er hinzu: »Ich bin bald wieder da.«

»Ich werde jetzt die Anzeige gegen Sie fertig machen, Moses.«

»Muß ich eine Kaution stellen? Wieviel?«

»Dreihundert. Amerikanisch, nicht dieses Zeug.«

»Ich würde gern einmal telefonieren.«

Als der Sergeant ihn stumm aufforderte, eins seiner eigenen Zehn-Cent-Stücke zu nehmen, hatte Moses noch genug Zeit, festzustellen, was für ein kraftvolles Polizeigesicht er hatte. Er schien indianisches Blut zu haben – vielleicht Irokese oder Osage; ein oder zwei irische Vorfahren. Sein blaßgoldener Teint mit tiefen, nach unten laufenden Falten, die strenge Nase und die dicken Lippen als Zeichen der Unbeteiligtheit, und die dichten, vereinzelten grauen Löckchen auf dem Kopf als Zeichen der Würde. Seine harten Finger deuteten auf die Telefonzelle.

Herzog war müde, ausgehöhlt, als er die Nummer seines Bruders wählte, aber nicht im geringsten deprimiert. Aus irgendeinem Grunde glaubte er, gut abgeschnitten zu haben. Er war der alten Form treu geblieben, ja; hatte wieder Unheil angerichtet; und Will würde ihn loskaufen müssen. Dennoch war ihm das Herz durchaus nicht schwer, sondern er fühlte sich im Gegenteil ziemlich frei. Vielleicht war er zu müde, um bedrückt zu sein. Das konnte schließlich sein – die toxische Verarmung durch die Ermüdung (er liebte die physiologischen Erklärungen; diese stammte aus Freuds Essay über Trauer und Melancholie) verliehen ihm zeitweilig ein leichtes, ja sogar fröhliches Herz.

»Ja.«

»Ist Will Herzog zu Hause?«

Beide erkannten sich an der Stimme.

»Mose!« sagte Will.

Moses konnte die Gefühle, die aufgewühlt wurden, als er Will hörte, nicht unterdrücken. Sie wurden plötzlich lebendig, als er den alten Ton, den alten Namen vernahm. Er liebte Will, Helen und sogar Shura, obwohl seine Millionen ihn entrückt hatten. In der engen Metallzelle brach ihm sofort im Nacken der Schweiß aus.

»Wo bist du gewesen, Mose? Die alte Dame hat gestern nacht angerufen. Ich konnte hinterher nicht schlafen. Wo bist du?«

»Elya«, sagte Herzog, indem er seines Bruders Rufnamen gebrauchte, »mach dir keine Sorgen. Ich habe nichts Schlimmes getan, aber ich bin an der Ecke der 11. und State Street.«

»Auf der Polizeistation?«

»Nur ein kleiner Verkehrsunfall. Niemand verletzt. Aber man hält mich unter Arrest gegen eine Kaution von dreihundert Dollar, und ich habe das Geld nicht bei mir.«

»Um Himmels willen, Mose. Seit letztem Sommer hat dich kein Mensch mehr gesehen. Wir waren ganz krank vor Sorge. Ich komme gleich.«

Er wartete mit zwei anderen Männern in der Arrestzelle. Der eine war betrunken und schlief in seinen verdreckten Unterhosen. Der Andere war ein Negerjunge, noch nicht alt genug, um sich rasieren zu müssen. Er trug einen hellbraunen teuren Anzug und braune Krokodillederschuhe. Herzog grüßte, aber der Junge zog es vor, nicht zu antworten. Er hielt sich an sein eigenes Elend und sah weg. Moses fühlte Mitleid mit ihm. Er lehnte sich wartend gegen die Gitterstäbe. Die falsche Seite der Gitterstäbe – er fühlte es mit seiner Wange. Und hier waren das Klosettbecken, die nackte Metalliege und die Fliegen an der Decke. Dies, stellte Herzog fest, war nicht die Sphäre *seiner* Sünden. Er war nur ein Durchreisender. Draußen auf den Straßen, in der amerikanischen Gesellschaft, da verbüßte er seine Strafe. Er setzte sich ruhig auf das Bett. Natürlich, überlegte er, würde er Chicago sofort verlassen und nur zurückkehren, wenn er imstande war, June etwas Gutes, etwas wahrhaft Gutes zukommen zu lassen. Nichts mehr von diesem hektischen, herzzerreißenden, theatralischen Fenstergucken; keinen Zusammenstoß, Ohnmacht, Begegnungen ›du ihn kämpfen, er schreien‹, Konfrontationen. Das Dröhnen des Mißgeschicks aus den Zellen und Gängen, der üble Geruch der Polizeiwache, die Erbärmlichkeit der Gesichter, die Hand, die den Schlüssel drehte, von keiner besseren Hoffnung beseelt als die Hand dieses betäubten Schläfers in seinen urinbeschmutzten Unterhosen – wer da Augen, Nasen, Ohren hat, höre, rieche, sehe. Wer aber Geist hat oder Herz, denke nach.

So bequem sitzend, wie es der Schmerz in seinen Rippen zuließ, verfaßte Herzog ein paar Memoranden an sich selbst. Sie waren nicht sehr zusammenhängend oder logisch, aber sie flogen ihm zu. Denn das war die Arbeitsmethode des Moses E. Herzog, und er schrieb mit fröhlichem Eifer auf seinen Knien. *Schwerfällige, ungenaue Maschine des zivilen Friedens. Paläotechnisch, wie der Mann sagen würde. Wenn ein ganz gewöhnliches Urverbrechen der Ursprung der Gesellschaftsordnung ist, wie Freud, Róheim und andere glauben, indem etwa die Brüder den Urvater überfallen und ermorden, seinen Körper verschlingen, sich ihre Freiheit durch Mord erringen und nun durch Blutschuld verbunden sind, dann ist das ein Grund dafür, daß das Gefängnis diese dunkle, archaische Note haben soll. Ach ja, die wilde Energie der Brüderschar, Soldaten, Frauenschänder und so weiter. Aber das ist alles nicht mehr als eine Metapher. Ich kann nicht wirklich glauben, daß meine Schnitzer dieser dicken unbewußten Wolke anzulasten sind. Diesem primitiven Blutwahn.*

Es ist der Traum des Menschenherzens, sosehr wir ihm auch mißtrauen oder gram sein mögen, daß das Leben sich in einem bedeutsamen Schema vervollständigen möge. Auf eine unbegreifliche Weise. Vor dem Tode. Nicht irrational, aber unbegreiflich erfüllt. Von diesen plumpen Polizeiwächtern verschont, erhältst du eine letzte Gelegenheit, Gerechtigkeit zu erkennen. Wahrheit. Lieber Edvig, schrieb er schnell nieder. *Sie haben mir für mein Geld guten Wert gegeben, als sie mir erklärten, daß Neurosen an der Unfähigkeit, zweideutige Situationen zu ertragen, gemessen werden können. Ich habe gerade ein gewisses Urteil in Madeleines Augen gelesen:* ›*Für Feiglinge, Nicht-Sein.*‹ *Ihre Krankheit ist Über-Klarheit. Gestatten Sie mir die bescheidene Behauptung, daß ich jetzt Zweideutigkeiten viel besser handhabe. Ich kann jedoch wohl für mich in Anspruch nehmen, daß mir die größte für Intellektuelle typische Zweideutigkeit erspart geblieben ist, daß nämlich die zivilisierten Individuen die Zivilisation, die ihr Leben möglich macht, hassen und verabscheuen. Sie lieben dagegen eine imaginäre menschliche Situation, die ihr eigener Genius erdacht hat und die sie für die einzige wahrhaftige und einzige menschliche Wirklichkeit halten. Wie seltsam! Aber der am besten behandelte, am meisten bevorzugte und intelligenteste Teil jeder Gesellschaft ist oft der undankbarste. Undankbarkeit hingegen ist eine gesellschaftliche Funktion. Nun, das ist vielleicht eine Zweideutigkeit für Sie... Liebe Ramona, ich verdanke Dir viel. Ich bin mir dessen voll bewußt. Obwohl ich vielleicht nicht gleich nach New York zurückkehren werde, will ich mit dir in Verbindung bleiben. Lieber Gott! Gnade! Mein Gott! Rachaim olenu ... melekh maimis ... Du König über Leben und Tod.*

Sein Bruder meinte, als sie die Polizeistation verließen: »Du scheinst nicht allzu verstört zu sein.«

»Nein, Will.«

Über dem Gehsteig und dem warmen Abendzwielicht trug der Himmel die langen goldenen Streifen von Düsenflugzeugen, und das Gewirr der Lichter der Vergnügungslokale nördlich von der 12. Street flimmerte schon auf und ab, eine fahle Masse, in der die Straße zu enden schien.

»Wie fühlst du dich?«

»Ich fühle mich gut«, antwortete Herzog. »Wie sehe ich aus?«

Sein Bruder sagte taktvoll: »Du könntest ein bißchen Ruhe gebrauchen. Willst du nicht eben mal zu meinem Arzt 'raufgehen, um dich untersuchen zu lassen?«

»Ich glaube nicht, daß das nötig ist. Diese kleine Wunde auf dem Kopf hat fast sofort aufgehört zu bluten.«

»Aber du hältst dir die Seite. Sei nicht töricht, Mose.«

Will war zurückhaltend, vermögend, gewitzt, still, kleiner als sein Bruder, hatte aber dichteres, dunkleres Haar. In einer Familie so leidenschaftlich zum Ausdruck neigender Menschen wie Vater Herzog und Tante Zipporah hatte Will einen ruhigeren, beobachtenden, wortkargen Stil entwickelt.

»Wie geht's der Familie, Will – den Kindern?«

»Gut ... Was hast du getrieben, Moses?«

»Urteile nicht nach dem Äußeren. Es gibt weniger Grund zur Sorge, als das Auge vermutet. Ich bin tatsächlich in sehr guter Verfassung. Erinnerst du dich noch, wie wir uns am Lake Wandawega verlaufen haben? Wie wir im Schlamm den Halt verloren und uns die Füße am Schilf geschnitten haben? Das war wirklich gefährlich. Aber dies hier ist gar nichts.«

»Was hast du denn mit der Pistole gewollt?«

»Du weißt doch, daß ich ebensowenig imstande bin, auf jemanden zu schießen wie Papa. Du hast die Uhrkette genommen, nicht wahr? Ich erinnerte mich an die alten Rubel in der Schublade und habe dabei auch die Pistole mitgenommen. Ich hätte es nicht tun sollen. Oder ich hätte auf alle Fälle das Magazin leeren sollen. Es war einfach einer von meinen törichten Impulsen. Reden wir nicht mehr davon.«

»Nun gut«, sagte Will. »Ich möchte dich nicht in Verlegenheit bringen. Das war nicht meine Absicht.«

»Ich weiß, was es ist«, sagte Herzog. »Du machst dir Sorgen.«

Er mußte die Stimme senken, um sie zu beherrschen. »Ich liebe dich auch, Will.«

»Ja, das weiß ich.«

»Aber ich habe mich nicht sehr vernünftig benommen. Von deinem Standpunkt aus ... Nun ja, von jedem vernünftigen Standpunkt aus. Ich habe Madeleine in dein Büro gebracht, damit du sie sehen könntest, bevor ich sie heiratete. Ich habe gemerkt, daß du mit ihr nicht einverstanden warst. Ich war selber mit ihr nicht einverstanden. Und sie war mit mir auch nicht einverstanden.«

»Warum hast du sie dann geheiratet?«

»Gott verknüpft alle Arten von losen Fäden. Wer weiß, warum? Er kümmert sich keinen Deut um mein Wohlsein oder mein Ego, dieses kostbare Etwas. Man kann dazu nur sagen: ›Hier ist ein roter Faden mit einem grünen verknüpft, oder einem blauen, und ich möchte nur wissen, warum.‹ Und dann habe ich mein ganzes Geld in das Haus in Ludeyville gesteckt. Das war einfach hirnverbrannt.«

»Vielleicht auch nicht«, sagte Will. »Es ist schließlich Grundbesitz. Hast du versucht, es zu verkaufen?« Will glaubte fest an Grundbesitz.

»Wem? Wie?«

»Übergib es einem Makler. Vielleicht komme ich hin und sehe es mir an.«

»Da wäre ich dir dankbar«, sagte Herzog. »Ich glaube nicht, daß ein Mann bei gesundem Verstand darauf anbeißen würde.«

»Laß mich erst einmal Dr. Rarnsberg anrufen, Mose, damit er dich untersucht. Dann komm mit nach Hause und iß bei uns zu Abend. Es wäre ein Fest für die Familie.«

»Wann könntest du nach Ludeyville kommen?«

»Ich muß nächste Woche nach Boston. Anschließend wollten Muriel und ich nach Cape Cod fahren.«

»Fahr doch in Ludeyville vorbei. Es ist nicht weit von der Autobahn. Du würdest mir einen großen Gefallen tun. Ich muß das Haus verkaufen.«

»Iß mit uns zu Abend, und wir sprechen darüber.«

»Will – nein. Ich fühle mich dem nicht gewachsen. Sieh mich nur an. Ich bin stinkdreckig, und ich würde allen einen Schrecken einjagen. Wie ein lausiges, verlorenes Schaf.« Er lachte. »Nein, ein andermal, wenn ich mich ein bißchen normaler fühle. Ich sehe aus, als sei ich eben erst in diesem Lande angekommen. Als Heimatvertriebener. Wie wir damals mit dem Zug auf dem alten Bahnhof aus Kanada angekommen sind. Im Michigan Central. Gott, was waren wir von dem Ruß verdreckt.«

Will teilte nicht seines Bruders Leidenschaft für Erinnerungen. Er war Ingenieur und Technologe, Baufachmann und Bauherr, ein ausgeglichener, vernünftiger Mensch, dem es weh tat, Moses in dieser Verfassung zu sehen. Sein gefurchtes Gesicht war erhitzt, beunruhigt; er zog ein Taschentuch aus der Innentasche seines gut geschneiderten Anzugs und drückte es gegen seine Stirn, seine Backen unter den großen Herzog-Augen.

»Es tut mir leid, Elya«, sagte Herzog, ruhiger.

»Na ja ...«

»Laß mich erst wieder ins reine kommen. Ich weiß, daß du dir um mich Sorgen machst. Aber das ist es ja gerade. Es tut mir leid, daß du dich so um mich sorgst. Mir geht's wirklich ganz gut.«

»Wirklich?« Will sah ihn traurig an.

»Ja. Ich bin hier fürchterlich im Nachteil – schmutzig, töricht, eben erst freigekauft. Es ist einfach lächerlich. Das alles wird nächste Woche im Osten ganz anders aussehen. Ich treffe dich in Boston, wenn du willst. Wenn ich besser beieinander bin. Im Augenblick kannst du nichts anderes tun als mich wie einen Trottel behandeln – wie ein Kind. Und das ist nicht fair.«

»Ich fälle keine Urteile über dich. Du brauchst nicht mit mir nach Hause zu kommen, wenn dir das peinlich ist. Obgleich wir deine Familie sind ... Aber dort auf der anderen Straßenseite steht mein Wagen.« Er wies auf seinen dunkelblauen Cadillac. »Komm wenigstens mit zum Arzt, damit ich beruhigt sein kann, daß du dich bei dem Unfall nicht verletzt hast. Dann kannst du tun, was du für das Beste hältst.«

»Gut. Mir ist nichts passiert. Ich bin dessen sicher.«

Er war jedoch nicht sehr überrascht zu hören, daß er sich eine Rippe gebrochen hatte.

»Keine Verletzung der Lunge«, sagte der Arzt. »Etwa sechs Wochen mit Pflasterverband. Und Sie müssen am Kopf genäht werden, zwei oder drei Stiche. Das ist alles. Kein schweres Tragen, Ziehen, Hacken oder sonstige schwere Arbeit. Will hat mir gesagt, Sie hätten einen Landbesitz. Sie haben eine Farm in den Berkshires? Ein Gut?«

Der Arzt mit dem angegrauten, zurückgekämmten Haar und kleinen scharfen Augen sah ihn mit dünnlippiger Belustigung an.

»Es ist ziemlich verfallen. Meilen von einer Synagoge entfernt«, erwiderte Herzog.

»Ha, Ihr Bruder ist ein Witzbold«, sagte Dr. Ramsberg. Will lächelte. Mit verschränkten Armen stand er da und schonte seine eine Ferse, ähnlich wie Vater Herzog; er hatte ein wenig von der Eleganz des Alten Herrn, aber nicht seine Überspanntheiten. Dafür hat er keine Zeit, dachte Herzog, da er eine große Firma leitet. Kein besonderes Interesse dafür. Andere Dinge füllen ihn aus. Er ist ein guter Mann, ein sehr guter Mann. Aber hier spüre ich eine seltsame Teilung der Funktionen, worin ich sowieso der Spezialist bin ... in geistiger Selbstbewußtheit oder Gefühlsseligkeit oder in Ideen oder im Unsinn. Sie ist vielleicht von keinem besonderen Nutzen oder Wert, außer daß sie gewisse Urgefühle am Leben erhält. Er mischt Kiessand, um ihn in die Hochhäuser der ganzen Stadt hineinzupumpen. Er muß politisch sein und liefern und handeln und zahlen und Steuervorteile austüfteln. Alles das, wozu Papa nicht imstande war, wozu geboren zu sein er aber sein ganzes Leben lang träumte. Will ist ein stiller Mann der Pflicht und Routine, hat sein Geld, seine Stellung, hat Einfluß und ist ganz froh, der privaten oder ›persönlichen‹ Seite ledig zu sein. Sieht mich in der Wildnis dieser Welt Feuer sprühen und bemitleidet mich zweifellos wegen meines Temperaments. Unter dem früheren Dispens als der strauchelnde, naive, sackleinene Moses, ein Herz ohne Arg, des Schutzes bedürftig, eine morbide Erscheinung, ein modernes Überbleibsel der Weltfremdheit – unter diesem früheren Dispens bedürfte ich seines Schutzes. Und er würde mir den Schutz gern bieten, als Mensch, der die Welt als das kennt, was sie ist. Während ein Mann wie ich sich willkürlich in stolzer Subjektivität vom kollektiven und historischen Fortschritt der Menschheit ausgeschlossen hat. Das trifft auch auf die schwärmerischen Jungen und Mädchen der unteren Klassen zu, die sich die ästhetischen Posen zu eigen machen, die Posen der überströmenden Sensibilität. Die ihre eigene Auffassung von der Existenz unter dem zermalmenden Gewicht der *Masse* zu erhalten suchen. Was Marx als das ›materielle Gewicht‹ bezeichnet hat. Und dabei dieses ›mein persönliches Leben‹, in einen Zirkus, in einen Gladiatorenkampf verwandelt haben. Oder in zahmere Formen der Unterhaltung. Um aus deiner

›Schande‹, deiner belanglosen Schemenhaftigkeit einen Scherz zu machen und zu zeigen, warum du den Schmerz verdient hast. Die weißen, modernen Lichter des kleinen Zimmers begannen zu kreisen, sich zu drehen. Herzog hatte das Gefühl, daß er mit ihnen rotierte, als der Arzt den medizinisch riechenden Pflasterverband eng um seine Brust wand. Jetzt alle solche Irrtümer ablegen ...

»Es scheint mir, als könnte mein Bruder ein bißchen Ruhe gebrauchen«, sagte Will. »Was halten Sie davon, Doktor?«

»Er sieht aus, als hätte er sich ziemlich verausgabt, das ist wahr.«

»Ich will eine Woche in Ludeyville verbringen«, sagte Moses.

»Was ich meine, ist völlige Ruhe, Bettruhe.«

»Ja, ich weiß, ich scheine in einem Zustand zu sein. Aber es ist kein schlechter Zustand.«

»Trotzdem«, sagte Herzogs Bruder, »machst du mir Sorge.«

Ein liebevolles Ungetüm – ein komplizierter, verwöhnter, liebevoller Mann. Wer kann ihn nutzen? Er will genutzt werden. Wo wird er gebraucht? Zeige ihm, wie er der Wahrheit, der Ordnung, dem Frieden sein Opfer bringen kann. Oh, dieses geheimnisvolle Wesen, dieser Herzog! durch seinen Verband behindert, so daß ihm sein Bruder Will ins verknitterte Hemd helfen muß.

ER NAHM EIN FLUGZEUG nach Albany, von dort einen Bus nach Pittsfield, dann ein Taxi nach Ludeyville, wo er am nächsten Nachmittag ankam. Asphalter hatte ihm für die Nacht davor ein Schlafmittel gegeben. Er schlief tief und fühlte sich trotz seiner bandagierten Seiten äußerst wohl.

Das Haus lag fast vier Kilometer vom Dorf entfernt im Hügelland. Herrliches, funkelndes Wetter in den Berkshires, die Luft leicht, die Bäche flink, der Wald dicht, das Grün neu. Was die Vögel betraf, so schien Herzogs Besitz ihr Paradies geworden zu sein. Zaunkönige nisteten unter den ornamentalen Schnörkeln der Veranda. Die riesige Ulme war noch nicht ganz tot, und die Goldammern wohnten noch darin. Herzog ließ den Taxifahrer vor der moosbedeckten, steingesäumten Einfahrt halten. Er wußte nicht mit Sicherheit, ob man mit dem Wagen bis zum Haus gelangen konnte. Aber keine gefallenen Bäume sperrten den Weg, und wenn auch viel Kies bei der Schneeschmelze und bei Regengüssen fortgeschwemmt war, hätte das Taxi doch leicht durchkommen können. Der kurze Anstieg machte Moses jedoch nichts aus. Seine Brust war fest mit Pflaster gepanzert, und seine Beine waren leicht. Er hatte in Ludeyville Lebensmittel eingekauft. Es gab auch noch eine Reserve von Konserven im Keller, falls Jäger und Spaziergänger sie nicht aufgegessen hatten. Vor zwei Jahren hatte er eingemachte Tomaten, Bohnen und Himbeeren eingekauft und hatte Wein und Whisky versteckt, bevor er nach Chicago ging. Zwar war der elektrische Strom selbstverständlich abgestellt, aber er konnte vielleicht die alte Handpumpe wieder in Tätigkeit setzen. Im Notfall konnte er immer Brunnenwasser haben. Er konnte im Kamin kochen; es gab alte Haken und Dreifüße, und hier – sein Herz erbebte – erhob sich das Haus aus dem Unkraut, dem Geranke, hinter Bäumen und Blüten. Herzogs Torheit! Ein Denkmal seiner aufrichtigen und liebevollen Narrheit, der unerkannten Schlechtigkeit seines Charakters, Symbol seines jüdischen Bemühens um ein solides Wurzeln im Weißen, Angelsächsischen, Protestantischen Amerika. (»Das Land gehörte uns, ehe wir dem Land gehörten«, wie jener sentenziöse alte Mann bei der Inauguration erklärte.) Auch ich habe mein Soll an gesellschaftlichem Aufstieg erfüllt, dachte er, mit einem Übersoll an Hochmut, habe den weißen angelsächsischen Protestanten getrotzt, die um 1880 aufhörten, ihr eigenes Süppchen zu kochen, weil die Regierung einen großen Teil des Kontinents an die Eisenbahnen hergab, Reisen nach Europa unternahmen und sich über die Iren, die Italiener und die Neger beschwerten. Was für einen Kampf ich führen mußte – mit der linken Hand, aber doch voller Leidenschaft. Aber genug davon – hier bin ich. *Hineni!* Wie herrlich schön ist es heute! Er blieb im überwucherten Garten stehen, schloß die Augen in der Sonne gegen dunkelrote Blitze und sog den Geruch der Katalpaglocken, des Bodens, der Geißblattpflanzen, der wilden Zwiebeln und der Kräuter ein. Entweder ein wildes Tier oder ein Liebespaar hatte hier im Gras neben der Ulme gelegen, denn das Gras war niedergedrückt. Er ging ums Haus, um zu sehen, ob es stark beschädigt war. Man sah keine zerbrochenen Fenster. Alle Läden, die von innen festgehakt waren, schienen unberührt. Nur einige Plakate, die bekanntgaben, daß dieses Haus unter Polizeischutz stand, waren abgerissen. Der Garten war eine dichte Masse von ineinander verfilzten dornigen Ranken, Rosen und Beeren. Es sah allzu hoffnungslos aus, so daß sich alles Bedauern erübrigte. Nie wieder würde er die Kraft aufbringen, sich in solche Aufgaben zu stürzen, zu hämmern, streichen, flicken, knüpfen, pfropfen, sprühen. Er war nur hier, um zu prüfen.

Das Haus war so dumpfig, wie er erwartet hatte. Er öffnete in der Küche ein paar Fenster und Läden. Die Anhäufung von Blättern und Kiefernadeln, Spinnweben, Puppenhülsen und Insektenleichen fegte er weg. Was dringend nottat, war ein Feuer. Er hatte Streichhölzer mitgebracht. Ein Vorteil des reiferen Alters war, daß man in diesen Angelegenheiten gewitzt war – vorausschauend. Natürlich besaß er ein Fahrrad – er konnte zum Dorf fahren und sich besorgen, was er vergessen hatte. Er war sogar klug genug gewesen, das Fahrrad auf den Sattel zu stellen, um die Reifen zu schonen. Sie hatten nicht mehr viel Luft, aber es würde genügen, um ihn zur Esso-Tankstelle zu bringen. Er schleppte mehrere große Kieferscheite und Reisig hinein und entzündete zunächst einmal ein kleines Feuer, um zu sehen, ob der Abzug funktionierte. Vögel oder Eichhörnchen konnten im Kamin ihr Nest gebaut haben. Aber, dann fiel ihm ein, daß er aufs Dach geklettert war, um über den Schornstein ein Drahtnetz zu spannen – Teil seiner praktischen Arbeitswut. Er legte mehr Holz auf. Die alte Borke fiel ab und enthüllte darunter das Werk der Insekten – Larven, Ameisen, langbeinige Spinnen machten sich davon. Er gab ihnen jede Gelegenheit zu entkommen. Die schwarzen, trockenen Zweige begannen mit gelben Flammen zu brennen. Er schichtete mehr Scheite auf, sicherte sie mit Kaminböcken und fuhr fort, sich im Haus umzusehen.

Die Konserven waren unberührt. Es gab ausgefallene Sachen, die Madeleine erstanden hatte (immer nur das Beste), Schildkrötensuppe, indianischen Pudding, Trüffeln, Oliven und die frugaler aussehenden Nahrungsmittel, die Moses selbst aus Heeresrestbeständen aufgekauft hatte – Bohnen, Brot in Dosen und dergleichen. Er machte seine Bestandsaufnahme mit einer Art träumerischer Neugier über einen einstigen Plan einsamer Selbstgenügsamkeit: die Waschmaschine, die Schleuder, das Heißwassergerät, reinweiße und schimmernde Formen, in die er seines toten Vaters Dollars gesteckt hatte, die häßlich grünen, schwer verdienten, unablässig gezählten, unter Qualen unter die Erben verteilten Scheine. Nun ja, dachte Herzog, er hätte mich nicht in eine Schule schicken sollen, in der ich über tote Herrscher lernen mußte:

My name is Ozymandias, king of kings:
Look on my works, ye Mighty, and despair!

Aber Selbstgenügsamkeit und Einsamkeit, Sanftmut, es war alles so verführerisch und hatte so unschuldig geklungen, es stand dem lächelnden Herzog in der Beschreibung so gut zu Gesicht. Erst später entdeckt man, wieviel Bosheit in den verborgenen Paradiesen steckt. *Unbeschäftigtes Bewußtsein*, schrieb er in der Speisekammer. *Ich bin in einer Zeit der weitverbreiteten Arbeitslosigkeit aufgewachsen und habe nie geglaubt, daß es für mich Arbeit geben würde. Schließlich gab es wieder Arbeit, aber irgendwie ist mein Bewußtsein arbeitslos geblieben. Und schließlich, schrieb er am Kamin weiter, ist der menschliche Verstand eine der großen Kräfte des Universums. Er kann nicht ungestraft ungenutzt bleiben. Man könnte fast zu dem Schluß kommen, daß die Öde so vieler menschlicher Einrichtungen (zum Beispiel das Familienleben der Mittelklasse) das historische Ziel verfolgt, den Verstand neuer Generationen freizusetzen und in die Naturwissenschaft einzubringen. Aber eine furchtbare Vereinsamung im ganzen Leben ist nur das Plankton, von dem sich der Leviathan nährt ... Muß mich umstellen. Die Seele fordert Intensität. Zugleich ist die Menschheit jedoch von der Tugend angeödet. Wieder Konfuzius lesen. Die Welt mit ihren riesigen Menschenmassen muß sich bereit finden, chinesisch zu werden.*

Herzogs gegenwärtige Einsamkeit schien nicht zu zählen, weil er so bewußt frohgestimmt war. Er spähte durch den Spalt in der Toilette, wo er sich mit seinen Taschenbuchausgaben von Dryden und Pope zu verstecken pflegte, und las »Ich bin Seiner Hoheit Hund in Kew« oder »Genie und Wahnsinn sind gar eng verwandt«. Dort, am selben Platz wie in früheren Jahren, war die Rose, die ihm Trost gespendet hatte – so wohlgeformt, so rot (so beinahe ›genital‹ für seine Phantasie) wie eh und je. Es gibt gute Dinge, die sich wiederholen. Er sah lange Zeit auf sie durch diesen Spalt, an dem sich Mauerwerk und Holz vereinigten. Die gleichen feuchtigkeitsliebenden Grashüpfer (Riesen Orthoptera) lebten immer noch in diesem Verschlag aus Mauerwerk und Sperrholz. Ein entzündetes Streichholz machte sie sichtbar. Zwischen den Rohren.

Er war seltsam, der Gang, den er durch seinen Besitz unternahm. In seinem eigenen Zimmer fand er die Überreste seiner wissenschaftlichen Mühen über den Schreibtisch und die Regale verstreut. Die Fenster waren so verfärbt, als hätte man sie mit Jod betupft, und die Geißblattpflanzen vor den Fenstern hatten fast die Läden heruntergerissen. Auf dem Sofa entdeckte er Beweise, daß das Haus in der Tat von Liebespaaren besucht worden war. Zu sehr von Leidenschaft geblendet, um im Dunkeln das Schlafzimmer zu suchen. Aber sie werden einen krummen Buckel kriegen, wenn sie Madeleines Roßhaarantiquitäten benutzen. Aus einem unerfindlichen Grunde freute es Herzog, daß gerade sein Zimmer von den jungen Leuten des Dorfes ausersehen worden war – hier unter den Stapeln wissenschaftlicher Aufzeichnungen. Er fand Mädchenhaare auf den geschweiften Armlehnen und versuchte, sich Leiber, Gesichter, Gerüche vorzustellen. Dank Ramona hatte er keinen Grund, besonders eifersüchtig zu sein, aber eine Spur Eifersucht auf die Jugend war auch durchaus natürlich. Auf dem Boden lag eine seiner großen Karteikarten mit einer Notiz, die er geschrieben hatte ... *Um Condorcet Gerechtigkeit widerfahren zu lassen...* Er hatte nicht den Mut, weiterzulesen, und legte sie, Schrift nach unten, auf den Tisch. Bis auf weiteres mußte sich Condorcet einen anderen Fürsprecher suchen. Im Eßzimmer waren die kostbaren Schüsseln, die Tennie haben wollte, sehr hübsches Porzellan mit tiefrotem Rand. Das würde er nicht brauchen. Die mit einem Tuch bedeckten Bücher waren unberührt. Er hob das Tuch und betrachtete sie ohne besonderes Interesse. Als er das kleine Badezimmer betrat, amüsierte es ihn, die prächtigen Einrichtungsgegenstände zu sehen, die Madeleine eingekauft hatte: muschelförmige Seifenschalen aus Silber und blitzende Handtuchgestelle, zu schwer für den Putz, selbst nachdem sie mit Dübeln befestigt worden waren. Sie hingen jetzt vornüber. Die Duschkabine für Gersbachs Gebrauch – die Gersbachs hatten in Barrington keine Dusche – war vorsorglich mit einer Haltestange versehen. »Wenn wir uns eine einrichten, dann wollen wir's so machen, daß Valentine sie auch benutzen kann«, hatte Madeleine gesagt. Nun ja – Moses zuckte die Achseln. Ein sonderbarer Geruch im Klosettbecken erregte danach seine Aufmerksamkeit; und als er den hölzernen Deckel hochhob, fand er die kleinen geschnäbelten Schädel und andere Überreste von Vögeln, die dort ihr Nest gebaut hatten, nachdem das Wasser abgestellt worden war, und dann von dem fallenden Deckel eingekerkert wurden. Er sah mit finsterem Blick hinein; ihm wurde ein wenig schwer ums Herz angesichts dieses Unglücks. Wahrscheinlich war oben auf dem Boden ein zerbrochenes Fenster, schloß er daraus, und noch andere Vögel nisteten im Haus. Er fand tatsächlich Eulen im Schlafzimmer, oben auf dem roten Bettbaldachin, den sie mit ihrem Geschmeiß verunreinigt hatten. Er gab ihnen jede Gelegenheit zu entkommen und suchte nach ihrem

Nest, als sie fort waren. Er fand die jungen Eulen in der großen Lampenschale über dem Bett, in dem er und Madeleine so viel Ungemach und Haß erlebt hatten. (Auch so manche Wonnen.) Auf der Matratze lagen allerhand Abfälle des Nestes Stroh, Wollfäden, Flaum, Fleischreste (Mäusereste) und streifige Exkremente. Um diese flachgesichtigen kleinen Geschöpfe nicht zu stören, zog Herzog die Matratze seines Ehebettes in Junes Zimmer. Er öffnete mehr Fenster, und die Sonne und Landluft drangen sogleich herein. Er war überrascht, so viel Befriedigung zu fühlen ... Befriedigung? Wem wollte er etwas vormachen: Das war Glück! Vielleicht zum erstenmal spürte er, was es hieß, von Madeleine frei zu sein. Glück! Seine Knechtschaft war beendet und sein Herz von seiner grausigen Schwere und Verschalung erlöst. Ihre Abwesenheit, allein die Tatsache ihrer Abwesenheit, bedeutete einfach Freude und Schwerelosigkeit des Geistes. Sie hatte es auf der Polizeistation als Glück empfunden, ihn in einer schwierigen Lage zu sehen, und für ihn in Ludeyville bedeutete es eine ausgesuchte Freude, daß er sie aus seinem Fleisch entfernt hatte wie etwas, das seine Schultern, seine Lenden gestochen und seine Arme und seinen Nacken gelähmt und belastet hatte. *Mein lieber weiser und idiotischer Edvig. Es mag sein, daß das Schwinden des Schmerzes keinen geringen Teil des menschlichen Glücks ausmacht. In seinen urtümlichen und dümmeren Schichten, wo sich ab und zu ein geschlossenes Ventil wieder öffnet ...* Diese seltsamen Lichter, Herzogs braune Augen, die so oft mit dem Film oder der schützenden Haut der Melancholie überzogen waren, einem Abfallprodukt seines arbeitenden Hirns, glänzten wieder.

Es kostete ihn einige Mühe, die Matratze auf dem Boden von Junes altem Zimmer umzudrehen. Er mußte erst einige von ihren ausrangierten Spielsachen und Kindermöbeln aus dem Weg räumen, einen großen blauäugigen Stofftiger, den Stuhl mit eingebautem Töpfchen, einen roten Schneeanzug, der noch sehr gut erhalten war. Er sah auch den Bikini, Höschen und Oberteil, der Großmutter, und unter anderen Merkwürdigkeiten einen Waschlappen, in den Phoebe seine Initialen gestickt hatte, ein Geburtstagsgeschenk und vielleicht eine Andeutung, daß seine Ohren nicht sauber waren. Strahlend stieß er ihn mit dem Fuß beiseite.

Ein Käfer krabbelte unter ihm hervor und davon. Herzog legte sich unter das offene Fenster, damit ihm die Sonne ins Gesicht scheinen konnte, und ruhte sich auf der Matratze aus. Über ihm entfalteten die großen Bäume, die Tannen vor dem Haus, ihre schöne Gezacktheit und schickten den Duft von warmen Nadeln und Harz zu ihm herunter.

Bis die Sonne aus dem Zimmer schwand, begann er hier im Ernst und aus der friedlichen Fülle seines Herzens eine weitere Serie von Briefen zu entwerfen.

Liebe Ramona. Nur ›Liebe‹? Komm, Moses, geh ein bißchen aus dir heraus. *Mein Liebling Ramona. Was bist Du doch für eine wunderbare Frau.* Er überlegte sich eine Weile, ob er sagen sollte, daß er in Ludeyville war. In ihrem Mercedes konnte sie binnen drei Stunden von New York hierherfahren, und es war anzunehmen, daß sie's auch täte. Gottes Segen über ihre kurzen, aber tadellosen Beine, ihre festen, matt getönten Brüste, ihre schimmernden, ebenmäßigen Zähne und ihre zigeunerhaften Brauen und Löckchen. *La devoradora de hombres.* Er entschloß sich jedoch, seinen Brief aus Chicago zu datieren und Lucas zu bitten, ihn von dort abzuschicken. Was er sich jetzt wünschte, war Friede – Friede und Klarheit. *Ich habe Dich hoffentlich nicht erschreckt, weil ich entwischt bin. Aber ich weiß, daß Du nicht zu jenen konventionellen Frauen gehörst, die man einen ganzen Monat lang wegen einer nicht eingehaltenen Verabredung besänftigen muß. Ich mußte meine Tochter und meinen Sohn sehen. Er ist im Camp Ayumah, nahe Catskill. Das wird ein ziemlich besetzter Sommer. Einige interessante Entwicklungen. Es widerstrebt mir, bereits jetzt zu viele Versicherungen abzugeben, aber ich kann wenigstens zugeben, was ich niemals aufgehört habe, zu versichern oder zu fühlen. Das Licht der Wahrheit ist nie sehr weit entfernt, und kein Mensch ist so gering oder so verderbt, daß er davon ausgeschlossen wäre.* Warum soll ich das eigentlich nicht sagen? *Aber Unwirksamkeit, Verbannung ins persönliche Leben, Verwirrung hinzunehmen ...* Warum probierst du das nicht einmal an den Eulen im Nebenzimmer aus, Herzog, an den nackten Eulchen mit den blauen Pickeln? *Denn die letzte Frage, die zugleich die erste ist, nämlich die Frage des Todes, bietet uns die interessante Alternative, ob wir uns durch unseren eigenen Willen, zum Beweis unserer ›Freiheit‹, verflüchtigen oder ob wir zugestehen wollen, daß wir dieser wachen Periode der Existenz ein menschliches Leben schuldig sind, ungeachtet der Leere. (Schließlich haben wir von der Leere ja keine positive Kenntnis.)*

Sollte ich Ramona das alles mitteilen? Manche Frauen glauben, daß der Ernst eine Form der Werbung ist. Sie wird ein Kind haben wollen. Sie wird sich mit einem Mann, der so mit ihr redet, fortpflanzen wollen. *Arbeit. Arbeit. Wirkliche, bedeutsame Arbeit* ... Er unterbrach sich. Aber Ramona war eine bereitwillige Arbeiterin. So wie sie es verstand. Und sie liebte ihre Arbeit. Er lächelte liebevoll auf seiner sonnenbelichteten Matratze.

Lieber Marco, Ich bin zu dieser alten Heimstätte gekommen, um nach dem Rechten zu sehen und mich ein bißchen zu erholen. Das Haus ist in verhältnismäßig gutem Zustand. Vielleicht möchtest Du mit mir hier einige Zeit verbringen, nur wir beide – am Busen der Natur –, wenn Dein Camp zu Ende ist. Wir können uns am Elterntag darüber unterhalten. Ich freue mich schon ganz mächtig darauf. Deine kleine Schwester, die ich gestern in Chicago gesehen habe, ist sehr lebhaft und so hübsch wie immer. Sie hat Deine Karte erhalten.

Erinnerst Du Dich an unsere Unterhaltungen über Scotts Expedition zum Südpol, und wie Amundsen dem armen Scott am Pol zuvorkam? Das schien Dich zu interessieren. Es gibt nun eine Geschichte, die mich immer bewegt. Es war ein Mann in Scotts Mannschaft, der fortging und sich verlor, weil er den anderen eine Chance geben wollte, mit dem Leben davonzukommen. Er war leidend, fußkrank und konnte nicht länger mithalten. Und erinnerst Du Dich, wie sie aus reinem Zufall einen Block aus gefrorenem Blut fanden, dem Blut eines ihrer geschlachteten Ponys, und wie dankbar sie waren, es aufzutauen und zu trinken? Amundsens Erfolg war darauf zurückzuführen, daß er Hunde benutzte statt Ponys. Die schwächeren wurden geschlachtet und den stärkeren zum Fraß vorgeworfen. Sonst wäre auch diese Expedition gescheitert. Ich habe mich oft über eins gewundert: So hungrig die Hunde auch waren, sie haben am Fleisch ihrer Artgenossen nur geschnüffelt und sind davor zurückgeschreckt. Man mußte erst das Fell abziehen, ehe sie es fraßen.

Vielleicht könnten wir zu Weihnachten zusammen eine Reise nach Kanada machen, um einmal richtige Kälte zu erleben. Ich bin ja selber Kanadier, wie Du weißt. Wir könnten Ste. Agathe in den Laurentianischen Bergen besuchen. Du kannst mich am 16. in aller Frühe erwarten.
Lieber Luke – Sei doch so nett und wirf diese Einlagen in den Briefkasten. Ich würde gern hören, daß Deine Depression vorüber ist. Ich glaube, daß Deine Visionen von der durch einen Feuerwehrmann geretteten Tante oder den ballspielenden Nutten ein Zeichen der psychologischen Heilkraft sind. Ich sage Dir Deine Genesung voraus. Was mich angeht... Was dich angeht, dachte Herzog, so wirst du ihm nicht erzählen, wie du dich jetzt fühlst, mit all diesem Überschwang! Es würde ihn nicht glücklich machen. Behalte es für dich, wenn du dich erhoben fühlst. Wahrscheinlich glaubt er doch nur, daß du nicht ganz bei Trost bist.

Aber wenn ich den Verstand verloren habe, soll's mir auch recht sein.

Sehr geehrter Herr Professor Mermelstein. Zu Ihrem großartigen Buch möchte ich Ihnen meinen Glückwunsch sagen. In gewisser Weise haben Sie mir meine Gedanken vorweggenommen, müssen Sie wissen, und ich war darüber zunächst sehr unglücklich – habe Sie einen ganzen Tag lang gehaßt, weil Sie einen erheblichen Teil meiner Arbeit überflüssig gemacht haben (Wallace und Darwin?). Ich weiß jedoch sehr wohl, wieviel Arbeit und Geduld in so ein Werk investiert sind – so viel ausgraben, lernen, verknüpfen, und ich bin voller Bewunderung. Wenn Sie soweit sind, eine verbesserte Auflage herauszubringen – oder vielleicht sogar ein weiteres Buch –, würde es mir große Freude machen, mit Ihnen einige dieser Fragen zu besprechen. Es gibt Teile meines beabsichtigten Buches, auf die ich nie zurückgreifen werde. Sie können mit dem Material anfangen, was Ihnen beliebt. In meinem früheren Buch (das Sie freundlicherweise erwähnt haben) habe ich einen ganzen Abschnitt dem Thema ›Himmel und Hölle in der apokalyptischen Romantik‹ gewidmet. Ich habe es vielleicht nicht nach Ihrem Geschmack getan, aber Sie hätten es doch nicht völlig übergehen sollen. Sie sollten einmal einen Blick in die Monographie von diesem feisten, stutzerhaften Burschen Egbert Shapiro: ›Von Luther bis

Lenin, eine Geschichte der revolutionären Psychologie‹, werfen. Seine feisten Backen verleihen ihm eine gewisse Ähnlichkeit mit Gibbon. *Es ist ein wertvolles Stück Arbeit. Ich war von dem Kapitel über Millenarianismus und Paranoia sehr beeindruckt. Man sollte nicht außer acht lassen, daß moderne Machtsysteme eine Ähnlichkeit mit dieser Psychose aufweisen. Ein grausiges und verrücktes Buch ist darüber von einem Mann namens Banowitsch geschrieben worden. Reichlich unmenschlich und mit üblen paranoiden Hypothesen gefüllt, wie der, daß die Massen im Grunde kannibalistisch sind, daß stehende Menschen insgeheim die sitzenden in Schrecken versetzen, daß lächelnd entblößte Zähne die Waffen des Hungers sind, daß der Tyrann nach dem Anblick von ihn umgebenden (möglicherweise eßbaren?) Leichen lechzt. Es scheint durchaus zu stimmen, daß die Erzeugung von Leichen die dramatischste Leistung moderner Diktatoren und ihrer Anhänger gewesen ist (Hitler, Stalin und so weiter).* Nur um festzustellen – Herzog benutzte es als Versuchsballon –, ob Mermelstein nicht mit Spuren des alten Stalinismus behaftet war. *Aber dieser Shapiro ist ein wenig Exzentriker, und ich erwähne ihn als extremen Fall. Wie wir doch allesamt extreme Fälle und Apokalypsen, Feuersbrünste, Ertrinken und Erwürgen und dergleichen lieben. Je größer unsere sanften, im Grunde ethisch gesinnten, gefestigten Mittelklassen werden, desto mehr steigt die radikale Aufputschung im Kurs. Milde oder mäßige Wahrhaftigkeit oder Genauigkeit besitzen überhaupt keine Zugkraft mehr. Gerade das, was wir im Augenblick brauchen.* (»Wenn ein Hund ertrinkt, bietest du ihm noch einen Becher Wasser«, pflegte Papa voller Bitterkeit zu sagen.) *Ob Sie wohl, wenn Sie mein Kapitel über Apokalypse und Romantik gelesen hätten, dem Russen Iswolsky, den Sie so sehr bewundern, etwas genauer auf die Finger gesehen hätten? Jenem Mann, der die Seelen der Monaden als die Legionen der Verdammten, zerstückelt und zermahlen, als einen Staubsturm in der Hölle ansieht und warnt, daß Luzifer das Kommando über die kollektivierte Menschheit übernehmen muß, die den geistigen Charakter und die wahre Persönlichkeit eingebüßt hat. Ich will nicht leugnen, daß das hier und da einen gewissen Sinn ergibt, obwohl ich befürchte, daß derartige Ideen, eben weil sie eine Spur suggestiver Wahrheit enthalten, uns in die alten erstickenden Synagogen und Kirchen zurückführen werden. Ich war auch etwas unangenehm berührt von Anleihen und Zitaten, die ich als hochstaplerisch bezeichnen würde, da Sie die ernste Überzeugung anderer Schriftsteller als bloße Metaphern benutzen. Mir haben zum Beispiel der Abschnitt ›Interpretationen des Leidens‹ und der andere ›Zu einer Theorie der Langeweile‹ recht gut gefallen. Das war eine hervorragende Forschungsarbeit. Dagegen habe ich gefunden, daß die Behandlung, die Sie Kierkegaard angedeihen lassen, einigermaßen frivol ist. Ich möchte behaupten, Kierkegaard meinte, daß die Wahrheit für uns ihre Kraft verloren hat und daß wir sie durch fürchterliche Not und Pein erst wieder lernen müssen; die ewigen Strafen der Hölle werden ihre Wirklichkeit wiedererlangen müssen, bevor die Menschheit zum Ernst zurückfindet. Ich sehe es nicht so. Lassen wir einmal außer acht, daß derartige Überzeugungen im Munde gesicherter und wohlsituierter Leute, die mit der Krise, der Entfremdung, der Apokalypse und Verzweiflung bloß spielen, mir Übelkeit bereiten. Wir müssen uns aus dem Sinn schlagen, daß dies eine dem Untergang geweihte Zeit ist, daß wir auf das Ende warten, und was es sonst noch gibt – reiner Quatsch aus der Boulevardpresse. Die Lage ist grimmig genug, auch ohne diese Gruselspiele. Die Menschen, die sich gegenseitig Furcht einjagen – eine ärmliche Sorte moralischer Gymnastik. Um aber auf den Hauptpunkt zu kommen, so führen uns Empfehlung und Lob des Leidens in die falsche Richtung, und diejenigen von uns, die der Zivilisation treu bleiben, dürfen darauf nicht hereinfallen. Man muß die Kraft haben, den Schmerz nutzbar zu machen, zu bereuen, sich erleuchten zu lassen; man muß die Gelegenheit dazu haben und die Zeit. Für den religiösen Menschen ist die Liebe zum Leiden eine Form der Dankbarkeit an das Erlebnis oder eine Möglichkeit, Böses zu erfahren und in Gutes zu verwandeln. Sie glauben, daß sich der geistige Zyklus im Dasein eines Menschen vollenden wird und kann und daß dieser auf irgendeine Weise sein Leiden nutzbar machen wird, und sei es erst in der Stunde seines Todes, wenn Gottes Gnade ihn mit einer Vision der Wahrheit belohnen und er verklärt sterben wird. Aber das ist eine Sonderübung. Viel häufiger geschieht es, daß das Leid die Menschen zerbricht, zermalmt und jeglicher Erleuchtung entbehrt. Sie sehen ja, wie grausam die Menschen vom Schmerz zerstört werden, wenn sie außerdem noch die Qual erleiden, zunächst ihre Menschlichkeit zu verlieren, so daß ihr Tod eine totale Niederlage ist; und dann schreiben Sie von ›modernen Formen des Orphismus‹, und von ›Leuten, die vorm Leiden keine Angst haben‹, und warten mit anderem Cocktail-Party-Jargon auf. Sagen Sie doch lieber, daß Menschen mit einer kräftigen Einbildungskraft und der Fähigkeit, tief zu träumen und wunderbare und in sich geschlossene Phantasiegebäude zu errichten, sich manchmal dem Leiden zuwenden, um in ihre Seligkeit hineinzuschneiden, wie sich Leute kneifen, um sich zu vergewissern, daß sie wach sind. Ich weiß, daß mein Leiden, wenn ich davon sprechen darf, oft von dieser Sorte war, eine Form des erweiterten Lebens, ein Streben nach wirklicher Wachsamkeit und ein Gegenmittel gegen die Illusion; daher kann ich dafür keinen moralischen Kredit verlangen. Ich bin gewillt, ohne weiteres Training im Schmerz mein Herz zu öffnen. Dafür brauche ich keine Doktrin oder Theologie des Leidens. Wir lieben die Apokalypsen, die Krisenethik und den blühenden Extremismus mit seiner aufreizenden Sprache zu sehr. Verzeihen Sie, nein. Ich habe mein gerütteltes Maß an Ungeheuerlichkeit. Wir haben eine Epoche in der Menschheitsgeschichte erreicht, in der man bezüglich gewisser Personen fragen kann: ›Was ist dies für ein Ding?‹ Davon will ich nichts mehr wissen – nein, nein! Ich bin ganz einfach ein menschliches Wesen – mehr oder weniger. Ich bin sogar einverstanden, dieses mehr oder weniger Ihnen anzuvertrauen. Sie dürfen über mich befinden. Sie haben einen Hang zur bildlichen Sprache. Ihr sonst bewundernswertes Werk ist davon beeinträchtigt. Ich bin sicher, daß Sie für mich eine großartige Metapher aus dem Hut zaubern können. Aber vergessen Sie nicht zu sagen, daß ich niemals das Leiden für irgend jemanden fordern oder die Hölle anrufen werde, auf daß wir ernst und wahrhaftig werden. Ich glaube sogar, daß die Schmerzempfindung des Menschen zu subtil geworden ist. Das wäre aber ein anderes Thema für eine längere Abhandlung.*

Sehr gut, Mermelstein. Gehe hin und sündige nicht mehr. Und Herzog, vielleicht ein bißchen verlegen über diese sonderbare Gardinenpredigt, erhob sich von der Matratze (die Sonne zog ihres Weges) und ging wieder hinunter. Er aß mehrere Scheiben Brot, gebackene Bohnen – ein kaltes Bohnensandwich – und trug anschließend seine Hängematte und zwei Liegestühle nach draußen.

So fing die letzte Woche seiner Briefe an. Er wanderte über seine zwanzig Morgen Hügel- und Waldlandschaft und entwarf seine Botschaften, von denen er keine abschickte. Er war nicht gewillt, auf dem Rad zum Postamt zu strampeln und im Dorf Fragen über Mrs. Herzog und die kleine June zu beantworten. Er wußte sehr wohl, daß die grotesken Einzelheiten des ganzen Herzog-Skandals seinerzeit am Kollektivanschluß des Telefons abgehört und für Ludeyvilles Phantasieleben zum täglichen Brot geworden waren. Er hatte sich am Telefon nie Zurückhaltung auferlegt; er war zu aufgebracht. Und Madeleine war viel zu aristokratisch, um sich darum zu kümmern, was die Bauerntölpel mit anhörten. Schließlich hatte sie ihn ja auch davongejagt. Ihr brachte das keine Schande.

Liebe Madeleine – Du bist eine tolle Person! Gott segne dich! Was für ein Geschöpf! Um nach einem Essen im Restaurant Rouge aufzulegen, benutzte sie die Schneide eines Messers als Spiegel. Er erinnerte sich dessen mit Vergnügen.

Und Du, Gersbach, Du kannst Madeleine gern haben. Genieße sie – freue Dich an ihr. Du wirst mich jedoch durch sie hindurch nicht erreichen. Ich weiß, daß Du mich in ihrem Fleisch gesucht hast. Aber ich bin nicht mehr da.

Sehr geehrte Herren. Als ich durch Panama City fuhr, hat mich die Größe und Anzahl der dortigen Ratten wahrlich in Erstaunen versetzt. Eine von ihnen sah ich sich am Rande eines Schwimmbeckens sonnen. Eine andere hat mir von der Holztäfelung eines Restaurants zugesehen, als ich meinen Obstsalat verzehrte. Auch habe ich an einem elektrischen Draht, der schräg zu einem Bananenbaum hinaufführte, eine ganze Rattentruppe auf und ab wandern und die Früchte ernten sehen. Zwanzigmal oder öfter sind sie den Draht hinauf- und hinuntergelaufen, ohne einmal zusammenzustoßen. Ich würde vorschlagen, daß Sie den Tieren Chemikalien zur Geburtenkontrolle in die Köder tun. Gift würde nichts bewirken (aus Gründen, die schon Malthus dargelegt hat: wenn man eine Bevölkerung nur wenig verringert, vermehrt sie sich um so kräftiger). Aber ein paar Jahre Empfängnisverhütung würden Ihrer Rattenplage vielleicht steuern.

Lieber Herr Nietzsche – Sehr geehrter Herr. Darf ich aus dem Zuschauerraum eine Frage an Sie richten? Sie sprechen von der Kraft des dionysischen Geistes, den Anblick des Furchtbaren, des Fragwürdigen zu ertragen, sich den Luxus der Vernichtung zu erlauben, den Verfall, das Entsetzliche, das Böse anzusehen. Und der dionysische Geist kann das alles, weil er über dieselben Kräfte der Wiedergeburt verfügt wie die Natur selbst. Einige dieser Ausdrücke, muß ich Ihnen verraten, haben einen sehr deutschen Klang. Die Phrase ›Luxus der Vernichtung‹ ist ausgesprochen wagnerianisch, und ich weiß genau, warum Sie Wagners angekränkelte Idiotie und seinen Bombast so sehr verachten lernten. Jetzt haben wir genügend Zerstörung erlebt, um die Kraft des dionysischen Geistes auf die Probe zu stellen, und wo sind die Helden, die davon wiedergeboren wurden? Die Natur (höchstpersönlich) und ich sind allein in den Berkshires, und meine Chance, zur Einsicht zu gelangen, war noch nie so günstig. Ich liege in einer Hängematte, Kinn auf der Brust, Hände verschränkt, Kopf zum Bersten voll von Gedanken, aufgewühlt, ja, aber auch fröhlich, und ich weiß, daß Sie die Fröhlichkeit werthalten – wahre Fröhlichkeit, nicht die scheinbare Sanguinität der Epikuräer und auch nicht die strategische Aufgekratztheit der Verzweifelten. Ich kenne auch Ihren Gedanken, daß der Schmerz adelt, der Schmerz, der mit langsamer Flamme brennt, wie grünes Holz, und da stehe ich ein bißchen auf Ihrer Seite. Aber für diese höhere Unterweisung ist es notwendig, daß man am Leben bleibt. Man muß den Schmerz überleben. Herzog! Du mußt mit dieser Streitsucht und der Anrempelei großer Männer Schluß machen. Nein, wirklich, Herr Nietzsche, ich hege große Bewunderung für Sie. Sympathie. Sie wollen uns dazu befähigen, mit der Leere zu leben. Uns nicht in Gutmütigkeit, Vertrauen, ordentliche, mittelmäßige menschliche Überlegungen hineinzulügen, sondern zu fragen, wie nie zuvor gefragt worden ist, unablässig, mit eiserner Entschlossenheit, in das Böse, durch das Böse, hinter das Böse, ohne einen schimpflichen Trost zuzulassen. Die schonungslosesten, die bohrendsten Fragen. Die Menschheit abzuweisen, wie sie ist, diesen gemeinen, prakti-

schen, diebischen, stinkenden, unerleuchteten, schwammigen Pöbel, nicht nur den arbeitenden Pöbel, sondern schlimmer noch den ›gebildeten‹ Pöbel mit seinen Büchern, Konzerten und Vorträgen, seinem Liberalismus und seinen romantischen, theatralischen ›Lieben‹ und ›Leidenschaften‹ – das alles verdient zu sterben; es wird sterben. Nun gut. Ihre Extremisten müssen jedoch am Leben bleiben. Kein Überleben, kein amor fati. Ihre Immoralisten essen auch Fleisch. Sie fahren im Omnibus. Sie sind nur die Fahrgäste, die den Bus am meisten leid sind. Die Menschheit lebt größtenteils von verfälschten Ideen. Wenn Ihre Ideen verfälscht sind, dann sind auch sie nicht besser als die des von Ihnen verworfenen Christentums. Jeder Philosoph, der mit der Menschheit in Berührung bleiben will, sollte im voraus sein eigenes System verfälschen, um zu sehen, wie es ein paar Jahrzehnte nach seiner Übernahme aussehen wird. Ich schicke Ihnen Grüße von diesem bloßen Saum grasumgebenen weltlichen Lichtes und wünsche Ihnen Glück, wo Sie auch sein mögen. Unter dem Schleier der Maya, Ihr M. E. H.

Lieber Dr. Morgenfruh. Schon seit einiger Zeit tot. *Ich bin Herzog, Moses E.* Gib dich zu erkennen. *Wir haben in Madison, Wisconsin, zusammen Billard gespielt.* Erzähle ihm mehr. *Bis eines Tages Willie Hoppe zu einer Vorführung erschien und uns beschämte.* Der große Billardkünstler erreichte von den drei Bällen absoluten Gehorsam; als ob er ihnen etwas zuflüsterte und sie ein bißchen mit seinem Queue streichelte, trennten sie sich und küßten sich wieder. Und der alte Morgenfruh mit seinem Kahlkopf, seiner feinen, humorvollen, gebogenen Nase und seinem ausländischen Charme klatschte und bot allen Atem auf, um ›Bravo‹ zu rufen. Morgenfruh spielte Klavier und brachte sich damit selbst zum Weinen. Helen spielte Schumann besser, hatte aber weniger dabei zu verlieren. Sie spielte mit gerunzelter Stirn, als wolle sie der Musik zeigen, daß sie zwar gefährlich sei, sie sie aber zähmen könne. Morgenfruh hingegen stöhnte, wenn er in seinem Pelzmantel vor den Tasten saß. Dann sang er mit, und schließlich weinte er – es überkam ihn. Er war ein großartiger alter Mann, nur teilweise Hochstapler, und was kann man mehr von einem Menschen verlangen. *Lieber Dr. Morgenfruh, Die letzten Nachrichten aus der Olduvaischlucht in Ostafrika geben begründeten Anlaß zu der An-*

nahme, daß der Mensch nicht von einem friedlichen Baumaffen abstammt, sondern von einem fleischfressenden, auf dem Boden lebenden Typ, einem Tier, das in Rudeln jagte und seiner Beute mit einer Keule oder einem Schenkelknochen den Schädel einschlug. Das klingt schlimm, Morgenfruh, für die Optimisten und für die nachsichtige, hoffnungsfrohe Beurteilung der menschlichen Natur. Das Werk von Sir Solly Zuckerman über die Affen im Londoner Zoo, von dem Sie so oft gesprochen haben, ist überholt. Im eigenen Habitat sind die Affen weniger sexuell getrieben als in Gefangenschaft. Das muß daher kommen, daß Gefangenschaft und Langeweile Lüsternheit erzeugen. Es mag auch sein, daß der territoriale Instinkt stärker ist als der sexuelle. Verharre im Licht, Morgenfruh. Ich werde Dir von Zeit zu Zeit das Neueste berichten.

Trotz der Stunden, die er im Freien verbracht hatte, fand er, daß er immer noch blaß aussah. Das kam vielleicht daher, daß der Badezimmerspiegel, in den er morgens starrte, das dichte Grün der Bäume reflektierte. Nein, er sah nicht gut aus. Die Erregung mußte an seinen Kräften zehren. Außerdem erinnerte ihn der hartnäckige medizinische Geruch der Pflasterbandage um seine Brust ständig daran, daß er nicht ganz gesund war. Nach dem zweiten oder dritten Tag schlief er nicht mehr im zweiten Stock. Er wollte nicht die Eulen aus dem Haus vertreiben und ihre Brut in der alten Lampe mit der dreifachen Messingkette nicht umkommen lassen. Es war schlimm genug, daß die kleinen Skelette in dem Klosettbecken lagen. Er zog nach unten, nahm sich ein paar Gebrauchsgegenstände mit, einen alten Trenchcoat und Regenhut, seine von Gokey in St. Paul angefertigten Stiefel – herrliche, schmiegsame, schöne, schlangensichere Schuhe; er hatte vergessen, daß er sie besaß. Im Speicherraum machte er andere interessante Entdeckungen, Fotos von ›glücklichen Tagen‹, Kisten mit Kleidungsstücken, Madeleines Briefe, Bündel von entwerteten Schecks, fein gravierte Heiratsanzeigen und ein Heft mit Kochrezepten, das Phoebe Gersbach gehörte. Auf allen Fotos war er zu sehen. Madeleine hatte sie zurückgelassen und die anderen mitgenommen. Interessant – ihre Haltung. Unter den hinterlassenen Kleidern befand sich ihre teure Umstandsgarnitur. Die Schecks lauteten auf große Summen, und viele waren Barschecks. Hatte sie heimlich Geld gespart? Er würde es ihr zutrauen. Die Anzeigen brachten ihn zum Lachen; Mr. und Mrs. Pontritter zeigen die Vermählung ihrer Tochter mit Mr. Moses E. Herzog Ph. D. an.

In einem der Schränke fand er unter einem steifen Malertuch etwa ein Dutzend russische Bücher. Schestow, Rosanow – er mochte Rosanow recht gern, der glücklicherweise auf englisch vorhanden war. Er las ein paar Seiten aus *Solitaria*. Dann prüfte er den Stand der Farben – alte Pinsel, Verdünner schon verdampft, verkrustete Eimer. Es waren da auch mehrere Blechdosen mit Glanzfarbe, und Herzog überlegte: Wie wäre es, wenn ich das kleine Klavier ein bißchen übermalte? Ich könnte es nach Chicago schicken, an Junie. Das Kind ist wirklich hochmusikalisch. Und was Madeleine betrifft, so wird sie's annehmen müssen, diese Megäre, wenn's abgeliefert wird und bezahlt ist. Sie kann's nicht zurückschicken. Die grüne Farbe schien genau das Richtige zu sein; er suchte sich, ohne zu säumen, die brauchbarsten Pinsel heraus und setzte sich voller Eifer im Wohnzimmer an die Arbeit. *Lieber Rosanow*. Er übermalte ganz in Gedanken versunken den Klavierdeckel; das Grün war hell, hübsch, wie Sommeräpfel. *Sie sagen, es sei eine erstaunliche Wahrheit, die noch kein Prophet verkündet hat, daß das Privatleben über allem stehe. Universaler als jede Religion. Die Wahrheit steht höher als die Sonne. Die Seele ist Passion. »Ich bin das Feuer, das verzehrt.« Es ist eine Wonne, von Gedanken erstickt zu sein. Ein guter Mann kann zuhören, wenn ein anderer von sich spricht. Leuten, die von solchem Gerede gelangweilt sind, kann man nicht trauen. Gott hat mich von Kopf bis Fuß vergoldet. Das gefällt mir, Gott hat mich von Kopf bis Fuß vergoldet.* Sehr rührend, dieser Mann, wenn auch zuweilen fürchterlich grob und mit heftigen Vorurteilen vollgestopft. Die Farbe deckte gut, aber man brauchte wahrscheinlich einen zweiten Anstrich, und dafür hatte er möglicherweise nicht genug Farbe. Er legte den Pinsel nieder und ließ dem Klavierdeckel Zeit zum Trocknen. Dabei überlegte er, wie er das Instrument verschicken sollte. Er konnte nicht erwarten, daß einer der riesigen Fernlastzüge hier heraufahren könnte. Er würde Tuttle vom Dorf beauftragen müssen, mit seiner Lasttaxe zu kommen. Die Kosten würden sich ungefähr auf hundert Dollar belaufen, aber er mußte alles nur Mögliche für das Kind tun, und er hatte keine ernsten Geldsorgen. Will hatte ihm so viel angeboten, wie er brauchte, um den Sommer zu überstehen.

Ein sonderbares Ergebnis des gesteigerten historischen Bewußtseins ist die allgemeine Überzeugung, daß die Erklärung lebensnotwendig ist. Die Menschen müssen ihren Zustand erklären. Und wenn das unerklärte Leben nicht lebenswert ist, dann ist auch das erklärte unerträglich. »Synthese oder Tod!« Ist das das neue Gesetz? Wenn man aber sieht, welche seltsamen Auffassungen, Halluzinationen und Projektionen sich dem menschlichen Geist entringen, dann beginnt man wieder, an die Vorsehung zu glauben. Diese Idiotien zu überleben ... Auf alle Fälle ist der Intellektuelle immer ein Separatist gewesen. Und mit welcher Synthese wird sich wohl der Separatist zu Wort melden? Ich hatte das Glück, nicht die Mittel zu haben, um mich zu weit vom alltäglichen Leben zu entfernen. Darüber bin ich froh. Ich will mit anderen Menschen soweit wie möglich teilen und meine restlichen Jahre nicht auf die gleiche Weise zuschanden machen. Herzog fühlte einen tiefen, rauschhaften Trieb, zu *beginnen*.

Er mußte das Wasser aus der Zisterne holen; die Pumpe war zu rostig, er hatte sie mit Wasser gefüllt und den Schwengel bedient, aber sich dabei nur ermüdet. Die Zisterne war voll. Er hob den Eisendeckel mit einem Hebebaum hoch und ließ einen Eimer hinunter. Er machte beim Hinuntergleiten ein gutes Geräusch, und man konnte nirgends weicheres Wasser finden, aber man mußte es abkochen. Auf dem Grunde lagen immer ein oder zwei tote Eichhörnchen oder eine Ratte, obgleich das Wasser ganz klar aussah, wenn man es hochzog – klares, grünes Wasser.

Er setzte sich unter die Bäume. *Seine* Bäume. Er war belustigt, daß er hier auf seinem amerikanischen Landsitz ausruhte, für zwanzigtausend Dollar Landeinsamkeit und Ungestörtheit. Er fühlte sich nicht als Besitzer. Und was die zwanzigtausend anbelangt, so war der Besitz sicher nicht mehr wert als drei- oder viertausend. Niemand wollte diese altmodischen Häuser am Rand der Berkshires – außerhalb der mondänen Orte, wo Musikfestivals und moderner Tanz, Parforcejagden und andere Arten des Snobismus im Schwange waren. Man konnte auf diesen Hängen nicht einmal Schi laufen. Niemand kam her. Er hatte nur sanftmütige, einfältige alte Nachbarn, Jukes und Kallikaks, die sich auf ihren Veranden zu Tode schaukelten und vor dem Fernsehgerät saßen. Das neunzehnte Jahrhundert starb einen stillen Tod in diesem grünen Loch. Aber dies war sein Eigen, sein Herd; dies waren *seine* Birken, Trompetenbäume, Kastanien. Seine verfluchten Träume vom Frieden. Das Erbteil seiner Kinder – eine versunkene Ecke von Massachusetts für Marco, das kleine Klavier für June, von ihrem pfleglichen Vater liebevoll grün gestrichen. Auch das, wie so viele andere Dinge, würde er wahrscheinlich versieben. Aber immerhin würde er hier nicht sterben, wie er einst gefürchtet hatte. Wenn er in früheren Sommern das Gras mähte, beugte er sich manchmal erhitzt über die Mähmaschine und dachte: Wie wäre es, wenn ich plötzlich am Herzschlag stürbe? Wo wird man mich zur Ruhe legen? Vielleicht sollte ich mir eine Stelle aussuchen. Unter der Tanne? Das ist zu nahe am Haus. Jetzt überlegte er, daß Madeleine ihn hätte einäschern lassen. *Und diese Erklärungen sind unerträglich, aber sie müssen abgegeben werden. Im siebzehnten Jahrhundert hat die inbrünstige Suche nach der absoluten Wahrheit aufgehört, damit die Menschheit die Welt umformen könne. Man hat den Gedanken praktisch verwendet. Das Geistige wurde zugleich das Wirkliche. Die Erlösung von der Jagd nach dem Absoluten machte das Leben angenehm. Nur eine kleine Schar fanatischer, beruflich engagierter Intellektueller lief noch dem Absoluten hinterher. Aber unsere Revolutionen, mit Einschluß des nuklearen Schreckens, bringen uns die metaphysische Dimension zurück. Alle praktische Tätigkeit hat diesen Gipfelpunkt erreicht: jetzt kann alles dahingehen, Zivilisation, Geschichte, Sinn, Natur. Alles! Um nun auf Kierkegaards Frage zurückzukommen...*

An Dr. Waldemar Zozo: Sie, mein Herr, waren der Psychiater der Marine, der mich in Norfolk, Va., um das Jahr 1942 untersucht und mir gesagt hat, daß ich ungewöhnlich unreif sei. Das wußte ich, aber die professionelle Bestätigung hat mir schwere Qualen verursacht. Im Erleiden von Qualen war ich nicht unreif. Ich konnte jahrhundertealte Erfahrungen heranziehen. Ich habe damals alles sehr ernst genommen. Jedenfalls wurde ich später wegen Asthma entlassen, nicht wegen kindischen Betragens. Ich habe mich in den Atlantik verliebt. Oh, das große, netzüberzogene Meer mit gebirgigem Boden! *Aber der Meeresnebel hat mir die Stimme verschlagen, und das war für einen Nachrichtenoffizier das Ende. Als ich aber nackt und bleich in Ihrer Zelle saß, den Matrosen beim Exerzieren auf dem staubigen Platz zuhörte, vernehmen mußte, was Sie mir über meinen Charakter erzählten, und die südliche Hitze fühlte, wäre es unschicklich gewesen, die Hände zu ringen. Ich habe sie auf meinen Schenkeln liegen lassen.*

Zuerst aus Haß, dann aber, weil ich ein objektives Interesse hatte, habe ich Ihre Laufbahn in den Zeitungen verfolgt. Ihr Artikel ›Existentielle Ruhelosigkeit im Unbewußten‹ hat mich vor kurzem bestrickt. Es war tatsächlich ein prima Stück Arbeit. Sie nehmen es mir hoffentlich nicht übel, wenn ich so mit Ihnen rede. Ich befinde mich in einer außerordentlich ungebundenen Geistesverfassung. »Auf unbegangenen Pfaden«, wie Walt Whitman es so wunderbar ausgedrückt hat. »Entronnen dem Leben, das selbst sich zur Schau stellt ...« Oh, das ist eine Pest, das Leben, das sich selbst zur Schau stellt, eine wahre Pest! Es kommt eine Zeit, da jeder lächerliche Adamssohn vor den übrigen aufstehen will, mit allen Faxen, Zuckungen und Ticks, mit allem Glanz der selbstverklärten Häßlichkeit, den gebleckten Zähnen, der scharfen Nase, der unsinnig verdrehten Logik, und zu den übrigen sagt in einem Überschwang von Narzißmus, den er als Wohlwollen interpretiert: »Ich bin hier, um Zeugnis abzulegen. Ich bin gekommen, um euer Vorbild zu sein.« Armer, wirrer Spuk!... Jedenfalls entronnen, wie Whitman sagt, aus dem Leben, das sich zur Schau stellt, und ›von aromatischen Zungen beschwatzt‹. ... Aber da ist noch eine weitere interessante Tatsache. Ich habe Sie im vergangenen Frühjahr im Museum für Primitive Kunst in der 54. Street wiedererkannt. Wie mir die Füße weh taten! Ich mußte Ramona bitten, daß ich mich setzen dürfte. Ich sagte zu der Dame, mit der ich gekommen war: »Ist das nicht Dr. Waldemar Zozo?« Sie kannte Sie zufällig auch und hat mir das Neueste mitgeteilt: Sie seien recht vermögend, ein Sammler afrikanischer Antiquitäten, Ihre Tochter sei Volksliedersängerin, und sonst noch so manches. Ich habe deutlich gemerkt, wie sehr ich Sie noch immer verabscheute. Ich dachte, ich hätte auch Ihnen vergeben. Ist das nicht interessant? Als ich Sie sah, das weiße Rollkragenhemd und Frackjacke, den edwardischen

Schnurrbart, die feuchten Lippen, das Hinterhaar über die kahlen Stellen geklatscht, den trostlosen Bauch, den affigen Hintern (chemisch alt!), da merkte ich erfreut, wie sehr Sie mich anwiderten. Es ist mir nach zweiundzwanzig Jahren wieder frisch aus dem Herzen gequollen!

Sein Geist tat einen seiner seltsamen Sprünge. Er schlug eine neue Seite in seinem speckigen Heft auf und begann im zweigeteilten Schatten eines wilden Kirschbaums, der mit Raupen übersät war, Notizen für ein Gedicht zu machen. Er wollte eine Insekten-Ilias für Junie verfassen. Sie konnte noch nicht lesen, aber vielleicht würde Madeleine erlauben, daß Luke Asphalter mit dem Kind in den Park ging und ihr die Stücke vorlas, so wie er sie erhielt. Luke wußte in der Naturgeschichte gut Bescheid. Es würde auch ihm guttun. Moses, bleich von dem herzlichen Unsinn, starrte mit braunen Augen auf den Boden, stand mit krummen Schultern, das Notizbuch auf dem Rücken, und überlegte. Er könnte die Trojaner zu Ameisen werden lassen. Die Argiver könnten Wasserspinnen sein. Luke konnte für sie solche Käfer am Ufer der Lagune finden, wo die dummen Karyatiden aufgestellt waren. Die Wasserspinnen also, mit langen samtenen Härchen, die von glitzernden Luftbläschen perlten. Helena eine bildschöne Wespe. Der alte Priamus eine Zikade, die aus den Wurzeln Saft sog und mit ihrem kellenförmigen Leib die unterirdischen Gänge verputzte. Und Achilles ein Hirschkäfer mit spitzem Geweih und furchtbarer Kraft, aber zu einem kurzen Leben verdammt, wiewohl er zur Hälfte ein Gott war. Am Rande des Wassers schrie er nach seiner Mutter:

> Also sprach Achilleus
> Ihn hörte die herrliche Mutter
> Welche beim greisen Vater
> Saß in der Tiefe des Meeres.
> In glänzenden Trümmern, genug für alle.

Aber dieser Plan wurde schnell verworfen. Es war keine gute Idee, wirklich nicht. Erstens war er geistig nicht genügend ausgeglichen und hätte niemals seine Gedanken darauf konzentrieren können. Sein Zustand war zu prekär, diese Mischung von Klarsichtigkeit und Verdrehtheit, *esprit de l'escalier*, edlen Triebkräften, Poesie und Unsinn, Ideen, Überempfindsamkeit – wie er so auf und ab ging, eine mächtige, aber undeutliche Musik in sich vernahm und Erscheinungen sah: violette Ränder um die klarsten Gegenstände. Sein Geist war wie jene Zisterne: weiches klares Wasser unter dem Eisendeckel versiegelt, aber zum Trinken nicht ganz ungefährlich. Nein, er war besser beschäftigt, wenn er das Klavier für das Kind anstrich. Geh! Laß die feurige Kralle der Phantasie den grünen Pinsel ergreifen. Geh! Aber der erste Anstrich war noch nicht trocken, und er wanderte in den Wald hinaus und aß ein Stück Brot aus dem Paket, das er in der Manteltasche trug. Er war darauf gefaßt, daß sein Bruder jederzeit aufkreuzen konnte. Will war wegen seines Aussehens verstört gewesen. Das war unverkennbar. Ich sollte mich lieber vorsehen, dachte Herzog; so mancher wird in die Anstalt geschickt und scheint es sogar zu wünschen. Ich habe mich immer umsorgen lassen wollen. Ich hatte inständigst gehofft, daß Emmerich mich krank finden würde. Aber ich habe nicht die Absicht, das zu tun – ich bin verantwortungsbewußt, der Vernunft verantwortlich. Dies ist nichts als eine vorübergehende Erregung. Verantwortlich den Kindern. Er ging gemächlich in den Wald hinein, die vielen Blätter, lebende und gefallene, grüne und braune; er schritt zwischen verfaulten Baumstümpfen, Moos, scheibenartigen Pilzen hindurch, er fand einen Jagdpfad und eine Wildspur. Er fühlte sich hier recht wohl und ruhiger. Das Schweigen trug ihn, das herrliche Wetter, das Gefühl, daß er von allem um ihn her ohne Schwierigkeit beschwichtigt wurde.

Im Hohlraum Gottes, wie er schrieb, *und taub für die endgültige Vielheit der Tatsachen,* sowie auch *blind für letzte Entfernungen. Zwei Milliarden Lichtjahre draußen. Supernovae.*

Tägliche Strahlen, hier betreten
In der Höhlung, die Gottes ist.

An Gott schrieb er einige Zeilen nieder.

Wie mein Geist sich gemüht hat, einen zusammenhängenden Sinn zu erkennen. Ich habe meine Sache nicht sehr gut gemacht. Aber ich habe gestrebt, deinen unerforschlichen Willen zu tun, den ich, wie auch dich, ohne Symbole hinnahm. Alles von ungeheuerster Bedeutung. Besonders wenn meiner selbst entledigt.

Zu praktischen Erwägungen zurückkehrend, überlegte er, daß er bei Will vorsichtig sein, mit ihm nur in konkretesten Formulierungen über konkrete Dinge, wie zum Beispiel sein Haus, sprechen und dabei so alltäglich wie möglich aussehen mußte. Wenn du einen überlegenen Ausdruck trägst, warnte er sich, bist du geliefert, und zwar sehr schnell. Niemand kann diesen Ausdruck länger ertragen, nicht einmal dein Bruder. Paß daher auf dein Gesicht auf! Gewisse Mienen wirken aufreizend, und besonders die Miene der Überlegenheit, die einen geradenwegs in die Klapsmühle bringen kann. Das hättest du dann auch verdient.

Er legte sich in der Nähe der Akazien nieder. Sie hatten zarte, winzige, aber köstliche Blüten – es tat ihm leid, daß er sie versäumt hatte. Er merkte, daß er mit den Armen auf dem Rücken und ausgestreckten Beinen genauso lag, wie er vor weniger als einer Woche auf seinem schmutzigen kleinen Sofa in New York gelegen hatte. Aber war es wirklich nur eine Woche – fünf Tage? Unglaublich! Wie anders er sich fühlte! Zuversichtlich, sogar glücklich in seiner Erregung, gefestigt. Der bittere Trank würde ihm mit der Zeit schon wieder gereicht werden. Ruhe und Wohlbefinden waren nur ein momentaner Unterschied im seltsamen Stoffutter oder der wandelbaren Seide zwischen Leben und Leere. *Das Leben, das du mir geschenkt hast, ist wunderlich gewesen,* wollte er seiner Mutter sagen, *und vielleicht wird der Tod, den ich erben muß, noch wunderlicher werden. Ich habe manchmal gewünscht, daß er sich beeilen möge, mich gesehnt, daß er bald komme. Aber ich bin noch auf derselben Seite der Ewigkeit wie zuvor. Das ist mir durchaus recht, denn ich muß vorher noch einiges erledigen. Ohne Lärm, wie ich hoffe. Einige meiner ältesten Ziele scheinen sich verflüchtigt zu haben.* Aber ich habe dafür andere. *Das Leben auf dieser Erde kann nicht bloß ein Bild sein.* Und es sind furchtbare Kräfte in mir, darunter die Kraft des Bewunderns oder Preisens, Mächte, darunter die Macht der Liebe, die sehr schädlich ist und mich beinahe zum Idioten gemacht hätte, weil mir die Fähigkeit abging, sie zu lenken. *Vielleicht werde ich doch nicht als der schlimme, hoffnungslose Dummkopf erscheinen, für den alle, du und ich selbst mich gehal-*

ten haben. Inzwischen sollte ich gewisse andauernde Qualen abschütteln. Die Übertätigkeit dieses übertätigen Gesichts aufgeben. Aber nur, um es statt dessen dem Glanz der Sonne darzubieten. *Ich möchte dir, und anderen, den liebevollsten Wunsch senden, der in meinem Herzen wohnt. Das ist die einzige Möglichkeit, euch zu erreichen – dort, wo das Unbegreifliche haust. Ich kann ihm nur entgegenbeten. Darum – Friede!*

Die nächsten zwei Tage – oder waren es drei? – tat Herzog nichts anderes, als solche Botschaften zu senden, Liedchen, Psalmen und Äußerungen aufzuzeichnen; er formulierte, was er oft gedacht, aber der Form halber oder aus einem ähnlichen Grunde immer wieder unterdrückt hatte. Ab und zu strich er wieder an dem kleinen Klavier, aß Brot und Bohnen in der Küche oder schlief in der Hängematte, und die Entdeckung, auf welche Weise er beschäftigt war, überraschte ihn stets von neuem.

Er blickte eines Morgens auf den Kalender und versuchte, das Datum zu erraten, indem er in Gedanken die Tage und Nächte zählte oder vielmehr ihnen nachzuspüren suchte. Sein Bart belehrte ihn besser als sein Hirn. Seine Stoppeln fühlten sich viertägig an, und er hielt es für das beste, glatt rasiert zu sein, wenn Will ankam.

Er machte sich ein Feuer und erhitzte Wasser in einem Topf, seifte sich die Wangen mit brauner Küchenseife ein. Glatt rasiert wirkte er äußerst blaß. Sein Gesicht war auch viel schmaler geworden. Er hatte gerade den Rasierapparat aus der Hand gelegt, als er das summende Geräusch eines Motors am Fuß der Auffahrt hörte. Er lief in den Garten, um seinen Bruder zu begrüßen.

Will saß allein in seinem Cadillac. Der große Wagen kam langsam den Hügel heraufgefahren, scharrte mit der Unterseite über Steinen und bog die hohen Stauden des Unkrauts und der Dornenäste nieder. Will war ein meisterhafter Fahrer. Er war zwar klein, kannte aber keine Furcht, und was den wunderschönen pflaumenfarbenen Lack des Cadillac betraf, so war er nicht der Mann, der sich über ein paar Kratzer aufhielt. Auf einer ebenen Stelle, unter der Ulme stand der Wagen im Leerlauf. Wie aus den Nüstern eines chinesischen Drachens strömten zwei Rauchfahnen aus dem Auspuff, und William stieg aus. Sein Gesicht wirkte in der Sonne gefurcht. Er betrachtete das Haus, als Moses voller Freude näher kam. Was Will wohl dachte? fragte sich Moses. Er mußte entsetzt sein. Was konnte er sonst sein?

»Will! Wie geht es dir?« Er umarmte seinen Bruder.

»Wie steht's, Moses? Geht es dir gut?« Will mochte sich so konservativ geben, wie es ihm gefiel, aber er konnte seine wahren Gefühle vor seinem Bruder nicht verbergen.

»Ich habe mich gerade rasiert. Ich sehe nach dem Rasieren immer blaß aus, aber ich fühle mich wohl. Ehrenwort.«

»Du hast abgenommen. Sicher zehn Pfund seit Chicago. Das ist zuviel«, sagte Will. »Was macht die Rippe?«

»Merke ich gar nicht mehr.«

»Und der Kopf?«

»Gut. Ich habe mich ausgeruht. Wo ist Muriel? Ich dachte, sie wollte auch kommen.«

»Sie hat das Flugzeug genommen. Ich treffe sie in Boston.«

Will hatte gelernt, Zurückhaltung zu üben. Als ein Herzog mußte er viel zurückdämmen. Moses konnte sich noch an die Zeit erinnern, als auch Will gefühlsselig, leidenschaftlich und aufbrausend gewesen war, von Jähzorn gepackt wurde und Gegenstände auf den Boden schleuderte. Einen Augenblick – was war es doch, was er auf die Erde pfefferte? Eine Bürste! Das war's! Die breite alte russische Schuhbürste. Will warf sie so heftig auf den Boden, daß der alte Lackrücken abplatzte und darunter die Stiche, alte Wachsfäden und vielleicht sogar Sehnen zum Vorschein kamen. Aber das war lange her. Bestimmt fünfunddreißig Jahre. Und wohin war er verschwunden, der Zorn des Willie Herzog? meines lieben Bruders? In eine gewisse Art des Auftretens und stillen Humors, die teilweise Schicklichkeit und teilweise (möglicherweise) Sklaverei war. Die Explosionen hatten sich in Implosionen verwandelt, und wo einst Licht war, kam nach und nach die Dunkelheit. Es machte nichts aus. Wills Anblick rührte Moses' Liebe für ihn auf. Will sah müde und zerfurcht aus; er war lange Zeit unterwegs gewesen, er brauchte etwas zu essen und Ruhe. Er hatte diese weite Fahrt unternommen, weil er über ihn, Moses, besorgt war. Und wie rücksichtsvoll von ihm, Muriel nicht mitzubringen. »Wie war die

Fahrt, Will? Hast du Hunger? Soll ich eine Dose Thunfisch aufmachen?«

»Du bist derjenige, der anscheinend nicht gegessen hat. Ich habe unterwegs etwas zu mir genommen.«

»Nun komm, setz dich ein bißchen hin.« Er führte ihn zu den Liegestühlen. »Es war herrlich hier, als ich noch den Garten pflegte.«

»Das ist also das Haus. Nein, ich möchte mich nicht setzen, danke. Ich gehe lieber ein bißchen umher. Sehen wir's uns mal an.«

»Ja, das ist das berühmte Haus, das Haus des Glücks«, sagte Moses, fügte aber hinzu: »Ich *bin* hier tatsächlich auch glücklich gewesen. Keine Undankbarkeit!«

»Es ist anscheinend gut gebaut.«

»Vom Standpunkt eines Baumeisters ist es großartig. Stell dir mal vor, was es heute kosten würde. Die Fundamente reichten sogar für das Empire State Building. Und ich zeige dir die handgezimmerten Balken aus Kastanienholz. Alte Nuten und Zapfen. Überhaupt kein Metall.«

»Es muß schwer zu heizen sein.«

»Nicht so schwer. Elektrische Scheuerleisten.«

»Ich wünschte, ich könnte dir den Strom verkaufen. Würde ein Vermögen verdienen... Aber es ist ein bildschöner Fleck, das muß man dir lassen. Diese Bäume sind wunderbar. Wieviel Morgen Land hast du?«

»Vierzig. Aber umgeben von verlassenen Farmen. Kein Nachbar innerhalb von drei Kilometern.«

»Oh... ist das gut?«

»Sehr privat, wollte ich sagen.«

»Wie hoch sind die Steuern?«

»Hundertsechsundachtzig, oder so ähnlich. Auf keinen Fall mehr als hundertneunzig.«

»Und die Hypothek?«

»Nur eine kleine Summe. Abzahlung plus Zinsen machen zweihundertfünfzig im Jahr.«

»Sehr schön«, sagte Will anerkennend. »Aber sag mal, wieviel Geld hast du in dieses Grundstück gesteckt, Mose?«

»Ich hab's nie zusammengerechnet. Ich vermute, etwa zwanzigtausend. Mehr als die Hälfte für Modernisierung.«

Will nickte. Mit gekreuzten Armen und halb abgewandtem Gesicht – auch er hatte diese ererbte Eigenart – starrte er zum oberen Teil des Hauses empor. Nur waren seine Augen unauffällig und unverrückbar wachsam, nicht verträumt. Moses sah jedoch ohne die geringste Schwierigkeit, was Will sich dachte.

Er sagte es sich auf jiddisch. *In drerd aufn deck. Hart neben dem Nirgends. Auf der Eingangsklappe zur Hölle.*

»An sich ist es ein sehr attraktiver Grundbesitz. Es könnte sich herausstellen, daß es doch eine ganz vernünftige Kapitalanlage war. Natürlich ist die Lage ein bißchen ausgefallen. Ludeyville steht nicht einmal auf der Karte.«

»Nein, nicht auf der Esso-Karte«, gab Moses zu. »Allerdings weiß der Staat Massachusetts durchaus, wo es liegt.«

Beide Brüder lächelten ein wenig, ohne einander anzublicken.

»Sehen wir uns mal das Innere an«, sagte Will.

Moses führte ihn durchs ganze Haus und fing dabei mit der Küche an. »Es muß gelüftet werden.«

»Es ist ein bißchen dumpfig. Aber hübsch. Der Putz ist sehr gut erhalten.«

»Du brauchst eine Katze, um die Feldmäuse in Schach zu halten. Die überwintern hier. Ich mag sie ganz gern, aber sie nagen alles an. Selbst die Einbände von Büchern. Sie scheinen den Leim zu lieben. Und Wachs. Paraffin. Kerzen. Alle Dinge dieser Art.« Will bewies ihm große Höflichkeit. Er trumpfte nicht mit harten Grundregeln auf, wie es Shura getan hätte. Will besaß einen gewissen liebenswürdigen Takt. Auch Helen hatte ihn. Shura hätte gesagt: »Was für ein Esel du gewesen bist, daß du so viel Pinke in diese alte Scheune gebuttert hast.« Nun, so war Shura eben. Moses liebte sie trotzdem alle. »Und die Wasserversorgung?«

»Ergänzt sich durch die Schwerkraft von der Quelle. Wir haben aber auch zwei alte Brunnen. Einer davon ist durch Kerosin ruiniert worden. Irgend jemand hat einen ganzen Tank Kerosin auslaufen und in den Boden ziehen lassen. Aber das macht nichts. Die Sickergrube ist gut gebaut. Sie würde für zwanzig Leute reichen. Apfelsinenbäume würde man nicht brauchen.«

»Was soll das heißen?«

»Das soll heißen, daß Louis Quatorze in Versailles Orangenbäume pflanzte, weil die Exkremente des Hofes die Luft verpesteten.«

»Wie hübsch, wenn man gebildet ist.«

»Wenn man pedantisch ist, meinst du wohl«, sagte Herzog. Er sprach mit großer Vorsicht und gab sich besondere Mühe, den Eindruck absoluter Normalität zu erwecken. Daß Will ihn beobachtete – Will, der der diskreteste und beobachtendste der Herzogs geworden war –, merkte ein Blinder. Moses glaubte, daß er dieser Prüfung ganz gut standhalten könne. Seine hageren, frisch rasierten Wangen sprachen zwar gegen ihn, wie auch das ganze Haus (die Skelette im Klosettbecken, die Eulen in der Lampe, das halbangestrichene Klavier, die Überreste der Mahlzeiten, die Frau-verlassene Atmosphäre); sein ›inspirierter‹ Besuch in Chicago war ebenfalls schlecht gewesen. Sehr schlecht sogar. Es mußte ferner zu erkennen sein, daß er sich in einer außergewöhnlichen Verfassung befand: die Augen vor Erregung erweitert, die Geschwindigkeit seiner Pulse vielleicht in seinen vergrößerten Augäpfeln sichtbar. *Warum muß ich eigentlich so ein herzklopfender Typ sein?... Aber ich bin es. Ich bin's, und einem alten Esel bringt man nicht mehr das Tanzen bei. Ich bin so und so und werde fortfahren, so und so zu sein. Warum dagegen ankämpfen? Mein Gleichgewicht kommt von der Labilität. Nicht von Organisation oder Mut, wie bei anderen Menschen. Das ist schlimm, aber so ist es. Unter diesen Bedingungen begreife auch ich – sogar ich! – gewisse Dinge. Vielleicht die einzige Möglichkeit des Begreifens für mich. Ich muß das Instrument spielen, das mir gegeben ist.*

»Ich sehe, daß du dieses Klavier angestrichen hast.«

»Für June«, erwiderte Herzog. »Ein Geschenk. Eine Überraschung.«

»Was?« Will lachte. »Hast du vor, es von hier aus zu schicken? Das würde zweihundert Dollar Fracht kosten. Und es müßte auch instand gesetzt, gestimmt werden. Ist es denn ein so großartiges Klavier?«

»Madeleine hat's für fünfundzwanzig Dollar auf einer Auktion gekauft.«

»Glaub mir, Moses, du kannst bei einem Ausverkauf der Lagerhäuser direkt in Chicago ein gutes altes Klavier kaufen. Es gibt dort eine Menge alter Instrumente wie dieses.«

»Ja...? Mir gefällt nur diese Farbe.« Dieses Apfel- oder Papageiengrün, die Spezialfarbe von Ludeyville. Moses' Augen waren mit einer gewissen begeisterten Hartnäckigkeit auf sein Werk gerichtet. Er war wieder einem offenen Ausbruch seiner Impulsivität nahe, und irgendeine Absonderlichkeit konnte ihm entschlüpfen. Das durfte er nicht geschehen lassen. Unter keinen Umständen durfte er sich ein einziges Wort entwischen lassen, das als irrational gedeutet werden könnte. Es sah schon schlimm genug aus. Er blickte vom Klavier in den klaren Schatten des Gartens und versuchte, sich diese Klarheit zum Vorbild zu nehmen. Er unterwarf sich der Meinung seines Bruders. »Schön. Auf der nächsten Reise kaufe ich ihr ein Klavier.«

»Was du hier hast, ist ein großartiges Sommerhaus«, sagte Will. »Ein bißchen einsam, aber hübsch. Wenn du's sauberhalten kannst.«

»Es kann hier herrlich sein. Aber weißt du, wir könnten es doch zum Sommerkurort der Herzogs machen. Für die Familie. Jeder steuert ein bißchen dazu bei. Wir roden das Gestrüpp. Bauen uns ein Schwimmbecken.«

»Ja gewiß. Helen haßt das Reisen, wie du ja weißt. Und Shura ist genau der Mann, der herkommen würde, wo er keine Rennpferde, Kartenspiele, andere Magnaten oder Nutten vorfindet.«

»Es gibt Trabrennen auf der Kirmes von Barrington... Nein, das ist wohl auch keine so gute Idee. Vielleicht könnten wir es in ein Pflegeheim verwandeln. Oder es anderswo aufstellen.«

»Lohnt sich nicht. Ich habe gesehen, wie Villen abgerissen wurden, wenn die Slums ausgeräumt wurden oder eine Autostraße gebaut wurde. Dies hier lohnt den Abbruch nicht. Kannst du's nicht vermieten?«

Herzog grinste schweigend und sah Will mit durchbohrendem Humor an.

»Na schön, Mose, der einzige andere Vorschlag ist dann, daß du's zum Verkauf anbietest. Du wirst aber dein Geld dabei nicht hereinbekommen.«

»Ich könnte eine Arbeit übernehmen und reich werden. Eine Tonne Geld verdienen, nur um dieses Haus zu behalten.«

»Ja«, sagte Will. »Das könntest du.« Er sprach gütig zu seinem Bruder.

»Sonderbare Situation, in die ich mich begeben habe, Will – findest du nicht?«, sagte Moses. »Für mich. Für uns – die Herzogs, meine ich. Scheinbar ein verrückter Zustand, zu dem ich gelangt bin, nach all den anderen Zuständen. In diesem lieblichen grünen Loch ... Du machst dir Sorgen um mich, wie ich sehe.«

Will, verstört, aber beherrscht, eins der zutiefst vertrauten und am längsten geliebten menschlichen Gesichter, sah ihn mit einem Blick an, der nicht verkannt werden konnte. »Natürlich mache ich mir Sorgen. Helen auch.«

»Nun, du brauchst um mich nicht bekümmert zu sein. Ich befinde mich in einer seltsamen Verfassung, aber in keiner schlechten. Ich würde dir mein Herz öffnen, Will, wenn ich die Türklinke dazu finden könnte. Es gibt nicht den geringsten Grund, sich meinetwegen aufzuregen. Will, ich bin nahe am Weinen! Wie ist es dazu gekommen? Ich will nicht. Es ist nur Liebe. Oder etwas, das einen ergreift wie die Liebe. Nein, es ist wahrscheinlich Liebe. Ich bin nicht imstande, dem zu widerstehen. Ich möchte nicht, daß du auf falsche Gedanken kommst.«

»Moses – warum sollte ich wohl?« Will sprach mit leiser Stimme. »Ich trage auch ein tiefverwurzeltes Gefühl für dich in meinem Herzen. Ich empfinde genauso wie du. Der Umstand, daß ich Unternehmer bin, bedeutet nicht, daß ich den Sinn deiner Worte nicht verstehen könnte. Ich bin nicht gekommen, um dir etwas zuleide zu tun, verstehst du? Gut so, Mose, nimm dir einen Stuhl. Du kannst dich ja kaum auf den Füßen halten.«

Moses setzte sich auf das alte Sofa, das staubte, sobald man es berührte.

»Es wäre mir lieber, wenn du weniger erregbar wärest. Du mußt dein Essen und deinen Schlaf haben. Wahrscheinlich ein bißchen ärztliche Betreuung. Ein paar Tage im Sanatorium zur Entspannung.«

»Will, ich bin erregt, nicht krank. Ich möchte nicht behandelt werden, als sei ich geisteskrank. Ich bin dankbar, daß du gekommen bist.« Stumm und eigensinnig saß er da, beharrlich, und bekämpfte sein heftiges würgendes Verlangen nach Tränen. Seine Stimme versagte fast.

»Laß dir Zeit«, sagte Will.

»Ich ...« Herzog fand seine Stimme wieder und sagte deutlich: »Ich möchte eins klarstellen. Ich gebe mich nicht aus Schwäche in deine Hand, oder weil ich nicht für mich selbst aufkommen könnte. Ich hätte nichts dagegen, ein paar Tage in einem Sanatorium auszuspannen. Wenn du und Helen euch darauf geeinigt habt, dann habe ich nichts dagegen. Saubere Bettwäsche und ein Bad und warmes Essen. Schlaf. Das ist alles erfreulich. Aber nur ein paar Tage. Ich muß am sechzehnten Marco im Camp besuchen. Es ist Elterntag, und er erwartet mich.«

»Ganz in Ordnung«, sagte Will. »Das ist durchaus berechtigt.«

»Vor nicht allzu langer Zeit habe ich mir in New York vorgestellt, daß ich ins Krankenhaus gesteckt würde.«

»Das war nur vernünftig von dir«, erklärte der Bruder. »Was du brauchst, ist eine beaufsichtigte Ruhepause. Ich habe das auch schon für mich in Betracht gezogen. Ab und zu sind wir alle dafür reif. Übrigens« – er sah auf seine Uhr – »habe ich meinen Arzt gebeten, ein Sanatorium in dieser Gegend anzurufen. In Pittsfield.«

Sobald Will ausgesprochen hatte, beugte sich Moses auf seinem Sofa vor. Er konnte keine Worte finden. Er machte nur eine verneinende Bewegung mit dem Kopf. Daraufhin veränderte sich auch Wills Miene. Er schien zu glauben, daß er das Wort ›Sanatorium‹ zu abrupt ausgesprochen hätte, daß er langsamer und umsichtiger hätte zu Werke gehen sollen.

»Nein«, sagte Moses, der immer noch den Kopf schüttelte. »Nein. Endgültig.«

Jetzt schwieg Will, wenn auch noch mit der verlegenen Miene eines Menschen, der einen taktischen Fehler begangen hat. Moses konnte sich leicht ausmalen, was Will zu Helen gesagt hatte, nachdem er die Kaution bezahlt, und wie bekümmert das Zwiegespräch gewesen war, das sie geführt hatten. (»Was sollen wir tun? Armer Mose – vielleicht hat er darüber den Verstand verloren. Wir wollen zumindest ein berufenes Urteil über ihn hören.«) Helen war sehr für berufene Urteile. Die Andacht, mit der sie die Redensart ›berufenes Urteil‹ ausgesprochen hatte, hatte Moses immer amüsiert. Dann waren sie an Wills Internisten herangetreten, um ihn zu fragen, ob er nicht unter der Hand etwas in der Gegend der Berkshires arrangieren könne.

»Aber ich dachte, wir seien uns schon einig gewesen«, sagte Will.

»Nein, Will. Keine Sanatorien. Ich weiß, daß du und Helen getan habt, was sich für einen Bruder und eine Schwester geziemt. Und ich bin auch sehr versucht, mitzumachen. Für einen Mann wie mich ist es eine verführerische Idee. ›Beaufsichtigte Ruhepause‹.«

»Warum denn nicht? Wenn ich an dir eine Besserung festgestellt hätte, dann hätte ich's vielleicht nicht vorgeschlagen«, sagte Will. »Aber sieh dich nur an.«

»Ich weiß«, erwiderte Moses. »Aber gerade, wo ich ein wenig vernünftig werde, möchtest du mich einem Psychiater überantworten. Denn es *war* doch ein Psychiater, an den ihr beide gedacht habt, nicht wahr?«

Will blieb stumm, weil er mit sich zu Rate ging. Dann seufzte er und sagte: »Und was könnte das schaden?«

»War es eigentlich phantastischer, daß ich diese Frauen und Kinder hatte und von einem Ort zum anderen gezogen bin, als daß Papa ein Alkoholschmuggler war? Wir haben doch nie geglaubt, daß er verrückt war.« Moses begann zu lächeln. »... Erinnerst du dich, Will – er hatte diese falschen Etiketts gedruckt: White Horse, Johnnie Walker, Haig and Haig, und wir saßen mit dem Kleisterpott am Tisch, und er schwenkte die Etiketts und sagte: ›So, Kinder, was machen wir heute?‹, und wir riefen und quiekten ›White Horse‹, ›Teacher's‹. Und der Kohlenofen war heiß. Er ließ glühende Kohlen wie rote Zähne in die Asche fallen. Papa hatte dunkelgrüne hübsche Flaschen. Heutzutage stellt man solches Glas in solchen Formen nicht mehr her. Meine Lieblingsmarke war White Horse.«

Will lachte leise.

»Ein Sanatorium wäre großartig«, sagte Herzog. »Aber es wäre genau der falsche Kurs. Es wird langsam Zeit, daß ich aufhörte, mich mit diesem Fluch zu schleppen – ich glaube, ich beginne mich auszukennen. Ich sehe genau, was ich vermeiden sollte. Und gerade damit befinde ich mich dann ganz plötzlich im Bett und ver-

gehe vor Liebe. Wie mit Madeleine. Sie scheint eine besondere Lücke ausgefüllt zu haben.«
»Wie begründest du das, Moses?« Will setzte sich neben ihn.
»Eine besondere Lücke. Ich weiß nicht, was. Sie hat Ideologie in mein Leben gebracht. Etwas, das mit der Katastrophe zu tun hat. Wir leben schließlich in einem ideologischen Zeitalter. Vielleicht würde sie einen Mann, den sie liebt, nicht zum Vater machen.«
Will mußte über Moses' Formulierung lächeln. »Aber was willst du hier nun anfangen?«
»Ich könnte mich ebensogut hier niederlassen. Ich bin nicht weit von Marcos Camp. Ja, das ist's. Wenn Daisy mich läßt, bringe ich ihn nächsten Monat her. Wenn du mich und mein Fahrrad nach Ludeyville fährst, dann lasse ich Licht und Telefon wieder anschließen. Tuttle kann herkommen und den Rasen mähen. Vielleicht wird Frau Tuttle auch ein bißchen reinemachen. Das will ich tun.« Er stand auf. »Ich bringe das Wasser wieder zum Fließen und kaufe etwas kräftige Nahrung. Komm, Will, nimm mich mit zu Tuttle.«
»Wer ist dieser Tuttle?«
»Er ist ein Faktotum. Er ist der große Geist von Ludeyville. Ein langer Bursche. Macht einen schüchternen Eindruck, aber das ist alles Berechnung. Er ist der Dämon dieser Wälder. Er kann innerhalb einer Stunde hier alle Lichter brennen lassen. Er weiß alles. Er verlangt zuviel Geld, aber sehr, sehr schüchtern.«

Tuttle stand neben seinen hohen, schlanken, altmodischen Tanksäulen, als Will angefahren kam. Dünn, runzlig, das Haar auf den sehnigen Unterarmen mehlweiß gebleicht, trug er eine Anstreicherkappe aus Baumwolle und hielt zwischen seinen falschen Zähnen einen Zahnstocher aus Kunststoff (was ihm helfen sollte, das Rauchen aufzugeben, wie er Herzog einmal erklärt hatte). »Ich wußte, daß Sie oben im Haus sind, Mr. Herzog«, sagte er. »Willkommen zurück.«
»Woher wußten Sie's?«
»Ich sah den Rauch über Ihrem Schornstein, das war das erste.«
»Ja? Und was war das zweite?«
»Nun, eine Dame wollte Sie am Telefon sprechen.«
»Wer?« fragte Will.

»Eine Dame aus Barrington. Sie hat ihre Nummer hinterlassen.«

»Nur die Nummer?« sagte Herzog. »Keinen Namen?«

»Miß Harmona oder Armona.«

»Ramona«, sagte Herzog. »Ist sie in Barrington?«

»Hattest du jemand erwartet?« Will drehte sich auf seinem Sitz nach ihm um.

»Niemand außer dir.«

Will wollte aber mehr wissen. »Wer ist sie denn?«

Etwas unwillig und mit ausweichendem Blick antwortete Moses: »Eine Dame – eine Frau.« Dann gab er die Zurückhaltung auf – warum sollte er deswegen eigentlich verlegen sein? – und fügte hinzu: »Eine Frau, eine Blumenhändlerin, eine Freundin aus New York.«

»Willst du ihren Anruf erwidern?«

»Ja, selbstverständlich.« Er bemerkte das weiße lauschende Gesicht von Mrs. Tuttle im dunklen Laden. »Ich wüßte gern«, sagte er zu Tuttle, »... ich möchte das Haus wieder auftun. Dazu muß der Strom angeschlossen werden. Vielleicht könnte Mrs. Tuttle mir auch helfen, das Haus ein bißchen zu reinigen.«

»Oh, das wäre durchaus möglich.«

Mrs. Tuttle trug Tennisschuhe, und unter ihrem Kleid sah der Saum ihres Nachthemds hervor. Ihre lackierten Fingernägel hatten Tabakflecke. Sie hatte während Herzogs Abwesenheit stark zugenommen, und er bemerkte die Entstellung ihres hübschen Gesichts, die Schwere ihres ungepflegten dunklen Haares und den seltsamen entrückten Blick in den grauen Augen, als hätte das Fett ihres Körpers auf sie eine berauschende Wirkung. Er wußte, daß sie seine Gespräche mit Madeleine am Gemeinschaftstelefon mitgehört hatte. Vermutlich hatte sie alle die beschämenden, schrecklichen Dinge gehört, die gesagt worden waren, hatte das Schimpfen und Schluchzen mit vernommen. Und jetzt war er im Begriff, sie bei sich arbeiten, die Fußböden fegen und sein Bett machen zu lassen. Sie nahm sich eine Filterzigarette, zündete sie an wie ein Mann, starrte mit verhangenen grauen Augen durch den Rauch und sagte: »Ja, ich glaube schon. Es ist heute mein freier Tag im Motel. Ich arbeite als Zimmermädchen im neuen Motel an der Autostraße.«

»Moses!« sagte Ramona am Telefon. »Du hast meine Nachricht erhalten. Wie schön, daß du in deinem Haus bist. In Barrington sagen alle Leute, wenn man in Ludeyville etwas erreichen will, muß man Tuttle anrufen.«

»Hallo, Ramona. Hast du mein Telegramm aus Chicago nicht erhalten?«

»Doch, Moses. Es war sehr aufmerksam. Aber ich dachte nicht, daß du lange fortbleiben würdest, und mir schwante was mit deinem Haus auf dem Lande. Ich mußte sowieso alte Freunde in Barrington besuchen, also bin ich hergefahren.«

»Wirklich?« fragte Herzog. »Was für ein Wochentag ist heute eigentlich?«

Ramona lachte. »Wie typisch. Kein Wunder, daß du den Frauen den Kopf verdrehst. Heute ist Samstag. Ich wohne bei Myra und Eduardo Misseli.«

»Aha, dem Geiger. Ich kenne ihn nur, weil wir uns im Supermarkt zugenickt haben.«

»Er ist ein reizender Mann. Weißt du, daß er die Kunst des Geigenbaus studiert? Ich habe den ganzen Morgen in seiner Werkstatt verbracht. Und dann habe ich gedacht, ich müßte mir den Landsitz der Herzogs doch einmal ansehen.«

»Mein Bruder ist auch hier – Will.«

»Oh, wie wunderbar«, sagte Ramona mit ihrer schwingenden Stimme. »Wohnt er bei dir?«

»Nein, er ist auf der Durchreise.«

»Ich möchte ihn brennend gern kennenlernen. Die Misselis geben für mich eine kleine Gesellschaft. Nach dem Abendessen.«

Will stand neben der Telefonzelle und hörte zu. Ernst, besorgt sprachen seine dunklen Augen die diskrete Bitte aus, keine weiteren Fehler zu machen. Das kann ich nicht versprechen, dachte Moses. Ich kann ihm nur sagen, daß ich nicht vorhabe, mich zu dieser Zeit in die Hand von Ramona oder irgendeiner anderen Frau zu begeben. Wills Blick trug den Stempel der Familie, ein braunes Licht, das alle Worte überflüssig machte.

»Nein, danke«, sagte Herzog. »Keine Gesellschaften. Ich bin ihnen nicht gewachsen. Aber hör zu, Ramona...«

»Soll ich zu dir kommen?« fragte Ramona. »Es ist doch lächerlich, daß wir uns so übers Telefon unterhalten. Ich bin nur acht Minuten von dir entfernt.«

»Ja, vielleicht«, entgegnete Moses. »Es fällt mir gerade ein, daß ich sowieso nach Barrington fahren muß, um einzukaufen und mein Telefon wieder anschließen zu lassen.«

»Ach, willst du denn länger in Ludeyville bleiben?«

»Ja. Marco wird hier zu mir stoßen. Einen Augenblick, Ramona.« Herzog legte die Hand über das Mundstück und sagte zu Will: »Kannst du mich nach Barrington bringen?« Will sagte selbstverständlich ja.

Ein paar Minuten später sahen sie Ramona wartend, lächelnd. In Shorts und mit Sandalen an den Füßen stand sie neben ihrem schwarzen Mercedes. Sie trug eine mexikanische Bluse mit Münzen als Knöpfe. Ihr Haar schimmerte, und sie sah erhitzt aus.

Die Spannung des Augenblicks stellte ihre Selbstbeherrschung auf eine harte Probe. »Ramona«, sagte Moses, »das ist Will.«

»Oh, Mr. Herzog, was für eine Freude, Moses' Bruder kennenzulernen.«

Will war zwar vor ihr auf der Hut, aber er war trotzdem höflich. Er hatte ruhige, dezente Umgangsformen. Herzog war ihm für die liebenswürdige Zurückhaltung in seiner Höflichkeit dankbar. Wills Blick war voller Sympathie. Er lächelte, aber nicht zu sehr. Offensichtlich war er von Ramona beeindruckt und bezaubert. Er muß ein Tier erwartet haben, dachte Herzog.

»Aber Moses«, sagte Ramona, »du hast dich beim Rasieren geschnitten. Und schlimm. Deine ganze Backe ist aufgerauht.«

»So?« Er befühlte sie mit leichter Besorgnis.

»Sie sehen Ihrem Bruder so ähnlich, Mr. Herzog. Der gleiche feine Kopf und die sanften, haselnußförmigen Augen. Sie bleiben nicht hier?«

»Ich bin auf dem Weg nach Boston.«

»Und ich mußte 'raus aus New York. Sind die Berkshires nicht wunderschön? Ein solches Grün!«

»Herzensbrecherin« pflegten die Boulevardblätter über solche dunklen Köpfe als Überschrift zu setzen. In den zwanziger Jahren. In der Tat: Ramona sah aus wie diese Gestalten aus Sex und Lockung. Aber sie hatte auch etwas unsäglich Rührendes. Sie kämpfte, sie stritt. Sie brauchte unheimlichen Mut, um diese Haltung durchzustehen. In dieser Welt eine Frau zu sein, die die Dinge in die eigene Hand nahm! Und dieser ihr Mut war bei ihr nicht fest gegründet. Manchmal wankte er. Sie tat so, als müsse sie in ihrem Portemonnaie nach etwas suchen, weil ihre Wangen zitterten. Das Parfüm ihrer Schultern stieg ihm in die Nase. Und wie fast immer hörte er die tiefe, kosmische, idiotische männliche Antwort – *quak*. Das fortzeugende, lüsterne Quaken in der Tiefe. *Quak. Quak.*

»Du willst also nicht zur Gesellschaft kommen?« fragte Ramona. »Und wann kann ich dein Haus besichtigen?«

»Ich lasse es erst ein bißchen reinemachen«, sagte Herzog.

»Können wir dann nicht... Essen wir doch zusammen zu Abend«, schlug sie vor. »Sie auch, Mr. Herzog. Moses kann Ihnen bestätigen, daß meine Garnelen mit Remoulade ganz annehmbar sind.«

»Sie sind besser als nur ganz annehmbar. Ich habe bessere nie gegessen. Aber Will muß weiter, und du hast Ferien, Ramona; wir können dich nicht für drei Personen kochen lassen. Komm doch zu mir und iß mit mir.«

»Oh«, sagte Ramona mit einem neuen Aufflackern ihrer Fröhlichkeit. »Du willst mein Gastgeber sein?«

»Ja, warum nicht? Ich mache ein paar Schwertfischfilets.« Will sah ihn mit seinem ungewissen Lächeln an.

»Herrlich. Ich bringe eine Flasche Wein«, sagte Ramona.

»Du bringst nichts dergleichen. Komm um sechs. Wir essen um sieben, und du kannst dann immer noch rechtzeitig auf deiner Gesellschaft sein.«

Melodisch (war das eine berechnete Wirkung? Moses konnte sich nicht schlüssig werden) sagte Ramona zu Will: »Dann auf Wiedersehen, Mr. Herzog. Ich hoffe, wir sehen uns wieder.« Als sie sich umwandte, um in ihren Mercedes zu steigen, legte sie Moses einen Augenblick die Hand auf die Schulter. »Ich erwarte eine gute Mahlzeit...«

Sie wollte Will auf ihre enge Freundschaft aufmerksam machen, und Moses sah keinen Grund, ihr das zu verwehren. Er drückte sein Gesicht an das ihre.

»Sollen wir uns auch hier verabschieden?« fragte Moses, als sie abfuhr. »Ich kann im Taxi zurückfahren. Ich möchte nicht, daß du dich verspätest.«

»Nein, nein, ich bringe dich nach Ludeyville.«

»Ich gehe hier 'rein und kaufe meinen Schwerfisch. Auch etwas Zitrone. Butter. Kaffee.«

Sie waren auf der letzten Anhöhe vor Ludeyville, als Will sagte: »Lasse ich dich in guten Händen, Mose?«

»Ob du mit ruhigem Gewissen fahren kannst, möchtest du wissen? Ich glaube, das kannst du ganz getrost. Ramona ist nicht so übel.«

»Übel? Was soll das heißen? Sie ist atemraubend. Aber das war Madeleine auch.«

»Ich befinde mich in niemandes Händen.«

Mit einem milden, sanften Blick voller Ironie, traurig und liebevoll, sagte Will: »Amen. Aber wie steht's mit der Ideologie? Hat sie denn keine?«

»Das genügt. Hier kannst du mich absetzen, vor Tuttle. Der bringt mich, das Rad und alles übrige in seinem Lieferwagen nach Hause. Ja, ich glaube, sie hat eine. Den Sex betreffend. Sie ist ein bißchen fanatisch in dieser Beziehung. Aber das stört mich nicht.«

»Ich steige aus und lasse mir den Weg beschreiben«, sagte Will. Tuttle, der langsam an Moses vorbeiging, sagte zu ihm: »Ich glaube, wir werden in ein paar Minuten Strom in Ihrem Hause haben.«

»Danke... So, Will, probier ein bißchen von diesem Arbotvitae zum Kauen. Es ist ein sehr angenehmer Geschmack.«

»Lege dich jetzt noch nicht fest. Du kannst dir keine weiteren Fehler leisten.«

»Ich habe sie zum Essen gebeten. Sonst nichts. Dann fährt sie zur Gesellschaft der Misselis – ich fahre nicht mit. Morgen ist Sonntag. Sie hat ein Geschäft in New York und kann nicht länger bleiben. Ich werde nicht mit ihr durchgehen. Oder sie mit mir, wie du zu befürchten scheinst.«

»Du hast einen seltsamen Einfluß auf Menschen«, sagte Will. »Also auf Wiedersehen, Mose. Vielleicht komme ich auf der Rückreise nach Westen mit Muriel hier vorbei.«

»Du wirst mich unverheiratet vorfinden.«

»Wenn es dir schnurzegal wäre, dann würde es ja nichts ausmachen. Dann könntest du fünf oder mehr Frauen heiraten. Aber bei deiner intensiven Art... und deinem Talent, eine verhängnisvolle Wahl zu treffen.«

»Will, du kannst leichten Herzens reisen. Ich sage dir... ich verspreche. Nichts dieser Art wird geschehen. Auf keinen Fall. Auf Wiedersehen und vielen Dank. Und was das Haus betrifft...«

»Ich werde mir darüber Gedanken machen. Brauchst du Geld?«

»Nein.«

»Bist du sicher? Sagst du die Wahrheit? Denke daran, daß du mit deinem Bruder sprichst.«

»Ich weiß, mit wem ich spreche.« Er nahm Will bei den Schultern und küßte ihn auf die Wange. »Leb wohl, Will. Nimm die erste Abzweigung nach rechts, wenn du aus dem Ort herausfährst. Dann siehst du schon den Wegweiser zur Autostraße.«

Als Will abgefahren war, wartete Moses auf dem Stuhl neben dem Lebensbaum auf Mrs. Tuttle und sah sich bei der Gelegenheit zum erstenmal ausgiebig das Dörfchen an. *Überall auf Erden scheint der Ozean das Modell für die Schöpfungen der Natur abzugeben. Die Berge gleichen ihm, schimmernd, stürzend, und diese hochfahrende blaue Farbe. Und selbst diese schäbigen Rasenflächen. Was die roten Backsteinhäuser auf diesen Wogen vorm Einsturz bewahrt, ist ihre innere Dumpfheit. Ich kann sie riechen, wenn sie durch die Fliegennetze vor den Fenstern gähnt. Der Geruch der Seelen ist eine Stütze der Mauern. Sonst würden die gefurchten Hügel sie zum Einsturz bringen.*

»Sie haben hier einen wunderbaren alten Besitz, Mr. Herzog«, sagte Mrs. Tuttle, als sie in ihrem alten Wagen die Anhöhe hinauffuhren. »Es muß Sie ein Vermögen gekostet haben, ihn in Schwung zu bringen. Es ist schade, daß Sie ihn nicht mehr benutzen.«

»Wir müssen die Küche saubermachen, damit ich eine Mahlzeit kochen kann. Ich suche Ihnen Besen, Eimer und alles andere zusammen.«

Er tastete sich durch die dunkle Abstellkammer, als das Licht anging. Tuttle ist ein Tausendkünstler, dachte er. Ich habe ihn etwa um zwei Uhr gebeten. Jetzt muß es gegen halb fünf oder fünf sein.

Mrs. Tuttle, mit einer Zigarette im Mund, band sich ein Kopftuch um. Unter dem Saum ihres Kleides hing ihr pfirsichfarbenes Nylonnachthemd fast bis zum Boden. Im Steinkeller fand Herzog den Schalter für die Pumpe. Sogleich hörte er das Wasser steigen und in den leeren Drucktank hineinströmen. Er schloß die Wasserleitung an. Er stellte den Kühlschrank an; es würde noch einige Zeit dauern, bis er kalt war. Dann kam er auf den Gedanken, den Wein im Bach kaltzustellen. Danach ergriff er die Sense, um den Garten zu mähen, damit Ramona einen besseren Eindruck vom Haus gewinnen konnte. Nachdem er aber ein paar Schwaden gemäht hatte, fingen seine Rippen an weh zu tun. Für eine solche Arbeit war er noch nicht genügend auf dem Posten. Er streckte sich im Liegestuhl aus, mit dem Gesicht nach Süden. Sobald die Sonne ihre Kraft ein wenig eingebüßt hatte, begannen die Drosseln, und während sie ihre süße wilde Musik sangen, die die Störenfriede bedrohte, sammelten sich die Stare in Schwärmen für die Nacht, um kurz vor Sonnenuntergang aus den Bäumen in Wellen hervorzubrechen, Welle auf Welle, fünf oder sechs Kilometer in einem Flug bis zu den Nestern am Wasser.

Es beunruhigte ihn ein wenig, daß Ramona kam; das stimmte. Aber sie würden essen. Dann würde sie beim Abwaschen helfen, und er würde sie zu ihrem Auto geleiten.

Ich will nichts mehr dazu beitragen, die Absurditäten des Lebens zu verwirklichen. Das geschieht auch ohne meine besondere Hilfe schon in genügendem Maße.

Jetzt verloren die Hügel auf der einen Seite die Sonne und begannen eine tiefere blaue Färbung anzunehmen; auf der anderen waren sie noch weiß und grün. Die Vögel waren sehr laut.

Wie dem auch sei, kann ich denn so tun, als hätte ich viel Auswahl? Ich sehe mich an und finde Brust, Schenkel, Füße – einen Kopf. Dieser seltsame Organismus – ich weiß, daß er sterben wird. Und drinnen – etwas, etwas, Glück... »Du rührest mich.« Das läßt keine Wahl. Irgend etwas erzeugt Innigkeit, ein heiliges Gefühl, so wie Orangen Orangen erzeugen, wie Gras Grün und Vögel Hitze erzeugen. Manche Herzen erzeugen wahrscheinlich mehr Liebe und manche weniger. Bedeutet das etwas? Es gibt aber Menschen, die behaupten, dieses Produkt des Herzens sei Wissen. »Je sens mon cœur et je connais les hommes.« Aber sein Geist entledigte sich nun auch des Französischen. *Ich könnte es nicht mit Sicherheit sagen. Mein Gesicht ist zu blind, mein Geist zu beschränkt, mein Instinkt zu schmal. Aber diese Innigkeit, hat die gar keine Bedeutung? Ist es eine idiotische Freude, die diesem Tier, dem seltsamsten Tier der Schöpfung, einen Ausruf entlockt? Und hält er diese Reaktion für ein Zeichen, für einen Beweis der Ewigkeit? Trägt er sie in seiner Brust? Aber ich habe darüber nicht zu debattieren.* »Du rührest mich.« – »Aber was wünschst du dir, Herzog?« – »Das ist es ja eben – nichts in der Welt. Ich bin's durchaus zufrieden, zu sein, zu sein, wie es gewollt ist, und für so lange, wie ich Wohnrecht habe.«

Dann dachte er, er wolle Kerzen zum Abendessen anzünden, weil Ramona sie liebte. Vielleicht waren im Schalterkasten noch ein oder zwei Kerzen zu finden. Jetzt war es jedoch Zeit, die Flaschen aus dem Bach zu holen. Die Etiketten hatten sich gelöst, aber das Glas war gut gekühlt. Die lebendige Kälte des Wassers machte ihm Freude.

Als er aus dem Gehölz zurückkam, pflückte er ein paar Blumen für den Tisch. Er war gespannt, ob er einen Korkenzieher im Schubfach finden würde. Hatte Madeleine ihn nach Chicago mitgenommen? Nun, vielleicht hatte Ramona einen Korkenzieher in ihrem Mercedes. Ein unvernünftiger Gedanke. Man konnte notfalls auch einen Nagel nehmen. Oder aber der Flasche den Hals brechen, wie in alten Filmen. Unterdessen füllte er seinen Hut mit den Weinranken, die sich an dem Abflußrohr der Regenrinne emporwanden. Die Ranken waren noch zu grün, um ihm weh zu tun. An der Zisterne wuchsen gelbe Taglilien. Er pflückte einige, aber sie welkten sofort. Hinten im dunkleren Garten suchte er nach Päonien, vielleicht hatten sich ein paar gerettet. Aber dann fiel ihm ein, daß das ein Fehler sein könnte. Er hielt inne, hörte Mrs. Tuttle fegen und den Rhythmus der Besenborsten. Blumen pflücken? Er war aufmerksam, liebevoll. Wie würde man das deuten? (Er mußte lächeln.) Immerhin brauchte er nur seine eigene Absicht zu kennen, und die Blumen konnten ihm nichts anhaben; nein, man konnte sie nicht gegen ihn anführen. Also warf er sie nicht weg. Er wandte sein dunkles Gesicht wieder dem Haus zu. Er ging um das

Gebäude und trat durch den Vordereingang ein; er überlegte sich dabei, welchen Beweis für seine geistige Gesundheit er außer seiner Weigerung, ins Sanatorium zu gehen, noch vorzeigen könne. Vielleicht sollte er aufhören, Briefe zu schreiben. Ja, das war tatsächlich das nächste. Die Erkenntnis, daß er mit diesen Briefen abgeschlossen hatte. Was immer ihn in den letzten Monaten befallen hatte, dieser verwunschene Zustand schien nun abzuklingen, sich zu verflüchtigen. Er legte seinen Hut mit den Rosen und Lilien auf das halbangestrichene Klavier und ging in sein Arbeitszimmer. Die Weinflaschen trug er in einer Hand wie ein Paar Schwingkeulen. Er schritt über herumliegende Notizen und Papierblätter und legte sich auf seine Couch. Er atmete tief ein, als er sich hinlegte, und lag dann still da, betrachtete das Netzwerk des Fliegendrahtes, das von den Ranken losgezerrt worden war, und lauschte auf das stete Kratzen von Mrs. Tuttles Besen. Er wollte ihr sagen, sie solle den Boden mit Wasser besprengen. Sie wirbelte zuviel Staub auf. In ein paar Minuten würde er ihr zurufen: »Machen Sie's ein bißchen feucht, Mrs. Tuttle. Es steht noch Wasser im Becken.« Aber nicht gerade jetzt. In dieser Minute hatte er für niemanden eine Mitteilung. Nichts. Nicht ein einziges Wort.

NACHWORT

Heilige Seelenzustände

Bei wenigen Büchern ist so viel über die Ähnlichkeit des Autors mit seinem Helden spekuliert worden wie bei Saul Bellows sechstem und bekanntestem Werk. Immerhin hatte der Schriftsteller selbst eingeräumt, dass ihm die Idee zu seinem Roman über einen manischen Briefeverfasser gekommen war, nachdem er sich selbst die Finger im Post-Rausch wund geschrieben hatte. »Eines Tages fand ich mich inmitten von Briefen wieder, die im ganzen Haus verstreut waren«, berichtete er über die Entstehung, »da wurde mir klar, dass dies eine glänzende Idee für ein Buch über die geistige Verfassung unserer Gesellschaft und ihrer gebildeten Schicht ist.«

Und so entwirft der damals in Chicago lehrende Universitätsdozent Saul Bellow, 1915 in Kanada als Abkömmling jüdischer Einwanderer aus St. Petersburg zur Welt gekommen, die Figur des Professors für Philosophie und Geschichte, Moses Elkanah Herzog, 47, geboren in Kanada als Sohn jüdischer Einwanderer aus Osteuropa. Doch während sich Bellow »immer als Sieger gefühlt« hat, ist seine Schöpfung Herzog ein ramponierter Held, ein Mann auf dem Höhepunkt seiner Lebenskrise, gescheitert beruflich wie privat, leidend an sich und der Gesellschaft, der mehr reflektierend als agierend versucht, mit sich und seiner Umgebung wieder ins Reine zu kommen.

Wie sein Schöpfer ist auch Herzog mehrfach geschieden – Bellow bringt es bis zu seinem Tod im April 2005 auf fünf Ehen und vier Kinder von vier Partnerinnen. Und wie Herzog leidet auch Bellow an der eigenen Familiengeschichte, suchte wie seine Hauptfigur Hilfe bei Therapeuten. Die Szene am Grab von Herzogs Vater soll sich genau so in Bellows Leben abgespielt haben. »Reiß dich zusammen. Verhalte dich nicht wie ein Emigrant«, fuhr einer der Brüder den weinenden Autor an. Auf solche und andere Parallelen angesprochen, zog sich Bellow stets mit leiser Ironie aus der Affäre. Fiktion sei nun mal »die höhere Form der Autobiografie«, spottete er dann oder zitierte seinen Kollegen Alberto Moravia: »Romane sind immer ein Stück des eigenen Lebens.«

Wie viel Bellow in dem überklugen Galgenhumoristen Herzog auch immer stecken mag – unumstritten ist der kommerzielle Erfolg seiner Zettelmanie. Kaum in den USA auf dem Markt, stand Bellows Werk 29 Wochen auf Platz eins der Bestsellerliste – und geriet so zum erfolgreichsten seiner insgesamt neunzehn Bücher. Als »literarisches Ereignis ersten Ranges« lobte ihn das Nachrichtenmagazin »Newsweek«. Die »New York Times Book Review« sah in »Herzog« ein Buch, das Amerika wieder hoffen lasse. Nicht nur literarisch, auch moralisch.

Denn Bellow setzt sich vielschichtig mit der amerikanischen Gesellschaft auseinander. Mit feiner Feder skizziert er »ein subtiles Psychogramm der amerikanischen Mittelklasse in all ihrer Verunsicherung durch Bürgerrechtsbewegung, Feminismus und Studentenproteste Anfang der sechziger Jahre«, so der Tübinger Amerikanist und Bellow-Kenner Horst Tonn. Und Bellow zeigt auf, welchen seelischen Preis das Land der vermeintlich unbegrenzten Möglichkeiten von seinen Bewohnern fordert. Aber das Einwandererkind Bellow ist längst viel zu sehr Amerikaner, um den *American Dream* völlig aufzugeben – und sollte 1986 auf dem PEN-Kongress in New York für seine Verteidigung des amerikanischen Gesellschaftssystems von einem überaus kritischen Günter Grass schwer getadelt werden.

Dabei wird schon in »Herzog« deutlich, dass Bellow ein feines Gespür für die Bruchstellen der amerikanischen Gesellschaft hat und an diesen Schwächen seines Amerika leidet. »Das Leben eines jeden Staatsbürgers wird zum Geschäftsbetrieb«, wettert Herzog in einem Brief an den US-Präsidenten gegen den *American Way of Life* – und verlangt eine Umbesinnung: »Das menschliche Leben ist kein Geschäft.« Und an einen Universitätskollegen schreibt er: »Denken Sie, was Amerika für die Welt bedeuten könnte« und »was für ein Geschlecht es hätte hervorbringen können« – wäre doch nur der Glaube an den Wert des »Herzens« stärker. Dass Herzogs Briefpartner Nietzsche gerade den verachtet, trägt dem Über-Philosophen entsprechend kritische Zeilen ein.

So schildert Bellow am Beispiel seines tragikomischen Stadt-Neurotikers die Zivilisationskrankheiten Vereinsamung und Entfremdung, lange bevor sie Woody Allen durchs Kino ins breite Bewusstsein hebt – in dessen Film »Zelig« der Schriftsteller übrigens in einer Nebenrolle sich selbst spielt, was er später als »Dummheit« abtut. Ähnlich wie bei Allen bedurfte es wohl auch bei Bellow jener eigentlich spezifisch jüdischen Migranten-Erfahrungen, um sie als typisch amerikanische Gesellschaftssymptome erkennen und aufzeigen zu können. Daher seien für Bellow jüdische Themen zwar steter Teil seines Werkes, so dessen Biograf Leslie Fiedler, seine Thematik aber nicht spezifisch jüdisch.

Bellow hat den Einfluss seiner jüdischen Wurzeln, seiner Zerrissenheit zwischen dem alten Osteuropa seiner Eltern vor der Oktoberrevolution und der Neuen Welt mit ihrer urbanen, hoch industrialisierten Gesellschaft immer betont. »Die Koffer, mit denen meine Eltern reisten«, erinnerte er sich später, »waren exotisch – die Taftunterröcke, die Straußenfedern, die langen Handschuhe, die Knopfstiefel und der Rest all dieser Familienschätze gaben mir das Gefühl, aus einer anderen Welt gekommen zu sein.« Die Ausgrenzung mögen frühe Beschwerden an den Atemwegen noch verstärkt haben. Der Bellow-Biograf James Atlas jedenfalls zeichnet das Bild eines kränkelnden Kindes, das von seiner Mutter behandelt wird wie ein Hinfälliger. Bei einem längeren Krankenhausaufenthalt soll Bellow, gerade acht Jahre alt, nach der Lektüre von »Onkel Toms Hütte« beschlossen haben, ein berühmter Schriftsteller zu werden. Bis zu ihrem frühen Tod bestärkt ihn seine Mutter in dem Wunsch, auch wenn sie ihn lieber als geachteten Rabbiner oder gefeierten Konzertgeiger gesehen hätte. Schon als Schüler verfasste er erste Texte.

Wie Bellows jüdische Herkunft, so hinterlässt auch sein Lebensmittelpunkt Chicago, wohin die Familie 1924 übergesiedelt war, deutliche Spuren in seinem Werk. Obwohl er einige Zeit in New York gelebt hatte und Manhattan auch in »Herzog« ein Schauplatz ist, musste selbst die »New York Times« einräumen, dass die Konkurrenzstadt am Lake Michigan für Bellows Werk ist, was London für Charles Dickens oder Dublin für James Joyce war – eine Art »eigenständiger Charakter«. Hier lehrte er auch an der Universität fast drei Jahrzehnte Soziologie.

Dennoch geht es Bellow nicht vorrangig um die so genannten gesellschaftlichen Verhältnisse. »Diesen Kram mit ›Kritiker der Gesellschaft‹«, giftete er einmal, »das lehne ich strikt ab.« Und vom politischen Geschäft sollten sich Schriftsteller erst recht fern – halten, weil sie da »nicht viel bewirken« könnten. Für ihn sei »nur der Mensch interessant, romanfähig sozusagen. Und wenn wir von der Dehumanisierung unserer Welt sprechen, dann meinen wir in Wahrheit das Verschwinden der Menschen«, beklagte er die gesellschaftliche und die für ihn damit eng verbundene literarische Entwicklung: »Der Verfall des Romans ist der Verfall des Humanums, der Persönlichkeit.« Die rückt Bellow über Herzogs Brief-Tick meisterlich ins Zentrum.

Die zumeist nicht abgeschickten Notizen an seine Frauen und Kinder, an Freunde und Feinde, an Lebende wie Tote, an Geistesgrößen wie Nietzsche und Heidegger oder Mächtige wie den amerikanischen Präsidenten erfüllen dabei gleich eine zweifache Funktion. Für den verstörten Herzog sind sie stumme Hilferufe seines verunsicherten Ichs, Mittel der Gewissenserforschung wie Selbstfindung und wichtige Schritte auf dem Weg zur seelischen Genesung. Wie kein anderes Buch dürfte »Herzog« denn auch Sinnsuchende, in der Adoleszenz wie in der Midlifecrisis, animiert haben, selbst zum Stift zu greifen, und sei es auch bloß in der Phantasie.

Dem Autor dienen die spontanen Notizen von Gedanken und Gefühlen über die Charakterzeichnung Herzogs hinaus als elegante Scharniere zwischen den Handlungssträngen. Sie erlauben ihm immer wieder kontemplative Momente und Rückblenden, um danach durch geschmeidigen Wechsel von Zeit und Ort die Geschichte voranzutreiben. Es gilt als eines der großen Verdienste Bellows, diese Art stiller Post wie kein anderer Erzähler als literarisches Stilmittel perfektioniert und popularisiert zu haben. So grenzte sich der große Stilist Bellow ganz bewusst ab von ur-amerikanischen Autoren wie William Faulkner, Ernest Hemingway oder John Steinbeck, die aus seiner Sicht mit eher hemdsärmeliger

Prosa ihr Publikum begeistert hatten – trotzdem (oder gerade deshalb!) eroberte »Herzog« den US-Markt und später die halbe Welt.

So subtil und scharf zugleich, wie es wohl nur ein Bellow kann, ging er mit seinen berühmten Vorgängern ins Gericht. Auf die Frage »Was ist der Mensch?«, antwortete er in seinen 1963 veröffentlichten Anmerkungen zur neueren amerikanischen Erzählprosa, »haben die Autoren der jüngeren Vergangenheit keine befriedigende Antwort gefunden«. Eleganter konnte man nicht an einem Denkmal wie Hemingway kratzen, dessen Berühmtheit Bellow nie erreichte.

Seine Antwort gibt Bellow in »Herzog« mit der Beschreibung von fünf entscheidenden, aber eher handlungsarmen Tagen im Leben Herzogs, der sich an den Vordenkern aus Europa abarbeitet (»Hegel setzte ihm heftig zu.«). Dabei serviert der Autor schwere Gedanken-Kost so leicht, lässt den Leser so unterhaltsam teilhaben an den getrübten Freuden und den erheiternden Trübnissen seines Hamlets aus dem Zettel-Reich, dass er auch jene nicht verschreckt, die Spinoza für ein Pasta-Gericht halten. »Auf einen Intellektuellen«, mokierte sich Bellow gerne über die so genannte Bildungsgesellschaft, »kommen tausend Wichtigtuer« – Thomas Mann inklusive. Dessen »intellektuelles Gehabe, dieses Sich-Wichtig-Machen« lehnte er ab. Den »Zauberberg« etwa sah er gar in Manns Ansprüchlichkeit »ertränkt«.

Aber Bellow musste auch einstecken, etwa von Norman Mailer, der ihm den »Verstand eines eher dummen College-Lehrers« bescheinigte, »der zu viele Bücher gelesen und keines davon verstanden hat«. Da mag dem literarischen Konkurrenten der blanke Neid die Zunge gelöst haben, nachdem Bellow zum zweiten Mal den renommierten National Book Award erhalten hatte – diesmal für »Herzog«.

In hochmütiger Bescheidenheit betonte Bellow, er beschäftige sich doch nur mit dem »porösen Material, das die Lücke zwischen dem Zufall unserer Geburt und der Krankheit des Sterbens« füllt – in anderen Worten: mit den ebenso schlichten wie letztlich unbeantwortbaren Sinnfragen nach dem Woher, Wohin, Wozu. Saul Bellow »glaubt an die Seele« erklärte sein amerikanischer Kollege

John Updike dessen Erfolgsgeheimnis. Deshalb, befand der Schriftsteller Martin Amis, müsse er eigentlich »Soul« Bellow heißen.

»Das menschliche Verständnis und die subtile Kulturanalyse, die sich in seinem Werk vereinen« beeindruckten auch die Schwedische Akademie. 1976 verlieh sie Bellow, der zuvor schon den Pulitzerpreis und zum dritten Mal den National Book Award erhalten hatte, den Literaturnobelpreis. Die zentralen Sätze seiner Dankesrede könnten auch vom späten, genesenen Herzog stammen. Eindringlich plädiert Bellow für den Respekt vor dem »Einfachen und Wahren«. Dabei sei es die vornehmste Aufgabe des Schriftstellers, an »unser Mitleid und unseren Schmerz, an das latente Gefühl der Verbundenheit mit allen Geschöpfen« zu appellieren. Und er fordert mit den Worten Joseph Conrads »eine Solidarität, welche die Einsamkeit unzähliger Herzen verknüpft«. Eben dies zu leisten galt Bellow als die höchste Aufgabe der Literatur. Von »heiligen Seelenzuständen« soll er geschwärmt haben, die Romane in ihren besten Momenten auslösen könnten.

Und so überrascht es nicht, dass Bellow auch den Erinnerungsfetischisten Moses Herzog schließlich aus seiner Einsamkeit zurückholt ins Hier und Jetzt. Er lässt ihn nicht glücklich werden, das wäre Bellow zu billig. Aber Herzog hat auch nicht »den Verstand verloren«, wie er es in seinem allerersten Satz befürchtet hatte. Er hat vielmehr seine Seele gefunden, kann sich einlassen aufs Ich und damit auch auf andere – zum Beispiel auf Ramona, die scheinbar erste nicht neurotische Frau in seinem Leben. Er ist »durchaus zufrieden, zu sein, zu sein, wie es gewollt ist, und für so lange, wie ich Wohnrecht habe«. Es hat sich ausgezettelt. Vorerst.

Dieter Bednarz

SAUL BELLOW wurde 1915 in Lachine, Quebec, geboren und wuchs in Chicago auf, wo er Soziologie, Anthropologie und Literatur studierte. Er lehrte an verschiedenen amerikanischen Universitäten, ab 1962 an der Universität Chicago. Saul Bellow erhielt für sein umfangreiches literarisches Werk zahlreiche Auszeichnungen, u.a. 1976 sowohl den Pulitzerpreis als auch den Literaturnobelpreis. Mit dem Roman »Herzog«, den viele Kritiker als Bellows bestes Werk betrachten, begründete er seinen Weltruhm und erschloss sich erstmals auch ein breites Lesepublikum im deutschsprachigen Raum. Saul Bellow starb 2005 im Alter von 89 Jahren in Brookline, Massachusetts.

Von Saul Bellow sind unter anderem folgende Titel in deutscher Übersetzung erschienen:

Die Abenteuer des Augie March Roman
Verlag Kiepenheuer & Witsch
1966

Mr. Sammlers Planet Roman
Verlag Kiepenheuer & Witsch
1971

Mosbys Memoiren und andere Erzählungen
Verlag Kiepenheuer & Witsch
1973

Humboldts Vermächtnis Roman
Verlag Kiepenheuer & Witsch
1976

Der mit dem Fuß im Fettnäpfchen und andere Erzählungen
Verlag Kiepenheuer & Witsch
1980

Der Dezember des Dekans Roman
Verlag Kiepenheuer & Witsch
1982

Mehr noch sterben an gebrochnem Herzen Roman
Verlag Kiepenheuer & Witsch
1989

Bellarosa Connection Novelle
Verlag Kiepenheuer & Witsch
1992

Der Mann in der Schwebe Roman
Verlag Kiepenheuer & Witsch
1995

Der Regenkönig Roman
Verlag Kiepenheuer & Witsch
1997

Die einzig Wahre Novelle
Verlag Kiepenheuer & Witsch
1998

Ravelstein Roman
Verlag Kiepenheuer & Witsch
2000

SPIEGEL Edition **DIE BESTSELLER.**

01 *Javier Marías* Mein Herz so weiß
02 *Günter Grass* Das Treffen in Telgte
03 *Golo Mann* Wallenstein
04 *Wolfgang Büscher* Berlin–Moskau
05 *Leon de Winter* Hoffmans Hunger
06 *John Updike* Ehepaare
07 *Nelson Mandela* Der lange Weg zur Freiheit
08 *Marion Gräfin Dönhoff* Kindheit in Ostpreußen
09 *Ian McEwan* Abbitte
10 *Thomas Brussig* Helden wie wir
11 *Samuel P. Huntington* Kampf der Kulturen
12 *Oliver Sacks* Der Mann, der seine Frau mit einem Hut verwechselte
13 *Saul Bellow* Herzog
14 *J. M. Coetzee* Schande
15 *Willy Brandt* Erinnerungen
16 *Stephen Hawking* Eine kurze Geschichte der Zeit
17 *Philip Roth* Der menschliche Makel
18 *Max Frisch* Montauk
19 *Sebastian Junger* Der Sturm
20 *Sigrid Damm* Christiane und Goethe

21 *Isabel Allende* Das Geisterhaus
22 *Martin Walser* Ein fliehendes Pferd
23 *Victor Klemperer* Ich will Zeugnis ablegen bis zum letzten
24 *Hans Magnus Enzensberger* Einzelheiten I & II
25 *Christoph Ransmayr* Die letzte Welt
26 *Milan Kundera* Der Scherz
27 *Martin Doerry* »Mein verwundetes Herz«
28 *Erich Fromm* Haben oder Sein
29 *Michail Bulgakow* Der Meister und Margarita
30 *Salman Rushdie* Des Mauren letzter Seufzer
31 *Joachim Fest* Hitler
32 *Barbara Tuchman* Der ferne Spiegel
33 *Michel Houellebecq* Plattform
34 *Heinrich Böll* Ansichten eines Clowns
35 *Jörg Friedrich* Der Brand
36 *Bill Bryson* Eine kurze Geschichte von fast allem
37 *Zeruya Shalev* Liebesleben
38 *Peter Handke* Der kurze Brief zum langen Abschied
39 *Rüdiger Safranski* Nietzsche
40 *Marcel Reich-Ranicki* Mein Leben

Weitere Informationen zur SPIEGEL-Edition finden Sie unter
www.spiegel-edition.de